धपेल

श्याम बिहारी 'श्यामल'

राजकमल पेपरबैक्स

पहला पुस्तकालय संस्करण
राजकमल प्रकाशन प्राइवेट लिमिटेड द्वारा
1998 में प्रकाशित

राजकमल पेपरबैक्स में
पहला संस्करण : 2023

राजकमल पेपरबैक्स : उत्कृष्ट साहित्य के जनसुलभ संस्करण

राजकमल प्रकाशन प्रा.लि.
1-बी, नेताजी सुभाष मार्ग, दरियागंज
नई दिल्ली-110 002
द्वारा प्रकाशित

शाखाएँ : अशोक राजपथ, साइंस कॉलेज के सामने, पटना-800 006
पहली मंजिल, दरबारी बिल्डिंग, महात्मा गांधी मार्ग, प्रयागराज-211 001
वेबसाइट : www.rajkamalprakashan.com
ई-मेल : info@rajkamalprakashan.com

बी.के. ऑफसेट
नवीन शाहदरा, दिल्ली-110 032
द्वारा मुद्रित

मूल्य : ₹250

DHAPEL
Novel by Shyam Bihari 'Shyamal'

ISBN : 978-81-19159-76-5

श्याम बिहारी श्यामल

श्याम बिहारी श्यामल का जन्म 20 जनवरी, 1965 को पलामू जिले के डाल्टनगंज, बिहार (अब झारखंड) में हुआ। 1982 में साप्ताहिक 'पलामू दर्शन' से उन्होंने पत्रकारिता की शुरुआत की। उसी दौरान लघु पत्रिका 'साम्प्रत' का सम्पादन भी किया। दिसम्बर, 1988 में धनबाद के 'दैनिक आज' के साथ विधिवत कार्य शुरू किया। वाराणसी के 'दैनिक जागरण' के साथ साढ़े सत्रह साल तक जुड़े रहे। जनवरी, 2023 में अवकाश-ग्रहण किया। 'दैनिक आवाज़' में ग्यारह वर्ष के कार्यकाल के दौरान लगभग दस वर्षों तक अविराम लिखे गए साप्ताहिक साहित्यिक कॉलम 'अपना मोर्चा' से हिन्दी जगत में चर्चित हुए। 'अमर उजाला', 'प्रभात खबर' और 'राष्ट्रीय नवीन मेल' के साथ भी कुछ समय तक जुड़े रहे। पहली किताब 'लघुकथाएँ अंजुरी भर' 1984 में सत्यनारायण नाटे के साथ साझे में प्रकाशित हुई।

उनकी अन्य पुस्तकें हैं—'धपेल', 'अग्निपुरुष', 'कंथा' (उपन्यास); 'चना चबेना गंग जल' (कहानी-संग्रह); 'वे दिन जो कभी ढले नहीं' (संस्मरण); 'श्यामलकदा' (ग़ज़ल-संग्रह) और 'प्रेम के अकाल में' (काव्य पुस्तिका)। अब तक आठ ई-बुक्स प्रकाशित। आजकल भारतेन्दु हरिश्चन्द्र के मनोसंघर्ष पर आधारित उपन्यास लिख रहे हैं। 'शब्द श्यामल' उनका ब्लॉग है और 'लिखंत पढंत' वेबसाइट।

उन्हें 'कंथा' उपन्यास के लिए उत्तर प्रदेश हिन्दी संस्थान का 'प्रेमचन्द पुरस्कार' (2022), यूपी (मऊ) का 'अन्तर्नाद सम्मान' और राजस्थान का 'प्रथम उत्तर प्रियदर्शी सम्मान' मिल चुका है।

सम्प्रति : साढ़े तीन दशक की अखबारी जीवन-चर्या के बाद अब स्वतंत्र लेखन और पत्रकारिता।

ई-मेल : shyambiharishyamal1965@gmail.com

अपनी सविता को

विपर्यय

झटके के साथ ट्रेन रुक गई। पता नहीं, इतनी रात में बाहर रिक्शा भी होगा या नहीं ! छोटा स्टेशन है। एक्सप्रेस ट्रेन का स्टॉपेज भी काफी कम समय का होगा। वकील साहब यानी घनश्याम तिवारी उर्फ घनु बाबू ने झटके के साथ कंबल में बँधा बिस्तर एवं ब्रीफकेस उठाया और नीचे प्लेटफार्म पर उतर गए। ट्रेन से उतरने वाले पूरे प्लेटफार्म पर वे अकेले आदमी थे। उन्हें भय भी हुआ और झुँझलाहट भी–जिला मुख्यालय से अब प्रमंडल मुख्यालय बन चुका है डालटनगंज, तब भी यही हाल। यह स्टेशन तो जैसे श्मशान घाट का शेड लग रहा है !

प्लेटफार्म पर बादाम के छिलके, धूल, पत्ते, बीड़ी के जले टुकड़े और माचिस की तीलियाँ जहाँ-तहाँ काफी मात्रा में पड़ी हुई थीं। घनु बाबू को बुरा लगा कि वे ठंड में काँप रहे हैं, अकेले इस अँधेरी रात में फँसे हुए हैं और उनका ध्यान कभी डालटनगंज शहर के दुर्भाग्य पर जा टिक रहा है, तो कभी बिखरी तीलियों, छिलके, धूल आदि पर जाकर बिखर रहा है !

वे बाहर आए। कोहरा काफी घना था। रात जैसे बर्फ की सिल्ली पर बैठी हुई थी। ठिठुरे हुए पेड़ और लटके छप्परों वाले फूस के झोंपड़े भी गुड़मुड़ाये हुए थे। कहीं कोई एक भी रिक्शा नहीं था ! "बाप रे, बड़ी ठंड है !" अचानक घनु बाबू के मुँह से निकला। दूसरे ही क्षण उन्हें अकेले में ही शर्मिंदगी महसूस हुई, वे किसे यह बुदबुदा कर बता रहे हैं ? लग रहा था कि मफलर में लपेटे चैहरे की त्वचा भीतर-भीतर ही चमक रही है। आँखों से भी जैसे ठंड शरीर में धारदार पानी की तरह घुस रही थी।

उन्हें अब यह लगने लगा कि वे न तो मोटा ऊनी पैतावा और जूता पहने हैं, न ही पैंट या शर्ट-स्वेटर और न सबसे भीतर फुल ऊनी गंजी-पैंट। जैसे एकदम उघारे-निघारे खड़े पानी में भींग रहे हों। अचानक उन्हें लगा कि वे साँस में हवा नहीं, पानी ही खींच रहे हैं और यह गले से होकर छाती से होता हुआ सीधे लाद में भरकर कँपकँपाहट बढ़ा रहा है। उन्होंने कुछ क्षण के लिए साँस रोकी और दस्ताने से मोटी बनी उँगलियों से मफलर के मुड़ चुके छोर को सीधा खड़ा कर नाक को ढँक लिया। तब भी कोई फायदा नहीं। पता नहीं, अब क्या होगा ! वे काफी पश्चाताप करने लगे, उन्हें ऐसी उजाड़-पिछड़ी धरती पर या तो जन्म नहीं लेना चाहिए था, या फिर यहाँ से नौकरी के लिए बड़ी जगह में जाकर वहीं का स्थायी तौर पर हो जाना चाहिए।

दूसरे ही क्षण उन्होंने जैसे खुद को धिक्कारा। अरे, मैं भी गजब का बे-सिर-पैर की बात सोच रहा हूँ ! ऐसा भी क्या सोचना चाहिए ? जान रहे, या इस ठंड में कँपकँपाती देह से निकल जाये, आदमी को अपनी मातृ-भूमि के प्रति इतना गैर जिम्मेदाराना सोच थोड़े ही कभी अपनाना चाहिए ! उन्हें फिर थोड़ी शर्मिंदगी महसूस हुई। तीव्र कड़वाहट से भरकर एक छोटी-सी झुँझलाहट ऐसी चुभी जैसे पाँव में कोई जंग खाई कील।

नीम के पेड़ के पास ही बिजली के पोल पर टँगा बल्ब पत्तियों में छुपा हुआ था। वे करीब गए। घड़ी देखी। तीन बजकर तेरह मिनट। कैसा परेशान करने वाला अंक बन रहा है ! समय का भी कैसा मजाक है कि घड़ी भी तीन और तेरह के चक्कर में ? वे धीरे-धीरे पैदल ही मार देंगे। कितना समय लगेगा? यही कोई चालीस-पैंतालीस मिनट। लेकिन इस ठिठुरन ने कहीं रास्ते में ही पटक दिया तो ? तो, क्या टटाकर दम थोड़े ही तोड़ेंगे वे। दो-ढाई घंटे में तो भोर हो ही जायेगा। 'मॉर्निंग वाक' करने वाले शहर के बेढब मोटे रईस लोग तो पहचान ही लेंगे। न पहचानें तब भी उन्हें पहुँचवा ही देंगे—घर या अस्पताल। इतनी-सी मानव सेवा तो वे रोटरी-जायंट्स में रहकर सीख ही चुके होते हैं।

टाटियों-छप्परों में कतारबद्ध दुकानें ऐसे बंद थीं, गोया लेदरा-गोदरा ओढ़े फटेहाल कुछ लोग ठिठुरती रात से लड़ रहे हों ! सभी दुकानें छप्परों-टाटियों वाली थीं। बुझे हुए चूल्हे के निचले मुँह में कुत्ते घुसे सोये

थरथरा रहे थे। घनु बाबू धीरे-धीरे बढ़ने लगे। विजय हलवाई की दुकान के पास पहुँचे तो ख्याल आया कि भोले बाबा के मंदिर में जरा झाँक लें, धपेल बाबा अभी तक बचे हुए हैं या···अचानक पीछे पोल के पास नीम के पत्ते झरझराए, जैसे उनसे बर्फीली हवा का कोई सोता फूट पड़ा हो ! घनु बाबू की हाड़ काँपने लगी। लगने यह लगा गोया नाक पाइप बन गई और पानी की धार भीतर प्रविष्ट होने लगी हो ! दाँत ऐसे बजने लगे जैसे जबड़े में स्प्रिंग फिट हो गए हों, जो स्थिर होने का नाम ही न ले रहे थे। घनु बाबू को आँखें बर्फ होती महसूस हुईं, तो उनके मुँह से अचानक कुछ ठिठुरे हुए शब्द फूटे, "बाप, हो बाप ! बड़ी ठंड है। कैसे जान बचेगी, हे राम !" ···कुछ शीत लहर थमी, तो घनु बाबू बंद पान गुमटी की ओर से सड़क पर आए। उन्हें लगा कि उन्हें या तो सुनसान प्लेटफार्म पर ही लौटकर व्हीलर वाली स्टाल के पास नीचे चादर बिछा लेनी चाहिए या फिर सीधे घर की तरफ ही नाक कर चल पड़ना चाहिए। वे दोनों हाथों के बोझ का संतुलन बाईं तरफ थोड़ा झुककर बनाते हुए चल पड़े।

जब ऐन मंदिर के पास पहुँचे, तो लगा जैसे धपेल बाबा के प्रति उनकी उत्सुकता चुंबकीय शक्ति बनकर उन्हें विचलित करने लगी हो ! वे आगे न जाकर दाहिने मंदिर की तरफ सड़क से थोड़ा उतरकर बढ़े। मंदिर का ग्रिल एकदम वही। बल्कि अब जर्जर हो चुका-जैसा लगा। उस मद्धिम प्रकाश में भी जब ग्रिल के निचले जंग खायी छड़ कई जगह से सड़ी टूटी जैसी दीखी तो उन्हें गहरा धक्का लगा। जैसे वे खुद के घायल पाँव देख रहे हों ! लेकिन यह क्या, उनके पाँव सचमुच झिनझिनाने लगे ! अरे, क्या धमनियों-नसों में तरल खून की जगह चीटियाँ ही तो नहीं दौड़ रही हैं ! उन्होंने आँखों पर जोर दिया और धपेल बाबा को देखने के लिए बेचैन हो उठे। ग्रिल के भीतर पहले जीरो वाट के बल्ब के नीचे का काला शिवलिंग साफ दीखा। सूखे-फूल-बेलपत्र, बताशे, लाल अबीर या सिंदूर जैसा सूखा चूर्ण। बगल का उजला बसहा भी सूझा। गले में मुरझाये फूलों की माला और स्त्री की तरह नाक पर से सिंदूर तिलकित माँग। गुंबद की ही व्यास-परिधि वाले इस गोल कमरे की छिटकती आभा बाहर कीर्तन-भजन वाले बरामदे पर भी परावर्तित होकर चीजों का

कामचलाऊ आभास दे रही थी। दीख गए धपेल बाबा ! यह फर्र-फर्र और घोंय-घोंय की साँसों की आवाज उनके अलावा भला किसकी हो सकती है ? हाँ-हाँ, वही हैं ! घनु बाबू ग्रिल के पास तो आये, लेकिन समझ रहे थे कि लोहे की छड़ इस ठंड में करंट से ही भरी हुई-सी होगी। थोड़ा हुलके, तो लगा कि धपेल बाबा का शरीर काड़ा से बढ़कर अब एकदम लदफदायी भैंस-सा हो गया है। कैसे छितराये पड़े हुए हैं ! अब तो लगता है अकेले यह लाश भी खुद नहीं ढो पाते होंगे। पहले ही जब एक आदमी उनकी काँख के पास आकर भर अँकवार उन्हें थामकर चलता था, तब वे दोनों हाथों में बकुली के बल रुक-रुक कर अपनी रगड़ती जाँघों से कदम बढ़ा पाते थे।

घनु बाबू की आँखों में वे दिन ऐसे झूलने लगे जैसे कंदील में रंग-बिरंगी पताकाएँ। कितना मजाक करते थे, वे तमाम स्कूली मृगछौने ! दुनिया की तहजीब और उसका चेहरा, कम से कम घनु जैसे पतले-दुबले हिलते ढाँचे वाले किशोर ने धपेल बाबा में ही पहली बार देखा था। पृथ्वी गोल है। कितनी ? तब यह भी एक चक्करदार पहेलीनुमा उत्सुकता ! कई बार यह भी लगता कि कितनी भी गोल और ख़ूबसूरत हो पृथ्वी, पर क्या यह धपेल बाबा की विशाल तोंद से भी ज्यादा कोमल और ख़ूबसूरत है ?

और धपेल बाबा, तो धपेल बाबा ! बात-बात में उखड़ जाते। बकुली चला देते। बच्चे उनके पकड़ में तो आने से रहे। जब ख़ूब सटकर उनकी तारीफ की जाती तो वे तमाम नाराजगी ऐसे बिसार देते गोया उन्हें किसी से कभी कोई शिकायत ही नहीं रही हो। घनु बाबू बचपन के उन दिनों को वापस लौटाने का ख़्याली पुलाव पकाने लगे। तभी एक रिक्शा उनसे लगभग सटकर निकला और धीमे-धीमे साइड में गुजरने लगा। काले-कलूटे रिक्शेवाले की स्थिति जीवित कंकाल की तरह थी। आँखें कोटर में गुम हुईं-सी। इस हाड़कँपाऊँ ठंड में भी सिर्फ एक पालिस्टर की माँगी-चाँगी हुई शर्ट और फुलपैंट को काटकर ठेहुने तक बनी पैंट पहने। वह भी बटन शर्ट में सिर्फ एक ऊपर और एक नीचे। बीच में शर्ट फड़फड़ाती हुई। शर्ट के उधियाने से उसका लटा पेट पायडिल लगाते समय ऐसा दिख जा रहा था कि नसें और आँत के उभार गोचर हो जा रहे थे।

घनु बाबू थोड़ा कँपकँपाए। ठंड से नहीं, उस जीवित कंकाल को देखकर। क्या यही पलामू का इकलौता सत्य है ? एक साथ धपेल बाबा जैसी तोंद भी और इस जीवित कंकाल का यह पेट भी ?

आँखें जैसे मिर्च के चूर्ण से भर गई हों, घनु बाबू ने जल्दी-जल्दी नहा-धोकर चादर तान ली। सपने में धपेल बाबा हाजिर ! घनु बाबू ने देखा कि वे वही छरहरे, पतले-दुबले किशोर रूप में हैं और पीठ पर बस्ता लटकाये स्टेशन के पास वाले भोलेनाथ के मंदिर की ग्रिल को पकड़े धपेल बाबा को छोटे-छोटे पत्थर से मारकर पिनका रहे हैं। अचानक धपेल बाबा उठने के लिए थुलथुलाये। दो चेलों ने उन्हें काँख में हाथ लगाकर सहारा दिया। दोनों हाथों में बकुली पकड़ा दी गई। वे दोनों चेलों और बकुली के सहारे धीरे-धीरे ग्रिल के बाहर की तरफ कदम बढ़ाने लगे। ग्रिल के बाहर दीवारों से सटे लाल सिमेंटेड ओटे बने हुए थे। धपेल बाबा को बाईं तरफ वाले ओटे पर आहिस्ता से बिठा दिया गया।

दोपहर होने को थी। फिजाँ में अब भी खनक थी। छाया में रहो तो कुछ ही देर के बाद देह में चुनचुनाहट शुरू। धपेल बाबा सिर्फ डाँड़ में धोती लपेटे थे, जो गमछे की तरह दीख रही थी। तोंद पर नाभि उलटी हुई तथा आलू की शक्ल में बाहर निकली हुई। जनेऊ पूरी तोंद को घेर नहीं पायी थी। तोंद के ऊपर से ही गले की दाईं तरफ से उतरकर छाती की बाईं छुछरी के निकले बालों को छूती दाईं काँख के नीचे से पीठ की तरफ से पीछे फिर ऊपर गर्दन तक चढ़ी हुई।

धपेल बाबा सामान्य तौर पर जब बैठते तो देखकर लगता जैसे वे बहुत श्रम पूर्वक आँखों को खोले हुए हैं। मुँह हमेशा बवाया रहता। आँखों को खींचकर खोले रखने वाली ताकत की सिलवटें भौंहों के ऊपर खिंची रहतीं। छोटे-छोटे दीखने वाले दाँतों के बीच मोटी-सी जीभ बाहर झाँकती रहती। सिर पर बाल तो खैर थे ही नहीं, जगह-जगह खूँटी की तरह निशान थे। इस रूपाकृति के कारण भी पहली बार देखने वाले के मन में वे एक दहशत भर देते थे। पहली बार जब घनु बाबू ने उन्हें देखा था, तब तो वे और भी छोटे थे। दादी के साथ उँगली पकड़कर एतवारिया बाजार गए थे। मंदिर के पास जब धपेल बाबा को पहली बार उसी दिन देखा, तो चीख उठे। बाद में दादी ने गोद में लेकर छाती से चिपका लिया और

बताया कि यह धपेल बाबा हैं। मरनी-हरनी में इन्हें भर-इच्छा खिलाया जाता है। बहुत ज्यादा खाना खाते हैं, इसलिए लोग इन्हें धपेल बाबा कहते हैं और चिढ़ाते हैं !

बालक घनु ने उत्सुकता से गोल चेहरा तिरछा कर लिया, "दादी, ई केतना खाना खाते हैं ?"

दादी ने संक्षिप्त-सा जवाब दिया, "बहुत !"

घनु ने गोद में ही अपने दोनों नन्हें हाथों को फैलाकर पूछा, "इतना ?"

दादी हँसी, "हाँ, रे ! जितना में हमलोग पूरे परिवार के लोग एक टाइम मिलकर खाते हैं, उससे भी तिगुना-चौगुना धपेल बाबा एक बार में खाते हैं।"

दादी ने कुछ देर बाद घनु को गोद से उतारा और उँगली पकड़कर चलने लगी। बालक घनु तेज-तेज चलकर दादी के तेज कदमों की भरपाई कर रहा था। चलते-चलते अगला सवाल दागा, "दादी, जब एतना-एतना खाना ई भकोस जाते हैं, तऽ फिन इनका एतना काहे खिलाया जाता है ?" घनु हालाँकि तब मात्र बारह-तेरह साल के थे, लेकिन बुद्धि के ऐसे तीक्ष्ण कि ट्यूशन पढ़ाने वाले शर्मा जी अक्सर इसका जिक्र करते हुए भविष्यवाणी करते कि घनु का यह दिमाग एक दिन जरूर उज्ज्वल भविष्य रचकर दिखायेगा।

दादी को पहले तो बार-बार तर्क करने की घनु की आदत के प्रति झुँझलाहट हुई, लेकिन चूँकि बच्चे की उत्सुकता वाजिब लगी, सो बोलीं, "धपेल बाबा के खाने से मरे हुए लोगों की आत्मा को शांति मिलती है। जो मरता है वह तो प्रेत जोनी में चला जाता है, वैसे में धपेल बाबा जो-जो खायेंगे, मरे हुए आदमी की भटकती हुई आत्मा को वही सब मिलता है···इसलिए धपेल बाबा को दसवें के दिन खूब खिलाया-पिलाया जाता है, दान दिया जाता है। उनको प्रसन्न कर आशीर्वाद लेकर मृत आत्मा की मुक्ति की प्रार्थना की जाती है।" घनु की उत्सुकता हालाँकि सिमट नहीं रही थी···लेकिन···

एक दिन सुबह-सुबह स्कूल जाते समय धपेल बाबा दिखे। ओटे पर बैठे, दोनों भारी पाँव आगे पसारे। अचानक धपेल बाबा के खुले मोटे

होंठ फैलकर दुगुने हो गए। वे हाँफते हुए खुश होने लगे। उनकी नजर जिधर खिंची चली जा रही थी, घनु ने उधर गौर किया। उधर एक अर्थी जा रही थी, जिसे, उठाने वाले काले-काले क्षीणकाय लोग विपदाग्रस्त दीख रहे थे। जैसे उनके शरीर से खून गार लिया गया हो ! पीछे-पीछे चल रहे लोगों में कुछ पास-पड़ोस के लोग जैसे भी लगे। स्वस्थ-बुलंद और आगत दुख पर चिप्पी जैसे। हाँड़ी में रखे लंबे-लंबे बँधे खर लेकर चलने वाला वृद्ध विपत्ति से चूर लग रहा था। धपेल बाबा ने उसे ही लक्षित कर हाँफते स्वर में हाँक लगाई, "ऐ···ऐ···। सुन इहाँ सुन।···"

वह बेचारा हाँड़ी-खर पकड़े विनम्र भाव से आया। धपेल बाबा के चेहरे पर खुशी गहराती जा रही थी, "के मर गलऊ ? केऽ ? केऽ ?···"

वृद्ध का स्वर भर्रा गया, "जवान···पोता ! कालेज में पढ़ता था। दू दिन की बीमारी में···" वह फफक पड़ा। उसका दुःख समूचे माहौल पर धुएँ की तरह छा गया।

लेकिन, धपेल बाबा पर इस दुःख की बिलकुल उलटी प्रतिक्रिया पैदा हुई। उनकी आँखों का उल्लास गिद्ध की तरह वृद्ध पर मड़राता रहा, बोले, "अच्छा, अब दुःखी होके काऽ करोगे ? जाओ खूब खरचा-पानी करके काम-किरिया करो। हम पसंद से खायेंगे, मुक्ति दिला देंगे उसकी भटकने वाली जवान आत्मा को।" यह सुन वृद्ध की आँसू से भरी आँखों में कृतज्ञता की लकीरें रेंगने लगीं। वह सिर नवाकर प्रणाम करके चला गया। धपेल बाबा अकेले में ही मुदित हो गए। वे आलू की तरह फूलकर बाहर उठ आई नाभि को उँगलियों से गोलियाने लगे। तोंद पर ऐसे हाथ फेरने लगे, गोया एक और भोज का सुखद संवाद तेल की तरह सोधा रहे हों ! दूर खड़े घनु के बाल-मन में एक बार फिर धपेल बाबा के प्रति दहशत का भाव महसूस हुआ। पीठ पर लटके बस्ते का बोझ अब पहाड़ की तरह लगने लगा था। फीते को ढीला कर बस्ते को घनु ने पीठ से उतारकर झोले की तरह लटका लिया और कंधा उचका कर शर्ट की बाँह से ललाट पर चुहचुहाया पसीना पोंछा। धपेल बाबा के खुले रहने वाले मोटे होंठ हँसी की मुद्रा में फैलकर स्थिर हो गए थे, जिसके बीच उजली परत वाली जीभ कुछ ज्यादा ही झाँक रही थी।

कोयल बोलो तो !

दिन भर सोकर जगने के बाद घनु बाबू को राहत तो मिली, लेकिन शरीर में एक खुमारी भरी हुई थी। उँगलियाँ टटा रही थीं। हाथों की भी, पाँवों की भी। पलंग पर पाँव लटकाये-लटकाये बाएँ पाँव के अँगूठे को उन्होंने बगल की उँगली पर चढ़ाकर चटकाया। बगल वाली तो बजी, लेकिन अँगूठा न बजा। उन्होंने पाँवों को उठाया और एक-एक कर उँगली बजाने लगे। उन्हें लगा कि खड़ा होकर कसकर जम्हाई ली जाए ! लेकिन यह संकोच भी हुआ कि छोटे भतीजे देख लेंगे तो हँसेंगे ! सो, दाएँ-बाएँ निरीक्षण कर लेने के बाद घनु बाबू ने देह को तरह-तरह से हिला-डुला कर मन भर तोड़ा-मरोड़ा। अब कुछ राहत मिली। आँगन में आए। माँ मसाला पीस रही थी। उन्हें भारी महसूस हुआ, इस आयु में माँ मसाला पीसे और वे उसका स्वाद चखें ! उन्होंने गहरी असहमति को संयत शब्दों में व्यक्त किया, "तुम तो माई, एकदम गजब कर रही हो ! अब तुम मसाला क्यों पीसने बैठ गईं ?..."

माँ हड़बड़ा गई। चेहरे पर घबराहट की लकीरें आपस में ऐसे जोरदार ढंग से टकरायीं कि मोटे काले फ्रेम का चश्मा नाक पर थोड़ा आगे खिसक आया, जिसे मसाला का हाथ होने के कारण वह उँगलियों के बजाय हाथ को उलटकर कलाई की ठुड्डी से ऊपर खिसकाने लगी ! घनु बाबू लैट्रिन तक भुनभुनाते हुए गए। माँ ने अकेले-अकेले टिप्पणी की, "अरे, रोज तो बहुरिया काम सब करबे करती है, बेचारी रसोई में भिड़ी हुई भी है, लेकिन दस-बारह साल बाद जब बेटा आया है तो मतारी कैसे खटिया पर बैठी रह सकती है ! आए हैं बहुत मतारी से प्रेम जताने ! एतना ही प्रेम है तो दस-बारह साल से कहाँ भुलाये हुए थे ! ससुराल में खूँटा गाड़कर बहुत बड़ी वैरिस्टरी कर रहे हैं तो करें, लेकिन एक छोटा भाई है किसी तरह दुकानदारी करके यहाँ गुजारा करता है, एक बूढ़ी मतारी है जो दस-दस साल तक बेटे को देखने के लिए तरसती रही है...इन सब बातों का जरा भी खयाल है ?"

घनु बाबू के दोनों भतीजे बड़े हो गए थे। जब वे डालटनगंज से पिछली बार करीब बारह वर्ष पहले रवाना हुए थे, तब एक तो छह माह

का ही था और दूसरा करीब डेढ़ साल का। अब तो दोनों अंग्रेजी में रह-रह कर क्वेश्चन कर देते हैं ! बड़ा वाला आठवीं कक्षा में है और छोटा वाला सातवीं में। दोनों अंग्रेजी स्कूल में सॅक्रेड हार्ट के छात्र हैं। पढ़ने में दोनों तेज हैं। पहले तो अपनी मम्मी से दोनों सुबह देर तक हुज्जत करते रहे, "मम्मी ! ये जो अंकल सोये हैं, क्या सचमुच पापा के भैया हैं ?"

घनु बाबू तब नींद में थे, लेकिन नींद कच्ची थी। शायद देह में दर्द के कारण। सो बच्चों की मीठी बोली कानों में बूँद-बूँद टपकती रही। मम्मी बोली, "काहे तुम लोग सवाल कर रहे हो ?"

बड़ा वाला लड़का राजू मम्मी की झिड़की से थोड़ा गरमा गया, "क्यों मम्मी, मैं उनके बारे में कुछ पूछ नहीं सकता क्या ?"

मम्मी का स्नेह थोड़ा पिघला, "बेटे, सुन लेंगे तुम्हारे अंकल, तो क्या बुरा नहीं मानेंगे !"

छोटा वाला बंटी अब तक चुपचाप सुन रहा था, इस बार वह मुखातिब हुआ, "क्या हमलोग सिर्फ उन्हीं के बुरा मानने का डर मानें ?"

मम्मी समझ रही थी कि दोनों हुज्जत करने पर आमादा हैं लेकिन वह यह भी जान रही थी कि दोनों को डाँटकर तत्काल छुटकारा भी नहीं पाया जा सकता। कहीं दोनों ने उन्हीं से कुछ ऊटपटाँग न पूछ दें ! वैसे दोनों बच्चों के सवाल भी जरूर ऐसे थे जो उनकी मम्मी की झुँझलाहट को एक तरफ धकेले जा रहे थे। वह इच्छा के विपरीत नरम स्वर में बोली, "तुम लोगों को इतनी-सी बात क्यों समझ में नहीं आती कि वे तुम्हारे पापा के बड़े भैया हैं ! यानी दादी के बड़े लड़के ! अब वे भोर में उस समय ठिठुरते हुए स्टेशन से पैदल आकर सोये हैं⋯तुम लोग उन्हें दुःखी करने लायक सवाल पूछे जा रहे हो, क्यों !⋯"

राजू हालाँकि थोड़ा सामान्य हुआ लेकिन उसके शब्दों में फिर भी पेंच था, "मम्मी, वे बुरा क्यों मानेंगे। वे दादी के बेटे होंगे तो हों ! पापा के भैया भी होंगे, हमारे अंकल वे कैसे हो सकते हैं ?⋯"

"⋯क्यों⋯?⋯"

"क्योंकि हम तो आज पहली बार ही उन्हें देख रहे हैं। आज तक उनकी कोई चिट्ठी-पत्री भी आई हो जिसमें हमारे लिए मुँहजबानी प्यार भी कहा हो, हमें तो नहीं पता⋯" यह कहा तो राजू ने, लेकिन तुरंत बंटी

ने इस पर जिस हिसाब से सहमति में मुँह फुलाकर टेढ़ा कर लिया, यह उनकी मम्मी की छाती में तीर की तरह चुभ गया। वह डपटी, "ठीक है ! ठीक है। नाराज ही रहो तुम लोग। लेकिन भगवान के लिए चुप भी रहो। जहर मत घोलो !…" पहले तो घनु बाबू ने अर्द्ध निद्रा में इसे कोई स्वप्न ही समझा, बाद में कब नींद गहरी हो गई पता न चला।

घनु बाबू ने हाथ सबुनाने के बाद खँखर-खँखर कर खूब उन्मुक्त भाव से कुल्ला-गलाली की। ठीक वैसे ही जैसे पहले डालटनगंज में रहते समय करते रहे थे। गाजियाबाद में रहते हुए वे यह सब भूल गए थे। दिल्ली स्टाइल में ब्रश-जीभी के दौरान उन्हें कभी ऐसे खँखरने या कुल्ला-गलाली करने की बात भी नहीं सूझी। शायद वे सब आदतें भूल बैठे थे। फिर आज अचानक यह सब पुराना तरीका उन्हें कैसे सहज ही सूझ गया ? क्या बचपन की स्मृति-गंध उलीचने वाले अपने इस आँगन को देखकर ? या लैट्रिन के नाम पर वही पुराना संडास दीवारें और आँगन के घिसे हुए खड़ंजे देखकर ? वैसे तो घनु बाबू को गाजियाबाद में ससुराल के आलीशान मकान में टाइल्स लगे बाथरूम-लैट्रिन यूज करते समय बार-बार यह महसूस होता रहा कि उन्हें डालटनगंज के अपने उसी जर्जर लैट्रिन और आँगन के घिसे खड़ंजों से प्यार है। वे तर्क करते, कहाँ ये चमचमाते टाइल्स और कहाँ वे घिसे नोनियाये-काई लगे खड़ंजे ? फिर खड़ंजों से यह अटपटा प्यार क्यों ? घनु बाबू का वकील मन तुरंत हार मान जाता, अटपटा नहीं है यह प्यार, और यदि है भी तो रहे, लेकिन मूल्यवान है यही ! वे तर्क करना छोड़कर आहिस्ता-आहिस्ता इसी एहसास को सहलाने लगते।

घनु बाबू ने मुँह पर फिर छींटे मारे। 'आह !' तृप्ति का स्वर कँपकँपाया। छींटे पड़ते ही शीतलता ने रात में स्टेशन वाली ठंड की अनुभूति हरी कर दी। खड़े हुए तो बगल वाले बाबू साहब के मकान के बाद वाला सुखदेव साव का मकान नहीं दीखा। बाबू साहब के लिंटर्ड मकान से सटी उसकी झोंपड़ी कहाँ चली गई ? उसकी जगह यह तीन तल्ले वाला मकान किसका है भला ? लगता है बेचारे की हालत लगातार बिगड़ती चली गई होगी और अंत में किसी चर्बीदार व्यक्ति ने जमीन खरीद उसकी झोंपड़ी को फूँक मारकर उड़ा दिया होगा !

घनु बाबू को पूरी तरह याद है कि अक्सर, सप्ताह में कभी-कभी दो-दो बार बेचारा सुखदेव पुलिस की चपेट में आ जाता था। शाम को घनु स्कूल से लौटते तो सुखदेव का बेटा मनुआ भी साथ-साथ आता। हाथ-पाँव धोकर जब घनु को ट्यूशन पढ़ने के लिए बैठना होता, तब मनुआ को उधर बंगाली बाबू के बगीचे में छुपकर दारू बेचनी पड़ती थी। उसका बाप पीकर कहीं उलटा होता और मनुआ अकेले पियक्कड़ों से सलटता दुकानदारी करता रहता।

कहीं बेचारा इसी दारू और पुलिस के चक्कर में पिसकर अपनी झोंपड़ी भी तो नहीं गँवा बैठा ? घनु को मनुआ की बचपन की संगति की मधुर स्मृतियाँ टिमटिमाते तारों की तरह साफ-साफ दिखने लगीं ! क्या हुआ भला, जरा पूछें माँ से।

माँ कटोरे में मसाला सरिया रही थी। बहुत बढ़िया मसाला पिसा था। न ज्यादा कड़ा न ढीला। जैसे सने हुए सतुए की नपी-तुली पिंड़ी हो !

मसाले के गोले को कटोरे में रखकर माँ ने हथेली में थोड़ा-सा पानी लेकर सिलौट भिंगोया। तलहथी को खड़ा कर सिलौट को काछने और कटोरे में गारने लगी। कटोरे में मसाले का गोला शिवलिंग की तरह नहाने लगा। गोले के चारों ओर पीला जल भर गया। घनु बाबू का सवाल यह सृजन-दृश्य देखकर ठिठक गया। वे पुलकित हो उठे। जैसे कोई अकल्पित कलाकृति दिख गई हो ! वे थोड़ा सजग हुए, कहीं मैं भावना में बहक तो नहीं रहा हूँ ? उन्होंने खुद को टटोला। कहीं यह माँ का पीसा मसाला है इसलिए तो नहीं कि मैं कलाकृति की तरह इसे भी देख रहा हूँ ? नहीं तो ! ऐसी कोई बात नहीं ! कौन पीसेगा ऐसे सधा हुआ मसाला ? वह भी इस शरीर से ? चश्मा पहनकर ? मेरी मैडम ऐसी बात सोच भी सकती हैं क्या ? उन्होंने फिर अपनी लगाम खुद कसी और अपने को विषयांतर से विषय की ओर खींचा, "माई, अरे ई मनुआ का घर नहीं देख रहे हैं···बात क्या है ? कहीं मूरख बेच-खोंचकर भाग-वाग तो नहीं गया ?···"

सवाल जैसे माँ को गड़ गया हो, हाथ को रोककर उन्होंने आगे लटक आये चश्मे को ठीक किये बगैर सिर कुछ ज्यादा उठाया, "अरे ऊ काहे बेच-खोच के भागेगा ? ऊ तो सीना ठोंक के मुहल्ले में सबको दबाये हुए है। पोरफेसर सिन्हा साहेब हों चाहे इंजीनियर बहल साहेब, चाहे सेन

साहेब डागदर, सबको फेल किये हुए है...'' माँ का पूरा ध्यान घनु बाबू के चेहरे पर टिक गया था, ''महीने-महीने कार बदल लेता है...''

तौलिया से भींगे बाल सोंटते हुए घनु बाबू के हाथ रुक गए, ''आँएं ! का ? बड़ा आदमी बन गया...मनुआ ? ऊ मनुआ ? एतना बड़ा ?'' घनु बाबू को जैसे अब भी विश्वास नहीं हुआ हो, उनके चेहरे पर अविश्वास का भाव हिलते जल पर साये की तरह काँपता रहा, ''काहे ? का ऊ कोई विजनेस वगैरह बाद में...''

माँ ने सीधे शब्दों में बात खोली, ''अरे, नाऽ ऽ...। दारू बेचने में ही ऊ का ऽ जाने कइसे-कइसे का घपला किया कि...देख लो ऊ तीन तल्ला वाला मकान उहे बनवाया है।'' आगे माँ ने क्या-क्या कहा, घनु बाबू सुन न सके। बस पहली ही सूचना का ऐसा असर हुआ कि वे औंधे आकाश से गिरने की तरह अचकचाये रह गए। वाह, दारू की बोतलों में ऐसी खनक ! कहाँ वे दुःखी हो रहे थे कि कहीं बेचारा दारू की धंधेबाजी में पुलिस का ग्रास तो नही बन गया हो, लेकिन यहाँ तो माजरा ही दूसरा हो गया। डभकते अदहन में भात की तरह उनके दिमाग में तरह-तरह की बातें खदकने लगीं।

क्या यह दौर सचमुच अब पूरी तरह कलयुगी है। भला दारू बेचने वाला कोई सुखदेव या मनुआ यदि सभी पढ़े-लिखे, मिहनत करके डाक्टर, प्रोफेसर और इंजीनियर बने लोगों को इसी तरह पछाड़ कर हर महीने कार बदल रहा है, तो यह क्या है ? हे ईश्वर, मुझे मूर्च्छित करो, कहीं यह मेरा दिमाग इसी तरह तनता हुआ अंडा बनकर फूट न पड़े ! उन्हें लगा कि वे गश खाकर गिर पड़ेंगे। यह क्या हो गया उन्हें ? अब क्या होगा ? ये बच्चे, यह भावज, यह बूढ़ी माँ...क्या समझेंगे ये लोग ? अभी यदि कुछ इसी तरह हो गया उन्हें तो ?

जल्दी-जल्दी बीच वाले कमरे में वे ढुके और धब्ब से पलंग पर बैठ गए। सिर गोल-गोल नाच रहा था। आँत जैसे खिंचकर मुँह के रास्ते बाहर आ रही हो ! वे संत्रास से भरे, दरवाजे की तरफ नजर भी रखे हुए थे। कहीं कोई देख ले और कारण पूछ दे, तो ? तब-तक माँ दोनों बच्चों को पकड़े हुए आई। दाहिनी तरफ राजू था, माँ से मुट्ठी भर ही कम । बाईं ओर बंटी। उससे थोड़ा उन्नीस। माँ दोनों को समेटे पीठ की तरफ से

कंधों पर अपनी बाँहें कसे थीं। ऐसे में अब भला कैसे वे पलंग पर लंबे हो जाते ? लेकिन यह क्या ? यह तनाव भी उतार पर आता गया !

माँ ने कहा, "काहे बेटा, का बात है, तू धड़धड़ाते चले आए ? बात शुरू किये और खुद एकबैक चल पड़े ? का बात है ?" माँ कहना कुछ और चाह रही थी जैसा कि बच्चों को पकड़कर लाने का उनका अंदाज ही बता रहा था, लेकिन शायद घनु बाबू की शक्ल कुछ अलग गंभीर बात बोल गई थी। वह आखिर माँ थी, कैसे नहीं यह सब सुन पाती ?

उन्होंने अब मौका देखा, तो पलंग पर पाँव समेट कर चढ़ गए, "हाँ, माँ ! अचानक चक्कर आ गया..." घनु बाबू ने डाँड़ के नीचे के हिस्से को धीरे-धीरे रियायत दी। पाँव फैला दिये और लेट गए। वह बच्चों को छोड़कर तेज कदमों से पलंग के पास आ गई। माथा सहलाने लगी, "काऽ हो गया हमारे लाल को, ऐ राम !" वह घबरा गई थीं। राजू की मम्मी ने तुरंत परदे की ओट से मलिया पकड़ा दिया। माँ माथे पर तेल डाल मस्तक पर हथेलियों से थप-थप थपकने लगी। बचपन के वे दिन बंद आँखों के विस्तार में पंछियों की तरह मँडराने लगे, जब भागने पर माँ उन्हें खदेड़कर जोरों से बाँह पकड़ लेती थी और इसी तरह तेल माथे पर रखकर थपकती थी।

घनु बाबू, पता नहीं क्यों, कुछ स्मृतियाँ हमेशा अपने सीने से चिपकाये रखते हैं। माँ से जुड़ी स्मृतियाँ इनमें सर्वाधिक व्यापक होती हैं। दो साल पहले वे गाजियाबाद से वैष्णोदेवी की तीर्थ-यात्रा टीम के साथ चले गए थे। सिर्फ इस ख्याल से कि घूमेंगे। वादियों-घाटियों की सुंदरता का आनंद लेंगे। रस लेंगे। प्रकृति का साहचर्य चखेंगे। लेकिन, जब वैष्णों देवी की प्रतिमा के दर्शन के लिए भीतर मंदिर में खड़े हुए तो भावुक हो गए। उन्हें देवी की पिंडी ठीक से दिखी ही नहीं। आँखें ठहरती ही नहीं थीं। भौंहों पर बल देकर दृष्टि को स्थिर करते तो लगता कि उनकी माँ का चेहरा वहाँ आँखें खोले उन्हें ताक रहा है, "क्या घनु, तू हम सबको भूल ही गया रे ? कभी सोचा तुमने कि ई बुढ़ौती में मतारी करेजा पर पत्थर रखे कितने साल से तुम्हारा इंतजार कर रही है ? एकदम ससुराल के गुलाम ही हो गए ? लौट आ, लौट आ, मेरे लाल !"

घनु बाबू की तंद्रा टूटी। आँखें खुलीं। वही, हाँ वही चेहरा माँ का

है। सामने। एकदम सामने, जो उस दिन वैष्णों देवी की पिंडी की जगह बार-बार मुखर हो रहा था। माँ ने घनु को आँखें खोले देखा तो चेहरे को सँवारने की तरह हाथ फेरने लगी, "कैसा है रे बेटा ! कैसा है अब ?"

घनु बाबू को लगा कि उम्र को झटककर माँ से लिपट जायें और कहें, "माँ तू सामने है, तो इससे कोई तकलीफ ज्यादा देर रुकी कैसी रह सकती है ?" लेकिन उन्होंने देखा बंटी उनके माँ के पूछने के अंदाज पर मुसकुराया और उसने राजू की तरफ देखा। राजू ने उसे कनखी मारकर भौंहें उचकायी यानी देखो, माँ-बेटे का प्यार ! थोड़ा झेंपते हुए घनु ने भीतर-भीतर यह तेजी से महसूसा कि माँ दूसरी सदा-सलिला गंगा है, जो हृदय में लगातार बहती रही है, क्यों न चुपके से उसी में डूब लें कुछ क्षण के लिए !

अचानक नींद खुली। स्विच ऑन किया घनु बाबू ने। दीवार घड़ी ठीक तीन बजा रही थी। न एक मिनट कम, न आधा मिनट ज्यादा। यानी कल ऐसे ही समय ठीक चौबीस घंटे पहले वे स्टेशन पर ठंड से टकरा रहे थे। गर्म कमरे में भी वह स्मृति उन्हें कँपा गई। आँगन में आएँ, तो संगीत का अद्‌भुत स्वर कानों में घुलने लगा। जैसे गायें झूम-झूमकर टुन-टुन घंटियाँ बजा रही हों ! नहीं, कहीं यह टुन-टुन से ज्यादा कू-कू कू-कू है। ओ, यह संगीत तो कोयल का है। हाँ-हाँ कोयल नदी का। हवाई चप्पल गंदी लग रही थी। हौदे से दो-तीन जग पानी पाँव पर मारा घनु बाबू ने। ओह, कितना ठंडा पानी है ! ठंड का झटका पाँव से चढ़कर छिपकली की तरह सरसराता हुआ सिर तक चढ़ गया ! वे कँपकँपा गए। लेकिन नहीं, छत पर भी चढ़ेंगे। वहीं से तलाशेंगे इस अंधकार में भी दक्षिण तरफ बहने वाली कोयल को।

परिचित सीढ़ियों ने पहचान लिया उन्हें। कम स्थान में तीन जगह चक्करदार पेंच है। एक केंद्र-बिंदु तय कर साठ-साठ डिग्री के कोण से तीन जगह मुड़कर बनी सीढ़ियाँ अनजानों को तो एकाध नहीं, कई-कई बार पाँव फिसलाकर धसोर देती हैं। यह ध्यान न रहने के बाद भी वे जब अचानक पाँव रोपते गए, तो बात कौंधी और लगा कि अब गिरे कि तब गिरे ! लेकिन भला क्यों ! क्यों सीढ़ियाँ इतनी दगाबाजी करने लगीं ! वे अपना अनुराग उड़ेलती रहीं और पाँव तीनों टर्निंग पर सटीक

बैठते चले गए।

'छत पर तो काफी ठंड है, भई !' घनु बाबू बुदबुदाये। अरे आँगन में कुछ नहीं और छत तक वही स्टेशन जैसी तीखी जीभ वाली शीतलहरी ! वही तनी गनगनाती चादर ! लेकिन वे डरकर नीचे नहीं उतरेंगे, घनु बाबू चौकस हुए। दोनों हाथों को एक दूसरे से छाती पर बाँधा और हथेलियों को विपरीत अलँग की काँखों में छुपा लिया। ठप-ठप चप्पल बज रही थी और छत पर उनके डग भी बड़े हो गए थे।

दक्षिण तरफ एकदम रेलिंग से सटकर उधर ही तलाशने लगे। चैनपुर-शाहपुर की ऊँची वादियाँ तो समझ में आ रही हैं, लेकिन क्यों नहीं दीख रही है कोयल ? यह कूक कानों तक की प्यास तो बुझा रही है लेकिन आँखें कब छुयेंगी कोयल की बालभूरी तन्वंगी देह को ? नदी के बीच, पाटों के दरम्यान खूब हैं, पत्थर। कछुए जैसे, दो-दो, चार-चार लोगों के बैठने-भर के। लंबी और पतली नावों जैसे। कतार में छह-सात लोग बैठकर देह सबुनाइए ! हाथी जैसे काले-काले और ऊँचे भी। चढ़कर छलांग लगाइए, पानी कम भी है तो क्या हुआ, बालू गोद में थाम लेगी। चोट लगने का तो सवाल ही नहीं है। कोयल की, बात नहीं इन्हीं पत्थरों से कोई तकरार होती रहती है या प्यार की वह रात में तेज-तेज कूकती रहती है ! रोती तो नहीं ही है वह। वे शायद उसके झूमर के स्वर हैं। वह खूब झूमर खेलती है पत्थरों के साथ।

धुँधलका छँटते-छँटते छँट ही गया। पौ फटा। आकाश उजियाया। कोहरे के भीतर दीख गई कोयल। पाट तो अब काफी चौड़ा हो गया है ! अच्छा, गिरिवर स्कूल के पास तो वह पुल भी चालू हो चुका है। वे इसे ही बनता छोड़कर गए थे। 'लेकिन, तुम बहुत दुबली हो गई हो कोयल, क्या बात है ?' घनु बाबू ने दाएँ-बाएँ देखा, किसी ने यह शब्द सुना तो नहीं ? थोड़ा बाएँ मुड़े। पंपू कल की तरह कोयल की मुड़ती धाराओं को देखा। कंकारी गाँव के पास भी काफी बालू भर गई है। क्यों, क्या बात है ?

'कोयल ? बोलो तो !'—यह सवाल आवेगपूर्ण था, सो घनु बाबू ने ध्यान में रखा और मन के भीतर ही हुमचकर उच्चरित किया।

प्रश्नबिद्ध

आरामकुर्सी पर बैठकर लंबे पड़े थे घनु बाबू। लकड़ी की मुलायम कपड़ों वाली वही आरामकुर्सी जिसे बाबूजी लाये थे मैकलुक्सीगंज से। किसी अंग्रेज अफसर की थी। तब वह शायद स्वदेश लौट रहा हो और बाबूजी को प्रेमवश भी दे गया हो। केवल कुर्सी ही नहीं, कई सामान ऐसे थे। बाबूजी को इन चीजों से खास मोह था। पता नहीं क्यों ! शायद देनेवाला आत्मीय रहा हो। मैकलुक्सीगंज के कई बँगले आज भी उसी रूप में विद्यमान हैं। एकदम वही अंग्रेजी स्टाइल के बँगले। बरामदा पायेदार, खास अंदाज से बने रोशनदान। खिड़की-दरवाजों एवं रोशनदानों पर लकड़ी के जालीदार पल्ले। ऊँचे-ऊँचे, लेकिन खासा चौकोर ऐसे बँगले, जिनके छप्पर भी काफी खूबसूरत और रँगे हुए। बाबू जी बताते थे, अंग्रेज जब आजादी के बाद जाने लगे तो वहाँ के लोगों को ही बँगले वगैरह सब कुछ देते गए। कई अंग्रेज-परिवार उसी दौरान यहीं रह भी गए। आज भी वे यहीं हैं। ट्रेन से गुजरिए, तो ऐसे अंग्रेजी-स्टाइल के बँगले आपको कई-कई दिखाई देंगे। एक उजाड़ ग्रेव यार्ड भी। प्लेटफार्म पर चाय-बिस्कुट के छोटे-छोटे स्टॉलों पर अंग्रेज बच्चों और औरतों को भी आप देख लेंगे। काफी फटेहाल स्थिति में। घनु बाबू काफी पहले, कम-से-कम पंद्रह-सत्रह साल पहले उधर से गुजरे हैं। बरवाडीह से बरकाकाना जाने के रास्ते में। गाजियाबाद में रहते हुए एक बार किसी पत्रिका में मैकलुक्सीगंज का जिक्र पढ़ा, तो यादें हरी हो गईं। वहाँ बंगाल, उड़ीसा आदि पड़ोसी राज्यों से ढेरों पर्यटक आते हैं। विदेशी भी आते हैं। सोचा था, कभी फिर जायेंगे वे मैकलुक्सीगंज।...यह बाबूजी वाली कुर्सी दिखी, तो मैकलुक्सीगंज उनके जेहन में कौंध गया।

टी-टेबल सामने था। घनु बाबू ने पाँव फैला दिए। गर्दन को उतान किया और खास अंदाज से सिर को पीछे ले गए। आवाज हुई। माथा थोड़ा तनाव-मुक्त हुआ। दाहिने हाथ को आँखों के पास ले गए। उँगलियों से बंद आँखों को टटोलने के अंदाज में सहलाने लगे। बंद आँखों में म्युनिसिपल स्कूल के समय के कई साथियों के चेहरे घूमे। वे इलाके सूझे, जहाँ उनका बचपन कुलाँचे मारता फिरा था। कुँजड़ा-पट्टी बेलवाटीकर,

काँदू मुहल्ला, आबादगंज, रेड़मा, जेलहाता, हमीदगंज, कुंड मुहल्ला, भट्ठी मुहल्ला···। अक्सर दुर्गा-पूजा और रामनवमी के दिनों खूब बहार रहती थी। दुर्गा-पूजा में रात-रात भर मूर्तियाँ देखते चलते थे और रामनवमी के समय रात में महावीरी गोल के साथ अखाड़े और गदके के काफिलों के साथ करतब देखते फिरते थे। घूमेंगे। वे इस बार दस-बारह दिनों रुकेंगे और घूमेंगे। सभी पुरानी जगहों पर जाकर अपनी स्मृतियों को वहीं-वहीं खड़े होकर चूमेंगे···।

उनके विचारों की कड़ी को अचानक छोटे भाई ने आकर तोड़ा। श्याम सुन्दर यानी उनका सुन्नर। आया और पाँव छूने के लिए ज्यों ही झुकने को हुआ कि उठने की मुद्रा में सामने की तरफ मुड़े घनु बाबू ने कंधे के पास पकड़कर उसे रोका और उसे लिये उठ खड़े हुए, "···खुश रहो ! सुन्नर, खुश रहो ! कहो, क्या हाल है ?···"

सुन्नर गठीला हो गया है, रात में घनु बाबू ने गौर नहीं किया था। अभी यह देखा-महसूसा तो काफी भीतर तक तृप्ति की अनुभूति हुई। वह सकुचा रहा था, जैसे पहले करता था, बोला, "ठीक है, भैया ! आपके बिना ही अधूरा हूँ। अकेला महसूस करता हूँ। आपकी तो यहीं जरूरत है। कोई माथ-मालिक नहीं है, घर में। बाबू जी थे तब इस घर की रौनक कुछ और थी। फिर आप भी यहाँ ध्यान नहीं देते। सोचिए, आप बाबूजी के मरने के बाद साल भर बाद ही जो भाभी-मुकेश को लिये गए, सो अब लौटे हैं। बारह साल से भी ज्यादा हुए। आये भी तो अकेले···।"

घनु बाबू ने पीछे मुड़कर कुर्सी को देखा। करीब गए और बैठ गए। सुन्नर भी बैठ गया। घनु बाबू का चेहरा तनाव में आवे की तरह धीपता महसूस हुआ सुन्नर को। वह झेंपकर पछताने लगा। उसे भैया पर ऐसा सवाल हठात नहीं दाग देना चाहिए था। वे बहुत स्वेच्छापूर्वक ससुराल में थोड़े ही खूँटा-खंभा गाड़े हुए है ! उनका वश चले तो पलामू की धरती से कभी जुदा ही न हों !

तभी राजू और बंटी ने आकर घनु बाबू के पाँव छुए। उन्होंने दोनों के चेहरों को देखा। उनका ठुनका हुआ बचपन घनु बाबू के चेहरे पर दबे पाँव उतर आया। दोनों को हाथों से समेटे वे बोले, "···तो मेरा बेटा लोग, हमसे नाराज है !···"

दोनों ने एक-दूसरे का चेहरा देखा, गोया इन्हें कैसे पता हो गया ! बंटी ने कृत्रिम ढंग से खंडन किया, "ना तो ! हम क्यों नाराज होंगे आपसे !"

घनु बाबू ने दोनों की पीठ सहलायी, "इसलिए कि हम कैसे चाचा हैं आपके कि आज पहली ही बार आपलोग मुझे देख रहे हैं और आपलोगों को हमने कभी मुँहजबानी प्यार भी नहीं भेजा !"

राजू ने समझदारी दिखाई, "हम तो मम्मी से मजाक कर रहे थे, अंकल !"

घनु बाबू कुछ देर चुप रहे। अपने ब्रीफकेस के पास पहुँचे। खोला। दोनों के लिए उपहार निकाले। राजू को पैंट-शर्ट के कपड़े की पीस और बंटी को रेडीमेट पैंट-शर्ट। दोनों का चेहरा खिल गया। कमरे में बड़ा-सा टेलीविजन समेटने वाले ठोस कवर में बंद था। राजू ने कपड़े का लाल कागज में बँधा पैकेट सोफे पर रखा और जाकर टेलीविजन खोल आया। बंटी तब-तक माँ के कमरे में रिमोट कंट्रोल को उठा लाया। घनु बाबू और उनका छोटा भाई दोनों चुप। बच्चे अपने में मशगूल थे।

राजू ने कहा, "चल, स्विच ऑन कर।" बंटी ने रिमोट कंट्रोल को पकड़े अपने दाहिने हाथ को आगे किया और झटके के साथ शरीर हिलाकर पलकें झपकायीं। अँगूठे से हलका-सा दबाव डाला और सादे स्क्रीन पर चित्र जीवित हो उठे।

राजू ने कहा, "बंटी, एम.टी.वी. लगा, अंकल को तो वही पसंद आयेगा न !..." बंटी ने सीखे-सिखाये अंदाज में जैसे उन्हें छेड़ने के लिए प्रश्न किया, "क्यों, भला !"

राजू ने बुजुर्गियत वाली स्टाइल का कैरिकैचर किया, "क्योंकि अंकल साहब तो दिल्ली सें आये हैं न !"

घनु बाबू बच्चों की इस चुहल पर जितने ज्यादा खुश थे, उससे कहीं ज्यादा विस्मित ! कितना दिमागी विस्तार लेकर आई है नई पीढ़ी ! हम कभी चाचा या बाबूजी के सामने अकड़कर खड़े भी हो सकते थे क्या ? कभी बगल से गुजरते भी तो लगता कि धधकती लपटों से सटकर निकलना पड़ रहा है !

अपने बच्चों की इस चुहल को सुन्नर ने ताड़ लिया। वे बुदबुदाये,

'कमबख्त, भैया से ही शरारत कर रहे हैं !' उसका चेहरा सुलगता देख, घनु बाबू बात समझ गए ! सुन्नर की उँगलियों को हलका-सा दबाकर आँखों से ही इशारा कर घनु बाबू ने यह जताया कि वे यह देख आनंदित ही हो रहे हैं !

टेलीविजन की स्क्रीन पर ब्रेक डांस करती एक कोरियाई लड़की आहिस्ता-आहिस्ता अपने कपड़े उतार रही थी। राजू ने थपड़ी पीटी, तो बंटी ने अतिरिक्त गंभीरता की मुद्रा अख्तियार कर ली, ''बेशर्म, बंद करो टी.वी. ! क्या सोचेंगे अंकल जी !''

राजू ने अब तक रिमोट कंट्रोल अपने कब्जे में ले लिया था। उसने घनु बाबू की तरफ सवालिया दृष्टि से देखा, गोया पूछ रहा हो कि बंद करें या चलने दें ! सुन्नर अब तक पाँव पटकता जा चुका था। घनु बाबू मुसकुराये और मुँह दूसरी तरफ मोड़ लिया। राजू इसका अर्थ समझ गया।

घनु बाबू ने हाँक देकर दोनों को बुलाया। गोद में दोनों ऐसे बैठ गए, गोया बहुत छोटे बच्चे हों। घनु बाबू ने राजू के गिजमिजाये तेलचुपड़े बालों को उँगलियों से सँवारना शुरू किया। तेल लगे बालों पर पड़ी धूल साफ-साफ गोचर हो रही थी। बोले, ''बेटे, टेलीविजन ज्यादा नहीं देखा जाता है, इसका काम सिर्फ न्यूज देखने में ही लेना चाहिए। बस...''

बंटी ने घनु बाबू की ठुड्डी पकड़ कर अपनी ओर उनका चेहरा घुमा लिया, ''क्यों, अंकल ?''

घनु बाबू ने बंटी की गर्म ऊनी गंजी का कालर सीधा बिठाया, ''इसलिए बेटे, कि टी.वी. में तो ढेरों चैनल हैं, ढेरों सीरियल हैं, ढेरों प्रोग्राम हैं, सब देखने लगोगे तो क्या होगा पढ़ाई का !''

राजू बीच में ही टपका, ''पढ़ाई, तो हम स्कूल में करते ही हैं अंकल ! घर में इंटरटेनमेंट के लिए टी.वी. देख लेंगे, तो क्या हर्ज है !''

घनु बाबू के स्वर में थोड़ा-सा ताप बढ़ा, ''क्यों नहीं हर्ज होगा ? होमवर्क तो गड़बड़ होगा न ! पढ़ाई पर ध्यान दिया करो तुम लोग...''

बंटी ने बहुत सधी हुई आवाज में एक नया मामला खड़ा किया, ''अंकल जी, एक बात पूछूँ ? बुरा तो नहीं मानेंगे आप ?''

घनु बाबू थोड़ा उत्सुक हुए और थोड़ा चौकस भी, ''पूछो ! पूछो !''

''पढ़कर आपने ही कौन-सा अपना ऐम पूरा कर लिया !'' बंटी

एकदम ऐसे बोल रहा था गोया पूरे मामले का चश्मदीद गवाह रहा हो, "मेडिकल में आप कैसे छँट गए और आपसे तीस अंक कम पाने वाला आपका दोस्त सुरेंद्र पासवान आज इसी शहर में डाक्टरी कर रहा है।"

घनु बाबू के माथे पर जैसे बिजली आ गिरी हो। उन्हें लगा कि जैसे एक ही पंक्ति की खुराक में उनका पुराना घाव जागकर फनफना गया हो ! उनकी साँसें तेज हो गईं। घनु बाबू को लगा कि वे बच्चों से नहीं अपने किसी पुराने हमदर्द से बातें कर रहे हों। बोले, "यार, तुमलोग लगता है हमारे चचा हो ! कैसे-कैसे, कहाँ-कहाँ से यह सब..."

राजू थोड़ा हँसा, "अंकल जी सच-सच बोलिए, पढ़कर क्या करेंगे हम ! हमें भी तो थक-हार कर, पापा की तरह या तो दुकानदारी करनी होगी, या आपकी तरह बादाम फोड़ने वाली वकालत ! इसलिए पढ़ाई का मतलब कोई खास नहीं !" घनु बाबू ने देखा, बंटी की चुप आँखों में एक निराशा झाँक रही थी, बोले, "ऐसा क्या ! टैलेंट होगी, तो आई.ए.एस. भी तो कर सकते हो, मेडिकल में बंपर मार्क्स लाकर जा ही सकते हो।"

राजू बोला, "तब तक तो पापा हमें बिजनेस में उतार चुके होंगे।"

घनु बाबू थोड़ा उकताये, "अरे बाबा ! तुम दोनों निगेटिव माइंडेड हो गए हो ! मैं बातें कर रहा था टी.वी. ज्यादा न देखने के बारे में और तुम लोग..."

राजू थोड़ा सँभला, "अंकल जी, हमलोग तो नहीं देखते हैं, लेकिन हमारे दोस्त लोग रोज देखते हैं। खासकर रात में। जी.टी.वी. पर फिल्में, गाने-अनजाने, गाता रहे मेरा दिल और ऐसे ही ढेरों प्रोग्राम। वे दूसरे दिन स्कूल में चर्चा करते हैं, तो हमें बोर होना पड़ता है। उनकी मम्मी या उनके पापा उन्हें एम.टी.वी. देखने से भी नहीं रोकते। लेकिन, हमारे पापा तो आँखें ऐसे दिखाते हैं जैसे हमें कच्चा ही खा जायेंगे। मम्मी तो और झाँव-झाँव करती हैं। आप भी लेक्चर दे रहे हैं...।"

घनु बाबू सन्न रह गए। आज ही भेंट। आज ही पहली बातचीत। आज ही उनका पहला स्नेह और आज ही बच्चे उनके ही सामने उनकी बातों को 'लेक्चर' बता रहे हैं ! जैसे धरती और आसमान पर उलटा लटक गए हों घनु बाबू ! हे राम, यह क्या स्थिति है ! उन्होंने सोचा भी न था कि जो स्थिति दिल्ली के घर-परिवार और बच्चों की है, एकदम

उसकी हू-ब-हू नकल उन्हें देश के इस सर्वाधिक पिछड़े जिले पलामू में भी मिलेगी ! क्या यह अपसंस्कृति टी.वी. स्क्रीनों से ही पूरे देश में उतरी है ? कश्मीर से कन्याकुमारी तक भारत जैसे एक है, वैसे ही दिल्ली से डालटनगंज तक यह बहक भी एकदम एक है ? माथा चकराने लगा तो बच्चों को गोद से उठाकर खड़ा कर दिया घनु बाबू ने। उठे। जाकर पलंग पर पेट के बल लेट गए। तकिये पर सीधा चेहरा रखकर ऐसे पड़ गए जैसे जमीन में मुँह घुसाये हों !

उन्हें राजू की वह दृढ़ता कच-कच सीने में चुभ रही थी, जो स्क्रीन पर डांस देखते समय उसके चेहरे पर थी। उत्सुकता से भी ज्यादा गाढ़ी दृढ़ता। बंटी के डपटने के बाद भी वह दृढ़ता जरा भी नरम नहीं पड़ी थी ! भले, उसने एक दिन के परिचय का थोड़ा ख्याल किया और…। लेकिन, वह 'अंकल' कहकर भी इसके प्रति क्या जरा भी गंभीर था ? क्या सिर्फ एक पीढ़ी के बाद इतना बड़ा अंतर आ जाना सामान्य बदलाव है ? घनु बाबू को लगा कि चीखें, चिल्लाएँ और पूछें कि दिल्ली, मुंबई, लंदन, वाशिंगटन से मारी जानी वाली यह तेजाबी पिचकारी क्या इसी तरह हमारी नयी फसलों को जहरीला करती और जलाती रहेगी ? क्या इस तेजाबी धार को सहने के लिए हमारी यह त्वचा तैयार है ?

घनु बाबू की इस भीतरी उथल-पुथल को, बाँह पर किसी के स्पर्श ने रोका। माँ थी। माँ ने उठाकर ही दम लिया। बड़े गिलास में भरकर चाय लिये खड़ी थी। इतनी चाय गाजियाबाद में कहाँ कभी पी सके हैं एक साथ वे ! मुसकुराये तो माँ बोली, "बेटा, मास्टर साहब से मिल लेना। हमेशा पूछते रहे हैं तुम्हारा समाचार। अब तो बेचारे बहुत बीमार हैं। रिटायर होने के बाद एक बार पाँव टूटा, तब से लरूआ गए। डेढ़-दो साल से हमेशा बीमार रहते हैं। अभी तो डेढ़-दो माह से खटिया पर हैं। बोली-चाली भी कमे करते हैं। बिछौना पर पड़े रहते हैं। बेचारी मास्टराइन अकेली पड़ गई है। बुढ़ापे का शरीर और सारा काम-धाम उन्हीं के मत्थे।" माँ रुक गई। अचानक ही वह जाने लगी। शायद उसे कोई अधूरा काम याद आ गया हो। घनु बाबू समझ गए। लेकिन मास्टर साहब वाली बात अभी कहाँ पूरी हुई। घनु बाबू ने जोर से पूछा, "माई, माई, अरे, उनकी बेटी और दामाद ? क्या वे लोग मास्टर साहब की खबर नहीं लेते ?"

माँ ने वहीं रुककर जवाब दिया, "ऊ लोग तो विदेश चले गए न ! अब बेचारे मास्टर साहब भी तो आखिरी दिन ही गिन रहे हैं..." माँ कहकर चली गई।

चाय की मिठास उड़ गई थी। घनु बाबू अचानक घबराहट जैसा कुछ महसूस करने लगे। मास्टर साहब अंतिम दिन गिन रहे हैं ? क्या अनर्थ हो गया ? अभी-अभी तो वे कितने गठीले थे। कितने जुझारू ! क्या हो गया उन्हें ? क्या मास्टर साहब का रिटायर्ड लाइफ पार्टी-कामों की तरफ रम नहीं सका ? या, कोई भावनात्मक गच्चा खा गए वे ? माँ बता रही थी कि डेढ़-दो साल से लचरते चले गए हैं वे ! क्या मास्टर साहब की यह दरकन, सोवियत संघ के पतन से ही तो नहीं प्रभावित है ? घनु बाबू का मन सौ तरफ भटकने लगा। तरह-तरह की बातें, शंकाएँ ! कितना-कितना सोचकर आए थे वे डाल्टनगंज कि मास्टर साहब मिलेंगे, तो सीधा सवाल दागेंगे, "दादा, अब क्या होगा ? बोलिए ! अब तो अमेरिका ही बचा अकेला माई-बाप ! अब ? क्यों टूटा आपका सोवियत संघ ? कहाँ थीं ये दरारें, जो छुपाकर रखी हुई थीं ? किस तनाव से दरकी थी यह सतह ? बोलिए-बोलिए !" कैसे-कैसे सवाल और उनसे लड़ने के लिए अपने जवाबी तीर भी छील-छालकर तैयार कर चुके थे घनु बाबू ! खूब करेंगे मंथन, मास्टर साहब से ! लेकिन, यह क्या मास्टर साहब तो... उठ खड़े हुए वे। तुरंत जाना चाहिए। अब यह समाचार मिल चुकने के बाद भी जाने में देर करना बेईमानी होगी, निरा पाप !

झटके से लुंगी अलग की और तुरंत पैंट को गांथ लिया। बच्चों ने करीब आकर उनसे लिपटना चाहा तो उन्होंने उन्हें डपट दिया और बाहर लपके।

चुगी हुई मुसकान

वही दरवाजा, लेकिन अब कुछ ज्यादा जर्जर हो चुका-सा। दीवारें कुछ और झाँझर हुई-सी। ईंटों के बीच की फाँक साफ-साफ दीखने वाली। ईंटों के कोर न सिर्फ घिसे हुए, बल्कि जगह-जगह नोनियाये एवं काई लगे हुए

भी। छप्पर को देखकर यही लग रहा था जैसे कोई ऊपर चढ़, खपड़ों को धांग-धांग कर भरसक चूर कर आया हो। छप्पर की निचली ओरियानी वाली कतार जहाँ-तहाँ टूटी हुई थी। और कहीं खुले बंधन की काली हो चुकी सड़ी हुई रस्सी लटकी हुई थी, तो कहीं बाँस की कोई ऐसी ही फाठी। घनु बाबू ने जब छप्पर के माथ पर कोने पर के दोनों गोल मु···डेरों के घड़ों को वहीं फूटकर थसका हुआ देखा, तो उन्हें कलेजा पर धक्का लगा, जैसे उनकी कोई ऐसी ही गोल-चिकनी ठोस आस्था फोड़ दी गई हो ! क्या मास्टर साहब ने तब से लेकर आज तक घर का पोचारा भी नहीं करवाया ? क्या बगैर खपड़ा फेरवाये ही बरसात काटते रहे आज तक ? दस-बारह साल पहले वे यह घर जैसा देख गए थे, आज भी वह उसी हाल में है। बल्कि, तब तो यह फिर भी घर लगता था। आज यह एकदम भूत-बँगला बन गया है, क्यों ? क्या अभी पेंशन वगैरह नहीं शुरू करवा पाये हैं वे ? या, अभी भी पार्टी के कामों में ही उलझे रहते हैं ?

दरवाजे के सामने खड़े हुए तो घनु बाबू का यह खड़ा होना उनके दिमाग में घंटे की तरह टन्न ऽ ऽ ऽ-सा बजा। जल तंरग पहले छोटी-सी बनी, फिर मन के समूचे फलक पर फैलकर खेलने लगी। भौंचक हैं घनु बाबू ! क्यों डालटनगंज में यह आना उन्हें बार-बार स्मृतियों के घने जंगल में भटकने जैसा लग रहा है ?

दस्तक दी। कोई हरकत तक भीतर नहीं हो रही है, क्या बात है ! वे थोड़ा भयभीत हुए। फिर दस्तक ! अरे क्या बात है ? कहीं कोई पत्ता तक भीतर नहीं हिलता सुनाई पड़ रहा है !

दरवाजा छोटा होने के कारण वे थोड़ा झुककर खड़े हैं। छप्पर और दरवाजे की ऊपरी मोटी चौखट के बीच तीन ईंट की ऊँची फाँकदार दीवार है। घनु बाबू ने थोड़ा अलग मुँह किये ही दीवार और छप्पर के बीच की बनती सुराखों में आँखें गड़ायी। कहीं कोई रोशनी की लकीर भी नहीं, क्या बात है ! अचानक दीवार पर एक तिलचट्टा दौड़ा। घनु बाबू ने घिरती शाम में ही टहकार उगे चाँद की कृपा से उसे देख लिया। एकदम चिरपरिचित लगा यह भी। थोड़ा उम्रदराज किस्म का तिलचट्टा था यह। वे बुदबुदाये, 'कोई भी दिन मुझे ऐसा याद नहीं, जब मास्टर साहब से मिलने यहाँ आया और तिलचट्टे-मकड़े, निर्द्वंद्व ऐसे ही घूमते न दिखे हों !''

जैसे अर्से-से गुम हुआ गीत का मुखड़ा याद आ गया हो ! वे अकेले में मुसकुराये, लेकिन मन में घुसी चिंताओं ने उस मुसकुराहट को ठोर खोलकर चुग लिया। अपनी बहक को टटोल लिया उन्होंने। सँभले। थोड़ा पछताये भी, "आया हूँ कहाँ बीमार मास्टर साहब से मिलने और कैसे-कैसे खयालात में खोता चला जा रहा हूं ? क्या !...गजब का घनचक्कर है।" उन्होंने मन-ही-मन स्वयं को धिक्कारा और सिटकनी को इस बार अतिरिक्त बल के साथ बजाया। हाँक भी लगायी, "दादा ! दा ऽ...ऽ...दा ऽ ऽ ! दादा हैं भई ऽ ऽ ऽ ऽ ? दादा।"

"हाँ ऽ ऽ ऽ !", यह स्वर किसका कँपकँपाया भला ! शायद मैडम हों ! अब तो वह भी काफी अशक्त हो गई होंगी। एक इमेज अचानक आई। पतली-दुबली तो वह शुरू से रही हैं, झुकी तो नहीं ही होंगी ! शायद चश्मा चढ़ गया हो उनकी आँखों पर !

खड़बड़ की आवाज के साथ भीतर से काठ की भारी सिटकनी अब शायद खुली। चाआँय की आवाज के साथ पल्ले फैले। मैडम हाथ में लोहे की लंबी छड़ में लटकी ढिबरी लिये सामने खड़ी हैं। एकदम ठीक सोचा था उन्होंने ! घनु बाबू को अपने अंदाज पर थोड़ा विश्वास बढ़ा। जैसा साफ-सुथरा कपड़ा मैडम तब पहनती थीं, वैसा ही तो पहनी हैं आज भी, घनु बाबू ने मन-ही-मन फिर-फिर बारीकी से टटोला। एकदम सीधी खड़ी हैं। शरीर कहीं झुका या लटका नहीं है। कहीं कोई खास वैसा बदलाव नहीं—जैसा अक्सर वे बीच-बीच में सोच ले रहे थे। लेकिन, चेहरा देखकर सिकुड़ती त्वचा से तो समझा ही जा सकता है कि पचास से ऊपर की हो गई हैं। चश्मे में भी खास पावर नहीं लग रहा है। एक मन हुआ कि मैडम से पूछ ही लें, लेंस में कितने का पावर है ? लेकिन कहीं वह...

अचानक मैडम ने अपने चिरपरिचित मैथिली टोन में टोका उन्हें, "कि रे घनु छैं कि ?... बूढ़ा भ ऽ गैलें रे घनु, कि बात ? खूब लड़ै छौ कि कनियां तोर...?"

घनु बाबू ने लपककर पाँव छुआ। बोले, "मैडम, आप तो अब चश्मा लगा चुकीं ! और कैसे हैं दादा ?"

औपचारिकता का उल्लास थमा। मास्टर साहब का प्रसंग आया तो मैडम उदास हो गईं। जैसे नाचते मोर को अचानक उसके अपने ही पाँव

दिख गए हों ! पीछे मुड़ीं और बढ़ने लगीं। घनु बाबू पीछे हो लिये। मैडम के आगे-आगे लटकती चलती ढिबरी रोशनी बिखेरती चल रही थी और उसकी काँपती तेज शिखा में मैडम की परछाईं भी काँप रही थी। घनु बाबू को लगा कि यह मैडम की परछाईं नहीं, उनका मन बाहर आकर थरथरा रहा है !

यह तो वही बरामदा है न, जहाँ रोज-रोज मास्टर साहब से वे हलके-फुलके लड़-झगड़ लिया करते थे ? अरे, हाँ, वह जाता भी है वहीं। तब भी यह बरामदा एकदम ऐसे ही लिपा-पुता रहता था। ठीक इसी तरह जाँते का निचला जमा हुआ यह चक्का भी बीच में उठे खूँटे सहित हमेशा गड़ा रहता। उजली लकीरें जाँते के ऊपर तब काफी सफेद-सफेद चमकती रहतीं। अब भी दिन में वैसी ही चमकती रहती हों, शायद ! अँधेरे में ढिबरी की पसरती मामूली रोशनी में वे ठीक-ठीक यह गौर नहीं कर पाये हों ! अच्छा कल दिन में फिर आऊँगा। यहीं इसी बरामदे में वहीं टाट बिछाकर बैठूँगा। घनु बाबू ने दृढ़ता से सोचा। आगे बढ़े।

यह आँगन तो अब काफी उजाड़ हो गया। घनु बाबू ने आँगन में पहुँचते ही सिहरन-सी महसूस की। चलते समय जल्दी में स्वेटर भी नहीं पहन पाये हैं, कहीं ऐसा न हो कि लौटते वक्त रात की यह ठंड छू जाए। आँगन पार किया। वही दोनों कमरे, एकदम वही दरवाजे दिखे। मैडम ने बाईं तरफ का भिड़का दरवाजा खोला। सन्न रह गए घनु बाबू, खाट पर बिस्तर से सटे मास्टर साहब को देखकर। मैडम ने ढिबरी को वहीं कच्चे फर्श पर ठीक से खड़ा कर दिया और कदम बढ़ाती आँगन में निकल गईं।

अरे, यह क्या ! उनकी साँसें अटकने लगीं मास्टर साहब को देखकर ! क्या से क्या हो गए मास्टर साहब ! खटिया में ऐसे सटे हुए दीख रहे थे जैसे वे आदमी नहीं, खेत से लाकर सुलाया हुआ कोई विजूका हो ! चेहरा ऐसा धँसा हुआ, गोया उसे हथौड़े से सरियाकर थूर दिया गया हो। बाहर हाथ निकला देख घनु बाबू को लगा जैसे वे हवा निकाला हुआ बैलून देख रहे हों एकदम पचकी हुई देह। कहाँ पहले का देखा हुआ उनका भव्य व्यक्तित्व। तंदुरुस्त देह। रोज-रोज घंटों दूर-दराज गाँवों में चप्पल फटकते चलने वाले मास्टर साहब। घर भी आते तो आँगन से सटी बाड़ी में दो-तीन घंटे सुबह और इतने ही समय शाम में, कुदाल-खुरपी चलाते।

कभी शायद ही बाजार से सब्जी खरीदकर म···गानी पड़ती थी। इसीलिए, ताजा सब्जी का मजा लेने के लिंए भी रोज दो-चार कामरेड उनके यहाँ जिम लेते। इस मिहनत का लाभ भी था उन्हें।

गंजी खोलते तो लगता जैसे अभी-अभी वे उबटन लगवाकर आये हों ! लाली और पीलापन लिये हुए उनका गोरापन ऐसा भ्रम पैदा करता, गोया मास्टर साहब सचमुच राजकुमार ही हों। वह देह आज इस दशा में ? घनु बाबू चाक पर बैठे तेज-तेज घूमने लगे।

उनकी आँखें सजल हो उठीं, लेकिन संयम कायम रहा। उन्होंने गौर किया मास्टर साहब की गर्दन की दो पतली हड्डियों पर त्वचा, भींगे-पतले कपड़े की तरह लरज गई थी। फराठी की तरह हो चुके हाथ पर नसें पानी में फूली रस्सी की तरह उभरी हुई लगीं···यह सब कील की तरह उनके सीने में चुभती चली गईं। वे करीब गए। मास्टर साहब की गोड़तारी की तरफ जमीन पर ही दोनों ठेहुनों को आगे मोड़ा। फिर ऐसे बैठ गए कि पूरे शरीर का भार पाँव की मुड़ी उँगलियों के पंजों पर टिक गया। बोले, "दादाऽ ! दादाऽऽ !···"

कोई हरकत नहीं। मास्टर साहब की कीच से भरी आँखें ऐसे चिपकाकर साटी हुई-सी दीख रही थीं, गोया पलकों में गोंद डालकर आँखों को ठीक से साट दिया गया हो। बंद होठों पर फफरी पड़ी हुई और दोनों कोरों पर फेन की तरह जमकर सूखे हुए। साँस ले रहे थे तो शिथिल पड़ा उनका पूरा शरीर हरकत में आ जा रहा था।

घनु बाबू को मास्टर साहब की इस अचेतावस्था ने बेचैन कर दिया। उन्होंने जल्दी से मैडम को पुकारा। कुछ क्षण बाद ही वह हाथ में दवा की पैकेटबंद शीशी लिये आईं। शायद दूसरे कमरे से। बोलीं, "दादा को अल्सर है, अब तो लगता है कि पूरी तरह पककर यह तैयार है···अब उसी से मुक्ति पानी है, तभी वे उठ बैठेंगे।"

घनु बाबू ने स्वयं को निचोड़ते हुए पूछा, "दादा को पेंशन मिल रही है या नहीं···"

मैडम स्थिर थीं, गोया उनके ऊपर कोई विपत्ति का पहाड़ कहीं लटक ही नहीं रहा हो ! स्वर ठोस था, "ना ऽ ऽ ऽ ! कहाँ शुरू हुआ···" वह जब अच्छी तरह चौकन्ना होकर बोलती हैं तो पता करना सरल नहीं

होता कि वह मैथिली भाषी हैं। आज इससे एक कदम आगे घनु बाबू यह भी नहीं आँक पा रहे थे कि मैडम अकेले दुःख का हिमालय थामे कितनी दुःखी या कितनी परेशान हैं। शीशी को खोलकर वह चम्मच में दवा उतार चुकी थीं।

घनु बाबू ने बात समझ ली। उठे। मैडम से चम्मच ले लिया ! बढ़कर मास्टर साहब के होठों को बाएँ हाथों की उँगलियों से खोलने लगे। पहले अँगूठा ऊपर रखकर चार उँगलियों से उनकी ठुड्डी पकड़ी और मुँह खोलना चाहा। लेकिन, इससे समूचा सिर ही तकिये पर बाईं तरफ मुड़ने-सा लगा। वे रुक गए। नाक के पास चार उँगलियों से ऊपर वाले और अँगूठे से निचले होठ को उन्होंने दबाव देकर खोला। जबड़े भीतर अलग-अलग थे। खुलते ही एक बीमार-सी गंध उठी। घनु बाबू को यह बू-बास संभव है, कहीं अन्यत्र बुरी भी लग सकती थी, लेकिन मास्टर साहब के मुँह से निकलकर यह जरा भी घृणास्पद नहीं लगी। लप से उन्होंने चम्मच को सीधे-सीधे मुँह में उड़ेला। दवा चली गई। घनु बाबू ने तृप्ति महसूस की। अचानक ही उन्होंने सूख रहे अपने गले को अपनी ही जीभ के बीच बूँद सिरजकर तर किया। गहन तृप्ति का एक अंश उन्हें जैसे नजदीक से छू गया हो ! मैडम दवा की शीशी रखने उधर बाहर की तरफ गईं, तो घनु बाबू का ध्यान दीरखे की शक्ल वाली आलमारी पर जाकर रुक गया। दीवार में ही करीब दो-ढाई फीट लंबी और सवा-डेढ़ फीट चौड़ी यह आलमारी, मढ़ी हुई भगवान श्री रामचन्द्र की एक तसवीर से भरी हुई थी और नीचे एक कॉपी जैसी चीज भी रखी हुई थी। घनु बाबू के कान खड़खड़ाये। तसवीर पर ताजा फूलों की मुरझा चली माला थी और जलकर खत्म हो चुकी अगरबत्ती की राख भी, वगैर भसके छोटे-छोटे खरीके की शक्ल में तसवीर के पास ही सुरक्षित थी। उनका ध्यान इसी में उलझ-सुलझकर रह गया।

घनु बाबू नजदीक गए। देखा, तो पहचानते देर न लगी। बाप रे, मास्टर साहब की अपनी लिपि में लिखी वही वैशाली मार्का कॉपी ! आज तक यह सुरक्षित है ? बाप रे बाप ! मोटे अक्षरों की पंक्तियों में 'राम की शक्तिपूजा' ! महाकवि निराला की यह कविता मास्टर साहब को खूब प्रिय थी। किसी भी कम्युनिस्टी लाल किताब की तरह। बहुत नया दावा

था उनका, इसके बारे में। कहते, "निराला की यह कविता पढ़े वगैर कोई लड़ाकू लड़ाई जीत ही नहीं सकता !" कई नक्सली कार्यकर्ताओं ने उनकी इस सलाह पर खरी-खोटी भी सुना दी थी। लंबा वाला वह बाँकुड़ा का लड़का, जो बाद में अचानक लोप हो गया और फिर कभी डालटनगंज में वर्षों तक कहीं दीखा ही नहीं, सर्वाधिक आग-बबूला हो गया था, "...तुम ! मास्टर दा, डाइवर्ट हो रहा है...राम नाम जपने लागा...बंद करो ! यह सब ! दूसरों को भी खा जायेगा तुम...।"

मास्टर साहब तब पिनकने की हद तक उबल पड़े थे, "यह देश धर्मों और भगवानों का है। हमें यदि जनता को 'रामचरित मानस' के ब्राह्मणवादी जहर से सीधे-सीधे बचा लेना है तो उनसे झपटकर यह छीन लेना कभी सुरक्षित उपाय नहीं है। वे इसका दुगुनी दीवानगी से फिर नया संस्करण छपवा लेंगे, तसवीरें भी लाल-पीली खूब टँकवा लेंगे...तब क्या होगा ?..." हर बार जब कभी भी यह प्रसंग छिड़ता, मास्टर साहब बहुत रटे-रटाये ढंग से इसी तरह खुद से ही सवाल करते और वगैर किसी के उत्तर का इंतजार किये, खुद ही क्लास लेने की स्टाइल में आगे कहते, "धर्मभीरु जनता से पहले धार्मिक कट्टरता और अंधापन छीनो, 'राम चरित मानस' ले लो, तो तुरंत 'राम की शक्तिपूजा' थमा भी दो, ताकि फिर वह पहले वाले के पीछे न भागे। ऐसा करके तुमने उससे सैकड़ों साल की जहर पिलायी हुई ब्राह्मणवाद की चमचमाती कटार बहुत आसानी से माँग ली, कि जिसके लिए तुम्हें काफी बड़ा युद्ध भी छेड़ना पड़ सकता था और बहुत आहिस्ते से तुमने उसे निराला की दुर्द्धर्ष और पराक्रमी विद्रोही मशाल भी पकड़ा दी...।"

यह ठीक है कि मास्टर साहब का यह सिद्धांत लोगों को यदि सीधे-सीधे नहीं भी पचता था, तब भी किसी ने कभी उनके इस तर्क को प्रतितर्क देकर सामने कभी निरस्त कर दिया हो, ऐसा कोई प्रसंग किसी जेहन में नहीं था।

कभी-कभी हिंदी के कुछ दूसरे लोकल विद्वानों को कानाफूसी स्टाइल में गणित मास्टर का यह 'मार्क्सवाद' काफी बेतुका लग जाता। वे जरूर यहाँ-वहाँ पीक गिराने की तरह कुछ भ्रम भी पिचपिचा देते, "...नेतागिरी करते हैं तो करें। एक तो स्कूल में भी राजनीति ही करते

फिरते हैं। पढ़ा है खुद गणित। पढ़ाते भी हैं गणित। और साथ-साथ राजनीति ! लेकिन ऊट-पटांग इंटरप्रिटेशन कर रहे हैं, कविता का ! अरे भाई, यह निराला की 'राम की शक्ति पूजा' मार्क्सवाद-लेनिनवाद के किसी अध्याय पर आधारित तो है नहीं। नहीं जानते हैं, तो जान लें यह बंगालियों की 'कृत्तिवास रामायण' पर आधारित है, यह शुद्ध रूप से श्रीरामचंद्र भगवान का एक मशहूर आख्यान है...इसमें भी कम्युनिज्म निकाल ले रहे हैं, तो निकालें...आगे भगवान उन्हें सद्‌बुद्धि दें... ।"

एक बार जब यह बात मास्टर साहब के पास पहुँची तो खास लोगों की दिली इच्छा के विरुद्ध वे न तो थोड़ा भी बमके, न उखड़े। कुछ विचौलिये यह परिणाम पाकर भीतर तक आहत हुए। मास्टर साहब की छोटी-सी तेज प्रतिक्रिया थी, "ठीक है। ठीक है। लोग यही मानें। यही सच है। सचमुच-सचमुच। तो 'रामचरित मानस' को कुएँ में डाल दें और 'राम की शक्तिपूजा' ही उठा लेवें तब न !..."

तब तक मैडम हाथ में दो कप लिये आ पहुँचीं। दोनों कपों से भाप निकल रही थी। एक कप सामने बढ़ाया मैडम ने, तो घनु बाबू ने सोचा कि चाय न पीने की इच्छा बता दें। लेकिन तुरंत फिर यह दुविधा भी जनमी कि तब फिर वह स्वागत के लिए दूसरी तैयारी भी तो शुरू कर देंगी ! ऐसे में उनके लिए यह बड़ी परेशानी होगी ! उन्होंने कप उठा लिया। मुँह के पास सटाया और एक भरपूर गर्म घूँट खींच लिया। अचानक उन्हें लगा कि गले में अंगारा ही गया है। वह थोड़ा घबराये। मुँह में इसे वे थूक से बुझाने जैसा प्रयास करने लगे। कुछ क्षण बाद गर्म घूँट ठंडाया, तो उसे घोंट गए।

पहले तो लगा कि वे कुछ ऐसी बात मैडम से न पूछें, जिससे विपत्ति में फँसीं वह एक अतिरिक्त तनाव का बोझ लेने को बाध्य हो जायें ! लेकिन...लेकिन, क्या मास्टर साहब ने जिन विश्वासों की इकहरी डोर पकड़ कर इस शिखर तक पहुँचने की यात्रा पूरी की है, इस पर खँरोच डालने वाली ऐसी बड़ी दुविधा भी दबा लेनी चाहिए ? घनु बाबू को लगा कि चुप रह जाना अन्याय होगा। किसी हद तक शुद्ध रूप से घपला भी। उन्होंने फिर विलंब करना ठीक नहीं समझा। क्या पता यह बेलगाम मन फिर कोई उलटा तर्क ही जुटा ले !

उन्होंने हकलाते हुए पूछा, "मै…ड…म ! एक बात…" वे पूरा वाक्य नहीं बोल सके !

दोनों खाली कपों को उठाये वह उठ खड़ी हुई हैं, "क्या…?"

घनु बाबू ने दीरखे तक जाकर करीब से तसवीर की तरफ भौंहें उचका दीं, "यह क्या है ? मास्टर साहब ने कभी पोंगापंथी पूजा-पाठ और होम-जाप को अपने पास फटकने तक नहीं दिया, फिर आप उनके ही इस कमरे में इस तरह…।" घनु बाबू का यह वाक्य भी बीच में ही टूट गया, लेकिन सवाल पूरा का पूरा गूँज उठा।

कट्टमकुट्टी

मैडम को सवाल ने न तो उद्विग्न किया, न ही चौंकाया। वह स्थिर रहीं। उनके होंठ व्यंग्य के साथ फैले और मुँह पर कट्टमकुट्टी का एक विचित्र जाला-सा बन गया। घनु बाबू ने स्वयं को इस जाले में एक क्षण के लिए बुरी तरह फँसा-उलझा हुआ महसूस किया। मैडम का चेहरा जैसे ताप से दहक उठा, "…तुम तो जानते हो, मैंने कभी मास्टर साहब के सिद्धांतों को ओढ़ा नहीं। हमेशा उनके धर्म-विरोध को अधर्म और मूल्यों का क्षरण ही बताती रही। लेकिन, उनका एक तरह का दबाव हमेशा मुझ पर रहा कि मैं स्वयं को बदलूँ। मैंने कभी अपने-आप को कमजोर नहीं होने दिया। उनसे मेरा वैचारिक टकराव चलता रहा। मैंने उनकी बीमारी के दौरान उनकी सलामती के लिए पूजा-अर्चना की। ईश्वर से प्रार्थना की। श्रीराम की तसवीर रखी, उन्हीं की लिपि में लिखी 'राम की शक्ति पूजा' का रोज सुबह-शाम पाठ करने लगी। उन्होंने कई बार देखा भी इसे। हालाँकि 'हाँ' या 'ना' तो वे कह ही सकते थे, लेकिन उन्होंने कभी कुछ प्रतिक्रिया नहीं जतायी। आज ही सुबह आरती लेकर गई, तो उन्होंने आँखें मूंद ली। कहीं कोई मुखर प्रतिरोध नहीं…"

घनु बाबू ने देखा, मैडम अपने सैद्धांतिक पक्ष पर उसी तरह मोर्चाबंदी किये बिफरती रहीं। उन्हें यह बात आगे बढ़ाना फिलहाल घातक लगा। वे चुप हो गए। लेकिन, मन कहाँ चुप होने वाला था ? पुरानी

स्मृतियाँ नन्हें गौरैये की तरह पंख फैलाने-हिलाने लगीं। कम जुझारू और बखेड़े खड़ा करने वाले नहीं थे मास्टर साहब।

घनु बाबू एक प्रसंग कभी नहीं भूल सके। मास्टर साहब तब काफी सक्रिय थे। मोटी खादी का कुर्ता-पाजामा पहनते और गाँव-गाँव घूमते थे। कहीं जंगल के लोगों के साथ वन विभाग वालों की ज्यादती के खिलाफ लड़ते, तो कहीं खेतिहर मजदूरों पर किसानों के शोषण के विरुद्ध लड़ाई खड़ी करते। घनु तब कॉलेज में पहुँचे ही थे। बारालोटा से लौटते समय की बात है। तब धनी राम की मचाननुमा झोंपड़ी में ए.आई.एस.एफ. करने वाले लड़कों का जमावड़ा रहता था। एक दिन उन्हें किसी ने पुकारा। देह-हाथ से काफी ठीक-ठाक थे घनु। किसी कसरती जवान की तरह। लड़कों ने तब शायद उन्हें हीरो-टाइप का महसूस कर लिया हो ! गए। वहाँ पहुँचे तो देखा कि धनी राम चूल्हे की ही बराबरी की चौकी पर बैठा खौलती कड़ाही में छनौटा नचा रहा था। सिंघाड़े कड़कड़ाती कड़ाह में मछलियों की तरह छटक रहे थे। एक बेंच पर तीन-चार लड़के लदे हुए थे। एकदम जैसे-तैसे। बेंच को भी एक ही तरफ से उसके अपने पाँव का सहारा प्राप्त था। उसे दूसरी तरफ सिंड़ी हुई ईंटों की कतार उठाये थी। बगल के कच्चे जल-निकास ने काफी दुर्गंध उत्पन्न कर रखी थी। अलग रखी टेढ़ी झुकी कुर्सी पर एक थोड़ी ज्यादा उम्र का आदमी दीखा। काफी सलीके का। उसके तुड़े-मुड़े कपड़े खादी के थे। बैठा भी था दोनों पाँव ऊपर कुर्सी पर ही समेटकर, हाथों से कसे हुए। वगैर इस बात की परवाह किये कि कुर्सी काफी टेढ़ी हो चुकी है, इसकी टिढुआई लकड़ियाँ कभी भी कहीं से चनक सकती हैं और वह कभी भी लुढ़क सकती है !

घनु पूर्व निर्धारित की तरह ठीक इसी कुर्सी के पास जाकर खड़े हुए। उन्होंने महसूस किया कि लड़के उनके वहाँ पहुँचने पर मन मसोस गए। कुर्सी पर बैठे सलीकेदार आदमी ने अपने फैले ललाट पर अपना ही पंजा रगड़कर बालों को पीछे की तरफ सोंटा, "बेटा ! तुम्हारा नाम ?..."

"घनश्याम तिवारी।"

"अच्छा, कहाँ के रहने वाले हो ? रेड़मा के ?"

"नहीं ! नावाटोली में रहता हूँ।"

"अच्छा-अच्छा ! तब तो सूर्यभूषण सहाय यानी 'मास्टर साहब' को जानते ही होगे ?"

"हाँ, हाँ ! पूरी तरह ! वे मेरे खास पड़ोसी हैं। उन्होंने मुझे स्कूल में पढ़ाया भी है..."

"तो, मैं भी उन्हीं का चेला हूं। मैं उन्हीं के साथ कम्युनिस्ट पार्टी भी करता हूँ। कल तुमसे एक सहयोग की जरूरत है..."

"मुझसे ? सहयोग ?" घनु के कान खड़े हुए। आज तक उन्होंने मास्टर साहब को सिर्फ अपने एक शिक्षक के रूप में ही देखा था। सुना तो था कि वे कम्युनिस्ट पार्टी करते हैं, लेकिन आज तक कभी ऐसा कोई संयोग ही नहीं आया कि वे पढ़ाई से इतर उनसे कोई एक वाक्य भी अलग बतिया सके हों ! आज उन्हें अचकचाना पड़ा कि आज यह कौन आदमी है जो उन्हीं का नाम लेकर कल के लिए सहयोग माँग रहा है ! बोले, "मैं कुछ समझा नहीं, बोलिए मैं क्या..."

वह कुर्सी पर ही सँभला। मुड़े दोनों पाँवों को खोला। नीचे लटकाया। दोनों पंजों को कुर्सी के बैठनेवाले तल पर रखकर खुद को ठीक से सीधा किया और बोला, "कल हमलोग प्रिंसिपल का घेराव करने जा रहे हैं, उसमें तुम्हें भी रहना चाहिए।"

कॉलेज में पहला साल भी पूरा नहीं हुआ था उनका। यह उनके लिए नयी बात थी। मन के किसी कोने में कहीं एक डर भी सुगबुगाया, "कहीं ये लोग मुझे भी कॉलेज के लफंगों वाली लिस्ट में तो नहीं शामिल करवा देंगे ? खैर, जो होगा, आगे सोचा जाएगा।" उन्होंने तुरंत हामी भर दी थी।

दूसरे दिन वे कॉलेज पहुँचे तो पता चला कि न सिर्फ वह प्रोग्राम स्थगित हो गया है, बल्कि वे सारे लोग विश्रामपुर चले गए। यह सूचना आई थी कि मास्टर साहब को वहाँ कुछ सामंती गुंडों ने घेर लिया है और उन्हें काफी उत्पीड़ित भी किया गया है। पहले तो मन में आया कि वे तुरंत वहाँ पहुँचें। कम-से-कम एक पड़ोसी के नाते भी। लेकिन फिर एक झिझक भी जनमी। कुछ देर तर्क-वितर्क के बाद वे घर लौट आए।

शाम में वही आदमी उनके पास आया, जो धनीराम की दुकान में कुर्सी पर सिमटा बैठा था। उसके साथ कई और लोग थे, जो थोड़ी दूर

खड़े रहे। वह आते ही तपाक से बोला, "यार, मैं दुःखी हूँ कि तुमसे कल बात करने के बाद आज मैं कॉलेज में तुम्हारा समर्थन न ले सका। दरअसल कुछ सामंती गुंडों ने मास्टर साहब को विश्रामपुर में घेर लिया था। यह खबर मिली, तो हमलोग तत्काल वहीं चल पड़े। खैर..." वह एक कदम आगे आया और घनु बाबू का हाथ पकड़कर बोला, " जब कल या आज तुमने एक बार भी मेरा नाम नहीं पूछा...तो, मैंने भी तुम्हें बता देने का अपना फर्ज नहीं निभाया !... मैं असलम हूँ। असलम अंसारी।"

घनु थोड़ा विस्मित हुए; क्योंकि अभी तक चेहरा और बात-विचार देखकर वे यह सोच भी न पाये थे कि इतना हिला-मिला हुआ आदमी एकदम सीधे मुसलमान ही निकल जायेगा ! तत्काल इस टीम के प्रति एक नई मुलायमियत से भर गए वे ! चाहे जो हो, लोग लाख बुराइयाँ खोज निकालें इन कम्युनिस्टों में, लेकिन भई गजब का सलीका है साथ रहने का। आदमी और आदमी एकदम आदमी की तरह रहते तो हैं साथ-साथ !

घनु को चुप देख असलम ने ही चुप्पी को खरोंचा, "ठीक है दोस्त, तो कल फिर मिलें हमलोग !" वे चले गए। यह भी गौरतलब लगा उन्हें कि जब असलम बातचीत करते हैं तो तमाम लड़के चुप-चुप रहते हैं। यह चुप्पी भी भरी हुई नहीं होती। धड़कती और आसपास से सबकुछ ग्रहण करती हुई होती है। यह बात घनु को सबसे ज्यादा पंसद आई। जो हो, वे बड़े अनुशासित हैं। सुविचारित भी। कम-से-कम विध्वंस के कामों में तो नहीं भिड़े हुए हैं !

बाद में कभी खुद मास्टर साहब ने ही उन्हें बुलाकर देश-दुनिया और समाज पर किसी बातचीत में पहली बार शामिल किया था, या पता नहीं कैसे उनसे यह विस्तृत वैचारिक तादात्म्य बना, यह तो अब ठीक-ठीक उन्हें याद नहीं है। लेकिन उस दिन पूजा के समय का दृश्य उन्हें नहीं भूलता। धीर-गंभीर व्यक्तित्व वाले मास्टर साहब एकदम वैसे उछल-उछल कर झगड़ भी सकते हैं, घनु ने तब सोचा तक नहीं था।

वैसे घर के तमाम लोग अच्छी तरह जानते थे कि मास्टर साहब को पूजा-पाठ से बहुत चिढ़ है। माँ ने सुबह-सुबह उन्हें बरामदे में झोला

दबाये कुर्सी पर साक्षात् विराजमान देखा, तो पहले तो वह थोड़ी देर सकते में रहीं, लेकिन कुछ ही देर बाद अपनी तैयारी में मशगूल हो गईं।

सब हो गया, तो पंडितजी का इंतजार होने लगा। घनु शायद तब झोला उठाये कुछ खरीदकर लाने निकले हुए थे। लौटे तो मास्टर साहब को देख थोड़ा चौंके। उनके इतने सबेरे आ धमकने का अर्थ था, कहीं बाहर निकलने का कोई कार्यक्रम होना। तब तक पंडितजी भी त्रिपुंड लगाये आ पहुँचे। मास्टर साहब ने कुर्सी से उठकर व्यंग्य-मुद्रा के साथ पंडितजी को टोका, "प्रणाम, पंडितजी !"

मास्टर साहब से नजर मिलते पंडितजी के चेहरे पर एक वक्र-रेखा फैल गई। उन्होंने बहुत संयम से तनाव को छिपाया और मास्टर साहब की ओर बढ़े, "का हाल है नेता ! ठीक न ? आजकल स्कूल नहीं आ रहे हो ?" पंडितजी भी मास्टर साहब वाले स्कूल में ही संस्कृत शिक्षक थे, पूजा-पाठ उनका पार्ट टाइम बिजनेस था।

पंडितजी ने मास्टर साहब के जवाब का इंतजार किये बिना तुरंत दूसरी बात शुरू कर दी, "सुना कि तुम, लोगों से 'रामचरित मानस' छीन कर कोई कम्युनिस्टी रामायण थमाने लगे हो ?"

मास्टर साहब का तरंगित चेहरा अचानक धीप कर लाल हो गया। वे चुप रह गए। पंडितजी ने विजयी मुसकान को तलवार की तरह एक बार चारों तरफ छप्पा-छप्प घुमाया और फिर पीछे मुड़कर पूजा-स्थल तक जा पहुँचे।

पुरे हुए चौके की चित्रकारी खूबसूरत थी। छोटी-सी काठ की चौकी पर केले के चार पल्लव नीचे चारों पायों से बँधे थे। पल्लव के ऊपरी मुलायम चारों छोर एक गेंदे के फूल की एक मोटी माला से लपेट दिया गया था। पल्लवों के बीच छोटी चौकी पर हल्दी से रँगा मारकीन का एक दुहराया हुआ कपड़ा बिछा था। इसी पर पीतल के छोटे-से सिंहासन पर एक छोटी-सी ठाकुर जी की मूर्ति थी। चौकी से सटकर छोटी-छोटी कई थालियों में प्रसाद रखा हुआ था। किसी में कटे हुए सेव-नासपाती, तो किसी में केले, अमरूद और बेर भी। एक बड़े परात में आधा सूजी और आधा सिंघाड़े का हलुआ सजा था। एक छोटे परात में पँजीरी और एक बड़े-गहरे कटोरे में पंचामृत। खुँसी अगरबत्तियों की सुगंध और तमाम

प्रसादों से उठती खुशबू आपस में मिलकर एक ऐसा खुशगवार धमक स्वाद फैला रही थी कि खुद मास्टर साहब भी इससे बचे नहीं रह सके। कुर्सी पर पाँव समेटे वे दोनों हाथों को पाँवों के बाहर से लपेट कर उँगलियों को सामने बाँधे हुए थे। घनु मास्टर साहब की इस औचक उपस्थिति से नहीं, माँ की तरफ से किसी भी अप्रत्याशित प्रतिक्रिया की आशंका से भयभीत थे। कहीं माँ उखड़ गई मास्टर साहब पर ही, तो ? वैसे मास्टर साहब के लिए यह स्थिति भी थोड़े ही नई होगी ! खूब झेलते रहते हैं वे। अचानक माँ ने आवाज दी, "अरे, घनु ! जरा सुन तो यहाँ···!"

सकते में आ गए घनुजी। अब, पता नहीं आगे क्या बोल देगी वह ? वे करीब गए। माँ ने आगे कहा, "मास्टर साहब के लिए अब तो चाय वगैरह हो नहीं सकती। उन्हें बोलो कि बैठें; प्रसाद लेकर ही जायेंगे··· ।"

थोड़ी जान में जान आई घनु जी को। खैर, बहुत सुबुद्धि आ गई माँ को। नहीं तो उसका क्या ठिकाना, कब उखड़ जाये मास्टर साहब पर ! अच्छी तरह जान चुकी है कि मास्टर साहब भगवान को नहीं मानते, पूजा-पाठ को भी फालतू समझते हैं ! लेकिन, एक बात जरूर है। घनु ने खुद एक नहीं, कई बार माँ के मुँह से सुना है, "बेचारा मंदिर जाकर भले पत्थर नहीं पूजता है, लेकिन जिंदा आदमियों की सेवा में हरदम लगा रहता है। किसी का भी दुख-दरद देख के मुँह नहीं गाड़ सकता, ऐंठ कर आगे नहीं बढ़ता। जी-जान से भिड़ जाता है···यही क्या पूजा से कम है ?"

एक बार घनु रात में बारह बजे लौटे थे, तो माँ काफी जोरों से बिगड़ी थीं। बहुत दिनों पहले की बात है। अब तो माँ जान गई है कि घनुआ झोला वाले मास्टर साहब के साथ घूमने लगा है। माँ ने कभी इसके लिए मुँह खोलकर मना तो नहीं किया, उल्टे जब रात में घनु ने सहमकर बताया कि वे मास्टर साहब के साथ लेरलीगंज के कोट गाँव में चले गए थे, तो माँ चुप हो गई थीं। माँ का लटका हुआ चेहरा अचानक ठंडाने लगा था, "ओ, झोला मास्टर के साथ ? तब तो ठीके है, कोट गाँव बेचारे गरीब ब्राह्मणों का गाँव है, मास्टर जरूर गाँववालों की कोई भलाई के काम में गया होगा···लेकिन बेटा, इतनी रात में आना-जाना ठीक नहीं है। अच्छा, मैं मास्टर साहब से ही सीधे बात करूँगी।" घनु जी

ने इत्मीनान की एक साँस ली थी।

घनु जी का ध्यान अचानक जब कुर्सी पर दोनों पाँव उठाये बैठे मास्टर जी पर गया, तो उन्हें थोड़ी और राहत मिली, क्योंकि पंडितजी के बाण से बिंधने के बाद का खँरोच चेहरे से अब लापता था। वे मुसकुरा रहे थे।

पंडितजी प्रसाद से सटकर बिछी आसनी पर पालथी मारकर बैठ चुके थे। माँ ने ही पूजन-कार्य की कमान सँभाली थी। पंडितजी ने पूजा-संकल्प करा लोटे को कलश के रूप में स्थापित करवाया। लाल एकरंगे में लिपटा पानीदार नारियल आम के पत्तों सहित कलश पर रखा गया। पंडित जी ने गोबर माँगा। माँ ने सबकुछ तो सामने रख लिया था, लेकिन गोबर का इंतजाम करना ही भूल गई थी। तब घनुजी की छोटी पीठिया बहन राधा सातवीं-आठवीं की छात्रा थी। स्कूल ड्रेस पहनकर ही छमकती चल रही थी। माँ ने उसे ही पुकारा, "बेटी राधा ! जरा बथान से गोबर लाना तो !"

पंडित जी ने लाल एकरंगे में गुलटियाई हुई पोथी को यों ही सामने निकाल लिया था। पोथी को पंडितजी के झोले से निकलता देख मास्टर साहब कुर्सी पर चौकन्ना बैठ गए। उनकी आँखें चमकने लगीं। घनुजी को यह देख कुछ हंगामे का आभास हुआ। लेकिन तत्काल किसी भी तरह के हस्तक्षेप की कोई गुंजाइश नहीं दिखी। राधा गोबर लेकर आ पहुँची तो गणेश-पूजन शुरू हुआ। तत्पश्चात पंडितजी ने पोथी-पूजन कराया। पूजारंभ हुआ। माँ हाथ जोड़े और आँखें मूँदे पालथी मारे बैठी हिल रही थी। मुहल्ले की दूसरी करीब आधा दर्जन महिलाएँ भी आकर बैठ चुकी थीं। सभी भक्ति-भावना में डूबी हुई थीं।

पंडितजी ने कथारंभ किया। वे अभी पहला श्लोक ही पढ़ रहे थे कि मास्टर साहब कुर्सी से उतरकर खड़े हो गए। उनका चेहरा धीरे-धीरे गरमाने लगा। मुट्ठियाँ भींचे और केहुनी के पास से हाथ मोड़ अपनी कमर पर टिकाए वे आक्रामक लग रहे थे, जैसे आँखें हमले का दाँव तलाश रही हों !

पंडित जी संस्कृत में कथांशों को खूब जोर दे-देकर पढ़ रहे थे। मास्टर साहब करीब आए, "पंडितजी महाराज, यह आप क्या कथा कह

रहे हैं कि हम पढ़े-लिखे लोग भी इसे नहीं समझ पा रहे हैं, तब फिर ये घरेलू निरक्षर महिलाएँ क्या समझेंगी ?…''

पंडितजी की भौंहें साँप बन गईं, ''क्या मतलब ?''

मास्टर साहब का स्वर दुगुना कठोर हो गया, ''…आप कृपया कलावती की यह कथा हिंदी में पढ़िए…।''

पंडितजी का चेहरा गरमा कर कडुआ तेल की तरह कड़कड़ाने लगा, ''…क्यों ऊटपटांग बात करते हो नेता ! हिंदी में क्यों कहेंगे हम यह कथा ? संस्कृत में ही कहना उचित है…।'' पंडितजी की आँखें लाल हो चुकी थीं।

भक्ति-भावना में डूबी-डोलती स्त्रियों ने आँखें खोल ली थीं। बच्चे चुप, लेकिन आतंकित होकर कभी पंडित जी का तो कभी मास्टर साहब का चेहरा देख रहे थे। घनुजी चकरा गए कि अब वे क्या करें, क्या न करें ! मास्टर साहब ने अपने दाँतों को पीसते हुए संयत भाषा में ही बात आगे बढ़ाई, ''इसलिए कि यह जो कथा आप संस्कृत में कह रहे हैं, यह आप हिंदी में कहेंगे तो यहाँ बैठे तमाम लोग इसे समझ सकेंगे।''

पंडितजी का स्वर लहकने लगा, ''क्या अधर्म की बात कर रहे हैं आप ! हम हिंदी में क्यों पढ़ेंगे। हम संस्कृत में कथा का पाठ कर रहे हैं। यही देवभाषा है…।''

मास्टर साहब ने बीच में ही अपनी असहमति को फिर खोंसा, ''लेकिन आप देवताओं को नहीं, घरेलू स्त्रियों को कथा सुना रहे हैं, देवभाषा क्यों, जनभाषा में पढ़िए यह कथा !''

पंडितजी निरुत्तर हो गए थे। वे दाँतों को ऐसे चबा रहे थे, गोया मास्टर साहब के हाड़-गोड़ ही चबा रहे हों। मास्टर साहब ने आगे कहा, ''पंडितजी, सत्यनारायण भगवान की महिमा साबित करने वाली कलावती की यह कथा झूठी है, इसलिए आप देवभाषा का बहाना बनाकर इसे साजिश के तहत इस कदर पढ़कर निकले जा रहे हैं ताकि लोग इस पर सवाल न खड़े करें।…''

चेहरों पर उगा पेंच

पंडितजी जाल में फँसे पंछी की तरह पंख फड़फड़ाने लगे, लेकिन निकलना तरल नहीं था। मास्टर साहब ने स्वर को सामान्य किया और मशविरा के अंदाज में बोले, "एक बात बताऊँ ?"

पंडितजी ने जवाब में आँखों को थोड़ा फैलाया। मास्टर साहब क़रीब आए और दाहिने हाथ की पाँचों उँगलियों के छोरों को चुटकी वाली मुद्रा में जोड़कर पंडितजी के आगे नचाया, 'आप मेरी मानिए। कलावती का यह पौराणिक आख्यान सुनाकर आप भी फँस सकते हैं, इसलिए पूजा-पाठ में भी आप कलावती की इस कथा की जगह 'गोदान' का ही कोई अंश या जीवन में सच के साक्षात्कार का कोई मुकम्मल प्रसंग सुना दिया कीजिए। आप तो कोई निरा पुरोहित नहीं हैं, विद्वान शिक्षक भी हैं, आप से तो यह नहीं छुपा है कि सत्यनारायण की कथा में कलावती वाली कथा तो झूठ पर ही आधारित है। ऐसे में 'गोदान' का एक अंश आप पूजा के दौरान हिंदी में पढ़ देंगे, तो यह कथा कम से कम झूठ के पुलिंदे का खेल तो नहीं ही बनेगी। लोग इसे समझ भी लेंगे और यह फरेब का भी कोई व्यापार नहीं हुआ।"

पंडित जी ऐसे चिहुँके, गोया उनके पेट में किसी ने कुछ भोंक दिया हो ! उन्होंने दाँत पीसते हुए मास्टर साहब को ऐसे घूरा जैसे वश चले तो उन्हें भस्म ही कर डालेंगे।

माँ ने आकर बीच-बचाव किया था, "जाने दीजिए मास्टर साहब! पूजा-पाठ की बात है, पंडितजी हैं, इनका दिल नहीं दुखाना चाहिए। लेकिन ई बात सही है कि हमलोग संस्कृत में एक अच्छर भी नहीं समझती हैं...हिंदी में कथा होती, तो..."

मास्टर साहब मुसकुराये। शायद वे इस एक कदम की सफलता से उत्साहित थे। कम-से-कम एक ने तो कथा के हिंदी में कहे जाने के महत्त्व को स्वीकार किया ! मास्टर साहब मानते थे कि किसी भी व्यक्ति का अपनी दिशा में छिटककर उनकी बतायी दिशा में एक डग भरना भी इस बात की गारंटी है कि मिहनत रंग ला रही है ! इसीलिए तो, मास्टर साहब चाहे किसी गाँव से लौट रहे हों तब, या जंगल से वापस आ रहे हों तब;

या फिर शहर में ही कहीं किसी झुंड-समूह से चार गाल बतिया कर लौट रहे हों, तब भी उनके चेहरे पर ऐसी छिटपुट खुशी जरूर जहाँ-तहाँ चमकती रहती—भोर के उजास में ओस की बूँद की तरह।

मैडम ने अचानक आकर घनु बाबू को स्मृति-कुंज से वर्तमान में खींच निकाला। घनु बाबू ने पूछा, "मैडम, मास्टर साहब की यह दशा देखकर मेरा कलेजा बैठा जा रहा है। मुझे तो लग रहा है कि मास्टर साहब नहीं, हमारा युग, हमारा समय ही खटिया पर गिरा हुआ है···मैं गाजियाबाद से दस दिनों के लिए डालटनगंज आया हूँ। सोचा था, दस-बारह साल बाद आया हूँ, सो घूमूँगा। बेतला के जंगलों में भटकूँगा। पलामू किला में इतिहास के सोये किस्सों को उकेरूँगा। गढ़वा नया जिला बनकर अलग हो गया है। सो एकाध दिन गढ़वा रहूँगा। उधर नगर ऊँटारी की तरफ जाऊँगा कुछ पुराने मित्र हैं, गाँवों में रहकर खेती करते हैं। छोटा-मोटा बिजनेस करते हैं। वे एकाध बार दिल्ली में मिले भी थे। उन्हीं लोगों ने कई बार बताया कि पलामू में नक्सली-समस्या उठ खड़ी हुई है। मैंने सोचा था, कि मास्टर साहब के साथ घूमकर कुछ नक्सली नेताओं से मिलूँगा। बातें करूँगा, लेकिन मास्टर साहब की इस स्थिति ने तो मुझे तोड़ डाला··· ।"

घनु बाबू ने स्वयं को ही पसीजता देखा और मैडम को शांत, किंतु किसी भी आसन्न विपत्ति से बाखबर। किसी भी संकट से लड़ने के लिए तैयार। विशाल दृढ़ता। विराट दुर्द्धर्षता···

घनु बाबू इस दृढ़ तेज के समक्ष खुद को ढीला-तरल महसूस करने लगे। वे भीतर तक सजग हो गए। क्या मैडम के अंदर का यह तेजस्-रूप खुद मास्टर साहब के ही जुझारू व्यक्तित्व की अनुगूँज है ! क्या सिद्धांत के स्तर पर ठीक मास्टर साहब के विपरीत उठ खड़ी होनेवाली मैडम भी अपने जुझारूपन में मास्टर की ही प्रतिच्छाया हैं ? ऐसा भला कैसे है ! क्या सचमुच, लोहे की बंदूक भी फलती-फूलती है ? क्या मैडम, मास्टर साहब की ही दृढ़ता-दुर्द्धर्षता की लौह डाल पर खिला नया फूल नहीं हैं ? घनु बाबू का मन तरह-तरह के विचारों से आलोड़ित हो उठा।

वे उठे। उन्होंने घड़ी देखी। रात के नौ ! बाप रे सिर्फ पतली गंजी

है शर्ट के नीचे ! कहीं रास्ते में ठंड न जकड़ ले। मैडम से विदा लेकर घनु बाबू दो कदम आगे बढ़कर फिर पीछे लौटे। खटिया के पास गए। मास्टर साहब को भर नजर देखा, वे नींद में आ गए थे। पाँव के पास ऊपर से ही उन्होंने हाथ जोड़ा। मुड़े। फिर धड़धड़ाते हुए बाहर आ गए।

घनु बाबू तीसरे दिन जब सोकर उठे, तो मन काफी खिन्न था। आँखों में विचित्र तीतापन। मुँह के भीतर एक अजीब कसैलापन, जैसे तालू और जीभ के बीच कोई जहरीला लेप फैला हुआ हो ! अचानक उन्हें लगा कि यह कसैलापन थूक के साथ घूँट में घुलकर गले के नीचे भी सरकने लगा है ! वे चिंतित हो उठे। क्या नींद पूरी नहीं हुई ? जवाब में खुद ही महसूस हुआ, "शायद, ऐसा ही है !" रात में तो मास्टर साहब के यहाँ से लौटकर वे भोजन भी कहाँ कर सके ! माँ कितनी कहती रह गई, लेकिन इतनी गुंजाइश कहाँ थी कि कौर उठाने को हाथ लहसते और मुँह सहर्ष इसे चबा लेता ! मास्टर साहब की दशा देख, जैसे वे निचुड़ गए थे ! जैसे किसी ने उन्हें दुःख की भरी बालटी में कपड़ों की तरह हिलकोर कर झपिलाते हुए बाहर निकाला और पूरी तरह मार दिया हो ! धड़धड़ाते हुए वे आँगन में आए। हौज के पास बैठ गए और पानी निकाल कुल्ला-गलाली करने लगे। मुँह पर छींटे मारे। आह, कैसी सुखद शीतलता है इन नन्हीं बूँदों में भी ! मन का आखिरी तल तक जुड़ा गया। खाँसी की तरह खुस्की-सी उठी तो वे उठ गए। 'अब ज्यादा पानी गींजना ठीक नहीं है !' वे बुदबुदाये।

माँ रसोई में पता नहीं कब की घुसी हुई थी। पहले तो खड़खड़ाहट से वे समझ नहीं सके कि रसोई में कोई बिल्ली वगैरह ही घुसी हुई है या कोई घर का आदमी ! अभी-अभी जब माँ ने खाँसा, तो उनका ध्यान एकाग्र हो गया—क्या बात है ? माँ सबेरे-सबेरे कहाँ शुरू हो गई ! न बच्चों की भनक मिल रही है, न सुन्नर या उसकी बहुरिया की आवाज ही आ रही है ! लगता है सभी निहाली-तोशक में अभी तक छुपे हैं। तब, फिर माँ ही क्यों इस ठंड में सुबह-सुबह व्यस्त हो गई ?

मन में एक खयाल कौंधा। क्यों न सीधे माँ से ही पूछ लें। यह भी कोई बात हुई कि बूढ़ी मतारी सुबह से खटती फिरे और बहुरिया

बिस्तर में छुपी रहे !

दूसरे ही क्षण खयाल ने पलटा खाया, "दो-चार दिनों के लिए आया हूँ। कहीं इसी में यहाँ तनाव खड़ा हो जाए और फिर माँ भी तो यहीं रहेगी, उसे बाद में कोई दूसरी परेशानी न झेलनी पड़ जाए !" किसी भावी विवाद की कँपकँपाती लकीर जैसी आशंका को देख घनु बाबू डर गए। मन ने तुरंत एक नया ढाँढ़स ढूँढ़ लिया, "माँ बूढ़ी है। काम-धाम करती रहेगी तो शरीर भी चलता रहेगा। जो लोग आराम और बेकाम से भरे होते हैं। उनकी बढ़ती चर्बी अंततः कितनी जल्दी उनके शरीर को थसका देती है ! वे अपनी भारी लाश को ढो नहीं पाते और तमाम दवा-दारू में डूबे-डूबे एक दिन जल्दी ही लुढ़क जाते हैं..." तभी उन्हें लगा, जैसे गर्दन में रस्सी लभेरी हुई हो, एकदम जाल की तरह । समझ गए कि यह जकड़न है। तकिया पर एक ही तरफ सिर मुड़ा रह गया होगा, नींद में ! उन्होंने आँखें मूँदीं। पलकों को गिराकर चेहरे पर बल उभारते हुए ठुड्डी के गले के साथ बनते नब्बे डिग्री के कोण को बढ़ाकर एक सौ पैंतीस डिग्री तक फैलाने लगे। गर्दन बजी-रट् ! कुछ राहत मिली !

घनु बाबू ने एक बात संजीदगी के साथ महसूस की कि पेट पूरी तरह साफ हो जाता है, हर सुबह ! क्या यह पानी का चमत्कार है ? पलामू का पानी क्या सचमुच कोई चमत्कारी जल ही है ? गाजियाबाद में रात में हाजमोला खाइए, या त्रिफला चूर्ण; सुबह दो-तीन बार जाना ही पड़ता है, तब भी पेट पूरी तरह साफ नहीं होता ! उन्हें याद है, एक बार शायद सन् अस्सी में राँची से आए कुछ युवा पत्रकारों ने पलामू के बारे में एक गौरतलब टिप्पणी की थी, "यार, ये कैसी विडंबना है कि जिस पलामू के पानी में अमृत-जैसे गुण हैं, इसे पी-पीकर भी यहाँ के भाग्य-विधाताओं की जीभ जहरीली होती जा रही है, आखिर कौन हैं वे लोग जो आज तक यहाँ के पिछड़ेपन के नाग को छुप-छुपकर दूध पिलाते रहे हैं, जो यहाँ के विकास और नवनिर्माण को डँसता रहा है।"

उन्होंने जवाब में एक तीखी कील ठोंक दी थी, "बहुत सेंटीमेंटल होकर कमेंट कर रहे हैं आप। एकदम ऐसा ही नहीं है कि कुछ लोग पलामू में खलनायक की भूमिका निभाते रहे हैं, यह एक बायस्ट आब्जर्वेशन है।"

लंबे वाले साँवले लड़के ने मुसकुराकर प्रतिवाद किया था, "मिस्टर

तिवारी, तुम सिंपलीफाई करके सोचते हो। कभी तुमने यह समझने की कोशिश की कि इतनी नदियों वाला यह जिला अभी तक क्यों हर साल सूखे की मार झेलता आ रहा है ?"

घनु का तीर निशाने पर ही लगा था, उन्हें आज महसूस हुआ कि बेमतलब कलम रगड़ने वाले माने जाने वाले पत्रकार असलियत में फालतू जैसी चीज नहीं होते। वे थोड़ा इसलिए विस्मित हुए कि राँची के पत्रकार होकर भी पलामू के बारे में वे इतनी सूचनाएँ रखते हैं ! उन्होंने हुंकारी भरी थी, "यश ! और ये नदियाँ भी हालाँकि सभी पहाड़ी हैं लेकिन सिर्फ बरसात में ही जीवित रहती हों, ऐसा भी नहीं !"

साँवले लड़के ने हुंकारी सुनकर दुगुने उत्साह के साथ अपना रोष उगला, "फिर इन जल-स्रोतों का उपयोग क्यों नहीं होता ? क्यों हर साल पलामू सूखे के राक्षसी जबड़ों तक पहुँच जाता है ?"

घनु ने अब पूरा पाला बदल लिया था, खुलकर उन्होंने भी अपना आक्रोश यों उड़ेला, "...और तो और ! जो भी अफसर यहाँ आता है, पहले तो 'जंगल-पहाड़', 'छोटी-जगह', 'कहीं कुछ भी नहीं' आदि-आदि की तोहमतें लादता है, बाद में फिर यहाँ ऐसे धँस जाता है, जैसे नमीवाली जमीन पर थेथर के पौधे। फिर तो इन्हें ऐंठ-ऐंठ कर उखाड़कर फेंकते जाइए, हर बार फुनगते ही जाएँगे !" लौ की तरह हिल रही थीं उनकी आँखें, जैसे दीपक तेज हवा के बीच पड़ गया हो !

साँवले लड़के के बारे में जिज्ञासा बढ़ी तो उससे उन्होंने पूछ लिया, "आपका परिचय ?" वह सकुचा गया, "माँडर में रहता हूँ, राँची में पत्रकारिता करता हूँ। रहने वाला तो चाईबासा का हूँ। लेकिन बचपन वगैरह सब माँडर में बीता है, ननिहाल है वहाँ। चंदवा में मेरी मौसी है, इसीलिए पलामू से भी संपर्क बना रहा। कचहरी में मौसी के मुकदमे को लेकर कई बार डालटनगंज आना-जाना हुआ, एक बार मास्टर साहब से भेंट हो गई। उसके बाद तो महीना में एकाध बार चला आता हूँ।"

घनु ने अनभिज्ञ बनते हुए पूछा, "क्या मास्टर साहब से कोई काम-वाम...?"

वह फिर तीखा हो गया, "क्यों, बिना काम के किसी से मिलना जरूरी नहीं हो सकता क्या...?"

घनु ने सरलता से फिर सवाल किया, "बिना शर्त काम के किसी से मिलना जरूरी कैसे हो सकता है···?"

साँवले लड़के ने फिर फुँफकार मारी, "गजब बात करते हैं आप तिवारीजी।"

"मुझे तो लग रहा था कि आप मास्टर साहब के पड़ोसी हैं, जरूर कुछ डेवलप्ड ब्रेन के होंगे···इसीलिए अभी मास्टर साहब से नहीं मिले तो लौटते हुए हमलोग आपको देखकर रुक गए।" उसने यह कहते हुए अपने साथियों की तरफ देखा, तो वे सहम गए। क्योंकि घनु को नया आदमी मानते हुए उसका इस तरह उखड़ना उसके साथियों को नागवार गुजर रहा था, यह उनके चेहरों से जाहिर था। वह थोड़ा नरम हुआ, "तो मि. तिवारी ! आई एम सॉरी ! कभी-कभी बिना किसी काम के भी किसी से मिलना इतना अनिवार्य हो जाता है कि आदमी चैतन्य महाप्रभु बनकर नाचता हुआ बंगाल से पाँव-पैदल वृंदावन पहुँच जाता है। लेकिन तब यदि आप मौजूद होते तो क्या चैतन्य को रोककर भी उनसे काम पूछते ?"

घनु आतिथ्य भाव से भर गए थे, बोले, "आइए, आइए ! एक-एक कप चाय तो पीते जाइए।"

बैठते हुए अब तक लगातार चुप रहे, सिर पर कम बाल वाले पत्रकार ने बताया था, "हमलोग तो जब राँची से आते हैं, तो दिन भर मास्टर साहब के साथ गाँवों में भटकते हैं और रात में ही उन्हीं के बरामदे में चटाई डालकर लुढ़क जाते हैं। एक-एक ट्रिप में हफ्ता-हफ्ता भर पलामू के गाँवों में भटके हैं। कई दिन तो इधर ही गाँव वालों के यहाँ पुआल-बोरा पर गहरी नींद का आनंद ले चुके हैं। गरीबी बहुत है गाँवों में, लेकिन लोग बहुत अमीर हैं। मेरा मतलब व्यवहार और उनके स्वभावगत भोलेपन से है। लोगों का दिल बहुत धनी है।"

घनु ने एक-एक कर सबको कप थमाया, "आपलोग मुझे कुछ-कुछ आध्यात्मिक लग रहे हैं।"

साँवले लड़के ने मुसकुराकर तीर छोड़ा, "चलिए, इसी बहाने तो हम लोगों को आपने सहिष्णु मान लिया।"

घनु ताजा-ताजा मास्टर साहब के चेला बने थे, भाप छोड़ता हुआ अपना मार्क्सवाद तुरंत सामने खोल दिया, "आप लोग मीडिया में हैं,

आपलोगों का काम मरहम लगाते फिरना नहीं है, आपका काम तो घाव बाँटने वाले कारणों को तलाशना है। उन्हीं चेहरों को बेनकाब कीजिए आपलोग, जो लोगों को धीरे-धीरे नाकाम बनाने की साजिश में लगे रहते हैं।''

चाय की चुस्कियाँ चल रही थीं, लेकिन उनलोगों को घनु का घूँट ज्यादा गरमी दे रहा था, ''यह दान और यह दया की जो संस्कृति है, यह गहरी साजिश है। कोई सहिष्णुता नहीं है यह। यह परिवर्तन की धारणा का बहुत मुलायम और धारदार खंडन है, कि कभी भी खिलाफ में मुट्ठियाँ बन भिंच जाने वाले हाथ हमेशा नीचे या सामने फैले हुए रहें। जिस पर 'वे' अपना हाथ ऊपर किये कुछ-न-कुछ रखते चले जाएँ ! हाथों को मुट्ठियाँ बन खिलाफ में लहराने से रोकने की साजिश है यह, पसरी हुई हथेली को प्रोत्साहित करने की संस्कृति···उसी तरह आप लोगों की यह लिजलिजी सहिष्णुता भी घातक है। यह 'मरहम लगाओ' वाली आपकी नीति क्या घाव बनाने वाले खलनायकों के पक्ष में नहीं जा रही है ? आपने सोचा कभी कि जो लोग सालों भर जनता को लूटते हैं, उसके भोजन में पत्थर-कंकड़ मिलाते हैं, उसकी दवा में घालमेल करते हैं, महँगाई के बघनखे से नोंच कर उसका गाढ़ा खून चाट-चाट कर ताकतवर पशु बन जाते हैं। वही लोग एक दिन दान-पुण्य करके महादानी बने फोटो खिंचवाते हैं ! क्या यह भोंडा और खुला हुआ पाखंड भी आपको दिखाई नहीं पड़ता ?'' घनु भूल गए थे क़ि वे किसी छहमुहान पर बड़ी मस्जिद के पास खड़े होकर तर्क-वितर्क कर रहे हैं, या अपने ही घर में आए नए परिचित अतिथियों से बतिया रहे हैं !

साँवले लड़के ने उठकर घनु को अँकवार में बाँध लिया था, ''आपने तो यार, मेरी आँखें ही खोल दीं। मेरी दृष्टि बदल गई, हालाँकि मास्टर साहब ने भी कभी अपना पाठ ऐसे नहीं पढ़ाया था हमें। हमलोग उनके पास अपनापन और उनकी जानकारी का लाभ उठाने आ जाया करते थे। लेकिन उन्होंने कभी हमें इस तरह टोका नहीं था। हमलोगों ने तो उन्हें शनिवार के दिन एक बार जब काली मंदिर का नारियल-प्रसाद दिया, तो उन्होंने वह भी हँसकर ले लिया था। बाद में हमलोगों ने आपस में बतियाया भी था कि उन्होंने हमारा मन रखने के लिए प्रसाद लिया या

क्या कुछ बात थी !'' साँवले लड़के की नजर बार-बार उठकर घनुजी की बगल वाली उस आलमारी पर उठ रही थी। इसके शीशे में एक चौकोर लेनिन की लाल कलर की तस्वीर सटी हुई थी। साफ महसूस हो रहा था कि बहुत सावधानी के साथ कैंची घुमा-घुमाकर यह किसी पत्रिका से काटा हुआ चित्र था। लाल कलर का प्रिंट ऐसा, गोया आग के शोलों से चित्र की रंगभराई हुई हो !

वे तीन थे, जिनमें नाटे कद वाले युवक ने अभी तक एक वाक्य भी नहीं कहा था। वह इस दौरान बहुत ज्यादा रुचि नहीं ले रहा था। कपों को मेज पर रखी थाल में एकत्र कर घनु जब भीतर जाने को हुए, तो नाटा कद वाला युवक अचानक झटके के साथ उठ खड़ा हुआ। घनु रुक गए। वह आलमारी के निकट चला गया और शीशे के भीतर कुछ गौर करने लगा। कुछ ही क्षणों बाद उसने पूछा, ''मि. तिवारी, एक बात पूछें ?''

घनु थोड़ी उलझन में पड़ गए, ''कहीं बकबक करते हुए कोई किताब न माँग बैठे,'' उन्हें यही शंका हुई, बोले, ''यस-यस ! पूछिए।''

तब तक आलमारी को खोलकर उसने गांधीजी की मूर्ति निकाल ली थी, ''यार, आपका बाहर नेमप्लेट देख 'जनशक्ति' अखबार के संवाददाता वाली सूचना से हमलोग यह तो समझ गए थे कि आप जरूर ही कोई पक्के कामरेड होंगे, तभी तो यह 'दायित्व' आपको मिला होगा, और अभी जब आपके तर्क-विचार सुने, तब तो सिद्ध ही हो गया कि आप मास्टर साहब के खास चेलों में हैं।''

घनु बाबू ने खाली कपों से भरी थाल फिर मेज पर रख दी। ढीली जैसी लरज आयी लुंगी के घेरे को पकड़कर कमर पर थोड़ा ऊपर खींचा, ''हाँ, हाँ, तो ?''

जैसे कोई बड़ी चोरी पकड़ ली हो उसने, स्कूप पा लेने की खुशी छलकाते हुए नाटे कद के इस युवक का चेहरा व्यंग्य के पेंचों से गजगजाकर भर गया था। ''यह गांधीजी की मूर्ति क्यों आप आलमारी के भीतर छुपाये हुए हैं ? हालाँकि यह मूर्ति मुझे पिकुलियर लग रही है, चेहरे पर बेचारगी और लाचारी जताने वाली फैली हुई उनकी उँगलियाँ ! रियली दिस इज ए वेरी इंपोर्टेंट एंड मार्केबुल पोज ऑफ आवर फादर ऑफ

नेशन !" उसका चेहरा देखने लायक था। सभी भौंचक थे। अभी तक लगातार चुप्पी ओढ़े बैठे वह कैसा ठंडा-ठंडा था और अभी अचानक उबलकर कैसे फट पड़ा ! उसने मूर्ति को मेज पर खड़ा किया और फिर घनु की तरफ घूमते हुए अपनी बात पूरी की, "लेकिन, मुझे बताइए, आपलोगों का यह डबल रोल क्यों है ? गांधी जी आलमारी के भीतर और शीशे पर बाहर से लेनिन ? क्या यह छलावा नहीं है ?"

बीच बहस में

स्थिति विचित्र बन गई थी। वह झझकता हुआ चुप हो गया था बाकी दोनों उसके साथी पत्रकार उसे ऐसे घूर रहे थे, गोया उसने यह सब कह-सुनकर कोई निंदनीय-जघन्य काम कर दिया हो ! उधर खड़े-खड़े घनु भी अचानक उसके इस कदर फट पड़ने से अचंभित थे। लेकिन इस बात पर तीनों को अचरज था कि ऐसी तीखी टिप्पणी पर भी घनु स्थिर क्यों खड़े हैं !

साँवले लड़के ने खड़ा होकर घनु बाबू का हाथ पकड़ लिया। उसके फैले होठों और आँखों के नीचे बनी सिलवटों से याचना और पश्चाताप के भाव फूट रहे थे, "मिस्टर तिवारी ! वी आर रियेली सॉरी फॉर दिसहॉट डिस्कसन ! बट, इट इज रियली वेरी चार्मिंग कि आपकी आलमारी के फ्रेम पर बाहर से तो लेनिन की तस्वीर दिख रही है और भीतर आप गांधीजी की यह पिकुलियर मूर्ति रखे हुए हैं···।"

घनु की चुप्पी से शंका की गुंजाइश वाकई तैयार हो रही थी कि उन्हें कम बाल वाले नाटे लड़के की जली-भुनी बातें बुरी लगी हों। साँवले लड़के को यह गुंजाइश ज्यादा दिख रही थी। उसे लगा कि यह घोर असभ्यता ही है कि जिस एकदम अनजाने व्यक्ति ने इतनी खातिर-बात की, घर में बिठाया, प्रेम से छलकते चाय के कप थमाये, उसे एक अदद गैर-जरूरी से सवाल पर इस कदर अपमानित कर दिया गया ! यह सोच-सोच साँवले लड़के का मन तीखा हो गया। उसने रोष से कम बाल वाले नाटे लड़के की तरफ घूरा। वह अब भी ऐंठा, गर्दन टेढ़ी किये कभी

घनु तो कभी खुद से सख्ती से नाप-तौल कर रहा था। उसके चेहरे पर वे सारे सवाल मधुमक्खी की तरह बैठे साफ-साफ गोचर हो रहे थे।

तीसरे ने कुछ देर तक घनु और अपने साथियों को चुपचाप घूरने के बाद हस्तक्षेप किया। खड़ा हो गया और घनु को बैठने के लिए हाथ पकड़कर उसने कुर्सी की तरफ ठेला। घनु सहज ही बैठ गए, लेकिन उनके चेहरे पर हतप्रभता का घना जाला हिलता रहा। उसने पूछा, "बुरा मत मानिएगा, यार ! मेरा सवाल वह नहीं, दूसरा है।"

घनु ने तीसरे पत्रकार की तरफ गौर से देखा। उसने पूछा, "यह मूर्ति गांधीजी की रियली एबसर्ड है ! कहाँ मिली आपको ?..."

घनु ने अनेक तरह के भ्रम सिरजने वाली अपनी चुप्पी तोड़ी, "...असल में..." उनका गला रुँधा, तो खंखारकर उन्होंने खाँसा और उठकर बाहर खँखार फेंकने लपके और तुरंत फिर आकर बैठ गए, "मैं पहले यह बता दूँ कि कम-से-कम मैं किसी भी तरह के पाखंड का शिकार होना सोच भी नहीं सकता। एक बात मैं खोलकर कहूँ कि मुझे राजनीति से कोई मतलब नहीं है। बल्कि, साफ शब्दों में कहूँ तो एकदम घृणा है आज की पॉलिटिक्स से ! इसलिए मैं यह सोच भी नहीं सकता कि पिछले साल अचानक कुछ अर्थपूर्ण लगने के कारण प्राप्त की हुई गांधीजी की यह मूर्ति ऐसा भ्रम भी सिरज सकती है !..."

एक-एक कर वे दोनों भी अपनी-अपनी कुर्सी पर बैठ चुके थे, लेकिन तीनों के सिर उनकी गर्दनों पर सवाल चिह्न की मुद्रा में चौकन्ना थे। साँवले लड़के ने घनु बाबू की इस साधारण-सी टिप्पणी पर भी जोर-से हुँकारी भरी, इससे कटुता की मोटी परत थोड़ी हलकी हुई, "हाँ, तो आप अब पहले गांधीजी की मूर्ति का यह विशिष्ट अर्थ खोलिए...।"

घनु का स्वर धीरे-धीरे हतप्रभता की झुलसन से मुक्त होने लगा था, "नहीं, पहले यह बता दूँ कि यह मूर्ति मैंने अचानक कैसे-कहाँ देखी और कैसे यह आशा के विपरीत मुझे हस्तगत भी हो गई..." उन्होंने मेज पर स्थिर चाय की एक बूँद पर अपनी तर्जनी रखी और इसे वे लकीर बनाते हुए 'एल' अंग्रेजी अक्षर के आकार में रगड़कर फैलाने लगे तो साँवले लड़के को शायद यह घृणास्पद लगा, क्योंकि ऐसा भाव उसकी भौंहों के बीच लकीर के छोटे से बने तिकोन और नाकों पर उगती सिलवटों से

साफ जाहिर हो गया। घनु ने ऐसा महसूस किया तो उँगली को अपनी जाँघ पर लुंगी में रगड़कर पोंछने लगे और चेहरे पर गहरा भाव समेटे तन्मयतापूर्वक बोलने लगे, "पिछले ही साल की तो बात है। बाजार में हमलोग चंदा कर रहे थे, शायद सूखा-राहत-सर्वदलीय कमिटी की तरफ से। आढ़त रोड के निचले इलाके में एक पुरानी दुकान में पहुँचे तो, वहाँ मोमबत्ती काँपकर शाम के घिरते अँधेरे को मुँह चिढ़ा रही थी। अगल-बगल बल्व ही जल रहे थे, लेकिन शायद उस दुकान की बिजली खराब थी···।"

साँवले लड़के ने मौका देखकर एक चुटकी ली, "आप तो किसी स्टोरी राइटर की तरह डिस्क्राइब करने लगे···उत्सुकता और रोमांच से भर रहे हैं···।"

एक हलकी-सी मुसकान तरंग की तरह चारों चेहरों पर लहरा गई। जैसे कोई पतली-सी किरण चेहरों पर कौंध गई हो ! कटुता अब लगभग खत्म हो चली थी, लेकिन कम बाल वाले नाटे लड़के ने मुसकान के बाद फिर वही मुख-मुद्रा अख्तियार कर ली। घनु ने झेंपते हुए कहा, "नो, नो ! मैं अपना सेंटीमेंटल इंप्रेशन बता रहा हूँ, मैं जब-जब अकेले में भी वह क्षण याद करता हूँ, तो एकदम इसी गति-क्रम और इन्हीं शब्दों की नोंक से वह दृश्य स्मृतियों में उकेरता हूँ···।"

साँवले लड़के ने भौंहें उचकाकर यह जताया कि तब तो निश्चय ही यह कोई गौरतलब बात है ! ऐसा करते हुए उसके भिंचे होठों ने थोड़ा विस्मय, थोड़ा विश्वास और थोड़ी उत्सुकता के मिश्रित भाव छलकाये। घनु को लगा कि वे तीनों उनकी बातें गंभीरता से ले रहे हैं, सो उन्होंने कहने की अपनी संजीदगी बनाये रखी, "हम लोगों की चंदे की रसीद पकड़कर दुकानदार संकोचपूर्वक दो दिनों बाद अदायगी की बात बोलकर आगे खड़े समीर दा से बैठने का आग्रह करने लगा। संभव है, वह उनका पूर्व परिचित भी हो। तभी मेरी नजर गांधीजी की उस मूर्ति पर पड़ी जो उसने खाली बोरों की गोलियाई हुई मोट की छल्ली के बीच एक बड़े-से दीरखे में रखी थी ! चेहरे पर लाचारी और उँगलियाँ नचाकर अपनी बेचारगी जताने वाली गांधीजी की आवक्ष यह मूर्ति मुझे, पहली ही नजर में बेधक लगी। मैंने जैसे ही उस मूर्ति की तरफ हाथ उठाकर इशारा कर

कुछ पूछना चाहा, वैसे ही दुकानदार ने लपककर दीरखे से मूर्ति निकाल ली और मेरी ओर बढ़ाने लगा। मैंने मूर्ति थामकर पूछा कि यह मूर्ति उसे कहाँ से मिली है, तो उसने बहुत विचित्र टिप्पणी की···'' कहकर घनु एक पल को रुके, तो यह रुकना जैसे तीनों को व्यग्र करने लगा हो, ऐसा उनके चेहरों से एकबारगी झलका। वे तुरंत आगे बोले, ''कहने लगे कि यह मूर्ति जब से उसने दुकान में रखी है, उसका धंधा मंदा हो गया है। उल्टे वही आग्रह करने लगा कि मैं चाहूँ तो तुरंत यह मूर्ति वह देने को तैयार है। उसने यह भी कहा कि चूँकि 'गांधी बाबा' की मूर्ति है, इसलिए वह मनहूसियत के बाद भी रखे हुए है नहीं तो···वह सँभला और आगे आग्रह के साथ बोला कि मैं यह मूर्ति लेता ही जाऊँ।''

इस प्रसंग का तीनों पर गहरा असर पड़ा, यह बात घनु ने बहुत बारीकी से महसूस की। आगे बोले, ''···मैं हालाँकि इस मूर्ति को देख स्वयं यह उपाय ढूँढ़ ही रहा था कि आखिर कैसे उस दुकानदार से इसे प्राप्त करूँ तब तक तो वही··· ।''

कम बाल वाले लड़के ने थोड़ा व्यंग्य किंतु इससे कहीं ज्यादा जिज्ञासा मिश्रित स्वर में पूछा, ''कृपया तिवारीजी, आप इस मूर्ति के इस खास एक्शन का अर्थ, आई मीन स्पेकेसिफिक मीनिंग यानी व्यूज बताइए··· ।''

घनु की मुख-मुद्रा पर फिलहाल किसी कामरेड वाली नोंकदार तल्खी या तार्किकता न होकर, एक आहत व्यक्ति वाली वेदना तेल की तरह गाढ़ा छहलायी हुई थी, ''···नेहरू-मंत्रिमंडल के एक साधु-प्रवृत्ति के मंत्री हुआ करते थे महावीर बाबू। यानी महावरी प्रसाद। पक्के गांधीवादी थे। दफ्तर से लौटते तो पाँव पैदल झोला लटकाये सब्जी लाने बाजार चले जाते। तो, महावीर बाबू ने जब देखा कि आजादी के बाद दिल्ली में सत्ता से जुड़े तमाम लोगों का खुद अंग्रेज के रूप में रूपांतरण होने लगा, आजादी के बिहान के बाद सुख-सुविधाओं की तेज धूप का स्वाद लेने के लिए स्वराज के तमाम दीपों को फूँक मार-मारकर बुझाया जाने लगा, तो वे भागे-भागे गांधीजी के पास पहुँचे··· ।''

साँवले लड़के ने घनु बाबू की बातों का बूँद-बूँद रस पीते हुए एकाग्रता के साथ हुंकारी में बगैर कुछ शब्द बोले चेहरे पर उत्सुकता,

विश्वास और व्यक्त हो रही विडंबना के प्रति संत्रास का विचित्र भाव बनाकर इसे मुखर ढंग से व्यक्त किया। कुछ पल के ठहराव के बाद घनु आगे बढ़े, "तो महावीर बाबू ने बापू को सविस्तार बताना शुरू किया कि कैसे सत्ता में आए क्रांतिकारी कांग्रेसी सुख-सुविधाओं पर टूटने लगे हैं ! कैसे गाड़ियाँ, फ्लैट, लाव-लश्कर और न जाने क्या-क्या पा लेने के लिए होड़ मची हुई है ! कैसे आजादी के पहले के सारे नारे, सारे संकल्प और आपके (गांधीजी के) सपने आज एक-एक कर पानी के बुलबुलों की मौत मरते दिखाई पड़ने लगे हैं; तो कहा जाता है कि गांधी जी लगातार अवसाद की परतों में दबते चले गए। महावीर बाबू ने जब उन्हें कुरेदा कि वे राष्ट्रपति हैं, यह आजादी उन्हीं के नेतृत्व में मिली है, लिहाजा इसमें हस्तेक्षप करें और सत्ताभोगियों को इस मनमानी और लिप्सा से रोकें, तो गांधीजी अभूतपूर्व लाचारी और बेचारगी के साथ कहा था कि 'अब मेरी कौन सुनेगा' !" गले में खरास-सी महसूस हुई, तो घनु ने खाँस कर साफ किया और बोले, "उस समय की गांधीजी की मुख-मुद्रा की कल्पना को इस मूर्ति में उतारा गया है···बात झिंझोड़ने वाली तब भी थी, आज भी है। मैंने इसलिए यह मूर्ति अपनी आलमारी में सुरक्षित कर ली···।"

सॉवले लड़के ने मुसकुराकर फिर एक चुटकी ली, "यानी आग की रोशनाई से बनी लेनिन की तस्वीर के साथ, बल्कि साथ नहीं पीछे गांधीजी की बेचारगी-लाचारगी से भरी मूर्ति का समीकरण आपको खूब पसंद है ?···"

घनु बाबू से जैसे गरम लोहा छू गया हो, उचक गए, "अरे नहीं ! च् ! च् ! च् !" गलत समझे जाने के प्रतिक्रिया-स्वरूप चुचकारी भरने लगे, "च् ! च् ! कत्तई नहीं। मैं आजादी के बाद देश में सत्ता के लिए तमाम दलों में लगातार गहराती उद्दाम लिप्सा का एक जैसा उफान एक समान आँकता हूँ, इसीलिए किसी भी राजनीतिक नेतृत्व के प्रति कभी आस्थावान नहीं हुआ···।"

साँवला लड़का था बहुत दिलचस्प। मामूली चुटकी ले-लेकर बीच-बीच में जैसे बिजली का नंगा तार घनु को छुआ दे रहा था। इस बार उसने घनु को झन्नाटेदार स्पर्श दिया, "मिस्टर तिवारी ! आपका सेंटीमेंटल एंड वेरी वाइज थिंकिंग देख मुझे तो लगता नहीं कि भविष्य

में आप कभी राजनीति के क्षेत्र में जाना पसंद करेंगे, या फिर यह भी तय है कि अगर आपने अपनी तरफ से कभी ऐसा कोई प्रयास किया भी तो आप वहाँ बर्दाश्त नहीं किये जाएँगे, लेकिन…।"

घनु ने बीच में टाँग लगायी, "नहीं नहीं ! मैं तो राजनीति में जाना कत्तई नहीं चाहता। इसलिए यह बकवास ही छोड़िए…"।"

साँवले लड़के ने अपना ढीला पड़ा सूत्र फिर पकड़ लिया और पानी की धीमी तकली पर एक चुटकी का पेंच फिर दे मारा, "मैं दूसरी बात कह रहा हूँ।" वह कुर्सी पर ही थोड़ा सतर्क हुआ पीठ के कंधे वाले हिस्से को कुर्सी के ओठंगने वाले पाये से हटाकर सीधा खड़ा किया, "मुझे आप यह बताइए कि क्यों आज तक मार्क्सवाद हमारे यहाँ इतने दशकों की कम्युनिस्ट पार्टी की सक्रियताओं के बावजूद भारतीय राजनीति के बागीचे में विदेशी पौधे की तरह दूर से अलग-थलग दिखाई पड़ता रहा ? क्यों यह यहाँ की मिट्टी और यहाँ के पानी के स्वाद को स्वयं में मिलाकर यहाँ के अनुकूल, स्वीकार्य एक नया रूप नहीं धारण कर सका ?…" मुद्रा उसकी ऐसी हो गई थी, गोया वह घनु से नहीं, अपने समय के ध्वस्त खंडहर पर चढ़कर इतिहास के अध्याय से सवाल पूछ रहा हो ! स्वर में तेजाब की छनछनाहट थी, आग की गर्मी थी और कहीं कुछ गहरे खो जाने या खास प्रिय चीज के टूट जाने के मुखर अहसास।

घनु ने साँवले लड़के का आशय ठीक-ठीक आँका, सो वे उद्विग्न हो उठे। उन्हें लगा कि वे दोधारी तलवार पर खड़े हैं, इसलिए उन्होंने मुसकुराकर कदम बढ़ाना वाजिब समझा, "वही किस्सा फिर कह दूँ तो इसका ठीक-ठीक उत्तर होगा…" उन्होंने देखा, तीनों के चेहरे गर्म पानी से निकाले आलू की तरह भाप छोड़ रहे थे, बोले, "…रूस में ठंड पड़ती है तो हमलोग अपने यहाँ तेज धूप में भी गर्म कोट पहन लेते हैं…।"

एक ठहाका अचानक फूटा, जैसे अँधेरे कमरे में गुल बिजली अचानक आ धमकी हो। घनु आगे बोले, "हमने मार्क्सवाद को भी गीता और कुरान बना दिया है, जबकि यह किसी पैगंबर या भगवान का कोई 'प्रथम' या 'आखिरी' संदेश नहीं है, यह बार-बार मिट्टी की महक और पानी के स्वाद से जुड़ने का राग गढ़ती रहने वाली जीवन-पद्धति है…।" घनु ने देखा कि तीनों को उनका यह खरोच पहुँचाने लगा है, तो उन्होंने

तुरंत अपनी पटरी बदल ली, "बहुत ऊँची-ऊँची बातें कर गए हमलोग। एकदम उसी तरह, जैसे आजादी के बाद हमारे नेता आज तक करते रहे हैं। है न हमारे लिए काहिली की बात ? आपलोग तो अखबारों में लिखते हैं, जाने-अनजाने जनता को दबोचने वाले केकड़ों-बिच्छुओं को अपने जबड़े से दबोचते रहते हैं…।"

कम बाल वाले लड़के को बात कुछ नागवार-सी लगी उसने टोका, "हमलोगों के पास कोई 'जबड़ा' भी है क्या ? क़लम के पास जबड़े की गुंजाइश ही कहाँ है ?…"

घनु ने जैसे अपना ढला-ढलाया चिकनाया हुआ विचार मेज पर कतारबद्ध लगाना शुरू कर दिया, "…बुरा मत मानिएगा आपलोग ! क्योंकि आप तीनों बंधु लोग पत्रकार ही हैं। मेरा अखबार, पत्रकार और पत्रकारिता के बारे में कुछ स्पष्ट मत है कि छपता हुआ अखबार दैत्य की तरह होता है। आपलोग उसके कृत्रिम धारदार दाँत हैं। यानी दाँत आप हैं, लेकिन जबड़ा किसी और का है, वह इसीलिए जब दाँत बदल देता है, तो आप निस्तेज हो जाते हैं। यह लंबा भाषण क्यों करूँ कि देश में अखबार कैसे आज अकेले एक ऐसा आश्रय बन गए हैं, जनता जहाँ हर दरवाजा बंद देखने के बाद पहुँचकर राहत पाती है। लेकिन यह आश्रय भी अंततः किस सुरंग से जुड़ा है, यह भी क्या खोलना होगा ? क्या अखबार उनके लिए उनकी एक बेहतर दुकान नहीं है ? मेरा मतलब छोटे या मँझोले अखबारों से नहीं है, ऐसे अखबार तो खुद उन बड़ी मछलियों की आँख में छोटी मछली की तरह नाच रहे हैं…मेरा मतलब पूँजीपति घरानों के…।" थोड़ी देर रुककर उन्होंने आई हिचकी को मुँह गोलकर ढकार बहार निकाला, फिर थोड़ा नरम स्वर में बोले, "अब यह समय का फेर है कि आप लोग कैसे अपने अवसर का सदुपयोग कर जनता के लिए कुछ डग ही सही, लेकिन इस कदर अभागे पलामू में आकर चहलकदमी करते हैं।"

घनु की बातें रुकने वाली तो थी नहीं, लेकिन शायद यह सोचकर थम गईं कि 'ज्यादा वाद-विवाद पहली ही भेंट में ठीक नहीं !' वे तीनों, घनु की बातों से संभवतः गहरे तक सहमत थे, उनके चेहरे यह बता रहे थे। साँवले लड़के ने कहा, "हम लोगों को आज मास्टर साहब से

नहीं मिल पाने का कोई मलाल नहीं रहेगा, आपने तो एक बढ़िया मुठभेड़ का मौका देकर हम लोगों का काफी-कुछ दिमागी मकड़जाल साफ कर दिया है···।''

तीनों उठने को हुए, तब तक माहौल काफी सौहार्द्रपूर्ण बन चुका था। खाली कपों से भरी थाल लिये घनु भीतर जाने को दरवाजे की तरफ लपके तो पर्दा हटाते ही माँ खड़ी दिख गई। उन्होंने तुरंत थाल थमायी और बाहर आ गए।

साँवले लड़के ने घनु के कंधे को पकड़कर प्रेम का सरलतम रूप धारण कर लिया, ''कैसे खब्तुलहवाश हैं हमलोग भी !''

घनु चौंके, ''क्या मतलब !''

वह झेंप दर्शाने लगा, ''हमलोगों ने तो नेमप्लेट देख आपका नाम-वाम पहले ही जान लिया था, लेकिन अपना नाम-वाम हम लोगों ने तो अभी तक नहीं बताया···।''

घनु भी अपने चेहरे पर अपनापन-अंतरंगता का भाव रोक नहीं पाये, वे एकदम मोम की तरह पिघल चुके थे, ''अच्छा, तो अभी कर लेंगे पूरा परिचय। इसमें क्या है···।''

साँवले लड़के ने उनका हाथ अपने हाथ में थामा, ''मेरा नाम तो शिवा टोप्पो है, बस काम वही अखबारों में खबरें लिखना।''

घनु ने आगे एक पुछल्ला जोड़ा, ''···और हम जैसे सीधे-सादे लोगों को वैचारिक रूप से मथना।''

शिवा टोप्पो एकदम हिल-मिलकर ऐसा एकाकार हो उठा, कि तुरंत, नहले-पर-दहला दे मारा, ''बाप रे ! आप, और सीधे ! मास्टर साहब के चेला हैं न, कामरेड ! इसीलिए सीधे तो होंगे ही, लेकिन जलेबी की तरह ! मीठे भी जरूर होंगे, लेकिन लाल मिर्च की तरह।''

घनु झेंप गए तो उनका हाथ कम बाल वाले लड़के ने पकड़ कर कहा, ''मैं एस.पी.वर्मा ! दिल्ली के एक अखबार का साउथ बिहार रिप्रजेंटेटिव हूँ।''

तीसरे ने हाथ जोड़कर नमस्कारी मुद्रा में कहा, ''···और मैं सुबल सेन ! कलकत्ता के एक बँगला दैनिक का स्टाफ करोसपोंडेंट ! हम तीनों साझा रहता है राँची में। एक मकान में रहता है एक अभियान में चलता

है लेकिन आपस में हमेशा तीनों तीन कोण पर रहकर लड़ता है...।" 'लड़ता' शब्द को लक्ष्य कर घनु ने खुलकर ठहाका लगाया। साथ में तीनों ने भी जोर मारकर ठहाकेदार शोर किया।

कोई छोटी-सी बयार

कंधे पर पीछे से नन्हीं उँगलियों का स्पर्श पाकर घनु बाबू की आँखों से बया के घोंसले-सा झूलता वर्षों-वर्षों का वह ठहाकेदार दृश्य टूटकर बिखर गया। पीछे मुड़े। देखा, बंटी खड़ा था ! आँखों में कीच और बाएँ गाल पर होठों के कोर से कान तक लार की सूखी हुई उजली लकीर। बाल सोंटे हुए कड़े और खड़े। बाएँ कान के ऊपर सिर में बालों पर बनी सिलवटें देख उन्होंने अनुमान लगाया कि तकिये पर वह एक ही तरफ देर तक सोया रह गया होगा ! घनु बाबू ने उसे दोनों हाथों से थाम लिया, "क्या बात है, बेटा ? पेशाब करेगा क्या ?..." बंटी की आगे उतान हुई हाफ पैंट को देख घनु बाबू ने ठीक ही अंदाजा लगाया। वह अलसाया-सा कुनमुनाते हुए बोला, "हाँ !" जल्दी-जल्दी थोड़ा आगे बढ़कर नाली के पास उसे खड़ा कर घनु बाबू ने उसकी पैंट ढीली कर नीचे सरका दी।

माँ कब रसोई से निकलकर बाहर आई और कब नहा-धोकर पूजा-घर में चली गई, यह घनु बाबू को पुरानी स्मृतियों को उकेरने के क्रम में पता भी नहीं चला। अभी जब माँ का मंत्रोच्चार सुनाई पड़ा, तो उन्हें अपने उस तन्मयता का तेजी से अहसास हुआ। बंटी पेशाब करके लौटा तो घनु बाबू ने उसे गोद में उठा लिया। उन्हें थोड़ा अचरज हुआ। कि गोद में उठाते समय बंटी ने सख्त ढंग से ना-नुकुर की। इस क्रम में उसने यह भाव जताया कि अब वह छोटा बच्चा नहीं रहा ! घनु बाबू ने प्यार जताने के लिए अपने होठों को फैलाकर बंटी के नन्हें से मुखड़े को चूमना चाहा, तो वह बेतरह सिर हिलाने लगा। अंततः उन्होंने दाहिने हाथ को उसके सिर के पीछे पहुँचाकर उसे पकड़ा और चूम लिया। उनके होठों की नमी उसके गाल पर तरल रूप में चस्पा हो गई, तो बंटी ने जहर जैसा मुँह बना लिया, "अंकल, आप तो बहुत गँवार हैं ! गाजियाबाद में

रहकर भी इतने देहाती की तरह··· ।" घनु बाबू को उसकी इस छोटी-सी टिप्पणी पर, अचरज की एक कौंध छू गई, 'क्या जमाना आ गया ! हम लोग अपने बाप-पितिया की गोद में चढ़ने के लिए ललकते चलते थे और ये बच्चे···" उन्हें बुदबुदाता देख बंटी ने पूछा, "अंकल, किससे बतिया रहे हैं ?" उसकी आवाज में गहरी नींद के बाद की अलसायी खुमार अब भी भरी हुई थी।

घनु बाबू झेंप गए, "किसी से नहीं बेटा !" वे आँगन में धीरे-धीरे कदम बढ़ाते हुए सीढ़ी की तरफ बढ़ने लगे, "सोच यह रहा हूँ कि एक लड़कपन हम लोगों का था कि बाप-मतारी से सटे चलते थे। मुँह फाड़े रहते थे कि कोई हमें गोद में उठाये सीने से लगाये, चुम्मा ले, प्यार करे और एक तुम लोगों का जमाना देख रहा हूँ। कि जहाँ··· ।" वह छत पर चढ़े, तो ठंड कुछ ज्यादा महसूस हुई।

बाएँ हाथ को अंग्रेजी के एल अक्षर वाले आकार में स्थिर कर उसी पर उसे थामे छत पर चहलकदमी करने लगे ! जब हाथ में दर्द होने लगा तो उन्होंने बंटी को नीचे उतारा। वह खाली पाँव था, छत पर पहुँचते ही वह चिल्लाया, "बाप रे ! बहुत ठंडा है।" उन्होंने लपककर फिर उसे उठा लिया। उन्हें अपनी इस मूर्खता पर थोड़ी कोफ्त भी हुई कि इतनी ठंड में वे बच्चे को क्यों हाफ पैंट और हाफ स्वेटर में ही उठाये ऊपर आ गए हैं ! धड़-फड़ वे उसे उठाये नीचे जाने के लिए सीढ़ी की तरफ बढ़े। पास खड़े मुनगे के पेड़ से रह-रहकर ठंडी हवा के तीर छूट रहे थे, जो स्वेटर-कपड़े और मांस की तहों को पल भर में ही चीरकर सीधे हाड़ को कँपकँपा रहे थे।

नीचे उतरते हुए सीढ़ी के अंतिम सोपान तक पहुँचे, तो माँ धूपदानी पकड़े ऊपर चढ़ने के लिए आती हुई मिल गई। सीढ़ी पर से घनु बाबू हटे, तब तो माँ को जाने का रास्ता मिले ! वह सुगंधित धुआँ छोड़ती धूपदानी पकड़े ही थरथराकर मंत्रोच्चार कर रही थी। उसके बाएँ हाथ में फूल-प्रसाद वगैरह से भरी बाँस की डलिया लटक रही थी। उजली पतली साड़ी में माँ को ठंड नहीं लग रही है क्या ? सोचकर खुद उन्हें ही दुगुनी कँपकँपी छूटने लगी। तब माँ ने टोक ही दिया, "अरे बेटा घनु ! बहुत ठंड है, एकदम टुनकाह ठंड ! जहाँ-तहाँ लोग ढिलमिला जा रहे हैं, सो

फिर पानी भी माँगने का मौका नहीं मिल रहा है···और ई ठंड में बच्चे को तू ऐसे ही लेकर छत पर चले जा रहे हो !···"

घनु बाबू झेंपते हुए आगन लाँघ कर कमरे में आ गए। बंटी कँपकँपा गया था। उन्होंने अपने पलंग के सिरहाने से लंबा मोड़कर रखा कंबल खोला और बंटी को इससे लपेट दिया। वह काँप रहा था और दलदलाकर सुसकारी मार रहा था। कुछ देर बाद जब काम भर गरमाहट मिल चुकी, तो बंटी ने तोते की तरह तुतलाते हुए पूछा, "अंकल, गाजियाबाद में भी ठंडा बहुत पड़ता है ?"

घनु बाबू ने उसके मुँह के पास से कंबल का हिस्सा थोड़ा-सा ऊपर-नीचे खिसकाकर मोड़ा, "हाँ, बेटे ! लेकिन यहाँ तो बहुत ज्यादा ही पड़ती है ठंड न !"

बंटी प्रतिभाशाली था, इसका अहसास घनु बाबू को उसके प्रतिप्रश्नों से उस दिन भी हुआ था और आज भी हुआ। उसने तुरंत सवाल दागा, "यहाँ ठंड बहुत ज्यादा पड़ती है ? काहे ?"

घनु बाबू का शुरू से यह एक विश्वास रहा है कि बच्चों के प्रश्नों को कभी टालना नहीं चाहिए और उन्हें कभी कोई बात गलत नहीं बतानी चाहिए, क्योंकि बच्चे कभी अगंभीर होकर जिज्ञासा नहीं प्रकट करते। प्रकृति का यह नियम है कि बच्चे अपने भावी जीवन के लिए ज्ञान के कोष का निर्माण इसी क्रम में शुरू कर देते हैं। घनु बाबू बोले, "बेटे, पलामू में जंगल है, पहाड़ हैं, नदियाँ हैं, खेत हैं, सब कुछ है, सो ठंड तो ज्यादा ही पड़ेगी न !"

बंटी ने भौंहें उचका दी, "जंगल-पहाड़ और ढेर सारी नदियों के कारण ही ज्यादा ठंड पड़ती है यहाँ ?"

घनु बाबू का चेहरा किसी पढ़ा रहे शिक्षक की तरह अभिव्यक्तिपूर्ण था, "हाँ, बेटे ! पलामू का नाम भी इसी इलाके की इसी विशेषता के कारण पड़ा है कि यहाँ पाला बहुत पड़ता है। पहले यहाँ पाला से सारी फसलें वगैरह मारी जाती थीं। इसीलिए 'पाला' और 'मउ' मिलकर इसका नाम पलाभू हो गया।"

"आपको यह सब कैसे मालूम हुआ ?" उसने प्रश्न किया।

घनु बाबू को अब झुँझलाहट-सी होने लगी थी, सो वे उसके प्रश्नों

से मुक्त होना चाहते थे। लेकिन उन्होंने इस ऊब को चेहरे पर किसी तरफ से जरा भी रेंगने नहीं दिया। खड़े होते हुए धीमी आवाज में बोले, "मैंने किताब में पढ़ा है !"

बंटी भी उठ खड़ा हुआ। कंबल को उसने शरीर पर से हटा दिया। उसके पाँवों के चारों ओर कमर तक ऊँचा कंबल का गुड़मुड़ाया हुआ घेरा बन गया। पाँव छलाँग कर वह घेरे से निकलकर पलंग के दूसरे खाली हिस्से में आ गया। कुछ ही पल बाद उसने फिर प्रश्न किया, "कौन-सी किताब है, अंकल ?"

घनु बाबू को बात थोड़ी नागवार गुजरी; सातवीं कक्षा का छात्र है, किताब का नाम जानकर अभी क्या करेगा ? लेकिन, उन्होंने मुसकुराकर अपनी यह भावना छुपा ली, "अच्छा, बेटे अब जरा मैं नहा-धो लूँ। निकलना है बाहर···।"

बंटी ने फिर अपना प्रश्न दुहराया, "वह किताब कौन-सी है अंकल ?"

घनु बाबू बोले, "पलामू का एक इतिहास है। नाम तो ठीक-ठीक याद नहीं है, लेकिन यह किताब यहीं के रहनेवाले एक विख्यात पुराने लेखक ने लिखी थी। उनका नाम रामदीन पांडेय था, काफी पहले उनका निधन हो चुका है···" कहते हुए घनु बाबू आँगन की तरफ निकल गए।

नाश्ता करके वे कपड़ा बदलने लगे। पैंट पर शर्ट डाली। जूते का फीता बाँधा। इच्छा हुई कि एन.सी.सी. वाला वह पुराना बेल्ट आज लगाएँ ! आलमारी में वह रखी हुई कल या परसों मिली थी। झाड़-पोंछ कर रख लिया था, सो आज लगाने की इच्छा हो गई। बेल्ट को उन्होंने कमर में बाँधा तो सामने के हुक ने थोड़ी हुज्जत-सी पैदा की। कमर में बेल्ट कस रही थी। मोड़ों के पास क्लिप ढीला कर थोड़ी-सी इसकी लंबाई में ढील दी। अब शायद लग जाए, उन्होंने इस बार हुक भिड़ाया, तो 'कुट्' की आवाज हुई और बेल्ट कमर में बैठ गई। आईने के सामने खड़े हुए, तो कमर में बेल्ट की मौजूदगी से एक नशा-सा अंगों में दौड़ा, जो अक्सर तब दौड़ा करता था जब वे कालेज के दिनों में अपने प्लाटून की कमांडरी झाड़ा करते थे। आईना देख बस एक कमी महसूस हुई—काश, अभी एक

मिनट के लिए कैप मिल जाता ! तब तक किसी की पदचाप सुन वे आईने के सामने से हट गए। राजू था। आते ही टपक पड़ा, "अंकल जी, एक बात बोलें ?"

घनु बाबू आशंकित हो उठे कि कहीं बेल्ट पर वह निशाना न बैठा दे ! हौले बोले, "बोलो-बोलो।"

राजू का स्वर सधा हुआ था, "आप रोज सुबह निकलकर रात में देर तक कहाँ-कहाँ घूमते रह जाते हैं ?"

घनु बाबू को इत्मीनान मिला। बोले, "बहुत सारे दोस्त-मित्र यहाँ हैं न ! दस-बारह साल बाद आया हूँ, सबसे मिलना जरूरी है न !"

राजू थोड़ा असहमत-सा हुआ, "क्यों, इतना जरूरी है कि इतनी-इतनी देर तक लगातार आप भटकते रह जाएँ ! रात में मेट्रो चैनल पर हिंदी फीचर फिल्म थी। कितनी बेहतरीन फिल्म, वाइल्ड लाइफ पर ! आप दोस्तों से बहाना बनाकर लौट आया कीजिए दोपहर के बाद। क्या फायदा उनके चक्कर में भटकते रहने से ? यहाँ कोई आयेगा तो हमलोग बाहर ही बहाना करके फुटा देंगे। भीतर फिल्म देखते रहिएगा, नो प्रोब्लम !"

घनु बाबू को राजू की इस सलाह ने कँपा दिया। उन्हें लगा कि राजू के इस सोच से, बहुत खास कुछ टूटने-फूटने और ध्वस्त होने की गंध आ रही है। उन्होंने खिन्नता के साथ यह टिप्पणी की, "चुपचाप जाकर अपना काम करिए आपलोग ! जाइए, पढ़िए, होमवर्क कीजिए। आज स्कूल जाना है कि नहीं ?"

राजू पीछे मुड़कर खिसकने लगा; लेकिन एक टिप्पणी चस्पाँ की, "आप भी तो पापा की तरह ही हार्ड टॉक करते हैं, एन्वायड मूड में।"

घनु बाबू बाहर आए। दस बजने को आया, लेकिन सनसनाती हुई हवा अब भी बर्फीले तीर चुभो रही थी। माँ ने पीछे से पुकारकर रुकने के लिए कहा था, सो वे दरवाजे पर खड़े रहे। तभी दरवाजे से सटे रास्ते पर एक लूना आकर रुकी। गौर करने लगे घनु बाबू। चेहरा तो पहचाना हुआ ही लग रहा है, कौन हैं यह महाशय ? उन्होंने दिमाग पर जोर दिया। अच्छा, प्रोफेसर मिश्र के बेटे अरुण ! लेकिन शरीर तो इसका पूरा स्थूल हो गया भई !

अरुण ने आते ही हाथ जोड़ा, "घनु भइया ! कल खबर मिली कि आप पधार चुके हैं। चलिए, पापा ने बुलाया है। एकदम व्यग्र हैं। जब से सुना है कि आप आए हैं, ऊ आपसे मिलने के लिए बेचैन हैं। डॉक्टर उनको बेड रेस्ट बोला है, इसलिए अपने तो घर से निकल नहीं सकते हैं, हमको उदबेग से भेजिन हैं कि घनु बाबू को लेकर ही आओ।"

माँ ने आते ही कहा, "जा रहे हो, तो इहे कहना है कि खाने के समय आ जाना।"

घनु बाबू बोले, "नहीं ! अब हम किधर निकल जाएँगे, कहाँ रहेंगे, कोई ठीक तो है नहीं। इसलिए रात का खाना ही बनाना, दिन का खाना मते बनाना !"

माँ तो आखिर माँ थी, वह क्यों दबती। गुस्सा कर बोली, "ई कौन बात हुई कि एतना दिन पर घर आए हो और दिन-दिन भर घूमते रह जाते हो ? अरे, आए हो तो चार साँझ बैठकर घर का अन्न खाओ, पानी पीओ ! तब न घर की भी आत्मा जुड़ाएगी। इसी घर में जनमे हो, खेले हो, पले हो, बढ़े हो ! घर के एक-एक कोना-सानी की साध होती है कि वह अपने घरवाले को चार कौर संतोष से खाते हुए देखे..." माँ जैसे कोई वेद-पुराण जैसी चीज कह रही हो, उसके चेहरे पर ऐसी ही ऋषिसुलभ पवित्रता और एकाग्रता के दर्शन हो रहे थे।

घनु बाबू को माँ की तमाम बातें अपने प्रभामंडल में बाँधती जा रही थीं। उन्हें लगा कि माँ का कहना भी गलत नहीं है। वह आखिर जन्मदात्री है, उसे तो यह साध होती ही होगी कि बेटा सामने रहे, सामने खाये-पीये और आनंदित हो ! उन्होंने बगैर कुछ शब्द कहे, अरुण के साथ नीचे की ओर उतरकर सड़क तक की दूरी धीरे-धीरे सरकते हुए तय की।

नया गुरुद्वारा होते हुए लूना को अरुण ने सर्वोदय गर्ल्स स्कूल वाले रास्ते होते हुए चर्च रोड की तरफ मोड़ा। कितना तेजी से बदला है यह शहर ! घनु बाबू ने देखा, यहाँ से वहाँ तक मकानों का पूरा नक्शा ही बदला हुआ है ! जहाँ छप्पर के पुराने-धुराने ठिगने कद के मकान थे, वहाँ पक्के मकानों के जंगल उग आए हैं ! चर्च चौक के पास पहुँचे, तो ओवर ब्रिज देख चमत्कृत हो उठे। वे जब डालटनगंज छोड़ रहे थे तब कहाँ था

यह ब्रिज ! बात हालाँकि चल रही थी, लेकिन कभी रेलवे की तरफ से शिथिलता के कारण, तो कभी बिहार सरकार की निष्क्रियता के कारण योजना लटकती चली आ रही थी। बहरहाल, घनु बाबू को यह ओवर ब्रिज देख तत्काल, सुखद अनुभूति हुई। तब तक कचहरी गेट के पास आकर छोटे से ट्रैफिक गोलंबर के पास लूना को अरुण ने ब्रिज की तरफ मोड़ने के लिए घेरा मारा। स्टेट बैंक की भी नई बिल्डिंग ! बाईं तरफ कोने में बनी। यह भवन भी उन्हें खूबसूरत लगा। उन्हें याद आया कि यह सब कचहरी-परिसर का परसवन था। पराश (पलाश) के पेड़ खड़े झूमते रहते थे। गर्मी के दिनों में तो जैसे पत्तों के हिलने से आग की लपटें ही निकलती रहती थीं। गर्म पथरीली जमीन पर जूते गर्म हो जाते। चाहे यह चमड़े का होता तब, या प्लास्टिक वगैरह का भी होता, तब भी। लूना अपनी कूबत से ज्यादा बोझ लेने का अहसास कराती जब ओवरब्रिज के छोर को छूने लगी तो बाईं तरफ डी.एस.पी.क्वार्टर से सटे विशाल भवनों की शृंखला देख उनका माथा ठनका। उन्होंने अब तक की जीवित चुप्पी को खुरचा, ''अरुण जी !''

''हाँ, सर !'' अरुण जी शुरू से घनु बाबू के लिए 'सर' शब्द का व्यवहार करते हैं। हालाँकि अभी यह 'सर' शब्द से घनु बाबू को बहुत पहले का वह क्षण अचानक स्मरित हो गया, जब उन्होंने कुछ दिन तक 'सर' शब्द को सुनने के बाद अचानक एक दिन गहरी प्रतिक्रिया की थी। उन्हें लगा था कि यदि उनके लिए 'सर' शब्द प्रचलित हो जायेगा, तो लोग उन्हें ट्यूशन वगैरह पढ़ाकर पेट पालने वाला विपन्न या अनाथ जैसा कोई युवक मान लेंगे। तमाम तेजस्विता के बावजूद घनु बाबू के मन में यह गझिन गाँठ अभी हाल-हाल तक कायम थी कि कोई उन्हें गरीब न समझ ले, विपन्न न समझ ले या बेकार-बेरोजगार सोचकर दया-सहानुभूति से न देखे !

अरुण को लगा कि उनकी 'हाँ' घनु बाबू के कान तक शायद नहीं पहुँच सकी है। सो, उन्होंने दुबारा स्वर को तेज करते हुए कहा, ''का कह रहे हैं, सर ? बोलिए।'' सामने से आते हुए एक खाली ट्रक के ढनढनाते हुए तेवर देख अरुण ने साइड लेकर लूना की रफ्तार कम कर ली थी। घनु बाबू ने बाईं तरफ पीछे छूट रहे मकानों का लक्ष्य कर पूछा, ''यह

नई बिल्डिंग कलक्टेरियट की बन गई ? क्या कमिश्नर आफिस इसी में···''अरुण ने काटा, ''नहीं, नहीं ! यह जुडिशियरी के भवन बने हैं। अभी इसमें शिफ्ट पूरा नहीं हुआ है, लेकिन जल्दी ही···''

तब तक जज साहब का क्वार्टर भी गुजरने लगा है और ठीक लाइन के समानांतर ऊपर लूना गुजरने लगी। ढलान से उतरते हुए उधर मिशन स्कूल आबादगंज वाले इलाके और इधर आरा मिलों वाली कतारों के आसपास जहाँ-जहाँ तक नजर जा रही थी मकानों के नए-नए उठते तेवर झलकते चले जा रहे थे। कुछ देर की चुप्पी के बाद घनु बाबू ने अरुण को संबोधित किए बगैर, स्वयमेव जोर से टिप्पणी मुखरित की, ''पलामू में सोमालिया जैसी भुखमरी का इस साल तो राष्ट्रीय स्तर पर शोर मचा हुआ है। गाँवों के बारे में हर साल यही खबर आती रही कि सूखा-अकाल पीछे पड़ा ही रहता है, लेकिन शहरों में ये मकानों के जंगल कहाँ से हरे-भरे होते जा रहे हैं ? भुखमरी की पटपटाती लू में सूखाग्रस्त इस धरती से कैसे रस प्राप्त कर लेते हैं ये जंगल ?'' लूना कम्यूनिस्ट पार्टी के दफ्तर के पास से गुजरी, तो जैसे एक आग की लपट उन्हें छू गई ! एकदम उसी तरह जर्जर और बदरंग था यह दफ्तर आज भी, जैसा पहले था।

अरुण को बात कुछ अटपटी लगी, बोला, ''आज तक भी आप नहीं बदले, सर ! एकदम उसी तरह सोचते और बोलते हैं आप, जैसा पहले करते थे। पता नहीं क्यों, आपकी बातें दिमाग की नसों को कस देती हैं ! लगने लगता है कि मस्तिष्क किसी ओरच-ओरच कर लगाई हुई गाँठ को ऐंठन मारकर तोड़ने को बेचैन हो उठा है !''

घनु बाबू की विचार-शृखंला में बाधा हुई। उन्हें अरुण की बातें लग गई थीं, ''क्या मैंने कुछ गलत कह दिया ?''

अरुण ने जीभ निकाल ली, ''ओ ! च् ! च् ! च् ! मैं यह नहीं कह रहा हूँ···'' गलत समझे जाने पर अरुण की बढ़ी उद्विग्नता से लूना थरथरायी, तो घनु बाबू ने हिदायत दी, ''अरे, बबुआ ! देखना, कहीं गुस्सा में कसर निकालने के लिए गच्चा मत मार देना !'' दोनों का तनाव गोलगप्पे की तरह फुच्च-से फटा और एक साथ वे खिलखिलाकर हँस पड़े, जैसे कोई छोटी-सी बयार झरझराकर बहने लगी हो !

छँटता हुआ कोहरा

लूना रुकी। घनु बाबू उतरकर खड़े हो गए। अरुण ने लकड़ी के गेट को लूना के अगले चक्के के दबाव से ठेलते हुए खोला और भीतर पहुँचकर उसे खड़ा कर दिया। तब तक घनु बाबू आसपास उठे नए-नए मकानों को भकुआ कर देखने में व्यस्त हो गए थे।

अरुण अपने घर के भीतर चला गया। घनु बाबू ने गौर किया, पहले जहाँ इस समूचे टाँड़ जैसे उजाड़ धनखेत में डॉ. मिश्र का ही इकलौता मकान था, वहीं अब मकानों की एक मुकम्मिल भीड़ खड़ी हो गई है। कुछ मकान अभी अधूरे ही थे, ऊपर लोहे के पाये वाली रडें निकली हुई और दीवारों पर कोई प्लास्टर आदि भी नहीं। लेकिन लोग-बाग रह रहे थे। सभी घरों के आगे मोटरसाइकिल या स्कूटर जैसे वाहन अनिवार्य रूप से थे। घनु बाबू ने गौर किया कि डॉ. मिश्र का ही यह इकलौता मकान है, जो एकतल्ला रह गया है और यह जितना पंद्रह साल पहले था, वही आज भी है; शेष तमाम बादवाले मकान खूब फैले हुए तथा काफी पैसा लगाकर बनाये हुए लग रहे थे।

डॉ. मिश्र के घर के आगे का यह गढ़नुमा मकान भला किसका है ? तय है कि यह किसी प्रोफेसर, पत्रकार या ऐसे ही किसी नागरिक का तो हो ही नहीं सकता। कहाँ से बना सकेगा, कोई ऐसा मकान ? दाल, रोटी, स्कूल-फीस और दवा-दारू की ही मार ऐसी है कि कोई भी वेतनभोगी ईमानदार आदमी इसके बाद कुछ सोच भी नहीं सकता, आज के जमाने में मकान बनाना तो बहुत बड़ी बात है ! तब फिर किसका है यह मकान जो डॉ. मिश्र के घर को सामने से तो एकदम निगल ही चुका है। सड़क पर खड़ा होकर कोई अंदाजा भी नहीं लगा सकता कि इसके पीछे कुछ है भी।

तब तक अरुण बाहर निकला। वह अहाते के भीतर बरामदे के दरवाजे पर खड़ा हो गया। खींचकर फैलाने वाले काले ग्रिल को समेटकर दबाते हुए अरुण ने हाँक लगाई, "आइए, सर। बाहर क्यों रह गए आप ? भीतर आइए ! पापा आँगन में गुल कर रहे हैं, तब तक बैठिए !" घनु बाबू का ध्यान टूट गया। उन्होंने लकड़ी के गेट को धक्का दिया, तो वह

तलमला गया। टूटा हुआ होने के कारण यह किसी तरह ईंट पर चढ़ाकर रस्सी-वस्सी से गाँथकर फँसाया हुआ था। भीतर आकर फिर उसे यथा-स्थिति में कर वे बरामदे में आये। पहले वाली बरामदे की चौकी नहीं थी, उसकी जगह थोड़ा पुराना पड़ चुका सोफा फैला हुआ था। बैठते हुए घनु बाबू ने सामने के छोटे टेबुल के नीचे वाले स्पेश में रखी किताबों के ढेर पर हाथ डालते हुए पूछा, "अभी भी गुरुदेव चारों टाइम गुल करते हैं क्या ?"

अरुण ने मुसकुराते हुए कहा, "हाँ ! डॉक्टर ने मना भी किया हुआ है लेकिन···" डॉ. मिश्र ने आँगन से आकर बरामदे में प्रवेश किया। वे गुल वाला चुल्लू बना पंजा सामने निकाले हुए थे। उनके दूसरे हाथ में तर्जनी बाएँ गाल के नीचे जबड़े में धीरे-धीरे दाँतों पर रेंग रही थी, "वाह ! घनु जी आ गए हैं ! एक जमाना बिता कर आए हैं भाई !" उन्होंने मुँह से गुल लिपटी तर्जनी निकाल ली थी, लेकिन इसे अलग से छिनगाकर लटकाए हाथ अलगाए हुए ही नजदीक आए, "···आप तो पलामू को भुला ही दिए भाई ! एकदम ससुराल के होकर रह गए हैं ! ऐसा काहे किए ?···"

घनु बाबू खड़े हो गए थे, उनके हाथ जुड़े हुए थे, "क्या ऽ ऽ ऽ ! गुरुदेव ऐसा भला संभव है कि मैं पलामू को ही भूल जाऊँ···आपने ऐसा सोच कैसे लिया ?"

डॉ. मिश्र ने झटके के साथ पीछे मुड़ते हुए उत्साह-खुशी के भावों को छलकाते हुए कहा, "आप आ गए हैं, यह खुशी की बात है। आज दिन भर बातें करूँगा आपसे। जरा कुल्ला करके आता हूँ।" वे एक कदम ही आगे बढ़े कि श्रीमती मिश्रा भी अपना स्थूल शरीर लिये बरामदे में आ गईं, "घनु बाबू का हेल्थ तो बढ़िया हो गया है। लगता है ससुराल का पानी बहुत सूट किया है। का हाल है बहुरिया का ? लइकन अब कै ठो हो गए ?"

घनु बाबू ने विशिष्ट विनम्रता के साथ उन्हें प्रणाम करने के बाद सोफे पर बैठते हुए कहा, "बच्चे दो हैं। एक तो यहीं से था, दूसरा उससे छह साल छोटा है यानी पाँच-साढ़े पाँच साल का हो गया होगा।" उन्होंने गौर किया श्रीमती मिश्रा का शरीर कुछ गला है और चेहरे पर रोगग्रस्तता

का आभास। 'बात क्या है ? कहीं वह बीमार तो नहीं है ! शायद मेरा आना सुनकर ही उठकर चली आई हों।' घनु बाबू ने तुरंत पूछा, "चाची, आप बीमार हैं क्या ? चेहरा एकदम उतरा हुआ लग रहा है..."

वह गंभीर हो गईं। उनके चेहरे पर दूधिया बल्ब की रोशनी की तरह खेलती खुशी-मुसकान गुल हो गई और अँधेरे की तरह उदासी फैल गई, "हाँ, बाबू ! हम तो एक-डेढ़ साल से बीमार हैं। अब का होगा, कुछ कहना मुश्किल है। नाव किनारे लगती जा रही है, कभी भी पत्ता कट जायेगा !"

घनु बाबू गमगीन होने लगे, "काहे, का हुआ है चाची, आपको ?"

उनका चेहरा विवशता और असहायता से भर गया, "एगो रोग थोड़े है ! हजार गो रोग है। डाइबिटिज है, हार्ट की बीमारी है, गोड़ में फायलेरिया है..." उन्होंने थोड़ा-सा रुककर आगे कहा, "पोरफेसर साहेब की तबीयत भी तो खराबे चल रही है।"

घनु बाबू उद्विग्न हो उठे, "आयँ ! क्या ट्रोबुल है उनको ?"

श्रीमती मिश्रा आँगन की तरफ जाने वाली गली के दरवाजे पर ओठंग कर खड़ी हो गईं। दरवाजे का परदा उनके वहाँ खड़े होने के कारण उनकी पीठ पर चढ़कर उठंग हो गया। बोलीं, "वही बीमारी ! डायबिटिज और हार्ट !"

घनु बाबू फिर उद्विग्न हो उठे, "डायविटिज और हार्ट ट्रोबुल ! सर को ?"

उन्होंने बोलकर हुँकारी नहीं भरी, सिर्फ सिर हिलाया। घनु बाबू का मुँह गींजे हुए गीले आटे की तरह हो गया, "सर तो बहुत नपा-तुला भोजन-भात लेने वाले आदमी रहे हैं। न कभी कोई नशा लिया, ना ज्यादा चटोरबाजी की। बल्कि इसीलिए भी तो वे बोतल खनकाने और मुर्गे की टाँग चबाने वाले प्रोफेसरों के बीच खासा अलोकप्रिय बने रहे...फिर भला उन्हें यह सब रोग कैसे जकड़ने लगे !"

श्रीमती मिश्रा कुछ कहतीं, इससे पहले ही आते हुए डॉ. मिश्र गली में से ही बोलने लगे, "अरे, यह सब लीला है, भाई ! जो दारू में तैर रहा है, छूट के व्यभिचार मचा रहा है। देख रहा हूँ कि उस पर भगवान भी मेहरबान है और इंसान भी..."अंदर आने पर वे सोफे के ऊपर पाँव

समेटकर बैठ चुके थे। उनकी छाती पर के बाल भी जगह-जगह सफेद हो चले थे। बीच में तिल के दो-तीन दानों के अलावा एकदम इसी तरह एक लाल दाना भी था। जनेऊ को दोनों हाथ से तानकर उन्होंने पीठ पर इसे सीधा किया और इसी से रगड़ पैदा कर पीठ खुजलाने लगे, "देखिए, सिन्हवा को ! आपके समय में तो वह था ही यहाँ। अपना एक कॉलेज शुरू किया था। कैसे-कैसे करके राँची विश्वविद्यालय में वी.सी. रजिस्ट्रार के आगे-पीछे प्रिंसिपल बना रहा और खूब पैसा कमाया। सस्पेंड भी हुआ, तो हमको पहले बोल गया था कि एक-दो माह के लिए सस्पेंड होना पड़ेगा। फिर तुरंत सब सेट हो जायेगा। दस-ग्यारह लाख पीटकर रख दिया उसने !"

घनु बाबू जानते थे कि कुछ भी हाँ-हूँ करने का मतलब है कि यही प्रसंग आज की बातचीत में आकर फँसा रह जाएगा और डॉ. मिश्र इसी पर हुमच-हुमच कर भाषण देते रह जाएँगे। ऐसा अक्सर होता रहा था कि घनु बाबू उनके पास मन बनाकर पहुँचे कि फलाँ कवि या फलाँ रचना के बारे में आज उनसे कुछ जानेंगे, लेकिन बात-बात में कोई ऐसी बात निकल जाती कि डॉ. मिश्र किसी अवांतर प्रसंग पर घंटों अपना व्याख्यान झाड़ते चले जाते ! ऐसी दर्जनों मुलाकातें घनु बाबू के दिमाग में अचानक कौंध गईं कि इतने में कोई उनका होमियोपैथ चिकित्सक जैसा मित्र आ गया और उनका व्याख्यान हेनिमैन के आविष्कार या उनके जीवन संघर्ष पर घूमता रह गया। या फिर कभी काई छात्र ही आ गया तो फिर डॉ. राजेन्द्र प्रसाद और पं. नेहरू के छात्र-जीवन से चर्चा शुरू होकर उसके बाद कहाँ टालस्टॉय और गोर्की या निराला और मुक्तिबोध तक के छात्र-जीवन पर प्रकाश डालता हुआ उनका व्याख्यान कितने घंटे तक चलता, इसका कोई हिसाब नहीं। अब बीच में टपका अमुक व्यक्ति भी खिसकने के लिए कसमसाता रहता और इधर घनु जी भी ! लेकिन डॉ. मिश्र के सरस व्याख्यान का जाल ऐसा कि आधा मन तो कसमसाता, लेकिन इसके विपरीत उन्हें सुनने की इच्छा दुगुने वेग से बलवती हो उठती।

घनु बाबू ने कुछ देर हाँ-हूँ नहीं की, तो भ्रष्टाचार आदि पर कुछ देर फेन छोड़ने के बाद वे चुप हो गए। चूँकि बोलते थे वे बहुत जोर-जोर

से, इसलिए कुछ देर बाद सुस्ताने के अंदाज में चुप भी हो जाते थे। तभी श्रीमती मिश्रा ने पर्दे के पीछे से डॉ. मिश्र को इशारा करके बुलाया। घनु बाबू समझ गए कि वह उन्हें क्यों बुला रही हैं। ऐसा करके वह बुलाया करती हैं, तो उसका इकलौता तात्पर्य होता है यह पूछना कि हलुवा बने या चूड़ा आदि तल दिया जाए। भीतर से डॉ. मिश्र का स्वर गूँजा, "मैं जरा अब लैट्रिन जा रहा हूँ, घनु जी, आप अभी बैठिए।" घनु बाबू ने गौर किया कि डॉ. मिश्र के बोलने के अंदाज पर, उनकी अस्वस्थता का मामूली असर भी नहीं पड़ा है। एकदम हँसकर कर बोलने का वही अंदाज आज भी कायम है। जैसे वे किन्हीं दो-एक व्यक्तियों से नहीं, विशाल जन समूह को संबोधित कर रहे हों। घनु बाबू को एक प्रसंग कौंधा। कॉलेज छोड़ देने के बाद ही डॉ. मिश्र से उनकी व्यक्तिगत अंतरंगता बढ़ी थी। उम्र में वे पिता के समान थे, लेकिन तेजस्विता देख घनु जी को मित्रवत मानने लगे थे। एक बार घनु जी ने टोका था, "सर, आप हमेशा इतना तेज-तेज क्यों बोलते हैं ? लगता है कि आप जैसे हमेशा एक लाख लोगों को संबोधित कर रहे हों।

डॉ. मिश्र ने बहुत गंभीर होते हुए कहा, "एक ही लाख क्यों, हमेशा जब मैं कुछ बोलता हूँ, तो यह नहीं मानकर चलता कि किसी एक व्यक्ति से बोल रहा हूँ या किसी एक कक्षा को संबोधित कर रहा हूँ..."

घनु ने फिर टोका था, "मतलब ?"

डॉ. मिश्र मुसकुराए थे, "यार ! मैं कवि हूँ। मैं हमेशा देश की नब्बे-पंचानबे करोड़ जनता को रू-ब-रू मानकर चलता हूँ।"

ऐसा नहीं कि वे सिर्फ बोलने के मामले में ही ऐसी विशिष्ट शैली अपनाते थे, कॉलेज में भी हमेशा कुछ-न-कुछ ऐसा बोल जाते, जो उनकी परेशानी या लोगों के कौतूहल का कारण बन जाता। वे राँची विश्वविद्यालय को बहुत सामान्य टोन के साथ काँके विश्वविद्यालय कह जाते। देखते कि सामने वाला व्यक्ति काँके विश्वविद्यालय कहने का उनका सही-सही अर्थ नहीं ग्रहण कर पा रहा है, तो खोलकर बोलते, "जैसा काँके का पागलखाना, वैसा ही काँके विश्वविद्यालय !"

कॉलेज में छुट्टी की दरख्वास्त वगैरह लिखते, तो प्राचार्य को संबोधन की विशिष्ट शैली अपनाते। हर बार 'प्राचार्य' शब्द लिखकर निचली पंक्ति

में 'सी.एच.एल.कॉलेज' लिखने के बाद दोनों पंक्तियों को एक हलकी लकीर से काट देते। कटे हुए 'प्राचार्य' शब्द के ऊपर लाल स्याही से 'कुलपति' लिख देते और 'सी. एच. एल. कॉलेज' के लिए 'सी.एच.एल. विश्वविद्यालय' !

एक बार लीन प्रिंसिपल ने जब पहली बार उनकी यह दरख्वास्त देखी, तो उन्हें वापस थमाते हुए 'फ्रेश एप्लीकेशन' देने को कहा। डॉ. मिश्र ने दन-से फिर दरख्वास्त देखी, नई लिख दी। इसमें भी वही 'प्राचार्य' को काटकर लाल स्याही से 'कुलपति' और 'सी.एच.एल. कॉलेज' को काटकर 'सी.एच.एल. विश्वविद्यालय' बनाया देख वह चीख पड़ा, 'व्हाट नॉनसेंस इट इज !' सभी थर्रा गए। फाइल लेकर झुका खड़ा बूढ़ा एकाउंटेंट भी और सामने उनसे मिलने आया एक पब्लिशर भी ! लेकिन, इस चीख के बाद तनकर खड़े डॉ. मिश्र ने अपने सीने को थोड़ा-सा और उतान कर लिया, "यस सर ! इट इज ए वंडरफुल नॉनसेंस !" प्रिंसिपल के हाथ में शीशे वाला गोला पेपरवेट था, जिसे वह बंद हथेली में पकड़े टेबल पर उलटकर नचा रहा था और बीच-बीच में भींच रहा था। खीझ उसके चेहरे पर एसिड से जले कागज की तरह का ध्वंस-रंग बिखेरे हुए थी, "मैं कुछ भी नहीं समझा कि लेक्चरर होकर…"

डॉ. मिश्र ने सख्ती से बीच में टोका, "लेक्चरर नहीं, प्रोफेसर ! यूनिवर्सिटी प्रोफेसर !" प्रिंसिपल थोड़ा और खीजा, "यस, यस ! प्रोफेसर हाँ प्रोफेसर ! तो आप प्रोफेसर होकर भी एक साफ-सुथरी दरख्वास्त नहीं लिख सकते। हमेशा कटिंग करके गंदा कर देते हैं…" उसने बाईं तरफ मुड़कर कुर्सी की बगल से पीकदान को उठाया और होठों को नुकीला करके थूक गिराया।

तब तक डॉ. मिश्र बोल पड़े, "हाँ, साफ दरख्वास्त मैं कैसे लिख सकता हूँ और फिर जब दागदार कैरेक्टर ही अब सबको पसंद आने लगा है, तो दागदार दरख्वास्त कुबूल करने की भी तमीज पैदा की जानी चाहिए !…"

प्रिंसिपल फिर भड़के, "भई, सिर्फ दाग ही की बात नहीं है न !" आप हर बार 'प्रिंसिपल' को काटकर 'कुलपति' लिखते हैं और 'कॉलेज' को विश्वविद्यालय' लिख देते हैं…"

डॉ. मिश्र जैसे गुस्से से तन गए। उनकी आँखें बड़ी-बड़ी हो गईं और चेहरे पर तनाव के लाल-लाल डोरे रेंगने लगे, "देखिए, सर ! तीस साल से मैं इस कालेज में अध्यापन कर रहा हूँ। आज तक मुझे कोई ऐसा प्रिंसिपल नहीं मिला, जो खुद को वायस चांसलर से कम मानता हो···तंग आकर मैंने भी पिछले कई साल से खुद को मामूली प्रोफेसर नहीं, प्रिंसिपल मानना शुरू कर दिया। तो जब तो स्वाभाविक है कि जब आप प्रिंसिपल नहीं कुलपति हो गए और मैं प्रोफेसर नहीं प्रिंसिपल हो गया, तो फिर यह अपना कॉलेज भी तो कॉलेज नहीं रहा, यह कॉलेज से विश्वविद्यालय तो हो ही गया न !"

जैसे कोई मंत्र मारा हो, डॉ. मिश्र ने। उनकी बात पूरी होते ही तनावग्रस्त प्रिंसिपल का चेहरा बदल गया। उसकी आँखों में एक चमक-सी कौंधी। किसी अवरुद्ध जलस्रोत के अचानक वेगपूर्वक खुलने की तरह उसके मुँह से ठहाका फूटा।

प्रिंसिपल ने हँसते हुए उठकर डॉ. मिश्र के कंधों को दोनों हाथों से ससम्मान पकड़ा और सामने की एक खाली कुर्सी पर बैठाने लगा, "ओह ! मिस्टर मिश्र ! रियली यू आर एन ओरिजिनल स्कॉलर ! बेरी शार्प सटायर इट इज ! वेरी शार्प !"

डॉ. मिश्र ने, लेकिन, अपना तनाव अभी छीजने नहीं दिया था। एकदम गंभीर बने हुए थे। कनपट्टियों पर पसीना तड़तड़ा गया था। उनका ललौंहा गोरा ललाट और चेहरा अष्टधातु की किसी भीगी प्रतिमा की तरह चमक रहा था। फिर प्रिंसिपल ने खुद ही कहा, "आप बहुत ही साफ आदमी हैं। बेलौस बोलते हैं। एकदम खुलकर। क्या आप कुछ राइटिंग वगैरह भी करते हैं ?"

डॉ. मिश्र ने कुछ देर तक कायम ऐसी ही रहस्यपूर्ण किंकर्तव्यविमूढ़ता के बाद चुप्पी तोड़ी और चाय की चुस्कियाँ लेते हुए बताया था, "मैं मगही में शुरू से लिखता रहा हूँ। काफी कुछ फुटकल छपाया भी है, पत्र-पत्रिकाओं में।"

प्रिंसिपल ने पूछा, "क्यों, मगही में क्यों लिखते हैं ? आप तो हिंदी के गोल्ड मेडल होल्डर पी-एच. डी. हैं।···"

डॉ. मिश्र कप में आधी ऊँचाई तक भरी चाय को एक ही बार में

उलट लिये और मुँह को ऊँचा ऊपर की तरफ उठाकर घोंट गए, "इसलिए कि मगही में शुरू से यह लगा कि हम ज्यादा मौलिक लिख सकते हैं..."

बूढ़ा एकाउंटेंट तो पता नहीं कब का जा चुका था। पब्लिशर ने भी खड़ा होकर अपना हैंड बैग उठा लिया, "तो, हम चलता है, कल सवेरे आपके रेजिडेंस में आयेगा।" वह शायद साउथ इंडियन था, गौर से उसे और उसकी बोली-बानी को माप तौल कर डॉ. मिश्र ने यही अंदाजा लगाया।

प्रिंसिपल में भी तत्काल उसके प्रति शायद कोई रुचि नहीं रह गई थी। छूटते ही बोला, "यस ! यस ! कल आइए, घर में ही। मैं वेट करूँगा आपका।" बैठे-बैठे ही प्रिंसिपल ने दाहिना हाथ बढ़ाया तो पब्लिशर ने भी झुककर अपने दाहिने हाथ को बढ़ा दिया। हाथ मिलाकर वह चला गया, तो प्रिंसिपल ने फिर डॉ. मिश्र से पूछा, "आप हिंदी में क्यों नहीं कंसंट्रेट करते ? हिंदी में तो बहुत स्कोप है। बड़ा क्षेत्र है, लिखने-छपने का सुख है..."

डॉ. मिश्र ने इस पर भी एक धारदार टिप्पणी की, "क्या होगा लिख-पढ़कर। जो कुछ हो रहा है जीवन-जगत में, इसमें लिखने-पढ़ने का क्या कोई खास असर रह गया है ? देखिए आप, इसी कॉलेज में, जहाँ आप प्रिंसिपल हैं, हमारे डिपार्टमेंट में एक जो नए प्रोफेसर पता नहीं कहाँ से ट्रांसफर होकर आ गए हैं मि. सूरजभान। ठीक है कि ये एक ऐसे तबके से आये हैं, जिन्हें ऊपर उठाने का एक शोर चारों तरफ से उठ रहा है। हम दिल से चाहते हैं, यह तबका ऊपर आए, जीवन की दौड़ में साथ चले। लेकिन इसका भी कोई सुचिंतित रास्ता होना चाहिए और इसके कारगर और सुपाच्य तरीके ढूँढ़े जाने चाहिए न कि जहाँ-तहाँ माथे पर कच्चे बेल पटककर स्वाद लेने की लिप्सा में गहरे जख्म का न्योतना चाहिए !

अब, देखिए मि. सूरजभान का ज्ञान ! एक दिन क्लास में मिमियाकर-पढ़ाते हुए बता गए कि सूरदास की प्रसिद्ध कृति का नाम 'विनय पत्रिका' है और एक दिन पढ़ा गए कि गांधीजी खुद एक अच्छे कवि रहे हैं और महादेवी वर्मा को कविता लिखने की प्रेरणा उन्हीं से मिली हुई थी..."

प्रिंसिपल गंभीर हो गए थे। न 'हाँ-हूँ' कर रहे थे, न ही यह जता रहे थे कि यह चर्चा उन्हें पसंद आ रही है या नागवार लग रही है। लेकिन, डॉ. मिश्र को इसकी परवाह थोड़े ही थी, वे हँकर-हँकर कर जैसे अपने समय के विकृत सत्य को धिक्कार रहे थे, "पता चला है कि सूरजभान के एक भाई मंत्री हैं, दूसरा भाई कहीं कोई अफसर है, तीसरे में यह हैं, जिन्हें मंत्री महाशय ने इम्तहान में बिठाकर बी.पी.एस.सी. करवा देना चाहा। सारी सेटिंग भी करवा ली, लेकिन दोनों-तीनों बार, सूरजभानजी ने ही कॉफी को एकदम बेदाग छोड़ दिया, सो मंत्री जी अपनी इच्छा पूरी नहीं कर सके और अंत में इनकी काबिलियत का लाभ छात्रों को दिलवाने के लिए इन्हें राँची यूनिवर्सिटी के मत्थे मढ़ दिया ! इसीलिए तो मैं राँची यूनिवर्सिटी को काँके विश्वविद्यालय कहता हूँ।"

प्रिंसिपल के होठों पर एक ऐसी सिलवट उभरी, जिसमें कोफ्त और संत्रास के भाव थे। बोले, "क्या कीजिएगा ! यह बुरा दौर है कि अब सत्ता और शक्ति से संपन्न चाहे सवर्ण जाति का कोई आदमी हो, या हरिजन आदिवासी या कोई और ! चरित्र सबका एक हो गया है। वह यदि मंत्री है, तो समान ढंग से एक ही फार्मूला अपना रहा है। किसी भी तरह उसे अपना घर भरना है, अपना काम निकालना है, चाहे उसके लिए उसे किसी भी स्तर तक उतार जाना पड़े। मुझे भी पता है कि सूरजभान कुछ नहीं जानता। जो छात्र उसकी बात को क्लास में काटने की कोशिश करता है, उसे वह कैंटीन में ले जाकर नाश्ता-चाय कराकर पटाने लगता है। मुझे तो यह भी पता है कि वह हमेशा दारू के नशे में रहता है। मैं बहुत बार सोचता हूँ कि उसे कभी रँगे हाथ नशे में दबोच डालूँ, लेकिन फिर सोचता हूँ कि वह मंत्री का भाई है। उसका तो बाद में कुछ होगा नहीं। आजकल जिस तरह कुलपतियों का मनोनयन राजनीतिज्ञों की कृपा और इच्छा पर होने लगा है, कोई कुलपति बाद में जाहिरा तौर पर मंत्री की ही बात सुनेगा और अंत में मुझे ही गच्चा खाना पड़ जाएगा..." संत्रास से भरा प्राचार्य का गिजमिजाया चेहरा किसी शोकगीत की तरह उदास हो गया।

डॉ. मिश्र ने चुपचाप देर तक यह सब सुनने के बाद टिप्पणी की, "इसीलिए तो कहता हूँ कि पानी सिर से ऊपर बह रहा है, ऐसे में कोरे

ढंग से कुछ लिखते-पढ़ते रहना, विगलित आत्मरति के अलावा भला क्या है ? इसीलिए मैंने कलम रख दी है।" डॉ. मिश्र का स्वर लगभग बिफरने लगा, जैसे निराशा पर आक्रोश की परत ज्यादा मोटी पड़ने लगी हो।

कुछ देर की चुप्पी के बाद प्राचार्य ने ही फिर बात शुरू की, "लेकिन, मुझे लगता है कि स्थिति का बुरा होना उतनी बड़ी चिंता की बात नहीं है, जितना आप जैसे लोगों का कलम रख देना है।"

डॉ. मिश्र बौखला गए, "नो ! नो ! इट इज सिंपली ए बेसलेस सिमली ! यह एक कोरा और बेकार का आदर्श है । स्थिति बहुत बुरी है, इसमें क्या किया जाए कुछ भी नहीं सूझता। हमलोग तमाम आज तक यही आदर्श बनाकर चलते रहे कि अंत्यजों-पिछड़ों-दमितों-दलितों का उद्धार हो; वे आगे आएँ, तब आभिजात्य का खौफ टूटेगा। समानता का एक सपना साकार होगा ! लेकिन हुआ ठीक इसके विपरीत। जो पिछड़े-दलित पदों पर पहुँच रहे हैं, वे अकेले नौ जमींदारों को फेल करने वाली क्रूरता अपना रहे हैं। अव्वल तो वे अपने ही वर्ग को सताकर उनके सिरमौर बने रहना चाहते हैं और अन्य दूसरे वर्ग के साथ भी एक बीभत्स और आदिम पूर्वग्रह के साथ व्यवहार कर रहे हैं।"

प्रिंसिपल ने प्रतिटिप्पणी की, "नहीं ! यह आपका अपना बायस्ड ओपिनियन है या हताशा से उपजी कुंठा ! सभी जाति-वर्ग में अच्छे लोग भी रहते हैं और बुरे भी। मैंने लड़ाई-भिड़ाई में माहिर मानी जाने वाली राजपूत जाति में भी संत और शांत प्रकृति के विद्वान लोग देखे हैं और माफिया, रंगदार और बवाली भी। ब्राह्मण जाति में भी एक-से-एक संत प्रवृत्ति के लोग देखे हैं, तो एक-से-एक 'रावण' भी। उसी तरह आप यह मानकर क्यों चल रहे हैं कि पिछड़ों के जो बेटे आपके विशेष प्रयास से सामने आ रहे हैं, वे आपकी ही इच्छा से अपना व्यवहार भी बना लेंगे ? वे स्वाभाविक रूप से कुछ अच्छे होंगे, तो कुछ नहीं भी होंगे।"

डॉ. मिश्र को बात जँची थी। सूरजभान जैसे सहयोगी के आचरणों से खिन्न हुआ उनका मन थोड़ा शांत हुआ। छोटी-छोटी बेमतलब की बातों पर इसी तरह वे कभी हफ्तों, तो कभी वर्षों-वर्षों अपनी सारी गतिविधियाँ रोककर चिंतित-व्यथित होते रहते। उन्होंने अलविदा करते हुए प्रिंसिपल से माफी माँगी, "मैंने बहुत-बहुत समय लिया आपका, लेकिन एक दुविधा

से मुक्त करने के लिए मैं आपका ऋणी हो गया हूँ।"

जवाब में प्रिंसिपल की आँखें फैलीं, चेहरा पहले थोड़ा सिलवटों से भरा और फिर उसपर एक मुसकान फैल गई।

…श्रीमती मिश्रा ने आकर भूने हुए चूड़े के दो प्लेट रखे, तो घनु बाबू का ध्यान टूटा। डॉ. मिश्र अभी शौच से लौटे नहीं थे। प्लेटों से भाप छोड़ते चूड़े की सोंधाई नथुनों को मदहोश किये दे रही थी। लेकिन, घनु बाबू ने डॉ. मिश्र का इंतजार कर लेना ही वाजिब समझा।

एक कमरा साँपों से बुना

डॉ. मिश्र आए और पाँवों को समेटते हुए सोफे पर बैठ गए। ठीक वैसे ही बैठे हैं, जैसे पहले हमेशा बैठा करते थे। घनु बाबू ने गौर किया, डॉ. मिश्र में कोई परिवर्तन नहीं आया है। वे चूड़े को चम्मच से मुँह में रखकर मसर-मसर चबाने लगे। बंद होठों के बीच में चूस-चूसकर चूड़े को चबाना और कुछ सेकेंड के अंतराल पर चटकारे मारकर तृप्ति की अभिव्यक्ति करना-'आ ऽ ऽ ह !' कुछ भी तो बदला नहीं है उनमें !

घनु बाबू को धीरे-धीरे चूड़ा चबाते देख डॉ. मिश्र ने टोका, "क्या बात है घनुजी, आप बहुत शरमा रहे हैं ?" उन्होंने कमर में कसी लुंगीनुमा मटमैली हो चुकी दोहरी धोती के घेरे के पास खुजलाते हुए दोनों पाँवों को सोफे से उतार लिया और फिर खुद ही आगे कहा, "पहले आप पदार्थ की दो अवस्थाओं से अवगत हो लीजिए, तब बातें की जाएँगी !"

घनु बाबू का मुँह भरा था, लेकिन 'पदार्थ की दोनों अवस्थाओं' वाली बात की नोंक से उनकी चुप्पी छू गई और बैलून की तरह फूट पड़ी। गुब्बारे की तरह अचानक फूटी हँसी को वे सँभाल न सके। चूड़े का कोई दाना भीतर से नाक की नली तक चढ़ गया, तो वे हँसते-हँसते छींक से परेशान हो उठे। तभी दौड़कर श्रीमती मिश्रा आ गईं और गिलास पकड़ाया। पानी पीने से स्थिति सामान्य बनी तो वह अपनी उम्र से काफी पीछे लौटीं और डॉ. मिश्र की तरफ मुखातिब होकर उनकी शरारत को लक्ष्य कर बोलीं, "आप तो अपनी आदत से बाज नहीं आते ! हर बखत

मजाक ही सूझता है। बेचारे को खाने भी नहीं दे रहे हैं।"

डॉ. मिश्र भी युवकोचित ठिठोली से भर गए, "तू जा न ऽ ! तू काहे परेशान होवे लगल ऽ !"अंतरंग क्षणों में वे इसी तरह खूब बढ़िया मगही बोलने लगते, "ई हम्मारा अऊर घनुजी के बीच के बात हे !"

घनु बाबू को याद है कि डॉ. मिश्र की ठिठोली-भरी ऐसी-ऐसी उक्तियों ने कई-कई बार खासा खेल किये हैं, तो कई-कई बार बावेला भी मचा दिए हैं। वे जिस किसी के यहाँ पहुँचते, पहले ही स्वयं कह देते, "देखिए, लजाने की क्या बात है ! मैं आपके यहाँ आ गया हूँ, तो निष्ठा से मुझे अपना अतिथि मानिए और यह भी याद रखिए कि प्रोफेसर तो मैं कॉलेज में हुआ करता हूँ, यहाँ पहले ब्राह्मण हूँ। मेरा एकदम देवोचित सत्कार कीजिए; यानी पदार्थ की तीनों अवस्थाओं से अवगत कराइए !"

साहित्यिक मिजाज के कुटकू डैम परियोजना वाले इंजीनियर सूरजा श्रीवास्तव के यहाँ जब डॉ. मिश्रा ने इसी तरह 'पदार्थ की तीनों अवस्थाओं' से अवगत कराने का फरमान जारी किया था, तो उनकी अल्ट्रा मॉडर्न पत्नी सकपका गई थीं। खुद श्रीवास्तव साहब को भी बात समझ में नहीं आई, तो उन्होंने मुसकुराकर पूछा था, "सर, खोलकर बोलिए, मैं कुछ समझा नहीं !"

डॉ. मिश्र ने इसका रेडीमेड जवाब चिरपरिचित अंदाज में दिया था, "अरे भाई, पदार्थ की तीन ही तो अवस्थाएँ होती हैं ठोस, तरल और गैस ! यानी पहले श्रद्धापूर्वक कुछ ठोस खिलाइए, उसके बाद चाय-कॉफी जैसी कुछ चीज पिलाइए और अंत में धूम्रपान कराइए ! बस, और क्या !"

श्रीवास्तव साहब ने ही नहीं, उनकी पत्नी ने भी मुँह पर हाथ रखकर ठहाका लगाया था !...

घनु बाबू समझ गए कि डॉ. मिश्र ने जो अभी-अभी कहा, उसका तात्पर्य यही है कि वे चाय-वाय के बाद ही कुछ कहे-सुनेंगे। यानी उनका ध्यान अभी इसी पर केंद्रित है। उन्होंने प्लेट खाली कर लिया, तो खुद को पिछड़ता देख डॉ. मिश्र ने अपने प्लेट में काफी बचे चूड़े को हथेली पर उलट लिया और फाँकने की मुद्रा में दो-तीन बार में ही इसे मुँह में भर लिया।

डॉ. मिश्र ने चाय की चुस्की के साथ सवाल किया, "मास्टर साहब तो अब चला-चली की स्थिति में हैं ?"

घनु बाबू ने होंठ के पास पहुँचे कप को वहीं स्थिर कर लिया, "हाँ ! सर ! मैं कल गया था। वे काफी सीरियस हैं। मुझे तो उनकी स्थिति देख काफी धक्का लगा। अब तो वहाँ कोई पार्टी जन भी नहीं पहुँचता। मैडम अकेली उन्हें सँभाल रही हैं। घनु बाबू ने आधा से ज्यादा बची चाय को छोड़कर सोफे के नीचे रख दिया, इसे गौर करते हुए डॉ. मिश्र ने भी अपने कप को नीचे रख दिया।

कुछ देर तक वहाँ दोनों के बीच चुप्पी में संवाद के तार बँधे। फिर डॉ. मिश्र ने चुप्पी तोड़ी, "एक महीना हुआ या उससे भी दो-चार-पाँच दिन ज्यादा शायद ! हम लोगों ने उन्हें अस्पताल ले जाकर डॉक्टर से दिखलाया था।"

घनु बाबू ने बात पूरी की, "हाँ, मैडम तो बता रही थीं कि उन्हें अल्सर है। ऑपरेशन कराना बाकी है। लेकिन उनका शरीर काफी अशक्त हो गया है..."

आँगन की तरफ जाने वाली गली के दरवाजे के पास नीचे ही श्रीमती मिश्रा बैठ चुकी थीं; बोलीं, "ऐ बाबू, ऊ कमजोरे नहीं हैं, समझिए कि आखिरी साँस गिन रहे हैं। सबकुछ के कमजोरी है, दवा-दारू, खान-पान सबसे कमजोर होते-होते वे ई हालत में आ गए हैं।"

घनु बाबू सिहरे हुए थे, बोले, "हमको तो हैरत है कि जिस पार्टी के लिए मास्टर साहब ने अपनी सारी जिंदगी को लुकवारी बनाकर तिल-तिल जलाया, ऊ पार्टी वाले लोग उन्हें आज बिसारे हुए हैं। प्रो. तिवारी कहाँ हैं, कामरेड तिवारी ?"

डॉ. मिश्र का चेहरा अचानक बिजली के गड़बड़ कनेक्शन पर छिटकती आग की तरह चटचटाकर जल गया, "हुँ ऽ ऽ ह ! ऊ ससुरा तो आजकल झारखंड पार्टी में घुस गया है ! कम्युनिस्ट पार्टी कर-करके एक बेटे को मास्को भिजवाया, दूसरे को दिल्ली में बिजनेस मैनेजमेंट करवाकर वहीं इस्टेवलिश करवा दिया और अब खुद पार्टी को चालीस साल तक तबाह करके अंत में दूसरी पार्टी में घुस गया।"

घनु बाबू ने आश्चर्य जाहिर किया, "अच्छा ऽ ! कामरेड तिवारी

अब झारखंड पार्टी में चले गए ?"

डॉ. मिश्र ने गंभीरता के साथ कहना शुरू किया, "अरे, आप लोगों को नहीं पता है कि वह कैसे-कैसे सन् पचास-इक्यावन के दौरान कामरेड बना था..."

घनु बाबू समुत्सुक बने थोड़ा ढीला हुए और पीठ को पीछे सोफे की गद्‌देदार ऊँचाई से सटा दिया। डॉ. मिश्र ने अपने उघरे शरीर को नीचे करके एक बार घूरा और सफेद हो चले छाती के बालों पर उँगलियाँ चलाते हुए कहने लगे, "रेड़मा चौक उस समय एकदम सपाट था। इतने मकान तो आप लोगों के होश सँभालने के भी काफी बाद बने हैं, पहले इमली के पेड़ के नीचे सती मंदिर के पास यहाँ की इकलौती खिचड़ीफरोश की दुकान थी। लेसलीगंज-पाँकी का यह रास्ता तो था ही, लेकिन गाड़ियाँ नहीं थीं। लेसलीगंज वाले तो पैदल ही आते-जाते थे, लेकिन पाँकी आने-जाने वाले लोग घोड़ी वगैरह पर चढ़कर आते-जाते थे..."

"कामरेड तिवारी कालेज ज्वाइन कर चुके थे और दोपहर से रात तक दुकान में ही बैठकर 'कामरेड बनाओ' अभियान चलाया करते। कालेज में पहुँचे नए-नए लड़कों को पकड़ते, चाय-चू पिलवाते और उसे कम्युनिज्म का दाना चुगाते। कहा करते कि जिस लड़के को लाख समझाने के बाद भी कन्विंश नहीं कर पाता हूँ, उसे दो-चार दिन बाद अंत में कन्फ्यूज कर देता हूँ। यानी वह यदि कम्यूनिस्ट बनने को राजी नहीं हुआ, तो उसे मेंटली डिस्टर्ब करके छोड़ देता हूँ !..."

"...तो आपके मास्टर साहब को भी उन्होंने इसी तरह एक बार कन्फ्यूज कर दिया था, वे कुछ दिनों परेशान रहे और बाद में कामरेड बने, तब जाकर शांति मिली।"

घनु बाबू ने पूछा, "तो उस समय मास्टर कहाँ-क्या करते थे ?"

डॉ. मिश्र ने कहा, "टीचर थे, एक साधारण टीचर ! उसी के बाद तो मास्टर साहब एक बढ़िया कोल्हू का बैल मिल गए उन्हें। बेचारे भावुक आदमी ठहरे, सो कभी मनातू-पाँकी भेज दिये जाते, तो कभी लातेहार ! उन्हें कभी भंडरिया जाने को कह दिया जाता, तो कभी जपला ! मास्टर साहब कंधे से झोला लटकाते और चल पड़ते ! हफ्तों-हफ्तों उधर ही आंदोलन-प्रदर्शन और मीटिंग करते रहते। इधर यहाँ कामरेड तिवारी

अपना धंधा चलाते रहते !"

घनु बाबू ने ताड़ लिया कि डॉ. मिश्र ने पुराना रिकार्ड बजाना शुरू कर दिया है, यदि तुरंत हस्तक्षेप कर बात नहीं बदली गई तो वे घंटों यही किस्सा फिर दुहराते रहेंगे। कई बार प्रोफेसर तिवारी के छद्म चरित्र का पुराना इतिहास वे पहले भी खोद चुके हैं। घनु बाबू ने तुरंत खोंच मारी, "सर, अभी आप कह रहे थे कि प्रोफेसर तिवारी ने अपने बेटे को मास्को भी भिजवा दिया।"

डॉ. मिश्र तुरंत इतिहास से छलाँग मार कर वर्तमान के करीब आ गए, "अरे मत पूछिए ! मजेदार बात तो आपको पता ही नहीं है !"

घनु बाबू व्यग्रता के साथ सोफे पर बैठे, "क्या-क्या ?"

डॉ. मिश्र ने अपनी ताजा छिली दाढ़ी-मूँछ वाली चिकनी त्वचा पर बाएँ हाथ की पाँचों उँगलियों के पोर घिसे, "मकान देखे कि नहीं उनका ? एकदम लकदक मिनी किला ही बनवाया है उन्होंने ?"

घनु बाबू के चेहरे पर जैसे धागे उलझते हुए फैल रहे थे, "ना !...कहाँ बनवाया है !"

डॉ. मिश्र ने दाएँ हाथ को उठाकर ऐसा इंगित किया गोया अपने बरामदे का ही कोई कोना दिखाना चाह रहे हों, "अरे, यहीं ! जहाँ आप मेरी गली में मुड़ने के लिए घूमे, उससे थोड़ा पहले बाईं तरफ भी एक रास्ता है। उसी रास्ते से आगे बढ़िएगा तो वह रास्ता जहाँ खत्म होगा, ठीक वहीं सामने दुतल्ला मकान जो दिखेगा, वही। एकदम दीवारों पर किले की तरह ही महीन नक्काशी और आईने की तरह कई-कई ढंग के लंबे-लंबे शीशे खिड़की दरवाजों पर लगे हैं। शीशे की खासियत यह कि बाहर से आप इन पर अपनी छवि ही देख सकते हैं। और भीतर वाला आदमी इन्हीं शीशों के उस पार से आपको साफ-साफ देख रहा होगा।"

घनु बाबू का चेहरा, मद्धिम आँच पर फ्राइपैन में काली होती चाय की तरह कांति खो रहा था, "हुँ ऽ ऽ ह ! ठीक ही किया कि ऐसा शीशा लगवा लिया ! ऐसे ही शीशे अब उन्हें जरूरी भी हो गए थे, ताकि लोग उनका चेहरा न देख सकें और वे भीतर से लोगों को देख-देख चौकन्ना होते रहें।"

डॉ. मिश्र बोले, "अरे, अभी सुनिए तो पूरा मामला ! मकान का

भी एक रोचक प्रसंग है ! मकान बना तो उसका गृह-प्रवेश भी बहुत 'मार्क्सिस्ट ढंग से हुआ।''

घनु बाबू थोड़ा चौंके, ''गृह-प्रवेश मार्क्सिस्ट ढंग से ? मैं कुछ समझा नहीं !''

डॉ. मिश्र खुलने लगे, ''पहले तो तिवारी बाबा खूब फेनाते हुए घूमे कि पत्नी गृह-प्रवेश पारंपरिक ढंग से कराने पर अड़ी हुई है और उन्हें यह सब तरीका बहुत फरेब की तरह लगता है, सो वे बहुत चिंता में हैं ! हम लोगों ने चुप रहकर सब कुछ सुना। गृह-प्रवेश के दिन तो बाबेला ही उठ खड़ा हुआ !''

''क्यों, हुआ क्या ?''

''अरे, भाई ! प्रोफेसर तिवारी गृह-प्रवेश वाली पूजा में पीली धोती पहने, लाल रंग से गोड़ रँगे अपनी श्रीमतीजी के साथ गठबंधन किए बैठे खूब उदात्तता के साथ पूजा-पाठ में शिरकत करने लगे, तो आँगन में बैठा मेहता उबल पड़ा।''

''अच्छा-अच्छा, वह सुमंत !'' घनु बाबू ने कुछ ही पल बाद सुमंत को याद कर लिया, ''अरे भई, उसका तो उबलना वाजिब है। उसने प्रोफेसर तिवारी के पीछे ही अपनी समूची जिंदगी लगा दी है। उसे तो उनका यह पूजा-पाठ करना नागवार गुजरेगा ही...''

''केवल पूजा-पाठ की ही बात हो, तब न ! प्रोफेसर ने पूजा-पाठ के साथ कुएँ का विवाह भी संपन्न कराया। जब पत्नी से गठबंधन किए हुए कुएँ की परिक्रमा कर रहे थे तभी सुमंत चीते की तरह चीख पड़ा था और जाकर पंडित जी के हाथ से शंख छीन लिया था।'' डॉ. मिश्र की तनती-सिकुड़ती भौंहें और चेहरे की गजमजाती एक-एक लकीर बोल रही थीं।

''अच्छा ऽऽ ! यानी एकदम विद्रोह पर उतर गया था सुमंत !''

''बेशक ! चीखकर उसने नारा लगाया 'बंद करो यह पाखंड' ! सबकी सिट्टी-पिट्टी गुम। प्रोफेसर तिवारी को तो जैसे साँप सूँघ गया था। सुमंत ने करीब जाकर उनसे चीखकर कहा था, 'मूतता हूँ मैं आपके चरित्र पर ! आप जैसे लोग कोढ़ हैं ! पार्टी में खून हम लोगों का सूखता है और चुनाव में टिकट लेकर आप लोग हमारे 'मार्क्स-लेनिन' बन बैठते हैं।

हम लोग झंडा ढोते हैं, वोट माँगते चलते हैं और तब भी आप दो-दो बार हारने के बाद महीनों हाथ-पाँव समेटे घर में दुबके रहे तो हमी लोगों ने आप लोगों को हर बार जगाया, जीवित किया। फिर भी सब कुछ ठीक था, उसके लिए हमें कोई शिकायत नहीं, लेकिन यह पाखंड कैसे बर्दाश्त होगा।''

डॉ. मिश्र बिलकुल अपने क्लास लेने वाले चिर-परिचित अंदाज में जैसे कोई प्रसंग-चित्र उभारकर दिखा रहे थे। तभी श्रीमती मिश्रा उठीं और पर्दा हटाकर पीछे मुड़ीं। वह धीरे-धीरे चलती हुई भीतर चली गईं। घनु बाबू ने पूछा, ''तो, सुमंत ने क्या उसके बाद...''

डॉ. मिश्र ने बीच में ही बात का सूत्र पकड़ लिया, ''अरे मत पूछिए ! वह वहाँ से भाले की नोंक की तरह दनदनाता हुआ निकला और सधे हुए निशाने की तरह गायब हो गया। खासकर मुझे तो बहुत गहरी आशंका हुई कि कमजोर शरीर का लड़का एकदम टीन की तरह धीपकर लाल हो चुका है, कहीं कोई वन-खंडी न जला दे या आवेश में कोई और कदम न उठा ले। अरुण की माँ को जल्दी-जल्दी घर पहुँचाया और बिना किसी को कुछ कहे अपनी साइकल निकाली और पायडिल तेज-तेज मारता सुमंत के डेरे पहुँचा। वह अपने कमरे का इकलौता दरवाजा और इकलौती खिड़की दोनों को भीतर से सख्ती से बंद किये हुए था। ठकठकाया। कोई आवाज जब भीतर से नहीं मिली, तो मैं तो घबरा गया। सुमंत का नाम लेकर हाँक लगाई। कोई प्रतिक्रिया नहीं हुई। फिर जोर से हाँक लगाई, तभी वही मेरी दूसरी हाँक पर भीतर से चीखकर बोला, ''हाथ नहीं है ? दरवाजा जोर से खोलिए, यह बंद नहीं है।'' मैंने उसकी आवाज सुन ली, तो जान में जान आ गई। जोर से पाँव से दबाव डाला तो दरवाजा पहले थोड़ा-सा फैला, फिर 'फटाक' की आवाज के साथ एक पल्ला जोर से छिटका। मैंने जब दरवाजा खुलते ही भीतर देखा, तो घबरा गया। पूरा कमरा धागेदार धुएँ से भरा हुआ था। साँप की तरह हाथ हवा में धुएँ के छल्ले गोल-गोल और लंबी-टेढ़ी लकीरों की काया में बनते-बिगड़ते तैर रहे थे। पूरा कमरा ही साँपों से बुनी चटाई की तरह लग रहा था। गंध लगी, तो समझा कि ये गाँजा का धुआँ था। भीतर ढुका, तो लगा कि उबकाई आ जाएगी। लेकिन क्या करता ! गया। देखा

चौकी पर खौर कर ढेर की तरह बिखरे हुए चादर-तकिए-बिस्तर वगैरह सब धुएँ से टकरा रहे थे और सुमंत फर्श पर एक पुरानी चटाई पर पेट के बल जमीन पर सटा हुआ था।..." उन्होंने कहते-कहते हिचकी ली और सोफे के नीचे पड़ा जूठा गिलास उठाकर दो-चार घूँट बचा पानी पी लिया। यह देख घनु बाबू ने भी स्वयमेव थूक घोटकर अपना गला तर किया।

डॉ. मिश्र बहुत सजीव ढंग से प्रसंग को चित्रित कर रहे थे, "चटाई जहाँ-तहाँ उभरी हुई तो थी ही, रूम में भी सिगरेट के बुझे कई टुकड़े और राख के खंड बिखरे हुए थे। सिर एकदम बाईं तरफ टेढ़ा कर बायाँ कान जमीन पर सटाए और दायाँ एकदम ऊपर सीधा किए वह आँखों को जोर से भींचे हुए था। वह शरीर से कपड़े पूरी तरह खोले हुए था, सिर्फ धारीदार ननकिलाट की जारबंद वाली हाफपैंट पहने हुए था। उसकी उघरी हुई देह देखी तो अंदाज लगा कि वह सूखकर एकदम नरकंकाल ही हो चला था, जैसे भूख ने उसकी ठठरी छाती पर बैठकर उसे तिल-तिल गला दिया हो ! त्वचा मछली के चोइएँ की तरह जगह-जगह उभरी हुई थी। मैं तो यह दृश्य देख डर गया। बहुत कहा-सुना, लेकिन उसने न तो आँखें खोलीं, न ही कुछ जवाब दिया। उसी तरह पड़ा साँस ले रहा था। पूरा शरीर जैसे निचुड़-फूल रहा था।"

घनु बाबू ने आगे पूछा, "फिर हुआ क्या ? सुमंत से बातें आपने नहीं की फिर.."

डॉ. मिश्र बोले, "मैं थक-हारकर एक-सवा घंटे बाद बाहर आ गया। कमरा धुएँ के निकल जाने से साफ हो गया था, सो दरवाजा भिड़का दिया। बाहर उसके मकान मालिक के लड़के ने कहा, "लगता है सुमंत भइया को किसी बात का जबरदस्त धक्का लगा है। महीनों बाद आज पागलों की तरह गाँजा टाने हैं !" मैंने उसी से पता किया कि सुमंत कुछ समय पहले से खूब तनाव में रहने लगा था। लोग जब उसके सामने प्रोफेसर तिवारी के बनते मकान की कलाकारी और हो रहे खर्च का व्यंग्यपूर्वक ब्यौरे खोलते तो वह बौखला कर इधर-उधर भागता और अक्सर दिन या रात में कभी भी इसी तरह पागल की तरह रूम बंद कर अपना गुस्सा उतारता रहता। मुझे उसी लड़के ने बताया कि अभी सुमंत को नहीं छेड़ना ही उचित है। सो, मैं लौट आया।

दूसरे दिन सुबह-सुबह उसके यहाँ फिर साइकिल से जा पहुँचा। सुमंत बाहर वन विभाग वाले दफ्तर के आगे की सूनी बंगाली चाय की दुकान पर रखी टुटही बेंच पर चुकूमुकू बैठा था। चूल्हा बुझा हुआ था और आफिस के टाइम में खुलने वाली दुकान अभी एकदम सूनी थी। मुझे देखते ही सुमंत आहिस्ता बोला, "आइए, सर !" मैंने पहुँचते ही सहमते हुए कहा, "क्या सुमंत ! इतना समझदार होकर तुम कभी-कभी एकदम बच्चा बन जाते हो ?" वह एक फीकी उपहास से भरी मुसकान के साथ बोला, "हाँ, सर !" बचकानी हरकतें तो हम जरूर करते रहे हैं आजकल। इसीलिए तो राजनीति के क्षेत्र में घुसे धपेलों को आज तक नहीं पहचान सके ! वह फिर एकदम चुप हो गया। मैंने ही कुछ देर बाद उसे फिर खोदा, "सोच क्या रहे हो, बोलो।" वह कुछ देर चुप रहा ! डॉ. मिश्र की बात श्रीमती मिश्रा के अचानक आ जाने से रुक गई। वे बोलीं, चाँपाकल की चेन शायद गिर गई है, क्योंकि पानी गिरना बंद हो गया है और हैंडिल एकदम फ्री हो गया है !" डॉ. मिश्र उठकर आँगन में चले गए।

दिखावे के लिए घनु बाबू ने टेबल के नीचे के ड्रावर से एक किताब निकालकर पलटनी शुरू कर दी, लेकिन डॉ. मिश्र द्वारा सुनाए गए सुमंत के कथन में 'धपेल' शब्द का उल्लेख स्वयं उन्हें सोच की धार पर उलटने-पलटने लगा। सुमंत ने अनुभूति की दग्धता से भरकर प्रोफेसर तिवारी जैसे नकली कामरेडों को राजनीति का 'धपेल' क्यों कहा ? क्या इसलिए कि स्टेशन वाले धपेल बाबा जैसे भोजन के दुश्मन हैं, वैसे ही राजनीति में घुसे ऐसे नकली तत्त्व जीवन-मूल्यों और सैद्धांतिक-राजनीतिक आस्थाओं के शत्रु हैं ! जैसे धपेल बाबा भोजन को चट करते रहते हैं, वैसे ही ये नकली तत्त्व जीवन-मूल्यों और सिद्धांतों को सोखते रहते हैं !

घनु बाबू अचानक धपेल की हुई अप्रत्यक्ष चर्चा से स्पंदित हो उठे। उन्हें बार-बार यह अनुभूति होने लगी कि जब-जब डॉ. मिश्र चर्चा के दौरान प्रोफेसर तिवारी के छद्म और फरेबभरे प्रसंग खोल रहे थे, उनके अवचेतन मन में 'धपेल' का ही खाका खिंच रहा था, लेकिन वे इसे ठीक-ठीक जज्ब नहीं कर पा रहे थे !

डॉ. मिश्र की चकौड़ियाँ

डॉ. मिश्र जब तक लौटे, तब तक घनु बाबू बैठे-बैठे ऊब चुके थे। उन्हें लगा कि बाहर चलने को राजी करके वे डॉ. मिश्र के साथ कुछ मित्रों से मिल लें। वे यह बात बताने की सोच ही रहे थे कि सोफे पर सिमटते हुए डॉ. मिश्र ने ऊँची आवाज में कहा, "ग़जब हो गया, भई घनु जी !"

"क्या हुआ, सर ?" घनु बाबू ने डॉ. मिश्र की प्रसन्न और ठनकती मुद्रा देख उत्साहित स्वर में जिज्ञासा जताई।

"अभी चाँपाकल की चेन चढ़ाने के लिए उसका ऊपर वाला फ्रेम खोला, तो देखा नीचे से बॉडी तक जुड़नेवाली पाइप और फ्रेम के बीच की जगह में एक बड़ा-सा बेंग (मेढक) बैठा हुआ था। एकदम फूल कर कुप्पा हुआ हरापन लिये पीले रंग का डंभे जैसे बेंग था ! कोई बंगाली देख लेता तो उसके मुंह में पानी आ जाता !" डॉ. मिश्र ने बहुत टनक स्वर में यह बात कही।

घनु बाबू ने मेढक के लिए मुँह में पानी आने की बात सुनी, तो उन्हें सीधा अजीब-सा महसूस हुआ। यह भी कोई बात हुई, कि मेढक को भी खाने के लिए किसी के मुँह में पानी आ जाए ! उन्होंने टोका, "क्या ऽऽ ! सर ऐसी बात मत कहिए, नहीं तो उबकाई आ जाएगी !"

"उबकाई क्यों आ जाएगी ?" डॉ. मिश्र ने टेबल के निचले ड्राअर में से चश्मे का प्लास्टिक वाला पैकेट उठाया और चश्मा निकालकर पहन लिया।

"मेढक भी कोई खाने की चीज हुई ! उसकी काई लगी थलथलाती त्वचा और निकली हुई आँखें देख क्या यह सोचा भी जा सकता है कि··· ।" घनु बाबू के चेहरे पर मेढक के खाने की कल्पना मात्र से उपजी जुगुप्सा की वक्र रेखाएं जीवित हो उठीं।

डॉ. मिश्र इस पर भी विशेषज्ञ की तरह व्याख्यान देने को बेचैन हो उठे, "अरे, कैसी बातें करते हैं आप ! आप दिल्ली के पास इतने साल रहकर आए हैं, क्या आपको यह भी बताना पड़ेगा कि सितारा होटलों में किस प्रकार ऐसे जीव-जंतुओं का तैयार मांस स्पेशल डिश के रूप में उपलब्ध कराया जाता है ! इनमें साँपों के अलग-अलग डिश भी होते हैं,

तो कछुए और बेंगों के भी अलग-अलग डिश। उसी तरह जानवरों में भी सभी तरह के छोटे-बड़े चौपाये जानवरों के मांस के स्पेशल डिश…।"

घनु बाबू समझ गए थे कि उन्होंने डॉ. मिश्र को मेढक वाले मुद्दे पर अनजाने में खोदकर ठीक काम नहीं किया। क्योंकि क्या पता वे अब कितनी देर तक मांसाहार के तमाम प्रकारों और विकृत व्यवहारों पर अपना व्याख्यान जारी रखेंगे ! डॉ. मिश्र ने स्वयमेव क्षण भर रुकने के बाद चश्मे के भीतर आँखों को कुछ व्यक्त करने वाली मुद्रा में फैलाया और निचले होंठ को उलटकर सिर को हिलाया, गोया वे अब तो बताने जा रहे हैं वह भले विचित्र लगे, लेकिन है एकदम कटु सत्य ! बोले, "आप मुझे बताइए कि आप मुर्गा खाते हैं न ?"

घनु बाबू ने फँसे हुए की तरह बेवश स्वर में कहा, "हाँ, मुर्गा खाने में कोई दिक्कत नहीं है, जो क्या-क्या नहीं चोंच से टूँगता चलता है ! यहाँ तक कि आपने देखा ही होगा, कि बच्चे पैखाना करके उठते हैं, वहाँ अगल-बगल से घात लगाये मँडराते मुर्गे टूट पड़ते हैं और उसे भी टूँगने लगते हैं, मछली को ही देखिए, आप लोग कितना जीभ पटक-पटक कर उसकी पूँछ कुरकुराते हैं, उसकी भूड़ी खोद-खोद कर चबाते हैं, काँटा चुन-चुनकर मांस खाते हैं ! लेकिन, कभी नदी में जाकर देखिए कि जब आप पानी में खंखार कर थूक दीजिएगा तो मछलियाँ कैसे उसे पानी में लपक-लपक कर उड़ाने लगती हैं ! उन्होंने उघरे निकले हुए अपने गोचर होने लायक पेट को दाहिने पंजे से सहलाते हुए तर्जनी से नाभि के भीतर उँगली का पोर लगाया, तो उससे एक पुलक उनकी आँखों और होठों के ऊपर एक पल के लिए चमकी।

घनु बाबू समझ रहे थे कि अब कुछ भी 'हाँ-हूँ' एक बार भी उन्होंने कर दी तो यह खतरा और भी संगीन हो जाएगा। कुछ पल के बाद डॉ. मिश्र आगे बढ़े, "…और बेंग को लीजिए, देखिए कि वह क्या कभी भूलकर भी पैखाना, खंखार वगैरह कुछ छूता भी है ? साहब, एकदम शुद्ध-संन्यासी जैसा जीव है। वह छोटे-छोटे शाकाहारी कीड़ों को ही चट करता है, जैसे आदमियों में से जो शाकाहारी हैं वे लोग दूध-दही और मक्खन के शाकाहारी बैक्टिरिया कीड़ों को लाख-लाख की संख्या में एक-एक घूँट में पी जाते हैं और शाकाहारी भी बने रहते हैं।" वे नाक

द्वारा जोर से साँस छोड़ते इस कदर हँसे, गोया उन्होंने काफी जरूरी और उपयोगी बात ऐन मौके पर बतायी हो, "आप खुद बताइए कि जो मुर्गा खाता है, उसके लिए बेंग खाना कहाँ से मूर्खतापूर्ण है, बल्कि यह खाना तो ज्यादा बुद्धिमानी ही है…" डॉ. मिश्र रुक गए। कुछ देर तक दोनों चुप ही रहे।

घनु बाबू को लगा, यही मौका है कि डॉ. मिश्र को दूसरी बात की तरफ मोड़ दिया जाए, वरना इस बात की कोई गांरटी नहीं है कि वे फिर मुर्गा-प्रसंग पर ही भाषण शुरू नहीं करेंगे ! यह बात सूझते ही 'मत चूको चौहान' वाली गति से उन्होंने नया प्रसंग छेड़ा, "सर, थोड़ी देर पहले आपने बात-बात में एक बात जो कही, वह मुझे बहुत ज्यादा पावरफुल लगी… ।"

डॉ. मिश्र ने जैसे इस बात को भूसे की तरह फूँक मारकर उड़ा दिया, "…और मैं आपको यह बताऊँ कि जो लोग मुर्गा खाते हैं, उन्हें मैं कुछ-कुछ आतंकवादी टाइप का भी समझता रहता हूँ।"

घनु बाबू भीतर-ही-भीतर सहम गए, क्योंकि डॉ. मिश्र का 'मूड' मुर्गा-प्रसंग से फिरने का नाम ही नहीं ले रहा था ! वे चुपचाप कुछ तरकीब सोचने लगे। और यह निश्चय किया कि वे इस प्रसंग में जरा भी 'चूँ-चाँ' करने का जोखिम नहीं उठायेंगे, जब खुद डॉ. मिश्र मुर्गा व्याख्यान देकर तृप्त हो लेंगे, तभी वे आगे दूसरी बात कहेंगे ! डॉ. मिश्र आगे बोले, "इसका एक कारण है। जबर्दस्त कारण। मैं असल में 'शांति का प्रतीक' कबूतर की बजाय मुर्गा को ही मानकर चलता हूँ। कबूतर कहाँ किसी को शांत कर पाता है ? जबकि मुर्गा सभी अशांतों को अपनी टाँग का मांस-रस चखा कर प्रसन्न कर देता है। भूत उखड़ा हुआ हो, तो मुर्गा की बलि दीजिए, वह शांत हो जाएगा ! आपका सीनियर बॉस आपके काम में बार-बार मीनमेख निकाल रहा है, आपको तंग कर रहा है, तो उसे मुर्गा खिलाइए, वह शांत हो जाएगा ! शनि-ग्रह से भी भयानक पुलिस ग्रह में आपका नक्षत्र आकर फँस गया है, पुलिस आपको तंग कर रही है तो आप यहाँ भी मुर्गे को आजमाइए, पुलिस शांत-प्रसन्न होने में कोई देर नहीं करेगी। आप अखबारवालों के कोप के शिकार हो रहे हैं, उनके क्रोध से बचाव चाहते हैं, तो उन्हें सादर आमंत्रित कर मुर्गे का सूप पिलाइए

और टाँग खिलाइए ! पत्रकार भी शांत ! अब इतने जमीनी ग्रहों को अकेले शांत करने की क्षमता से लैस मुर्गा को हम 'शांति-प्रतीक' नहीं मानें, तो किसे मानें ? कबूतर क्या ऐसी क्षमता सपने में भी दिखा सकता है ? तो मेरा यही कहना है कि मुर्गा 'शांति-प्रतीक' है, इसको खाने की गलती हमारे-आपके जैसे शरीफ नागरिकों को नहीं ही करनी चाहिए ! वैसे जमीनी ग्रहों को शांत करने के लिए इसका उपयोग तो चलेगा ही !" डॉ. मिश्र मुर्गा-व्याख्यान देकर !" शायद संतुष्ट हो चुके थे, ऐसा उनकी लगातार दो-तीन मिनट की चुप्पी से घनु बाबू ने महसूस किया।

कुछ पल तक चुप रहने के बाद धीरे से घनु बाबू ने अपनी अनसुनी हो चुकी बात दुहराई, "सर, मैं उस समय यह कह रहा था कि आपने कामरेड तिवारी वाले प्रसंग पर चर्चा के दौरान एक बात बहुत धारदार और पावरफुल कही थी...।"

डॉ. मिश्र ने इस प्रसंग की तरफ ध्यान केंद्रित करते ललाट पर बल देते हुए कहा, "कौन सी बात ?"

घनु बाबू बोले, "आपने कहा था कि राजनीति का धपेलीकरण हो गया है ! तो तीन दिन पहले जब रात में ठंड से थरथराता हुआ मैं स्टेशन पर उतरा था, तो मैंने सबसे पहले जिस व्यक्ति पर गौर किया और अँधेरे में मंदिर तक जाकर जिसे तलाशकर देखने की कोशिश की थी, वे वही धपेल बाबा थे। मेरे दिमाग में उनका वह चित्र कभी नहीं भूलता, जब कई बार मैंने अपनी आँखों से गुजरती शव-यात्रा के समय उन्हें हर्षित होते देखा है। ठीक वैसे ही वे पुलकित हो उठते हैं, जैसे बचपन में हम लोग हवा-मिठाई वाले खोमचे को देखकर मचला करते थे ! मुझे तो यहाँ आकर पहली सुध उन्हीं की हुई। पहले तो मुझे लगा कि पलामू में अकाल पड़ा है, इतना-इतना भोजन करने वाले 'धपेल बाबा कैसे बचे होंगे ! लेकिन बाद में फिर यही बात मैंने आकलित की कि धपेल बाबा क्यों मरेंगे ! वे यदि मर जाएँगे, तो पलामू में फिर अकाल बार-बार पड़ेगा ही क्यों ?"

डॉ. मिश्र ने चुटकी ली, "बहुत पोयेटिक कमेंट कर रहे हैं, भई घनु जी ! क्या बात है ? धपेल बाबा के प्रति बहुत ज्यादा रोष छुपाये हुए हैं ! कोई नाराजगी तो नहीं है उनसे ?"

घनु बाबू थोड़ा झेंप गए, "नहीं, नहीं सर ! मेरी क्या नाराजगी होगी धपेल बाबा से ! लेकिन गाजियाबाद में बैठकर अखबारों में जब-जब मैंने पलामू में अकाल की विभीषिका का समाचार देखा-पढ़ा, मुझे तब-तब इकलौते खलनायक के रूप में धपेल बाबा का ही विशाल चेहरा याद आता रहा…" घनु बाबू की बात ने शायद उन्हें प्रभावित नहीं किया, संभवतः इसीलिए डॉ. मिश्र ने दूसरी बात शुरू कर दी, "आए हैं तो क्यों न चलकर कुछ गाँवों के दौरे कर आते हैं, ताकि आपको अपने इलाके में व्याप्त अकाल की विभीषिका का जायजा मिल सके !" डॉ. मिश्र ने कुछ देर रुककर फिर आगे कहा, "गाड़ी का इंतजाम अरुण करा देगा। इसके कई मोटे मुवक्किल हैं जो गाड़ी-तेल सबकी व्यवस्था करा देंगे।"

बात घनु बाबू को मन की ही लगी। छूटते ही बोले, "बिलकुल ! प्लानिंग कीजिए सर ! कल ही चल चला जाए। जंगल वाले इलाकों में पहले चलें हम लोग। वहाँ हम लोगों को यह बात संजीदगी से पता चल सकती है कि पलामू में अकाल ने कैसा तांडव मचा रखा है !" बात चल हीं रही थी कि अरुण स्वयं टपक पड़ा "ठीक है सर, मैं आज ही शाम मारुति वैन मँगाकर दरवाजे पर खड़ी करवा लूँगा। सुबह-सुबह ही चल चला जाएगा।"

अरुण अपनी लूना लेकर बाहर निकला, तो घनु बाबू ने उसी के साथ स्वयं जाने की बात की, लेकिन डॉ. मिश्र ने सीधे इनकार कर दिया, "नहीं ! नहीं ! उसे जाने दीजिए। हम भी निकलेंगे। जैसे पहले हम लोग पैदल रेड़मा, आबादगंज होते उधर जेलहाता तरफ या फिर इधर दो नंबर टाउन क्षेत्र होते काँदू मुहल्ला बेलवाटीकर-नावाटोली तरफ निकल जाते थे, वैसे ही आज फिर भटकने की इच्छा जागृत हो रही है।"

इस पर दूसरे कमरे से ही जोर से बोलकर श्रीमती मिश्र ने याद दिलाया, "सुनिए जी ! आप फिर भूल गए न, कि डॉक्टर आपको ज्यादा भाग-दौड़ करने के लिए एकदम बरज दिया है !"

डॉ. मिश्र ने चिल्ला कर ठिठोली की, "अरे बरजने वाला डॉक्टर है, तो हम भी कोई खाली मरीज थोड़े हैं, हम भी डॉक्टर ही हैं ! रोगी बनकर तो कभी हम लगातार रह ही नहीं सकते !"

श्रीमती मिश्रा के भुनभुनाकर रोष जाहिर करने की भनक मिली,

तो डॉ. मिश्र ने फिर चुटकी ली, "अरे, अब हम थोड़ेई उमर में हैं कि तू हमको घर में बाँधकर रखे रहोगी ! हमारा तो अब फिर 'सेकेंड चाइल्डहुड' आ रहा है, बाहर चरने-खाने की उमर !" पूरा वातावरण डॉ. मिश्र के ठिठोली भरे शब्दों-वाक्यों से आनंदप्रद हो गया था। घनु बाबू रह-रहकर स्वयं डॉ. मिश्र का कोई न कोई शब्द याद कर हँसते जा रहे थे। उन्हें याद है, डॉ. मिश्र के उन्मुक्त व्यक्तित्व के ठिठोली भरे कई-कई रोचक किस्से, जो बजाप्ता, घटनाओं के रूप में आज से कोई पंद्रह साल पहले घटे हैं। लेकिन, जब-जब उनका मामूली स्मरण भी हो जाता है, हँसते-हँसते पेट कुप्पा हो जाता है !

गजब हुआ था, तब जबकि राँची रेडियो स्टेशन से लौटते हुए एक दुकान में डॉ. मिश्र से दुकानदार उलझ पड़ा था। घनु जी तब डॉ. मिश्र के अंध प्रशंसकों में थे। दुकान में घुसते ही डॉ. मिश्र ने पूछा, "केवल मिठाइयाँ ही रखे हैं या नमकीन वगैरह भी कुछ है ?"

एस्वेस्ट्स के जगह-जगह चूर छंप्परों वाला यह ठिगना कमरा काफी गंदा था, जिसमें पुराने शीशे के एक सो-केश में कई ट्रे मिठाइयों से भरी-अधभरी रखी हुई थीं। नीचे फर्श लगभग आधा से ज्यादा चूर थे, जो दरवाजे पर कोयले के ढेर के कारण पाँव-पाँव आती कालिख से किचकिच होकर पिचपिचा रहे थे। डॉ. मिश्र ने इसे देखते हुए शोकेस के पास बैठे दुकानदार को लक्ष्य कर एक तीर छोड़ा, "दुकान आपकी अव्यवस्था का शिकार होकर नर्क से भी बदतर यानी एकदम साक्षात् बिहार बनी हुई है और आप इससे एकदम बेखबर झकझक सफेद कुर्ता-पाजामा गाँठे ऊँची कुर्सी पर पाँव समेटे मुख्यमंत्री-टाइप लापरवाह बइठे हैं ! काहे, बात क्या है !" स्वर उनके ऐसे अवसरों पर हमेशा की तरह संजीदा था।

दुकानदार पहले तो आधी बात सुनने तक उकताहट से भरकर चेहरा सिकोड़ने लगा, लेकिन जब डॉ. मिश्र ने बात पूरी कर ली, तो वह ठठाकर हँस पड़ा ! जैसे उसकी दुकानदार वाली अकड़ छू-मंतर हो गई हो। हाथ जोड़कर वह मुसकुराकर रह गया। तब तक टेनिया लड़के ने आकर सामने के तलमलाते आधा उघड़े सनमाइका वाले टेबल को सँभाल-सँभाल कर पोंछ डाला। दोनों बैठे। डॉ. मिश्र ने ठनकते हुए टेनिया से कहा, "ऐ बेटा ! चकौड़ियाँ हैं ?"

लड़का 'चकौड़ियाँ' शब्द सुनकर अचकचाया और इनकार में सिर हिलाने लगा। दुकानदार भी अपनी ही कुर्सी पर हरकत में आकर 'चकौड़ियाँ' शब्द पर दिमाग घुमाने लगा। तब तक घनु बाबू ने मुसकुराते हुए अर्थ खोला, "अरे भाई, चकौड़ियाँ यानी कचौड़ियाँ ! कचौड़ी नहीं है?"

लड़के ने झेंपते हुए 'हाँ' कहा और दौड़कर सटे किचेन स्पेस की तरफ चला गया। दुकानदार अर्थ सुनकर चमत्कृत-सा हो गया। वह बहुत बचा-बचाकर जब-तब आनंदपूर्वक डॉ. मिश्र की तरफ देख लेता, गोया अपने किसी अति पुराने मित्र को देख रहा हो !

दो प्लेटों में चार-चार कचौड़ियाँ और दो में चम्मच के साथ पानीदार चने की दाल और पपीते की सब्जी आ गई। डॉ. मिश्र के प्लेट में दो कचौड़ियाँ एकदम गोल हुई भाप छोड़ रही थीं, तीसरे थोड़ी कम फूली हुई और चौथी ! डॉ. मिश्र ने एकदम पिचकी रह गई कचौड़ी पर तर्जनी के पोर से झटके के साथ चोट की, वह दरक कर रह गई तो उन्होंने टिप्पणी की, "एकदम चरित्रहीन कचौड़ी है एक ! ऐ भाई, ई हमको क्यों दे दिए ?"

दुकानदार ने शिकायत को गंभीरता से सुननेवाले अंदाज में वहीं से गर्दन ऊँची करके उचकाई, यह देख डॉ. मिश्र ने टनकार स्वर में कहा, "देखिए भाई, हमको जो चार चकौड़ियाँ मिली हैं," दुकानदार 'चकौड़ियाँ' शब्द पर फिर मुसकुराया, डॉ. मिश्र आगे बोले, "इनमें एक तो एकदम करेक्टरलेस है। तथा एक और ठीक से विकसित नहीं है। हाँ, दो चकौड़ियाँ एकदम किसी बंग कन्या के उमड़ते यौवन की तरह खिली हुई हैं।" दुकानदार की मुख-मुद्रा अचानक उलट गई, जैसे उसे माँ-बहन की गाली दे दी गई हो ! वह चीते की तरह कुर्सी पर से कूदा और डॉ. मिश्र के पास आ गया, "क्या आलतू-फालतू बकता रहता है आप ? आपको बोलने-चालने का भी तोरिका नोहीं आता होय ? एकदम पागोल माफिक बोलता चोला जा रहा होय।" वह झझक रहा था। उसे शायद इस बात का भी मलाल था कि इतना विप्लवी रूप में चीख रहा है, लेकिन डॉ. मिश्र इस बात को भी विचित्र मुसकान के साथ ऐसे सुन रहे थे, गोया अपने सम्मान में लिखा कोई 'अभिनंदन पत्र' सुन रहे हों !

उन्होंने उसके मद्धिम पड़ते ही कहा, "लगता है आप बंगाली मोशाय हैं। तब तो आप मेरी बात को और भी ज्यादा बढ़िया ढंग से समझ सकेंगे।" उनका लहजा समझाने वाला ही था, जिससे दुकानदार चिढ़ता जा रहा था।

दुकानदार ने खीज के साथ चीखकर कहा, "क्या आप बोकबोक कोर रहा होय। चुपचाप खाकोर जाइए !"

डॉ. मिश्र ने खड़े होकर प्लेट उठा लिया और दुकानदार के करीब जाकर एकदम फूलकर भाप छोड़ती कचौड़ी पर कच से तर्जनी घोंप दी। कचौड़ी की हवा निकलते ही पलभर में वह छितरा गई, डॉ. मिश्र ने इसे लक्ष्य कर टिप्पणी की, "बोलिए, आप तो खुद बंगाली मोशाय हैं, इसके बारे में मेरा खयाल क्या गलत है ?"

दुकानदार अब आग-बबूला होकर लगभग नाचने लगा और दौड़कर कभी कुर्सी के पास कभी किचेन-स्पेश के पास भाग-दौड़कर चिल्ला-चिल्लाकर बोलने लगा, "बाबा रे बाबा ! कैसा बोका बिहारी सोब आ जाता है ! न बोलना जानता होय न समोझता होय..." होटल में कुल जमा वह ही दो ग्राहक थे और दुकानदार के अलावा होटल के तीनों स्टाफ टेनिया बच्चे थे, जो पूरे प्रकरण पर मुँह में हँसी का फव्वारा दबाये हुए थे।

स्थिति की गंभीरता का अंदाजा कर घनु जी ने सख्ती से हस्तक्षेप किया, "क्यों आप इनकी हर बात को खास चश्मे से देख रहे हैं ? इनकी तो मजाक करते रहने की आदत ही है !"

दुकानदार ने यह सुनकर घनुजी को दाँत कटकटाकर ऐसे घूरा, गोया उन्हें जिंदा ही चबा जाएगा ! यह देख घनुजी ने विनम्रतापूर्वक हाथ जोड़ लिया, "जाने दीजिए दादा ! यदि आपको बुरा लगा है, तो इनकी तरफ से आपसे मैं माफी माँगता हूँ।"

उसी तरह एक बार चीनी मूल के दंत चिकित्सक चाउमीन के यहाँ वाली घटना भी ऐसी ही उत्तेजक थी। डॉक्टर चाउमीन थे तो स्वयं राँची के ही जनमें, लेकिन उनके पिता राँची के प्रसिद्ध दंत चिकित्सक थे, जो चीन से यहाँ आये थे। पिता के देहांत के बाद डॉ. चाउमीन ने सप्ताह में तीन दिन राँची और तीन दिन डालटनगंज में अपनी क्लीनिक में बैठना शुरू किया। एक दिन डालटनगंज में चिकित्सकों के एक सम्मेलन में डॉ.

मिश्र को भाषण करते डॉ. चाउमीन ने सुना, तो काफी प्रभावित हुए। वे उनके करीब गए और बेहतर भाषण के लिए बधाई दी, "आप तो मिश्र जी बहुत सुंदर बोलते हैं और आपकी जानकारी चिकित्सा शास्त्र में भी ऐसी विशद है, यह बहुत ही सुखद आश्चर्य की बात है !"

डॉ. मिश्र ने चीनी चेहरे वाले व्यक्ति के मुख से ऐसी विशुद्ध हिंदी मोती की तरह झरते देखी, तो वे काफी प्रभावित हुए, बोले, "आश्चर्यचकित तो मैं हूँ कि आप जो एकदम निश्चय ही चीनी मूल के हैं, कैसी चमकदार दाने की तरह हिंदी के शब्द-वाक्य बिखेर रहे हैं..."

डॉ. चाउमीन ने संक्षेप में उन्हें भ्रममुक्त कर देने का प्रयास किया, "नहीं, मैं चीनी नहीं, भारतीय नागरिक हूँ। राँची में जन्मा, पला और वहीं पढ़ा-बढ़ा। मेरे पिताश्री चीनी थे; चीन से यहाँ आए थे, मैं नहीं।"

डॉ. मिश्र ने कहा, "फिर भी मैं आपके मुँह से हिंदी शब्दोच्चारण की ऐसी शुद्ध ध्वनि सुन चमत्कृत हूँ। आप व्यक्ति भी काफी सुलझे हुए लग रहे हैं।"

डॉ. चाउमीन ने तपाक से उन्हें निमंत्रित कर दिया, "आप आज शाम मेरे घर पधारें, तो बड़ी कृपा होगी। मेरे घर में आज अपना जूठन गिराएँ और मुझे कृतार्थ करें।"

डॉ. मिश्र आनंदातिरेक में किलकारियाँ मारने लगे, "वाह ! वाह ! वाह ! वाह ! कैसी खूबसूरत भाषा आप बोल रहे हैं, मैं आपके बोलने के इसी अंदाज पर मुग्ध हूँ, सो शाम में इसी कारण आऊँगा ! अवश्य आऊँगा !"

डॉ. चाउमीन ने बाद में बताया, "बेलवाटीकर में नवकेतन सिनेमा के थोड़ा आगे दाहिनी तरफ एक बड़ा-सा मकान है, उसी में दो कमरे मैंने ले रखे हैं। आइए आप, मेरी श्रीमती जी भी कल मेरे साथ राँची से आई हैं। हम लोग दोनों आपका इंतजार करेंगे।" उन्होंने एकदम भारतीय मेजबान की तरह हाथ जोड़कर झुककर निमंत्रण को फिर दुहराया।

सम्मेलन-स्थल पर मुख्य-अतिथि होने के नाते डॉ. मिश्र को चिकित्सकों ने घेर रखा था, लेकिन डॉ. चाउमीन और वे दोनों एक-दूसरे की खूबियों से प्रभावित होकर एक नए ढंग से प्रेम की आभा में डूबे हुए थे।

तभी आयोजकों में से एक चिकित्सक आकर डाक्टर मिश्र को नाश्ते की टेबल की ओर आमंत्रित कर ससम्मान ले गए। पीछे-पीछे तमाम चिकित्सकों के साथ डॉ. चाउमीन भी खिंचे बढ़ रहे थे। उस मौके पर डॉ. मिश्र ने चिकित्सा शास्त्र पर बोलते हुए प्राचीन भारतीय चिकित्सा-उपलब्धियों पर विशद चर्चा करके क्रमशः आधुनिक पाश्चात्य चिकित्सा-अनुसंधानों तक पर सविस्तार और सोदाहरण टिप्पणी की थी तथा भारतीय प्राचीन चिकित्साशास्त्रियों की दूरदृष्टि को लक्ष्य कर इसे ही स्थापित कर इसी दिशा में आगामी पहल करने की आवश्यकता बताई थी। साहित्य के एक डॉक्टर द्वारा चिकित्सा शास्त्र पर पुरानी नई इतनी-इतनी सोदाहरण जानकारी भरे भाषण पर ही चमत्कृत होकर तमाम चिकित्सकों ने उनके व्यक्तित्व में चुंबक जैसी आकर्षण-शक्ति महसूस की, जिसमें वे तमाम खिंचने लगे थे।

धर्मशाला-गाथा

जिस दिन डॉ. मिश्र दावत खाने डॉ. चाउमीन के यहाँ पहुँचे, उनके साथ उनकी श्रीमतीजी के भाई मुनिजी मिश्र भी थे। ठिगने कद और गोल-मटोल गौरांग चेहरे वाले मुनिजी के साथ मुसकुराते तो डॉ. मिश्र उनकी तुलना ठुमरी नर्तकी किसी ऐसी सुनामा स्त्री से कर देते कि मुनिजी मिश्र सचमुच 'धगज-धगज' वाली मुद्रा में सिमट जाते !

ब्रासलेट धोती और रखाऊ कुर्ता के बटन तक बंद किए डॉ. मिश्र पाँचवें दशक के किसी खाँटी नेता की तरह लग रहे थे। हमेशा कुर्ता-पाजामा पहनने वाले मुनिजी ने भी देखा-देखी में धोती-कुर्ता गाँथ लिया था। डॉ. मिश्र रिक्शे से उतरे तो मुनिजी भी लुथुर-लुथुर चल पड़े। वे ठेहुने तक लटके कुर्ते और चप्पल तक को पकड़ लेने को बेताब धोती को सँभालने में अपनी पूरी ताकत का खुलकर इस्तेमाल कर रहे थे। कुछ कदम बढ़कर डॉ. मिश्र पीछे मुड़े, "का गे मुनिया, चले परबे कि उठा लिअउ गोदी में ?" भाषा का रंग पूरी तरह मगही में डूब गया, इसका मतलब साफ था कि डॉ. मिश्र आनंद के अतिरेक में थे।

मुनिजी मिश्र कोई एकदम नख-दंतविहीन थे, ऐसा भी नहीं ! डॉ. मिश्र के फूलों से भरे बाण पर भी ऐसे कुड़कुड़ाकर ताकने लगे, गोया उन पर काँटा फेंक दिया गया हो ! अपने दरवाजे पर खड़े डॉ. चाउमीन की नजर ज्यों ही डॉ. मिश्र पर पड़ी वे अगवानी में दौड़े, "आइए, आइए श्रीमान् ! स्वागत है..."

मुनिजी चुप थे और डॉ. चाउमीन के चीनी व्यक्तित्व से सुसंस्कृत हिंदी का वाक्य फूलों की तरह देख भीतर-भीतर गहरे आश्चर्यित थे। उन्हें लग रहा था, गोया वे प्रधान हिंदी के टोन में लिखा कोई प्रहसन ही देख रहे हों !

डॉ. मिश्र ने हाथ जोड़कर दरवाजे पर खड़ी श्रीमती मीन के प्रणाम का उत्तर दिया और उसी तरह बढ़ते रहे। डॉ. चाउमीन ने धन्य-धन्य होनेवाली मुख-मुद्रा के ससम्मान डॉ. मिश्र के प्रणामी मुद्रा में जुड़े हाथों को पकड़ लिया, "आपने हमारा निमंत्रण स्वीकार किया, चलकर यहाँ तक आए, इसके लिए तो मैं आपका सदा आभारी रहूँगा।"

तीनों के दरवाजे तक पहुँचने से पहले झटके के साथ श्रीमती मीन भीतर चली गईं। कुछ ही क्षण बाद दरवाजे के भीतर हिलते पर्दे को हटाकर तीनों भीतर दाखिल हुए।

बरामदा लंबा-चौड़ा था। घुसते ही दाहिनी तरफ के स्पेस में डाइनिंग टेबल के नीचे तक घुसाकर रखी छह कुर्सियों के ऊपरी छोर दिखे और यहीं विपरीत बाईं तरफ एक हिलता पर्दा। पकते भोजन की आती गंध से डॉ. मिश्र ने समझ लिया कि हिलते पर्दे के उधर किचेन होगा !

लंबे बरामदानुमा इस कमरे को, डाइनिंग स्पेस माना जाए, या बेडरूम अथवा ड्राइंग रूम ! डॉ. मिश्र के सामने एक उकताहट पैदा करने वाली गुत्थी सामने आकर चक्करघिन्नी-सी नाचने लगी। क्योंकि, डाइनिंग टेबल के बाद थोड़े-से खाली स्थान के बाद लंबा-चौड़ा पलंग था और इसके बाद वाली कतार में एकदम उधर दीवार से सटाकर रखे हुए थे नए-नए सोफे।

डॉ. मिश्र ने पूछा, "भाई दाँत-डॉक्टर ! यह आपका डाइनिंग स्पेस है या ड्राइंग रूम ? या बेडरूम ? मेरा तो आपका यह मेट्रोपोलिटन एरेंजमेंट देखकर माथा घूम गया है..."

"क्यों, श्रीमान् ?" डॉ. चाउमीन का स्वर और चेहरा दोनों पर विनम्रता की चिकनाई चुहचुहाने लगी।

डॉ. मिश्र ने कहा, "आप तो डालटनगंज शहर को ही दिल्ली-कलकत्ता जैसा बनाकर रह रहे हैं ! बहुत रोचक आदमी हैं आप भी !"

डॉ. चाउमीन ने कहा, "बस, यही एक बड़ा कमरा है और उधर छोटे से किचेन के साथ इससे भी चौथाई का एक दूसरा कमरा ! मुझे भी ज्यादा तो यहाँ कुछ करना नहीं है ! सप्ताह में बस तीन दिन तो यहाँ रहना होता है···" कुछ ही पल बाद डॉ. चाउमीन ने मुनिजी मिश्र की ओर मुखातिब होते हुए हाथ जोड़कर कहा, "मैं तो दंत चिकित्सक हूँ, नाम है डॉ. चाउमीन !"

डॉ. मिश्र ने इसका तात्पर्य समझ लिया और मुनिजी मिश्र के मुँह खोलने के पहले ही वे बोल पड़े, "ये हैं हमारे धर्मसाले यानी मुनिजी मिश्र ! मेरी शादी के समय ये और भी चिकने और स्मार्ट थे।"

डॉ. चाउमीन ने डॉ. मिश्र की चुहल को ताड़ लिया, लेकिन फिर भी गंभीरता बरतते हुए ही पूछा, "मैं कुछ समझा नहीं श्रीमान् ! धर्मसाले हैं यानी ?"

डॉ. मिश्र ने अतिरिक्त गंभीरता के साथ समझाते हुए बताया, "भई, ये हैं मेरी श्रीमतीजी के भाई ! एक बार विधायक भी रह चुके हैं। अभी तुंबाफेरी की राजनीति करते हैं।"

"हाँ, तो पत्नी के भाई यानी साला न हुए।" अपनी समझदारी को टटोलते हुए डॉ. चाउमीन ने जिज्ञासा फैला दी।

"हाँ, भई ! वही तो कह रहा हूँ कि ये हमारे धर्मसाले हैं !"

"धर्मसाले ? यानी···?···"

"भई, सीधी-सी तो बात है कि इनकी बहन मेरी पत्नी है। यानी पत्नी जब धर्मपत्नी हो सकती है। तो साला धर्मसाला क्यों नहीं हो सकता ?" डॉ. मिश्र ने उत्तेजित रूप से सवाल खड़ा किया। जवाब में डॉ. चाउमीन ने ऐसा ठहाका लगाया कि पूरा माहौल किल्लोल से भर गया। मुनिजी मिश्र सकुचा गए। डॉ. मिश्र ऐसे चुप थे कि उनकी यह मुद्रा भी हास्य-विस्फोट ही कर रही थी !

उम्रदराज और देखने से ही दाई (नौकरानी) लगने वाली एक महिला ने आकर टेबल पर खाद्य सामग्री को सजाना शुरू कर दिया। सेवईं की तरह चीनी खाद्य सामग्री देख डॉ. मिश्र ने झुककर नाक को टेबल के करीब पहुँचाकर सिकोड़ा, "देखने में तो भाई, एकदम पिलुआ लग रहा है। बरसात में गिरने वाले पतले-पतले लंबे धागे जैसी जोकटी (चेरा या जोंक) के गुच्छों की तरह ! लेकिन..." उठती भाप को सूँघकर उन्होंने चेहरे के भाव को थोड़ा-सा बदला, "लेकिन, महक तो एकदम जान मारनेवाली है।"

डॉ. चाउमीन ने आग्रहपूर्वक प्लेट दोनों की तरफ बढ़ाए और खुद भी एक प्लेट अपने सामने रखा। तीनों प्लेटों में सभी सामग्री रखकर वे शुरू हो गए।

डॉ. मिश्र सोफे पर ही पालथी जमा कर बैठे हुए थे। काँटे-चम्मच को टेबल पर एक तरफ किनारे कर वे भात खाने की तरह कौर बाँध-बाँधकर चीनी डिश उड़ाये जा रहे थे।

मुनिजी मिश्र चम्मच से बचा-बचाकर खा रहे थे कि कहीं धोती पर कुछ चू न पड़े ! उनकी नजर एक साथ उठते-बढ़ते चम्मच और उसकी सीध में नीचे बार-बार नीली-चमकती धोती पर फिसलती रहती, 'कहीं चू न पड़े !' वाली दहशतजदा चौकसी के साथ।

दाई ने तभी ट्रे में कुछ दूसरे डिश भी लाकर टेबल के खाली बचे हिस्से पर रख दिये। डॉ. चाउमीन ने अपने लटक आए चश्मे को उलटे हाथ से ठीक करते हुए कहा, "लीजिए, सर, मेरी श्रीमतीजी के हाथों का बना कुछ भारतीय डिश भी चखिए !"

डॉ. मिश्र ने देखा, बड़े से कटोरे जैसे तिकोने पात्र में छोले भाप छोड़ रहे थे, तो एक छोटे-से ट्रे में दो फूले हुए गुब्बारे की तरह भटूरे भी भाप छोड़ रहे थे। दूसरे बर्तनों में इडली-साँभर वगैरह जैसे दक्षिण भारतीय डिश भी विद्यमान थे।

डॉ. मिश्र ने झट से अपने आधे भरे प्लेट को एक तरफ खिसका दिया। दूसरा नया प्लेट ले लिया और पंजाबी डिश का स्वाद लेने लगे। डॉ. चाउमीन ने आग्रहपूर्वक साउथ इंडियन डिश की तरफ ग्रहण का विनयपूर्वक इशारा किया, तो डॉ. मिश्र ने कहा, "ना, भाई ! ढेर खट्टा-वट्टा

अब नहीं चल पाता !"

वे भटूरे को हरी मिर्च से खोभकर फोड़ रहे थे और कुछ भाप के निकल जाने के बाद, तब उसमें सब्जी की तरह छोले लपेटकर सटासट सोंट रहे थे। तभी श्रीमती मीन आईं और खाली हो चले कटोरे में बड़े चम्मच से छप-से छोला डाला। कुछ पीली बूँदें उड़ीं तो मुनिजी मिश्र ऐसे चिहुँके, गोया उन पर दहकते शोले गिर पड़े हों ! वे सिर नचा-नचा कर धोती का निरीक्षण करने लगे। कहीं कोई बूँद नहीं दिखी। तब भी जैसे बूँद को खोज कर ही दम लेंगे, कुछ इसी अंदाज में वे धोती की सिलवटों को उलट-पुलट कर जाँचने लगे।

डॉ. मिश्र ने नजर उठाई, तो छोटे कद की श्रीमती मीन मुसकुराने लगीं। निर्मल और आदर भाव से भरी चमकती हुई मुसकान। जैसे मोती झरझराकर झर रहे हों, उनके दाँत के दाने चमक रहे थे। डॉ. मिश्र ने उन्हें कुछ पल अपलक ताका। वह चली गईं।

डॉ. मिश्र ने अपनी शक्ल की चुप्पी को समेटा, "मिस्टर दाँत-डाक्टर !"

"बोलिए, श्रीमान् !" डॉ. चाउमीन ने दोनों हाथ जोड़कर आदेश पाने वाली तत्परतापूर्ण मुद्रा बना ली।

"आपकी श्रीमती तो एकदम भारत की राष्ट्रीय एकता की प्रतीक हैं !" वे मास्टर-कमेंट देने की तरह बोले।

"अच्छा !" डॉ. चाउमीन के चेहरे पर अचानक निकली लॉटरी वाली लाल-पीली खुशी अबीर की तरह भुरभुरा गई। वे चहके, "अच्छा ! वह कैसे श्रीमान् ?"

डॉ. मिश्र ने एक वृहत कौर मुँह में रख लिया था, इसलिए उनके स्वर बोझिल थे, "यार, बेकार ही लोग तुम लोगों को विदेशी कहकर मजाक उड़ाते हैं ! तुम इस मिट्टी पर हो, यहाँ का अन्न खा रहे हो और पानी पी रहे हो, तो मिट्टी का अपना फर्ज भी निभाने में किसी से पीछे नहीं हो ! कितनी बढ़िया, जूही के फूलों जैसे हिंदी के वाक्य तुम्हारे होठों से झरते हैं ! यहाँ की जनता की सेवा का व्रत भी तुम ठाने हुए हो ! नई बात अब यह सामने आई कि तुम्हारी श्रीमतीजी भारतीय राष्ट्रीय एकता-अखंडता की प्रतीक भी हैं…" चलता हुआ मुँह जैसे-जैसे हलका

होता गया, उनका स्वर क्रमशः भारमुक्त होता गया।

डॉ. चाउमीन की जिज्ञासा इतना कुछ सुनकर और सुलग उठी, "मैं कुछ समझा नहीं, श्रीमान् ! कृपया साफ-साफ कहिए !"

मुनिजी मिश्र की धड़कन तेज हो गई थी, क्योंकि उनकी नाक किसी भावी संभावित विस्फोट की गंध पकड़ने लगी थी। डॉ. मिश्र के स्वर की अतिरिक्त गंभीरता उन्हें संदेह में डाल रही थी कि कहीं यह डॉ. मिश्र महाशय इस अंतरंग और भक्त जैसे मेजबान के इस दुर्लभ आतिथ्य-भाव का कोई विस्फोटक धन्यवाद ज्ञापन न कर दें ! मुनिजी मिश्र बल्कि इसी बात पर विस्मित थे कि श्रीमती मीन की कुछ ज्यादा ही बकडेढ़ आँखों को कई क्षण तक अपलक देखते रहने वाले डॉ. मिश्र भला तत्काल कुछ ठिठोलीपूर्ण वाक्य या शब्द कहे बगैर कैसे रह गए ! या अब यह एकता-अखंडता वाला जुमला क्यों सहला-सहला कर कबूतर की तरह उड़ा रहे हैं ! इसी उधेड़बुन में अपनी धोती के प्रति गाफिल हो चुके मुनिजी मिश्र का चम्मच थोड़ा टेढ़ा हो गया और छोले का पानी एक-दो या चार बूँदें ही नहीं, बल्कि एक संक्षिप्त धार की तरह चू पड़ा ! मुनिजी मिश्र की तो जैसे जान ही निकल गई ! उन्होंने चम्मच टेबल पर झट से फेंक दिया धोती का वह हिस्सा बाहर लटका दिया और वहीं चुल्लू भर पानी लेकर उसे साफ करने लगे। कुछ ही देर पहले मुनिजी मिश्र की मामूली चौकसी पर भी एक साथ डॉ. चाउमीन और डॉ. मिश्र दोनों मुसकान के साथ गौर कर रहे थे। लेकिन अभी जब कि मुनिजी मिश्र गिरे छत्ते की मधुमक्खी की तरह गुस्सा, पश्चाताप और क्लेश से भरे हुए बेचैन थे, तब दोनों में से किसी को उनका खयाल नहीं रह गया था।

डॉ. मिश्र बोल रहे थे, "जरा पहले यह बचा-खुचा साफ कर लूँ, तब बताता हूँ क्योंकि कहीं आपने हमारी औघड़ी भाषा की बौड़म बातों का कुछ उल्टा-सीधा अर्थ निकाल लिया तो मेरा तो यह अंश मारा ही जाएगा न !" वे गति के साथ प्लेट में बचे दो-दो भटूरे को तोड़-तोड़कर खाने लगे।

डॉ. चाउमीन के चेहरे पर रंग-बदलती रोशनी की तरह ही भावों के तेबर भी बदल रहे थे। मुनिजी मिश्र ने 'औघड़ी भाषा' और 'बौड़म बात' वाला जुमला सुना, तो अंतिम तौर पर विश्वस्त हो गए कि डॉ. मिश्र

अब कोई-न-कोई भयावह विस्फोट करेंगे, जो निश्चय ही इस सौहार्द्र के माहौल को चिंदी-चिंदी उड़ा देगा। वे भी झट-पट प्लेट खाली करने लगे।

आचमन के बाद डॉ. चाउमीन ने फरवाला तौलिया बढ़ाया। डॉ. मिश्र ने चश्मा उतार कर सोफे के एक कोने की तरफ रखा। आँखों के आसपास तथा ललाट पर चुहचुहा आई बूँदों और होठों के चारों तरफ फैले तैलीय चिकनापन को रगड़ कर साफ तौलिए से पोंछने के बाद डॉ. मिश्र ने बहुत सतर्क-भाव से मुनिजी मिश्र की ओर ताका और तौलिया बढ़ाया। मुनिजी मिश्र भीगी हथेली से होठों को पोंछकर तैलीय विस्तार को फैलाए बैठे थे, यह देख डॉ. मिश्र हँसे, "बोकादास जी, आप एकदम खाँटी नेता हैं क्या ? मुँह को देश की माली हालत की तरह डाँवाडोल बना कर क्यों बैठ गए ? लग रहा है कि अपने थोबड़े को कूड़े के ढेर पर पिजा कर आए हो ?"

मुनिजी मिश्र ने तौलिया ले लिया और रगड़कर मुँह को साफ किया। डॉ. चाउमीन ने कुछ-कुछ सशंकित हो उठे स्वर में दुहराया, "हाँ, तो श्रीमान् ! आप क्या कह रहे थे…।"

डॉ. मिश्र ने डकार छोड़ते हुए तोंद को कुर्ते के ऊपर से सुघराते हुए कहा, "हाँ, तो मैं कह रहा था कि आपकी मैडम एकदम भारतीय एकता-अखंडता की प्रतीक हैं। वह इसलिए क्योंकि…" स्वर ठोस था, जैसे वे दूर-दूर तक इस सद्‌वाक्य को पहुँचाना चाह रहे हों, "उनकी एक आँख जहाँ कश्मीर को देख रही है, वहीं दूसरी आँख कन्याकुमारी को ताक रही है ! इसलिए मैं कहता हूँ कि वह भारतीय एकता और अखंडता की महान प्रतीक हैं !" वाक्य खत्म होते ही वह दनाक से खड़े हो गए। अचानक ही जैसे सौ-सौ नागों ने एक साथ डॉ. चाउमीन पर फन मार दिए हों ! उनका चेहरा भिंच कर लाल हो गया। आँखें फैलकर सुर्ख हो गईं। साँसें हँपर-हँपर बजने लगीं। लगा जैसे डॉ. चाउमीन अब अचानक तेज बल्ब की तरह फट पड़ेंगे !

उधर किचेन में किसी बड़े बर्तन के ढाँय-से गिरने का शोर हुआ, शायद बात श्रीमती मीन तक पहुँच गई थी। डॉ. मिश्र बगैर कुछ बोले डॉ. चाउमीन का चेहरा ताकते हुए हत्यारे की तरह बाहर जाने लगे। डॉ. चाउमीन बैठे-बैठे जैसे पत्थर की उग्र मुद्रावाली प्रतिमा हो गए थे।

आगे-आगे डॉ. मिश्र और पीछे-पीछे भींगी बिल्ली की तरह झपर-झपर धोती बजाते मुनिजी मिश्र। दोनों बाहर आ गए। डॉ. चाउमीन छोड़ने के लिए साथ-साथ रास्ते तक नहीं ही आए, पता नहीं भीतर वे सचमुच पत्थर ही हो गए थे या मूर्च्छा से मुक्त भी हुए !

डॉ. मिश्र रुके तो पीछे-पीछे चल रहे मुनिजी मिश्र बराबरी में पहुँचकर खड़े हो गए। डॉ. मिश्र ने गहरी शिकायत भरी मासूम आवाज में कहा, "जमाना बड़ी खराब हो गेल हव ऽ ! अब तो दिल खोलके कोई से हँसी-मजाक भी करे में यही कारण मन बड़ी डेराऽ हवऽ !"

मुनिजी मिश्र अचानक पेट्रोल से भींगे लत्ते की तरह भभक उठे, "क्या वाहियात मजाक करते हैं आप ! एकदम आपकी पर्सनालिटी में ग्रेविटी नाम की तो कोई चीज ही नहीं है ! कितने विद्वान काबिल और ईमानदार आदमी हैं आप ! लेकिन स्वभाव देखकर कोई क्या समझेगा आपको, कभी सोचा है आपने ? कभी अपनी ग्रैविटी के बारे में कुछ सोचा करिए ! हमें देखिए, न तो आपकी तरह शाकाहारी हैं, न ही आपकी तरह चरित्रवान, न ही ईमानदार ! जब विधायक था तो शाम होते-होते वाइन में नहा जाता था, जवानी का लुत्फ बुढ़ापे में भी जमकर पटना में लिया। लेकिन क्या मजाल कि कोई दिन में हमको पटना में कभी-कहीं हलके तेवर में देखा हो ! हमेशा मैं तब भी गौतम बुद्ध से भी ज्यादा गंभीर बना रहता था। आज भी हम कम गंभीर नहीं रहते ! लेकिन, क्या ट्रेजिडी है कि आप जैसा विद्वान, लायक और ईमानदार आदमी एकदम फंटूस लगता है और मेरे जैसा आदमी एकदम गुरु गंभीर !" डॉ. मिश्र चुपचाप मुनिजी मिश्र के तमतमाये चेहरे और हिलते होठों को देख रहे थे।

धन-धन राजा मेदिनिया

हालाँकि घनु बाबू नहा-धोकर नाश्ता-वास्ता करके बाहर निकलने के लिए तैयार ही थे, लेकिन पैंट-वैंट अभी पहना नहीं था। सोचा दिनभर तो यही कसे ही रहना होगा, सो अरुण के आने तक थोड़ा लुँगी में ही ढीला-ढाला बने रह लें ! वे आँगन में आकर सिलौट के पास खड़े हो गए। वहीं बिछी

खाट पर चादर डालकर बूँट (चना) का साग धूप में डाले हुए थे। धूप अभी धूप नहीं हुई थी, जैसे ठिठुरती रात की शेष हो रही चाँदनी हो ! गोल-गोल गुच्छों में खूब नरम-नरम साग पर नमी की बूँदें दूर से देखने के बावजूद जैसे आँखों में ही शीत पैवस्त कराने लगीं। साग के गुच्छों पर चमकती बूँदें घनु बाबू की आँखों के आगे मोती की तरह चमकते कुछ पुराने दिन बिखेर गईं।

उन्हें वे पाँव याद आ गए जो बिवाइयों में काजल जैसी चिपचिपाहट और जहाँ-तहाँ भींगी लाल लकीर लिये कोयल की ठंडी धारों को पार करते थे, बर्फीले स्पर्श देने वाली बालू पर रेंगते थे और नदी के उस पार शाहपुर की तरफ बढ़ते चले जाते थे। पानी के ऊपर बड़े-बड़े पत्थरों पर बैठे लोग धूप के तेज होने के इंतजार में अपनी देह में आहिस्ता-आहिस्ता सरसों का तेल घँसते रहते और कुछ लोग पानी में दम साधकर डुबकियाँ लगाकर थरथराते और जल्दी-जल्दी पत्थरों पर आकर देह पोंछते देखे जाते। इसी तरह एक बार आठवीं कक्षा वाले घनु ने बाईं कुहनी से काँख तक मुड़े हाथ की पकड़ में दौरी (टोकड़ी) दबाये पानी में घुसती मोहना की माँ को टोका था, "ऐऽ···चाचीऽ !"

पानी में पाँव बढ़ाते ही पुकार सुन वह पीछे मुड़कर देखने लगी, लेकिन पानी से बाहर आने के बजाय दो-तीन कदम आगे बढ़कर ठेहुने भर पानी में खड़ी हो गई, "काऽ हो बेटा ?" पानी में बहते सीझे हुए महुए के खोखले-फटे दाने और घास-पतवार मोहना की माँ के नीचे पानी में भींग कर वजनी दिखती साड़ी में रुक रहे थे और आहिस्ता-आहिस्ता अर्द्धवृत की मंथर गति के बाद झटके के साथ पानी की धारा में दाखिल हो जा रहे थे।

"नदी ऊ पार का लेवे जाइत हऽ ? गोइँठा, कि साग ?" बात चाहे जितनी फालतू हो, घनु ने पूछा बहुत गंभीरता से था।

वह हँसने लगी, "अरे बेटा हमनीं कुछो सोचके थोड़े जाऽ ही, कि का मिली अउर का ना मिली। गोइँठा मिली तऽ गोइँठा भर लेब, साग भेंटा जाई तऽ साग खोंट लेब !" सौ गज की छिछली चौड़ाई के बाद उधर भींगे बालू की चौड़ाई भी लगभग इतनी ही थी। तीन-चार साथी स्त्रियों ने वहीं से मोहना की माँ को आते देख लिया था, सो वे वहीं रुक गईं

थीं, सभी हाथ को अंग्रेजी के बी के अक्षर के आकार में मोड़कर कुहनी से काँख तक की पकड़ में दौरी फँसाये थीं। टेढ़ी होकर अँटकी दौरी में बोझ और सिर के बीच में रखने वाली नेठो का गोलियाया हुआ कपड़ा और हँसिया, दोनों समान रूप से मौजूद थे। सभी दौरियाँ पुरानी और लाल सूखी लेप से लिपी हुई थीं। कुछ तो जहाँ-तहाँ मसक खायी हुई थीं, तो कुछ के ऊपर वाले छोर कहीं-कहीं कमाची छोड़े हुए थे। घनु बाबू ने गौर किया मोहना की माँ की आँखों में जीवन की इस जटिल लड़ाई से उपजी थकान जैसी लकीरें थीं, तो उनसे कहीं ज्यादा तेज डोरे थे कर्मण्यता के। फटी बिवाइयों में पानी के भीतर उड़ती बालू घुसती होंगी तो कैसा लगता होगा उसे ? क्यों नहीं इन बिवाइयों में बालू घुसने की कनकनाहट उसकी आँखों में दिख रही है ? घनु को ये सवाल खोदने लगे, बल्कि मोहना की माँ की बिवाइयों में बालू घुसने की कनकनाहट घनु की ही आँखों में उतर आई, वे बहुत तेज और अंदर तक कँपकँपा गए, "ए चाची ! ई फटलका गोड़वा में बालू ना घुसऽ हवऽ ?"

वह हँसी, जैसे यह वाक्य कोई लतीफा रहा हो, "हाँ हो ! दुखा नाऽ हई ! बलुइया ढुकऽ हई तऽ बड़ी मसमसा हई ! बाकिर का करबई ! कमवा तऽ करहीं नऽ पड़तई !" वह बालू में छपर-छपर पाँव बढ़ाती जाने लगी। कहीं फिल्ली भर, तो कहीं ठेहुने या जाँघ-जाँघ भर पानी था। भींगी बालू वाली पट्टी से पहले क्रमशः पानी कम होता गया। पास पहुँचने पर सभी ने किसी बात पर जोर का खनकता ठहाका लगाया और वे सूखी बालू की तरफ चल पड़ी। यह सूखी बालू की पट्टी भी कम चौड़ी नहीं थी, कम से कम आधा किलोमीटर की चौड़ी दूरी ! गर्मी में जब सूरज कम गरम रहता, तभी वे पार हो जाती और सूरज दोपहर के बाद ठंडाने लगता, तब वे लौटतीं लेकिन तब भी लौटने के बाद उनके पाँव मकई के लावे की तरह के फोड़ों से रह-रहकर अदबदा जाते। एक बार बालक घनु ने गर्मियों की रात में ढिबरी के पास मोहना की माँ को ही फूले तलवों में सरसों का तेल लगाकर गोड़ सीधा ताने देखा, तो पूछ दिया था, "ऐ चाची, एतना फोड़ा हो जा हवऽ तो रोज-रोज काहे चल जा हऽ ? बीच में एक-एक दिन मत जाइल करऽ।"

वह दर्द के सीत्कार के साथ ही बोली थी, "ना जबई तऽ कइसे

काम चलतई ! जा हिअई तऽ कुछ लकड़ी-गोइँठा लेइए आवऽ ही ! सुकना के बाप के रोज-रोज काम-धंधा तऽ मिलऽ ना हई ! मेहनत-मजूरी के काम के कौन ठेकान ? खरीद के लकड़ी के अँटिया से हमनीं के धरम-करम ना नऽ निबही···" किराना दुकानों में आध-आध हाथ के छोटे-छोटे पाँच-सात डंडेनुमा लकड़ी के टुकड़े बँधकर अँटिया बने बिकते थे। चार आने में दो यानी रुपया में आठ ! यह मुड़बोझिया लकड़हारे स्त्री-पुरुष नदी उस पार से ला-लाकर शहर में बेचते थे, जिन्हें दुकानदार औने-पौने ठगकर खरीद लेते और भाव करा कर इसे खुदरा बेचा करते। यह खरीद कर काम चलाने की ताकत कम-से-कम मोहना की माँ को तो नहीं ही थी।

मिट्टी की मोटी-मोटी दीवारों पर काफी पुराने बल्ली-खंभे और बाँस की काली-काली फट्ठियों वाले छप्पर जहाँ-तहाँ उकटे हुए खौराये खपड़ों के कारण ठीक वैसे ही खस्ताहाल रहते, जैसे उसके नीचे दिन काटने वाला मोहना की माँ का घर-संसार। ये चेरो-खरवार आदिवासी जनजाति के लोग थे, जिनके पूर्वज अंग्रेजी हुकूमत से पहले पलामू के शासक हुआ करते थे। पलामू का मशहूर किला, इन्हीं चेरो राजाओं के समृद्ध एवं विशाल साम्राज्य का ध्वंसावशेष प्रमाण है। यह किला बेतला के जंगल के बीच आज भी पर्यटकों का आकर्षण केंद्र है। ऊँचे पर्वत के ऊपर विशाल ध्वंस-काया लिये खड़ा यह किला पर्यटकों को खूब विस्मित आंदोलित करता रहता है। चेरो राजवंश के मेदिनियाँ राजा काफी प्रतापी और जनप्रिय थे, जिसका पता वहाँ आज भी लोककंठ में बसी कई कहावतों और लोकोक्तियों से चलता है ! मोहना की दादी ऐसे किस्सों और लोकगीतों की खान थी। सरहुल में झूमर के दौरान अपने मिट्टी के ओटे पर निहुर कर बैठी लुथुर-लुथुर झूम-झूम कर गीत के तान अलापती, जिसमें चेरो राजवंश के साथ 'फिरंगियों' की लड़ाई का शौर्य गान होता। चेरो सिपाहियों के तीर कमानों की टंकार और फिरंगियों की तोपों की गड़गड़ाहट और धमाके जैसे साफ-साफ सामने से गूँजते-घटित होते दिखाई पड़ने लगते।

मोहना की दादी किस्से-कहानियों की झड़ी लगाती तो यह सात-सात, आठ-आठ दिनों तक चलने वाली बरसात की झड़ी हो जाती।

जाड़े के दिन हुए तो घनु-मोहना जैसे बच्चों से लेकर मोहना की माँ, घनु की माँ जैसी औरतें भी कंबल-चद्दर लिये-दिये बोरसी के आसपास बरामदे में बिछे पुआल पर अपनी-अपनी जगह पकड़ लेतीं। मिट्टी के बरामदे पर कच्चे फर्श का असर तो पुआल और बोरे की परतों से साफ-साफ गायब हो जाता, लेकिन छप्पर की तरफ से शीतलहर के झोंके रह-रह कर सबको सिहराते रहते। यदि गर्मियों के दिन हुए, तब तो मोहना का आँगन अँजोरिया रात में चाँद के नीचे या अँधरिया रात में ढिबरी के आस-पास कथा-रस में भींगता रहता। कैसे चेरो राजा मेदिनियाँ प्रतापी थे कि 'धनि, धनि राजा मेदिनियाँ, घर-घर बाजे मथनियाँ !' या फिर भगवंत राय की कम संख्या वाली सेना ने अपने से सौ गुनी ज्यादा बड़ी मुगलों की सेना को कैसे पछाड़ दिया था, जैसे-जैसे रोचक प्रसंग घनु को एकदम कंठस्थ हो चले थे ! मोहना की दादी कथा कहती रहती, तो ढिबरी की लौ की ही बराबरी में जलती हुई मोहना की दादी की शक्ल के ऊपर ही घनु पूरा दृश्य उभरते देख लेते—नदी बह रही है ! पहाड़ों से उतरकर पत्थरों-चट्टानों से टकराती, उन्हें लाँघती और शोर मचाती नदी कोयल या औरंगा या दामोदर ! तो नदी चूँकि जंगलों से गुजरती निकल रही है, सो धार में कभी सूखे पेड़ की टहनियाँ भी दिख जातीं, तो कभी मोटी डाली पर स्थिर बैठा कोई बच्चा भी जो वनदेवी की कृपा से मँझधार में भी शांत और सुरक्षित होता। वनदेवी डाल के दोनों छोर पर फन उठाये कुंडली मारे साँपों के रूप में अपने दूत भी बिठाये हुए है, यह भी घनु साफ-साफ मोहना की दादी के चेहरे पर देखते ! वह यह भी देखते कि मोहना की दादी के जो शब्द बूँद-बूँद उनके कानों में चू रहे होते उसके दृश्य तत्क्षण ही मोहना की दादी की चमकती चट्टान जैसी करिया-झुर्रीदार शक्ल पर बन जाते—तो बहती नदी के ऊपरी इलाके में है कम संख्या वाली चेरो सेना, जो खूब चाक-चौबंद और इत्मीनान से भरी हुई है और झटपट दोने बनाकर उसमें टोकरी से ले-लेकर चुटकी-चुटकी भर सतुआ डालते हुए धार पर छोड़ रही है। थोड़े से जंगली क्षेत्र के बाद दिख रही है फिरंगियों की हमलावर सेना। विशाल संख्या और तोप-बंदूकों-हथियारों का बड़ा जखीरा। लेकिन सबके चेहरों पर उड़ती हवाइयाँ। बहती धार से फिरंगियों के सिपाही छान रहे हैं दोने ! संख्या जैसे-जैसे हजार के ऊपर भाग रही

है, उनके चेहरे उड़ते जा रहे हैं ! दोने का विशाल ढेर जमा हो गया, तो फिरंगियों की सेना ने अपनी बड़ी संख्या को उनके मुकाबले बहुत कम समझ लिया और भाग रही है, भाग रही है···भाग रही है–भाग रही है–घनु सहित सबने तालियाँ पीटी !

मोहना की दादी को इतना सब कैसे पता हो गया ? वह कैसे जान गई कि शाहपुर के छोटे आरामगाह किले से लेकर बेतला के विशाल पलामू किले के बीच जमीन के नीचे सुरंग का रास्ता है, जिसमें यह बीस-पचीस किलोमीटर की दूरी घोड़े से तय करने की व्यवस्था थी ? यह बात सही भी है या कही-सुनी जैसी बात, यह सवाल भी उठाने की जरूरत उस समय किसे थी ? बस वह कह रही है, तो अकाट्य है, वही इतिहास है, वही पलामू के चेरो राजवंश की 'रामायण' या 'महाभारत' भी !

मोहना की दादी का स्वर जब युद्ध के चित्रण के दौरान जोश और गौरव की खनखनाहट से भींग कर निकलता, तो सबको लगता कि वे स्वयं कथा नहीं सुन रहे हैं, बल्कि थोड़ी ही दूरी पर खड़े, सामने युद्ध देख रहे हैं। वह बताती कि शाहपुर किले की तरफ निकलने के लिए बेतला से कैसे चेरो सेना के जवान बीस-पचीस किलोमीटर लंबी अँधेरी सुरंग में घोड़े से भाग रहे हैं, भाग रहे हैं···भाग रहे हैं···।

घनु या मोहना या उनकी माँओं में से ही कोई-न-कोई तुरंत टपक पड़ता, "सुंभ में तऽ अँधेरिया भी खूबे नऽ रहत होतई ?"

वह चश्मदीद की तरह बोलती, "हाँ ! तऽ ओकरा से काऽ ? जगह-जगह ओकर मुँह खुला रहऽ हलई···ओकरे में से हवा अउर इंजोरिया आवऽ-जाऽ हलई !"

कोई फिर सवाल करता, "ऐ दादी ! तऽ ऊ सुंभ वाला मुँहवा तऽ कहीं-न-कहीं होतई नऽ ? देखाऽ देबे काऽ ?"

वह तुनकती, "ऊ सब सुंभ के मुँह एतना सैकड़ा-सैकड़ा साल के बाद भरा-वोरा के खत्तम नाऽ हो गलई ?"

दादी को प्रश्न किस्सा कहने से कभी भी रोक न दें, इस डर का मामूली अहसास होते ही वे सभी एक दूसरे का चेहरा देख-पढ़कर मौन सहमति में चुप हो जाते।

दादी का झुर्रीदार चेहरा कभी बेतला की कमलदह झील की तरह

छोटे-छोटे कथा-प्रसंगों के फूलों से भर जाता, तो कभी आसमान से बतियाती ऊँची हरी-भरी वादियों-पहाड़ियों की तरह के गर्व बोध से लबलबा जाता, "राजा मेदिनियाँ ! अहाऽ ! ओइसन राजा भारथ भर में ना हलऊ ! रात में भगवान राम जइसन साँवर रूप वाला मेदिनियाँ राजा भेस बदलकर पलामू राज भर में जहाँ-तहाँ घूमऽ हलऊ ।"

कोई जिज्ञासा सवाल बन हठात-ही सामने आ जाती, "भेस बदल के ! काहे ?"

दादी का चेहरा इतिहास बना निर्बाध शब्द-दर-शब्द गूँजता रहता, "रजवा चाहऽ हलई कि कोई परजा अइसन ओकर राज में ना रहे, जेकरा पास गाय-गोरू ना रहे ! केकरो घर दूध-दही के कमी कब्बो ना होवे !"

"अच्छा !" घनु ने एक बार आँखें फैलाकर विस्मय जताते हुए पूछा था, "साँचो, सब के घर हलई गाय-गोरू ओकर राज में !"

दादी ने चश्मदीद गवाही देने वाली एक मुसकान को अपने बजते चेहरे पर बुला लिया, "हाँ ! एक बार मेदिनियाँ रजवा रात में घूमत हलई, तऽ एगो मुंडा-घर के पास देखलई कि बूढ़ा अमदी खटिया पर मुँह लटकइले बइठल हलई ! ढिबरी जरत हल ई अऊर ऊ अमदी बड़ा उदास हलई··· । मेदिनियाँ राजा कम्मल ओढ़ले हलक अऊर हाथ में एगो लभहर लाठी ले ले हलक। घोरान के ओट में खड़ा-खड़ा पूछलक, "का होलऊ बूढ़ा ?" तऽ बुढ़वा कहलक, "का कहिअऊ हो ! गाय हमर पहड़ियाँ पर साँझ-साँझ तक रहऊ, बाकिर अभी ऐतना बेर रात सिरा गलऊ, बाकिर गइया ना अलई !" मेदिनियाँ राजा आपन भेस तऽ बदलले हइये हलक, आपन अवाजो के बदल के बतिआवत हलई, पूछलई, "तऽ कौनो के ढिबरी-लुकवारी लेके भेजले हे का ? खोजे ला ?" बुढ़वा बतलई, "हाँ, हो। बेटवा लुकवारी लेके गईल बा !" मेदिनियाँ राजा ऊहे रात महल में लवट के गईलक, तऽ एगो गाय कोलवा के दूत से ऊ मुंडा घर भेजवइलक। दूत सब गाय पहुँचा के अलथिन तो साथे-साथ ऊ बुढ़वो अइलक अऊर मेदिनियाँ राजा के आगु में जमीन पर गिर के कहे लगल, "राजा साहेब, तू हम्मर घरे अइबो कइलऽ तऽ भेस बदल केऽ ? हम तोरा चिन्हबो ना कइलिवऽ ! ई गाय काहे ला भेज देलिअई सरकार !" राजा मेदिनियाँ हँसलक अऊर कहलक, "हम्मर राज में कोई अमदी के घर

अइसन नाईं होवेला चाही, जेकर दुआर पर गाय-गोरू के बिना खूँटा खाली रहे एको साँझ !" बुढ़वा हाथ जोड़ के कहलई, "धनि-धनि राजा मेदिनियाँ, घर-घर बाजे मथनियाँ !"

राजा आँख मूँद लेलक अऊर दूत के इशारा करके कहलक कि "बूढ़ा के घर तक जाकर पहुँचवल जाए !" कहते-कहते दादी के चेहरे पर मेदिनियाँ राजा के राज की दूधिया संपन्नता की सुबह-शाम की आभा खेल जाती !

दादी बताती कि कैसे पलामू किला को फिरंगियों की सेना ने पहाड़ घेर कर अपरे घेरे में कर लिया है और तोपों से गोले दागे जा रहे हैं !...किले के भीतर दीवारों के पीछे जगह-जगह सेना ने किलेबंदी कर ली है ! छोटी-छोटी पतली सुर्ख ईंटों की खूब मोटी-मोटी दीवारों में बने छेद से निकली नाल से गोलियाँ छूट रही हैं। किले का मैदाननुमा बड़ा-सा आँगन भरा हुआ है सेना के जवानों और सैनिक सामानों से। सेना के छोटे-बड़े ओहदेदार अधिकारी चरणबद्ध तैयारियों और संचालन में व्यस्त हैं। हौज में जहरीली जड़ी-बूटियों का नीला-गहरा जमाव है, जिसमें मुड़बोझिया लकड़ी की शक्ल में बँधा है तीरों का लंबा-लंबा बोझा ! तीरों को हौज में कई दिनों से रख छोड़ा गया है ! यही जहर से बुझे तीर तो उखाड़-उड़ा रहे हैं फिरंगियों की घन-घमंड गर्जित सेना को ! तीन-तीन, चार-चार दिनों तक हौजों में जो तीरों का बोझा रह चुका, उसे सेना के प्रबंधकीय अधिकारी निशान देख-देख निकाल रहे हैं ! बाँस की छिली कमाचियों पर तिकोना काँटा ऊपरी छोरों पर खुँसा नील लोहित मुद्रा में सेना के चेहरों पर जब विजयश्री की कौंध उकेर देता है, तो बिना किसी शब्द या ध्वनि के खुशी बीच-बीच में छलक जाती है ! तीर के निचले छोरों पर मछली की पूँछ जैसी मूढ़े हैं, यही तो घनुष के धागे पर सटती हैं, बाएँ हाथ में खड़े धनुष की बीच वाली मूठ होती है, और दाहिने हाथ आगे निकले तीर की पिछली मछली की पूंछ जैसी मूठ को धागं पर रखकर उँगलियों से पकड़कर खींचते हैं ! टंकार से गूँज उठता है पलामू किले के चारों ओर सतर्क तैनात जंगल ! एक-एक तीर से उलट रही फिरंगियों की सेना की कई-कई चमकती बाँहें ! तोप के आतंक को बैलून की तरह फोड़ रहा है चेरो सेना के नीले-नीले तीरों का एक-एक प्रहार ! कुछ ही

घंटों में फिरंगियों की सेना के उखड़ते पाँव ! और खाली होता मैदान !

लेकिन कहाँ से आ जाते हैं फिर फिरंगी सेना के जवान ? अपने सिपाहियों की ताजा लाशों को धाँगते हुए ! कुछ ही देर पहले खोखली होकर उल्टी लुढ़की तोपों को धकेलकर खड़ी करते हुए ! फिर उसी धमाके के साथ उनकी तोपें दग रही हैं ! गूँज रहा है पूरा का पूरा पलामू का घना जंगल ! किले के भीतर से फिर छूट रहे हैं एक-एक बार में सौ-सौ नीले-नीले तीर ! दीवारों की छेदों से सौ-सौ गोलियाँ ! कमरेभर की चौड़ाई वाली मोटी चारदीवारी पर ऊपर दौड़ रहे हैं चेरो सेना के घुड़सवार जवान ! चारदीवारी की छत पर भी है ऊपर छाती भर-भर का अहाता, घुड़सवार जवान पूरे किले की गोलाई में छतों पर दौड़-दौड़ कर ऊपर से फिरंगियों की सेना पर हमले भी कर रहे हैं और उनकी स्थितियों का पूरा-पूरा बारीक जायजा भी ले रहे हैं ! फिर फिरंगियों की सेना खतम ! आधी रात बाद फिर नीचे से दगने लगी तोपें ! क्या बात है भई ? कहाँ से फिर जुट जाती है फिरंगियों की सेना ? फिर किले की मोटी चारदीवारी के मुँड़ेर पर लुकवारी लिये घुड़सवार जवान करने लगे हमले ! सूखी डालों-पत्तियों वाले पेड़ जगह-जगह सुलग कर लुकवारी बने जल रहे हैं ! तीरों के झुंड और तोपों के गोले, बंदूकों की गोलियाँ आपस में टकरा भी रही हैं, बच-बचकर अपने निशानों पर भी वार कर रही हैं ! किले के भीतर वीरगति प्राप्त जवानों को तत्काल लाकर आँगन में पार दिया जाता है ! किले के आँगन में भी यह संख्या बढ़ती जा रही है ! सुबह तक फिर फिरंगियों का सफाया ! लेकिन दिन चढ़ते फिर वही हाल ! फिर तोपों की गड़गड़ाहट, फिर···मोहना की माँ पूछती, "तो, आखिर में का-का भेलई ? रजवा कइसे-कइसे मरा गलई ?"

मोहना की दादी को जैसे गर्म लोहा छू गया हो, वह चिढ़कर क्रोधाविष्ट हो गई ! शावक को पत्थर मार देने से जैसे सिंहनी का ब्रह्मांड छिल गया हो, "चोप्प ! चेरो राजा के मारे के दम केकरा पास हलई ! रजवा जब देख लेलई कि हाली-हाली के हमला में ओकर किला के भीतरे सेना के हालत खराब होवे लगलक तो ऊ रानी, रजकुमार अऊर पूरे बंस के साथ किला के भीतरे वाला कुइयाँ में उतर गइलक !"

"कुइयाँ में ?" घनु ने पूछा था।

हाँ, बेटा ! कुइयाँ अभियो हइए हई ! कुइयाँ में उतरे ला सुभ हई ! तऽ पूरा खनदान लेके रजवा उहईं पानी में समाधि ले लेलई ! बाकीर नऽ तो दुश्मन के सामने झुकलई, न हरलई, न गुलाम होलई !" दादी के चेहरे पर चेरो राजवंश के उस सामूहिक मृत्युवरण के बाद का दर्द धुआँ बनकर फैला। आँखों से पानी टघर-टघर कर झारखंड के खंड जैसे उसके झुर्रीदार चेहरे पर रेशा-रेशा उतरने लगा। उसके होंठ थरथरा रहे हैं, काँप रहे हैं। जीभ हिल रही है, लेकिन गले ने शब्दों को रोक लिया है, जैसे शोकार्त्त शब्दों से लिपटकर रोने लगा हो खुद उसका गला। झुर्रीदार रेशों में कोयल-अमानत-दामोदर-औरंगा के पवित्र जल की चमक की भाषा में और सुगाबांध-बारेसांढ़, लोद झील, कमलदह झील, गारू, पलामू किला के पास से दीखते गोल पृथ्वी-आकार के विराट कटोरे जैसे जगंल की गरिमा-अपनी हरियाली की भाषा में चेरो राजवंश की वीरता, शान की रक्षा के लिए जलसमाधि तक ले लेने की दुर्द्धर्ष कट्टरता और प्रजावत्सलता के किस्सों की झिलमिलाहट पैदा कर रहा है...।

सूखी-टटाई धरती

बंटी ने पीछे से बाएँ हाथ की उँगलियाँ पकड़कर उन्हें जोर से खींचा, तब जाकर घनु बाबू का ध्यान वर्षों-वर्षों पूर्व के आसमान पर से उतरकर पसरे हुए साग पर एक बार फिर टूटा और छितरा गया। धूप टहकार हो गई थी। उससे अब गर्माहट का भी स्वाद मिलने लगा था। साग के पसरे हुए मुलायम-मुलायम गुच्छों पर नमी अब उसी तरह मौजूद नहीं रह गई थी। मोती जैसी चमकती बूँदें टघर-सूखकर लापता हो गई थीं, ठीक उसी तरह जैसे अभी-अभी घनु बाबू अपने इर्द-गिर्द मोहना की दादी के कथा-स्वर की झमक सुन रहे थे और करीब-करीब पलामू किला के आसपास छिड़े चेरो-मुगल युद्ध का दृश्य देख रहे थे ! यह उपस्थिति अब अनुभूति बिला चुकी थी।

"अंकल, आप क्या सोच रहे हैं ? कहाँ खो गए हैं ?" वह देर से हाथ खींच रहे होने और कोई जवाब न पाने के कारण खिन्न हो चला

था। शायद इसीलिए स्वर में व्यंग्य का सटाकेदार झटका तैर रहा था, "फिल्मों की तरह आप भी कहीं फ्लैश बैक में तो नहीं भटक रहे हैं ?"

वे गहरे तक चौंक पड़े, "क्या मतलब ?" मन में यह बात कौंधी, यह छोटा-सा बच्चा कितना सटीक सीधे नब्ज पर ही उँगलियाँ रख देता है !

वह बोला, "आपको कितनी देर से खींच रहा हूँ, आप तो जैसे नींद में गर्क आँखें खोले-खोले ही सपनों में तैर रहे हैं।"

घनु बाबू ने अपनी चौकन्नी मुद्रा में थोड़ी ढील दी, "बेटे, तुम अभी यह सब नहीं समझोगे कि दस-बारह साल तक लगातार यहाँ से अनुपस्थित रहने के बाद अब जब लौटा हूँ, तो कैसे मेरे सामने ढेर सारी दुविधाएँ और उलझनें पेश आ रही हैं।"

बात तो निश्चय ही बंटी के पल्ले नहीं पड़ी थी। घनु बाबू ने भावावेश में तो यह टिप्पणी कर दी, लेकिन कुछ ही पल बाद यह भूल उन्होंने महसूस भी कर ली। थोड़ा रुककर वे धीरे से बोले, "कोई खास बात ?"

तब तक राजू ने भीतर से ही हाँक लगाते हुए कहा, "अंकल ! आप सुन नहीं रहे हैं क्या ? गाड़ी वाले लोग आ गए हैं, आपको बुला रहे हैं ! अरुण अंकल गाड़ी में ही हैं।"

घनु बाबू को आश्चर्य हुआ कि उन्होंने अभी तक हार्न की आवाज नहीं सुनी, जबकि जाहिर-सी बात है कि हार्न जब-जब बजा होगा तब-तब धीमा तो बजा नहीं होगा ! उन्होंने मान लिया कि साग के नर्म-नमीयुक्त पत्तों पर आँखों की पहली चहलकदमी में वे यह सुन नहीं सके ! तभी किसी नवजात शिशु के 'केहांऽऽय ! केहांऽऽय ! केहांऽऽ !!!' कातर रुलाई-स्वर तेजी से उठने लगा और फिर अचानक यह थम भी गया। घनु बाबू को याद आया कि बाहर निकलने से पहले एक बार कम से कम फ्रेश तो हो ही लेना चाहिए। वे लोटा लेकर शौचालय में ढुक गए। लुंगी समेटकर अभी बैठने को ही हुए कि फिर वही 'केहाँय ! केहाँऽऽय।' का करुण स्वर कान में उसी तरह तीखा होकर घुसा, जैसे आँखों में जलते मिर्च का तीता धुआँ ढुकता है !

बाहर निकले, तो राजू ने पहली बार लहसकर लोटा अलगाते हुए

पानी गिराया। हाथ सबुनाने के साथ-साथ उसी हाथ से फेन लपेटकर वे लोटे को मीसने लगे, तभी फिर वही 'केहाँऽऽय ! केहाँऽऽऽ !' का स्वर तीर की तरह कान में घुसा और सीने में कील बनकर जैसे दर्द करता हुआ ढुकने लगा। घनु बाबू को खटक यह रहा था कि यह करुण शिशु-क्रंदन एक खास अंतराल तक ही होकर फिर एकदम गायब हो जाता है। क्या कहीं कोई अभागा नवजात फेंका हुआ तो नहीं है ? कूड़े वगैरह के ढेर पर अगल-बगल में कहीं यह किसी नवजात की पहली ही निर्णायक लड़ाई का स्वर तो नहीं है ? पूछें भी तो, किससे ? कैसे ?

राजू ने अगराकर याद दिलाया, "अंकल, अरुण अंकल जल्दी बुला रहे हैं, सुन नहीं रहे हैं ?"

घनु बाबू ने फिर गौर करना चाहा, कहीं अरुण की कोई पुकार सुनाई पड़ रही है ? तभी उनका ध्यान अपने उस संशय पर गया, जो शिशु-क्रंदन सुन भिन्न-भिन्न तरह की दहशतों के रूप में बन-बिगड़ रहा था। संभव है, आफत में फँसी इस नन्हीं सी-जान की चिंता की मोटी परत ने अरुण के स्वर को सोख लिये हों ! वे आँगन को कुछ डग में नापकर अपने कमरे में आए। झटपट पैंट-शर्ट कस ली। बेल्ट लगा रहे थे कि फिर वही करुण शिशु-क्रंदन ! तमाम सतर्कता के बावजूद उनके मुँह से यह खिन्न जिज्ञासा चिनगारी की तरह छिटक ही पड़ी, "अरे राजू, बंटी ! ई बच्चा की रुलाई कहाँ से आ रही है, रे ?"

बंटी ने सवाल सुन जोर से ताली पीटी, "अंकल फँस गए न ! क्या गजब के दिल्ली वाले हैं आप भी !" उनकी चुभनभरी खिन्नता के विपरीत उतनी ही खनक से भरे खुशी के चमकते कण बंटी के चंचल चेहरे पर छितरा गए थे।

"क्या मतलब ? कहाँ से यह बच्चा रोने की कातर आवाज आ रही है ?" किरासन तेल से भीगे लत्ते की तरह उनकी खिन्नता पर जैसे क्रोध की अग्नि छू गई हो ! स्वर दहाड़ में तब्दील होने लगा था, "अरे, भई ! तुम लोग क्यों हर बात में हि-हि-हि मचाने लगते हो ! कहीं कोई बेचारी नन्हीं-सी जान आफत में है और तुम लोग पूछने पर ठहाके मार रहे हो !"

राजू ने आकर खुलासा किया। वह घनु बाबू का तमतमाया चेहरा

देखकर डर-डर कर बोल रहा था, "इसीलिए तो बंटी हँस रहा है, अंकल !"

"क्या मतलब ? साफ-साफ बोलो।" "अकंल जी ! यह किसी बच्चे की असली रुलाई नहीं है। यह तो मारुति वान का हार्न है, जो बाहर बज रहा है। गाड़ी का ड्राइवर यह बार-बार बजाकर आपको बुला रहा है।" राजू ने हँसते-हँसते बात पूरी की।

घनु बाबू को यह सूचना ज्यादा कड़वी महसूस हुई ! क्रूरता की यह हद ! शिशु-क्रंदन से भी आनंद लेने की यह पाशविकता ! वे तमतमाए हुए बाहर आए। देखा, गाड़ी में अरुण आगे ड्राइवर के बगल में बैठा था। घनु बाबू को देखते ही उसने अभिवादन किया। ड्राइवर ने तब तक हार्न पर फिर उँगली रख दी थी, 'केहाँऽय ! केहाँऽय ! केहाँऽय !' घनु बाबू के धधकते क्रोध पर फिर जैसे पेट्रोल की एक धार पड़ी। वे कुछ बोले नहीं, लेकिन अचानक खोदखोदाह मुँह वाला ड्राइवर का चेहरा उन्हें काफी खौफनाक दिखने लगा ! उन्हें लगा कि ड्राइवर के काले चेहरे पर दिखने वाले चेचक के निशान नहीं, बल्कि चिंदी-चिंदी हुई उसकी संवेदना के ध्वस्त रूप हैं।

भारी मन से वे पिछली सीट पर बैठे, तो अरुण भी दूसरे दरवाजे से बगल में आकर बैठ गया। घनु बाबू ने लटपटाती जुबान से पूछा, "क्या बात है, डॉक्टर साहब को लेने फिर वहीं चलना होगा क्या ?"

अरुण ने उत्साहित स्वर में कहा, "हाँ, यह गाड़ी तो चूँकि आपके ही पड़ोस की है, इसलिए मैं रिक्शे से यहाँ आ गया। ड्राइवर सुबह ही मेरे घर गाड़ी लेकर आ गया था, लेकिन बाबूजी ने इसे वापस कर दिया। उन्होंने नौ बजे के बाद चलने का प्रोग्राम बनाया। अब इधर से आपको लिये हुए चलना है, बाबूजी को वहाँ से उठाकर चल चलेंगे।"

"मेरे पड़ोस की गाड़ी है ? किसकी ?" वे अचकचाये।

"यही जो वाइन मर्चेंट हैं, मनीन्दर बाबू ! उन्हीं की यह नई मारुति है, पिछले ही महीने निकली है शो रूम से !" अरुण ने आगे क्या कहा, घनु बाबू मनीन्दर बाबू से लेकर मनुआ तक के पिछले विस्तार का झन्नाटेदार बोध खुरचते हुए उस पर कोई ध्यान नहीं दिए।

गाड़ी पानी की तरह भागती सदीक मंजिल चौक पर थोड़ी धीमी

हुई, तो कोयल पुल की तरफ ढले रास्ते पर खड़ी टेम्पो की कतारें और लोगों की चहल-पहल देख, घनु बाबू का शिथिल मन थोड़ा-सा चेतन हुआ। पुल हो जाने से यह चहल-पहल नई उपलब्धि है, वर्ना पहले तो नदी में हेलकर (घुसकर) ही पार होना होता था लोगों को। बरसात में जब कोयल भर जाती, तब काफी गंजन होता। उस पार के ग्रामीण जो रोजाना रोजी-रोटी के जुगाड़ में आया करते थे, वे काफी दिक्कत में पड़ जाते। जिस दिन बाढ़ होती, उस दिन किसी नाव-डेंगी का चलना तो असंभव ही था, लेकिन जिस दिन भरी हुई नदी शांत रहती, उस दिन भी नाव पर चढ़कर पार उतरना कठिन काम ही होता। पानी के भीतर कहाँ हाथी की तरह बैठा है, कौन-सा काला पत्थर जिससे तेज धार में उधियाकर नाव टकरा जाएगी, यह दुविधा भी हमेशा बनी रहती है। साल भर में महीना-पंद्रह दिन का तो नाव का झमेला होता, ऐसे में ऐसे-वैसे डर-भय लोगों के दिमाग से हट नहीं पाता था।...

छहमुहान के पास पहुँचकर मारुति ने खूबसूरत बन चुके गोलंबर का चक्कर काटा और पुराना बस स्टैंड-कचहरी वाला रोड पकड़ लिया। घनु बाबू को यह छहमुहान भीतर जेहन तक उतरता महसूस हुआ। कितना कुछ बदल गया है सब कुछ। सब तरफ नए-नए निर्माण। मकानों के कठोर जंगल। जिन पर मौसम की कोई खुशी या कोई उदासी, या कोई संवेदना नहीं उतर पाती। जो मकान झकाझक उजला है, वह गर्मी के दिनों में भी चकचकाता रहता, न तो पेड़ों की तरह मुर्झाना, न चिड़ियों की तरह मरूआना। जो मकान टहकार लाल पुता हुआ है, वह हर संकट के समय भी बिहँसता रहता। हर अकाल, हर सूखे में एक क्रूर ललौहीं हँसी। घनु बाबू ने पेट्रोल पंप के पास जाते-जाते गाड़ी रुकवा दी।

नीचे उतरे और लौटकर पैदल छहमुहान तक आए। पीछे दोनों हथेलियाँ लटकी आपस में गुँथी हुई थीं और विचार मन में उमड़-घुमड़ कर फुहार की तरह बरस रहे थे। छह रास्ते, छह तरफ से आकर यहाँ मिलते हैं। अस्पताल तरफ से, मस्जिद की तरफ से, जिला स्कूल चौक की ओर से, डी सी बँगला रोड की तरफ से, कचहरी की तरफ से और जेलहाता की तरफ से। पहले यह एक चबूतरानुमा गोलंबर था, जिस पर रात में कई-कई बेघर-बार लोग, बिना एक दूसरे को हिकारत या संशय

की नजर से देखे, चुपचाप गिजमिज होकर निर्भेद नींद तान लेते हैं। आज यहाँ ज्यादा गति आ गई है। गाड़ियाँ मिनट-मिनट पर चक्कर काट रही हैं। रास्ता पार करना हिम्मत का काम हो गया है, लेकिन क्या उन दिनों वाली अपनापन की भावना आज इसे देखकर आ रही है ? बार-बार इस सवाल की नोंक से घनु बाबू ने खुद की ही शिथिल पड़ती जा रही पुरानी स्मृतियों को कुरेदा। वे उदास हो गए, आज वह अपनापन कहाँ ! वह निजता कहाँ ! हर जगह विपरीत धकेलने वाली रफ्तार ! खुद से खुद को ही काट देने वाली जल्दबाजी ! घनु बाबू पीछे मुड़ गए। देखा, अरुण और ड्राइवर उन्हें ही लक्ष्य कर एक-दूसरे को देख-देख मुसकान दबा रहे थे। घनु बाबू को लगा कि यह चीख-चीखकर कह देने का सही समय है कि भाइयो ! डालटनगंज भी अब अपना वह पुराना शहर नहीं रहा, एक-दूसरे को गूँथे और जोड़े रखने वाला। अब यह भी पटना, कलकत्ता, मुंबई और दिल्ली की रफ्तार में है, उसी मौत मर भी रहा है ! लेकिन, वे खुद को पूरी ताकत लगाकर दबाए रखने में जूझते रहे। कार ने ओवर ब्रिज को तेज-तेज पार किया। रेड़मा चौक से सीधे सती मंदिर होते डॉ. मिश्र का घर। वे तैयार बैठे थे। गाड़ी का स्टार्ट बंद नहीं हुआ। अरुण नीचे उतर गया। वे तुरंत आ गए। उन्होंने अरुण की जगह ले ली। अरुण फिर ड्राइवर की बगल में चला गया।

रेड़मा चौक से बाईं तरफ मुड़कर उधर चियांकी की तरफ का रास्ता पकड़ते समय पेट्रोल पंप के पास रास्ते पर ही नवनिर्मित मंदिर के पास गति धीमी हुई। रास्ते में कोई ठेला वाला बहक गया था, ड्राइवर ने हार्न बजाया, 'केहाँऽऽय ! केहाँऽऽऽय !'

डॉ. मिश्र की आँखें फैलीं, जिसका भाव था कि देखिए, हमारी कलाप्रियता का यह विकास ! घनु बाबू ने टिप्पणी की, "जो कुछ दिल्ली में भी नहीं देख सका, सीधे यहीं परिचित हो रहा हूँ।" किसी गचके में गाड़ी ने हिचकोला खाया, तो मारुति की लचकदार सीट ने मजेदार असंतुलन पैदा कर दिया। घनु बाबू ने अपनी नीचे की तरफ ज्यादा खिसक आई पीठ को उठकर ठीक से फिर पिछले अवलंब पर टिकाया, "उस पर तुर्रा यह कि यह गाड़ी हमारे बचपन के ही एक मित्र महाशय की है, जो मेरे पड़ोसी भी हैं, लेकिन मुझे इस दौरान पता भी नहीं चला कि वही

मनुआ आज मनीन्दर बाबू है और यह उसी की कलाप्रियता है कि…''

डॉ. मिश्र ने बीच में ही अपनी बात रोक दी, ''अरे भाई ! ई तो अरुण जी के कोर्ट-वोर्ट वाली अपनी वकीली माया का ही चमत्कार है कि जब चाहते हैं किसी-न-किसी का चमचमाता वाहन हाजिर करवा लेते हैं !''

घनु बाबू ने अपनी उत्तेजना को लाख दबाना चाहा, लेकिन वह दबी नहीं रह सकी, ''हार्न में शिशु-क्रंदन का इस्तेमाल आखिर किस दिमागी हालात का संकेत है, क्या यह भी कोई अनजान-सी बात है !''

डॉ. मिश्र का ध्यान, इस चर्चा पर गौर कर रहे अविकसित मुसकान से भरे ड्राइवर पर गया, तो वे थोड़े संयत हुए और भौंहें उचकाकर घनु बाबू को ऐसी चर्चा न करने का इशारा करने लगे। बात समझ में आ गई, तो घनु बाबू ने अपनी खौलती उत्तेजना पर संयम का ठंडा छीटा मार इसे भंग कर दिया। लेकिन कुछ ही पल के अंतराल के बाद डॉ. मिश्र ने कहा, ''गौर कीजिए पलामू में कैसे-कैसे जीव-जीवाणु आज हावी हैं ! क्रूरता और परपीड़न में मजा लेने वाले लोग ही आज तरक्की पर हैं।''

घनु बाबू ने गौर किया, डॉ. मिश्र जो बात-बात में तर्क-वितर्क कर हँसी-ठठा का मौका निकाल लेते रहे हैं, इस संदर्भ में बहुत असहाय, तर्क शून्य हो गए। गाड़ी हवाई अड्डा से गुजर रही थी। शहर पीछे छूटता चला जा रहा था। ग्रामीण इलाके का आभास आगे से फूटता आ रहा था। शीशे से बाहर नजरों का जाल फेंक-फेंककर घनु बाबू पुरानी स्मृतियों को समेटना और हथेलियों पर उठाकर देखना चाह रहे थे। इतना टुअर-टापर क्यों हो गया है यह चियांकी पहाड़ ? कहाँ गई इसकी सुडौल आकृति ? इसकी हरियाली को कौन पी गया ? सड़क के दोनों ओर अब कंकाल हुए पेड़ और सूखी-टटायी रोटी की तरह फटी धरती अपनी विवशता का इजहार करने लगी थी !

घनु बाबू ने एक उदास किंतु धुआँता हुआ सवाल किया, ''सर ! ऐसा क्यों है पलामू में नदी-नालों की संख्या भी काफी है लेकिन धरती का यह हिस्सा हर साल सूखे की मौत मारा जाता है ? क्योंकि यह क्षेत्र 'रेन शैडो' यानी वर्षा-वंचित क्षेत्र में भी पड़ता है, लेकिन यहाँ के भाग्य-विधाता कभी सूखे-उदास नहीं होते ?''

डॉ. मिश्र को सवाल ने प्रज्वलित कर दिया। उनके शब्दों से चिनगारियाँ छिटकने लगीं, "आपके ही शब्दों में कहूँ तो वर्षों-वर्षों से यहाँ किसिम-किसिम के धपेलों का प्रकोप है जो विभिन्न क्षेत्रों की ऊर्जा और इसके स्रोतों को चाटते-सुड़कते जा रहे हैं। चाहे यहाँ का जंगल हो, या यहाँ की खेती हो या यहाँ के खनिज स्रोत, धपेल सभी क्षेत्रों में हावी हैं। वे पी जाते हैं यहाँ की तमाम नदियाँ और सभी नालों का पानी। वे चबा जाते हैं यहाँ का जंगल और चाट जाते हैं नर्म-मुलायम हरियाली को। वे ही पी जाते हैं यहाँ की धरती की कोख से निकालकर खनिज संपदाएँ। इस धरती के रस को उन्होंने ही सोखा है, वे ही पोसते-पालते हैं अकाल और सूखे का राक्षस, जिससे करते हैं अपनी लक्ष्य सिद्धि। इस समूचे संदर्भ की पड़ताल आवश्यक है। इन तरह-तरह के शिष्ट चेहरों के नीचे छुपे धपेलों को पहचानना जरूरी है।" डॉ. मिश्र जैसे कोई आग्नेय कविता का ही पाठ करने लगे हों। उनके शब्द अपने उच्चारण के साथ ही अर्थ-ध्वनि की ऐसी टंकार उत्पन्न कर रहे थे कि बैठे तमाम लोगों के ऊपर यह तथ्य-बोध विस्फोट की तरह चस्पाँ होने लगा था।

जंगल और जंगल

जैसे-जैसे जंगल का क्षेत्र मिलता जा रहा था, धूप की व्याप्ति बिलाती जा रही थी। ऊँचे-ऊँचे पेड़ हालाँकि विपन्नता की मुखर कहानी बाँच रहे थे, लेकिन उनके झंखाड़ हो चुकी डालियों के दिखते अस्थि-पंजर धूप को टाड़ने के लिए काफी थे। अरुण ने गाड़ी रुकवा दी थी और कान पर जनेऊ लपेटता कुछ कदम आगे पेड़ की ओट में जा खड़ा हुआ था। पत्तियों पर 'छरर्-र-र-' की ध्वनि खड़खड़ाहट का रूप लेकर ज्यादा मुखर हो रही थी।

डॉ. मिश्र ने सरकाने वाले दरवाजे को अनाड़ी भाव से अतिरिक्त बल लगाकर पीछे धकेला, तो पूरी मारुति वान डोल गई। घनु बाबू ने दूसरी तरफ के दरवाजे को खोलते हुए चुटकी ली, "लग रहा है कि गुरुदेव पृथ्वी को ही उलट देने का रिहर्सल शुरू कर रहे हैं।" उतरकर वे गाड़ी

के आगे से चक्कर काटते डॉ. मिश्र के समीप आ खड़े हुए। डॉ. मिश्र ने जम्हाई लेते हुए टिप्पणी की, "उलट तो मैं सकता ही हूँ भाई घनु जी ! लेकिन, क्या करूँ रग-रग तोड़ दी गई है मेरी ! मेरे लड़ाकूपन को शातिर भाव से तौलने वालों ने मुझे अनाप-शनाप पचड़ों में डालकर एकदम थूर-थकुच कर बे-दाँत कर दिया है।"

अरुण ने लौटकर गाड़ी में से पानी की बोतल निकाली और पंडिताऊ अंदाज से चुल्लू में पानी लेकर स्वयं को छींटों से पखारा। डॉ. मिश्र ने बोतल माँगी और मुँह के ऊपर बोतल का मुँह लाकर पानी पीने लगे, तो बोतल से पानी हचक कर ऐसा गिरा कि उनके मुँह-बाल और गर्दन के पास से नीचे तक पानी की एक धारा फैल गई। उन्होंने झुँझलाते हुए बोतल वापस कर दी, "लोग एक-से-एक नया अंदाज निकालते जा रहे हैं और एक हम हैं कि अपने अंदाज से बाहर नहीं निकल पाते। बोतल सामने जब आँख से कुछ ही अँगुली की दूरी पर टिकती है, तो लाख याद रखने के बाद भी यकीन ही नहीं होता कि इसमें पानी ही है और पानी के सिवा कुछ नहीं ! ससुरी बोतल रंगीन और तूफान से भरी हुई ही इठलाती नजर आती है...।"

घनु बाबू सतर्क हो गए थे कि इस पुराने बहुपरिचित विषय पर 'हाँ-हूँ' करके फँसने का भी दर्द झेलना पड़ सकता है ! वे चौकन्ना, किंतु चुप रहे। डॉ. मिश्र ने आगे पूछा, "तो आप लोगों ने पलामू के इन जंगली इलाकों में काम तो पहले किया ही होगा...।"

घनु बाबू ने सिर हिलाया, "हाँ ! टाइगर प्रोजेक्ट क्षेत्र में कई बार वन विभाग की ज्यादतियों के खिलाफ यहाँ जुलूस-प्रदर्शन आदि तो होते रहे हैं, लेकिन मैं खुद बहुत ज्यादा कभी भी सक्रिय तो रहा नहीं। वैसे कई बार उस दौरान यहाँ आने-जाने का मौका मिला था।" तीनों गाड़ी में आकर बैठे। गाड़ी चलने को हुई तो ड्राइवर ने पूछा, "किधर चलना होगा सर ? बेतला घूमने चलना है न ?"

घनु बाबू ने तुरंत सीधा वार करने की तरह कठोर उत्तर दिया, "नहीं, नहीं ! हम लोग इतने बदमिजाज नहीं हैं कि जो धरती सूखे में झुलसकर ऐंठी-फटी पड़ी है, वहाँ हम तफरीह करते फिरें !"

ड्राइवर पढ़ा-लिखा था या नहीं, यह तत्काल न तो डॉ. मिश्र को

ही पता लग पा रहा था, न अरुण या घनु बाबू को। लेकिन ड्राइवर ने तत्काल अपने चेहरे पर ऐसा पश्चाताप उगाया कि वे तीनों सहम गए। उसने लंबी जीभ निकाली, "ओह ! गलती हो गई सर ! आप लोग तो वाकई कोई आदमी हैं, जरूर ! लेकिन यह गलती भी हमसे भला क्यों न हो !..."

वह थोड़ा उदास भाव से कुछ पल तक चुप बना रहा, तो डॉ. मिश्र ने टोंका, "क्या मतलब !"

वह चाभी उमेठते हुए स्टार्टर की घरघराहट रुकने पर कुछ ही क्षणों बाद बोला, "हमारे साहब लोग तो भाई पैसेवाले हैं, उन लोगों को लेकर तो हम लोग बेतला की तरफ जब कभी भी आते हैं, तो इसका सीधा मतलब होता है किसी खरहे (खरगोश) या हिरन या साँभर-चीतल जैसे शिकार को किसी भी तरह धक्के मार या कुचलकर उठा लेने की बहादुरी दिखाना ! बख्शीश लेना या फिर रात में जब वे ट्री हाउस की मद्धिम रोशनी में 'रचमच-रचमच' की आवाज के साथ हिलाते हैं, तो नीचे बैठकर रखवाली-पहरेदारी करते हुए कार में बैठे उस आनंद का अंदाजा लगाना !"

गाड़ी सरपट भाग रही थी जैसे कोई मुलायम पॉलिथिन का बैग किसी मोम के भींगे फर्श पर बगैर कोई शब्द किये खिंचता चला जा रहा हो ! घनु बाबू तटस्थ थे, लेकिन डॉ. मिश्र के सवाल अलग-अलग वेश में एक-एक कर सामने कूदते चले आ रहे थे, "अच्छा !" गहरे विस्मय के साथ, "ये पैसेवाले लोग इस नेशनल पार्क और टाइगर प्रोजेक्ट की तमाम कानूनी घेरेबंदी के बावजूद जंगल में शिकार इस कदर करते हैं ?"

ड्राइवर स्टियरिंग नचा रहा था और आँखें भी, "हूँ...हँ !" जैसे उसे डॉ. मिश्र की यह जिज्ञासा एकदम बचकानी लगी हो, "क्या बात करते हैं जनाब ! कौन-सी कानूनी घेराबंदी ? वही जंगल-अधिकारी तो व्यवस्था करते हैं रहने-ठहरने और मौज-मस्ती की ! एवज में मोटी बख्शीश लेते हैं।" वह सामने अंधे मोड़ के दिखते ही हार्न बजाने लगा। सामने से थोड़ी दूर बाद बंद दिखते रास्ते पर मोड़ था, जहाँ से तीस डिग्री के कोण पर रास्ता फिर उलटा मुड़ता था। पेड़ों के कंकाल होने की वजह से रास्ते का आभास तो मिल रहा था, लेकिन अचानक उधर से कोई बड़ा वाहन आकर

इधर मुड़ न जाए, इसी पेशागत चौकसी में ड्राइवर चुप हो गया था और स्पीड को नियंत्रित कर हार्न बजाने लगा था। हार्न के 'केहाँऽ य ! केहाँऽय ! केहाँऽय ! के करुण स्वर से दूर तक जंगल तक सिहर उठा। घनु बाबू लोहे के कणों की तरह इस विद्युत-चुंबकीय आवेश-प्रहार से काँप उठे ! मोड़ से गुजरकर ड्राइवर ने गति थोड़ी तेज कर दी, "साहब, राँची, लोहरदगा और कहाँ-कहाँ से नवाबजादे आते हैं बड़ा दिन की छुट्टियों में यहाँ राइफलें लेकर। वे मोटे-मुलायम मालदार बिजनेसमैन हैं, इलाके के मुखिया-मेठ हैं, नेता हैं, सब कुछ हैं, उन्हें भला इससे कौन रोक सकता है ? खूब शान से वे चमकती गाड़ियों में आते हैं। जगह-जगह बने बँगलों में ठहरते हैं। जब मन हुआ तब जंगल में राइफल चलाते हैं, शिकार करते हैं और रात में बँगलों में भी उनके शिकार की वही व्यवस्थाएँ होती हैं… ।"

घनु बाबू ने उपहास के साथ प्रतिक्रिया की, "ऐसा भला क्या ! क्या यहाँ के तमाम जंगल-अधिकारियों का ही लहू इस कदर मरा हुआ है ? ऐसी स्थिति में एकदम तो नहीं ही होंगी !"

ड्राइवर ने बाईं तरफ गाड़ी को दबाया, तो डॉ. मिश्र ने गाड़ी के भीतर के सवालों के घने बुने जाल से दिमाग को खींचकर बाहर किया। गाड़ी रुक गई थी। मध्यम ऊँचाई का पहाड़ एकदम सीधे संवाद कायम करने का बेताब हुआ दिखा, तो डॉ. मिश्र ने ही उसकी तरफ आँखें नचाते हुए बगैर किसी को लक्ष्य किये बड़बड़ाते हुए कहा, "देखिए, देखिए जरा ! किस कदर कुतर रहे हैं हत्यारे, यह आधा पहाड़ तो कुतरा जा चुका है !" पहाड़ पर नाम मात्र के भी पेड़-पौधे नहीं हैं। कहीं मोरंग (लाल बलुआही मिट्टी) काटकर खोह बना दी गई है, तो कहीं बोल्डर-गिट्टी काटकर सपाट कर दिया गया है !"

घनु बाबू, अरुण और ड्राइवर चुपचाप पहाड़ को देख रहे थे। डॉ. मिश्र ने आगे कहा, "मोरंग जहाँ कटी है, वहाँ का लाल घाव देखिए भाई घनुजी ! लग रहा है कि अंग-भंग होने से पहाड़ का खून खूब बहा है और बहकर वहीं पपड़ी बन सूख गया है ! जहाँ-जहाँ कटा हुआ आधा-अधूरा पत्थर का चपटा अवशेष चमक रहा है, वह एकदम कटी हुई हड्डी का ही आभास दे रहा है !"

घनु बाबू ने खिल्ली उड़ाने वाली तिक्तता से भरा व्यंग्य का एक

बाण छोड़ा, "देखिए सर ! हद है मूर्खों की वज्रमूर्खता की भी !" वे पहाड़ के सर्वोच्च शिखर की ओर तर्जनी उठाए हुए थे, "ऊपर यह वायरलेस का ही टावर है शायद ! पहाड़ को काट-कटवा भी रहे हैं और ऊपर टावर भी गाड़े हुए हैं।"

ड्राइवर अपने होठों को चुनिया-चुनिया कर खुद यूँ-मंद-मंद हँस रहा था, गोया उसे जो कुछ कहना है, वे लोग खुद कहते जा रहे हों ! डॉ. मिश्र ने मुड़कर देखा, तो उन्हें ड्राइवर में किसी गहरी समझदारी का बोध हुआ। वे करीब आए, "तुम कितना पढ़े-लिखे हो भाई ? आदमी तो तुम कायदे के ही हो···।"

ड्राइवर ने झिझकते हुए बताया, "सर, मैं तो कॉलेज में आपका छात्र भी रहा हूँ, लेकिन पढ़ाई-लिखाई मैं पूरी नहीं कर पाया। बी.एस-सी. में झूल गया, सो आज तक रोजी-रोटी के चक्कर में स्टियरिंग पर झूलता चल रहा हूँ।"

डॉ. मिश्र ने घनु बाबू को कहा, "आप अब यह समझिए कि हम लोग तीन नहीं, चार हैं। यह ड्राइवर भी पट्ठा बौद्धिक पदार्थ है ! इस नक्कारखाने में उधियाती फिरने वाली हम लोगों की तरह की ही एक अन्य तूती है यह भी ! मुझे पहले से लग रहा था कि यह जरूर···"

ड्राइवर ने बगैर कोई स्वीकार का लक्षण पढ़े, अपने को खोलकर उनके सामने यों बिछा दिया कि वे तमाम लोग सुगंध में सुगंध की तरह एकाकार होने लगे। अरुण ने हमउम्र वाली एक विशिष्ट समकक्षता के साथ आहिस्ता-सा सवाल किया, "तो, आपका नाम ?"

वह वर्षों-वर्षों नदी की धार में अड़े रहकर खूब धुले श्याम पत्थर की तरह एक बार तेज चमक से भर गया, "सुरेन्द्र पासवान ! सुन्नर-सुन्नर कहकर पुकारते हैं लोग !" उसकी आँखों में एक बड़ा-सा समूह जैसे कहकहों के साथ एक पल के लिए उपस्थित हो उठा।

घनु बाबू ने लगातार सूक्ष्मता से उसका निरीक्षण करते हुए अचानक मुसकुरा कर पूछा, "रहने वाले कहाँ के हो ?"

"यहीं, गारू के !" वह 'यहीं' ऐसे बोला गोया गाड़ी के एक-आध हाथ आगे-पीछे ही गारू बस्ती हो ! कुछ पल तक वहाँ आत्मीयता की शीतल मौजूदगी रही, फिर उसी ने इसे बदला, "हाँ, तो हम कह रहे थे

कि जंगल में एकदम लूट ऐसी मची है, जैसे लुटेरों की यह बाप-दादों की ही संपत्ति हो !''

वह पीछे हाथ बाँधे धीरे-धीरे चहल-कदमी करते आगे बढ़ने लगा। पहाड़ के किनारे-किनारे दरार फटी और धूल उड़ती सड़क की एक पतली सर्पीली लकीर दूर तक दिख रही थी, जिससे पहाड़ के पास किसी बस्ती के होने का पता चल रहा था। वह पीछे देखे बगैर कुछ कदम आगे बढ़ चुका और बढ़ता रहा। तब तक अरुण ने झट से दरवाजे को लॉक किया और तीनों लोग उसके पीछे चल पड़े।

घास नाम की तो कोई चीज नहीं ही थी, जगह-जगह रैंगनी के काँटे और उसके छोटे-छोटे गोल-गोल पीले फल दिख जाते थे। नीचे से जगह-जगह फूलकर ढीले पड़ चुके फीते तथा उधड़ी सिलाई वाली चमड़े की चप्पलों से वह जब रेंगनी के सामने पड़ते पौधों को बचा नहीं पाता, तो 'भट-भट' करके गोल फलों के फूटने पर तीनों गौर कर एक-दूसरे-तीसरे को ऐसे देखते, गोया कोई बहुत खास बात हो ! अचानक ही वह पीछे मुड़ा, ''अब तो आप लोग भी हमारी ही तरह के हैं, इस लूट-खसोट और सूखे-अकाल की स्थिति से बेचैन ! इसलिए बता ही देना चाहता हूँ कि कैसे इन जंगली इलाकों में जगह-जगह ऐसे-ऐसे माफिया भरे पड़े हैं, जो जानवरों का शिकार बड़े पैमाने पर करते-करवाते हैं और चमड़े तथा हड्डियों का बड़ा व्यापार चलाते हैं।''

घनु बाबू ने अपनी कुछ देर पहले की गुत्थी को सामने किया, ''भाई, इसका मतलब तो यही हुआ न, कि पूरा जंगल-विभाग ही गलत है और वहाँ जीवित ईमान का एक भी अफसर सिरे से नहीं है ?''

ड्राइवर ने कहा, ''लगता है आप अखबार वगैरह एकदम नहीं पढ़ते ! आपको याद होना चाहिए कि अभी-अभी कुछ ही माह पहले एक बड़े नेता को बाघ पर गोली चलाते वक्त ऐन मौके पर पहुँचकर एक नौजवान डी.एफ.ओ. ने सीधे हाथ पकड़ लिया था।''

''अच्छा ! तो ?'' जैसे घनु बाबू के कान किसी मरघटी खामोशी में ऐसे ही एक भी शब्द सुनने को तड़प रहे थे !

वह अपनी गति से बोलता रहा, ''पहले तो नेताजी ने अपने ऊँचे पद और विभागीय विराट अधिकारी का हवाला दिया और उसे डराना

चाहा, लेकिन जब वह तना रहा, तो वे आँखों को सुलगाकर चुपचाप उसे देखते रहे। उसने नेताजी को साफ-साफ शब्दों में खूब धिक्कारा कि वे किस बेशर्मी के साथ वन-नियमों की धज्जियाँ उड़ा रहे हैं। और यह करके वे किसी हद तक अपने 'जंगली' होने का ही प्रमाण पेश कर रहे हैं !"

"तब, फिर ?"

"फिर, क्या ? तीसरे-चौथे ही दिन अखबार में उस डी.एफ.ओ.के तबादले का समाचार छपा दिया गया, कारण में यह उल्लेख भी शामिल था कि यह तबादला अमुक नेताजी के साथ उसकी बदमिजाजी की मिली शिकायतों पर हुई कार्रवाई के बतौर किया गया है।"

"हुँ...ह !" घनु बाबू का चेहरा बनती-बिगड़ती-टकराती रेखाओं से गिजमिजा गया, गोया वह कोई भींगा हुआ क़पड़ा हो, जिसे अभी सख्ती से गारा गया हो ! डॉ. मिश्र का चेहरा कुछ इस कदर लाल हो गया था, गोया किसी ने अभी-अभी उनका अपमान कर दिया हो !"

सुन्नर इस तेवर के साथ यह सब बयान कर रहा था कि गोया आग सुलगाने के लिए माचिस पर तीली का आघात कर रगड़ पैदा कर रहा हो, "इतना ही नहीं, आपको क्या यह विश्वास होगा कि बरवाडीह, महुआडाँड़, बेतला जैसे इलाकों में जहाँ-जहाँ ऐसे माफिया हैं, वहाँ हिरन का मांस सात-आठ रुपए किलो के भाव कोई पूछता भी नहीं, जबकि खस्सी (बकरे का मांस) वहीं चालीस रुपए से कम नहीं मिलता।"

"ऐसा क्यों ? माफिया तत्त्व यदि इतना जोखिम लेकर हिरनों को इस कदर मारते हैं, तो फिर कौड़ी के मोल क्यों बेचते हैं ?" यह जिज्ञासा थी तो सबकी, लेकिन अचानक फूटी अरुण के मुँह से।

"भई, उनका मुख्य धंधा मांस बेचना तो है नहीं। वे खाल और हड्डी का थोक धंधा करते हैं, इसलिए मांस को न फेंक कर कौड़ी के मोल बेचवा ही देते हैं ! इतना ही नहीं, कभी उनके घर जाकर देखिए कि वे कैसे वन-संपत्तियों का राक्षसी शान और ताकत के साथ दुरुपयोग करते हैं।"

या मौला तू पानी दे !

सुन्नर ने किसी विशेषज्ञ की तरह एक-एक बात को खोलकर बताना शुरू किया, "जंगल में बस एकदम जंगलराज है। टाइगर प्रोजेक्ट एरिया में कभी आकर देखिए, तब पता चलेगा कि स्थिति कितनी अमानवीय बना दी गई है..."

डॉ. मिश्र ने अचानक तेज स्वर में पूछा, "यार, तुम हम लोगों को उधर कहाँ लिये जा रहे हो ?"

सुन्नर रुका। सभी रुक गए। वह पीछे मुड़कर बोला, "यह दिखाने ले चल रहा हूँ कि कैसे कुछ ही दिनों पहले यहाँ एक ड्रामा हुआ है, सूखा-अकाल के नाम पर !"

"मतलब ?" गहरी जिज्ञासा का भाव घनु बाबू के चेहरे पर तैलीय पदार्थ की तरह चमका।

"प्रधानमंत्री यहाँ आए थे। पत्र-पत्रिकाओं में सूखे-अकाल की खबरें छपने लगीं, तो यहाँ वे भी आए थे..." वह आगे बढ़ने लगा। सभी फिर चल पड़े।

पहाड़ की निचली सतह के पास जगह-जगह क्यारियाँ और मरे हुए धूल उड़ाते खेत दिख रहे थे। एक गहरा-सा चौड़ा मैदान मिला। यह तालाब रहा होगा, जगह-जगह टूटे-फूटे घाट, धोबियों के काम आनें लायक सूखे पड़े पत्थर देख ऐसा साफ-साफ महसूस हुआ। बीच में एक जगह चारपाई आकार से थोड़ी-सी बड़ी गहरी खाई दिखी, वहाँ कुछ-कुछ कीचड़ जैसी मिट्टी थी, सड़ी हुई और गली-पची झाड़-झंझाड़ जैसे कचरों में तब्दील हुई। सुन्नर ने इसे इंगित कर खड़े होकर बताया, "यह तालाब सन् सड़सठ के अकाल में भी इस तरह नहीं मरा था। पहली बार यह इस कदर बेमौत मरा है। कभी इसका पानी सूखता नहीं था। प्रधानमंत्री के आने के पहले यह पूरी तरह सूख-टटा गया था। लेकिन प्रधानमंत्री के आने के दो दिनों पहले इसमें टैंकरों से पानी डालकर गीला किया गया। तीन टैंकरों ने कोयल नदी से पानी ढो-ढोकर दो दिनों तक इसमें सैकड़ों ट्रिप डाला था, तब जाकर थोड़ा-बहुत पानी इसमें दिखाई पड़ने लगा था..." वह आगे चल पड़ा। सभी साथ-साथ बतियाते बढ़ने लगे।

सामने एक कम ऊँचाई वाला झोंपड़ीनुमा मिट्टी का घर दिखा। मिट्टी की दीवार जगह-जगह मोटी-पतली उभरी-धँसी हुई। माथ पर करीने से हाल का बँधा छप्पर। खपड़े भी नए। दीवार लाल गेरू मिट्टी से लिपी-पुती। घनु बाबू ने धीमी किंतु दुविधा से भरी आवाज में विस्मय जताया, "अरे, भाई यह मकान तो हाल का लिपा-पुता और मरम्मत किया हुआ लग रहा है...।"

बात डॉ. मिश्र ने सुनी थी, बोले, "लगता है इस घर का कोई आदमी कहीं बाहर में नौकरी वगैरह पर होगा, वरना अभी किसमें इतना दम है कि वह भूख-अकाल की इस दारुण बेला में मकान को रँगा-पुता पाएगा ! क्योंकि जैसा ठिगना और विपन्न है यह मकान, इससे यह जाहिर है कि यह पलामू के एक औसत ग्रामीण का ही घर है..."

यह मकान गुजरा, तो थोड़ी-थोड़ी दूरी पर एक साथ दस-ग्यारह मकान दिख गए, लेकिन सभी मकान एक ही गेरू रंग से लिपे-पुते थे। सभी के छप्पर भी एक जैसी चमक वाले खपड़ों से करीने से बँधे छाए हुए थे। कई घरों के चारों ओर काँटे और सूखी लकड़ियों के घोरान थे। पेड़ों की गड़ी हुई डालियों की तरह की इन लकड़ियों में कहीं किसी सिरे से जान नहीं थी। इन पर चढ़ी-फैली लत्तरों का भी बुरा हाल था ! सभी लत्तरें सूख-टटाकर काली पड़ चुकी थीं। एक ऐसे ही घोरान से सटकर गुजरते हुए घनु बाबू ने एक लत्तर के निकले एक पतले छोर को पकड़कर खरीका भर का एक टुकड़ा टूँगना चाहा, तो भुसभुसाहट के साथ हाथ-भर से ज्यादा लंबा टुकड़ा हाथ में आ गया। हाथ में उँगलियों का मामूली दबाव ऐसा नागवार गुजरा कि दबा हुआ इसका वह अंश सत्तू की तरह मसला कर नीचे गिर पड़ा। लत्तरों के पत्ते सूख ऐंठकर एकदम खैनी की तरह हो चुके थे। एक ऐसा पत्ता नोंचकर घनु बाबू ने बाईं हथेली पर रखा और दाएँ हाथ के अँगूठे से हलकी रगड़ मारी, तो वह भसक कर बुकनी-बुकनी हो गया। गोया सचमुच यह खैनी ही हो ! घनु बाबू ने थोड़ा आगे चल रहे सुन्नर को आवाज दी। "रुको जराऽ ! ओऽ सुन्नर !"

वह रुका, "आगे चलिए, उस घर में।" वह इसी घोरान वाले घर के कुछ कदम आगे दिखते दरवाजे की ओर इंगित करता हुआ बोला, "उसमें हमारा एक साथी है। उससे मिलवाता हूँ, आप लोगों को। वह

बहुत सारी बातें बताएगा !"

घोरान का यह गेट टाटीनुमा था। थोड़ी पुष्ट फट्टियों की बुनी हुई एक पुरानी टाटी थी यह, ढीली-ढाली और जगह-जगह खरकी हुई भी। सुन्नर इसे सतर्कता से खोल भीतर चला गया। ओटे रँगे हुए थे और दीवार भी। बरामदा में कोई पल्ला-वल्ला नहीं था, जिसके भीतर एक लचरी हुई खाट दिख रही थी। सुन्नर ने बाहर से ही हाँक लगाई, "महिन्दर भाई ! ऐऽऽ महिन्दर भाई ! तीनों घोरान के बाहर ही खड़े रहे।

भीतर से एक वृद्ध निकला। वह उघारे-निघारे और कमर में मटमैली गमछानुमा धोती लपेटे हुए था। कमर झुकी हुई और सिर ऊपर उठने के कारण गर्दन की नसें बोझ से तनी अलगनी की तरह खिंची हुई। सुन्नर ने बगैर कोई अभिवादन के ही, सीधे पूछा, "महिन्दरा कहाँ गेलई काका ? बहुत दिन से नखई देखात ?"

वृद्ध वहीं धब्ब से बैठ गया। नीचे सिर कर कुछ क्षण वह जमीन देखता रहा। उसकी साँसें धीरे-धीरे तेज होने लगीं। उसने आँखें मूँद ली। सिसकारी भरने की तरह एक बजती हुई साँस उसकी नाक से करुण रूप में खिंची। वह एक मरियल-सी असहाय रुलाई रोने लगा, "ऐ बेटा, ई गाँव के सब मरद गायब हो गईल हथुन। एक महीना से कौनो के कोई पता-ठेकान नखऊ। कौनो घर में गाँव भर में एगो जवान मरद ना हथुन।"

सुन्नर भी नीचे बैठ गया, "मत रो, मत रो ! अरे कौनो भुलाइल थोड़े हथुन सब। कमाए कहीं निकल गईल हथुन सब। डिहरी, बनारस, या पंजाब, हरियाणा कहीं न कहीं चल गईल हथुन सब...।"

बृद्ध के शरीर की बची-खुची ताकत इस मरियल रुलाई से ही जैसे कुछ देर तक के लिए एकदम शेष हो गई। वह हँफर-हँफर हाँफने लगा। छाती की हड्डियों में साँसों के आने-जाने का बाहर से ही दारुण अहसास होने लगा। उसके शरीर का पूरा ढाँचा, किसी कंडम साइकिल पर पायडिल के आघात की-सी जर्जरता से काँप रहा था। कुछ पल तक कुछ नहीं कह पाने के दौरान वह सुन्नर को ऐसे भींगी-खिंची पलकों से ताक रहा था, जैसे वह बहुत कुछ कहना चाह रहा हो, लेकिन शक्तिहीनता के कारण कह नहीं पा रहा हो ! कुछ क्षणों के बाद वह बोला, "महिन्दरा के मेहरारू

(पत्नी) के रेंगा (बच्चा) होलई, से दिन पहले भहर कुछे देर बाद दुनो मर गलथिन। घर में ऊ दिन एकोदानानाऽहलऊ। ऐ बेटा, ऊ अनका (गैर) के बेटी खइला-खइला बिना पटपटा के मर गलई ! हम मुर्दा होके सब देखते रह गलिअऊ ! ओकरा का जवाब देवऊ ऐ बेटा !...'' वह फिर साँय-साँय रोने लगा।

घोरान की टाटी को खिसकाकर पहले घनु बाबू, फिर डॉ. मिश्र और अरुण आगे-पीछे चलते करीब आए। घनु बाबू को काठ मार गया था। सदा झरने की तरह बजने-ठनकने वाले डॉ. मिश्र जैसे खुद 'डॉ. मिश्र' नहीं रह गए थे। अरुण की दब-दबकर बजती साँस में सिसकने जैसी ध्वनि बज रही थी। घनु बाबू ने सुन्नर के बगल में पंजों के बल पर ठेहुना मोड़कर बैठते हुए पूछा, ''काहे, काहे बाबा, तूँ काहेऽ रोइत हऽ ? अरे, हमनी के बोलऽऽ ! काऽ बात हई ?''

वृद्ध ने ठेहुने पर पंजा रखकर उठते हुए दीवार पकड़ ली और पीछे मुड़ गया। बिछी खाट की ओर स्वागत-भाव दर्शाते हुए बैठने का इशारा कर वह भीतर की तरफ जाने लगा। पीछे-पीछे वे चारों भी हो लिये। चारों एक-दूसरे से इस कदर असंबद्ध होकर चल रहे थे, गोया उनके पास न तो कोई कंठ हो, न ही वे जीवित मनुष्य हो ! एकदम चारों के चारों काठ की मूर्ति बन चुके थे।

आँगन में मिट्टी का एक खियाया हुआ गला-पचा चबूतरा था। जिसमें काली डाँठ की तरह जली हुई तुलसी की पौध का एक अवशेष बचा हुआ था। वृद्ध ने कदमों की आहट पर रुककर बहुत श्रमपूर्वक दीवार पकड़ पीछे मुड़कर देखा। उसके चेहरे के भाव बता रहे थे कि वह असमर्थता, विपन्नता और ग्लानि के आघातों से बेतरह पिट रहा था। वह फिर वहीं धब्ब से बैठ गया। डॉ. मिश्र बोले, ''बाबा, तूँ कोई परेशानी में अब नइखऽऽ ! हमनीं आ गइल हीवऽऽ नऽऽ !'' वे उसका गंदा-सा सिर ऐसे सोंट-सोंट कर सहलाने लगे, जैसे किसी बच्चे को दुलार रहे हों ! अरुण जड़वत् खड़ा रहा।

सुन्नर ने कम ऊँचाई वाले सामने दिखते दरवाजे के भीतर प्रवेश किया। पूरे घर में एक उलटा हुआ घड़ा। आमने-सामने की दीवारों पर अलगनी की तरह गड़े एक काले पड़े धूल-धूसर बाँस पर लटकते कुछ

गंदे चिथड़ों के अलावा कुछ भी नहीं था। जमीन पर उधड़ी हुई मिट्टी पर एक वृद्धा हाथ को मोड़े उसी पर सिर रखकर बाईं करवट गुड़मुड़ाई-सी लेटी हुई थी। सुन्नर ने पहचाना, यह महिन्दर की माँ थी। पहले तो उसका जी जोरों से धड़ककर सिहर गया, लेकिन उसमें धीमी-धीमी चलती साँस का आभास होते ही उसकी जान में जान आई। वह करीब गया। बैठकर आहिस्ता-आहिस्ता से आवाज देने लगा, "ऐ चाची ! चाची !! ऐ चाची !!" लेकिन कोई हरकत नहीं। सुन्नर बाहर आया।

डॉ. मिश्र बोले, "ऐ भाई, गजब हो गया।"

"क्या हुआ सर ?" सुन्नर पहले से घबराया हुआ था, थोड़ा और सिहरकर चौकन्ना हुआ।

"ई तो बता रहे हैं कि एकाध हफ्ता से ई लोग भोजन नहीं किये हैं। पतोहू की मौत के बाद से ही घर में फाकाकशी है। बता रहे हैं कि पतोहू और बच्चे को गारू से आए कुछ नेता-अफसरों ने घाट तक पहुँचाया और उधर ही उन्हीं लोगों ने उन्हें आग के हवाले किया। उसके बाद इनकी खोज-खबर लेने कोई आया ही नहीं, जबकि वे लोग आने की बात कर गए थे।"

अब तक चुप-चुप खड़े अरुण का कलेजा जैसे फट पड़ा हो, "स्साले लोग, अभी नहीं न आएँगे ! जिंदा आदमी के लिए उनके पास अभी कोई जगह नहीं है। मरने के बाद ही थोबड़ा लटकाए आएँगे और वाहवाही लूटेंगे। जिंदा आदमी तो उन्हें वोट के मौसम में ही दिखाई पड़ता है। अफसर लोग इन दोनों मौतों को भी किसी अज्ञात बीमारी से हुई मौत बता चुके होंगे। रोज-रोज तो अखबार में छप ही रहा है। समाचार में साफ जिक्र आ रहा है 'भुखमरी' का और अफसर हल्ला मचा रहे 'अज्ञात रोग' का।"

सुन्नर ने कहा, "लेकिन कुछ ही दिनों पहले जब प्रधानमंत्री का यहाँ आगमन हुआ, तो इन्हीं घरों की बाहर से गेरू मिट्टी से पुताई करवा दी गई। इन घरों के पचके-भसके छप्परों पर नए-नए खपड़े चढ़वा दिए गए। प्रधानमंत्री ने बाहर से देख-समझ लिया कि सब कुछ ठीक-ठाक ही है। ई गाँव में प्रधानमंत्री के आने से पहले ही दो दर्जन से ज्यादा लोग भूख से मर चुके थे, अखबार में भूख से मरे लोगों की तस्वीरें और उनके

घर के भीतर की स्थितियाँ जब छपने लगीं, तभी प्रधानमंत्री का वह दौरा तय हुआ था !''

डॉ. मिश्र को पहली बार इतना मद्धिम और असहाय स्वर में बोलता देखना भी, घनु बाबू को एक अलग झटका दे रहा था, ''ई बाबा अभी बताए कि दो कोस दूर जाकर एक नाले से पानी लाने का काम इनकी पतोहू ही कर रही थी, सुबह जाकर दोपहर तक एक घइला (घड़ा) पानी लाती थी, लेकिन प्रसव के दौरान अचानक उसकी मौत के बाद इस घर में पानी तक दुर्लभ हो गया है। हे भगवान, ई धरती कौन-सा दिन दिखा रही है ! इतनी बड़ी तरासदी !'' सुन्नर ने दाँत पीसते हुए कहा, ''...और स्सालों ने प्रधानमंत्री को पानी वाला तालाब भी दिखा दिया कि यहाँ पेयजल की कोई दिक्कत नहीं है ! आगे चमरटोली है इसी गाँव की। प्रधानमंत्री उस टोली तक पैदल चलकर आए, तो सरकारी कुआँ झँकवा कर उन्हें पानी दिखाया गया। उस सूखे कुएँ को भी सुबह-सुबह सामने टैंकरों से गीला किया गया था ! ई आदमखोरों की जोर-जबर्दस्ती ऐसी है ! ये खुद सूखे-अकाल के छोटे-छोटे दूत हैं, वैसे ही क्रूर, वैसे ही पत्थर-दिल ! बोलिए, इस बदमाशी का क्या कहिएगा...।''

डॉ. मिश्र भी तेज-तेज साँस ले रहे थे, जैसे दौड़कर कोई लंबी दूरी लाँघकर आए हों ! बाहर आए। बरामदा से होकर घोरान के भी बाहर। उनका इशारा पाकर अरुण भी आया और सुन्नर तथा घनु बाबू भी। वे बोले, ''ऐ भाई, पहले ई लोगों के लिए अनाज-पानी की व्यवस्था करनी होगी।'' वे सुन्नर की तरफ देखते हुए सिर हिलाकर बोले, ''आप अरुण को लेकर गारू बाजार जाइए, एक घड़ा खरीदकर पानी ले लीजिएगा और गाड़ी में रख लीजिएगा !...और अनाज क्या लीजिएगा ?''

अरुण ने सुझाया, ''चूड़ा या सत्तू ही बढ़िया रहेगा !''

''नहीं, भाई ! जो भोजन इनका प्रिय होगा, वही लीजिएगा !'' डॉ. मिश्र बोले।

''नहीं, नहीं ! ऐसे मत सोचिए। यह भी सोचिए कि इन लोगों के पास जलावन भी कहाँ है, जो वे भात-रोटी बना सकेंगे !'' घनु बाबू ने जोड़ा।

''हाँ, हम तो भीतरे घुसकर देखे। कोई बर्तन-बासन भी नहीं है।

लगता है, बनिये-महाजन के यहाँ वह सब कुछ रखकर वे लोग पहले ही भूख से लड़ाई में सारा सामान हार चुके हैं। घर में कुछ भी नहीं। उनका चेहरा 'कुछ भी नहीं' का भाव जताने के लिए स्वयं निचुड़ा, तो उससे बूँद-बूँद महा विपत्ति का खून जैसा भाव टप-टप टपकने लगा, जिसकी कोहरे जैसी घनी अनुभूति में पूरा माहौल डूब गया।

डॉ. मिश्र ने पॉकेट से ढेर सारा मुड़ा-तुड़ा नया-पुराना कागज-पत्तर निकाला। बाईं हथेली पर कागजों को रख एक-एक कर पलटने लगे तो एक सौ का नंबरी नोट और कुछ अलग मुड़े पाँच-दो के नोट दिखे। एक नंबरी अरुण को पकड़ाया। दोनों तेज-तेज घोरान के बाहर निकले। वे अभी घोरान की खुलने वाली टाटी को हिलाकर बाहर ही हुए थे, कि घनु बाबू ने अपने प्रयास की अपर्याप्तता को रेखांकन करते हुए कहा, "सुन्नर बता रहा था कि पूरे गाँव का यही हाल है, सर ! सभी घरों में वृद्धजन और बच्चे तथा स्त्रियाँ ही बचे हुए हैं। गाँव के सारे पुरुष लापता हैं। अन्न तो अन्न, पीने का पानी तक मुहाल हो गया है। लोग दाना-पानी के बिना पटपटाकर मर रहे हैं। दूर-दूर तक फैले सात-आठ टोले हैं इस गाँव में, जहाँ कहीं-न-कहीं रोज एक-न-एक भूख से मौत हो रही है। प्रशासन के लोगों की चालाकी देखिए कि ऐन इसी गाँव को वे रंग-पोत कर प्रधानमंत्री तक को दिखाकर भूख-मुक्ति का प्रमाण-पत्र ले चुके हैं ! अखबारों में रोज एक तरफ भूख से मौत की खबरें और मर्माहत करने वाले चित्र छप रहे हैं, तो वहीं साथ में प्रशासन का यह इनकार भी कि फलाँ गाँव में फलाँ-फलाँ व्यक्तियों की मौतें भूख से नहीं, बल्कि किसी अज्ञात बीमारी से हुई हैं। प्रशासन के कथन के समर्थन में डॉक्टरी रिपोर्टों का हवाला भी जनता के सामने पेश किया जा रहा है। बोलिये सच के तमाम मुखर के साथ इस प्रशासनिक झूठ और फरेब को अब कैसे खंडित किया जा सकता है !" घनु बाबू का चेहरा आँवे की तरह धीप कर लाल हो गया और छाती धौंकनी की तरह चलने लगी। वे क्रुद्ध नाग की तरह नाक से जैसे फुँफकार छोड़ने लगे थे।

एक प्रायोजित मृत्यु-देश

सूरज माथे पर था, लेकिन दिन अभी भी रह-रह कर सिहर उठता। घोरान भी वैसा ही बेजान लग रहा था, जैसे यहाँ का मौत से जूझता हुआ जीवन।

शायद जंगल का इलाका होने के कारण यहाँ ठंड डालटनगंज के शहरी क्षेत्र की तुलना में ज्यादा पड़ती हो, घनु बाबू ने सोचा। डॉ. मिश्र बोले, "क्यों नहीं, हम लोग तब तक थोड़ी दूसरे ग्रामीणों की खोज-खबर लें !"

घनु जी को बात जँची नहीं, उन्होंने सीधे बात काट दी, "क्या कीजिएगा सर, सब जगह यही हाल होगा, यह तो जाहिर है। जिस गाँव से सारे ऐसे लोग जो भाग सकते हैं, भूख-अकाल से बचने के लिए, भाग खड़े हुए हैं। वहाँ तो बचे हुए वही मिलेंगे जो भागने लायक भी नहीं थे और अब मौत के जबड़ों में फँसे हुए हैं। हमलोग कुछ को दाना-पानी अपने बूते देकर कुछ पहल कर सकते हैं···।"

अपनी आदत के विपरीत डॉ. मिश्र करुणा के ताप से पल भर में मोम की तरह द्रवित हो गए, "भाई, इस मौत से सीधी लड़ाई में यदि किसी ने एक भी मनुष्य को बचा लिया, तो यही क्या कोई कम उपलब्धि होगी ! यह बड़ी बात है, बहुत बड़ी बात !" कुछ पल निःशब्द रहने के बाद वे आगे बोले, "लेकिन, देखिए कितनी बड़ी त्रासदी है कि भूख से लोग पटपटाकर मर रहे हैं और प्रशासन-सरकार के सभी स्तरों से इसे झुठलाने के सिवा कोई दूसरा काम नहीं हो रहा है···।"

अचानक पहाड़ के निचले सँकरे रास्ते से सरकती हुई नए मॉडल की एक मारुति कार ऐसे दबे पाँव आ खड़ी हुई, जैसे कोई नर्म-खूबसूरत रोएँवाला बिलार ! कार के अगले दोनों पल्ले खुले और दो साफ-सुथरे पाजामा-कुर्ताधारी खाए-पीए अघाए अधेड़ निकले। उनके चेहरे मक्खन जैसे चमकते और गीले थे, लेकिन पता नहीं क्यों उनकी पतली मूँछों में छुपी मुसकान ने घनु बाबू को बेचैन कर दिया। उनका मन चुभन से तिक्त हो गया। वे दोनों इधर ही बढ़ने लगे, तो घनु बाबू ने फुसफुसाकर डॉ. मिश्र से कहा, "पीछे देखिए सर, ये दो स्वस्थ-प्रसन्न संदिग्ध जंतु मुझे कुछ-कुछ खलनायक लग रहे हैं।" आमने-सामने खड़े बतिया रहे होने के

कारण आते लोग घनु बाबू के ठीक सामने पड़ रहे थे, तो डॉ. मिश्र के एकदम पीछे। वे पीछे मुड़े, तब तक करीब आ पहुँचे दोनों अधेड़ चमकते चेहरे चहककर बोले, "परनाम सर ! परनाम···! आप लोग यहाँ ?"

डॉ. मिश्र ने हालाँकि उन लोगों को इस आत्मीयता के कारण अपना कोई पुराना छात्रादि समझकर बार-बार उन्हें याद करना चाहा, लेकिन कुछ अंदाजा न लगा। वे अपनी प्रतिक्रिया को कृत्रिम बनाकर चिरपरिचित अंदाज में बोले, "और क्या हाल है आप लोगों का ?" उन्होंने सोचा, शायद अगले वाक्य बोलने पर वे अपनी कोई बात कहें तो उन्हें पहचानने का कोई सूत्र खुद-ब-खुद हाथ लग जाये !

चौड़े मुँह और थोड़ी निकली हुई तोंद वाले उनमें से एक ने पूछा, "आप लोग सर, कहाँ से आए हैं, पटना ? दिल्ली ? या···"

डॉ. मिश्र को तत्काल यह बात समझ में आ गई कि ये दोनों खुद को कुछ भी बताएँ, लेकिन हैं दोनों ठग। वे गंभीर बने हुए बोले, "आप लोग कौन हैं ?"

"मैं सूर्यनारायण गुप्ता ! यहाँ का समाजसेवी हूँ, गारू में हम लोगों की गद्‌दी है आढ़त की। डालटनगंज, गढवा और लातेहार में हमारे चाचा लोग आढ़तिया हैं। हम लोग समाजसेवा में रुचि लेते हैं।" थोड़ा छरहरा दिखने वाले इस गोरे-चिट्‌टे अधेड़ की दाहिनी आँख के नीचे गाल से थोड़ा ऊपर एक काला माशा था, जो उसके कलुषित मन का मुखर प्रतीक लग रहा था, खासकर डॉ. मिश्र को।

सूर्यनारायण गुप्ता अभी अपनी बात पूरी भी नहीं कर पाया था कि उसके साथी चौड़े मुँह और निकली तोंदवाले अधेड़ ने प्रणामी मुद्रा में अपना हाथ जोड़ लिया, "मैं हरिशरण प्रसाद हूँ, हमारे बाप-दादे सब-के-सब पुराने समाजसेवी थे। हम लोगों का परिवार भी वैष्णव है, कोई न मांस-मछली खाता है न लहसुन-प्याज। वही छोटी-मोटी दुकानदारी है गारू, बरवाडीह, लातेहार, महुआटाँड़ वगैरह में···।" वह बोलने में कुछ हकलाने के कारण ठहर-ठहर कर बोल पा रहा था।

घनु बाबू ने अचानक कुछ कहना चाहा, तो डॉ. मिश्र ने उन्हें हाथ से चुप रहने का इशारा करते हुए उन दोनों से कहा, "आप लोग कहना क्या चाहते हैं ?"

हरिशरण प्रसाद हकलाहट के चलते बोलने में फिर पिछड़ गया, सूर्यनारायण गुप्ता ने तुरंत जबाब दिया, "इस गाँव की ही नहीं, अगल-बगल के सौ से ज्यादा गाँव ऐसे हैं, जहाँ के लोग भूख से मर रहे हैं। कुएँ-तालाब-नदियाँ सब चटक गए हैं, पीने का पानी तक मिलना मुश्किल हो गया है। हम लोगों ने अभी कुछ दिनों पहले यहाँ राहत के रूप में दो ट्रक अनाज और कपड़ा वगैरह भी बँटवाया है।"

"यह राहत-सामग्री क्या आप लोगों ने अपनी तरफ से…!" घनु बाबू ने पूछा।

"नहीं, नहीं ! राँची से कुछ पत्रकार और समाजसेवियों ने ये सामग्रियाँ यहाँ भेजी थीं, हम लोगों ने इनका सही ढंग से वितरण करवा दिया।" सूर्यनारायण गुप्ता ने कुछ इस विनम्रता के साथ यह बात कही, जिससे यह भाव प्रदर्शित हुआ कि वे दोनों बहुत ईमानदार, गरीबनेवाज और ऐसे पुण्य-कार्यों के लिए दक्ष-सुयोग्य व्यक्ति हों और ऐसे कार्य हों, तो उन्हें याद किया जाना चाहिए !

मौका पाकर हरिशरण प्रसाद ने हकलाते हुए सीधा सवाल किया, "आप लोग क्या कोई संस्थावाले हैं, जो राहत-वाहत का काम यहाँ चलाने के लिए सोच रहे हैं ? हम लोग यही जानना…" वह बात अभी पूरी नहीं कर पाया था कि उनकी मारुति वान हिचकोले भरती आहिस्ता से पास में आ लगी। पिछला दरवाजा खुला और अरुण उछलकर नीचे आ गया, 'ऐ बाउज्जी, चलऽऽ ! चलऽऽ ! बेचारी बुढ़िया हबकुरिए (पेट के बल) गिरल ईई ओकरा उठा के सत्तु तुरंत देवेल चहिअई !"

घनु बाबू ने भी लपकते हुए कहा, "हाँ, हाँ, भाई ! देर करना ठीक नहीं है !"

चारों घोरान की टाटी हटाकर झटपट भीतर की तरफ घुसे। पीछे-पीछे चल रहे अरुण और सुन्नर क्रमशः अनाज का कूटवाला कार्टून और भरा घड़ा लिये हुए थे।

आँगन में एक मरे हुए पोरसा भर के अमरूद के पेड़ के पास गंदा और सूखा हुआ एक अल्युमुनियम का गिलास दिखा, जिसे घनु बाबू उठा लिया। घड़े से बहुत बचाकर चुल्लू भर जैसा पानी बहुत जतन से गिलास में लेकर पहले इसे मला, फिर यह पानी फेंक दिया। फिर उतने ही पानी

से खँगाला और गिलास को थोड़ा कम रखकर भर लिया। सत्तू-नमक का गाढ़ा घोल बनाया और वहाँ करीब पहुँचे।

डॉ. मिश्र ने बगल में बैठकर वृद्धा को ठीक से पकड़कर सीधा किया। वृद्धा एक गंदी फटी-चिटी साड़ी में लिपटी हुई थी। उसका चेहरा थकुचे हुए पुराने गंदे अल्युमुनियम के बर्तन की तरह हो गया था। पतले-काले होंठ नीम के सड़े-पुराने पत्ते की तरह हो गए थे जिन पर जमी धूल-गर्द की फेफरियाँ पड़ी हुई थीं। उसकी आँखें मुँदी हुईं थीं, और गर्दन पर सिर ऐसे टेढ़ा एकतरफा लटक रहा था, गोया गला टूट चुका हो। वह साँस ले रही थी, इसका पता भी काफी गौर करने पर ही चल पा रहा था। घनु बाबू से भरा गिलास लेकर डॉ. मिश्र ने वृद्धा को पुकारा, "ऐऽऽ माताजी ! आँखें खोलिए, आँख ! गिलास मुँह के पास है, पानी पीजिए पानी !" कोई असर नहीं !

सुन्नर ने हाँक दी, "एऽ चाची ! चाचीऽ ! उठऽऽ ! आँख खोलऽ।" कुछ पल तक बेअसर स्थिति देख उसने फिर तेज स्वर में उसके कान के करीब मुँह करके आवाज दी, "...पानी, पानी पीबऽऽ नऽऽ ! पानी हवऽऽ ! लऽऽ !"

शायद 'पानी' शब्द ने कान की मार्फत जाकर उसकी चेतना को कुरेद दिया था। बहुत हलका-सा असर होठों में प्रकंपन के रूप में परिलक्षित हुआ। सुन्नर ने फिर भारी स्वर को कान के पास दुहराया, "पानीऽऽ ! पानीऽ लऽऽ ! पानी पीबऽऽ नऽऽ ! उठऽऽ उठऽऽ ! पानीऽऽ..."

इस बार वृद्धा के होंठों का प्रकंपन मात्र बढ़ा ही नहीं, होंठों पर जमी फेफरी की उजली परत खिंचकर टूटी और नवजात चिड़िए के बच्चों की चोंच खुलने की तरह उसके होंठ थोड़ा-सा खुले। आँखें उसी तरह बंद रहीं।

डॉ. मिश्र ने गिलास को उसके होठों से सटाया। शायद भींगे गिलास की छुअन ने चेतना को थोड़ा और जगा दिया। होंठ थोड़ा और फैले-खुले। गिलास टेढ़ा करते हुए डॉ. मिश्र ने उसके सिर को थोड़ा-सा ढील देकर पीछे की तरफ झुकाया। एक घूँट अंदर जाते ही चेतना में चमक-सी उभरी। दो घूँट, चार घूँट...आधा गिलास ! एक डकार पैदा होते ही उसका शरीर डोला, तो डॉ. मिश्र ने गिलास को तुरंत पीछे कर लिया। फिर वह

दूसरे ही पल स्थिर हो गई। उसने होंठों को थोड़ा ज्यादा खोला, तो डॉ. मिश्र ने आधा बचा सत्तू भी उसे पिलाने का प्रयास शुरू कर दिया।

लगातार सात-आठ गिलास सत्तू पीकर वृद्धा की साँस पुख्ता हो चली थी। लेकिन उसकी आँखों का न खुलना सबको खटकता रहा। डॉ. मिश्र ने सहारा देकर उसे पूर्ववत लिटा दिया। चारों के चेहरे पर एक अर्जित विजय की निखरी हुई लकीरें चमकने लगीं। गिलास में सत्तू-नमक घोलने का काम घनु बाबू सधे ढंग से एक-डेढ़ मिनट में इस कदर कर देते, गोया यह उनका कोई पुराना धंधा रहा हो !

आँगन वाले बरामदे पर बूढ़ा भी उसी तरह दोनों ठेहुनों को मोड़े और उन पर ठुड्डी टिकाये ऐसा बैठा हुआ था, गोया ठेहुने और कमान पीठ के अलावा उसके शरीर में कोई भी दूसरा अंग नहीं हो । उसकी आँखों में एक निस्तेज होती सांध्य मलिनता गहराती जा रही थी। डॉ. मिश्र ने उसे अपने हाथों भरा हुआ गिलास पिलाना चाहा तो लपककर गिलास लेकर स्वयं वह गटर-गटर पीने लग गया। दो, तीन, चार···सात-आठ गिलास। बूढ़े की साँस भी पुख्ता हो गई।

घनु बाबू बोले, "ऐ बाबा ! भीतरे घरवा में सतुआ अउर चूड़ा रखल हऽ वऽऽ घईला में पानिओ हवऽऽ ! हमनी अभी जाइत हीवऽऽ ! फिनु अबवऽऽ ! देखिहऽऽ आपन बूढ़ी के ठीक से सत्तुआ पिअई हऽऽ ! उनकर आँख नखवऽ खुलइत।"

वे चारो बाहर आए। उनके चेहरों पर चुहचुहा आई बूँदें चमक से भरी हुई थीं। अपनी मारुति के पास खड़े सूर्यनारायण गुप्ता और हरिशरण प्रसाद आपस में हँस-मुसकुरा कर ऐसे बतिया रहे थे, गोया वे कोई खूबसूरत पिकनिक स्पॉट पर आकर खूब प्रसन्नचित हों और दिल की बातें जुबाँ पर बिछा रहे हों !

टाटी हटाकर चारो बाहर आए तो सूर्यनारायण गुप्ता ने अगवानी करने की तरह उन्हें छेंकते हुए सवाल बिछा दिया, "तो आप लोग किसी विदेशी संस्था के हैं नऽ !"

डॉ. मिश्र की रहस्यपूर्ण चुप्पी को पढ़कर घनु बाबू भी गंभीर बने हुए थे और सुन्नर तथा अरुण भी। हकलाते हुए हरिशरण प्रसाद ने खूब उल्लासभरे स्वर में अपनी समझदारी पर गर्व छलकाते हुए कहा, "मैंने तो

आप लोगों की कार को सड़क पर खड़ा देखा था तभी समझ गया था कि आप लोग कोई विदेशी संस्था वाले हैं !"

"कार देखकर कैसे समझ गए भई ?" डॉ. मिश्र ने ऐसा पूछा, जैसे उसकी ऐसी सटीक समझदारी पर उन्हें तत्काल विश्वास नहीं हो पा रहा हो !

हरिशरण प्रसाद बोला, "देखिए, सर ! पचीस-छब्बीस साल पहले सन् सड़सठ में एक ऐसा ही भीषण अकाल पलामू में पड़ा था।" वह यह कहते हुए ऐसा मुदित हुआ, जैसे वह 'अकाल' नहीं कोई 'उत्सव' की बात बता रहा हो, "हमारे ही बाबूजी ने इस इलाके में उस समय विदेशी-देशी सभी राहत संस्थाओं को अपनी हथेली पर उठा रखा था। राहत का सारा सामान मेरे ही घर पर उतरता था। सूखी हुई तरह-तरह की मछली, बोरे का बोरा ! पचास तरह के बिस्कुट ! नारंगी के स्वाद वाले छोटे बिस्कुट! तो मीठे-मीठे बड़े बिस्कुट ! दूध के स्वाद वाले पावरोटी, तो सूखा हुआ टीन का टीन दूध ! गेहूँ-चावल-चूड़ा-आटा का तो कोई हिसाब ही नहीं था।"

हकला-हकला कर वह ऐसा उभारकर बोल रहा था कि उसकी बातों का खूब तेज-तेज टपकता रस घनु बाबू की बंद जीभ पर बूँद-बूँद जहर की तरह चूता महसूस हो रहा था।

वह हकलाते हुए आगे बोला, "हमारे बाबूजी ने गरीबों की सेवा में उस दौरान अपना कारोबार अपने आदमियों पर छोड़कर खुद को इसी महान कार्य में लगा दिया था। दो सौ से ज्यादा कुआँ का उनका जिम्मा था।"

"कहाँ हैं आज वे कुएँ ?" घनु बाबू को उस समय का खूब उछला हुआ यह मुद्दा, अचानक काँटे की तरह स्मृतियों के मुलायम पाँवों में टुभ-टुभ चुभा, तो वे थोड़ा उत्तेजित हो गए, "हम लोगों ने तो दो-एक कुएँ ही इस क्षेत्र में अभी तक देखें हैं ! आगे क्या बित्ता-बित्ता की दूरी पर कुएँ कटवाए गए हैं ?"

उन पर वह ऐसे हँसा, गोया वे समझने में भूल कर रहे हों ! समझाने वाले अंदाज में वह हकला-हकलाकर बोलने लगा, "आप उलटा मत सोच लीजिए ! कुएँ जमीन पर कटे ही कहाँ थे ! कुएँ तो कागजों

पर बाऊज्जी ने खुदवा दिए और बेचारे भुखमरी के शिकार हो रहे लोगों को काम करवाए बगैर ही थोड़ा-बहुत राहत-सामान बँटवा दिया करते थे। तभी तो बहुत सारा राहत-सामान उनको फायदे के रूप में मिला। उस समय के जमाने में सोचिए अकेले मेरे बाउज्जी ने दो-ढाई लाख रुपए का मुनाफा किया था।" बगल में खड़े सूर्यनारायण गुप्ता की ओर सिर हिलाकर इंगित करते हुए आगे बोला, "इनके बाउज्जी ने तो उधर के कई इलाकों में तीन सौ से ज्यादा कुआँ खुदवाया था, तीन-साढ़े तीन लाख से भी ज्यादा का फायदा !" वह मुँह खोलकर कम आवाज में हँसा, तो घनु बाबू का माथा आग के गोले की तरह दहक उठा। उन्हें आज लगा कि बड़ी-बड़ी आँखों और यमराज जैसी मूँछें या शक्ल वाले चेहरे से भी ज्यादा भयावह हो सकता है कोई चिकना गोरा-चिट्टा और मलाईदार चेहरा ! उन्हें आज समझ में आया कि कोई हलकी-सी मक्कार हँसी भी किसी रावणी ठहाके से ज्यादा तेज जहरीली हो सकती है ! डॉ. मिश्र के रहस्यपूर्ण चेहरे के स्थिर भाव देख, सुन्नर और अरुण दोनों इस पर भीतर-भीतर विस्मित थे ! क्या पता कि डॉ. मिश्र का ज्वालामुखी कैसे-कैसे आग लावा लेकर फटे !

गिद्ध और गिद्ध

"सवाल इन्हीं दोनों का ही तो नहीं है न भाई। अकाल-सूखे के जबड़ों में फँसी इस धरती पर एक नहीं असंख्य ऐसे बिचौलिए और दलाल भर गए हैं जो समाज-सेवा के नाम पर लेकर, आँखों में गरीबों के प्रति सेवा-भावना छलछलाए आते हैं और ऊपर-ऊपर राहत-कार्य में सहयोग चलाते हैं लेकिन भीतर-भीतर भूख से तड़पते, दम तोड़ते लोगों की राहत की साम्रगी को पीते रहते हैं। मुझे पता है कि सड़सठ के अकाल में राजनीति और समाज-सेवा के बैनर तले किन-किन पलामू की नामी-गिरामी शख्यितों ने लाखों-करोड़ों की संपत्ति अर्जित कर ली। उन पर आरोप-अभियोग लगते रह गए हैं, लेकिन उनकी पूँछ का भी कोई बाल कभी जाँच-समितियों के पिंजड़ों में नहीं फँस सका। रिलीफ के जिन

लाखों-करोड़ों रुपए के घपले के लिए उन पर इन्क्वायरियाँ बैठती रहीं, उन्हीं रुपयों ने उनका बाल बाँका भी नहीं होने दिया। जहाँ रुपए का जोर कम चला वहाँ वे अपनी राजनीतिक छवि की तलवार भाँजते हुए बेदाग निकलते चले गए। अपनी राजनीतिक पहुँच का उन्होंने ऐसा अंतिम हद तक इस्तेमाल किया कि उन पर नजर उठाने वाले उपायुक्त या जिलाधिकारी स्तर के अधिकारी तक को रातो-रात पलामू से स्थानांतरित होना पड़ा।'' घनु बाबू की आवाज में दुःस्वप्न के समय की सनसनाहट-जैसी दहशत मुखर थी।

सुन्नर चुप था। कही जा रही बातों के प्रति उसका कुछ ऐसा समर्थन-भाव झलक रहा था जिससे यह व्यक्त हो रहा था कि यह इतना बीभत्स सच बिलकुल रबे कण की तरह साफ और पारदर्शी है ! अरुण की शिराएँ तन गई थीं और चेहरे पर धनुष की खिंची डोर का-सा तनाव ऐंठा हुआ था। घनु बाबू बोले, ''ई सूखा-अकाल का दिन इस धरती के लिए सबसे ज्यादा त्रासद साबित होता रहा है कि जब जिंदगियों का एक हुजूम ही पटपटाकर सूखता हुआ भूख से मर रहा होता है और चंद हैवानी नकाबपोश नामी-गिरामी 'हस्तियाँ' इस मौत के तांडव में छककर खून पीने का काम करती हैं। यह संकट-काल उनके लिए दशकों बाद आने वाले जायकेदार वसंत की तरह होता है। वे…'' घनु बाबू भावावेश में थे, यह दोनों महसूस करने लगे लगे थे।

सुन्नर ने कहा, ''अबकी अकाल में तो विदेशी संस्था वाले जमकर धर्म-परिवर्तन कराने का भी काम कर रहे हैं।''

घनु बाबू का भावावेश थोड़ा शिथिल हुआ। वे नींद से जागने की तरह आँखें मलकाने लगे। उन्होंने बगैर शब्द बोले, केवल भौहें उचकाकर जिज्ञासा प्रकट की।

सुन्नर आगे बोला, ''हम अपने मालिक के साथ कुच्छे दिन पहले महुआडाँड़ गए थे, वहीं एक ईसाई फादर के मुँह से अपने कान से जो सुना वही बता दे रहा हूँ।''

घनु बाबू बोले, ''बोलो-बोलो !'' स्वर भींगे-गरे कपड़े की तरह लिरुआया हुआ था। ''इहे सुने…ऊ कह रहा था कि प्रभु यीशु ने सन् सड़सठ के बाद फिर बहुत गोल्डेन चांस दिया है। इस सूखा-अकाल में

पाँच लाख से ज्यादा लोगों को ईसाई बना लेंगे।" सुन्नर का स्वर कठुआ गया। कुछ क्षण तक खड़ी मारुति के साथ-साथ जैसे पूरी पृथ्वी वहीं ठिठक गई हो ! सब चुप थे। अरुण भी, सुन्नर भी और घनु बाबू भी। इस जमी चुप्पी को, धीरे-धीरे शुरू हुई डॉ. मिश्र की खाँसी ने थोड़ा पिघलाया।

कुछ देर तक खाँसने के बाद डॉ. मिश्र के बोल आहिस्ता फूटे, "टाइम कितना हो रहा है ?" उन्होंने धीरे-धीरे आँखें खोल लीं। पहले तो आँखें चुँधियाने की तरह हुईं, फिर सामान्य रूप से स्थिर हो गईं।

घड़ी तीनों ने एक साथ देखी। घनु बाबू से पहले अरुण और सुन्नर ने अपनी-अपनी कलाई पर से नजर उठा ली थी, लेकिन घनु बाबू को ही बोलने का मौका देते हुए दोनों ने उनकी तरफ देखा। कुछ पल के लिए पिछड़े घनु बाबू ने जल्दबाजी भरे स्वर में बताया, "चार बज गए हैं सर, शाम के चार।"

डॉ. मिश्र सोये-से उठने के लिए कसमसाये, तो तीनों ने मिलकर उन्हें उठाकर बिठाया। जम्हाई लेते हुए उन्होंने पूछा, "वे दोनों चांडाल भाग गए न ? उन्हें भागने नहीं देना चाहिए था। सालों को बाँधकर ले चलना चाहिए था।" कुछ पल तक अन्यमनस्क रहने के बाद वे आगे बोले, "अब हम लोगों को आज गारू चलकर ठहर जाना चाहिए। कल सुबह ही फिर निकला जाएगा।"

अगल-बगल खड़े पेड़ झुलसे-झुलसे थे, वे पीछे छूटते जा रहे थे। वादियाँ-पहाड़ियाँ भी नुची-चुँथी और उड़ती धूल से भरी हुई। यह ध्वंस देख घनु बाबू जैसे खुद आवे में पहुँच गए हों ! वादियों-पहाड़ियों पर हमेशा की तरह लंबी हो आँचल छितराकर लेटने वाली हरियाली भला कहाँ गई ? पेड़ों पर पत्ते नहीं। पत्तों-डालियों पर उछलते लंगूर नहीं। छमकती गिलहरी नहीं। रह-रहकर रास्ता काटकर भागने वाले नेवले नहीं। पुलकती दौड़ती हिरणें नहीं। जगह-जगह दिखने वाले कुत्ते और कुत्तों से कुछ-कुछ अलग हटकर दिखने वाले ड़ाड़ (लकड़बघे) या कोई दूसरे अनदेखे-अनजान जानवर कहीं कुछ भी नहीं, जैसे अब उनका कोई वजूद न हो ! मारुति आहिस्ता-आहिस्ता हिचकोले खाती सीधी-सरकती चल रही थी। वादियों-पहाड़ियों के अधखुली तलहथी जैसे विस्तार पर हस्तरेखाओं-सी उभरी सड़कें ! हलका-हलका सिहरन रह-रहकर थरथराहट दे जाती। घनु

बाबू को लगा कि मानवीय विडंबना की खुरदरी रेखाओं का पर्याय बनीं इन जंगली सड़कों-पगडंडियों की रौनक भी अकाल ने छीन ली है। तभी गति से चलती मारुति हचककर यों उछली, गोया वह किसी कटोरे में उतरकर तुरंत निकल गई हो ! शीशा खिसका। वे बाहर झाँकने को हुए तो, कुछ-कुछ मद्धिम पड़े डॉ. मिश्र ने मेहराये स्वर में पूछा, "क्या बात है भई, क्या झाँककर देखना चाहते हैं ?"

घनु बाबू ने डॉ. मिश्र की ओर देखा और बाहर सिर निकालने से पहले एक वाक्य बोले, "यहाँ सर, एक छोटी-सी बहुत खूबसूरत नदी थी जो इसी सड़क को आधा किलोमीटर के भीतर सात बार काटकर बहा करती थी···" बाहर सिर किया तो नदी के गुजरने वाला सीमेंटेड अर्द्धचंद्राकार चौड़ा एक और नाला दिखा, जिसमें होकर मारुति फिर गुजरी। नाले हिचकोले से सँभलते हुए।

डॉ. मिश्र ने स्वयं का ही उपहास करते भाव के साथ हँसकर कहा, "कोयल और औरंगा सूखकर रेत हो चुकी हैं, तो आप इन छोटे-बड़े जंगली सोतों के बचने की बात भी कैसे सोच सकते हैं !" रह-रहकर अपनी रुँधती आवाज को साफ करने के लिए उन्होंने गला साफ करने वाली खाँसी पैदा की। कुछ ही पल बाद बात को दूसरी दिशा दी, "स्थिति जंगलों की भी बहुत बुरी है, जंगल विभाग वाले झूठी-सच्ची रिपोर्ट भेजकर भरम फैला हकीकत को छुपाये हुए हैं भाई। स्थिति तो इतनी भयावह है कि जानवरों में अब कोई भी हमलावर स्थिति में नहीं है। पीने के पानी तक का अभाव हो गया है। भोजन और पानी से वंचित छोटे-बड़े जानवर जहाँ-तहाँ पड़े, फेंकाए मिलने लगे हैं। एक युवा पत्रकार ने तो चियांकी हवाई अड्डे पर हुए प्रेस कान्फ्रेंस में प्रधानमंत्री को यह जानकारी भी दे दी थी।"

"तो क्या कहा प्रधानमंत्री ने ?" घनु बाबू जिज्ञासु हो उठे।

"युवा पत्रकार ने संजीदगी से कहा था कि पीने के पानी और भोजन के अभाव के कारण पलामू के राष्ट्रीय उद्यान के रूप में घोषित जंगल के जानवर पटपटाकर मर रहे हैं। प्रधानमंत्री के कुछ कहने से पहले ही वहाँ मौजूद अफसरों ने खंडन किया तो युवा पत्रकार ने एक तेंदुए की मौत के बाद की पोस्टमार्टम रिपोर्ट की फोटोकॉपी तत्काल वहीं पेश कर

दी। रिपोर्ट में साफ जिक्र था कि अमुक तेंदुए के पेट में मौत के एक सप्ताह से भी पहले से न एक बूँद पानी गया था, न कोई भोजन !" डॉ. मिश्र की शारीरिक कमजोरी उनके आक्रोश और उनकी करुणा के सामने भी कमजोर पड़ रही थी। थकान, आक्रोश और झुँझलाहट की एक-पर-एक पड़ती परत ने उन्हें चुप करा देती। कुछ पल की चुप्पी के बाद वे फिर हँकर-हँकर झझकने की तरह बोलने लगते, "लेकिन साले झूठे नौकरशाहों ने बेजुबान जंगली प्राणियों को भी नहीं बख्शा है। झूठ-झूठ रिपोर्ट देकर यहाँ के असली हालात को भी छुपाये हुए हैं।"

गाड़ी अचानक बाईं तरफ रुकी तो अचकचाकर घनु बाबू ने डॉ. मिश्र के चेहरे से अपनी आँखें हटाकर सामने सीट पर दौड़ाई। दोनों तरफ से गेट खोलकर अरुण और सुन्नर नीचे उतर रहे थे। उन्होंने हौले से किंतु झुँझलाए स्वर में पूछा, "बीच जंगल में अचानक क्यों गाड़ी को रोक देते हो ? बात क्या है ?" बात दोनों में किसी के कान तक नहीं पहुँची। दोनों बाईं तरफ खंदक में उतर रहे थे। नाली की तरह क्रमशः पतली से मोटी होती गई खंदक-सी पगडंडी। वे उतरकर पुटुश के सूखे झाड़-झंखाड़ की ओट में खड़े हो गए थे। पत्ते पर 'घर-घर-छर-छर' की खड़बड़ाहट हुई।

लौटकर अरुण ने कहा, "एऽ बाबूजी उतरऽ ! उतरऽ ! उतरऽ न ! देखऽ नऽ ! उहाँऽ देखऽ नऽ !" घनु बाबू तुरंत गेट खोल उतर आए। सीट पर ही घबराहट की गिरफ्त में फँसे डॉ. मिश्र बोले, "हुआ क्या ! क्या हुआ ? बोलो नऽ !"

अरुण हकलाने की तरह हो उठा, "उतरबऽ तब न देखबऽ ! उतरऽ न।"

डॉ. मिश्र झुँझला उठे, "अरे, बोलो नऽ, बात क्या है ?"

घनु बाबू ने तब तक डॉ. मिश्र के पास का गेट हटाकर पीछे की तरफ सरका दिया। तुरंत ऊपर से कूदने की मुद्रा में वे छड़प गए, तो घनु बाबू ने सतर्कता बरतने की तर्जवाली हिदायत के लहजे में कहा, "हँऽ ! हँऽ ! हँऽ ! हँऽ ! कूदकर अभी आप मत उतरिए सर ! धीरे-धीरे ही उतरना चाहिए था !"

अरुण आगे की तरफ तेज कदमों से बढ़ने लगा था। वह उसी तरफ बढ़ रहा था, जहाँ कुछ दूर पर खड़ा सुन्नर पीठ की तरफ से दिख

रहा था। पीछे-पीछे घनु बाबू और डॉ. मिश्र भी। वादियों-पहाड़ियों की चौतरफा ऊँची दीवारों के ऊपर गोला-सा छोटा आसमान लाल रँगी छत की तरह लग रहा था। सीधे तो नहीं, लेकिन आकाश में लटकती बची-खुची धूप की मामूली छिटकती तिरछी रोशनी से वादियों के तल की यह झुलसी-झोकरी धरती प्रकाशमान थी।

डॉ. मिश्र तथा घनु बाबू साथ-साथ थे और अरुण मामूली फासले पर थोड़ा-सा आगे। दृश्य थोड़ा-सा झलका तो घनु बाबू बोले, "लगता है कोई जानवर गिरा हुआ है ! बड़ा-सा है, गाय-वाय है क्या !"

सुन्नर ने पीछे मुड़कर तीनों को आते देखा, तो वहाँ से लपककर आता हुआ बोला, "देखिए, सर ! देखिए, आप लोग ! कितनी भयावह स्थिति है। एक बूढ़ा आदमी और एक गाय दोनों आस पास गिरे मरे पड़े हैं। दोनों, लगता है, चारों ओर से भटककर यहाँ पानी की तलाश में ही पहुँचे थे। यहाँ एक नाला बहता था, जो अब रेत-पत्थर में तब्दील हो चुका है !" तीनों के साथ होकर सुन्नर भी फिर लाशों की तरफ लौटने लगा।

स्थिति देख डॉ. मिश्र स्तब्ध थे। घनु बाबू तेज-तेज साँसें ले रहे थे। सूखकर ठठरी हो चुकी गाय के पेट पर खासा बड़ा गड्ढा बन चुका था और सीने की खपच्चियों जैसी हड्डियाँ बाहर की तरफ उभर रही थीं। मुँह बाया हुआ होने के चलते ऐंठी जीभ बाहर, बर्तन माँजने वाले गंदे, सूखे चिथड़े की तरह निकली दिख रही थी और काले पड़े दाँत भी। शरीर पर कौवे या बाज का कोई अत्याचार नहीं चस्पाँ हुआ था, जिसका मतलब साफ था कि गाय शायद कुछ ही देर पहले की उलटी हुई हो। इससे कुछ ही हाथ की दूरी पर निचुड़ा-गारा हुआ-सा वृद्ध कंकाल का शव सर्वाधिक विचलित करने वाला था। टाँग में हाफ पैंट तक की हैसियत वाली गंदी धोती। बाईं मुट्ठी बँधी और दाहिनी में एक पगहा गुल्टियाया हुआ था।

"संभवतः यह बेचारा गाय की तलाश में भटकता यहाँ पहुँचा हो।" बगैर किसी के पूछे या किसी को लक्ष्य कर, डॉ. मिश्र कहर कर बोले।

"लगता है सर, यह बूढ़ा अभी मरा नहीं है, क्यों न हम लोग..." यह घनु बाबू की भावुकता थी, जिसे डॉ. मिश्र ने काट दिया, "नहीं, नहीं ! जब तक इस आदमी के पास अंतिम कुछ साँसें भी बची थीं, यह आदमी अपनी गाय की तलाश करता रहा...करता रहा ! इस दौरान वह भूख-प्यास

से बुरी तरह झाँझर हो चुका। जब उसने यहाँ पानी के सूखे सोते पर अपनी गाय को गिरी और मर चुकी हुई देखा, तो वह यह दारुण चोट बर्दास्त नहीं कर सका। लेकिन इससे ठीक पहले एकदम आखिरी साँस तक यह आदमी अपनी तलाश में पूरी शिद्दत से दौड़ता रहा···बेतहाशा···बेतहाशा···।"

सभी ठीक से यह बात समझ रहे थे कि यह बयान डॉ. मिश्र शुद्ध रूप से करुण-भावुकता में बहकर कर रहे हैं, लेकिन पता नहीं क्यों सबको यही इस संदर्भ का असली और सच्चा बयान लग रहा था। सुन्नर जो अब तक चुप-चुप एकटक दोनों लाशों को देखता रहा, अब प्रकट तौर पर सुबकने लगा। यह सुबकना सबने महसूस किया, लेकिन किसी ने उसकी ओर नजर उठाकर देखने की हिम्मत नहीं जुटाई। सभी भर आए थे।

बगल से धीरे-धीरे ऊँची उठती वादियों का एक सूखा पेड़ थोड़ा-सा खड़खड़ाया, तो घनु बाबू ने बाईं तरफ हलका-सा सिर उठाकर देखा। एक बूढ़ा-सा गिद्ध अभी-अभी आकर आसन जमा रहा था। उसकी सर्पीली गर्दन में रह-रहकर लोच आ रही थी। उसके अचानक आकर बैठ जाने से सूखी डाल में एक अकड़भरी हरकत थी। वह अपने काँटेदार दिखते भूरे-भयावह पंख को सिकोड़-खोलकर तलमलाता हुआ अपने आसन को संतुलित करने का प्रयास कर रहा था।

घनु बाबू के बाद सुन्नर, फिर एक-एक कर डॉ. मिश्र और अरुण ने भी नजरें उठा लीं। चारों ने गिद्ध को गौर से देखा। उनका यह देखना खुद गिद्ध ने भी महसूस किया। उसने अपने पंख की कठोर फड़फड़ाहट बढ़ा दी। वह सूखी डाल पर हमला करने वाली मुद्रा में आने लगा। इसी बीच बिजली की-सी गति से घनु बाबू ने कब नीचे से एक बड़ा-सा ढेला उठा लिया और उस पर दे मारा, यह तीनों ने तब गौर किया जब चोट खाकर गिद्ध उड़कर थोड़ा ऊपर की ओर उठा। कुछ ही दूर ऊपर से गिद्ध पंख हिलाता फिर लौटा। इस बार वह ज्यादा जोर से आसन जमाकर बैठा। तब तक दो, तीन, चार···कई-कई गिद्ध ऊपर मँडराने लगे। ऊपर देखते हुए चारों ने अब एक-एक ढेले बिजली की-सी गति से उठा लिये थे।

बंदरबाँट

चारों तेज-तेज चलकर नालानुमा खंदक से ऊपर चढ़कर सड़क पर आ गए। ऐसी ही खंदक-सी पगडंडी सड़क के दूसरी तरफ भी एकदम सीधे उतरती दिख रही थी। बालू से भी थोड़े मोटे लाल दाने वाली सुरखी मिट्टी इस कदर सूखी-रसहीन दिख रही थी, जैसे यह जंगल की सूखाग्रस्तता का कलेजे दहला देने वाला अहसास ही हो। सभी कार में बैठ गए; केवल डॉ. मिश्र अभी बैठने को ही हुए कि उन्हें कुछ दिख गया।

झटकते हुए वह सड़क की दूसरी तरफ उतरने वाली पगडंडी की खंदक के पास जा पहुँचे। पीछे-पीछे घनु बाबू, सुन्नर और अरुण भी आ गए। एक ठूँठ जैसे पेड़ पर चारों ओर से लकड़ी के छह-सात बोझे टिकाए हुए थे। बोझों का निचला हिस्सा एकदम पतला और क्रमशः ऊपर जाकर फैला हुआ वृत्ताकार माथा। नीचे से ऊपर तक बोझे के बंधन जंगली सूखी लत्तरों के ही थे। नीचे से लेकर ऊपर तक पाँच-छह जगह। लत्तरों को ऐंठकर एकदम बुनी रस्सी की तरह व्यवहार में लाया गया था। लकड़ियाँ भी अधिकांश सूखी-टटायी। जो थोड़ी हरी-हरी थीं उनके छिलके ओदारे लग रहे थे। इससे लकड़ी की हिरियाइन गंध उड़-उड़कर डॉ. मिश्र की नाक के पास तेज-तेज अनुभूत हो रही थी। उन्होंने गौर किया, उनका ध्यान बोझे के बंधन वाली लत्तरों पर अटक गया। हरी लकड़ियों की छिली हुई खाल-भी लत्तरों के साथ-साथ ऐंठ-लपेटकर इस्तेमाल में ले ली गई थी। बोझे की बनावट घनु बाबू को कुछ-कुछ अनाड़ीपन का अहसास कराने लगी; वे सम्मिलित चुप्पी को छेदते हुए बोले, ''लगता है सर, ये बोझे मुड़बोझिया औरतों ने नहीं बनाए।''

कुछ बोले बगैर डॉ. मिश्र ने सवाल से लैस आँखें घनु बाबू की ओर उठाई। वे आगे बोले, ''जो आदिबासी औरतें हमेशा लकड़ी काटकर बरवाडीह या डालटनगंज की तरफ ले जाकर बेचती हैं, उनके बोझे सधे हुए होते हैं, करीने से बँधे हुए। नीचे के पतले हिस्से से ऊपर का फैला हुआ गोला माथा तक पूरा बोझा काफी सपाट-सीधा। इसमें ये मुड़बोझिया औरतें अपनी व्यावसायिक समझदारी या चालाकी का भी अच्छा-भला परिचय देती हैं···।''

कोहरे की घुटन में राहत की हलकी-सी कोई अंजुरी भर बयार जैसे उपहार की तरह आ गई हो ! डॉ. मिश्र के चेहरे पर आई चहकभरी उत्सुकता ने गिद्धों के खौफ की मँडराती परछाईं को खदेड़-सा दिया, "अच्छा !" यह सुखद विस्मय घनु बाबू को भाया, सो हुलसते हुए आगे बोले, "बोझे को टेढ़ी-मेढ़ी लंबी नाटी लकड़ियों से ऐसा फैलाकर वे बाँधती हैं कि टेढ़ापन का फैलाव बाहर की तरफ निकल आता है और कम लकड़ी के बावजूद करीने से सजा-बँधा बोझा काफी बड़ा और भड़कदार हो जाता है··· ।"

इस बात को जैसे डॉ. मिश्र ने सुना ही न हो, बगैर विस्मय या सूचना-प्राप्ति का कोई अहसास जताए उन्होंने एकदम भिन्न बात पूछ दी, "यार ये बोझे तो यहाँ हैं, लेकिन बोझे वाली स्त्रियाँ या मर्द जो हों, कहीं कोई दिख नहीं रहा है··· ।"

सुन्नर ने भी अपनी आशंका को बहुत हौले-से खोला, "हाँ, हाँ ! शाम भी गहरा-सी गई है, पता नहीं बेचारे कहीं··· ।" वह कहते-कहते रुक-सा गया।

"कहीं ये लोग किसी आफत-विपत में न फँसे हुए हों··· ।" अरुण के स्वर में आशंका से ज्यादा दहशत और दहशत से ज्यादा वैष्णवजनोचित पीड़पराई बोध था !

डॉ. मिश्र बोले, "पता किया जाना चाहिए नऽ ?" उनका इशारा हो रही देर के प्रति किसी संभावित असहमति की ओर था।

घनु बाबू बोले, "बिलकुल ! बिलकुल !" उन दोनों ने भी जोर-जोर से सहमति में सिर हिलाया। खंदक में उतरते हुए एक के पीछे एक करके कतारबद्ध चारों इधर-उधर नजर दौड़ाते बढ़ने लगे। बोझे वाले ठूँठ पेड़ के पास से गुजरते हुए सबको एक खड़खड़ाहट महसूस हुई। आगे-आगे चल रहे डॉ. मिश्र सहमते हुए रुक गए। पीछे वे तीनों भी रुके। सबकी नजरें चारों ओर लेंस घुमाकर आहटें सूँघने लगीं।

और कहीं कुछ पकड़ लेने का भाव दर्शाते घनु बाबू ने बाईं तरफ इशारा किया। उधर कोई पगडंडी-सा तो नहीं, लेकिन आने-जाने का हलका-सा लकीरनुमा एक निशान बना दीख रहा था। काले पड़ चुके झाड़-झंझाड़ पर इस हलका-सा निशान का बनना और इसके ऊपर कई

जगह घने सूखे झाड़-झंखाड़ का अबाध फैला होना थोड़ी शंका पैदा कर रहा था। डॉ. मिश्र ने यह महसूस करते हुए फुसफुसाकर कहा, "लगता है इधर से छोटे-मोटे जानवरों का आना-जाना होता है, क्योंकि ऊपर का झाड़-झंखाड़ भी कहीं नहीं बाधित हुआ है और नीचे यह आने-जाने का निशान भी बाजाप्ता बरकार है।"

घनु बाबू ने होंठ बिचकाया, जिसका व्यक्त भाव यों छना कि 'कोई खास बात नहीं होगा !' वे डॉ. मिश्र के बढ़ने का इंतजार किए बगैर उधर कदम बढ़ाने लगे। ये तीनों भी पीछे-पीछे आने लगे।

जगह-जगह छोटे-छोटे सूखे-कुरकुराये झाड़-झंखाड़ों को वे रौंदते-चीरते बढ़ रहे थे। पीछे-पीछे वे तीनों भी भय को भेदते चल रहे थे। एक बड़ा-सा ऐसा ही झंखाड़ आया तो घनु बाबू ने उसकी सूखी दातुन से थोड़ी ज्यादा मोटी डाल को हाथ घुसाकर उँगलियों से पकड़ लिया। यह पुटुश काक झंखाड़ था। एकदम सूखकर काला पड़ा हुआ। बचे हुए पत्ते और जगह-जगह कम बचे काले दाने के फर। पकड़ते ही डाल के छोटे-छोटे रेती के दाने जैसे काँटे भसक-भुरभुराकर गिरने लगे। पुटुश का यह सूखा-झंझाया झंखाड किंचित बड़े आयतन का था। ऊपर फैले सूखे घने पतली-मोटी लकड़ियों की झाड़ियों के नीचे मकड़े का धूल-धूसर जाला भी काफी घना था। झंखाड़ हिला तो सूखी लकड़ियों की झाड़ी की कुछ डालियाँ आपस में थोड़ी सिकुड़ीं तो जाला भी थोड़ा ढीला पड़ा। एक-एक कर लगातार चारों उसी तरह क्रमशः पकड़-पकड़कर पार हुए। अंत में सुन्नर ने झाड़ी को छोड़ा तो वह पूरा झंखाड़ ऐसे काँपा कि मुड़कर इसे देखते डॉ. मिश्र ऐसे सिहरे, गोया वे कोई काल देख रहे हों।

घनु बाबू की निगाह सामने अचानक दिखी गहरी खाईनुमा एक छोटी-सी नाली पर जाकर रुकी। वहाँ कोई आठ-दस हाथ भर चौड़ा एक नाले का रेतीला फैलाव था जहाँ दो-ढाई हाथ की चौड़ी एक बहुत सफेद धार बह रही थी। जैसे सीलन, धुंध और गहन अंधकार से भरे किसी कमरे की छत से रोशनी की कोई जीवित सूराख दिख गई हो ! घनु बाबू ने गौर किया कि वहाँ सात-आठ महिलाएँ पानी की धार में छोटी-छोटी भरी दौरी को पानी में झपला रही थीं। सबके शरीर पर मैले, ओछे घिसे कपड़े सिमटे-सिकुड़े दीख रहे थे। एकदम गंदे और फटे-चिटे। पैबंदों पर पैबंद

लगे और जगह-जगह ऊपर-नीचे मोड़कर टाँका मारे होने के कारण उटंग हुए से। पीछे छूट चुके वे तीनों भी करीब आकर खड़े हो गए थे, इसका पता घनु बाबू को तब लगा, जब डॉ. मिश्र ने धीमे स्वर में सवाल किया, "घनु जी ! उस गोरी लड़की को पहचान रहे हैं ?" उन्होंने तर्जनी उठाकर एक सीध में पानी पर झुकी तीन लड़कियों में से बीच वाली की ओर इशारा किया।

घनु बाबू ने स्मृति को खँगालने वाली एकान्विति के बीच से इनकारते हुए कहा, "नाऽ, सर ! एकदम नहीं पहचान पा रहे हैं। जरा भी नहीं।"

"बेचारी सूखकर काँटा हो ही गई है, लेकिन अभी हाल में अखबार में उसके चित्र के साथ उसका बयान छपा था कि वह अपने स्वतंत्रता सेनानी पिता के साथ भूख से जूझ रही है, इसलिए मैंने दूर से ही देख पहचान लिया।" डॉ. मिश्र शायद सूखे गले को तर करने के लिए एक पल रुके थे कि घनु बाबू व्यग्रतापूर्वक पूछ बैठे, "मैं समझा नहीं सर, यह किसकी बेटी है ?"

"भाई, यह जगवीर महतो जी की बेटी है। विधवा होकर बेचारी बाप के यहाँ आई, तो यहाँ भी वही हाल। पति भुखमरी का शिकार हो गया और मायके में भी भूख की वही काली छाया ! वह बेचैन हो उठी। संयोग से उसके गाँव ओरसापाट में उस दिन कुछ खोजी पत्रकार अपने विषय की तलाश में भटक रहे थे। इसने ईंटों की दीवार वाले अपने घर के भीतर की जर्जर दशा का बयान कर दिया। इसके पहले महतो जी के बारे में जिले में कोई जान नहीं पाया था कि इस दस बीघे से ज्यादा धान के खेत वाले उन जैसे किसान परिवार का वही हाल है, जो दूसरे गरीबों का है। निम्न मध्यवर्गीय परिवारों के ऐसे घरों के भीतर की स्थिति खुली नहीं थी, लेकिन इस बेचारी कम समझदार लड़की ने सब कुछ खोलकर रख दिया।" डॉ. मिश्र का स्वर भरा हुआ था।

"क्या बताया उसने ?" घनु बाबू भी भींग कर लरजने लगे।

"उसने साफ कहा कि दस बिगहे धान के खेत में गोंदली धान इस बार पौवा भी नहीं हुआ। आग जैसे धूप में धान के खेत खड़े-खड़े झुलस गए। बिहन (बीज) कर्जा लेकर खरीदा गया था। वह भी उड़ गया। उसने

बयान में कहा था कि उसके स्वतंत्रता सेनानी पिता और बूढ़ी माँ तीन दिनों से पानी पी-पीकर साँस को बचाये हुए हैं। गाँव में रिलीफ का एक रोटी केंद्र भी है, लेकिन बेइज्जती के डर से वहाँ रोटी लेने भी अभी तक नहीं गए। निम्न मध्य वर्ग के लोगों का हाल सबसे बुरा है क्योंकि वे न तो अपनी असली स्थिति जाहिर होने देना चाहते हैं, न ही उनके पास इतनी हिम्मत है कि वे गाँव से पलायन कर कहीं कोई काम-धंधा कर प्राणरक्षा की बात सोचें !" डॉ. मिश्र के होंठ बिचककर सितुवे की तरह हुए तो उससे करुणा के साथ-साथ मध्यवर्ग की कुंठा के प्रति उपहास के भाव भी छलक पड़े।

"बाप रे, बाप ! महतो जी यानी सन् बयालीस की क्रांति के पलामू के हीरो, जिन्हें भगत सिंह से लेकर सुखदेव, बटुकेश्वर दत्त यानी समूची क्रांतिकारी-पीढ़ी 'भैया जी' कहकर पुकारती थी ! कभी अंग्रेज पुलिस जिन्हें छू भी नहीं सकी ! बहादुर ऐसे कि पूरा ओरसापाट गाँव जालिम अंग्रेजी पुलिस से घिर गया है, लेकिन तब भी वहीं किसी घर में छुपे महतो जी को खोज पाना लोहे के चने चबाने से जरा भी कम नहीं। वे कब कैसे-कैसे छप्पर-छप्पर खिसक-खिसककर फरार हो जाते, किसी को भनक तक नहीं लगती। दस पुलिसिया मुस्टंडों ने कभी घेर भी लिया, तो दाँत भी मुस्टंडों के ही टूटेंगे, यह तय था, महतो जी बेदाग निकल जाते। वही महतो जी आज इस···" घनु बाबू का स्वर खिलाफ हवा के आघात से पत्ते की तरह थरथरा रहा था।

"महतो जी का लड़कवा तो आप लोगों के ही साथ था नऽ ? पार्टी कार्ड होल्डर भी था, याद है आपको ?" डॉ. मिश्र की बात का तात्पर्य यही था कि वे महतो जी के बेटे के बारे में कुछ बड़ी सूचना देने वाले हैं।

"हाँ, हाँ ! तो क्या हुआ उसका ? गिरिजा नंद नाम था, बहुत पक्का और सीरियस लड़का था, एकदम अक्खड़ ! हम लोग उसे मजाक में नहीं, आदर से 'लेनिनदा' कहा करते थे···" सवाल के बाद घनु बाबू ने जो सूचनात्मक टिप्पणी की उसका तेवर भी सवाल की ही तरह था।

"जेल में है आज वह ! हत्या के जुर्म में !" डॉ. मिश्र एक पल के लिए थमे, तो लगभग पागलों की तरह बेचैन होकर घनु बाबू ने

आश्चर्य, व्यग्रता और संजीदगी भरे स्वर में पूछा, "क्यों भई ! किसकी हत्या के जुर्म में ? नो ! नो ! ही कैन नेवर बी ए क्रिमिनल ! वह कभी किसी की हत्या कर ही नहीं सकता ! जरूर कोई घपला है इसमें !"

"हाँ, हाँ ! वह अपराधी नहीं है, लेकिन हत्या तो उसने की है और वह क्या, आप या मैं भी वहाँ होते तो इस परिस्थिति में उस दलाल की हत्या ही करते !" डॉ. मिश्र का स्वर संजीदा था।

"हुआ क्या था सर ? कृपया पहेली मत बुझाइए, खोलकर बोलिए !" स्वर में आरजू-मिन्नत के साथ-साथ व्यग्रता के भाव भी मिले हुए थे।

चुप-चुप खड़े सुन्नर और अरुण में दोनों ने एक दूसरे की ओर देखा। फिर मुखातिब होते हुए सुन्नर ने कहा, "अब कुछ ही देर में यहाँ अँधेरा हो जाएगा। यह सब बातें और जानकारियाँ तो रात में भी होती रहेंगी। अब हम लोग लौटें। यह बात जाहिर हो गई कि लकड़ी के बोझे इन औरतों के हैं और ये किसी आफत-विपत में नहीं फँसी हुई हैं।" स्वर में उनके नाराज हो जाने की आशंका के प्रति एक नन्हा-सा भय भी सहमा हुआ महसूस हो रहा था।

"रुको यार ! तुम काहे बात में खलल डाल रहे हो !" घनु बाबू ने सुन्नर की ओर से आँखें उठाकर डॉ. मिश्र के चेहरे पर स्थिर की, "तो, बताइए सर ! मेरी बेचैनी को समझिए !"

"हुआ यों कि लातेहार में एक राहतगाड़ी आई। शायद जमशेदपुर के लोगों के चंदे-सहयोग से वह राहत-सामग्री आई थी। स्थानीय लोगों में एक समाजसेवी किस्म के व्यवसायी ने पता नहीं कैसे वह गाड़ी अपने जिम्मे पर ले ली कि वह गाँवों में जाकर जरूरतमंदों के बीच राहत-सामग्री बँटवा देगा। वही गाड़ी सुग्गापाट गाँव में पहुँची हुई थी। इस गाँव में भूख से रोज एक-न-एक मौत हो रही थी। पूरा गाँव भूख और मौत के जबड़े में किस्त-दर-किस्त मुलायम स्वादिष्ट आहार की तरह सरक रहा था। ऐसे में यह गाड़ी ! बिलकुल भीगे पंख में पुलक की तरह ! भुक्खड़ों का हुजूम टूटा। वहीं गिरिजवा भी पहुँच गया। राहत-सामग्री बाँटने में किलमदोजी करने पर समाजसेवी किस्म के व्यवसायी से उसकी चखचख हो गई। बस वहीं…" डॉ. मिश्र के चेहरे पर जो भाव आया, उसका संकेत हत्या करने

वाले की मजबूरी को लक्षित करने की तरफ था।

"मतलब सर, यह बताइए कि हत्या उसने की ही क्यों ?" घनु बाबू ने हालाँकि व्यग्रता के भाव को दबाने की कोशिश की थी, लेकिन पानी में बैलून की तरह उनकी बेचैनी सतह पर आ ही गई।

"भाई, उस हरामजादे ने गिरिजा के विरोध करने पर उसे पटियाना चाहा और कान में आफर किया कि जितना माल मारा जाएगा उसका हिस्सा उसे भी दे दिया जाएगा। इसी बात पर तो गिरिजा आग की तरह धधक उठा। जैसे उसके पंजे ही तलवार में तब्दील हो गए। उसने दोनों पंजों से भरी भीड़ में उस दलाल को ऐसा दबोचा कि वह स्साला वहीं टें बोल गया।" डॉ. मिश्र ने दाँत पीसते हुए ऐसे बात पूरी की, गोया वे ही खुद उस दलाल को मारकर आ रहे हों !"

घनु बाबू ने पूछा, "वह दलाल राहत-सामग्री को आखिर हड़प कैसे रहा था कि गिरिजा ने उसे ताड़ लिया ?"

"भाई, सीधी सी बात है कि जो आदमी कई-कई दिनों की भूख-प्यास से टूट गया हो, वह तो कहीं-न-कहीं लाश की तरह ही गिरा-पड़ा हुआ होगा। वह उछलता-कूदता तो फिर नहीं रहा होगा।"

"बिलकुल ! बिलकुल ! वह तो महिन्द्रा की माँ की तरह ही कहीं-न-कहीं गिरा हुआ जमीन पर सटका पड़ा होगा।"

"तो, यही झंझट का मुख्य मुद्दा था। दो दिन पहले एक दूसरे गाँव में सोनापाट में वही दलाल इसी तरह पहुँचा हुआ था। उसने भुखमरी के शिकार प्रति व्यक्ति पाँच किलो चावल करके बाँटना शुरू किया। चावल गंदा और कंकड़-पत्थर से अँटा पड़ा था, यह अलग बात थी, उसने जो शर्त, बनाई थी, वह ज्यादा अमानवीय थी !" डॉ. मिश्र समझा-समझा कर यों बता रहे थे, गोया वे कोई गणितीय सूत्र समझा रहे हों, "शर्त थी कि भुखमरी से ग्रस्त हर व्यक्ति को खुद वितरण-केंद्र तक आना होगा, तभी उसे राहत-सामग्री मिलेगी। जाहिर है कि जो भूख से अधमरे हो चुके गरीब-गुरबे थे, वे अपने हाल पर जहाँ-के-तहाँ अशक्त पड़े रहे। कुछ तो नकली लोगों ने राहत-सामग्री पाई बाकी सामग्री बचाकर दलाल जल्दी-जल्दी में वापस ले गया। यही अधिकांश जगह अभी भी हो रहा है !" स्वर में चिंता चीटियों की तरह रेंग रही थी।

"तो गिरिजा···" घनु बाबू अपनी बात शुरू करते, इससे पहले डॉ. मिश्र शुरू हो गए, "हाँ, हाँ ! वही तो बता रहा हूँ कि गिरिजा जब सोनापाट गाँव के राहत-वितरण-स्थल पर पहुँचा था, तब तक तो राहत की गाड़ी जा चुकी थी, लेकिन वहाँ जमीन की धँगची हुई धूल पर ढेर सारे पाँवों के गजमज निशान थे जिनसे उसे पता चल गया कि राहत-सामग्री का यहीं वितरण हुआ है। वहीं अचानक गिरिजा की निगाह बर के पेड़ के नीचे शिव-स्थान के पास पड़ी एक खटिया पर गई। खटिया पर फटे-चिटे नाममात्र के बिछौने पर लुरजुराए वृद्ध का शरीर बिखरा पड़ा था। शरीर पर आधी धोती कमर में और आधी धोती पीठ पर से उतरकर ठठरी छाती पर हलकी-फुलकी फैलकर ढके होने का आभास दे रही थी। खटिया पर सिरहाने और गोड़थारी 'ए' अक्षर की शक्ल में दो-दो डंडे बंधे थे, जिनके भीतर से गुजरा ऊपरी दोनों बंधनों से बँधा एक फोफड़ बाँस बता रहा था कि खटिया को दो-चार लोग मिलकर यहाँ लाए होंगे।" डॉ. मिश्र यों बोल रहे थे, गोया वे दृश्य देख रहे हों और किसी अंधे को आँखों देखा हाल पूरा-पूरा बताने की जिम्मेवारी निभा रहे हों।"

घनु बाबू ही नहीं, सुन्नर और अरुण भी डॉ. मिश्र के हिलते होठों से फूटते शब्दों के चमकते बुलबुलों में समूचे संदर्भ को जैसे दृश्यवत् अपलक सामने देख रहे हों !

थोड़ा खास-खराँस के बाद डॉ. मिश्र आगे बोले, "गिरिजा ने वहीं किसी आदमी से शायद पूछकर यह पता लगा लिया था कि खटिया पर बिखरे वृद्ध के लिए जब कुछ ग्रामीणों ने राहत-सामग्री के लिए खूब आरजू-मिन्नत की और असफल रहे, तो शर्त के अनुसार दो कोस से इसे इसी तरह वितरण-स्थल पर लेकर आए। तब तक राहत-गाड़ी को लेकर वह साला दलाल वापस भाग चुका था और यहाँ पहुँचते-पहुँचते वृद्ध की धुकधुकी बंद हो चुकी थी। बस, तभी से गिरिजा बागी की तरह दो दिनों तक राहत-गाड़ी का पीछा करता फिरा। अंततः दो दिनों बाद वह दलाल समाजसेवी उसे वहाँ मिल गया उसने गिरिजा के साथ हरकत भी वैसी ही की जिस पर उसने सीधा उसका गला ही दबोच लिया !" डॉ. मिश्र की साँस यों फूलने लगी, जैसे उन्होंने ही अभी यह गला दबाने का काम

संपन्न किया हो।

"वाह ! वाह ! तब तो यह हत्या करना नहीं हुआ। वह हत्यारा नहीं कहा जाएगा।" स्वर में उन्मुक्त समर्थन, मौलिक गर्व और सहज उल्लास के मिले-जुले भाव उमड़ रहे थे।

"क्यों, भई ! हत्या तो यह हुई ही। वह भी उसने सैकड़ों लोगों के बीच सीधे गला दबोचकर मार डाला है।" डॉ. मिश्र ने मद्धिम किंतु समझाने वाले अंदाज में कहा, "लेकिन, यह अपराध कैसे नहीं है ?"

"सौ क्या हजार लोगों के बीच राम ने रावण को मारा था, वह भी कोई एकाध मिनट में नहीं, बल्कि घंटों कभी दसों सिरों को काट-काटकर तो कभी भुजाओं को खंडित करके। तो क्या राम भी हत्यारे माने जाएँगे भला ? क्या रावण-वध हत्या का मामला माना जाएगा ? क्या हत्या और वध में अंतर करने की समझदारी उस समय की नहीं, आज की उपज है ? घनु बाबू बचाव पक्ष के भावुक किंतु आक्रामक वकील की तरह यों झझक रहे थे, जैसे डॉ. मिश्र कोई न्यायाधीश हों और अदालत में बहस की कार्रवाई चल रही हो !

मगरमच्छ और मछलियाँ

डॉ. मिश्र ने असहमतिजन्य मुसकान के साथ इनकार में सिर हिलाते हुए कहा, "भावुक होकर मत सोचिए, कानून की बात है यह। उसका आक्रोश अस्वाभाविक नहीं है। आपकी यह भावना भी स्वाभाविक है, लेकिन क्या किया जाएगा कानून-व्यवस्था का जाल ही ऐसा अंधा है कि…"

घनु बाबू ने डॉ. मिश्र की बात पूरी होने के पहले ही आगे कदम यों बढ़ा दिए, मानों यह अस्वीकार की मूर्त कार्रवाई हो ! अपने पैरों को तौल-तौलकर रखते हुए वे कुछ इस तरह चल रहे थे, गोया डॉ. मिश्र की असहमति को कुचल रहे हों ! डॉ. मिश्र ने भी बेमन से ही बात को यहीं स्थगित करना वाजिब मान लिया। एक-के-पीछे एक करके चलती चारों की कतार से दब-दबकर नीचे सूखे पत्ते रट्-पट् रट्-पट् की ध्वनि के साथ टूट-फूट रहे थे।

नजदीक पहुँचने पर घनु बाबू ने पीछे मुड़कर देखा—डॉ. मिश्र उन दोनों से काफी पीछे छूटे हुए थे। वे आते हुए रुककर ऊपर आसमान की ओर ताकने लगे तो उनके पीछे आते सुन्नर और अरुण ने भी ऊपर की ओर आँखें उठाईं। यह देख यहीं से घनु बाबू ने चिल्लाकर कहा, "घने जंगल के बीच में हम लोग हैं, इसीलिए लग रहा है कि यह रात का अँधेरा है; जबकि सूरज अभी डूबा नहीं है। घबराने की अभी जरूरत नहीं है, सर !"

जब वे तीनों करीब आने को हुए, तब घनु बाबू ने पीछे मुड़कर नदी में दौरी झिपलाती स्त्रियों की ओर ध्यान फेंका। चिल्लाने की आवाज सुन शायद वे उसी समय ही सतर्क हो गई थीं। सात नहीं, वे पूरी आठ थीं। आठों नदी की खाईनुमा गहराई से निकल ढलान जैसे किनारे से चढ़ती ऊपर आकर यो खड़ी हो गई थीं, जैसे उन्हें पगडंडी के खाली होने का इंतजार हो। उनके हाथों में दौरियाँ थीं और दौरियों में रोयेंदार आलूनुमा कुछ पदार्थ। सबकी दौरियों में थोड़ा-थोड़ा। किसी की दौरी आधी भरी थी, तो किसी की उससे भी आधी। किसी की दौरी भरी नहीं थी। रोएँदार यह आलू जैसा पदार्थ देखकर लग रहा था, मानो यह खूब बढ़िया ढंग से अभी-अभी धोया-पखारा हुआ हो। दौरियों से पानी टपक रहा था जिस कारण वे इन्हें शरीर से सटाए बगैर थोड़ा अलगाए हुए थीं। घनु बाबू को थोड़ी दूरी से वह लड़की गौर से देख रही थी, जो गिरिजा जी की बहन बताई गई थी। कुछ ही पल बाद उसने घनु बाबू को शायद पहचान लिया। अभावग्रस्त-सी साफ झलकती अन्य स्त्रियाँ अपनी फटी, पैबंद चढ़ी साड़ियों से पर्दा करती हुई जहाँ सिमट रही थीं, वहीं वह अपने सफेद माँग वाले सिर को बगैर ढँकने का कोई प्रयास किए उन्हें मटर-मटर ताक रही थी। उसके माथे की उजाड़ सफेदी और शरीर के टटाए ढाँचे से अभाव और विपन्नता के उभरते अक्षर ने घनु बाबू को जब भीतर तक हिला दिया, तब वे करीब आ गए, "तू मुनिया हे नऽ गेऽ ?" अन्य स्त्रियाँ पीछे खिसकने लगीं और वह बकर-बकर ताकती आगे बढ़ने लगीं।

समीप आते ही वह धब्ब से घनु बाबू के पाँव पर झुककर बैठ गई और एकाएक बिफर पड़ी, जैसे करुणा का संचित गुंफ फट कर

बिखर गया हो।

हालत बड़ी खराब हऊ ऐ भइयाऽ !

मरदा हम्मर बेराम पड़लऽऊ...

अऊर दवा-बिरो बिन मऽर गलऽऊ ऐ भइया...दाना-दाना पर आफत हऊ ऐ भइया...बऽ पऽ ई गिरल हऊ खटिया पर ऐ भइया-दाना-पानी तऽ मिलत नखऊ कहाँ से दवाई लबऽऊ ऐ भइया...

उसके करुण क्रंदन से मुर्दों की तरह खड़े कंकाल पेड़ों और बेहरकत बिछी उजाड़ वादियों-पहाड़ियों तक में करुणा छलछला आई। वह रो-रोकर किसी शोक-गीत की तरह अपने पति की मौत, भूख-गरीबी की विनाश लीला और पिता की बीमारी का मर्मांतक अनुष्टुप छंद बन गई थी। घनु बाबू हतप्रभ, एकदम सन्न, जैसे विराट करुणा में वे तैरते हिमखंड हों। डॉ. मिश्र, सुन्नर और अरुण सभी भौंचक। बात-बात में पिघल जाने वाले वे चारों अभी पता नहीं क्यों पिघलने के बजाय जम-से गए थे ! घनु बाबू के जमे हुए होंठ जैसे चेहरे पर थोड़ी-सी हरकत हुई, तो अचानक हिचकी की तरह एक सुबक टपकी। वे झुके। मुनिया को दोनों हाथ से पकड़कर उन्होंने सीधा किया और उठाया। बोले, "घबरो, मत ! हमनी आ नऽ गईल ही अऽउ !" इससे आगे वे कुछ न बोल सके और चुप हो गए।

उन तीनों की कठमुर्की तब टूटी, जब अचानक 'खड़ाक'-सा शब्द हुआ। कुछ ही हाथ की दूरी पर सामने से एक पहाड़ी उठती थी। यह जोरों की आवाज वहीं हुई थी। सबकी नजरें अचानक उठकर उधर ही केंद्रित हो गईं। उधर देखती हुई स्त्रियों के चेहरे दहशतजदा नहीं थे, लेकिन घनु बाबू समेत वे चारों सहमे हुए थे। घनु बाबू करीब जाने को हुए, तो मुनिया ने उन्हें रोका, "नाऽ भइया ! मत जोऽ ओने !"

"काहे !" वे जोरों से चौंके।

"ऊ बड़ी देर से उहाँ अजगरवा (अजगर) एगो हरीन (हिरण) के पकड़ले हई !"

"आँऽय ? अजगरवा हरिण के पकड़ले हई ? तऽ छोड़ावेला चहिअई नऽ ?" दायित्व-बोध से स्वर भरा हुआ था।

"नाऽ !"

"काहे, भाई ?"

"अजगरवा के भूख कइसे मेटतई ? ओकर अहार तऽ उहे नऽ हई ?" अभी-अभी करुणा से सराबोर मुनिया के स्वर में अचानक बाल सुलभ चुहल का छोटा-सा अहसास सबने मुसकुराकर महसूस किया।

"तऽ, अजगरवा कखनी से ओकरा पकड़ले हई ?" उनकी गति में साँस टूटने-सी शिथिलता आ गई।

"दुपहरिए से ! बाकिर अभियो हरिनिया मरल नखई ! उहे बेचारी रह-रह के ओकर लपेट में तड़पत हई, बाकिर ऊ अजगर एकदम पुरान तेज शिकारी हई। ऊ जेतने उछलता बा, ई तेतने लपेट कसले जाऽत बाऽ !" मुनिया किसी कौतुक-कथा की तरह इसका टुकड़ा-टुकड़ा बयान कर रही थी। डॉ. मिश्र समेत अरुण और सुन्नर सभी सिहरे हुए उठती पहाड़ी की तरफ ताक रहे थे। पहाड़ी के थोड़ा ऊपर की चढ़ाई पर एक मोटे से पेड़ की ओट में रह-रहकर खड़बड़ाहट हो रही थी। सूखे पत्ते पर हरकत का साफ-साफ पता चल रहा था।

घनु बाबू धीरे-धीरे बढ़ने लगे। डॉ. मिश्र ने दबे स्वर में कहा, "ना, भाई ! मत जाइए उधर ! बहुत बड़ा अजगर लग रहा है !" औरतों के चेहरों पर डर से ज्यादा, इस संदर्भ के प्रति लापरवाही तथा पूर्व परिचय से उत्पन्न शिथिल इत्मीनान के भाव फैले हुए थे।

घनु बाबू धीरे-धीरे मोटे पेड़ के ही समानांतर गोल दूरी काटकर तय करते हुए पहाड़ी पर थोड़ा ज्यादा ऊपर चढ़ गए। वहाँ से नीचे का दृश्य साफ हो गया। हिरण का सिर नहीं दीख रहा था। मोटे कटे पेड़ की तरह लग रहे अजगर के शरीर पर पीले-पीले भूरे रंग के चकत्तेदार निशान थे। पूँछ की तरफ पतला और क्रमशः मोटापन बढ़ता गया था। बीच के बाद फिर उधर मोटाई घटती गई थी। अजगर ने तीन लपेट में हिरण को कस लिया था। एक लपेट में पिछले दोनों पाँव, दूसरी में पीठ-पेट की गोलाई तथा तीसरी में गर्दन और मुँह। वह शायद उसकी अगली एक टाँग को निगल चुका था। और उसे ही ऐंठ कर तोड़ रहा था। जीवित हिरण का इस दौरान तड़पना स्वाभाविक था। हिरण के कसे दोनों पाँव के पास, अजगर के शरीर का पूँछ वाला हिस्सा मोटी पाइप की तरह लगभग सीधा पसरा हुआ था। उस पर पीले-भूरे रंग के चकत्ते-चकत्ते निशान काफी

भय उत्पन्न कर रहे थे, जिसे देख घनु बाबू के एक-एक रोएँ अंगर उठे। हिरण की तड़प के दौरान अजगर की पूँछ का हिस्सा जरा भी नहीं हिल रहा था, गोया यह उसकी नहीं, किसी दूसरे साँप की पूँछ हो ! हिरण जब-जब हरकत में आती उसके पीठ-पेट के पास अजगर की लपेट का कसना दूर से भी घनु बाबू साफ-साफ देख-महसूस रहे थे। हिरण के पीठ-पेट पर मोटे पेड़ की तरह लिपटे अजगर के शरीर का भी शायद यह बिचला भाग था। इसमें एक जगह काफी गोला-सा उभरा हुआ था हरकत-भरा उभार बता रहा था कि अजगर ने किसी अन्य छोटे जीव को भी पहले निगल लिया था, जो जाहिरन उसके पेट में भी अभी तक अपना मुक्ति-प्रयास चलाए जा रहा था, उनके रोंगटे खड़े हो गए। घनु बाबू गौर करके अजगर के नहीं दिखते मुँह को तलाशने का प्रयास कर रहे थे। मद्धिम रोशनी में अंततः वह नहीं ही दिखा, तो वे थक-हार कर जहाँ थे वहीं बैठने को हुए। ठेहुना मोड़कर थोड़ा-सा नवे ही थे कि उनके रोएँ भरभरा गए। उनके पास ही नीचे के बिखरे सूखे पत्ते खड़खड़ाए। कहीं कोई अजगर यहाँ भी···, उन्हें डर हो गया। वे उछले; चिहुँककर खड़े हो गए और इधर-उधर नीचे-ऊपर गौर करने लगे। उन्होंने देखा, यह गिरगिट जैसा ही कुछ जीव था, जो पास के एक सूखे पेड़ पर थोड़ा-सा ऊपर चढ़कर रुका सिर हिला रहा था।

डॉ. मिश्र ने वहीं से आवाज दी, "चलना भी हैऽ अब ! आइएऽऽ ! घनु जीऽ।"

गोल घेरा बनाते वे सहम-सहम कर पाँव बढ़ाते उन लोगों के करीब आए। औरतों ने अपनी-अपनी अधभरी दौरियाँ उठा ली थीं।

घनु बाबू ने औरतों की तरफ नजर उठाकर देखा, वे भी चलने को तैयार थीं। उनकी साड़ियाँ ठेहुने तक खुँसी हुई थीं, समेटकर ऊपर चढ़ाए होने के कारण उनके पेट के नीचे गुलटियाई साड़ी की गाँठ उभरी हुई थी। ठेहुने के नीचे का दिखता पाँव धूल-गर्द से भरा हुआ था। पाँवों में नीचे एड़ियों पर फटी बिवाइयाँ साफ-साफ दिख रही थीं।

मुनिया उनके करीब आई, उसने कमर टेढ़ी कर दाहिने हाथ के घेरे में दौरी को घड़े की तरह पकड़ रखा था। उसकी दौरी में आलू जैसा यह रोएँदार पदार्थ आधा से भी ज्यादा भरा हुआ था। घनु बाबू ने भौहें

उचकाते हुए पूछा, "यह क्या, गेंठी है क्या ?"

"हुँ···! गेंठिए हई। एक हफ्ता में इहे एतना जमा होइल हलई !" उसका चेहरा उपलब्धि की अल्पता पर असंतोष के विवश भावों से चुह्चुहाया।

"काहे, काऽ अब गेंठिओ जंगल में सिराए (खत्म होने) लगलऽ ई ?" डॉ. मिश्र ने पलमुआ बाली-बानी में ही अपनी जिज्ञासा जताई।

"हुँऽ ! तऽ अब गेंठिओ कोड़े (खोदने) से जंगल-डिपाट (वन विभाग) वालन गोस्सा हथिन ! मोकदिना कर देवऽऽ हथिन !" मुनिया का अंदाज समझाने वाला था। कुछ पल ठहरकर वह आगे बोली, "जंगल में सुखलो पत्ता चुने से जंगल-डिपाट के फोरेसटरवा सब तंग करे लगऽ लथिन। पइसा माँगऽ लथिन सब। कबो-कबो तऽ ओकनी रावनो बन जाऽ लथिन सब !" उसका स्वर छीजने लगा था।

"तऽ तू बतवईत हले कि गेंठियो अब सिराए (खत्म) लगलई ?" घनु बाबू ने सहज ही उसी बोली-बानी में सवाल किया।

"हुँ ! उहे सब न कहऽ ईत ही अऊ। जंगल-डिपटवे वाला सब काऽ जनी काहे जहाँ-तहाँ कोड़-काड़ के नीचे के सब जड़-फड़ कर देले हथिन सब।" मुनिया का स्वर थोड़ा ज्यादा धीपा हुआ महसूस किया गया। चुप-चुप सुन रहे उन तीनों में अरुण बोला, "तो, अब चला भी जाना चाहिए !"

'हाँ, हाँ !" घनु बाबू बोलते हुए चल पड़े। पीछे-पीछे वे तीनों पहले चले, साथ ही वे भी चल पड़ीं।

मुनिया ने कदम-दर-कदम खिसक रही चुप्पी को तोड़ा, "तऽ बपऽई (पिता) के देखे चलबऽ नऽ तोरिन ?" स्वर हलका-हलका भींगा हुआ था।

"हँ, काल्ह अबऽऊ !" घनु बाबू ने चाल धीमी करते हुए पीछे मुड़कर उसे देखा और आगे बोले, "हमनीं आज रुकऽत हिअऊ, इहे सब जाने-समझे लाऽ आईले हिअऊ।" वे फिर सामने देख चलने लगे। पूरा काफिला अपनी रफ्तार तेज करने लगा।

आकाश देखकर सूरज की मौजूदगी का आभास तो हलका-हलका मिल ही रहा था, लेकिन जंगल का रास्ता अँधेरे में सीधे लेटे अजगर का ही

भ्रम करा रहा था। मारुति को सुन्नर ने स्टार्ट कर लिया था। उसके तेज लाइट से सामने दूर तक की सड़क जाग-सी गई थी। रोशनी से वंचित दूर की सड़क अभी भी डर पैदा कर रही थी। एक-एक कर तीनों गाड़ी में बैठ गए।

"ई गेंठी क्या है, भाई घनु जी ?" डॉ. मिश्र सामने के शीशे से सड़क पर रेंगती-बढ़ती रोशनी का रस सोख रहे थे।

"जमीन के नीचे से यह निकलती है, जड़ी की तरह है। बहुत ताकत वाला जंगली खाद्य पदार्थ है। खासकर बृजिया, बिरहोर, असुर जैसी कुछ ऐसी आदिवासी जातियाँ हैं, जो अभी भी ग्रामीण या कस्बाई जीवन-प्रणाली में खुद को नहीं जोड़ पाई हैं, वे आज भी जंगलों में भटकती रहती हैं, गेंठी उनका प्रिय भोजन है। गेंठी का एक चना भर का टुकड़ा भरे गिलास में डाल दीजिए, तो पूरा गिलास दूध की तरह हो जाएगा। एकदम गाढ़ा। जंगली लोग इसे खूब पसंद से खाते हैं।" घनु बाबू ने अपने बगल के शीशे को खरकाकर खोला और बाहर अँधेरे में चुपचाप खड़े भागते पेड़ों पर नजर गड़ाते हुए आगे कहा, "हम लोगों ने एक बार महुआडाँड़ के पास चाँकी गाँव में एक रात एक ऐसे ही आदिवासी के यहाँ गुजारी थी, जिसने हमें पहले तो खाने को भूना हुआ महुआ और सरई दिया, लेकिन जब माँग की गई तो धोई-धाई हुई गेंठी भी लाकर टहरी (मिट्टी का लोटा जैसा पात्र) भर पानी के साथ दी थी।"

"आप लोगों ने खाया था इसे ?" यह जिज्ञासा अरुण की थी।

"हाँ, हाँ, हम लोग तो भूखे थे दो दिनों के, शर्बत पानी और भूँजा पर चार शाम काट चुके थे। अकेले हमने आधा सेर महुआ खाया था और गेंठी घोरकर तीन टहरी पानी !" उनके चेहरे पर फिर गहन तृप्ति खिंच गई।

"इसका स्वाद कैसा होता है ?" सुन्नर ने पिछली सीट की तरफ मुखातिब होकर फिर मुड़ते हुए पूछा और दूसरे ही पल फिर सीधा होकर स्टियरिंग घुमाने लगा। सुन्नर के बाएँ बैठे अरुण ने भी सवाल के प्रति समर्थन के भाव के साथ पीछे की तरफ ज्यादा घूमकर देखा।

"एकदम माटी जैसा !" स्वाद की असहनीयता का भाव घनु बाबू के चेहरे पर निचुड़ती रेखाओं में उभर आया, "बड़ी मिहनत करके छाती

भर-भर का गड्ढा खोद-खोदकर वे गेंठी खोजते और निकालते हैं। इसे दौरी में रख मुँह को कपड़े से ढँक-बाँधकर बहते पानी में नीचे दबा देते हैं। तीन-चार दिनों तक लगातार यह धुलता रहता है, तब जाकर इसका तिक्कछ स्वाद थोड़ा कम होकर मिट्टी की तरह का हो पाता है। खाएँगे तो लगेगा कि आप माटी को ही काट-काट कर कचर-कचर चबा रहे हैं।"

"तो खाते कैसे हैं वे बेचारे ?" अरुण की जिज्ञासा में सहानुभूति का वेग ज्यादा तेज था।

"भाई, एक कहावत है कि जिसको भूख लगती है, वह मिट्टी बरा (हटा) कर कुछ भी खा लेता है, यह कहावत भी वे लोग नकार देते हैं और एकदम मिट्टी की तरह लगने वाली गेंठी को वे कचर-कचर चबाकर या पानी में घोलकर बहुत चाव के साथ ग्रहण करते हैं।" घनु बाबू के कहने के अंदाज में गेंठी खाने वालों की इस विवशता तथा उनकी इस सहज झेलने की प्रवृत्ति के प्रति एक साथ सहानुभूति और प्रशंसा का भाव था।

कुछ देर तक चलती मारुति के बीच चुप्पी भी चलती रही। हिलती स्टियरिंग के ऊपर से शीशे को भेदकर बाहर जाती सुन्नर की नजर बेहरकत थी। अरुण भी सामने देख रहा था। घनु बाबू और डॉ. मिश्र भी पिछली सीट पर बैठे तो अगल-बगल सटकर ही थे, लेकिन जैसे तत्क्षण दोनों एक दूसरे की उपस्थिति से भी अवगत नहीं हों। एकदम बेलाग-लपेट बिना हिलडुल के सामने देखते हुए इस शिलित चुप्पी को फिर खुरचा खुद घनु बाबू ने ही, "गजब था वह अजगर भी !" वे रुके। इस एक वाक्य ने जैसे सबको खोदकर जगा दिया हो ! पीछे ओठंग कर बैठे वे तीनों भी घनु बाबू की तरह ही तनकर सीधे हो गए, उनकी पीठ सीटों के पिछले आरामतल से हटकर थोड़ी दूरी पर समानांतर खड़ी हो गई।

अचानक जैसे उनकी उत्तेजना खुद-ब-खुद फुस्स-सी हो गई। घनु बाबू शिथिल पड़ने की तरह ढीले पड़े और सीट के आरामतल पर धब्ब-से ओठंग गए। वे अब चुप थे लेकिन उनके चेहरे पर छिपकली-सी दौड़ती-भागती रेखाओं की हरकत उन तीनों ने बारीकी से महसूस की। वे तीनों उन्हें अलग-अलग कोणों से मुड़कर ऐसे बारीकी से पढ़ रहे थे गोया घनु बाबू कोई व्यक्ति नहीं, बल्कि, थर्मामीटर जैसी चीज हों !

घनु बाबू के मन के भीतर फैले विराट् अशांत जल-विस्तार पर 'अजगर', हिरण', 'सूखा' तथा 'पलामू' जैसे शब्द डरावने मगरमच्छ और मासूम मछलियों की तरह तैर रहे थे।

अंत का सवाल

मच्छरों के प्रकोप के कारण चारों की नींद अधूरी थी; इसलिए सुबह की ठंडी मीठी बयार में वे अपनी परपराती-मसमसाती आँखें चुँधिया रहे थे। चबूतरे पर कुर्सियों के बीच काठ की गोल टेबल अनियमित उपयोग में लाए होने का सबूत अपनी टिढ़ुआई मुद्रा से दे रही थी। परात जैसा गोला उसका ऊपरी फैलाव टटाकर थाली की तरह पिचका और उठंग हो गया था। टेबल के टेढ़े-मेढ़े हो चुके पाँव उसे डाँवाडोल किए हुए थे। जगह-जगह खुरची-सी, उड़ गई-सी उसकी उजली पॉलिश उसे काफी बदरंग बनाकर पेश कर रही थी। इसी टेबल के इर्द-गिर्द चार ऐसी ही उठंग काठ की कुर्सियों पर बैठे थे वे चारों। दूर-दूर तक चारों ओर पहाड़ियाँ थीं। जलतरंगों की-सी उछाल-मुद्रा में अपने-अपने छोटे-बड़े नुकीले-गोल और चापट शिखरों के साथ। सूखे का जहरीला साँप जैसे इन तमाम पहाड़ियों पर बारी-बारी से लोट गया था; कहीं हरापात या जीवित झाड़-झंखाड़ नाममात्र का भी नहीं दिख रहा था।

डॉ. मिश्र ने हाँक लगाई, "अरे, ओऽऽ, जॉन ! जरा मग में पानी लाना, बाबू !" डॉ. मिश्र की परपराती आँखें अब ठंडी पड़ रही थीं और वे सूरज के उगने के पहले ही शीतल बयार पर उत्फुल्ल होते हुए सूखी-टटाई पहाड़ियों की बजाय सिर उठाकर आसमान ही ताकते जा रहे थे।

घनु बाबू एक धोती को लुंगी की तरह ही लपेटे बैठे थे। अचानक उन्हें पता नहीं क्या सूझा कि अपनी मलकती आँख को वे धोती के कोर वाले हिस्से से साफ करने लगे। अरुण और सुन्नर डॉ. मिश्र के आवाज देने पर बिस्तर से तो उठकर आ गए थे, लेकिन कुर्सियों पर आकर अब भी आँखें बंद किए नींद के छूटे सूत्र ही सहलाते जा रहे थे।

जॉन आया। एकदम जर्जर शरीर। धूप में खूब सुखाए लिरुआए बैर के दाने की मानिंद घिंचोराया हुआ बुढ़ापे से आक्रांत चेहरा। हाथ की उँगलियों के जोड़ों और पूरे शरीर की त्वचा पर खूब छेंचे होने जैसी सिलवटें। भौंहों के नीचे नाक के दोनों ओर आँखों के कोन पर अरहर के दाने भर-भर की कीच। मुँह में होठों के दोनों कोन्न पर भी ऐसी ही दाने भर-भर की उजली गंदगी। होंठ एकदम लौ से झुलसे, काले-गँदले हो चुके पोलीथिन की तरह। रात में लालटेन की मद्धिम रोशनी में डॉ. मिश्र ने उसे ठीक से देखा-पहचाना न था, अभी वह आया तो वे उसे गौर करके ताकने-निरखने लगे। काला-कलूटा वह भेंड़ की तरह भयमिश्रित संकोच से सिहरा हुआ। पानी से भरा जग उसने टेबल पर रखा और जब यह उठंग हो कँपकँपाने लगा तो डरकर जल्दी-जल्दी उसे स्थिर करने का प्रयास करने लगा। यह संयोग ही था कि वह टेबल को पकड़कर इसके कंपन को स्थिर करने का प्रयास कर रहा था, लेकिन, सिहरकर उसके खुद के काँप रहे होने के कारण टेबल का कंपन रुकने की बजाय बढ़ा ही जा रहा था।

इसे गौर से देखते हुए डॉ. मिश्र ने कडुए अंदाज में कहा, "तुम हाथ को हटाओ न ! यह खुद ठाड़ा (खड़ा) हो जाएगा।" तेज स्वर को सुन वह अचानक सक़ते में आ गया और सिहरकर अलग हट गया। उसकी, जगह-जगह फटी-मसकी गंजी में पेट पर पॉकिट बनी हुई थी, लेकिन यह इतनी ज्यादा काली और गंदी हो चुकी थी कि इससे बदबू उठ रही थी। शायद यह इस बदबू का ही असर था कि वे दोनों सोए से अकबकाकर जग गए और जॉन को देख पहले तो थोड़ा-सा मुँह बिचकाया, फिर अपने इस बिचलन को खुद ही नियंत्रित किया, जिसे घनु बाबू और डॉ. मिश्र, दोनों ने ताड़ लिया। कुछ पल तक मुँह चुनियाने के बाद पहले अरुण, फिर सुन्नर ने उठकर चबूतरे से नीचे गाढ़ा-उजला फेनभरा थूक फेंका। यह देख घनु बाबू की कुर्सी के पीछे, आदेश प्राप्त करने वाली मुद्रा में विनम्र भाव से खड़ा जॉन सहमकर पीछे सरका। कई कदम पीछे।

डॉ. मिश्र ने जग के पानी को गौर से ताका। ऊपर से थोड़ा-सा पानी झटककर उछाला और इसके साफ हो जाने की आश्वस्ति का भाव

जाहिर करते हुए झुककर कुल्ला करने लगे। आँखों पर छींटे मारे और पानी के बचे होने की तसल्ली कर जग को घनु बाबू की ओर बढ़ाया। घनु बाबू ने जग को टेबल पर रखा और अरुण तथा सुन्नर को भी कुल्ला करने का इशारा किया। वे दोनों बारी-बारी से कुल्ला-गलाली कर आँखें धो चुके, तब भी पानी काम भर बचा था। मुसकुराकर पानी को देखा घनु बाबू ने और आँखें धोने लगे डॉ. मिश्र ने जॉन से पूछा, "तो, तू इहँई काम करऽ हेऽ नऽऽ ?"

"हुँऽऽ !" वह अपनी घबराहट के साथ ही बोला। "तऽ काऽ मिलऽ हऊऽ इहाँ सेऽ ? पइसा-कउड़ी मिलऽ हउ नऽऽ ?" उन्होंने दाहिना हाथ उसकी ओर उठाकर तर्जनी के कोर पर अँगूठे के कोर से नोट गिनने की तरह खटकाने की मुद्रा पैदा की।

"रोपेया कहाँ मिलऽ लऽ ईऽ ? इहे तोरिन जइसन साहेब-सुबा आवऽ लथिन तऽ तनी-मनी दू-चार गो लोट (नोट) भेटाऽऽ (मिल) जाऽ लईऽ ! खानसामा हिअऽ ऊ तऽ कुछ खाहुँ-पीहुँ (खाने-पीने) के मौका मिल जाऽ लईऽ !" धीरे-धीरे उसने अपनी घबराहट और हकलाहट, दोनों पर काबू पा लिया था।

"तऽ तोहर घर-बोर कऽ ने हऽ ऊऽ ? खेत-फेत हऊ नऽ ?" यह सवाल अचानक घनु बाबू की तरफ से छूटा था।

"खेत-फेत तऽ हइहे बाहिन, बाकिर एसों (इस बार) तऽ सब जर (जल)-बिला गलऊ नऽ।" उसकी आँखों में तीखी धूप और लू की तरह उदास बवंडर उठा और दूसरे ही पल राख और छाई की-सी बारिश महसूस हुई।

"तऽ इहाँ तऽ खानसामा पहिले जलाल मियाँ नऽ रहई ?" घनु बाबू ने एक विपरीत सवाल किया। उन्हें काफी पहले की अपनी गारू-यात्रा की ढेर सारी यादें आज खुद सपने की तरह लुभावनी किंतु अविश्वसनीय आकर्षण दिखाते हुए किसी बच्चे की तरह जैसे मुँह बिरा (चिढ़ा) रही थीं। उन्होंने इसे इस रूप में भी सोचा कि तमाम ऐसे सरकारी, अर्द्ध सरकारी अतिथि-गृहों या निरीक्षण बँगलों में खानसामा तो प्रायः मुसलमान ही होते हैं, फिर यह जॉन आखिर कैसे, किस कमी या विवशता के कारण बहाल कर लिया गया !

"हम तऽ जलाले मियाँ के नऽ बेटा ही अऽ ऊ !" वह अचानक एक साथ किसी असह्य पीड़ा, गहन उत्तेजना और चहक के प्रतिगामी भावों से भरकर संत्रस्त-सा हो उठा।

"तऽ तूँ, मुसलमान नँ हेऽ ?" डॉ. मिश्र का इशारा उसके 'जान' नाम पर था।

"हम्मर अब्बा तऽ निच्छुना (विशुद्ध) मुसलमाने रहऽ ऊ। हम्हुँ तीन-चार महीना पहिले तक मुसलमाने रहिअऽ ऊ हम्मर नाँव (नाम) जमाल रह।" उसका गला भर आया।

"तऽ तूँ मुसलमान से ईसाई काहे बन गइले ?" यह सवाल था घनु बाबू का। वे तीनों भी उसे ही एकटक निहार रहे थे।

"काऽ करिअऽऊ बाबू, देखलिअऊ कि ई धरम में बड़ी ताकत हऊ बेटवा तऽ हम्मर मरिए नऽ गईल हलऊ ! एकदम लोआ-पोआ (लुंज-पुंज) हो गईल हलऊ, खाली समझिहे कि धुकधुकी चलत रहऽऊ ! ओकरा मजार पर और मोलबी के पास ले जाके हार गलिअऊ बाकि कुछो फैदा (लाभ) ना होलऽऊ ! इहे फदरवा के पास गलिअऊ, तब जाके ओकरे भगवनवा के परसाद से ई बचलऊ, नऽ तऽ ऐ बाबू, हम तऽ निरबंसे नऽ हो जतिअऊऽ !" वह फादर के प्रति कृतज्ञता के भाव से भर गया।

डॉ. मिश्र ने पूछा, "कइसे-कइसे होइल रहऊ ? तनी पूरा कहनिया हमरा बताव तऽ होऽ !" उनके चेहरे पर उग आई कृत्रिम जिज्ञासा पूरी तरह उनकी आँखों के मखौल को ढँके बैठी थी।

वह कहने लगा, "जब थाक गालिअऽऊ मजार-मौलडागबी करते-करते तऽ चर्चवा में गलिअऊ। उहाँ एगो फादर रहऊ और फदरवो रहऊ। बेटवा के देखलऽऊ तऽ नाम पूछलऽऊ। बड़ी परेम से बइठलऊ और बेटवा के गोदी में लेके आला से पेट-पीठ जँचलऽऊ। बेटवा के हम्मर गोदी में लाके दे देलऽऊ। डगदरवा एगो पुड़िया लाके हमरा देलऽऊ। कहलऽऊ कि ई मुसलमानी भगवान के दवाई हऊ। ऐ बाबू ई मुसलमानी देवोतवा (देवता) के दवइया अइसन कइलऽऊ कि बेटवा के देहे पाला होवे लगलऽऊ। हम चिला-चिला के रोवे लगलिअऽऊ तऽ फदरवा अऊर डगदरवा उठ के अलथुन। ओकरीन (वे लोग) एगो पुड़िया खोल के चूरनवा बेटवा के मुँह में डललऽ थुन अऊर चामच से पानी। ई पुड़िया के कागजवा हमरा दे

देलथुन सब। ऐ बाबू, झूठ नखिअऽऊ बोलत। ई पुड़िवा में फोटो छपल रहई ईसा बाबा के, अऊर दवइया खइला के थोड़के देरी बाद बेटवा के देहिया (देह) पसेना से नेहा (नहा) गलऊ, एकदम मटर-मटर बेटवा देखे लगलऽऊ ! उहे दिन हमारा बुझऽइलऊ कि हमरीन (हमलोगों) के अल्ला से एकरिन (इन लोगों) के देवोतवा में ढेरे ताकत हुई। हम्मर बेटा बँचवले हलऽक तऽ हम किरचियन (क्रिश्चियन) बन गलिअऽऊ !" उसकी आँखें छलछला गईं और चेहरे पर बच्चे की-सी मासूम खुशी चुहचुहाने लगी।

कुछ देर तक वे चारों चुप रहे। जॉन भी। जैसे किसी को किसी के वहाँ मौजूद होने की भनक तक न हो। सूरज कब सिर पर चढ़ गया, इस पर भी किसी ने गौर नहीं किया। जब वह धूप का सटका लगाने लगा, तब इसका अचानक अहसास सबको होने लगा। त्वचा पर जैसे चिनगारियाँ लोट रही हों ! सभी जब बेचैनी महसूस करने लगे, तब यह असह्य होने लगी। तभी जॉन पीछे की ओर मुड़कर चबूतरे से उतरा और बरामदे की ओर लपका।

त्वचा पर धूप के धीपते स्पर्श ने सबको उठने के लिए बाध्य कर दिया था। किसी से किसी ने कुछ नहीं कहा, बस एक-एक कर चारों उठे और बरामदे की तरफ बढ़ने लगे। सुन्नर और अरुण लपककर आगे हो गए। दो-चार हाथ की दूरी पर घनु बाबू के साथ चलते डॉ. मिश्र भी धीमा होते हुए बोले, "यह दो-दो भगवानों की दो-दो दवाइयों में एक भगवान की दवा के फ्लॉप या बेअसर होने और क्रिश्चियनों के भगवान की दवा के असरदार हो जाने के पीछे क्या ब्रेन है भाई ?"

घनु बाबू बोले, "डॉक्टर साहब, यह तो इन क्षेत्रों में धर्मांतरण का एकदम सीधा वाला पेंच है। यह तो सबको पता ही है कि इन क्षेत्रों के पिछड़ेपन और यहाँ के भोले-भाले लोगों के अपढ़ होने का लाभ ईसाई धर्म प्रचारक संस्थाएँ जमकर उठाती हैं और लोगों को इसी तरह चमत्कार दिखा-दिखाकर क्रिश्चियनिटी की तरफ मोड़ती चलती हैं !"

बरामदे पर आकर यहाँ गद्दाविहीन सोफे पर दोनों बैठ गए। सोफा न सिर्फ नुचा-चुँथा जैसा था, बल्कि मकड़े के गंदे जाले और धूल-गर्दों से अँटा पड़ा था। बातचीत के वेग में दोनों बगैर ठीक से गौर किए उस पर बैठ तो गए थे, लेकिन मुड़-मुड़कर वे दोनों सोफे के हत्थे, उसके नीचे

पेदे और इधर-उधर घिन वाले भाव के साथ ताक-झाँक कर रहे थे। इसी बीच स्थिर बैठते हुए डॉ. मिश्र ने फचाक् से थूक फेंका, जो बरामदे की सीढ़ियों पर सीधा दो-तीन सोपानों पर खंड-खंड उग गया। बोले, ''भाई, घनुजी ! यह बताइए कि यह दवाओं के असरदार या बेअसर होने का रहस्य क्या है ?''

घनुजी बोले, ''साधारण सी बात है। वे लोग दूसरे धर्मों की जो पुड़िया बनाते हैं उनमें अनर्गल दवाएँ रखते हैं, बल्कि रोगों को बढ़ा देने लायक दवाएँ। मरीज का धर्म जान लेने के बाद वे उसी के धर्म के प्रतीक चिह्नों वाली पुड़िया पहले उसे देते हैं, जिससे उसका रोग घटता नहीं, तो रोगी का अभिभावक या उसके परिजन स्वाभाविक रूप से बेचैन-बेचैन हो उठते हैं। ऐसी ही स्थिति में वे लोग अपने धर्म के चिह्न वाली पुड़िया रोगी को खिला देते हैं, जिसमें कालपोल, टेरामाइसिन, नोवालजिन जैसी तुरंत बुखार तोड़ देने, दर्द खत्म कर देने और पसीने बहा देने वाली एलोपैथिक दवाएँ होती हैं। यानी तुरंत असर। ऐसे में रोगी और उसके परिजन के दिमाग में अपने-अपने धर्मों के प्रति शंका या अनास्था पैदा होना और इसाई धर्म की इस 'ताकत' के प्रति आस्था से भर जाना तो तय ही है। बस, ऐसे ही वे लोग बरगलाते हैं !''

डॉ. मिश्र ने सुबहाँ जताई, ''भाई, मुझे तो आज पहली बार यह सब पेंच पता चल पा रहा है कि धर्म को इतना छल-प्रपंच और झूठ के खाद-पानी से रातोरात फैला देने की साजिशें की जाती हैं ! रियली इट इज वैरी सैड एंड इन्ह्युमेन !'' उनके चेहरे पर आश्चर्य, असहमति और आपत्ति के भाव गारा मिलाने वाले बड़े मिक्सर में हौंड़ते सिमेंट-बालू और गिट्टी की तरह नाच रहे थे।

''क्या सर, आप अभी इतने से ही खिन्न हो गए ! एक घटना सुनिए। इसका सीधा चश्मदीद मैं ही हूँ। बात महुआडाँड़ के पास की है। लोद झील में हमलोग पिकनिक के लिए पहुँचे हुए थे। हम लोग तीन-चार लड़के ही थे। वहाँ कई पिकनिक ग्रुप थे, लेकिन जहाँ-तहाँ गुच्छों में बिखरे हुए। जगह-जगह ईंट पत्थरों को जोड़कर बनाए गए चूल्हों से धुआँ, बनती सब्जियों, चिकेन, मीट, छनती कचौड़ियों-पूड़ियों और पुलावों की महक उड़ रही थी। वहीं पंद्रह-बीस देहातियों के साथ एक सफेद पैंट-शर्ट वाला पादरी

भी था। उसके सामने से लटकते और छाती पर स्थिर चेन पर क्रॉस मॉडल का लॉकेट था। मैं कौतुकवश करीब गया तो वहाँ जो देखा, वह पूछिए मत।''

''क्यों, हुआ क्या था ?'' डॉ. मिश्र ने दुगुनी जिज्ञासा के वेग भरे स्वर में पूछा, ''बताइए, बताइए जरा ! आप लोगों ने पहले इतना ज्यादा, गाँव-देहातों को धागा है कि आज भी यहाँ लगातार रहते हुए भी हमारी इस तरह की जानकारी बहुत कमजोर है।''

घनु बाबू बोले, ''वहाँ पादरी हिंदू धर्म के भगवानों और अपने धर्म के गॉड की ताकतों का मूल्यांकन करा रहा था। उसने पहले हनुमान जी की मूर्ति को अथाह जल के तल पर फेंका। मूर्ति पानी में पहुँचते ही छप-से डूब गई, तो उसने लोगों का ध्यान इस पर खास ढंग से दिलाया। इसके बाद उसने उतनी ही बड़ी ईसा मसीह की मूर्ति को उसी तरह पानी में फेंका। यह मूर्ति सीधे डूबने की जगह उलटे पानी में तैरने लगी, तो पादरी ने देहातियों को समझाया कि फलाँ भगवान जो खुद की भी रक्षा नहीं कर पाया और तत्काल पानी में खुद डूब गया, वह भला दूसरों की रक्षा कैसे करेगा ? उसी तरह उसने पानी पर छहलायी हुई ईसा मसीह की मूर्ति के बारे में टिप्पणी की कि यह सबसे ज्यादा ताकत वाले भगवान हैं, सभी धर्मों के भगवान से भी ज्यादा ताकत और चमत्कार वाला भगवान !''

''अच्छा ! यह चमत्कार उसने कैसे रच डाला कि हनुमानजी की जितनी बड़ी मूर्ति पानी में पहुँचते ही छप-से डूब गई, वहीं उतनी ही बड़ी ईसा मसीह की मूर्ति तैरती रह गई ?'' डॉ. मिश्र का मुँह अचरज से फैला हुआ था !

''मैंने तो यह चमत्कार तत्काल ही समझ ही लिया था कि एक साइज की उन दो मूर्तियों में हनुमानजी वाली मूर्ति जहाँ भारी पत्थर की थी, वहीं ईसा मसीह वाली मूर्ति पूरी तरह प्लास्टिक की !'' घनु बाबू ने पहेली का उत्तर बता देने वाली उत्फुल्लता और उदारता के साथ बात पूरी की।

''डॉ. मिश्र हक्का-बक्का थे। यह भी कोई बात हुई भला ? गरीब और कम समझदार लोगों के साथ कहीं ऐसा भी अमानवीय व्यवहार होता

है ! यह तो बहुत ही शर्मनाक है भाई !''

घनु बाबू ने आक्रोश और क्षोभ से भरे स्वर में कहा, ''यह सिर्फ एक धर्म की ही साजिश का सवाल नहीं है। आज देश में चाहे जितनी तरह के धर्मवाले हैं, उनके यहाँ इससे भी ज्यादा पाखंड और झूठ को मूल पूँजी बनाकर रखा जाता है। जिससे धर्म-विस्तार की कमाई की जाती है।'' बोलते हुए घनु बाबू ने 'धर्म-विस्तार' शब्द का ऐसा उच्चारण किया जिसमें खिल्ली उड़ाने जैसा बोध सहज ही डॉ. मिश्र के आगे गिरकर छितरा गया। वे आगे बोले, ''अब इन हिंदू धर्मवाले प्रचारक पाखंडियों को ही देखिए नऽ ! पलामू में भूख-अकाल और मौत का घात-प्रतिघात रोजाना घटित हो रहा है, ऐसे में ही पिछड़े और गरीब अकालग्रस्त इलाकों में ईसाई मिशनरी संस्थाओं द्वारा व्यापक धर्म-परिवर्तन कराने की पहले से शंकाएँ जाहिर होती रही हैं। लेकिन हिंदू धर्म का डंका पीटने वाले इन महानुभावों को, इस पर कोई पहल करने, नीति तय करने की जरूरत नहीं महसूस हुई। इन दिनों वे अयोध्या के बाबरी ढाँचे बनाम राम मंदिर के छिड़े विवाद में सोत्साह उलझते हुए देश धांग रहे हैं। क्या जनता के सामने यह भी कोई मामूली पाखंड है ? यह आचरण जनता को ठगने का नहीं, तो क्या उनके हित का है ?'' घनु बाबू की टिप्पणी के अंत का सवाल बर्छी की तरह सामने हवा में गहरे तक गड़-सा गया।

फफूँद का हमला

डॉ. मिश्र बोले, ''यह बात हालाँकि मैं एक थ्योरी के तहत लगातार सुनता-समझता रहा कि धर्म की बुनियाद आज पाखंड की छाती पर रखी जाती है, लेकिन आपकी ऐसी-ऐसी देखी-सुनी बातें सुनकर तो वाकई मैं हतप्रभ हूँ भाई ! वाकई यह बात कलेजा दहला देने वाली है कि एक धर्म के अनुयायी या प्रचारक इस मर्म को जानते हुए कि ईश्वर का मूल अस्तित्व संपूर्णता में एक और सिर्फ एक है, दूसरे धर्म की बदनामी के लिए ऐसे-ऐसे घिनौने हथकंडे अपनाते हैं !''अचरज एवं क्षोभ के खट्टे अहसासों से उनका स्वर दाँतों की तरह कठुआया हुआ था।

"क्या सर ! आपका कभी क्रिश्चियन अस्पतालों या 'सेंट' लोगों के नाम पर राँची आदि शहरों में चलने वाले नामी-गिरामी स्कूलों से साबका पड़ा है ?" नई सूचना दे रहे होने का उत्साह चिड़िये की तरह चोंच खोलकर उनके स्वर में चिंचिया रहा था।

"नाऽ तोऽ !" डॉ. मिश्र ने कुछ इस अंदाज से इनकार जताया, जैसे ऐसी बात पूछने के पीछे गहरी जिज्ञासा के भाव थे।

"कभी जाइए, तब तो पता चलेगा !" घनु बाबू के स्वर में उलाहनापूर्ण चुनौती थी तथा ऐसी-ऐसी बातों के प्रति अनभिज्ञता जैसी आपत्ति का भाव भी चमक रहा था।

"क्या मतलब ?" डॉ. मिश्र ने दाएँ हाथ से कंधे की ओर जनेऊ को टाना और बाएँ हाथ से गंजी के नीचे से उसके दूसरे हिस्से को खींचकर पीठ को वे इसी तने धागे से खुजलाने का उपक्रम करने लगे। वे सोफे के गड़ने वाले पिछले आरामतल से पीठ को हटाकर सीधा ताने बैठे थे। तनी जनेऊ के कारण पीछे की गंजी पर लकीरदार तनाव हिल रहा था।

"सर, आप कभी अपना मरीज लेकर जाइए, और आप ही के साथ कोई दूसरा उनके धर्म को मानने वाला हो, तो जो चार्ज आपसे वसूला जाएगा, वह उसी तरह के ईसाई रोगियों की तुलना में तिगुना-चौगुना तक होता है।" घनु बाबू चेहरे को चुनिया-चुनियाकर यों बोल रहे थे, गोया वे ऐसी ढेर सारी कुटिल चालों को खूब अच्छी तरह जान-समझकर बैठे हुए हैं !

"यह तो कुछ अटपटी बात है भाई ! चार्ज क्या लेता है या क्या नहीं लेता है, यह सब खेल तो मैं नहीं जानता, लेकिन मैंने एक बार अपनी माँ की आँख का ऑपरेशन तुंबागाड़ा अस्पताल में जाकर करवाया था। भाई साहब, वहाँ की सिस्टर्स की सेवा-भावना देखकर तो मैं भौंचक रह गया था ! क्या गजब के अपनेपन की भावना से भरी वे घर की माँ-बहनों से भी ज्यादा निजता के साथ रोगियों की सेवा-सुश्रूषा में लगी हुई थीं ! मुझे तो, जिस दिन माँ का ऑपरेशन हुआ, उसी दिन शाम को घर चले जाने को कह दिया गया। बाद में माँ ने भी बताया कि सिस्टरों का व्यवहार घर की बेटी-पतोहुओं से भी ज्यादा अपनापन वाला था।..." बगैर सीधे

हमले के, डॉ. मिश्र ने एक विपरीत प्रसंग ऐसा कहा कि घनु बाबू को न सिर्फ अपनी बात कमजोर पड़ती दिखी, बल्कि उन्हें यह भी भय हो गया कि कहीं डॉ. मिश्र उन्हें 'कामरेड' से 'प्रतिक्रियावादी' बन जाने जैसा 'रिजल्ट' न पकड़ा दें !

"मैं...मैं...मैं यह कहाँ कह रहा हूँ कि वे सेवा-भावना नहीं रखते ?" घनु बाबू ने ढिठाईपूर्वक तेवर तो वही रखने का अभिनय किया, लेकिन उनके स्वर दरके हुए थे, "मैं तो सिर्फ यह कह रहा हूँ कि वे वहाँ भी धर्म के स्तर का मतभेद पाले बैठे रहते हैं। और भेदभाव भी करने से नहीं चूकते।"

डॉ. मिश्र ने अपनी बात का असर ताड़ लिया और घनु बाबू के दरके-हिलते स्वर के थमते ही टिप्पणी की, "नहीं, ऐसी कोई बात असल में पूरा सत्य नहीं है कि ईसाई मिशनरियों का इकलौता अभियान ग्रामीण अपढ़ और गरीब आदिवासियों को ईसाई बनाने का ही होता है। अगर ऐसा ही होता तो पलामू में भीतरी ग्रामीण-जंगली क्षेत्रों में कई ऐसे चर्च हैं, जो अस्सी-नब्बे साल से भी ज्यादा पहले के बने हुए हैं, लेकिन ऐसा तो नहीं है कि इनके आसपास की तमाम आबादी ईसाई ही बन चुकी हो ! हाँ, यह हो सकता है कि चूँकि ईसाई मिशनरियों का ढाँचा मूल रूप से ही धर्म आधारित होता है, इसलिए उनका कभी-कभी ऐसा कोई तीव्र या सघन प्रयास भी चलता रहता हो, लेकिन इस छोटी-सी बात के लिए उनके तमाम महत्त्वपूर्ण क्रियाकलाप को ही धो-पोंछ दिया जाए, यह भी कोई समझदारी की बात नहीं होगी !"

"छोटी-सी बात ? यदि धर्मांतरण का सुनियोजित प्रयास कोई संस्था सेवा-कार्यों की आड़ में आहिस्ता-आहिस्ता गर्दन रेतने की तरह चलाती रही है, तब भी यह कोई छोटी-सी बात है ?" घनु बाबू के स्वर में प्रश्नाकुल जिज्ञासा से ज्यादा असहमति और घोर आपत्ति से उत्पन्न उपहास से भरे रोष के भाव थे।

"हाँ, हाँ, यार ! छोटी ही बात है धर्मांतरण ! मैं ठीक कह रहा हूँ !" जिस तरह डॉ. मिश्र खमखमाकर तन गए और आग की तरह भभककर लपटों की तरह के वाक्य निकालने लगे, घनु बाबू थोड़ा नम होकर सोफे के पिछले आरामतल से चिपट-से गए। वे बोले जा रहे थे,

"जब भूख की ज्वाला आँत के झाड़-झंखाड़ों की तरह जलाने-झुलसाने लगती है, तब आदमी को कोई हिंदू धर्म या इस्लाम धर्म या ईसाई धर्म नहीं सूझता। सारे धर्मों के सीने पर चढ़कर खड़ा हो जाता है रोटी-धर्म !...और यही चुड़ैल की तरह रोएँ कँपा देने वाला अट्टहास करता है ! ऐसा अट्टहास कि जिसमें सारी अकड़ तमाम मूल्य और संपूर्ण कट्टरता के भाव पलक झपकते डूब जाते हैं। मरते हुए भूखे आदमी के धर्मांतरण की बात पर आप इस तरह बहस करना चाहते हैं ? भाई, उसे रोटी देकर यदि कोई सिर्फ धर्मांतरण कराकर मरणांतरण से बचा लेता है, तो क्या उस पर भी भीख माँगते समय वादे-पर-वादे लहराकर गायब हो जाते हैं, उनके धर्म और जाति की राजनीतिक नगाड़ेबाजी करके लापता होते रहते हैं, उनके बारे में क्या ख्याल रखते हैं आप ? मरणांतरण और धर्मांतरण में किसे चुनेंगे आप ? खुद पर बात को लागू करके सोचिए और बोलिए !"

घनु बाबू ने डॉ. मिश्र के चुप होने के बाद भी कुछ नहीं कहा और चुपचाप उन्हें ताकते रहे। उनके चेहरे के भाव बता रहे थे कि डॉ. मिश्र के आपे से बाहर हो जाने के कारण ही वे अभी कुछ बोलकर बात आगे बढ़ाना नहीं चाहते हैं, लेकिन उनकी बातों से वे सहमत ही हो गए हों, ऐसी बात नहीं !

बाहर धूप तेज हो गई थी। यहाँ से, सूखे-टटाये पहाड़ों पर, लग रहा था जैसे फूँक मारकर लौ कि तेज अग्नि को लोहाधार से टकराया जा रहा हो ! खूब टहकार ललौंही पीली धूप ! दूर तक देख रहे होने के कारण आँखें रह-रहकर चुँधिया जातीं तो दोनों रह-रहकर हाथ की उँगलियों से आँखें बंद कर मीसने लगते।

घनु बाबू ने पहाड़ पर फिसलती-झुलसती अपनी आँखों को समेटकर डॉ. मिश्र की तरफ गौर से देखा और उन्हें पढ़ा, उनके धीप चेहरे पर शीतलता के कण धीरे-धीरे जनम आए थे। वे बोले, "आप तो सर, गुस्सा नऽ जा रहे हैं..."

"ना भाई ! गुस्साने की बात नहीं है, लेकिन सुनकर बुरा तो लगता ही है कि आप जैसे पढ़े-लिखे लोग भी ऐसी-ऐसी बातों को गंभीरता से उठाते हैं।" डॉ. मिश्र का स्वर नरम था, किंतु यह असहमतियों से मुक्त

नहीं हुआ था।

"सर, मैं एक बात कहूँ ?"

'हाँ, हाँ ! भाई, बोलिए नऽ !"

"आपने कभी क्रिश्चियन स्कूलों के बारे में पता किया है कि कैसे वे आज भी अंग्रेजों के प्रचार-प्रसार में जी-जान से जुटे हुए ही नहीं हैं, हमारी ही धरती पर रहकर हमारे ही देश की राष्ट्रभाषा, राष्ट्रध्वज और राष्ट्रीय चेतना पर कुठाराघात करते रहते हैं !" घनु बाबू का स्वर दर्द से भरा हुआ था, जिसके अहसास ने डॉ. मिश्र को करीब से छुआ।

डॉ. मिश्र ने अतिरिक्त तल्लीनता का भाव जताते हुए गंभीरता भरे स्वर में पूछा, "राष्ट्रभाषा, राष्ट्रध्वज और राष्ट्रीय चेतना पर कुठाराघात ? मैं कुछ समझा नहीं !"

"सर, इन क्रिश्चियन स्कूलों में कभी जाकर देखिए अंग्रेजी भाषा की शाही महिमा ! इन अंग्रेजी मीडियम स्कूलों का यह कैसा दुस्साहसिक अंग्रेजी-प्रेम है, आप खुद ही अंदाजा लगाइए कि स्कूल के समय उसके कैंपस में भी यदि छात्रों में से किसी ने हिंदी बोल दी, तो वे उस पर ऐलानिया तौर पर जुर्माना कर देते हैं ! मास्टरों को वे कैसे औने-पौने खटाते रहते हैं, यह सब आप सुन लेंगे तो गश खा जाएँगे ! एम.ए. या बी.ए. पास बेरोजगार युवक-युवतियों को पाँच सौ रुपए और सात सौ रुपए वेतन देकर रख लिया जाता है और कहा जाता है कि एक साल या दो साल उनका काम देखकर उनके वेतन में बढ़ोतरी या सेवा का स्थायीकरण किया जायेगा। लेकिन साल-डेढ़ साल पूरा होते-होते उन्हें आरोप आदि मढ़कर हटा दिया जाता है। और फिर कुछ मजबूर बेरोजगार डिग्रीधारियों को अपने कोल्हू में नाध लिया जाता है। यानी औने-पौने वेतन पर शिक्षकों का लहू सोखा जाता है और इधर प्रचारों पर तैरते स्कूल के गुडविल का खामियाजा छात्रों के अभिभावकों से दुहा जाता है। फीस भी ऊँची, महीने-महीने अलग-अलग नाम पर कभी सौ, तो कभी पाँच सौ जैसी राशि भी मँगायी जाती है, बस-भाड़े में अलग बेतुकी राशि का दोहन ! अलग से नई फुटानी यह कि वे छात्र तो छात्र, कैंपस में भूल से हिंदी बोल जाने वाले शिक्षक तक को बुरी तरह अपमानित कर डालते हैं।" घनु बाबू का तेवर ठंडा था, लेकिन वे कपड़े में तह लगाने

की तरह इत्मीनान वाले अंदाज में एक-एक बात को सोंट-सोंट कर तहिया रहे थे।

डॉ. मिश्र ने डकार ली, और रात के भोजन में कुछ ऊटपटाँग हो जाने के प्रति भौंहें उचकाकर संकेत करते हुए होठों को विवशतापूर्वक बिचकाया, जिसका भाव यही था कि इस दौरान कहीं बीमार न पड़ जाएँ !

घनु बाबू ने इसे गौर किया और बात पलट न जाए, इसका ख्याल करते हुए तुरंत अपनी अधूरी बात को स्वेटर की तरह आगे बुनने लगे, "राष्ट्रभाषा हिंदी तो उन्हें फूटी आँखों भी नहीं सुहाती, उसी तरह वे हमारे राष्ट्रीय ध्वज के प्रति भी कई बार खौफनाक विचार जाहिर कर चुके हैं। कुछ क्रिश्चियन स्कूल तो राष्ट्रीय उत्सव के अवसरों पर आज भी तिरंगा झंडा नहीं फहराते। प्रशासन की तरफ से कई बार दबाव पड़ा, तो उनका तर्क था कि कानूनी स्तर पर तिरंगा फहराना अनिवार्य है ही नहीं, इसलिए···" शालीन और धीमा स्वर अचानक धीपकर मोम की तरह टल-गल गया, लेकिन अधूरे वाक्य की संपूर्ण अर्थ-ध्वनि न सिर्फ गूँज उठी, बल्कि सामने धूल-धक्कड़ की तरह झझराकर बिखर-सी गई।

डॉ. मिश्र ने अध्यक्षीय टिप्पणी देने वाले अंदाज में कहा, "देखिए, भाई घनु जी ! आपने बहुत सारी बातें बताईं। कई बातें सविस्तार ऐसी भी कहीं, जिनकी उस तरह जानकारी मुझे भी नहीं थी। बहरहाल कुल मिलाकर मुझे तो यही लग रहा है कि आपकी बातें भी सिरे से भूसे की तरह उड़ा दी जाने लायक नहीं हैं। यदि हमारी ही धरती पर रहकर कोई हमारी ही भाषा और हमारे ही राष्ट्रीय आस्था-विश्वासों का ऐसा मजाक उड़ा रहा है, तो निश्चय ही हमारे बीच का आदमी होकर भी वह हमारा हितचिंतक नहीं है। जाहिर है कि आज हमारी समूची आबादी का एक अच्छा-खासा हिस्सा इस्लाम को मानने वाला है, उसी तरह ईसाई धर्म को माननेवाला भी है, लेकिन समझने की बात यह है कि उनमें चाहे जितनी भी कट्टरता और खरोच उत्पन्न कर देनेवाली शरारत छलकती हो, वे हैं तो हमारे ही बीच के, हमारे ही अपने सगे-सहभागी। इस्लाम को मानने वाले हमारे बंधु, न तो ईरान या अरब से यहाँ आ टपके हैं, न ही ईसाई इंग्लैंड से। वे हमारे ही बीच के लोग हैं, जिनके पूर्वजों ने अलग-अलग

दौर में पहले कभी हमले, दबाव या बहकावे की चपेट में आकर धर्मांतरण किया होगा ! इसलिए यहाँ बहुत ज्यादा चौंकने-चिल्लाने की जरूरत नहीं है। लेकिन मैं आपको यह बताऊँ कि आपने शायद अंग्रेजी माध्यम में डी.ए.वी. संस्थान के कुछ स्कूलों की फुटानी नहीं देखी-सुनी है। डी.ए.वी. स्कूलों की प्रेरणा के केंद्र में स्वामी दयानंद का भारतीय संस्कृति मूलक चिंतन रहा है, लेकिन उनके यहाँ भी प्रायः शिक्षकों को उसी तरह औने-पौने रखा और ठगा जाता है। तथा साल-दो साल पर बदल दिया जाता है। सरस्वती शिशु मंदिर जैसे शिक्षण संस्थान तमाम भारतीयता और हिंदी-हिंदू का नारा तो दुहराते हैं, लेकिन आपने कभी वहाँ की फीस के बारे में पता किया है ? वहाँ भी फीस की दर और रफ्तार वैसी ही है, जैसी क्रिश्चियन स्कूलों में। वहाँ भी कोई गरीब या निम्न मध्य वर्ग का नौकरी-पेशा आदमी अपने बच्चों को पढ़ा नहीं पाता, सिर्फ सेठ-साहूकार ही भारतीयता का रस वहाँ अपने बच्चों को पिलाने में सफल होते हैं। यानी साफ बात यही है कि दूकानें अलग-अलग भलें हों, व्यवसाय के प्रचार वाले स्लोगन भी कुछ अलग-अलग हैं, लेकिन दुकानदारी सभी एक तरह की कर रहे हैं। धर्म के नाम पर या जाति के नाम पर जितने भी सौदे किये-करवाये जा रहे हैं उनमें न तो आमफहम के हित की बात है, न खुद धर्मों के प्रति सम्मान का भाव। शुद्ध रूप से ठगी और धोखाधड़ी का व्यापार चलाया जा रहा है। कोई कुछ लोगों को ईसाई कहकर बुला रहा है, तो कोई किसी को हिंदू या मुसलमान कहकर लेकिन सभी तरह के लोगों के साथ कसाईपने का व्यवहार बिलकुल एक तरह का ही हो रहा है।'' डॉ. मिश्र विचारों की यात्रा में यहाँ तक आ पहुँचे हैं, घनु बाबू को इस बार की भेंट में अभी तक इस बात का मामूली अंदाजा भी नहीं था।

डॉ. मिश्र आगे बोले, ''इसीलिए कोई किसी अन्य साजिश या षड़यंत्र के तहत ही सही, लेकिन किसी मरते भूखे को अन्न-पानी देकर बचा ले रहा है, तो यह मामूली कृपा की बात नहीं है। भले संपूर्णता में यह पूरी बात ही एक साजिश का परिणाम हो, लेकिन तत्काल मरते हुए भूखों को प्राण-दान का काम भी आखिर किसने किया ?'' वे बोलकर चुप हुए, तो थकान उनके चेहरे पर पसीने की बूँदों की तरह उग आई।

उन्होंने बैठे-बैठे देह अकड़ाई और मुँह को ऊपर की ओर करके लंबी-सी जम्हाई ली।

घनु बाबू ने प्रतिवाद किया, किंतु उनका अंदाजा थोड़ा संपादित था, "नहीं, सर ! ऐसा सोचना बालू में शुतुरमुर्ग की तरह सिर छुपाकर तूफान को अनदेखा करना है, इससे तूफान को नकारा नहीं जा सकता, भले मुँह मोड़ना मान लिया जा सकता है इसे ! पलामू के इन पिछड़े, अभावग्रस्त तथा अविकसित क्षेत्रों में विदेशी सहायता प्राप्त या उनसे संबद्ध ऐसी मिशनरी या उनसे संबद्ध दूसरी जितनी भी संस्थाएँ चलती हैं, उनकी भूमिकाएँ संदेहास्पद हैं। वे पिछड़े-अविकसित क्षेत्रों में वर्षों-वर्षों से कुंडली मारे बैठी चुपचाप तो रहती नहीं हैं। अनपढ़ों को मूर्ख बनाकर धर्मांतरित करवाना या उनके बच्चों को अपनी संस्कृति में ढालकर बेरोजगारी में फिर धकेलकर असंतोष से भर देना, जैसे उनके ऐसे जितने भी कार्य हैं, वे बहुत सोचे-समझे हुए तथा दूर तक संकट उत्पन्न करने वाले काम हैं। महुआडाँड़ और भंडरिया जैसे प्रखंडों के भीतर अविकसित क्षेत्रों में आपको मिट्टी काटने और मजूरी करने वाले आदिवासी युवक-युवतियाँ ऐसे-ऐसे मिलेंगे, जो मैट्रिक या आई ए, बी ए तक भी पढ़े होंगे। क्या इस स्तर तक अंग्रेजी कल्चर में ढालकर बेकाम बनाए बाँधे रखना कोई मामूली साजिश समझ रहे हैं आप ?" घनु बाबू ने संजीदगी से सवाल खड़ा किया।

डॉ. मिश्र व्यंग्यपूर्ण संक्षिप्त-सी हँसी के साथ बोले, "मैं तो भाई-आप पर भौंचक हूँ। एक कम्युनिस्ट आस्था वाले आदमी होकर आज आप कैसी-कैसी बातें कर रहे हैं ! चीजों को गजब उलट-पलट कर देख रहे हैं ! जो ईसाई-मिशनरियाँ शिक्षा बाँटने जैसा आँख खोलने वाला काम कर रही हैं, आप उन्हें उनकी दूसरी छोटी ओछी गलतियों के कारण सीधे-सीधे नकारते चले जा रहे हैं और आपके 'देशभक्ति' और रामनामी गाने वाले जमींदार और सांमत अभी हाल-हाल तक जीवित लोगों को दिमागी स्तर पर मुर्दा बनाकर अपने घरों में बच्चे-औरतों समेत बँधुआगीरी करवाते रहे हैं, उन पर न तो आपकी कोई शंका है, न कोई आक्षेप। भाई, सीधी-सी बात मैं यही जानता हूँ कि आदमी के साथ किसी भी तरह का घात करने का व्यापार चलाने वाली कोई संस्था हो या कोई व्यक्ति हो,

वह घृणित है ! उसकी भर्त्सना होनी चाहिए। लेकिन चीजों को धर्म और जाति वाली आसक्ति के खयाल से यदि हमीं देखेंगे, तो जो सामान्य सोच स्तर के लोग हैं, उन्हें तो बहकने का काफी नैतिक विस्तार मिल जाएगा नऽ ! इसीलिए दृष्टि को बीमार होने से बचाने की जरूरत है ! यह वाकई बुरा दौर है भाई, कि हर हरे-भरे संवेदनशील व्यक्ति पर सांप्रदायिकता की फफूँद का हमला बढ़ रहा है, इससे बचा नहीं जाएगा तो वाकई अनर्थ हो जाएगा ! बाहर दरवाजे पर आकर खडा कंप्यूटर युग तो खुद ढेर सारी उलझनों को चाट-पोंछकर खा जाने को तैयार है, जिसमें बाद में बहुत ज्यादा उछल-कूद की गुंजाइश भी नहीं मिलने वाली है ! पता नहीं चलेगा कि कहाँ गया त्रिशूल-तलवार और अफवाहों वाला धर्म और कहाँ गया जंगली आग जैसा सुलगने वाला जातिवाद ! कंप्यूटर के तांडव को शुरू होने तो दीजिए, तब देखिएगा ! आने वाला संकट सबको समान तरीके से मारेगा, तब पता चलेगा की विभाजन की रेखा जाति या धर्म के स्तरों पर होती है या पूँजी-पैसे और वर्चस्व के स्तरों पर !"

रंग-बिरंगे खूँटे

तौलिया लपेटे, भीगे बालों को दसों उँगलियों के पोरों से झारते हुए अरुण आ खड़ा हुआ। उसके शरीर पर जहाँ-तहाँ टघरती-अटकती बूँदें मोती की तरह चमक रही थीं। वह करीब आकर खड़ा हुआ तो पामोलिव साबुन की भीनी-भीनी महक तैरने लगी। डॉ. मिश्र ने गर्दन फेरकर देखा, "काहे, जी ! तुमने कसकर स्नान कर लिया नऽ ?"

"कस के ? एक बालटी पानी से तो नहयबे किए हैं। कइसहूँ-कइसहूँ देह भिंगाये और सबुनाये। लग रहा था कि पूरी देह से खूब तेल चुआ है। मन भिनक गया था, इसीलिए सबुनवा घँसके नहा लिये, नहीं तऽ"अरुण बीच में ही चुप हो गया, डॉ. मिश्र ने उत्तर के प्रति अविश्वास का-सा भाव दबाते हुए कहा, "नहीं तऽ ? नहीं तऽ का ?"

"नहीं तऽ आज हम थोड़े साबुन घँसते। आज बिफ्फे (वृहस्पतिवार) है, ई तऽ हमको इयादे (याद) था। बिफ्फे का थोड़े हम साबुन लगाते !"

डॉ. मिश्र उठ खड़े हुए, तऽ हमहुँ देह पर एकाध लोटा पानी उझिल लेते हैं, भाई घनुजी !"

"हाँ, हाँ सर अब जल्दी से निकलना भी है, आप नहा लीजिए, तऽ हमहुँ देह भींगा लेंगे" घनु बाबू ने उठती हुई लुंगी को दोनों हाथों से ऊपर की ओर समेटा और नीचे सीढ़ियाँ उतरने लगे। लुंगी ठेहुने के ऊपर तक सिमट गई, जिसे वे दोनों हाथों से पकड़े हुए थे। सामने से दोनों छोर लटककर नीचे पाँव की उँगलियों को छू रहे थे।

टिढ़आए टेबल पर चार थाली मुश्किल से अँटी। ललौंहा चावल का भात, पानी जैसी दाल और कम तेल में जैसे-तैसे बनी आलू-भाँटे की सब्जी। कालापन लिये हुए नमक। सूखी पत्तों जैसी लटुआई हुई हरी-काली मिर्च। यह सारा कुछ थाली में ही।

अरुण ने थाली के टेढ़े-मेढ़े कोरों और जहाँ-तहाँ पिचके हिस्सों में जमे कालापन को सिर टेढ़ाकर आँखें गड़ाते हुए देखा, तो सुन्नर ने धीमे स्वर में कहा, "ज्यादा मीन-मेख मत निकालिएगा ! इहाँ इतना भी मिल गया, इहे कम नहीं है !"

डॉ. मिश्र ने दाँत पीसते हुए दबे स्वर किंतु तीखे अंदाज में कहा, "अरे ई लइका से तऽ हमहुँ कम परेशान नहीं हैं ! इसको एकदम बराहमन वाला परपत्र भोज-भात हर जगह मिलेगा, तबे ई खाएगा, नहीं तऽ येतना नाक-मुँह अइँठेगा कि मत पूछिए !"

घनु बाबू ने अरुण की ओर से मुसकान का एक विनम्र निवेदन व्यक्त करते हुए डॉ. मिश्र से कहा, "अरुणजी बहुत सीरियस व्यक्ति हैं, सर ! आपको इनके बारे में अपना खयाल जब बदलना चाहिए !"

अरुण सिर को नीचे की ओर गड़ाए झेंप, संकोच और बालोचित शरारतपूर्ण भरी हँसी को दबाये हुए था। तभी वहाँ जॉन आकर आहिस्ता खड़ा हो गया। उसके हाथ में भात के लसघन लगे हुए थे। वह हाथों को आगे की ओर शरीर से थोड़ा अलग किए लटकाए खड़ा हो गया।

"हम लोगों का एकदम ठीक है, अब कुछ नहीं चाहिए। जाओ तुम भी खा लो !" यह स्वर डॉ. मिश्र का था। उन्होंने भोजन के प्रकार एवं स्तर को देख यह अंदाज लिया था कि जितना-जितना खाना थालियों में

है, यही सबसे सध पाना कठिन होगा ! जॉन को जवाब दे देने के बाद डॉ. मिश्र ने बारी-बारी से सबकी थाली पर नजरें घुमाईं, सबकी थाली अभी आधा से ज्यादा भरी थी। घनु बाबू ने पानीदार अधपीली दाल को भात के साथ एकदम घोल की तरह बना लिया था और सट-सट कौर मार रहे थे। सुन्नर के खाने का भी ऐसा ही अंदाज बता रहा था कि उसके लिए भी यह खाना नागवार नहीं है। डॉ. मिश्र ने कुछ देर के ही बाद चुटकी ली, "घनु जी, जरा स्पीड को कंट्रोल में ही रखिए। मैं तो आपके साथ किसी तरह घिसटकर चल लूँगा, लेकिन आपके वकील साहब ही पिछड़ रहे हैं। दो-दो दाना टूँग रहे हैं, देखिए न कैसे मुँह को बिदोर कर कौर को देखते हैं तब मुँह में डालते हैं !" डॉ. मिश्र ने अरुण की ओर मजाक उड़ाने वाले तीखे अंदाज के साथ देखा। अरुण ने अचानक लगातार दो-तीन कौर भर-भर कर मुँह में डाले और बीच-बीच में पानी के तीन-चार घूँट भी लिये।

भोजन के बाद वे निकलने की तैयारी में थे कि जॉन सामने आकर चारों को कुर्ता-पाजामा और जूता आदि पहनने के दौरान अचानक सब काम छोड़ गौर से देखा। जॉन का गंदे-ममोड़ाये चिथड़े जैसा सूखा चेहरा फिलहाल प्रसन्नता और तृप्ति से भरी एक आत्म स्फूर्त्त मुसकान से रँगा हुआ था। चारों उसे एकटक देखे जा रहे थे। घनु बाबू उसे देखते हुए अचरज के भाव से धीरे-धीरे मुक्त हुए तो उनका चुप किंतु तेजी से बदलता चेहरा भी तृप्ति के अहसास से चमक उठा। जैसे जॉन के दीये जलते चेहरा से एक गूँगा दीया और छूकर बोल उठा हो ! एक के बाद दूसरा, तीसरा और चौथा। चारों चेहरे पर बेहतर अहसास की लौ टिमटिमाने लगी।

चुप किंतु किसी कल्पित मणि पत्थर की तरह चमकते उस क्षण को स्वर दिया जॉन ने ही, "ऐ बाबू, फदरवा काल्हे बोलवइले हलऊ। तनी आज जाऽत हिअऽऊ !"

"काहे कुछ पूजा-पाठ के काम हऊ काऽ !" सुन्नर ने कुछ पल डॉ. मिश्र और घनु बाबू को चुप-चुप देखा, तो उसके चेहरे पर नजर गड़ाते हुए सवाल किया।

"हँऽ ! एगो फदरवा आईल हई विलायत से। ऊहे गाँव-देहात में अनाज-पत्तर बँटले चलऽत हई। ओकरे एगो पोरगराम हई, उहे बोलइले

बाहिन पुरनकर चरचवा (चर्च) में।" जॉन ने वहीं एक तरफ इशारा कर पुराने चर्च की ओर का दिशा-संकेत किया।

"तऽ सँझिया के कइसे होतऽई ? खनवा बनबहीं नऽ ?" अरुण ने भी पलमुआ में ही पूछा।

"हँऽ हो ! खनवा बनवे के टैम (टाइम) में अइए जऽबऽऊऽ !" जॉन ने आश्वस्त करने वाले अंदाज में पंजे हिलाकर कहा, "ठीक ! ठीक ! ठीक ! तूँ जोऽ ! हमीन के लवटहुँ में देरे होतऊ। तूँ आके आपने खाना-दाना बनईहें। रोटी-तकारी (तरकारी) बना लींहें, बस्स अऊरकाऽ !" डॉ. मिश्र ने अनावश्यक लंबा खिंचते प्रसंग की निरर्थकता का तीव्र अहसास करते हुए कहा।

"तऽ आंटा मिल जतऽऊऽ नऽ हो ? पइसा ले लेऽ ! पइसा तोरा पास बंऽचऽल हऊ कि नाऽ ?" घनु बाबू ने डॉ. मिश्र की उकताहट को शायद ताड़ा नहीं था, अन्यथा वे इस तरह उसके मुँह को खोद-खोदकर बात नहीं फैलाते।

"पइसवा तऽ बीस के दूगो लोट (नोट) बंचऽले हऊ ! हो जऽतऽऊ !" जॉन खूब डकार ले-लेकर मन से बतिया रहा था। उसकी आँखों में खिंची नींद और आलस की ललौंही लकीरें, समतल भारी स्वर, डकार लेने और गर्दन पर ठुड्डी को रह-रहकर अकड़ा लेने के अंदाज बता रहे थे, कि आज लंबे समय के बाद उसने भर ढींढ़ (पेट) अनाज खाया था।

"ठीक है, ठीक है, तूँ जाऽनऽ ! तूँ अब जोऽ !" डॉ. मिश्र ने उकताहट को थोड़ा-सा छिटकाते हुए अपने चेहरे को भींचते-भींचते हुए कहा। जॉन चला गया।

कुछ पल की चुप्पी के दौरान वे अपने-अपने क्रिया कलापों में लगे रहे। घनु बाबू जंगल में पीछे खोंचाकर फटी शर्ट के कान-जैसे लटकते कपड़े को दबा-दबाकर उसे यूँ सटा रहे थे, गोया उनमें गोंद हो ! अंततः उन्होंने उसी तरह उसे पहन लिया। सुन्नर ने पाजामानुमा पैंट को पहनते हुए कहा, "क्यों नहीं आज हम लोग उसी तरफ चलें, जहाँ विलायत से आए हुए अंग्रेजों द्वारा राहत-वितरण का काम चलाया जा रहा है !"

डॉ. मिश्र ने कहा, "बेकार माथा खराब हो जाएगा ! चलिए, हम

लोग जंगल के भीतर ग्रामीण इलाकों में चलें !''

घनु बाबू ने भूले हुए अचानक मिले सूत्र को पकड़ने की तरह उनकी बात को टोते हुए पूछा, ''माथा खराब हो जाएगा ? क्यों, सर ? ऐसी क्या बात ?''

''अरे भाई, आप भी तो इतनी नुक्ताचीनी करते हैं कि कुछ कहना-सुनना भी मुश्किल है ! एकदम मुश्किल। ई तऽ जाहिर बात है कि वहाँ जाने पर दूसरा ही तमाशा देखने को मिलेगा ! फिर क्या लाभ !'' डॉ. मिश्र ने बात को कहते-कहते रोका।

''नहीं, नहीं ! कोई जरूरी नहीं कि जो बात कहीं उड़ाई जाती रही है, वह एकदम सही ही हो ! हो सकता है कि विदेशों से आने वाले अंग्रेजों के बारे में यह बात भी कोरी अफवाह ही हो कि वे सेवा और राहत के बहाने धर्मांतरण की ही कोशिश करते रहते हैं।'' घनु बाबू ने कुछ पल रुककर फिर आगे कहा, ''कभी-कभी मुझे भी लोगों की बातों पर सहसा विश्वास होने जैसा ही एहसास होता है, लेकिन जब ठंडे दिमाग से सोचता हूँ, तो ऐसा भी लगता है कि ईसाई धर्म के प्रति लोगों में बढ़े हुए विश्वास की स्थिति को देख दूसरे ही धार्मिक प्रतिक्रियावादियों ने इस तरह की अफवाहें उड़ा दी हों !''

डॉ. मिश्र बोले, ''भाई, यह बहस ही बेकार है कि किसने किसे कैसे अफवाह फैलाकर बदनाम किया या नहीं किया ! सीधी-सी बात है कि जब पलामू में भूख की आग फैली हुई है, तो ऐसे में व्यक्तियों के स्तर पर टकराव हों या जाति या धर्म या किसी भी दूसरे स्तर पर ! ऐसे मौके पर तमाम तरह की स्पर्द्धाएँ या टकरावों को भूलकर बिना किसी चाल या स्वार्थ के लोगों की जान बचाने में सबको एक साथ लग जाना चाहिए !''

घनु बाबू ने तेवर को तीखा करते हुए कटाक्ष किया, ''चाहिए की तो कुछ भी सीमा नहीं है। होने के लिए तो यह अकाल ही नहीं पड़ना 'चाहिए' था और नेताओं को 'चाहिए' था कि वे राज्य या केंद्र की सरकारों से लड़कर पैसे लेते और पलामू में जाल-सी बिछी नदियों को सालों भर जीवित रखने का प्रयास करते ! भगवान को भी पलामू पर दया करनी 'चाहिए' थी जानवरों को भी मनुष्य की तरह सभ्य होने में

हजारों-लाखों बरस से ऐसी ही लापरवाही नहीं बरतनी 'चाहिए' थी ! जानवर यदि मनुष्य से थोड़ा आगे-पीछे मिहनत करके सभ्य हो लेते, तो आज पलामू के मनुष्य और जानवर मिल-मिलकर काम करते और यह अकाल भी नहीं पड़ता और भूख की विभीषिका देखते हम और आप आज सिसकते नहीं फिरते ! बोलिए यह भी नहीं होना 'चाहिए' था क्या ?"
हर वाक्य में आने वाले 'चाहिए' शब्द को घनु बाबू विशेष लोच उत्पन्न कर कुछ यों उछाल-उछालकर उच्चारित कर रहे थे, गोया यह 'शब्द' नहीं पत्थर हो जिसे वे डॉ. मिश्र पर फेंक-फेंक कर उन्हें पिनका रहे हों ! ज्यादा बोलने के कारण नहीं, शायद गहरे तनाव और तीव्र असहमति के कारण उनकी साँसें फूलने लगीं। वे चुप हो गए।

लगे हाथ डॉ. मिश्र बोले, "क्या बात है भाई घनु जी ! आज एकदम हिंदू-मेंटालिटी अपनाए हुए बी.जे.पी. नेताओं की तरह सुखले अँइठाए हुए हैं ?"

घनु बाबू ने अपनी बौखलाहट के तेज ज्वार को पीते हुए संयत किंतु भाप छोड़ते हुए स्वर में कहा, "देखिए, सर ! एक बात तो बहुत क्लियर कट है ! 'जे गति तोर, से गति मोर !' शुरू से जैसे आपके विचार एकदम रबेकण की तरह पारदर्शी और स्वतंत्र रहे, उन्हीं का अनुसरण मैंने भी किया। इन राजनीतिक दलों के रंग-बिरंगे खूँटे में न तो कोई खूँटा-खंभा आपको जँचा, न ही मुझे। लेकिन जब-जब जो-जो बात उचित लगी, उसे चिल्लाकर कहा और जो ठीक नहीं लगी, उसे उसी तरह चिल्ला कर नकारा भी !"

डॉ. मिश्र ने उपहास भरे स्वर में कहा, "इसलिए जैसे मैं अपने समूचे कॉलेज भर में विवादास्पद बना हूँ कि विद्यार्थी परिषद वाले भी मेरा 'मुर्दाबाद' करते हैं और ए आई एस एफ वाले भी मेरा ही पुतला जलाया करते हैं, वही हाल-दुत्कार आपका भी होगा ! कामरेड लोग मुझे दक्षिणपंथी कहकर गरियाते हैं और दूसरे लोग मुझे 'कम्युनिस्ट माइंडेड' कहकर माँ-बहन करते हैं, क्या आपको यह पता नहीं है ! क्या आप अपने लिए भी वही इंतजाम नहीं कर रहे हैं ?"

सूप भर रोशनी

खूब टहक धूप के छोटे-बड़े टुकड़ों और उनके और बारीक खंड-विस्तार को धाँगती मारुति पेड़ों के साये से गुजरती हुई सड़क पर तैर रही थी। खाना भारी हो गया था, इसलिए डॉ. मिश्र, अरुण और सुन्नर ऊँघ-ऊँघकर हिल रहे थे। लेकिन, घनु बाबू की आँखों में नींद नहीं, कुछ और झूल रहा था ! वह अपनी आँखों के सामने से बया के घोंसले से झूलते मुनिया के चेहरे को झटक नहीं पा रहे थे। उसका आँसुओं से भरा चेहरा रह-रहकर सामने झूल जाता। उसका विलाप कानों में बूँद-बूँद अम्ल की तरह टपकने लगता ! बचपन में कैसी नन्हीं-सी गुड़िया थी मुनिया ! उन्हें खूब अच्छी तरह याद है कि गाँवों में काम करने के दौरान वे कई बार गिरिजा के साथ उसके घर कभी अँधमुन्हारे तो कभी पहर-दो पहर रात बीत जाने के बाद गए थे। गिरिजा तो बस गिरिजा ही था ! सामने की ठुड्डी पर थोड़ी-सी चुटकी भर दाढ़ी कान के कलम से पूरे गाल तक सफाचट क्लीन सेब्ड उसके व्यक्तित्व में इतने सारे तत्त्वों के अलावा अतिरिक्त गंभीरता भी थी। यह सब देख, शुरू में जब गिरिजा को उन लोगों ने लेनिन दा कहना शुरू किया था, तो वह चिहुँका था। काफी दिनों तक 'लेनिन दा' संबोधन से वह तुनकने की सीमा तक चिढ़ता रहा। घनु बाबू को आज भी एकदम याद है कि एक बार गारू के ही एक नए-नए कामरेड बने युवक ने जब ताना कसा था, ''गिरिजा दा, आप 'लेनिन दा' कहने से चिढ़ते काहे हैं ? आपको लेनिन कहने का मतलब सम्मान करना ही होता है, भले इससे खुद लेनिन का अपमान होता हो !'' गहराई से किया हुआ यह व्यंग्य उल्टा असर भी डाल सकता है, किसी ने सोचा तक नहीं था। बस्स, गिरिजा ने चिढ़ने वाली बात यहीं खत्म कर दी। उस दिन वह रातभर सोया नहीं। उसने एक पुराने पोस्टर के कागज को उलटकर 'फैज' का यह तराना लिखा–

हम मेहनतकश जगवालों से जब
अपना हिस्सा माँगेंगे
एक खेत नहीं, खंलिहान नहीं

हम सारी दुनिया माँगेंगे

हम दुनिया के हर झंडे पर
एक लाल सितारा माँगेंगे

घनु बाबू को याद है, रात आधी से ज्यादा बीत चुकी थी। जाड़े की वह रात रह-रहकर अपना घातक स्पर्श छान्हीं (छप्पर) पर अपने पंजे पटक-पटककर चस्पाँ कर रही थी। जंगल के इलाके में कमबख्त शीतलहर भी खास तीखेपन के साथ बर्फीली कटारें भाँजती है ! पुआल की मोटी तह पर बिछी चट्टी (बोरा) पर सोए हुए उन चार या पाँच लोगों में बाकी सबकी आँखें बंद थीं और नाक सबकी बज रही थी—फर्र-फर्र-फर्र ! घनु जी रह-रहकर सिर उठाकर उसे देख लेते। गिरिजा बहुत तल्लीनता के साथ पोस्टर के पिछले कोरे भाग पर 'फैज' के लिखे तराने के अक्षरों-शब्दों दतुअन की कूँची से सहला रहा था, कि जैसे वह अपने किसी गुदगुदीवाले अंग को खुद गुदगुदाता-सा महसूस कर रहा हो, कि जैसे वह अपने भरे हुए घावों पर उँगलियों के पोर आहिस्ता-आहिस्ता फेर कर दर्द कम कर रहा हो !

घनु जी ने पूछा, "गिरिजा, अब सोते क्यों नहीं ? कर क्या रहे हो ?"

"तुम क्यों नहीं सो जाते ? सभी लोग तो सो ही चुके हैं। एक अकेले तुम्हें मेरी क्यों पड़ी है ! तुम भी सो जाओ, मैं अभी नहीं सोऊँगा !" उसके स्वर में जो झुँझलाहट थी उसमें किसी असहमति की झलक नहीं, तल्लीनता का राग था। जैसे गाढ़े लासे (गोंद) से खपककर चिपके कागजों को उजाड़ते वक्त उसके फटने का ही खतरा आ गया हो; घनु बाबू को तल्लीनता के साथ चिपके गिरिजा को उठाना ऐसा ही लगा था···।

वे मुँह ढँककर सोने का प्रयास करने लगे। लेकिन, नींद कहाँ ? उठे। करीब गए। वहाँ जो कुछ देखा उस पर सहज ही विश्वास नहीं हुआ। आँखें मल-मलकर देखा। लेकिन, यह हकीकत थी, जो सामने धुली-चमकती ताजा धूप की तरह रस-गंध का अहसास कराती बिछी हुई थी ! पोस्टर

के उलटे हुए गँदले जैसे हो चुके पिछले कोरे पृष्ठ पर उसने ब्लू स्याही की मोटी लिखावट से जो अक्षर लिखे थे, उनके किनारों का वह लाल लकीरों से सजा रहा था। बगल में ब्लू स्याही वाली दवात रखी थी, जिसमें दतुअन की कूँची भी पड़ी हुई थी। वह लाल लकीरों की यह कशीदाकारी अपनी उँगली से कर रहा था। घनु जी का कलेजा मुँह को आ गया था, गजब की दीवानगी भर आई थी उसमें ! उन्होंने गौर किया, बल्कि पुरानी हलकी पड़ चुकी लिखावटों को पढ़ने की कसरत वाली एकाग्रता से उसे बार-बार तौला। उसके चेहरे पर उँगली के कटे होने का मामूली दर्द किसी हलके अहसास के रूप में भी कहीं नहीं दिखा ! उन्हें तब यह बात गंभीरता से महसूस हुई कि बेहतर मूल्यों के प्रति उसकी दीवानगी की यह इबारत भी नई या आकस्मिक नहीं है। गिरिजा के मुखमंडल पर वही अक्षर आज चमक रहे हैं जो कभी उसके पिता के चेहरे पर जंगे-आजादी के दौर में चमका करते होंगे ! घनुजी की आँखें तब पता नहीं क्यों, बगैर कोई हर्षातिरेक या गहरे कचोट के भाव के ही, यों छलछला गईं जैसे वे पिघलती बर्फ हो गई हों ! उन्हें लगा कि वे गिरिजा को नहीं, बल्कि जंगे-आजादी के उसी महान सिपाही को देख रहे हों !···

गिरिजा ने यह पोस्टर जो उस समय चिपकाया था, वह बाद में उसके यहाँ आने वाले किसी भी व्यक्ति या वर्कर को बार-बार आकर्षित करता रहा। यह प्रचार भीतर-भीतर काफी फैल चुका था कि 'लेनिन दा' ने इसकी लाल लकीरें अपने ही लहू से खींची है ! बाद में मजाक करने वाले बहादुरों ने इस लहूबाजी की भी अच्छी खासी खबर ली थी और उसे 'कामरेडी रूमानियत' का शिकार घोषित कर दिया था। मजाकों-बहसों और तीखी तानेबाजी में गिरिजा थुराते-कुँचाते हुए धीरे-धीरे काफी परिपक्व हो गया था और पार्टी में होल टाइमर हो गया था। महुआटाँड, बरवाडीह, गारू जैसे इलाकों से लेकर उधर भवनाथपुर, भँडरिया और धुरवी तक के विपरीत क्षेत्रों तक उसने धाँग डाला था। कहीं कोई प्रदर्शन, धरना, घेराव, मीटिंग, जुलूस, आंदोलन जैसा टंटा खड़ा करना है, इसके लिए अकेले गिरिजा काफी था। पार्टी वाले पीठ ठोंककर उसकी नाक उसी सीध में घुमा देते, गिरिजा चल पड़ता। अब वहाँ कैसे घंटों, मिनटों और सेकेंडों में वह लोगों को जमा करना, प्रोग्राम तय करना और 'एक्शन प्ले'

करना संभव कर देता, यह सबके लिए रोचक चर्चा का विषय बन जाता। सभी बी.डी.ओ., सभी सी.ओ., सभी दारोगा, सभी सरकारी डॉक्टर उसे नाम से जानते ही नहीं थे, बल्कि अकेले में भी उसके खिलाफ कोई शब्द निकालने से डरते थे।

गिरिजा की खासियतों में भी कई-कई थीं, जो शायद किसी भी दूसरे व्यक्ति में जल्दी नहीं मिल सकती थीं। अब, जैसे कि वह लगातार तीन-चार शाम तक बिना भोजन के आराम से रह लेता। पानी वह एकदम गंदे बहते नाले पर खड़ा होकर चुल्लू से भर-भरकर यों पी लेता कि आप यह देख उबकाई भी कर दे सकते थे ! उसी तरह खाना मिल जाता, तो वह तीन-चार लोगों के बराबर देखते-देखते यों दबा लेता कि आप देखते रह जाते। भूना हुआ महुआ दे दीजिए तो एक डेढ़ सूप वह फाँककर सधा देता। भात-माँड़ में दो-चार चुटकी नमक डाल दें, तो वह पूरा तसला सुड़क लेने में अपनी गति को एक बार भी बीच में शिथिल नहीं पड़ने देता ! पार्टीवालों को उसकी सबसे विरल विशेषता यह पंसद थी कि उसने किसी पद के लिए न तो कभी जीभ निकाली थी, न ही उसमें ऐसी किसी 'अवगुण' की कोई संभावित रेखा ही खिंची दिखती। इत्मीनान की इससे बड़ी बात भला दूसरी क्या हो सकती थी ?

गिरिजा शुरू से झूठ और पाखंड का ऐसा प्रचंड दुश्मन था कि ऐसी मामूली किसी बात पर भी अक्सर वह तैलाक्त लत्ते की तरह सुलग उठता। घनु बाबू को ठीक-ठीक याद है, गिरिजा ने ही उन्हें ढेर सारे ऐसे पाखंडों से अवगत कराया था, जो पिछड़े-अविकसित क्षेत्रों में ईसाई मिशनरियों द्वारा किए जाते हैं। वे दिन जाड़े के थे शायद। गिरिजा ने उन्हें सुग्गापाट गाँव में चलने को कहा था। कारण यह बताया कि 'वहाँ चल के देखो कैसे-कैसे होता है धर्म के नाम पर पाखंड' ! वह छोटे-से चर्च का परिसर था। चारों ओर से ओसारे के चार आयताकार ढलान वाले छप्पर झुके हुए थे। बीच की चौकोर चारदीवारी थोड़ी ऊँचाई पर ऊपर जाकर गुंबदनुमा होती चली गई थीं, जिसके सबसे ऊपरी छोर पर एक पुराना पड़े लोहे का क्रास था। छप्परों का हाल ठीक-ठाक नहीं रह गया था। जगह-जगह उलटे हुए खपड़े। बीच की गुंबद वाली ऊँची हो उठी दीवारों का रंग बदरंग-सा। जगह-जगह पलास्टर उधड़ा हुआ। पुराने ढंग का बना

जालीदार दरवाजा भी बदरंग खस्ताहाल-सा। परिसर में कई-कई गोलाई की क्यारियों में फूल के कुपोषणग्रस्त टेढ़े-मेढ़े, झुके-लटके और जगह-जगह सूख चुके पौधे। चर्च के दरवाजे से सीधे करीब सौ मीटर तक बनी पगडंडी पर की घास भी बीमार-सी। इसके दोनों ओर लगे ऊँचे-नीचे उठे-झुके-लटके पौधों पर जगह-जगह एकाध गेंदे आदि के फूल।

बड़े परिसर के एक कोने में सभा चल रही थी। खूँटे-खंभों पर कपड़े लटकाकर चबूतरे को मंच की शक्ल दी गई थी। मंच की ओर मुँह किए नीचे बैठे और खड़े लोगों में अधिकांश ग्रामीण ही थे। मैले-कुचैले और आँखें-चेहरों पर कीच-धूल भरे मजूरा जैसे काले कलूटे लोग। जाँघ से ऊपर जाँघियों की तरह की काली पड़ चुकी धोती वाले पुरुष और जैसी-तैसी फटी-सिली, पैबंदों से भरी साड़ियों वाली औरतें। नाक पर सूखे पोटे और नंग-धड़ंग डाँड़ पर काला धागा मात्र पहने काले-काले भुजंग बच्चे, जो बीच-बीच में हर चमत्कार पर खुश होते अपने माँ-बाप को देख-देख, थपड़ी पीट-पीटकर किलकारी मार रहे थे।

गिरिजा ने कहा था, "देखिए, अब कैसी-कैसी नौटंकियाँ होती हैं यहाँ। जरा गौर कीजिएगा। खूब चमत्कार दिखाया जाता है यहाँ। इतना ज्यादा चमत्कार कि दिमागी रूप से हारकर ग्रामीण इस तुरंत 'चमत्कार' कर देने वाले ईसाई धर्म का अनुयायी बनने के लिए पागल हो जाते हैं।" घनुजी ने यह बात सुनते हुए मंच की तरफ दौड़ती अपनी दृष्टि को 'फादर' पर स्थिर कर लिया था। वह महाशय एकदम गौरांग थे; बल्कि इतना ज्यादा कि ग्रामीणों में भी कई को उनके बारे में यह पक्का विश्वास-सा होने लगा था कि वे खुद भी कोई गॉड ही होंगे। सीधे 'गॉड' नहीं, तो उनके सबसे निकटस्थों में ही होंगे। वे ऐसी ही विमुग्धता के साथ उनकी तरफ देख भी रहे थे।

तभी मंच पर से एक मिनी फादरनुमा व्यक्ति ने एक पुर्जा को जोर से पढ़ा, "हाँ, तो सुरूज सिंह चेरो कृपिया इहाँ आवें !" उनका गोड़ (पाँव) एक माह से लकवा के कारण नाकाम हो गया है। फादर की किरपा से वह आप लोगों के सामने अभी और इसी वक्त तुरंत ठीक किया जाएगा ! हाँ, तो सुरूज सिंह चेरोऽऽ !"

मंच की तरफ मुँह किए बैठी भीड़ के बीच से एक व्यक्ति उठा।

वह उठते समय ही इतना ज्यादा तलमलाने लगा कि गिरिजा ने आँखें गड़ाकर उसे देखते हुए बुदबुदाकर कहा, 'अरे, ई तो कोई सुरूज-मुरूज नहीं, फ्रांसिस लकड़वा है···! कल तो ई बहुत पैंट-शर्ट में पान की दुकान पर गारू में खड़ा मिला था, सिगरेट पी रहा था।"

वह लोगों को हाथ से पकड़ते-पकड़ते धीरे-धीरे हुचक-हुचककर लँगड़ाता मंच की तरफ जाने लगा। घनुजी ने धीमे किंतु तेज असहमति और क्रोध से भरे हुए स्वर में झिड़क लगाई थी, "तुम गिरिजा किसी को ठीक से जाने-पहचाने बिना ऊंटपटाँग न बोला करो। तुम तो कभी भी झगड़ा करा दोगे। वह क्रिश्चियन जैसा ही नहीं, शुद्ध रूप से एक देहाती एक चेरो (आदिवासियों की एक जाति) की तरह है!"

गिरिजा चुप रह गया, लेकिन उसे अपने भ्रमित होने का जरा भी अहसास नहीं था। वह वहीं से हिल-डोलकर मंच को तीक्ष्ण दृष्टि से खरोंच-खरोंच कर उस लँगड़े को पीछे से ही माप-तौल रहा था। मंच पर फादर के पास पहुँचते ही वह ज्यों ही उनके चरणों में झुकनें को हुआ कि फादर ने आशीर्वादी मुद्रा में अपनी हथेली उठाकर उसके सिर पर फेरी। वह अपने लँगड़ेपन से धीरे-धीरे मुक्त होने की तरह इसका अभिनय करते हुए आहिस्ता-आहिस्ता सीधा होकर तनने-सा लगा। फादर ने उसकी दोनों बाँहों को पकड़ उसका मुँह सामने बैठे लोगों की तरफ कर दिया। गिरिजा आँखें मल-मिलकर उसे देखने लगा। घनुजी को गिरिजा की हरकतों से यह शंका शायद हो चुकी थी कि वह आज जरूर कोई-न-कोई टंटा खड़ा कर देने वाला है, सो वे असहमतिपूर्ण भुनभुनाहट विसर्जित करते हुए दो कदम अलग होकर खड़े हो गए थे।

फादर ने उसके अंग्रेजी के 'एल' अक्षर की तरह मुड़े पाँव के ठेहुने के पास वाले हिस्से पर अपने हाथ के एक क्रॉसनुमा हाथ भर के यंत्र से स्पर्श किया और एक हाथ से उसकी जाँघ तथा दूसरे से ठेहुने के नीचे का हिस्सा पकड़ इसे धीरे-धीरे सीधा करने का प्रयास शुरू किया। पूरी भीड़ आश्चर्य में डूबी हुई थी। सबकी साँसें जैसे थम गई थीं। कोई सूई भी उस खुले आसमान के नीचे की सभा में कहीं पटकता, तो शायद यह नहीं छुपती। बच्चे तक मुँह बाये यह दुर्लभ चमत्कार-दृश्य बूँद-बूँद पी रहे थे। आखिर सबके मुँह खुले के खुले रह गए। सुरूज सिंह चेरो नाम का

वह आदमी फादर के इस चमत्कार से अपने टेढ़े पाँव को सीधा कर चुका था। फादर के इशारे पर वह मंच पर ही सीधा खड़ा होकर कदम-दर-कदम संजीदगी से चलकर लोगों को अपनी रोगमुक्तता का इजहार करने लगा। समूची उपस्थिति भौंचक थी।

अचानक एक चीख गूँजी, "पाखंड है ! झूठ है ! महापाखंड ! महाझूठ !" गिरिजा पागल की तरह हाँफ रहा था। चीख हालाँकि थम गई थी लेकिन उसके पदचाप, गिरिजा के चेहरे और प्रतिध्वनि पूरी उपस्थिति के चेहरों पर मुखर थी। मंच से दौड़े आए दो क्रिश्चियनी पोशाक वाले बाहरी लोगों ने गिरिजा को पकड़ लिया था, "क्या हुआ ? लड़का, तुमको शंका क्या है ? बोलो, बोलो ! मंच पर चलकर फादर से बोलो ! तुम्हारा कोई प्राब्लम हो, तो फादर को बोलो !"

गुस्से के आघात के बाद घंटे की तरह काँपते गिरिजा को पकड़े वे मंच की तरफ बढ़ गए थे। घनुजी की यह शंका अब नए सिरे से आतंक पैदा करने लगी थी कि यहाँ अब अपमानित होने से बचना मुश्किल ही होगी। मंच पर गिरिजा के जाते ही वे दोनों अलग हटे। फादर ईश्वरीय मुसकान से स्नेह और करुणा टपकाता गिरिजा के करीब आया। उसके हाथ में अँगूठे से क्रॉस का वह चमकीला यंत्र ऊपर उठा हुआ था, बाकी चार उँगलियाँ सीधी खड़ी आशीर्वादी मुद्रा में पूरे पंजे के साथ कृपा बरसा रही थीं। फादर अभी अपने स्नेहिल होठों को खोलने ही वाला था कि गिरिजा की चुटकी भर दाढ़ी वाली ठुड्डी खिंची और जबड़े से दहाड़ ठोस धमाके की तरह फटी, "भाइयो, यह धरम के नाम पर नौटंकी है।" बदंर की तरह उछलकर गिरिजा ने सुरूज सिंह चेरो को दबोच लिया और उसके गट्टे को ऐंठते हुए लोगों की ओर उसे मुखातिब किया और चिल्लाकर कहा, "यह कोई सुरूज-फुरूज नहीं है, यह है फ्रांसिस ! इसको कल मैंने गारू में पैंट-शर्ट में पान की दुकान पर सिगरेट फूँकते देखा है ! इसका पाँव एकदम खराब नहीं था, यह नौटंकी कर रहा था ! देखिए, मैं इसी के मुँह से कबुलवाता हूँ..." उसने धम्म से एक घूँसा मारा। लगातार कई घूँसे जड़े। उसके मुँह से कराह फूटने लगी, "आऽऽ हऽ ! गलती हो गई ! माफ कीजिए हमको ! माफ..." लगातार कई घूँसे खाकर कराहता हुआ फ्रांसिस नीचे बैठ गया और गिरिजा के पाँवों पर लोट गया था। मंच से

फादर समेत पूरी धवल पोशाकधारी जमात कब टिड्डियों की तरह लापता हो गई, इसका पता घनुजी समेत अधिकांश लोगों को भी नहीं चल सका था। लगातार ऊहापोह और आश्चर्य की परतों में उपलाता समूह अब तनाव में आने लगा था।

गिरिजा ने चिल्लाकर कहा था, ''भाइयो, ये तमाम लोग आपको जाति और धरम के नाम पर ही क्यों घुट्टी पिलाते हैं ? कभी त्रिशूल छाप लोग, तो कभी क्रास छाप लोग, तो कभी ऐसी ही कोई दूसरी छाप के लोग ! आपने कभी इनसे रोजी-रोटी की बात पूछी है ? कभी इनसे यह पूछा है कि वे आपकी गरीबी दूर करने के लिए क्या सोच रहे हैं ?''

कानाफूसी करते-करते 'मारो ! मारो !' का शोर हुआ। भीड़ मंच की ओर टूट पड़ी, तो गिरिजा ने भीड़ को रोकना चाहा। लेकिन भीड़ कहाँ रुकने वाली थी ! बच्चों-औरतों समेत लोग मंच की तरफ टूटने लगे थे। गिरिजा ने चीखकर कहा था, ''आपको इनके चमत्कारों पर भौंचक नहीं, चौकन्ना होना चाहिए ! इनसे सवाल पूछिए। इनसे भगवान और स्वर्ग की बात मत सुनिए, इनसे गाँव की सड़क बनाने, रोजी-रोजगार पाने और अपनी तमाम दुःख-तकलीफों को दूर करने का ठोस उपाय पूछिए ! ये रँगे सियार हैं, ये भाग खड़े होंगे !''

भीड़ में से एक युवक ने आकर मंच पर फ्रांसिस की कालर पकड़ी, तो झपटकर गिरिजा ने उसे अलग कर दिया और बोला, ''नहीं ! इसे मत छुइए। यह सिर्फ अकेला नहीं है ! यह तो सिर्फ एक नमूना है। यह एक विशाल झुंड का प्रतीक है, जिसमें एक सिर्फ यही लोग नहीं हैं, वे तमाम लोग हैं, जो आपको कभी हिंदू कहकर मुसलमानों और ईसाइयों के खिलाफ भड़काते हैं तो कभी ईसाई कहकर हिंदुओं और मुसलमानों के खिलाफ तो कभी मुसलमान कहकर ईसाइयों-हिंदुओं के खिलाफ ! ये सभी एक हैं। इन्हें आपके दुख-तकलीफों का इलाज करने पर ध्यान नहीं है। ये आपका पेट कभी नहीं देखते, ये आपका गला देखते हैं, जहाँ वे क्रास, त्रिशूल या कुछ और ऐसा ही अपना खतरनाक शस्त्र टाँगना चाहता है, ताकि आप उसी में अपनी गर्दन फँसाए उलझे रह जाएँ और आपस में टकराते रहें...''

ठगा-सा नीचे उतर चुका युवक बातें सुनते-सुनते अचानक चीख

पड़ा, "लेलिन भइया, ठीके कहऽत हऊ होऽ ! ई जाते-धरम के खेलवा में हमींन के धसोरते जाऽ त हथुन सब !"

भीड़ के चेहरे अब आश्चर्य, तनाव और ऊहापोह से मुक्त हो चले थे। सभी चेहरे चमक उठे थे, जैसे नीम अँधेरे में सूप भर ताजा रोशनी झरझराकर गिरी और छितरा गई हो ! घनुजी ने अपने चुप चेहरे पर भी अचानक गरम छुअन महसूस की थी !

सीप में तब्दील होकर

कोई डेढ़ दशक पहले की उस छुअन ने अचानक ऐसी अनुभूति भर दी कि घनु बाबू गनगना उठे। मारुति लचकती हुई कच्ची सड़क को धीरे-धीरे छेंचती, पीछे धूल उड़ाती बढ़ रही थी। सामने थी छोटी-छोटी पहाड़ियों की लंबी शृंखला। अर्द्ध चंद्राकार व्यास में रखी हुई-सी। पहाड़ियों की हालत आग जैसी बरसती धूप में बाहर लपकते शोलों वाले ईंट-भट्ठों की तरह थी। तभी घनु बाबू यह देख घबरा गए कि एक हिस्से से सचमुच आग तड़तड़ाती हुई दौड़ रही थी। धुओं का हाथीनुमा छल्ला ऊपर फेंकती, पश्चिम की तरफ लहरों की तरह उछाल मारती। पत्रविहीन डंठल और सूखी कंकाल-जैसी लकड़ियों में तब्दील झाड़-झंखाड़ और पेड़ रूई की मानिंद धधकते चले जा रहे थे। ऊपर का आकाश मरघटी सूनापन का कफन लटकाये धुएँ के विशाल-विशाल छल्लों को पीता हुआ और ज्यादा भयावह हो उठा। ऐसा भयावह कि इससे उत्पन्न आतंक की अनुभूति ने घनु बाबू के रोएँ खड़े कर दिए। वे यह भी भूल गए कि अभी-अभी उनकी आँखों के आगे डेढ़ दशक पहले की कौन-सी जीवंत अनुभूतियाँ तैर रही थीं। उन्होंने बगल में मुड़कर ऊँघते हुए डॉ. मिश्र को देखा। वे इतनी गहरी निद्रा में पीछे की ओर लधके हिल रहे थे कि उनके बवा गए होठों से लार के चूए और लभराए तारों से उनकी ठुड्डी समेत छाती तक का कुर्ता भी चपेट में आ चुका था। नाक से साँस फाँय-फाँय आ-जा रही थी। इससे थोड़ी ही कम अराजकता के साथ अगली सीट पर ड्राइवर की बगल में इसी तरह नींद मार रहा था अरुण भी। लार उसके होठों से भी निकलकर

लटक, टूट और बिखर-फैल रहा था। घनु बाबू ने घबराए हुए स्वर में आवाज दी, "सर, सर ! ऐ सर ! उठिए" डॉ. मिश्र कुनमुना रहे थे, लेकिन घनु बाबू बीच-बीच में कुछ सेकेंड पर सहमने के साथ ठहर-ठहरकर फिर-फिर उन्हें हँका और झकझोर रहे थे।

"...तो गाड़ी को यहीं रोकना पड़ेगा..." लगातार चुप किंतु घनु बाबू की तरह आग को साथ-साथ पढ़ते-आँकते सुन्नर ने अचानक 'तो' का उच्चारण कुछ यों किया, गोया वह उनसे कोई लंबा सह-संवाद के बाद यह निर्णय ले रहा हो !

'हाँ, तब क्या ! गाड़ी आगे ले जाना ठीक नहीं है। आखिर इन्हीं पहाड़ियों की तलहटी से सटकर ही तो रास्ता आगे निकलेगा ! आग भी, लगता है कि बेकाबू हो चुकी है !"

गाड़ी से नीचे कोई गचकी से उछलकर रुकते हुए जोर से हचक गई। इस गच्चे से एकबारगी चिहुँककर उठे डॉ. मिश्र। आँखें मलकाते हुए धीरे-धीरे भारी पलकें खोली और जोर से साँस लेते हुए हाथ से नाक को उलटी तर्जनी से पोंछा। लटकती लार से हाथ का हलका-सा स्पर्श हुआ तो चौंकते हुए उन्होंने तलहत्थी से मुँह-होंठ और ठुड्डी को एक साथ जोर से दबाकर रगड़ते हुए पोंछा। तलहत्थी तेल से भींगने की तरह लसलसा-सी गई और अचानक गाल-ठुड्डी पर जहाँ-जहाँ लार था, वहाँ बर्फ के स्पर्श-सी अनुभूति हुई। वे थसके से सँभल कर उठे। सीधे हुए और भींगे हाथ को जाँघ पर धोती से रगड़कर पोंछा। फिर गले के नीचे छाती के पास कुर्ते के ऊपर भींग चुके हिस्से को भी दबाकर रगड़ने लगे। जग तो अरुण भी गया, लेकिन उसने सिर्फ आहिस्ता से आँखें मलकाते हुए खोली और अलसाया-सा शांत बना धधकती पहाड़ी पर सामान्य भाव से यों नजरें फैला दी, गोया वह रोजाना जलने वाले किसी चूल्हे को देख रहा हो। डॉ. मिश्र का ध्यान भी धधकती पहाड़ी पर पड़ा तो वे भी कुछ पल तक उसे पहले शांत, फिर धीरे-धीरे अचकचाते हुए देखने लगे।

चुप्पी और खीझ से भरे हुए घनु बाबू ने काँटेदार स्वर में पूछा, "क्या सर ! आपको धधकती हुई जंगल की यह आग नहीं समझ में आ रही है क्या ?"

"आग ! आग कैसे लगी ? कैसे लग गई भाई, यह आग ?" डॉ.

मिश्र अचानक यों चौंककर बोले, गोया वे अभी तक इसे सपना ही मानकर चुपचाप देख रहे थे। अरुण ने भी बात को समझते ही गेट खोलकर बाहर छलाँग लगा दी। उधर सुन्नर भी उतरा। घनु बाबू और अंत में डॉ. मिश्र भी।

कुछ लुंजपुंज खाकी कपड़े वाले वन विभागीय कर्मचारी तेज-तेज भाग-दौड़ कर रहे थे।

"पता नहीं किसने, लेकिन मुझे एक बार ठीक ही कहा था" उन्होंने अपने बगल से सटकर दौड़ते निकले एक ढीले-ढाले वनकर्मी का आँखों से पीछा करते हुए कहा।

"क्या मतलब ?" घनु बाबू करीब ही खड़े थे, सो उनसे धीमे स्वर में ही पूछा।

"यही कि ये वनकर्मी लोग न ठीक से सिपाही होते हैं, न ठीक से सरकारी कर्मचारी ! खाकी ड्रेस पहनेंगे, लेकिन इतना ऊटपटाँग ढंग से कि पैंट, पाजामा और शर्ट, ब्लाउज या कुर्तानुमा जैसे ही दिखते हैं !" डॉ. मिश्र ने शरीर में भरी थकान और आलस की खुमारी को देह ऐंठ-ऐंठ और जम्हाई-पर-जम्हाई लेकर निकालते हुए कहा।

घनु बाबू को यह बात तत्काल बहुत बुरी लगी। यह भी कोई बात हुई भला ! सामने आग का तांडव मचा हुआ हो और किसी को इसमें भी मजाक की बात सूझ रही हो। उन्हें लगा कि कुछ खरी-खोटी सुना दी जाए, लेकिन वे तत्क्षण ही सँभल गए।

धूप आग की तरह जला रही थी, सो वे कुछ कदम नीचे उतरकर खाई के बाद के थोड़ा ऊँचे टीले पर पेड़ के नीचे जा खड़े हुए। सभी चुप थे, तभी सुन्नर ने संवादहीनता को तोड़ा, "आग तो भयानक रूप से लगी है सर ! पता नहीं कितने-कितने लोग जंगल के बीच-बीच पड़ने वाली बस्तियों में फँस या जल गए होंगे..."

"आँऽय ! इस पहाड़ी पर जंगल के बीच-बीच में बस्तियाँ भी हैं ? तब तो वे बेचारे ग्रामीण..." डॉ. मिश्र चौंकते हुए करुणामिश्रित स्वर में बोले।

"बस्तियाँ तो हैं ही। छोटी-छोटी बस्तियाँ। पाँच-सात-दस घरों की। घर भी एक-दूसरे से काफी दूर-दूर पर होते हैं उनके।" घनु बाबू ने

जानकारी देने की तरह कहा।

तभी बगल से कुछ और वन-कर्मचारी दौड़ते हुए गुजरे। वे खाली थे। किसी के हाथ में कोई बालटी, पाइप या ऐसी चीज नहीं, जिससे पानी निकालने, उलीचने या ऐसे ही किसी काम का कोई संबंध हो ! डॉ. मिश्र के लिए यह बात वाकई चौंकाने वाली थी। वे दूर की उस आग को देखते हुए चेहरे को कुछ इस कदर सिकोड़-सिमटा तथा आँखें मलका रहे थे कि गोया आग करीब ही जल रही हो ! हवा में धुआँ और तरह-तरह की लकड़ियों के जलने के कारण तीखी गंध फैल रही थी। कभी-कभी यह गंध इतनी तीखी हो जाती कि चारों खाँसने और नाक छिड़कने में अलग-अलग परेशान हो उठते।

"हमें यहाँ से पीछे लौट जाना चाहिए। बेकार है अब यहाँ रुकना। क्या फायदा यहाँ खड़ा रहने से ?" अरुण ने उकताहट को दबाए हुए शांत आवाज में कहा।

"हाँ, सर ! चलें क्या ?" यह विनम्र आवाज सुन्नर की थी, इसमें दबी उकताहट का पता किसी को नहीं चल सका।

"हाँ, तो हम लोग इसमें कर भी क्या सकते हैं ? कोई छोटी-मोटी बात होती, किसी के घर-आँगन या रसोई, मचान में यह आग होती, तो कूदकर चार बालटी पानी झोंक आते !" डॉ. मिश्र ने दोनों की बात पर मुहर लगा दी।

"सवाल पानी का भी तो है ! वन विभाग वाले बेचारे इस आग को काबू में करेंगे भी तो कैसे, कुछ समझ में नहीं आता। लपटें दस-दस पोरसा ऊपर तक उठ रही हैं। बड़ी-बड़ी काली चट्टानों की तरह धुएँ के छल्ले ऊपर की ओर कूद-कूदकर आकाश को काला बना रहे हैं। कुछ देर पहले जो आकाश उदास और सूना था, वह अब राख-धुएँ से भरी बोरसी में तब्दील हो चुका है। इसे बुझाने के लिए उतना पानी भला आएगा कहाँ से !" अरुण ने जल-जलकर अँगरते, टूटते, गिरते, धुआँते लंबे-लंबे अंगारों में तब्दील पेड़ों को गौर से देखते हुए कहा। आग तेजी से बढ़ती जा रही थी, पीछे छूटे पेड़ धीमी पड़ती लपटों में धुआँते हुए जहाँ-तहाँ से टूट-टूटकर गिर रहे थे। उनका छोर टूटने की जगह अक्सर सटा रहता और दूसरा छोर नीचे गिरता 'रट्‌ट' की आवाज के साथ आग

में एक हिलोर-सी बनती और चिनगारियाँ चटचटाकर ऊपर पानी के चमकते बुलबुलों की तरह उड़ने लगतीं। आग के गुजरे हुए हिस्से के पेड़ की डालियाँ टूटकर जमीन की आग से भरी सतह के साथ कहीं तीस तो कहीं साठ या नब्बे डिग्री के कोण बनाती लटकी हुई थीं। चारों चेहरों पर दर्द, झुलसन के भाव तथा इस अचानक आई विपत्ति के प्रति असहाय्यता की विवशता की रेखाएँ थामे इन एक-एक विपत्ति चिह्नों का निरीक्षण कर रहे थे।

सुन्नर ने तभी अचानक गाड़ी में आकर इसे स्टार्ट कर लिया। वे आ-आकर पूर्ववत यथास्थान बैठ गए। बैक होकर मारुति लौट चली। यह लौटना कुछ ऐसे प्रयासों की तरह था, जो दुःस्वप्नों को बिसारने के लिए श्रमपूर्वक किए जाते हैं। सभी चुप थे। एकदम ऐसे निःशब्द जैसे जंगल की उस आग में पेड़ों की सूखी, हरी पत्तियों-डालियों के साथ-साथ उनके शब्द भी जल-झुलस गए हों ! ड्राइवर के पास खिड़की से बाहर निकले बैक मिरर में आग का तांडव हिलता-डुलता यों दिख रहा था, गोया कोई क्रूर खलनायक यह जलती लुकाठी दिखा धमका रहा हो !

लंबी चुप्पी को उधेड़ते हुए डॉ. मिश्र ने सुन्नर की ओर मुँह को थोड़ा-सा बढ़ाकर पूछा, "तुम अभी बता रहे थे बाबू, कि पहाड़ियों पर बस्तियाँ भी बीच-बीच में जहाँ-तहाँ हैं..."

उनकी बात को बीच में ही पकड़कर उसके ऊपर अपनी बात चस्पाँ करते हुए घनु बाबू बोल उठे, "हाँ, हाँ ! बस्तियाँ ही क्यों, कई ऐसी आदिवासी-जातियों के लोग इसकी चपेट में आ गए होंगे, जो जंगलों में भटकते हैं और आज भी आदिम जिंदगी जीते हैं।"

"आप बिरहोर जैसी समाप्त हो रही जातियों के बारे में कह रहे हैं क्या ?" अगली सीट पर सुन्नर के बगल में बैठा अरुण पीछे मुड़कर जिज्ञासु हो उठा।

"हाँ, हाँ ! बिरहोर ही नहीं, बृजिया, असुर जैसी और भी कई ऐसी जातियाँ हैं, जिनकी जनसंख्या देश भर में गिनी-चुनी ही बच गई हैं। वे आज भी शहरी या गाँव की जीवन-शैलियों में ढले नहीं हैं। वे जंगलों में ही भटकते या गुफा जैसी पत्तियों की झोंपड़ियाँ छाकर रह लेते हैं। जमीन को खोद-खोदकर गोंठी जैसी अन्य कई प्रकार की खाद्य जड़ी आदि

निकालते रहते हैं और उसे ही खाते हैं। किसी भी तरह की ताम-झाम, चूल्हा-चाकी, कपड़ा-लत्ता, दवा-बिरो का कोई झमेला नहीं।'' घनु बाबू खाँसने के लिए रुके।

''कपड़ा-लत्ता भी नहीं ?'' डॉ. मिश्र ने पल भर के विराम के ऊपर एक सवाल रख दिया।

''हाँ, वे आज भी वही पत्ती छाल आदि से अंग ढँकते हैं।'' यह जोड़ सुन्नर ने चिपकाया।

''नहीं, एकदम ऐसी बात नहीं है ! वे कपड़े-लत्ते ही पहनते हैं, लेकिन बहुत कम-कम ! उन्हें दिखावे या फैशन जैसी किसी चीज का मामूली अहसास तक नहीं। हाँ, यह जरूर सत्य है कि वे अपने भोले-भाले आचरण को एकदम बचाकर सँभाले हुए हैं। शायद यही वह कारण भी है जो उन्हें गाँव कस्बों के लोगों की जीवन-शैली के करीब नहीं आने देता।'' घनु बाबू के जोर से इनकार के कारण सुन्नर सटक-सा गया था। घनु बाबू एक पल को थमे तो उसने कहा, ''असल में मैंने उन्हें देखा ही नहीं। सुना था कई बार कि वे नंग-धड़ंग रहते हैं। मामूली तौर पर पत्तियों-छालों से जरूरी अंगों को ढँके हुए। औरतें तो स्तन तक को नहीं ढँकती, यह भी सुना था।''

घनु बाबू ने पूछा, ''किससे सुना था ?'' स्वर में आक्रामकता छुपी हुई थी।

''शायद, अपने ही...'' वह रुक गया।

''मालिक से ?'' घनु बाबू ने उसके वाक्य को अपनी ओर से पूरा करते हुए सवाल किया। सुन्नर चुप रहा। अरुण और डॉ. मिश्र भी उसे यों घूर रहे थे, गोया वे टी.वी. के स्क्रीन पर उभरते स्कोर पढ़ रहे हों ! घनु बाबू ने ही कुछ पल तक की चुप्पी और सुन्नर की निःशब्दता को सुकड़ते हुए आगे कहा, ''दारूबेचवा लोग नऽ हैं वे लोग ! नशे में वे कोई 'हॉट फिलिंग' के लिए इस तरह की गढ़ी हुई बातें छौंक लगा-लगाकर पकौड़ी की तरह छान रहे होंगे।'' खिड़की से बाहर सिर निकालकर थूकने के बाद वे फिर भीतर बारी-बारी से तीनों की ओर पूर्ववत मुखातिब होने लगे, ''हाँ, यह सही है कि उन्हें आवास देकर व्यवस्थित कराने के कुछ वाकई जमीनी प्रयास हुए, जो बहुत ज्यादा सफल नहीं हुए। लेकिन, इसमें

ज्यादा बड़ा दोष ऐसे प्रयासों के कागजीपन का है। आदिवासी विकास के नाम पर तो आप लोग जानते ही हैं कि कैसी-कैसी लूट चल रही हैं। कल्याण विभाग में अफसर सभी आदिवासी और हरिजन ही आ रहे हैं, लेकिन अपने ही जाति-वर्ग के लोगों के प्रति उनका व्यवहार गैर हरिजन आदिवासियों से ज्यादा क्रूर हो रहा है। वे सरकारी छूटों और प्रोत्साहन वाली तरजीहों का गलत लाभ उठाते हैं और इस तरह के कामों में भी लूट-पाट मचाने से नहीं बाज आते !"

डॉ. मिश्र ने आपत्ति की, "ऐसे क्यों कह रहे हैं ? यह कहिए कि इस व्यवस्था में कुर्सी मिलते ही वे भी हरिजन या आदिवासी नहीं रह जाते, बल्कि अफसर और सिर्फ अफसर होकर रह जाते हैं। इसमें दोष उनका नहीं, बल्कि इस व्यवस्था के जनकों का है, जिन्होंने झूठ-फरेब की जाली ईंटों के साथ भ्रष्टाचार का गारा लपेटकर यह घिनौनी व्यवस्था खड़ी की है।"

घनु बाबू ने कहा, "भाई, जो आदमी झुलस-जलकर या तप कर आता है, वह क्यों पकी ईंट से फिर कच्ची ईंट बन जाता है ? जो अभिजात्य घर-आँगन के लोग उनकी उपेक्षा करते हैं, इसका कारण तो साफ है, लेकिन उसी समाज से आए लोग जब अपने ही लोगों के हितों को रौंदने लगते हैं, तो…"

डॉ. मिश्र दाँव जीतते हुए-से पासा फेंकने की तरह बोले, "भाई, आप यह क्यों नहीं सोचते कि वह कुंद मन-मस्तिष्क वाला दबा-कुचला हुआ ऐसा वर्ग है जो लकवाग्रस्त की तरह है। उसे अपने वर्गीय हित के प्रति सोचने की वैचारिक सभ्यता की रोशनी तक भी मयस्सर नहीं। वह जो लगातार लुटता आया हुआ मन है, वह मौका मिलते ही लूटने की अपनी गहरे तक दबी युगों-युगों की कुंठा निकालता है। हमारे-आपके वर्ग के लोगों में उनके हित के प्रति उनसे भी ज्यादा रुझान के लोग अक्सर ही मिलते रहते हैं, इसके कारण हैं।" वे एक पल दम लेने को रुके तो भौंहों से 'क्या' उछालते हुए घनु बाबू ने उन्हें ताका। वे आगे बोले, "हमारे समाज में सींग और पूँछ वाले जो दोनों वर्ग हैं—मेरा मतलब है उच्च वर्ग और निम्नतर वर्ग, वे दोनों सार्वजनिक संवेदना के स्तर पर मृत हैं, एकदम मुर्दा ! वे किसी दूसरे के लिए कुछ भी तो सोचने की क्षमता ही नहीं

रखते। एक वर्ग वाइन पीकर खुमारी में डूबा एयरकंडीशन फ्रीजनुमा कमरे में अंडे और मटन या फीश की तरह बंद होकर छितरा जाता है, तो दूसरा ठर्रा टानकर अपनी थकान में लिपटा निर्भेद पसर जाता है। इन दोनों वर्गों को जागते या सोते अपने से फुर्सत कहाँ है ? एक की अय्यासी और संपन्नता उसकी पलकों पर लदी रही है; तो दूसरे की जहालत और मजबूरी कुछ भी सोचने नहीं देते। इनमें बीच का जो वर्ग है हम लोगों का मिडिल वर्ग, यानी निम्न मध्य वर्ग वह अपने वर्गगत स्वभाव के कारण थोड़ी साधन-उपलब्धता तथा थोड़ी विवशता के तीखे दंशों के अहसासों से भरे होने के कारण धार के विपरीत उसे चीरता हुआ कदम बढ़ाता है, कुछ सोचता है ! यही वर्ग इसीलिए शुरू से जीवित भूमिकाओं के केंद्र में रहा है, नेतृत्व इसीलिए वही गढ़ता है ! कभी गांधी बनकर, तो कभी चारू मजूमदार बनकर...'' डॉ. मिश्र की आवाज अब स्थिर होकर सबके शांत फैले ध्यान पर यों छलककर बढ़ रही थी, गोया वे कोई टिटोरियल ले रहे हों !

घनु बाबू ने भाँप लिया था कि डॉ. मिश्र ने इस विषय को पकड़ लिया है, इसलिए इसमें अब मामूली हाँ-हूँ कहने का मतलब भी होगा, इसी विषय पर पूरा दिन काट देना ! वे फेनाते रहेंगे ! सुनते रहना पड़ेगा। अरुण और सुन्नर भी शायद इसी सतर्कता में सामने देखते चुप बैठे थे। मारुति जमीन से आकाश तक तनी गरम पीली लपटों को भेदती छलकती हुई बढ़ती चली जा रही थी।

डॉ. मिश्र ने एकतरफा वार की थकान के चलते विराम लिया, तो घनु बाबू ने फैले प्रसंग से विपरीत मनःस्थिति को अपनी आवाज पर उठाए जम्हाई लेते हुए पूछा, ''हम लोगों को अब अभी चलना कहाँ है ?''

''वही जो लड़की...मुनिया मिली थी, उसी के यहाँ चलिए ! उसके पिताजी से मिलना चाहिए, जो जंगे आजादी में शहीदे आजम भगत सिंह के साथ...ओ।...'' अरुण ने आंतरिक अभिलाषा, संकोच तथा अकिंचन प्रस्ताव देने वाले भावों के साथ कहा।

''हाँ ! हाँ ! वहीं चलिए आज !'' डॉ. मिश्र ने विषय बदल लिया, इसका अहसास होते घनु बाबू ने राहत की अनुभूति की। वह अभी इसी राहत की कौंध में डूबे थे कि डॉ. मिश्र ने आगे कहा, ''भाई घनु जी !''

"जी, सर !"

"जंगल की आग तो बहुत भयानक थी, भला कैसे बुझा पाएँगे आग को वे लोग ! कहाँ से मिलेगा उतना पानी कि···" डॉ. मिश्र का स्वर प्रश्नवाचक नहीं, अफसोस सूचक था।

घनु बाबू बोले, "नाऽ सर ! जंगल की आग बुझाने के लिए पानी उतना कहाँ मिल सकता है ! अकाल के इन दिनों में ही नहीं दूसरे सामान्य दिनों में भी अव्वल तो उतना पानी सब जगह मिलना मुश्किल है और यदि कहीं ऐसी ही जगह जंगल सुलग भी उठा, जहाँ नदी नाला हो, तब भी एक साथ धू-धूकर जलते दर्जनों पेड़ों पर किन घड़ों से भला कितने हाथ यह बारिश कर ही सकेंगे !"

"तो ? बुझाई जाती है या नहीं यह आग ?" यह ठोस और नुकीली जिज्ञासा अरुण की थी।

"हाँ, हाँ ! लेकिन पानी से नहीं, आग आग से ही बुझाई जाती है !"

"वह कैसे ?"

"आग जिस दिशा में फैल रही होती है उससे थोड़ा गैप देकर उसके विपरीत उस दिशा में आग सुलगा दी जाती है जिधर हवा का कोई रुख तत्काल नहीं होता ! बस्स आग डाइवर्ट हो जाती है और उस दिशा में हवा के अभाव में आगे ज्यादा बढ़ नहीं पाती और अंततः कुछ ही देर बाद बुझ जाती है !" घनु बाबू ने किसी गूढ़ गणितीय सूत्र को चुटकी बजाकर हल कर देने वाली सफलता से अर्जित चमक के साथ आँखें मुसकुराकर फैला दीं। वे तीनों भी इस छोटी-सी जानकारी से इतना ज्यादा चमत्कृत हुए कि उनके चेहरों पर रखी बंद और तनावपूर्ण गुत्थी ने सीप में तब्दील होकर अपने होंठ खोले और फैला दिए।

हिलती लालटेन की रोशनी में

घनु बाबू ने बीते दिनों की यादों को झाड़ा—वे चींटियों की तरह पलकों के भीतर चल-टहल रही थीं। मारुति गति के साथ दौड़ रही थी। धूप ने

गाड़ी को काफी धिपा दिया था। खिड़कियों के शीशे समेटे होने के बावजूद भीतर की स्थिति भट्टी जैसी हो गई थी। पीछे की ओर लधककर फर्र-फर्र होंठ बजाते वे दोनों पिता-पुत्र थकान-मुक्त हो रहे थे। डभकते भात की तरह फेन होठों पर आकार ले और चू रहे थे। सुन्नर की आँखें क्रमशः आगे खुलती जा रही घुमावदार सड़कों की राजनीति नाप रही थीं। घनु बाबू ने देखा दूर से एक पहाड़ धीरे-धीरे गोल चक्कर बनाता करीब खिसकता आ रहा था। करीब के पेड़ लगातार पीछे दौड़ते-भागते दिख रहे थे। दूर का पहाड़ साथ चलता लग रहा था। आँखों में उँगली घोंपने वाली बात यह थी कि समूचे पहाड़ पर अब तक कोई हरा-भरा पेड़-वेड़ नहीं ही दीख रहा था, लेकिन अचानक एकदम शिखर पर पेड़ का एक बाँड़-ठूँठ ढाँचा दिखा। पेड़ की डाँड़ जैसी ऊँचाई से एक डाल आश्चर्यजनक ढंग से कुछ यों मुड़कर नीचे तने से सटी थी कि यह तांडव नृत्य-मुद्रा के पाँव की भंगिमा का स्वतः स्मरण करा रही थी। तना भी वैसा ही, छाती तक जैसी ऊँचाई पर चौड़ा। दो डालों की बाकी मुद्रा भी थोड़ी-बहुत उलट-फेर के साथ हाथों की पूरक भंगिमा का अहसास करा रही थी ! वे चमत्कृत हो उठे। यही तो है चननी पहाड़, जिसके पीछे फैले जंगल में है गिरिजा का गाँव। लेकिन यह पहाड़ तब तो काफी हरा-भरा था और तमाम तरह के जंगली जानवरों का अड्डा भी समझा जाता था ! यह भी अपनी हरियाली खो बैठा ! ओह, सूखे के नाग ने इसकी जीवंतता को भी अंडे की तरह चूस लिया। लेकिन, तमाम विनाश के बाद भी तांडवी-मुद्रा का यह ऐसा जीवित ढाँचा ! क्या मतलब ? सवाल ने कुरेदकर उनके अंतस से ही एक उत्तर भी खोज निकाला ! यह मुद्रा कहीं गिरिजा के संघर्ष का प्रतीक-चिह्न तो नहीं ? वे दूसरे ही पल अपने इस विचार पर झेंप गए। सिहरकर डॉ. मिश्र और अरुण को जाँच लिया, कहीं ऐसा सोचते हुए उन लोगों ने उन्हें देख-समझ तो नहीं लिया ? यह भी कोई बात हुई भला, कि अपने किसी भी क्रांतिकारी साथी के बारे में ऐसे, इस तरह आस्तिक लिजलिजेपन के साथ सोचा-विचारा जाए !

लेकिन, ज्यों-ज्यों पहाड़ की निकटता बढ़ रही थी और तांडवी-मुद्रा का ढाँचा खिसकता आ रहा था, गिरिजा बार-बार उनके जेहन में रेजगारी की तरह क्रमशः तेज-तेज खनकता चला जा रहा था ! घनु बाबू उस

खनक में डूबने से बच नहीं सके। हाँ, वे नवंबर-दिसंबर के ही तो लोआ-पोआ (लरजते) दिन थे। वे कई साथी थे जो मनातू-लेस्लीगंज और पाँकी के गाँवों की धूल फाँकते फिर रहे थे। वह अभियान बँधुआ-मुक्ति का था। राजनीतिक पार्टियों के कुछ लोग जहाँ इस पूरे मामले को ही हवा बता देते थे, वहीं कुछ तो इसमें जी-जान लगाकर पिल पड़े थे। गिरिजा बनाम 'लेनिन दा' इस अभियान से अलग कैसे हो सकते थे ?

लेनिन दा ने ही कमान सँभाली थी। पार्टी के चार-पाँच लोग थे और गाँव के कोई दर्जन भर लड़के साथ हो लिये थे। उस दिन कार्यक्रम बना कि मउवार साहब को घेरना है और 'बँधुआ' बनाकर ले चलना है ! गिरिजा ने पूरी बैठक के दौरान मुँह बंद करके रखा। जब यह निर्णय ले लिया गया, तो वह चीख पड़ा, "साथियो ! हमें करना क्या चाहिए, पहले ठीक से सोचिए। मउवार साहेब को घेर-घारकर अंत में खुद अपराधी करार हो जाने देना चाहिए या डेमोक्रेटिक सिस्टम से लड़ाई को जिले भर में खड़ा कर देना चाहिए ?"

घनुजी ने ही तो सवाल किया था, "तुम ऐन मौके पर लंगी क्यों मार देते हो, यार ? एकदम बुर्जुवा पेंच लगाते हो।" जानबूझकर उन्होंने तीली जलाकर देह पर फेंक देने की तरह 'बुर्जुवा' शब्द फेंका था।

गिरिजा किरासन से भींगे लत्ते की तरह भभककर सुलग उठा, "व्हाट डू यू मीन ?" वह गुस्से के कारण आगे कुछ पल तक कोई भी वाक्य उच्चरित नहीं कर सका, उसके तमतमाए काँपते चेहरे पर कोबरे जैसी ठनक तनी हुई थी। जबड़े भिंचे कटकटा रहे थे, "लेनिन चाहते तो अकेले भी जाकर पिस्तौल से अपना काम कर ले सकते थे···भगत सिंह ने सोचा होता, तो बम को पार्लियामेंट में फेंकते समय हाथ का थोड़ा ज्यादा झटके से भी उछालकर कुछ ज्यादा तत्काल कर गए होते···लेकिन···क्या ऐसा किसी ने कभी किया है ?" शब्दों से ज्यादा गिरिजा का जलता-बुझता तांबई चेहरा बोल रहा था ! थरथराती देह, भिंची मुट्ठियाँ और हाथ उछाल-उछालकर अपने ही कुर्ते की बगलों को फर-फर ठोंकते लकड़ी जैसे हाथ तक मुखर हो उठे थे।

स्थिति की गंभीरता को समझते हुए शायद असलम भाई ने अपने शांत-स्थिर अंदाज में समझाया था, "यार, लेनिन दा ! तुम तो खामख्वाह

उबल जाते हो ! लड़के हैं ये; एकदम नए हैं ! इनमें यह जल्दबाजी किसी गड़बड़ी के कारण नहीं, नए हौसले के कारण है। इसे 'पाजिटिव वे' में समझो ! पाजिटिवली लोगे तो खुद को राहत मिलेगी ! डिसीजन तो तुम्हें ही बनाना है। ये लड़के तुम्हारे ही सिपाही हैं। बात तो तुम्हारी ही सही होगी और वही मानी भी जाएगी। इसलिए…"

गिरिजा ठंडे पानी की चंद बूँदें खाकर फफकते अदहन की तरह पस्त हो गया। तो घनुजी ने भी अपनी ओर से जोड़ा था, "भाई, आप चुप थे, इसीलिए तो लोगों ने इसे आपकी सहमति समझ ली, लेकिन हर्ज क्या है अब भी ? आप ही रास्ता बताइए न !"

गिरिजा ने कुछ पल तक लगातार आँखें बंद कर खुद को जब्त किया। उसने घनु जी को देखते हुए थोड़ा तेज स्वर में कहा, "भाई, साफ बात है कि बँधुआ मजदूरी का यह अमानवीय घिनौना काम सिर्फ यहीं, इस गाँव या प्रखंड में नहीं चल रहा है, बल्कि पूरे जिले में अनेक सामंतों के यहाँ चल रहा है। हमें यह लड़ाई जिले भर में खड़ी कर देनी है और देश-दुनिया को यह बता देना है कि यहाँ क्या-क्या हो रहा है !"

"तो, यह कैसे होगा ? कैसे की जाए शुरुआत कुछ सोचिए…, बताइए…!" घनु जी के ऐसा कहने के साथ ही मौजूद तमाम सटके हुए चेहरे थोड़ा गीला हुए, जैसे कड़े गूँथे आटे को छींटे मारकर गूँथते हुए ढीला कर दिया गया हो !

गिरिजा ने अपनी चुटकी भर की दाढ़ी दाहिने हाथ की उँगलियों से करीने से खुजलाते हुए कुछ देर तक मौन साधे रखा। सभी पत्थर की मूर्ति की तरह बैठे रहे। घनुजी ही अकेले ऐसे आदमी थे, जो तत्काल गिरिजा के चेहरे को लगातार देखने का साहस जुटाए हुए थे। बाकी सभी नीचे सिर किए, कनखी से कभी घनुजी को दो-चार पल तक…, तो कभी एक पल के लिए गिरिजा को पढ़ लेते थे।

मौन को छेदते हुए गिरिजा के विचार आग की तरह सुलग उठे, "हम लोग कैंप करें। पता करें कि जो बँधुआ मजदूर खास-खास सामंतों के घर आज भी कोल्हू के बैल बने हुए हैं उनकी वास्तविक स्थिति क्या है ! वे वाकई सामंतों के यहाँ के जानवरों की तरह ही हैं या उनकी रोजी-रोटी चलने लायक स्थिति सामंतों के घरों में बरकरार है ! पता करके

ही लड़ाई को संजीदगी से लड़ा जा सकता है !"

सबने 'हाँ' कर दी थी।

मिट्टी की ऊबड़-खाबड़, मोटी-पतली दीवारें, गोबर-माटी से लिपी-पुती हुई। जमीन भी जगह-जगह गुबड़ी-गाबड़ी (छोटे-छोटे गड्ढे) से भरी। जगह-जगह गुलटी-गुलटी की तरह उठी हुई कि गिलास खड़ा करना पूरे कमरे में शायद ही कहीं संभव हो ! दीवार काफी ऊँची। बल्कि गाँव के सभी दर्जन भर से ज्यादा मकानों में भी सबसे ऊँची। करीने का छप्पर ! गाँव के लोगों ने यही बड़ा-सा कमरा उन्हें रहने को दिया था। पूछने पर बताया था कि यह पाँड़े बाबा बनवाकर छोड़े हुए हैं, बरात-वरात, कीर्तन-भजन और खान-खियान गाँव भर का यहीं होता है !

पहली ही रात सोने से पहले सबको पांड़े बाबा के यहाँ से जीमने का बुलावा आ गया। वे इस बात के लिए तैयार नहीं थे, सभी अचकचा गए। कहीं उनके अभियान पर पाँड़े को शंका तो नहीं हो गई ? कहीं वह भाँप तो नहीं गया ? सबके चेहरों पर चिंता की रेखाएँ रेंगने लगी थीं। गिरिजा ने दबे किंतु रेशमी धागे जैसे चमकदार और मजबूत विश्वास से भरे स्वर में कहा था, "भाई, हम लोग बेकार डर रहे हैं ! सामंत लोग इसी तरह अपने बड़प्पन का झंडा फहराते हैं ! वह किसी शंका का भले भीतर-भीतर शिकार भी हो रहा हो, लेकिन उसके बुलावे का पहला मकसद उसकी सामंती दरियादिली ही है कि लौटकर लोग अपने गाँव-घर में उसकी रईसी और महानता की चर्चाएँ करते फिरें !"

घनु जी ने संदेह को फिर फूँक मारते हुए कहा था, "नहीं, यार ! तुम चीजों को सरलीकृत करके मत सोच लिया करो ! हो सकता है कि तुम्हारी बात में भी सच्चाई हो, लेकिन यह भी बात उतनी ही सही हो सकती है कि वह हमें मापने-तौलने की चाल चलने लगा हो !"

होरिल यादव नाम का यह नया लड़का था, जिसने अपने तमाम हमउम्रों की ठोस चुप्पी के बीच से अपना स्वर फोड़ निकाला था, "लेनिन दा, ऐसे जो सामंत लोग होते हैं, ये साँप की तरह ही होते हैं जो फन को सिकोड़े जमीन से सटे हर आहट और दूर-दूर के पदचापों को तौलते रहते हैं। वे फन अगर उठाकर खड़ा करते हैं तो यह सचमुच अचानक

या आकस्मिक नहीं होता।''

गिरिजा ने होरिल की ओर नजर फैला दी थी। वह भी गिरिजा की आँखों में अपनी आँख डालकर देखता रहा। गिरिजा ने अचानक अपना तेवर ढीला कर लिया था। उसने घनुजी की तरफ देखा, तो वे बोले, ''भाई, एक बात मैं और कहूँगा।''

''हूँ !'' स्वीकृति की मुद्रा में गिरिजा ने जिज्ञासा की।

''भाई, एक बात यह भी तो है कि पाँड़े-वाँड़े जैसे, दर्जन-दो दर्जन बदहाल घरों वाले गाँव के जो सामंत हैं, वे हैं किस हैसियत के भला ! गाँव के सभी लोग यदि एकाध शाम महुआ-मडुआ या सरई घाठा खाने की हैसियत के हैं, तो ये सामंत दोनों शाम भात-दाल-तरकारी या रोटी खा लेने की क्षमता वाले ! इन्हें एकदम उसी स्तर के सामंत मानकर चलने से असलियत का पता नहीं लगेगा ! पहले से कोई पूर्वाग्रह बनाये बगैर हम लोग पेश आएँ और तह में जाकर सच्चाई खोज निकालें !'' घनु जी का अंदाज समझाने वाला था।

गिरिजा ने असहमतिजन्य हँसी का तीर छोड़ा, ''हूँऽ हूँऽऽ ! आप भी तो गजब बतिया रहे हैं यार ! नाग की साईज के अनुसार थोड़े ही उसकी भयावहता अधिक या कम हो जाती है !'' खँखार कर गला साफ करते हुए गिरिजा ने आगे कहा, ''सामंत अपनी कम या ज्यादा क्षमता के कारण छोटा या बड़ा सामंत नहीं होता ! वह अपनी क्रूरता और अमानवीयता के कारण ही तो सामंत होता है !''

लालटेन लेकर एक आदमी उन्हें लिवा ले जाने के निमित्त आ गया, तो वे सब अपनी-अपनी यथोपलब्ध गरम पोशाक पहन चल निकले। आगे-आगे लालटेन वाला आदमी चल रहा था और उसके पीछे वे सभी लोग। लालटेन को हाथ मोड़ कर कमर तक की ऊँचाई पर लटकाए ले चल रहे उस आदमी का जो स्वरूप उन लोगों ने देखा, वह कलेजा दहला देने वाला था। किसी ने सोचा भी न था कि आदमी कभी इस तरह बिजूका के रूप में भी मिल सकता है। उसका पूरा शरीर सूखा-टटाया। एक बहुत ही पुराना कुर्ता और ठेहुने तक की धोती ! कपड़ों के उसके शरीर पर टँगे हुए होने के कारण वह बिजूका ही लग रहा था। घास जब कभी चप्पल से छिटकी एड़ी के आसपास छू जाती तो लगता कि बर्फ

का स्पर्श हो गया हो। नीचे कहीं धूल का थक्का उड़ जाता तो कहीं पूरी पगडंडी पर पसर गई भींग चली दूब।

लालटेन वाले के साथ सटकर चल रहे गिरिजा ने ही उससे पूछा था, "अंऽ ! गोयऽ (यार) !"

"काऽ (क्या) ?" वह गति धीमी कर चिहुँककर गिरिजा को देखने लगा था, जैसे गोय शब्द ने उसे कुछ विशिष्ट आश्चर्य दिखा दिया हो !

"तोर नाँव (नाम) काऽ हऊ ?"

"नाँऽव !"

"हँऽ हो ! हम्मर सोमरा हऊ ये बाबू।"

"तऽ तूँ मउवार साहेब के घरवा में काम करऽ लहीं ?'

"हँऽ ! तऽ कामे नऽ करऽ ही !"

"तऽ काऽ भेंटा लऽऊ तनखाह ?"

"तनखाह ? तनखाह काहेला देतई ? मउअरवा हम्मर बराहमन (ब्राह्मण) हुई हो ! ओकर करजा हमर बप्पई (बाप) पर रहऽई ! बप्पइयो के बप्पई (दादा) ओकर करजदार रहई ! ऊ सब ओकरे इहाँऽ चउखट पर निबाह देलथिन ! हमहुँ भगवानजी के किरपा से..." वह सामान्य ढंग से कुछ यों यह सब बयान कर रहा था, गोया वह यह सब करके अपने सार्वजनिक दायित्वों का ईमानदारी से निर्वाह कर रहा हो !

"तऽ करजा काऽ ले ले रहऽऊ तोहर बप्पू ?"

"बप्पई के बप्पा जब मरल रहई तऽ इहे मउवारवा लकड़ी-कफन के सब इंतजाम करले रहऽई ! भोज़ के दिन के सब तीन पसेरी चाउर (चावल), दू पसेरी आटा, चीनी-उनी सब ओकरे घर से बिना मँगले आइल हलई। बराहमन होके बिना दच्छिना के ऊ ओकर काम-किरिया करवइले रहई। जइसे एगो अदमी (आदमी) के जिनगी के तारे लाहिन (मोक्ष के लिए) मउवार साहब अपने सब कईऽलन ओइसीं एगो अदमी के जिनगीबदला में उनकर सेवा में एगो आदमी चहिअऽई कि नाऽ ? तूँ ही बोल।" उसने समझाते हुए कहा।

गिरिजा की तो इच्छा हुई थी कि चीखकर कह डाले, "हाँऽ ! जो आदमी जीवन भर गुलामी करवाकर अंत में मरने के बाद की पूरी व्यवस्था का जिम्मा ले लेता है, उसे तो अधिकार होता ही है कि वह अगली

संततियों को भी इसी तरह सोखता रहे !" लेकिन बलपूर्वक मुँह बंद किए रहे।

दूर से हलकी-हलकी रोशनी के कई रोशनदान दिखे, तो उसने चहककर कहा, "उहे मकान हऊ, उहे मकान हऊ मऊवार साहेब के ! अपने ऊ तोरिन के खिआ-पिआ के तबे खटिया पर गिरतथुन !"

गिरिजा ने महसूस किया कि सोमरा उस मासूम मेमने की तरह ही है, जो कत्लगाह की चिकनी दीवारें और चमकदार फर्श देख मुदित होता रहता है। उससे पूछा, "तऽ तोरिन कै गो अमदी हेऽ इहाँ ?"

वह जोड़वाने के खयाल से ब्यौरा देने लगा, "अरे एगो तऽ हमीं हिअऊ ! हमर मउगी (पत्नी) हउ, तीन, लइकन हथुन। अउर ओने जगदीसवा घर के चार अमदी, भुनेसरा के मउगी तऽ मरिए गलई, बाकिर दूगो बेटा··· ऊ सब, एतवरुआ के बेटावन-मउगी के लेके लीन तऽ ओकरीनो नऽ हो गलथिन···तऽ एतना अमदी ओकर इहाँ खटबे करऽ लथिन !"

"माने कि पंद्रह-सोलह गो अमदी होकर हिंया (उसके यहाँ) तोर जइसन अमदी हथिन ?" बहुत सहज ढंग से सवाल !

"हँऽ हो ! कुछ अउर बेसिए होतथुन कम तऽ होवे के कउनो बाते नऽ खऽ उऽ !"

"अरे, एके गो काम नखऽऊ नऽ हो। साँझ होते-होते ले सबके हालत खराब हो जाऽ लऊ ! खेत जोतला से ले के रोज आँगन-दुआर लीपला अउर एक-एक गो लइका मउवार के खातिर कुइयाँ पर बीस-बीस कुँड़ी पानी खींचला तक कामे-काम हउ ! काऽ-काऽ गिनइअऊ, ए बाबू ?"

उसका चेहरा सूखे कुएँ की तरह भायँ-भायँ कर रहा था।

"तऽ लइकवन से कउन काम कराऽवऽ हथुन सब ?"

"अरे लइकवनों के पेराँहट ढेरे हउ ! दिन भर कउनो···न···कउनो पेराई में ओकनीनों लगले रहऽ लथुन सब !"

"काऽ पेरांहट ? मने कउन-कउन काम ?"

"अरे, काऽ-काऽ कहिअउ हो, हमनीने के आगु हमनिथे के लइकवन के मउवरवा सब सटाक-सटाक मरबो करऽलथुन सब। कबों गिलास काहे

गंदा हउ, ई कहके, तो कबो हँसी-मजाक में मन लगावेलागी !''

''आपन मन लगावेलागी तोरिन के लइकन के ओकरीन पीटऽबो करऽलथुन सब ? काहे भाई, तोरिन के लइकन कउनो कचकड़ा के खेलवना हथिन सब काऽ ? कि मन लगाखेला ओकरीनके ऊ सब पीट-पीट के खेल खेलऽ लथिन ?''

''एक बार तऽ ये बाबू, छोटका मउवार साहेब कि मँझिलका बेटवा जे दिली (दिल्ली) में रहऽ लई, ऊ आपन एगो इयार (दोस्त) से बाजी लगवलक कि एके थाप में ऊ ई लइका के रोवा दिही...''

''अच्छा ! तो ? तोरिन कुछ ना बोलल ऽ ?''

''ऐ बाबू, हमीन के उहाँ बकार (आवाज) नाऽ नऽ निकल लई ! हमीन के छाती पर बाप-दादा के करजा के बोझ हऊ !...तऽ छोटका मउवार साहेब के मँझिलका लइकवा अइसे एगो खींचके थाप मरलऽक कि हम्मर बेटवा उहई फड़फड़ा के पंछी जइसन गिरलऽ क ! हमीन मरद-मउगी दउड़ली। हमर बेटेवा मरे जइसन साँस-ओंस रोक के बेहोश पड़ल हलक। हमीन के पीठे पर दउड़ के बढ़का मउवार पाँड़े-बाबा अइलन अउर दिलिया वाला भतीजवा के भकुली से एतना पीटलऽन कि ऊ ऊहाँ से आखिर में लँगड़ा-लँगड़ा के भाग गइलक ! अपन हाथ से हमर बेहोश बेटवा के मुँह पर पानी के छींटा मरला ! ऊ बड़का मउवरवा तऽ एकदम देवते (देवता) बाहिन !''

''हूँऽ ह !...हूँऽऽ ह !'' असहमति, रोष तथा विद्रोह के उबलते मनोभाव गिरिजा के चेहरे पर अपनी कैद में मचल उठे।

घनुजी समेत तमाम कार्यकर्ता और नए-नए उत्साही युवक चुप-चुप चल रहे थे, किंतु उनकी आँखें ध्वन्यांकन करने वाली कैसेट की तरह नाच-नाच कर सक्रिय बनी हुई थीं। साथ-साथ चलते हुए, गिरिजा का मौन थोड़ा लंबा हुआ, तो खँखरकर घनुजी ने पूछा, ''ऐ सोमरू, एगो बात बतइबे होऽ ?''

''काऽ ? कउन बात ? पूछबे तब नऽ ?'' वह जिज्ञासु हो उठा।

''इ जेऽ तोरिन बाप-दादा के करजा के बदला में पूरा-पूरा परिवार कये-कये पुसुत से खटत जाइत हऽ, ई कहाँ के चल्हाकी (चालाकी) बाहिन ? अरे करजा-फरजा जे हइयो हऊ, ऊ तोरिन शहर जा के कमाके

ले आवऽ अउर दे के आपन अजादी पाऽ लऽ !"

"ऐ बाबू, मउवरवा बड़ी मारो मारऽ लई, अइसे कहला-करला पर ! चमड़ी नोंच-नोंच के बेंत से मारऽ लई। रूम में बंद करके मारऽ लई ! एक बार भुनेसरा अउर भुनेसराबहू दूनो खरिहान से उठके डलटेनगंज भाग गईल हलन सब, तऽ ओकरीन पर चोरी के मोकदिमा डलवा के मउवार सहेबवा पुलिस से पकड़वइलक और आपन घरे मँगवा के दरोगा जी के सामने आपन हाथें बेंत से रात भर सोंटलक ! भुनेसराबहू के छाती पर जूता पेन्हले चहड़के (चढ़कर) अइसे अहँड़ देलक कि बेचारी उहीं पेट के बच्चा के साथे-साथ अपनहुँ मरिए (मर ही) गईलक।"

सुनते-सुनते सबके चेहरे तमतमा गए। कुछ इस कदर प्रतिक्रिया सभी के चेहरों पर चिपचिपाई हुई उग आई, गोया मउवार द्वारा भुनेसरबहू की छाती अहँड़कर हत्या करने का अपराध सबके सामने अभी-अभी घटित हुआ हो ! गिरिजा के दाँत कटकटाने लगे थे। घनुजी की आँखों में लाली छलक आई थी, जिसे हिलती लालटेन की रोशनी में सबने संजीदगी से महसूस किया। कार्यकर्ताओं और नए लड़कों के चेहरों पर भी बँधी मुट्ठियों-सा तनाव खिंचा हुआ था !

गुमसाइन गंध से भरी हुई

नाटा-ठिगना कद। हलका साँवला, पतला-दुबला आदमी। दपदप सफेद धोती को लुंगी की तरह लपेटे। जालीदार उजली गंजी। गले में कीमती लगने वाली चेन। लालटेन की रोशनी में चमकता हुआ लॉकेट सबके ध्यान को खींच रहा था। वह तीन पाये वाले बरामदे पर अगवानी के लिए खड़ा था। पाये पर काँटी से लटकते एक पटरे पर लालटेन। पाये पुराने और कशीदेकारी से भरे हुए।

आगे-आगे गिरिजा ही था। करीब पहुँचते ही पाँडे ने आगे आकर झुकते हुए सामूहिक अभिवादन किया, "आइए, आइए ! बाबू लोग ! हम्मर नाँव है रमेसरजीत पाँड़े ! हम्मर धन्न भाग (भाग्य) है कि रउवा लोग जइसन डलटेनगंज के करांतिकारी नेता लोग के हम्मर दुआर पर गोड़

(पाँव) पड़ रहल हेआ !'' वह खड़ी बोली, मगही और पलमुआ बोलियों के खिचड़ी शब्दों को घोलमट्ठा करके बोल रहा था।

गिरिजा के चेहरे के बदले भाव साफ बता रहे थे कि वह पाँड़े की इस विनम्र मुद्रा को 'शुद्ध नौटंकी' समझ चुका था और यह भी कि उसे यह सब 'अभिनय' नागवार भी गुजर रहा था। उसकी विनम्र मुख-मुद्रा और अभिवादन शैली के प्रति गिरिजा में प्रतिकूल प्रतिक्रिया के लक्षण देख-समझ घनुजी ने ताड़ लिया था कि अब कुछ ही पल में वह उबल भी सकता है ! सो, वे गिरिजा को ठेलकर बाएँ खिसका सामने खुद आ गए। ''बहुत खुशी है सरकार ! हम लोगों को भी बहुत खुशी है कि आपके दुआर-घर पर आने का मौका मिला। एकदम उसी ताल, उसी गति और उसी लय में घनु जी ने कोरस तान पूरा किया था।

पांडे ने यह सुन दुबारा झुककर हाथ जोड़ लिया, ''सरकार, अब तो हमनीं के जर-जमींदारी सब बिला गइलक। अब ले-देके इहे कुछ खनदानी रीत-रेवाज बंचल बाहिन कि कौनों नाया अमदी गाँव में आवऽ हेया तऽ मन इहे करऽ लाहिन कि उनकर सामने घाँस-पुआर जइसन लोट जाईं !'' किसी सधे रिसेप्सनिस्ट माडल की तरह आँखें मूँदकर उसने प्रवेश के लिए संकेत सूचक तौर पर अपने हाथों को यों लहराकर स्थिर कर लिया, गोया वह हवा को आने का रास्ता बता रहा हो ! गिरिजा का चेहरा गर्म तवे में तब्दील हो गया था। बुदबुदाहट होठों से छन-छन जलती बूँदों की तरह उड़ रही थी। घनुजी ने गिरिजा का यह हाल देखा तो झट से उसके आगे आ गए और उसे अपने पीछे कर छेंककर खड़े हो गए।

वे चल पड़े बरामदे से फूटे गलियारे की ओर। संभवतः कतार में दोनों ओर चार-चार या पाँच-पाँच कमरे ही होंगे, बड़े-बड़े। लंबे गलियारे के ठीक सीधे दूर दीखता आँगन यही बता रहा था। आँगन में तुलसी-चबूतरा था, तुलसी के सूखे पौधे में एक मात्र बची सूखी डंठल के पास वहीं लंबी काँपती लौ की ढिबरी लपक-लपक कर जल रही थी। चबूतरे की काँपती परछाईं के ऊपर डोलती लौ में लग रहा था जैसे चबूतरा ही नृत्य कर रहा हो ! कुछ डग आगे जाने पर आँगन की चौहद्दी साफ हो गई। चारों ओर खपड़े के करीने से झुके छप्परों वाले पायेदार चिकनी-पक्की जमीन वाला बरामदा। तुलसी-चबूतरा बीचों-बीच था। बाईं

तरफ बरामदे के एक हिस्से में सूखे गोइँठे का सजा हुआ ढेर। वहीं नीचे जमीन पर पक्का नाला। चाँपाकल। बड़ा-सा बाथ स्टेशन। वहाँ ढेर सारे हलकी कौंध छोड़ते स्टील के जूठे-काठे बरतन। बरामदे में अचानक चारों ओर करीब-करीब एक साथ कई चेहरे उठ खड़े हुए। वे सभी सोमरा ही जैसे सुँटे-पिटे-गरे और दर्द में भुने-तले चेहरे थे। भुँजिए के काले पड़े प्याज के कतरों जैसे। वे जहाँ थे, वहीं से आवभगत की विनम्रता और सेवा-टहल की मुख-मुद्रा में हिले-डुले। पांडे ने कड़ककर कहा, "अरे इयार ! तू लोग उहँई डांस काहे कर रहे हो ? मालिक लोग आ गिया है, पानी-उनी दो, कुल्ला-गलाली करवाओ !" बरामदे के लगभग सभी पायों के पास रोशनी रख दी गई। कहीं ढिबरी की लपक, तो कहीं धुआँते या स्थिर जलते लालटेन की मद्धिम या तेज, रुलाई या हँसी जैसी रोशनी ! पाँड़े दाहिनी ओर के बरामदे की पुरानी, किंतु पक्की सीढ़ियाँ चढ़कर एक दरवाजे को धकेलता खड़ाऊँ पटकता भीतर चला गया।

गिरिजा, उसके पीछे घनुजी और तब लगभग साथ-साथ कतारबद्ध स्थिति में वे नए लड़के। गिरिजा ने धीमे किंतु तेजाब की छनछनाहट से भरे स्वर में कहा, "इयार घनु जी ! ई तो महाचूतिया सामंत लग रहा है ! भाँड़ टाइप अगवानी कर रहा था और देखने में लंगूर टाइप ही है ! इसके इहाँ का अन्न-पानी कइसे खाया जाएगा ?"

घनुजी ने जवाबी मुद्रा में दूसरी ही बात कही, "इसके यहाँ बँधुआ मजदूर भी, लग रहा है, वाकई ढेर सारे हैं। बहुत सटीक जगह हम लोग आ पहुँचे हैं। हम लोगों को इसके पास से बहुत सारी सूचनाएँ मिल जाएँगी जिनके लिए हमें भटकना पड़ता महीनों-महीनों। बस दम साध के कुछ न बने तो सिर्फ चुप ही रहो, तुम लोग। मैं सँभाल लूँगा सब !"

गिरिजा ने अपनी बात पर ध्यान नहीं दिए जाने की बात का खयाल कर ऐंठनदार झिड़की देते हुए कहा, "घनुजी महाराज ! आप भी कोई कम झुरमुराये हुए बमभोले नहीं हैं ! जिस साले का चेहरा देखकर ही कलेजे पर साँप लोटने लग रहा हो, उसके यहाँ बैठकर हम खाना कैसे खाएँगे ? पानी का घूँट कैसे लेंगे ?" गिरिजा के तनावभरे होठों से सवाल निकल रहे थे और बड़ी-बड़ी होकर दिखती नाचती आँखों से स्वयं यह दृढ़ निर्णय भी कि 'यहाँ खाना नहीं खाएँगे !'

घनुजी ने गिरिजा की ओर कुछ यों देखा जिसमें मौन किंतु यह मुखर मशविरा था कि नहीं, धीरज के साथ बस देखते तो चलो !

होरिल ने अपने तमाम हमउम्र नए लड़कों को बारी-बारी से एक साथ लगातार सिर घुमाकर यों देखा, गोया वह उनके चेहरों पर नजरों का पोंछा लगा गया हो, "घनु भइया ! लेनिन दा ठीके कह रहे हैं ! ई साले के इहाँ अन्न-दाना-पानी कुछो नहीं घोंटा सकेगा ! नाऽ ! एकदम नाऽ !" होरिल ने तौबा कर लेने वाले गति-क्रम से सिर को तेज-तेज नकारात्मक घुमाया। अब तक लगातार चुप एक दूसरे पतले-दुबले शरीर वाले लड़के ने अटकती आवाज में तीखी प्रतिक्रिया दी, "ई साले के अन्न में ई बेचारे, बँधुआ मजदूरों के मांस का स्वाद मिला हुआ होगा और पानी में इन्हीं के चूसे हुए खून की गंध।"

घनुजी एकबारगी हतप्रभ रह गए। एक अकेले उन्हें छोड़कर बाकी सभी के भीतर ज्वालामुखी करवट ले रहा था। एक पल के लिए तो उन्हें स्वयं की संवेदनशीलता पर संदेह हुआ तो वे काँप उठे। सिसकारी की तरह नाक बजी और काँपती साँस भीतर गई। वे चौकन्ना हो उठे। पीछे खड़ा सोमरा उन सभी के बगल में घूमकर बरामदे पर आया। लालटेन रखकर वह सीधा खड़ा हुआ। तभी उसने पीछे पीठ की तरफ हाथ करके मसर-मसर खुजलाहट शांत की। बाकी सोमरा जैसे तमाम चेहरे बरामदे में जल्दी-जल्दी आ-जा रहे थे और काम निबटाने में लगे हुए थे। वे सभी एक जैसे तो थे ही, एक जैसे ही सभी देह को भी खसर-खसर, मसर-मसर खुजलाते चल रहे थे। तभी पांडे हाथ में एक चादर जैसा करीने से मोड़ा-तहियाया कपड़ा लेकर बाहर आता दिखा। वे सभी खुसुर-फुसुर और ऐंठन-पैंठन की मुख-मुद्रा से मुक्त हो तत्क्षण सहज बन गए ! पाँड़े के पाँव खाली थे, वह शायद खड़ाऊँ, खोल आया था। चादर को भींगे हुए फर्श पर बिछाकर पाँड़े ने वहीं से हाथ जोड़कर कहा, "आया जाए हजूर लोग !"

पहले घनु जी सीढ़ियाँ चढ़ ऊपर गए, तब गिरिजा और उसके बाद एक साथ वे नए लड़के। थालियाँ आकर सबके आगे लग गईं। थालियों में महकते बासमती चावल के पतले-पतले दाने और गाढ़ी दाल के अलावा चटनी भी उसी में। भात आधी थाली में सरियाकर रखा हुआ था और

बाकी आधी में गाढ़ी अरहर की दाल। छौंक में लहसुन के कतरे भी थे, यह उसके छहलाए काले अंश देखकर ही नहीं, घी के साथ उड़ती गंध में व्याप्त धमक से भी पता चल रहा था। थालियाँ उन काले-कलूटे मजदूरों ने रखी थीं, तत्काल बाद एक-एक तश्तरियाँ पाँड़े रखता गया, इनमें पेंहटा और अदौरी के सोंधाई छोड़ते तले टुकड़ों के अलावा, आलू का चोखा भी था। चोखे में प्याज के छोटे-छोटे टुकड़े थे ही, पकाकर टमाटर भी मीसे गए थे, यह टमाटर के बीये और लाल छिलके की उपस्थिति बता रही थी। चोखे में हरी मिर्च के छोटे-छोटे टुकड़े भी गोचर हो रहे थे। सुबह से भूँजा-पानी और गुड़-पानी के दो-एक नाश्तों पर टँगी भूख अचानक अलगनी की तरह टूटकर नीचे लटक गई। घनु जी ही नहीं, खुद गिरिजा भी ऐसी गमकती थाली के परोसे के नशे को सँभाल न सका। तभी होरिल ने एक बड़ा-सा कौर दाल में लपेट और चोखे से कड़ा कर मुँह में रखा। सबने नजरें उठाकर उसकी शुरुआत को कुछ-कुछ आपत्ति और कुछ-कुछ सहमति से देखा। तभी पाँड़े ने घनुजी और गिरिजा के समीप झुककर हाथ जोड़ लिया, "...शुरू किया जाए सरकार !"

गिरिजा ने चेहरे पर मुसकान बटोरकर बालू की तरह ढेरियाते हुए हुंकारी भरी, "हाँ ! हाँ !" सभी थालियों से कौर उड़ने लगे। तश्तरियाँ रह-रह कर फर्श पर रगड़ खाने और नच जाने के कारण चिंचिया उठतीं। विनम्र भाव से पाँव के पंजों पर भार देकर उचकुन हो, पीछे पाये से पीठ के निचले भाग को थोड़ा-सा स्पर्श कराते हुए पाँड़े बैठ चुका था। उसके हाथ में बाँस का एक पुराना बेना (पंखा) था जिसे वह रह-रहकर सबकी थालियों के सामने से हिला देता। पांड़े के शब्द-शब्द और एक-एक हाव-भाव से शालीनता झर रही थी।

घनुजी ने आधी से ज्यादा थाली साफ कर दी थी, तो उनका ध्यान सामने फूल के गिलास पर गया। पानी नखे-नख भरा हिल रहा था। उन्होंने स्थिर बाएँ हाथ को गति दी। गिलास उठाया और एक ही साँस में पानी पी गए। लगा कि नाभि तक बर्फ की एक सिहरनभरी लकीर खिंच गई है ! आत्मा तृप्त हो गई, जैसे खूब छपक-छपक कर स्नान करने के बाद परिंदे पंख को मस्ती से फड़फड़ाकर झाड़ने लगे हों !

गिरिजा ने भी गिलास खाली किया। वे लड़के भी खूब पसंद से

खाना खा रहे थे। तभी अचानक गिरिजा ने चुप्पी की झिल्ली पर उँगली घोंपी, "…तऽ मउवार साहेब को बच्चे कितने हैं ?"

"नौ हैं सरकार ! छह बेटे और तीन बेटियाँ !" यह उत्तर शुद्ध देहलवी टोन में था, इसे सबने गौर किया।

"तो बेटे कहाँ-कहाँ तक पढ़े-लिखे हैं ?" गिरिजा का अंदाज़ ऐसा बदला-बदला था कि खुद घनुजी को इस पर तत्काल विश्वास नहीं हो पा रहा था।

"हँऽ ह ! सरकार ! क्या होगा पढ़ा-लिखाकर ! बड़े को मैंने बी. एच.यू. में भेजा था। मैं भी सरकार वहीं का सन् पचास का बी.ए. हूँ ! लेकिन…क्या ?…"

"लेकिन, सरकार, आज की शिक्षा में पता नहीं क्या जहर घुलकर आ रहा है कि…" वह थमकर रुका इसकी जाहिर वजह कोई संकोच नहीं, बल्कि वह खास अनुभूति थी जिसे वह घाव की तरह सहला रहा था। घनु जी ही नहीं, वे लड़के भी हाथ धीरे-धीरे उठा-गिरा रहे थे और बातचीत पर दिमाग गड़ाए हुए थे।

वह आगे बोला, "सरकार, मेरा बेटा बनारस से आया तो आते ही पहले मुझे ही आँखें दिखाने लगा। कहने लगा कि मैं शोषक हूँ, बँधुआ मजदूर रखता हूँ, अमानवीयता और पशुता करता हूँ…यानी विभीषण से भी आगे जाकर मुझे खुद ही अकारण रावण की तरह चित्रित करने लगा…" पाँड़े का चेहरा तभी फरियाद करते किसी मासूम बच्चे की तरह हो गया, "भला मेरे जैसा आदमी शोषक हो सकता है, सरकार ? मैं अमानवीयता और पशुता कर सकता हूँ ? मैं तो यह संकल्प जीवित रखता चल रहा हूँ कि पहले अपनी छत्रछाया के दस-बीस-पचास गैर लोगों की भूख की ज्वाला शांत करूँ, तब स्वयं अन्न-जल ग्रहण करूँ।?" स्वर के तंत्र में उदारता की-सी अनुगूँज थी।

गिरिजा ने विस्मय का कृत्रिम भाव चेहरे पर पसारा, "अच्छा ! कैसा मूरख निकला वह ! पढ़-लिखकर मूरख बन गया क्या !"

"सरकार, उसी के बाद मैंने तय कर लिया कि अब किसी बेटे को आगे नहीं पढ़ाएँगे। उसी दिन जो जिस क्लास तक पहुँचा था, वहीं सबको रोक दिया। सबका स्कूल-कालेज से नाम कटवा दिया और घर बुला

लिया।" पांडे की मुख-मुद्रा और आवाज की उदासी बता रही थी कि उसे बहुत मजबूरी में यह 'नाजायज' निर्णय लेना पड़ा, बेचारा क्या करता !

"क्यों, एकदम ऐसा कड़ा निर्णय आपने क्यों ले लिया ? क्या यह जरूरी है कि एक बेटा जिस सोच का बनेगा, बाकी सभी वैसी ही सोच के होंगे ?" यह सवाल जोड़ा था घनु जी ने।

"हाँ, हाँ, सरकार !" अपने से बड़ों की भूल की ओर ध्यान दिलानेवाली सम्मानजनक ध्यानाकर्षण की तेज आवाज में उसने कहा, "सरकार, पूरी हाँड़ी के सीझते चावल में से सिर्फ एक दाना लेकर भात की पूरी सूचना ले ली जाती है" वह रुका और कुछ नया बताने से पहले वाली उपलब्धिपरक हँसी हँसा, "हुँ...हुँऽऽऽ...! जब एक लड़का बी.ए. करते-करते मुझे ही सबसे पहले मुझे ही गलत बताने लगा, तो तय है कि यह दोष उसका नहीं, शिक्षा-प्रणाली, वहाँ दी जाने वाली सोच-समझदारी और युग का है !" वह यह जला-भुना अपना अनुभव अपने ताजे निर्णय के नमक से लपेटकर फैला रहा था।

"शिक्षा प्रणाली का दोष...यानी..." घनु जी ने बगैर वाक्य पूरा किए सवाल दाग दिया।

वह आगे बोला, "भाई, बी.एच.यू. का एक प्रोडक्ट मैं भी रहा, कि जब बनारस से लौटकर अपनी जमींदारी सँभाली थी, तो दस-बारह साल तक लगातार इसे चारों तरफ बढ़ाया। हमारे बाबूजी पाँच-छह परिवारों को सेवकिया (बँधुआ) बनाए थे, हमने चौदह-पंद्रह परिवारों को अपने परिवार में मिला लिया, सेवकिया बना लिया ! उनकी जमीन जो हमेशा बीज के लिए पानी के लिए, जोताई के लिए तरसती रहती थी, उसे कैसे-कैसे करके अपने हाथ में ले लिया। उन परिवारों के पेट की चिंता भी खतम, हमारे पास उनकी जमीन आ जाने से हमारी उपज में भी तीन सौ मन अनाज की सालाना बढ़त। उन परिवारों के ऊपर हमारा कर्जा भी ऐसा कि वे पुसुत-दर-पुसुत इसी में खटकते रहें, हमारा करजा जस-का-तस ! करजे के सूद में उनकी सपरिवार मेहनत और बंधक (अमानत) के रूप में उनके खेत ! सोचिए, जमींदारी छिना जाने के बाद भी हमने कैसा पेंच निकालकर अपनी बढ़ोतरी की ! यह सब हमारी बुद्धि और अपनी पढ़ाई के ही बूते नऽ। लेकिन मेरा बड़ा लड़का ! वह तो पढ़कर आया तो उलटे

ही···आप ही बोलिए ! आज की शिक्षा-प्रणाली ही मुख्य गड़बड़ी की जड़ है या नहीं ?" घनुजी समेत उन सभी को लगातार जैसे बिजली के जीवित तार छू-छू जा रहे थे ! कुछ ही देर पहले यह आदमी कैसी पलमुआ बोली बोल रहा था ! मगही, खड़ी बोली का कैसा घालमेल कर रहा था, जैसे कोई अनपढ़ और निपट गँवार हो। लेकिन अब कैसी दिल्लीछाप हिंदी बोल रहा है !

गिरिजा ने पूछा, "तो बाकी लड़के ?"

"सबको अनपढ़ और गँवार ही रखना चाहता हूँ। गलती से दो-एक मैट्रिक-वैट्रिक टाइप कर चुके हैं। बेटियाँ तो अपने-अपने घर विदा हो चुकी हैं। मैं बेटों को सोचने-समझने का मौका ही नहीं देता। भूत की तरह लगातार एक-पर-एक काम लादे रखता हूँ, ताकि उन्हें फुर्सत ही नहीं रहे। वे कभी खाली न बैठें।"

"ऐसा क्यों ? क्या मतलब ?" यह जिज्ञासा घनुजी की थी।

"भाई, सीधी-सी बात है कि खाली दिमाग शैतान का घर बन जाता है। वे चूँकि कुछ-न-कुछ मेरे नहीं चाहते हुए भी पढ़-लिख ही चुके हैं, इसीलिए क्या पता कब वे मेरे ही खिलाफ अपने बड़े भाई की तरह जहर उगलने लगें !" पांडे का चेहरा चाक-चौबंद किले की तरह इत्मीनान से कसा हुआ था। तभी उसने थालियों पर गौर किया, वे खाली हो चली थीं। एक-एक कर मजदूर भी वहाँ से जा चुके थे। पांडे खुद खाली पाँव आहिस्ता-आहिस्ता भीतर चला गया, वह जिस तरह थालियों का अवलोकन करता गया था, इससे सभी ने समझ लिया कि वह भात वगैरह लाने जा रहा है ! भूख सबकी गहरी थी, जरूरत सबकी बनी हुई थी, सो सभी चुप रहे।

घनुजी ने टिप्पणी की, "गिरिजा। देखा तुमने कि यह आदमी कितना शातिर है ! क्या यह मामूली कलाबाज है ! कैसी विनम्रता ! कैसी दरियादिली ! कैसी शुद्ध-शुद्ध भाषा और मीठी-मीठी बातें ! जरा भी गुस्सा नहीं एकदम शांत-सुस्थिर ! लेकिन···"

"आँऽ य ! क्या, लेकिन···"

"लेकिन, कैसा जहरीला नाग है यह कि एक मील दूर से भी फुँफकारे तो परिवार के परिवार उलट जाएँ !"

"गजब ट्रेजडी ! गजब विरोधाभास !"

उसके कदमों की आहट दूर से पता चलते ही वे अपनी सहज अभिव्यक्ति को रोककर चुप हो गए। पांडे हाथ में बड़ी-सी थाली लिये आ खड़ा हुआ, जिसमें भरे भात से बासमती महक उठ और फैल रही थी। सबको इस बार यह महक थोड़ी बदली तथा गुमसाइन गंध से भरी हुई लगी।

और रोशनी में इजाफा हो गया

सबने चलते समय कृतज्ञतापूर्वक धन्यवाद देकर विदा ली थी। पांडे लालटेन लिये ख़ुद काफी दूर तक साथ-साथ आया था। गिरिजा ने सम्मानपूर्वक उसको वापस लौटवा दिया था। लालटेन लेकर एक अन्य मजदूर साथ चल रहा था, जिसने इसे थाम लिया था।

सभी चुप-चुप चल रहे थे। आगे-आगे लालटेन पकड़े वह मजदूर और उसके पीछे एक-एक कर कतार में वे लोग। वे समूह नहीं, 'क्यू' में तब्दील हो गए थे। 'क्यू' भी ऐसी जो खुली-लटकी कड़ियों के कारण एकदम ढीली-ढाली और हिलती हुई लग रही थी। हर दो के बीच दो कदम का फासला। वे न कुछ आपस में बोल-बतिया रहे थे, न ही साथ चलते किसी साथी की ओर मुड़कर देख रहे थे, जैसे श्मशान से लौट रहा 'राम नाम सत्य है' के बोल बोल-बोलकर थका हुआ दल !

नीचे जमीन पर ओस की मामूली उपस्थिति थी। घास-पौधों के सूखे-टटाये अंश कुछ मुलायमियत से भरे हुए थे। आकाश में कुछ उदासीनता-सी थी। मजदूर ने आगे चलते हुए आकाश की ओर सिर उठाया और वह असंतुलित होते-होते तुरंत सँभल गया। उसका तात्पर्य समझते हुए सबसे पीछे चल रहे होरिल ने तेज आवाज में हाँक लगाई, "अँऽ ! गोय ! टैम (टाइम) कऽतना होइल होतऽऊ?"

"अरे ! तोरिन पास घड़ी नऽखऽऊ ?" उसने फिर ऊपर एक पल के लिए ताका और आगे बोला, "ऐ बाबू ! बुझाईत हऊ कि आधा रात सिरा (खत्म) गलऽऊ !" वह यह कहकर अपनी गति में तेजी लाने लगा

था। लेकिन, उसके इस प्रयास से गिरिजा आदि तालमेल नहीं बिठा पा रहे थे। वे चुपचाप ऐसे पाँव रख रहे थे, गोया वे नींद या नशे में हों ! मजदूर और उनमें फासला बढ़ने लगा, तो होरिल सबसे पीछे से तेज कदम बढ़ाते आगे आ गया और गिरिजा को खोदता हुआ जगाने के अंदाज में बोला, "लेनिन दाऽ ! ओ, लेनिन दा !"

'हँऽ ! हँऽ ! ऐसे क्यों बोल रहे हो ? मैं सो थोड़े ही गया हूँ।" गिरिजा ने जगाए जाने वाले अंदाज में उसके बोलने पर गहरी आपत्ति को दबाते हुए खीझ के साथ प्रतिवाद किया। वे उसी गति से चल रहे थे। मजदूर ने उनकी गतिहीनता को भाँप लिया था और खुद की रफ्तार कम कर ली थी।

"सो नहीं गए हैं, नशा आ गया है ! नशे में हैं !" घनु जी की आवाज में नोंकदार व्यंग्य चमक उठा।

"क्या मतलब ?" गिरिजा ने बगैर मुड़े ही चलते हुए चौंककर सवाल दागा।

"मतलब कुछ नहीं ! सीधी-सी बात है कि लोग नशे में हैं !" व्यंग्य की धार वैसे ही फिर चमकी, लेकिन उसका कोण थोड़ा बदला हुआ था।

"पहेली क्यों बुझाते हो ! जो बोलना हो, खोलकर बोलो !"

"भई, एक लाईन की तो बात है कि हम लोगों के सिर पर चढ़कर अभी मउवार साहेब के सुस्वादु भोजन की बासमती महक पायल छमका कर नाच रही है...हम लोग उसी के नशे में हैं !"

"कैसी अश्लील बातें कह रहे हो, तुम !" गिरिजा ने इस बार भी मुड़कर नहीं ताका, लेकिन जिस अंदाज में कहा था, इससे घनु जी ने अनुमान लगा लिया कि उसका मुँह धिक्कारने वाले अंदाज में निचुड़ा और होंठ ऐंठे होंगे।

उन्होंने दुगुने व्यंग्य के साथ जवाब में एक सवाल दे मारा, "हुँऽ हँऽ ! अश्लील बातें मैं अभी बोल रहा हूँ, या अश्लील हरकतें हम लोगों के कुछ देर पहले की है ?"

"हमने कोई अश्लील हरकत नहीं की। हम बँधुआ मजदूरी के घृणित मामले में पहल करना चाहते हैं और इसके लिए वाजिब स्थिति जानने के लिए मउवार साहेबवा के इहाँ जाने के अलावा दूसरा कोई रास्ता

भी तत्काल नहीं था !''

''और जाने के बाद बासमती महक में डुबकियाँ लगाने के अलावा भी दूसरा कोई चारा नहीं था !'' व्यंग्य की धार फिर वैसी ही चमकी।

''यार तुम गजब बात कर रहे हो। तुम कहना क्या चाहते हो ? बोलो भी तो !''

''भई, बोलना क्या है ! हम लोग उसका अन्न खाने से बच जाते, तो ज्यादा अच्छा होता। अब वह बासमती महक हमें कभी अपनी जकड़ से मुक्त भी होने देगी क्या ? हम जब कभी उसके बारे में सोचना चाहेंगे, वह महक हमें घेरने और खुद में डुबोकर मदहोश बनाने लगेगी ! हम झटक कर फेंक नहीं सकेंगे उस महक को !'' घनुजी के स्वर में झींगुरी विलाप सुनाई पड़ रहा था।

''हम लोग कर भी क्या सकते थे ? सबको तेज भूख लगी थी। सोचो, दो-तीन शाम से गुड़-पानी और भूँजा-पानी चल रहा था…'' स्वर में पराजय के स्पष्ट चिह्न नहीं, लेकिन निस्तेजता अवश्य परिलक्षित हो रही थी।

''हम किसी झोंपड़ी में भी जा सकते थे ? हम एक नहीं, कई-कई झोंपड़ियों में फैल सकते थे। गरीब-गुरबों की मडुआ-जौ की रोटी या मकई के घाठा या महुए के दानों में भी हिस्सा बँटा सकते थे। पता नहीं क्यों मैं भी तुम्हें तत्काल न जगा सका, न खुद ही यह सोच-समझ सका !'' व्यंग्य की जगह पश्चाताप के बुलबुले फूटने जैसा स्वर।

''अरे, यार ! मैं तो एक ही बात सोचता हूँ ! चाहे किसी पाँड़े जइसे लोग के यहाँ बैठकर बासमती चावल खाया जाए या किसी झोंपड़ी में महुए का अपना एक हिस्सा बँटाकर खाया जाए, दोनों समान तरह का अतिवाद ! दोनों कर्म नकली और दुखाऊ हैं। यह समान तरह का रूमान भी है ! आप यह क्यों नहीं सोचते कि इसी रूमान ने सारी लड़ाई को अंततः नकली बना डाला। आप गाँवों में साल भर तक वर्ग संघर्ष के तिनके इकट्ठे करते फिरते हैं। लोग आपके साथ चलते भी हैं। लेकिन सिर्फ एक दिन शहर के खादीवाले उजले बगूले आते हैं और आपकी सारी मिहनत पोंछ कर चले जाते हैं। क्यों भीड़ नहीं, रेला टूटने लगता है उनके पीछे शहरों में ? क्या यह आपमें उनके विश्वास के अडिग होने का ही

कोई जादुई लक्षण है ?" गिरिजा पता नहीं गुस्से या स्वयं के प्रति ग्लानि या किस कारण से, काँप रहा था। उसकी चुटकी-भर दाढ़ी पर यह क्रिया साफ-साफ गोचर हो रही थी।

घनुजी ने शांत और दुगुनी दृढ़ता के साथ घनचोट की थी, "याद करो ज्यां पाल सार्त्र के उस कथन को, जो उसने नोबेल पुरस्कार को ठोकर मारते हुए कहा था कि चाहे वह नोबेल पुरस्कार हो आलू की कोई बोरी या उसकी धार को दोनों से कुंद हो जाने का भयावह खतरा पैदा हो सकता है।"

गिरिजा ने जोर से साँस खींचकर 'फाँय' की आवाज निकाली। वे फिर चुप हो गए थे। होरिल ने इस पूरी मुठभेड़ में सर्वाधिक गंभीरता और उत्सुकता से कभी घनुजी, तो कभी गिरिजा के चेहरों को बार-बार पढ़ा था। उसने सहमते किंतु बाअदब दृढ़ता के साथ पूछा था–

"लेनिन दा, एक बात हम भी कहेंगे कि आप मउवार के घर जाने से पहले कैसा-कैसा नखरा कर रहे थे। वहाँ पहुँचे भी, तो उसे कैसे आँखें तड़ेरकर देख रहे थे ! लेकिन, खाना आया तो सबसे बेसी उसकी महक ने आप ही को लहालोट कर दिया" होरिल की तरफ घनुजी ने मना करने वाले अंदाज में घबराकर देखा, तो वह वाक्य पूरा कर चुप हो गया। उसने निशब्द चेहरे पर व्यंग्यपूर्ण मुसकान के साथ जीभ निकालकर यह ज़ताया कि वह सचमुच कुछ ज्यादा ही बोल गया है !

लेकिन, सबकी आशंका के विपरीत, गिरिजा पर इस कथन का कोई असर नहीं पड़ा, सबने उसे गौर से देखते हुए महसूस किया। होरिल की बात पूरी होते ही थोड़ी सी हरकत गिरिजा में जरूर हुई, लेकिन वह दूसरे पल एकदम स्थिर हो गया, गोया बाण ने बेधकर भी वैसी तड़प नहीं पैदा की, जैसी आशंका की जा रही थी !

सबकी चाल में पराजय के भाव अब साफ-साफ झलकने लगे थे, जैसे वे लड़ाई हारकर ही नहीं, खूब बुरी तरह पिटकर या अपमानित होकर लौट रहे हों ! उनके साथ-साथ फिर चुप्पी का साया आकर चलने लगा और उनसे बड़ा हो गया।

लालटेन लटकाए पीछे के लोगों से गति मिलाकर चलता मजदूर थोड़ा पीछे मुड़ा और यह बोलता हुआ फिर सीधे देखते चलने लगा, "एगो

बात बतावऽ तऽ बाबू लोग !"

"काऽ होऽ ?" स्वर घबरा उठा था गिरिजा का। थोड़ा तेज-तेज कदम बढ़ाते हुए गिरिजा ने गहरी जिज्ञासा का भाव जताया।

"तोरिन के बतिया हम बुझऽईत नखिवऽ कि तोरिन केऽ हँऽ ? काहेलाऽ इहाँ आईल हँऽ ? काऽ-काऽ तोरिन बतिआवईत हँ ?" उसके स्वर में गहरी जिज्ञासा से उत्पन्न बेचैनी के भाव थे।

"हमीन छोटा-मोटा पाटी के अदमी हीवऽ ! हमीन ई बात जाने लाऽ आईल हीवऽ कि गाँव-देहात में मउवार लोग जे हथुन, से केतना-केतना सेवकिया रखले हथुन ! सेवकिया रखना तऽ बंद नऽ कर देले हई सरकार !" गिरिजा ने समझाने वाले अंदाज में बातें पूरी की।

"अरे ! तऽ काऽ होतई सेवकिया के मउवरवा के पास से हटा के ? ओकरीन इहाँ तऽ मड़ुआ-सतुआ, चाहे चोकरे-चाकर तऽ मिलियो नऽ जाऽ हई ! उहाँ से हटा देबऽ ए बाबू, तऽ हमीन काऽ करऽब ? ई बाप-दादा के जनमभुमी छोड़ के कहाँ जाइब ? कहीं कुछो जानलो-सुनल तऽ नइखे हमीन के ? हमीन लाऽ तऽ चउबीसों घंटा संउसे (समूचा) दुनिया अन्हारे-अन्हार बाहिन !" वह बहुत दृढ़ता के साथ अपनी विवशता का बयान कर रहा था।

"अरे ! शहर-बाजार निकलियो के भाग जइबऽ तोरिन तऽ उहाँ तोरिन के खाए-कमाए भर मिलिये जऽ तऽ वऽ ! कम-से-कम ई गुलामी से, सेवकिया के काम से तऽ मुक्ति मिल जऽतऽवऽ नऽ ?" घनु बाबू ने बात की रफ्तार में अपनी एक बात जोड़ दी थी।

"ए बाबू ! शहरो-बजार में तऽ भाग के देख लेली हमीन ! उहाँ तऽ ई मउबरवो से बड़का-बड़का जनावरे सब बईठल हथीन !" उसकी आवाज में निरुपायता का असह्य दर्द था।

"काऽ कहे चहऽ इत हँ ? कहतऽ तबे नऽ !" गिरिजा ने जख्म सहलाने वाले अंदाज में पूछा था।

"ऐ बाबू सनीचरा हमरे नाँव बाहिन। तोरिन अकबार (अखबार) में पढ़ले होइबऽ, छपल रहई। राँची में जे आठ बरिस के एगो लड़की के साथ बदमासी करके मारे बोला ममिला रहवऽ, ऊ हमरे बेटी रहबऽ ! हमीं मउवार के घर से बड़का बेटवा अऊर बेटिया के भगइले रहिबऽ कि जाके

दूनो ओनहीं सहरिया में कहँई बरतन-बांसन धोके जी लींहे, बाकिर–" वह फफक पड़ा।

"तोहरा अकबार केऽ देखऽ लऽऊ ? के ऽ बाँच के ऽसुनऽलऽऊऽ ?"

"अरे, हमीं सउदा (सौदा) लेबे तिरवेनी सहुआ के दोकान में गईली तऽ उहँई एगो ठोंगा में बेटिया के छपल फोटो देख लेली। ठोंगवा एकबारे में मोड़-मोड़ के बनावल रहऽ ई ! बेटिया के लाश के फोटो रहऽई। बाद में मउबरवा के बड़का बेटवा से चुपे पढ़वा के सुनली। ऊहो पढ़ते-पढ़ते रोवे लगलऽक बेचारा ! आझो तक बेटवो के पाता नइखे लागल ! ऐ बाबू, इहे से नऽ लागऽ ला कि इहाँ मउबरवा भले डाँगर जइसे खटावऽलाऽ अऊर जेऽ-सेऽ खायेलाऽ देवऽ लाऽ बाकिर ओइसे ऊ सब तऽ नइखे नऽ करऽत !" वह संयत होकर निर्णयात्मक टिप्पणी देने की तरह बोल रहा था। कुछ देर चुप रहकर आगे बोला, "तोरिनो, आईल हँ ऽ ! लइका जइसन हँऽ इहे से आझो अइसे बतिआवईत हँऽ ! काल्ह शहर में जईबऽ तऽ उहँई जा के भुला जइबऽ ! हमीन गरीब के इहाँ कोइयो नइखे ! ई दुनिया गरीबे के दुःख बढ़ावे बोला बाहिन !..."

गिरिजा ने लपककर सामने से उसका हिलता बायाँ हाथ पकड़ लिया था, "अइसन बात नखऊ इयार ! काहे अइसन बात कहइत है ? हम तोरिन लाऽ लड़ाई लड़बऽऊ ! सेवकिया गुलामी खतम करा देवऊ, तबे दम लेबऊ !" उसका स्वर भावुकता से भींगकर लिजलिजा गया था। सनीचरा रुक गया था, उसके दाएँ हाथ में लालटेन लटक रही थी। वह चुप-चुप गिरिजा के चुटकीभर दाढ़ी वाले चेहरे की हरकतों को यों अचकचाकर देख रहा था, गोया वह कोई अचरजभरा स्वप्न-खंड टटोल रहा हो ?

गिरिजा ने कहा, "ई सही बात है मेरे भाई ! कि हम लोग ईमानदार नहीं हैं। नाऽ, कभी नहीं !" जैसे वह सनीचरा को ही नहीं, बल्कि किसी सवालग्रस्त समूह के सामने कठघरे से अपनी सफाई देने लगा हो ! उसका स्वर भी तेज हो उठा था, "हम बार-बार लड़ाई की स्टाइल बदलते रहे। हमने कभी अंडरग्राउंड लड़ाई का तरीका निकाला, तो कभी दस्ता बनाकर लड़ाई की। लेकिन-लेकिन–हमारी देह भी तो हवा में झुरझुरा ही जाती है। हम आपस में ही टकरा जाते हैं। हमारे बीच भी, हत्यारों के बीच से

नकाबपोश आ घुसते हैं, वे हमारे दुश्मन होते हैं, लेकिन हमारा ही नारा बोलते हुए आते हैं। उस चोर की तरह जो भागती भीड़ में खुद 'चोर चोर' चिल्लाकर पनाह पा लेता है ! हत्यारे हमारा ही नारा चिल्लाते-चिल्लाते बीच में ही नारा बदलने लगते हैं। वे कभी चुनाव लड़ने के नारे में 'जिंदाबाद' कहवा लेते हैं, तो कभी हमें जंगल काटने और कत्था चुआने में भिड़वा देते हैं। हमारी लड़ाई में वे बहुत बारीकी से दीया (दीमक) ढुका देते हैं ! मुट्ठा-के-मुट्ठा दीया ! हड्डी तक को चूस लेनेवाली दीया भला हमारी लड़ाई को कैसे साबुत छोड़ सकती है ! हमारी लड़ाई को भी चूस जाती है। जो लोग हमारे बीच से दगा करके सत्ता के गलियारे में घुसते हैं, वे हमारी समूची लड़ाई के प्रति ही भ्रम फैलाते हैं। हम क्या करें ? बोलो, दोस्त ! हम क्या करें ?''

सनीचरा घबरा गया था। सचमुच वह कुछ इस कदर डरा-डरा-सा हो गया कि उसके हाथ से लालटेन छूटकर उलट गई। लपककर घनुजी ने लालटेन उठा ली। काफी किरासन तेल नीचे फैल गया। फफकती हुई लालटेन कुछ क्षण बाद स्थिर होकर जलने लगी। बोल-बोलकर थक चुका गिरिजा थसककर नीचे जमीन पर बैठ गया और हाँफ रहा था।

घनु जी उसके करीब गए। उन्हें थोड़ा विस्मय भी हुआ था कि अचानक गिरिजा कैसे इस कदर किसी सायकी का शिकार हो गया था ! वह रह-रहकर ठिठुरा देने वाली हवा के बावजूद पसीने से नहाया हुआ था। उन्होंने सँभलकर नर्म स्वर में ही कहा, ''यार, गिरिजा ! तुम एकदम रूमानियत में क्यों रह-रहकर डूब जाते हो ? लड़ाई में इस बात का कोई खास महत्त्व नहीं है कि तुम दुश्मन की कितनी गहरी पहचान रखते हो या लड़ाई के प्रति कैसी गझिन भावुकता पालते हो, बल्कि जंगे मैदान में इकलौता ताल्लुक लड़ाई में तुम्हारी सक्रिय भूमिका ही है कि तुम कैसे दुश्मन पर टूट रहे हो–कि तुम कैसे शस्त्र-संधान कर रहे हो–कि तुम्हारी भूमिका से दुश्मन कितने फट रहे हैं–कि तुम्हारे शस्त्र कैसे दुश्मनों की अक्षौनी सेना को धुएँ-कोहरे की तरह काटते जा रहे हैं–और सबसे अब्वल कि तुम्हारी रणनीति में कितना लोच है ! घनुजी खड़े-खड़े जैसे केशव हो गए तो, गिरिजा भी हतप्रभ और हताश अर्जुन की तरह निरुपाय, मुँह बाए सुन रहा था ! घनुजी की आवाज में आत्मविश्वास के साथ-साथ

लिजलिजी भावुकंता को काटने वाली कास्टिक जैसी चिकनाई भरी हुई थी, "सवाल यह नहीं है दोस्त कि कितनी-कितनी लड़ाइयों के मोर्चे गरीब-गुरबों के लिए हम-तुम या हमारे जैसे लोग तैयार कर रहे हैं या यह भी नहीं कि कैसे और क्यों ये लड़ाइयाँ बिखर जा रही हैं ! बात सिर्फ इतनी है कि तुम्हारी लाख लड़ाइयों के बावजूद यदि गरीब-गुरबों की यथास्थिति में मामूली फर्क भी नहीं आ रहा है, तो बेकार हैं तुम्हारे तमाम प्रयास ! निरर्थक है तुम्हारा क्रांतिकारी अभियान ! सब पाखंड ! सब ढकोसला !"

दोनों के वाक्युद्ध में सनीचरा के पल्ले कुछ नहीं पड़ रहा था। वह ठगा-सा कभी घनुजी को, तो कभी गिरिजा को या नए लड़कों को घबरा-घबराकर, घूम-घूमकर देख रहा था। दोनों अब चुप थे। चुप्पी वहाँ अचानक कोहरे की तरह घनीभूत होने लगी, तो होरिल ने इसे खँरोचा, "सनीचर भाई, एगो बात तूँ बताओ !"

"काऽ बाबू !"

"ई मउवार साहेब के इहाँ तूँ कब से हो ?"

"हम्मर तऽ जनमे उनके दुआरी पर होईल हलऽक ! हम्मर माई उनके धान उसीनऽत हलई कि हम्मर उहँई जनम हो गईलहलक ! तबे से समझूँ !" वह चुप हो गया।

होरिल ने उसके झुर्रीदार ऐंठे चिपटे चेहरे को पढ़ने की कोशिश की और उसकी उम्र का अंदाजा लगाया, "तऽ तोहार बाउज्जी भी इनकरे सेवकिया··· !"

"हाँ ! बाउज्जी के बाउज्जी भी इहे दुआर पर मउवार साहेब के बाऊज्जी के बाऊज्जी बुढ़वा मउवार के सेवकिया हलथिन ! ओकरीन के केतना काऽ मिलऽ हलऽई सेऽ तऽ हमींन नाऽ जानऽ हिअऊ, बाकिर हमीन के कबों मडुआ, कबो महुआ, कबो सरई, कबो चाउलो (चावल) के चोकरो भेंटा जाऽ लऊ !"

"तऽ काम कब से कब तक करते हो ?" होरिल का अंदाजा तहकीकात करने वाला था।

"जब से आँख खुललऽक तबे से, अउर जब आँख मुना गईल तबे तक !"

"तऽ तोहार बाउज्जी के बाउज्जी काऽ करजा लिहिन थे ?"

"उनकर तीन-चार गो गोरू (मवेशी) बुढ़वा मउवार साहेब के खरिहान में घुस के रात भर अनाज के बोझा खइले रहई ! ऊहे समय बुढ़वा मउवार साहेब हम्मर बाऊज्जी के बाऊज्जी के बान्ह के मँगवइलऽ अऊर सब खेत-घर आपन हाथ में कर लेलक। हम्मर बाऊज्जी के बाऊज्जी उहे बखत जे सेवकिया बनलक से आज तक तीन पुसुत तक हमीन उनकर सेवकिया ही। हमर बालो-बच्चा उनके सेवकिया हऽथ ! एगो बेटा, एगो बेटी तऽ हाथ से निकलिए गईलक अब तीन लइकन हऽथ ! तीनों साथे-साथे मउवार साहेब के घर-दुआरे खटईत रहऽ हऽथ !"

गिरिजा, घनुजी और बाकी सभी नए लड़के चुप थे, अकेले होरिल उससे बतिया रहा था। सनीचरा ने आगे कहा, "ऐ बाबू ! हमीन तऽ लइकाँई में देखले हीउअऊ कि ई मउवरवा के जे बाप रहऽऊ ऊ हम्मर बाऊज्जी के बड़ी मारऽ हलऽऊ ! खड़ंवा (खड़ाऊँ) पहिनले छतिया पर चढ़ जाऽ हलऽऊ ! बाकिर ई मउवरवा ओइसन नखऽऊ। हमीन के कबो ओइसे नखऽउ मरले ! बहुत पोल्हा के बतिआवऽ हऊ ! एकदमे आपन बाप-भाई जइसे ! कबो-कबो गोस्सा हउ तऽ आँख तड़ेर के डाँट देवऽ लऊ बस्स ! बाकिर कमवे बहुत करावऽ लऊ ! रात में हाड़ टुटे-लगऽ लऊ तऽ बुझाऽ लऊ कि छाती के फट्टी टाटी-फाटी जइसे टूट लगऽ लऊ ! दरद से हाथ-गोड़ बुझा लऊ कि रास्सा से ओरच-ओरच के बान्हल हऊ !"

लालटेन तो जल रही थी, लेकिन पता नहीं क्यों अचानक सबका ध्यान इस बात पर गया कि इससे काम भर रोशनी नहीं मिल रही है ! शीशे का ऊपर वाला भाग कालिख से भर गया था। घनुंजी को कालिख वाले शीशे के ऊपरी अंश पर गौर से ताकते गिरिजा ने ध्यान से देखा। उसकी नजर भी कालिख वाले अंश पर गई। उसने उसे एक नजर भर ही देखा होगा कि वह काँप उठा। लालटेन की ओर तभी सनीचरा ने स्वयमेव हाथ बढ़ाया और बर्नर को घुमाकर लौ बड़ी कर दी। थोड़ा-सा भाप और थोड़ा-सा धुआँ चिनगारी की तरह बाहर निकले और रोशनी में वाकई इजाफा हो गया।

पागल सपना

मारुति झटके के साथ रुकी; जैसे शांत बहते अतीत पर छपाक से कोई बड़ा-सा पत्थर गिर पड़ा हो और धारा काँप उठी हो। धड़ाधड़ डॉ. मिश्र, सुन्नर और अरुण नीचे उतर गए। सामने मिट्टी का एक खियाया हुआ मकान था। पानीदार स्थान पर छूट गए किसी खूब गलनेवाले साबुन की तरह नोनियाया। मिट्टी की दीवारें कई-कई बरसातों के अत्याचार की सप्रमाण कहानी कह रही थीं। लेकिन दूर से भी देखकर यह लग रहा था कि झाँवा ईंटों की तरह फिलहाल वज्र जैसी कठोर हो चुकी हैं। छप्पर इतना ज्यादा खस्ताहाल था कि वह ढीली हो चुकी झाड़ू की तरह लुरजुराया हुआ दीख रहा था।

अतीत की काँपती धार के भँवर में फँसी किसी हलकी वस्तु की तरह घनु बाबू चकरा रहे थे। उन्हें उन दिनों के सनीचरा और पांडेय वाले छनका आते घटना-क्रम और फिलहाल सामने के खस्ताहाल घर के पास उन्हें पुकारते खड़े उन तीनों में कोई संगति नहीं दीख रही थी। तभी सुन्नर ने जोर से हँकाया, "क्या सोच रहे हैं, कहीं जागकर सपना तो नहीं देख रहे हैं, सर ?"

सुन्नर के वाक्य के पूरा होने से पहले डॉ. मिश्र भी बोल पड़े, "उतरिए, उतरिए, भाई ! देखिए अब शाम होने को आई। कहाँ खोए हुए हैं ? महतो जी का घर आ गया है।"

अरुण ने घनु बाबू के पास का पल्ला खींचकर खोलते हुए हलकी-सी व्यंग्योक्ति छोड़ी, "लगता है सर, आप वाकई सपने देख रहे हैं, एकदम दिन-दहाड़े···खुली आँखों से···"

घनु बाबू को अचानक बात समझ में कुछ यों आई, गोया अतीत के उड़ते बैलून पर उपस्थित वर्तमान ने नोंक चुभो दी हो ! वे झेंप गए। जम्हाई लेते हुए लपककर नीचे उतर आए। सुन्नर ने झुककर छोटी साइज वाली मोटी लकड़ी के पुराने दरवाजे पर सिटकनी ठोंकनी शुरू कर दी थी।

वे तीनों भी बजती दस्तक के करीब हो लिये। डॉ. मिश्र ने भीतर की किसी अस्पष्ट-सी ध्वनि को गौर करते हुए चेहरे को एकाग्र किया और सुन्नर के हाथ को आहिस्ता पकड़कर दस्तक देने से रोका। घनु बाबू,

अरुण और सुन्नर ने भी उनकी एकाग्रता का अनुसरण किया। भीतर से कराहने की आवाज आ रही थी, "आँऽऽ···हँऽऽ···ऽऽ ! आँऽऽ···हँऽऽ···ऽऽ···!"

"ऐ भाई ! कोई कराह रहा है···" डॉ. मिश्र ने बाईं ओर घनु बाबू की ओर मुँह करके फुसफुसाते हुए करुणामिश्रित स्वर में कहा। घनु बाबू ने दुगुनी कातरता के साथ बात दुहराई, "हँ, सर ! ई तो लग रहा है कि महतोजी ही कहँर (कराह) रहे हैं···"

सुन्नर और अरुण ने दोनों की फुसफुसाहट को बड़े गौर से सुना। वे दोनों एक-दूसरे की ओर यों देखने लगे, गोया वे समान रूप से सामने हो रहे किसी खुले अत्याचार के विरुद्ध बहुत कुछ सोच-समझकर भी निरुपाय हो गए हों ! डॉ. मिश्र ने सुन्नर की ओर देखा और सिर हिलाकर दस्तक देने की सहमति जतायी। सुन्नर ने लगातार तीन-चार बार सिटकनी को जोर-जोर से ठोंका, जैसे वह इस अंतराल की चुप्पी में भीतर से किसी के आने की प्रतीक्षा करता रहा और अब, जब यह समझ में बात आ गई कि दस्तक भीतर तक नहीं पहुँची है, तो लगातार जोर से दस्तक देने पर मजबूर हो गया हो !

दरवाजा खड़खड़ाया। फिर निश्शब्द हो गया। चारों ने एक-दूसरे को आश्चर्यपूर्वक देखा। तभी घनुजी ने हाँक दी, "गिरिजा भाई ! ऐ···गि···रि···जा···भाईऽऽ !"

दरवाजा फिर खड़खड़ाया और चरचराकर तनावपूर्वक अधूरा-सा खुल गया। डॉ. मिश्र, घनु बाबू और वे दोनों सामने खड़े उस बूढ़े-जैसे व्यक्ति की ध्वंसाकृति देखने लगे। वह डरावना लग रहा था। समूचे शरीर पर सिवाय कमर भर एक गंदी-सी गमछी के, कुछ भी न था। हड्डियों के ढाँचे पर त्वचा लिपटी तो सटी-सिकुड़ी-सी थी, लेकिन कुल मिलाकर वह कंकाल ही लग रहा था ! घनुजी ने तभी ठुड्डी पर चुटकी भर गंदी से दाढ़ी देखी और चकरा गए, "अरे, गिरिजा ? तुम ? यह क्या हो गया, यार ?" वे डॉ. मिश्र और सुन्नर को पीछे धकेलते आगे उसके करीब जा खड़े हुए। वह लगातार आँखें मिचमिचा रहा था, लेकिन उसके पल्ले कुछ नहीं पड़ा, तो घनु बाबू ही आगे बोले, "दोस्त, तुमने मुझे पहचाना नहीं ? मैं घनु हूँ ! घनश्याम ! तुम्हारा घन्नु !"

जैसे सामने रखे किसी टेबल फैन की जाली में कोई टूटा पंख

फँसकर फड़फड़ाने लगा हो ! गिरिजा बच्चों की तरह फफक पड़ा। घनु बाबू करीब चले गए। उसे पकड़कर अँकवार में भर लिया, "अरे, यह सब क्या हो गया, यार ? तुम तो एकदम सूखकर काँटा हो गए हो, दोस्त ! क्या बात है ? काहे तुम लोग इस मौत के टापू में जान-बूझकर पाँव तुड़ाकर बैठे खुद को मोम की तरह बूँद-बूँद पिघला कर विसर्जित कर रहे हो ? यहाँ भूख है, सूखा है, तबाही है, तो काहे नहीं तुम लोग डालटेनगंज उठ-पठकर चले गए ? वहाँ तुम्हें कौन नहीं चीन्हता है ? कौन नहीं जानता है ?" वह लगातार सुबकता जा रहा था। उसके स्वर कस गए थे, आँसू आँखों से मोती की तरह टप-टप झरते जा रहे थे।

डॉ. मिश्र ने गौर किया—कराहने वाली आवाज भीतर के किसी दूसरे कमरे से आ रही थी, जो अब ज्यादा स्पष्ट और कारुणिक लग रही थी। अरुण, सुन्नर इस बरामदानुमा कमरे का बारीकी के साथ जायजा ले रहे थे। नीचे जुती हुई जैसी कच्ची जमीन। ऊपर चूती रोशनी की लकीरों वाला छप्पर। जगह-जगह खूँधरी मिट्टी की दीवारें ! कमरे में दीमक लगे चिंदी-चिंदी कागजों जैसी भकराइन दुर्गंध ! दीवार पर हलकी पड़ चुकी एक खस्ताहाल हिलती तसवीर पर अरुण की निगाह अटक गई। डॉ. मिश्र ने अरुण की अटकी निगाह पर गौर किया और वे अपना ध्यान वहीं ले गए !

अरुण ने धीमी आवाज में पूछा, "ई केकर तसवीर हई ?"

"लेनिन हैं ! पहचानते नहीं हो मूरख !"

"देखो, ऊ देखो, पढ़ो तो कि ऊ कौन सा गीत लिखकर टाँगा हुआ है ?" डॉ. मिश्र ने पढ़ पाने में अक्षम अपनी आँखें मलकाते हुए तल्लीनता के साथ पूछा।

अरुण ने कहा, "काऽ जाने ई कउन सियाही से लिखल गइल था कि अब ऊ धूर-गरदा (धूल-गर्द) में डूब गया है..."

थोड़े फासले से होती फुसफुसाहट जब घनु बाबू के कान पर गर्म लोहे-सी छू गई तो वे चिढ़ते हुए बोले, "दुनिया की सबसे वेशकीमती स्याही से लिखी गई थीं वे पंक्तियाँ, बरखुरदार ! संसार की सबसे पवित्र स्याही से !"

गिरिजा का सुबकना एकदम थम गया। वह अलग होकर सीधा

खड़ा हो गया। वह भी अरुण की ओर संजीदगी से ताक रहा था। करारा प्रत्युत्तर देने वाली उत्तेजना से भरकर घनु बाबू ने भी अरुण की ओर देखा।

"क्या मतलब, सर ?"

"यह 'फैज' की गजल है 'हम मेहनतकश जगवालों से जब अपना हिस्सा माँगेंगे, एक खेत नहीं, खलिहान नहीं, हम सारी दुनिया माँगेंगे !···दुनिया के हर झंडे पर एक लाल सितारा माँगेंगे···' पढ़ो, पढ़ो न !' पढ़ा जाएगा। गिरिजा भाई ने इन टँगे हुए शब्दों को अपने लहू से लिखा था···मैं चश्मदीद हूँ···"

"किस बात का चश्मदीद ?" गूढ़ पहेली की गुत्थी की तरह डॉ. मिश्र की उत्सुकता गाढ़ी हो गई।

"लहू से उन शब्दों के लिखे जाने का !" घनु बाबू के आलोड़ित मन में यह सुखद आश्चर्य आनंदानुभूति की तरह उतराया कि उतने वर्षों पहले लिखी यह गजल आज भी इस रूप में मौजूद है, यह मामूली बात नहीं है। लगता है तमाम जीवनी-शक्तियों के अभाव में कंकाल हो चुके गिरिजा के शरीर में बचा हुआ प्राण भी इसी गीत की मौजूदगी का परिणाम है !

"और इस शरीर से लहू पूरी तरह सोख लिए जाने का भी कोई चश्मदीद है ? ऐसे क्रांतिधर्मा युवक के कंकाल बन जाने का भी कोई चश्मदीद है ? बोलिए, भाई घनुजी हम लोग आज यह क्या देख रहे हैं ?"

उनका गला रुँध गया !

कराह की ध्वनि हवा में रह-रहकर छितरा जाती, जैसे कसाई बाड़े की दीवारों पर हर गर्दन के अलग होने के साथ ही लाल-लाल छींटें ! तभी मुनिया आ गई। वही फटी-चिटी जहाँ-तहाँ पैबंद लगी साड़ी लपेटे और विपत्ति में डूबती-उतराती, कभी आँखें खोलती और कभी बंद करती। उसके हाथ में एक मद्धिम-सा चमकता फूल का लोटा था, भरा हुआ। बोली, "ऐ भइया, घनु भइया के अँगना में लाऽ केऽ बइठाऽन नऽ ! पानी-उनी पिआवऽ !"

गिरिजा ने बगैर कुछ बोले भीतर जाने वाले भिड़के हुए दरवाजे को आहिस्ता-आहिस्ता ताकत लगाकर खोला और वह सामने थोड़ी-सी धूप

वाले आँगन की ओर बढ़ने लगा। वे चारों भी फिर उठी कराह पर कान लगाते हुए उसके पीछे-पीछे चलने लगे। मुनिया बरामदे के ही एक कोने में सटकर खड़ी हो गई थी। दरवाजे से आँगन में, पहले डॉ. मिश्र निकले, फिर सुन्नर और तब अरुण। दरवाजे पर रुकते हुए घनु बाबू ने मुनिया से पूछा, "आऽगे, ऐ मुन्नी ! केऽ बीमार हऊ गेऽ ? केऽ अइसे कराहऽईत हऊ ?"

"बाऊज्जी नऽ हथिन ! उनकर ईहेहाल हईन एक महिना से। कुछ नखईन घोंटात मुँह से। खाली माड़ (भात से निकलने वाला तरल पदार्थ) पी-पी के सवा महीना से अइसहीं पड़ल हथिन !" मुनिया की आँखें, उसकी आवाज और खुद वह करुणा से डबडबा उठीं।

"बोलऽ-बतिआवऽ हथुन नऽ ?"

"हँ बाकिर बड़ी साँय-साँय करके। एकदम कम आवाज में। कुछो अनाज पेट में जाइते नखई नऽ ! उसने अपने द्रवित मन पर संयम कायम कर लिया।

'तऽ हमार तूँ उनकरे पास ले चल !" घनु बाबू कहते हुए आँगन में निकल आए। पीछे-पीछे मुनिया आँगन में आ गई।

आँगन की दशा किसी खंडहर के वीरान आँगन जैसी ही थी। लिपाई-पुताई का कोई संकेत नहीं, जगह-जगह सूखकर टटा गए फालतू पौधे को नोंचा गया था। भीतर की दीवारें और भी खस्ताहाल थीं। मिट्टी का हिस्सा जगह खँधर-खँधर कर यथास्थान झरा और ढेर-सा जमा हुआ। कहीं अँजुरी-अँजुरी भर भुरभुरी मिट्टी का गोला-गोला नारियल भर-भर का ढेर, तो कहीं-कहीं कोंहड़े भर-भर के टोकरी-भर मिट्टी के ढेर। दीवार में जगह-जगह छेद भी। छेदों से काली-काली भौंरे जैसी मक्खियाँ उड़-उड़ कर निकल ढुक रही थीं। ऐसी कुछ मक्खियाँ छेद से निकलकर कभी छप्पर के किसी अधगली बाँस की फट्ठी पर जा बैठतीं और उसे 'बन्न-ठन्न' की गझिन आवाज के साथ छूतीं-छोड़तीं तो कभी उड़कर फिर छेद में जा ढुकतीं। वे तीनों और गिरिजा एक ही लंबी-चौड़ी किंतु टूटी-लटकी बाध (रस्सी) वाली झोलंग खटिया पर जैसे-तैसे बैठे थे। घनु बाबू भी जाकर खटिये के एक फाँफर कोने में जाकर बैठ गए। डॉ. मिश्र ने आँगन के एक कोने की ओर घनु बाबू को इशारा किया। घनु बाबू समेत अरुण

और सुन्नर ने भी आहट पाकर उधर ध्यान केंद्रित कर लिया। वहाँ एक आधा फोड़कर रखा हुआ सूखा घड़ा था, एकदम नाद की शक्ल का। उसी में एक कौवा गिरा फड़फड़ा रहा था। उसकी फड़फड़ाहट धीरे-धीरे केवल स्पंदन में तब्दील हो गई। गिरिजा ने यह समूची स्थिति देखी तो डोलता-काँपता हुआ खड़ा हो गया।

"काहे उठ गए तुम ? कहाँ जाना चाहते हो ? नहीं, तुम वहीं बैठ। क्या चाहिए बोलो, हम सुन्नर और अरुण से मँगा लेंगे ! बोलो...बोलो न ! बोलो ! घनुजी ने उसकी शारीरिक अशक्तता को लक्ष्य कर यह प्रेमपूर्वक दबाव डाला।

"पा...ऽ...नी...ऽ !" गिरिजा ने अब तक की अवधि में पहली बार कंठ खोला था, सबने उसके स्वर की रूँध और इससे जाहिर उसकी डाँवाडोल शारीरिक अवस्था का गहराई से अनुभव किया। आवाज टूटती हुई ही नहीं, रूई की तरह धुनी और हवा में फेन की तरह उधियाती हुई-सी थी।

"पानी पीओगे, तुम ?" जैसे घनु बाबू स्वयं मेजबान हों और मेहमान गिरिजा उन्हीं के घर आया हुआ हो !

"नाँऽऽ !" स्वर में तुनक आ गई थी, शायद शारीरिक कमजोरी ने स्वयं को नहीं समझे जाने की हलकी प्रतीति पर ही क्रोध सुलगा दिया। गिरिजा ने अपना सूखा-टटाया हुआ हाथ अब शांत पड़ते जा रहे कौवे की ओर उठा दिया, तर्जनी उसे ही संकेत कर रही थी।

घनु बाबू को तत्काल यह बात याद हो आई कि मुनिया ने जंगल में तो यह बता ही दिया था कि कैसे उन लोगों को पीने का पानी भी मीलों चलकर लाना पड़ रहा है। मीलों माथे पर घड़े में भरकर ढोया हुआ पानी ! लहू जलाकर बनाया हुआ जल ! वे दुविधा में उलझ-सुलझ ही रहे थे कि तभी मुनिया एक कमरे के दरवाजे से निकल आई। उसके हाथ में वही फूल का लोटा था, भरा हुआ। गिरिजा ने उत्तेजित होते हुए काँपकर फिर हाँक लगा दी, "ऐ मुन्नी ! ऊ कऊववा (कौवा) के तनी पानी दे के देख तो !"

मुनिया भी यह सुनते ही धड़धड़ाती हुई नाद जैसे उस घड़े के पास जा पहुँची। उसने कड़ाही में तेल डालने जैसी सतर्कता के साथ पानी का

थोड़ा-सा अंश गिराया। शांत कौवे की गर्दन के पास के रोएँ फड़फड़ाने लगे। उसकी चोंच में फिर थोड़ा-सा पानी उसी तरह गिराया। उसके पंख में हरकत होने लगी। थोड़ा-सा पानी और गिरते ही वह फड़फड़ाने लगा। मुनिया ने लोटे का बचा-खुचा पानी कम समझकर जल्दी से उलट दिया। कौवे की ओर ध्यान सटाए होने के कारण वह यह देख नहीं सकी थी कि लोटे में आधा से ज्यादा पानी अभी भी था, जिसके एक साथ गिर जाने के कारण शायद लगे झटके से कौवा फड़फड़ाता छिटककर पहले घड़े के ऊपरी टूटे छोर पर अटका, फिर पंख मारता उड़कर छप्पर पर चला गया।

समूचे दृश्य को डॉ. मिश्र समेत वे चारों मुँह खोले देख रहे थे। कौवा छप्पर पर से भी लापता हो गया, तो डॉ. मिश्र बोले, "थोड़े-से पानी के बिना यह बेचारा एक अनबोलता अभी मौत का ग्रास बन ही चुका था ! खैर, आपने भाई, इसे मौत के मुँह से खींच लिया। पानी के बिना तो लगता है, यह पूरा इलाका ही मौत के जबड़े में बैठा हुआ है। आप लोगों को भी तो पानी काफी दूर से…"

घनु बाबू ने डॉ. मिश्र को गौर से ताका और अभी कुछ भी नहीं बोलने का उन्हें इशारा किया। डॉ. मिश्र तुरंत ऐसे चुप हो गए, गोया अभी कोई अपशब्द बोलने जा रहे थे, जिसे बीच में ही किसी गुरुजन के आने के बाद रोक देना पड़ा हो !

घनु बाबू ने दुबारा लोटा लेकर उपस्थित हुई मुनिया से कहा, "ऐ मुन्नी, तनी आपन बाबूजी पास हमरा ले चल तऽ !" वे खटिया से उठे, तो पता नहीं थोड़ा वजन कम होने से घटे तनाव के कारण या हिलने मात्र के कारण, खटिया रचरचाकर बजी। डॉ. मिश्र सुन्नर और अरुण भी प्रायः एक साथ उठ खड़े हुए, जोरों की रचमचाहट हुई।

"हँऽ ! आवऽ नऽ तोरिन !" मुनिया एक छोटी ऊँचाई वाले एकदम खिड़की जैसे दरवाजे के पल्ले को धीरे से खोला। कमरा अँधेरा था, लेकिन ऊपर से कई लकीरों में बँटकर रोशनी, खाट पर सोये महतो जी पर, जमीन पर, दीवारों पर तथा कोना-सानी में बिखरी-फैली थी।

महतोजी ने तभी फिर एक बार कराहा, "आँ…ऽ…ऽ…। हँ…ऽऽ…।…ऽ ऽ हँ ऽ…ऽ। ऽ ऽ !" चूती रोशनी वाले कमरे में करुणा का कोहरा तेल

की तरह छितरा गया।

"बा···उ···ज्जीऽ !···ऐ···बा···ऊ···ज्जी···ऽऽ !" मुनिया उनके सिरहना के पास खड़ी थी और आहिस्ता-आहिस्ता पुकार रही थी। उसने क्रमशः आवाज तेज कर दी थी।

कई बार की हाँक के बाद धीरे-धीरे महतोजी ने आँखें खोल दी थी। कभी का कसरती उनका हट्टा-कट्टा शरीर आज सिकुड़ी-किकुड़ी त्वचाओं के जाल में मछली जैसा फँसा दिख रहा था। घनु बाबू के जेहन में अचानक कौंध गए मास्टर साहब ! उन्होंने एक पल के लिए खाट पर महतोजी की जगह भीष्म पितामह की तरह गिरे मास्टर साहब की छवि वहाँ प्रत्यक्ष देखी, वे काँप उठे ! मार्क्स और निराला में रस्सी तानने वाले मास्टर साहब और आजादी की लड़ाई में सुभाषचंद्र बोस की सेना में जाकर क्रांति का बिगुल फूँकने और आजादी के बाद आजादी की बेसब्र तलाश में खुद को सलीब पर चढ़ा देने वाले महतो जी ! कैसा विचित्र साम्य है ! दोनों एक समय में, एक ही त्रासद अवस्था में···समान तरह से भीष्म पितामह की तरह···! एक जैसी अक्खड़ता के साथ मौत को भी अपने भय से दूर ठिठकाए, इस कदर क्यों पड़े हुए हैं ?

वे अब इस तरह अड़े क्या कहना चाहते हैं ? कौन है अर्जुन, कौन है कृष्ण, कौन हैं उनके वाजिब उत्तराधिकारी, जो उनसे आकर संदेश लेंगे ?···

घनु बाबू को याद है वह बरसात का दिन, जब गारू के कस्बाई बाजार की एक झोंपड़ी में महतोजी उन्हें पहली बार मिले थे। गिरिजा से तब परिचय भी नहीं हुआ था। खुद वे भी तब तक न तो कम्युनिस्ट पार्टी का नाम सुन सके थे, न ही कोई पार्टी-पालिटिक्स जान सके थे। बस सीधी-सी बात शायद यह थी कि घनु अपनी पट्टीदारी के एक चाचा जी के साथ उनके किसी यजमनिका के घर आए थे। शायद किसी भोज में एक पुरोहित इकाई बनकर। पानी अचानक तड़तड़ा कर आ गया था, सो वे छह या सात लोग दौड़ते हुए करीब के इसी झोंपड़े में आ गए। घनु सबसे कम आयु के थे, सो चाचाजी ने ही उनका पखुरा (बाँह) पकड़कर गोद में उठा लिया था। झोंपड़े में आकर वे वहाँ रखी एक नयी-सी बेंच पर बैठ गए थे। सलई की टेढ़ी-मेढ़ी लकड़ी

की बनी यह बेंच छोटी थी, सो वे सटकर बैठे थे। सभी गमछे और धोती के कोर से हलका-हलका भींगे माथा और कपड़े को पोंछने-झाड़ने में व्यस्त हो गए।

यह चाय की दुकान थी। ईंट और मिट्टी के बने ऊँचे-चौड़े चूल्हे की ही ऊँचाई का एक चबूतरा भी बना था। चूल्हा और चबूतरा एक ही साथ गोबर से लीपे हुए थे। चबूतरे पर बैठा उम्रदराज किंतु कद-काठी से ऊँचा और टाँठ जैसा दिखता व्यक्ति अपनी चौड़ी कलाई और मोटी-मोटी किंतु सिलवटदार त्वचा वाली उँगलियों से केतली को पकड़े उसे उठाने की जल्दी में कुछ गर्मी और ले लेने का इंतजार कर रहा था। उसने केतली की मूठ को पकड़े-पकड़े दूसरे हाथ से उसका ऊपर का ढक्कन खोलकर देखा।

भाप देखकर झट से ढक्कन रख दिया और केतली उठाकर उसने चबूतरे पर रखी ईंट पर रख दिया। ईंट काली पड़ चुकी और घिसी हुई थी। केतली रख उसने बेंच पर बैठे लोगों की ओर चाय देने की अनुमति पाने वाली विनम्रता के साथ देखा। बैठे लोगों में किसी ने कुछ नहीं कहा।

दुकानदार लोहे की छड़ से मद्धिम पड़ती आँच को तेज करने के खयाल से चूल्हे के आगे जलाकर नीचे से खोद-खाद करने लगा। तभी चाचाजी की नजर टाटी की दीवार वाली इस झोंपड़ी के एक बाँस के खंभे पर टँगी तसवीर पर गई। तसवीर चौड़ी थी, दूर से ही पता चल गया कि यह कैमरे की खिंची तसवीर थी। चाचाजी को उत्सुकता हुई। शायद यही बात उनके दिमाग में आई हो कि यह चाय बेचने वाला बूढ़ा ग्रुप फोटोग्राफ भला कहाँ पा गया ? किस सम्मानित ग्रुप में उसे भला क्यों अपने को शरीक करने का मौका मिल गया ? वे उठे और घनु को अलग करते हुए खंभे के पास जा खड़े हुए।

चित्र देख उनका माथा चकरा गया। चित्र फौजी की सावधान मुद्रा में खड़े जवानों का था आँखें मीच-मीच कर देखा, सबसे आगे प्लाटून कमांडर के रूप में कोई और नहीं, खुद नेताजी सुभाष चंद्र बोस थे। वही अपनी चिर परिचित फौजी पोशाक में। सिर पर फौजी टोपी। बाण की नोंक-सी स्थिर और मुखर आँखें, खास अंदाज वाले चश्मे के शीशों के

पीछे से चौकन्नी मुद्रा में। फौजी पोशाक में कसा हुआ अनुशासित-चुस्त शरीर। नेताजी ही हैं, हाँ, हाँ वही हैं···चाचाजी की दुविधा बेचैनी में तब्दील हो गई थी। उन्होंने पूछ ही डाला, "ऐ भाई सुनिए !"

"कहा जाए !"

"यह तस्वीर आपको कहाँ मिली ?"

चाचाजी को दुकानदार की अप्रत्याशित सुरम्य शैली ने सोच में डाल दिया।

"क्यों, यह है ही मेरी अपनी तसवीर !"

वह सामान्य तौर पर इसे 'अपनी' कुछ यों बोल गया, जैसे सामान्यतः अपने सामानों को अपना बता दिया जाता है।

"नहीं, नहीं, मैं यह नहीं कह रहा था कि यह आपकी चीज नहीं है, लेकिन यह तस्वीर अपको कहाँ मिल गई ! कैसे मिल गई ! यह तो नेताजी की आजाद हिंद फौज की एक दुर्लभ तस्वीर है। ऐतिहासिक महत्त्व की है यह। यह आपको मिल कहाँ गई ?" चाचाजी का गला इस दुर्लभ को सुलभ ढंग से करीब से देखने पर सुख, रोमांच और अनिर्वचनीय आनंद से भर गया था।

"क्यों भाई, क्या उस फौज में आपको मैं नहीं पहचान में आ रहा हूँ ?" स्वर में अतिशय विनम्रता से ज्यादा अतुलनीय गौरव का अहसास भरा हुआ था।

बेंच पर बैठे सबको जैसे साँप सूँघ गया हो। चाचाजी ने रोमांच से भरी गहरी काँपती साँस खींचते हुए पूछा था, "···आँ ऽ य ! ···आप आजाद हिंद फौज के जवान हैं ? आपने नेताजी के साथ जंगे आजादी में··· ?"

"हँऽऽ ह ! हँऽऽ हँ !" वह 'हाँ' कहने की बजाय हँस गया। चाचाजी ही नहीं, वहाँ बैठे प्रायः सभी लोग उसके चौड़े सीने, ऊँची कद-काठी, मोटी कलाई, पुष्ट अँगुलियाँ, चौड़ा ललाट, बूढ़ी हो चुकी देह और आकृति पर नेताजी जैसी ही दृढ़ता के छोटे-छोटे बिखरे कणों को जैसे एक-एक कर निखोर (खोदकर) तौल-तलाश रहे थे। उसके शरीर की त्वचा में सिकुड़न इतनी ज्यादा बिछ गई थी कि वह धागे से बुने झोले में लिपटा-सा लग रहा था। लेकिन तमाम इस अशक्तता के बावजूद उसका

चौड़ा ढाँचा अभी वहीं झुका या लचरा नहीं था।

"यह अंडमान में एक रिहर्सल के दौरान की है।"

"आपका खयाल है दादाजी, नेताजी आज भी जीवित हैं कहीं, या उनकी उस दुर्घटना में मौत हो ही गई थी ?"

"अगर आज दुर्भाग्यवश कहीं जीवित वे होंगे, तो बहुत कष्ट में होंगे" वह 'दादाजी' संबोधन सुनकर और अपनी पुरानी हैसियत का स्मरण आते ही किसी फौजी जवान की तरह सख्त हो गया।

"दुर्भाग्यवश जीवित होंगे ! क्यों, उनका जीवित बचा होना तो देश के लिए सौभाग्य की बात नऽ होगी ?"

"हूँऽ ह ! आपके लिए सौभाग्य की बात हो सकती है, देश की जनता के लिए भी यह सौभाग्य की बात हो सकती है, लेकिन देश में जो कुछ हालात बनाए गए हैं, इन्हें देखना तो खुद नेताजी के लिए दुर्भाग्य की बात होगी।"

चाचाजी चुपचाप मुँह खोले उसे देखते रहे और वह झझक कर बोलता चला गया। "नेताजी ने जिस आजादी का ख्वाब देखा था, क्या यह वही आजादी है ? देश क्या अंग्रेजों की यातना वाले उस दौर से आज बेहतर स्थिति में है ? क्या देश में ही जन्मे नयी नसल के अंग्रेज आज फिर से हमारे समाज पर नहीं काबिज हो गए हैं ? राजनीति को व्यवसाय बनाकर, इसे अपराध से जोड़कर सत्ता पर कब्जा जमाने वाला यह धनपिपासु शासक वर्ग आज गरीब एवं असहाय जनता के लिए अंग्रेजों से जरा भी कम है ? जिन लोगों ने आजादी मिलते ही सबसे पहले गांधीजी को मार गिरवाया, क्या वे अंग्रेजों से जरा भी कम थे ? क्या वे ही जीवित नेताजी को देखकर चुप रहते ? आजादी के तमाम सुनहरे सपनों को अपने स्वार्थों की बंदूक से घायल करने या खून कर देने वाले लोग क्या आज देश को अंग्रेजों की तरह ही नहीं लूट रहे हैं ? कल के बनिये रामनामी ओढ़े-ओढ़े आज अरबपति बनकर देश-समाज के शत्रु नहीं साबित हुए हैं ? जाति-धरम की बीन बजा-बजा कर हिंसा की नागिन को भड़काकर जनता का शिकार करने वाले ये लोग आपको अंग्रेजों से कम लग रहे हैं ? बोलिए···! बोलिए !!···चुप क्यों हैं ? बोलिए !"

समूचे वर्तमान को ललकारा जा रहा था और सवालों से बिंधा जा

रहा था, लेकिन ठीक घनुजी के चाचाजी की तरह समूचा वर्तमान ठिठका, सहमा और सिर झुकाए कठघरे में खड़े शर्म से गड़ा हुआ था। बाकी वे सभी उन सवालों की तीखी चुभन महसूस कर रहे थे, लेकिन किसी का भी कंठ खुलने का नाम नहीं ले रहा था।

कुछ पल की चुप्पी के बाद दुकानदार की आवाज नरम हो गई। अंदाज एकदम पराजित जैसा, "ऐ बाबू ! अब तो लगता है कि देश को अंग्रेजों की मुट्ठी से छुड़ाने का सपना जो हम लोगों ने उस जमाने में देखा था, वह निहायत ही पागल सपना था ! जमीदारों को खत्म कराया गया, लेकिन वे बिजनेसमैन और नेता, मंत्री बनकर फिर उसी तरह, सिर्फ नकाब-भर बदलकर आ गए। थैलीशाहों ने राजनीति को जरखरीद बना लिया। पैसे वाले राजनीति के नियंता बन गए। उनके ही इशारों पर तख्त पलटने लगा। वे किले बनवाकर उसी पुरानी शान-शौकत के साथ रह रहे हैं। अपने ही शाही खर्चे पर शाह की तरह, राजा की तरह, नवाब की तरह, मंत्री की तरह, मुख्यमंत्री की तरह...! उन्हें मिल गई असली आजादी। आजादी गाँवों की गरीब-गुरबा जनता और पलामू जैसी शापित धरती को कहाँ मयस्सर हुई ? आजादी का सौवाँ हिस्सा भी यहाँ कहीं कण जैसा भी चमकता दिख रहा है ? एकदम वह पागल सपना था, जो हमने आजादी पाने के मुगालते में देख लिया था ! कितनी-कितनी यातना ! कितनी-कितनी जद्दोजहद ! कैसी-कैसी-कैसी कुर्बानियाँ !

'सरफरोशी की तमन्ना' के साथ फाँसी पर झूल जाने की वह कैसी पवित्र होड़ थी !

...ओह !...और इन तमाम कुर्बानियों, लड़ाइयों, सघर्षों और खुशनुमा सपनों की कोख का ऐसा गर्भपात !"

वह अवसाद के गहरे गर्त में डूबकर चुप हो गया था। सभी चुप थे। सबकी निगाहें अभी-अभी सिरकटे मुर्गे की तरह खूब तड़पे दुकानदार पर टिकी हुई थी और वह मद्धिम पड़ते चूल्हे के राख भरे अंगारों को एकटक ताक रहा था। बाहर झमाझम बारिश समान गति-ताल के साथ गिर रही थी। चाचाजी ने करीब जाकर चबूतरे पर रखी लोहे की अंकुश जैसी छड़ उठा ली और ओरियानी (छप्पर के कोर से चूने वाली पानी

की धार) की परवाह किए बगैर चूल्हे के पास बैठ नीचे से राख झारने लगे। राख खारिज होने लगी और चिटचिटाहट के साथ चिनगारियाँ रह-रहकर ऊपर की तरफ छिटकने लगीं। अंगारे फिर दहकने लगे थे, जिन्हें ताकता हुआ दुकानदार का चेहरा शोलों की तरह दमक उठा था।

रौंदा हुआ इतिहास

चाचाजी ने पूछा था, "राउर (आपका) नाँव काऽ बाहिन ?"

"जगवीर महतो !" बहुत धीरे-से उत्तर दिया था दुकानदार ने।

नाम सुनते ही चाचाजी ही नहीं, घनुजी को छोड़ साथ के बाकी सभी लोग चौंक गए थे। सभी इस कदर अचकचाकर महतो जी को देख रहे थे, जैसे वे कोई इतिहास का कोई दुर्लभ पुरावशेष निरख रहे हों। चाचाजी ने करीब जाकर दोनों हाथ जोड़ लिया और नतमस्तक हो गए, "बाप रे बाप ! आप जैसा इतिहास-पुरुष इस हाल में ! मैंने 'पलामू के इतिहास' में आपकी वीरता का जिक्र पढ़ा है। आप, जो आजाद हिंद फौज में नेताजी के खास निकट सहयोगी रहे, यहाँ इस तरह क्यों..." चाचाजी संस्कृत शिक्षक थे, खास-खास अवसरों पर यजमनिका में निकलते थे, लेकिन बोली-बानी, घिंचोराई हुई पोशाक यानी धोती-कमीज या गमछा-झोला वगैरह सब पके 'पडिज्जी, की तरह। अभी वे शुद्ध हिंदी बोल रहे थे, गोया वे 'कुमारसंभवम्' या 'अभिज्ञान शाकुंतलम्' की टीका सुना रहे हों ! एकदम कंठ से फूटी और तालू से टकराकर उच्चारित होने वाली हिंदी। कह रहे थे, "मुझे एक प्रसंग याद आ रहा है। शायद 'राँची एक्सप्रेस' या धनबाद वाले 'आवाज' अखबार में किसी का संस्मरण-पढ़ा था, जिसमें आपके नाम लिखा, शहीदे-आजम भगत सिंह का एक दस्तावेजी खत छपा था। उन्हीं की हस्तलिपि में। पत्र में उन्होंने आपको 'भैया' कहकर संबोधित किया था। क्रांतिकारी सपूतों के आप आदरणीय रहे हैं। लेकिन, आज आपकी यह दशा ?"

महतोजी ने हलकी-सी असहमति जतायी थी, "मेरी यह दशा, क्या मतलब ? क्या मैं भीख माँगने या चोरी करने जैसा कोई हीन काम कर

रहा हूँ ? क्या अपना जाँगर (देह) चलाकर काम करना बुरी बात है ?''

''नहीं, नहीं ! मेरा मतलब यह नहीं है। मैं तो यह कह रहा हूँ कि यह देश आज कितना कृतघ्न हो चुका है कि आजादी मिलने के बाद वह आप जैसे जाँबाज सेनानी तक को किनारे धकेलकर खुद में मशगूल हो गया है।''

''असल में यह देश का नहीं, यह हमारा दुर्भाग्य है कि हमने तमाम लड़ाइयाँ लड़ीं, आजादी पाने के लिए सब जतन किए और आजादी मिली, तो हमने जो चाहा था, सोचा था, सब उसके विपरीत होने लगा। हमारा दुर्भाग्य यही है कि हम आज जीवित बचकर अपने सपनों को चिंदी-चिंदी उड़ते देख रहे हैं, हमारे अरमान कुत्तों की तरह पागल होकर आर्तनाद करते मर रहे हैं और हम यह देखने को बचे हुए हैं...'' स्वयं की उपस्थिति को धिक्कारते हुए वे मेघाच्छन्न पर्वत की तरह दीख रहे थे।

चाचाजी ने निवेदनपूर्वक कहा था, ''महतो जी आप लोगों की पीड़ा अस्वाभाविक नहीं है। यह ऐसे पिता का दर्द है, जो अपनी चिर प्रतीक्षित संतान की विकृत देह देखकर टूट जाता है। लेकिन मैं भी संस्कृत का आचार्य हूँ; एक बात कहना चाहूँगा।''

महतोजी का ठंडाता हुआ चेहरा थोड़ा-सा उठा। उन्होंने बगैर कोई शब्द उच्चारित किए ही चाचाजी की ओर देखा। चाचाजी के स्वर में थोड़ी दृढ़ता बढ़ गई, ''यह दौर ही अजीब है कि जब पूरी दुनिया ही मूल्य-ध्वंस के दौर से गुजर रही है। सारे मानदंड रौंदे जा रहे हैं। पीढ़ियों का संतुलन गड़बड़ा गया है। उच्छृंखलता और भ्रष्टाचरण समाज की हर परत में घनु बाबू की तरह लगे हुए हैं। जो चीजें पहले सोची तक नहीं जा सकती थीं, आज खुलेआम उन्हें अंजाम दिया जा रहा है। राजनीति का क्षेत्र या समाज या जीवन-जगत का कोई भी क्षेत्र, सब जगह आज अभूतपूर्व मूल्य-संकट का नाग फन काढ़े कुंडली मारकर बैठा हुआ है ! यह वह समय है जब किसी भी ईमानदार आदमी को समाज ने आदर-भाव देना भुला दिया है, उल्टे उसकी ओर उँगली उठाकर हँसी उड़ाने तक की बदतमीजी खुलेआम होने लगी है। समाज में अच्छे लोग कम हैं। वे जहाँ-कहीं भी हैं, दुबके हुए हैं, ठीक उसी तरह जैसे पहले के बुरे लोग दुबके रहते थे। भ्रष्ट और गलत तरीकों को अपनाने वाले बहुमत में हैं और समाज के

फलक पर तिलचट्टों, चीटों और बिच्छुओं की तरह पूरे ताव के साथ चल-टहल रहे हैं। उनमें गजब का साहस बढ़ा है, जैसे आषाढ़ की पहली फुहार में विषधर का विष बढ़ता है ! वे एकजुट हुए हैं, जैसे शिकार बनने वाले शरीर में कैंसर के कीड़े केंद्रीभूत होते हैं। उनमें गजब की एकता और गजब का मतैक्य है, कि वे दिन को रात कह दें, तो उनका बहुमत हाथ उठाकर इसे साबित कर देगा, खुलेआम धूप से भरा हुआ दिन बहुमत से पराजित होकर रात सिद्ध हो जाएगा। लेकिन, इससे हमें न निराश होना होगा, न हताश में खुदकुशी करनी है। हमें खुद को बचा लेने का अपना दायित्व निभाना होगा, हमें खुद को इसलिए भी बचाना है, ताकि उनका संपूर्ण कब्जा न हो जाए, उनकी उपस्थिति पर प्रश्न चिह्न की तरह हम अड़े रहे···कि यह हमारा होना भी कम नहीं है ! आप हैं, तभी तो आपको देखकर आज हम लोग रोमांचित हो रहे हैं, देश के बारे में, आजादी की लड़ाई और शहीदों के बारे में इतने जीवंत ढंग से सोच पा रहे हैं कि आपका होना भी कम नहीं है, यह गौरव है, हमारा और हमारे समाज का, हमारे देश का···"

घनुजी ने देखा था, महतो जी की मुखाकृति खिल उठी थी, झमझमाकर बरसने के बाद खुले-धुले आकाश की तरह।···बाद में जब गिरिजा के साथ पहली बार घनुजी उसके पास गए, तो वहीं महतोजी से उनकी दूसरी भेंट हुई थी। महतोजी रात्रि पाठशाला चलवाते थे, जिसमें आसपास के गाँवों के बच्चे एवं बड़े-बूढ़े सभी जमा होते। अलग-अलग जत्थे लालटेन के इर्द-गिर्द बैठते और अक्षर की रोशनी में नहाया करते। घनुजी को याद है पहली बार जिस रूप में उन्होंने गारू की उस चाय-दुकान में उन्हें देखा था, इस डेढ़-दो दशक की अवधि के बाद उनमें काफी परिवर्तन हुआ था। शरीर कुछ ज्यादा ही लरज गया था। गिरिजा ने बाद में बताया था कि महतोजी कैसे गाँव के गरीब अपढ़ लोगों को पढ़ाने के लिए दिन-दिन भर पाँव पैदल गाँव-गाँव घूमते रहते हैं, कैसे लोगों में पढ़ाई के प्रति रुचि जगाते रहते हैं और कैसे रात-रात भर बैठे लोगों को पढ़ाते हैं ! गाँव के कुछ नवयुवकों को उन्होंने पढ़ाई के कार्य में सहयोग के लिए शुरू में कहा, तो लोगों ने इस पर न सिर्फ अपनी असहमति जताई बल्कि इस सोच का मजाक भी उड़ाया था। इस पर

महतो जी हमेशा की तरह क्रुद्ध नहीं हुए, बल्कि पलाश के पेड़ के नीचे सबके सामने डबडबा गए और फफक पड़े। उनका इस कदर फफकना, वहाँ खड़े उन सभी असहमत लोगों को इतना चुभा कि सबने उनके पाँव पर सिर रख क्षमा माँगी थी। गिरिजा ने यह भी बताया था कि घर में एक बार चखचख हो गई थी, और माँ ने जब उनसे उनकी सामाजिक सक्रियताओं पर असहमति जताते हुए कुछ कमाई-धमाई की बात कही थी, तभी वे कर गाँव ओरसापाट छोड़कर गारू चले गए थे और चाय की दुकान खोल ली थी। घर और बाहर के लोगों के लाख-दबाव और अनुरोध के बावजूद उन्होंने स्वतंत्रता सेनानी पेंशन के लिए दरख्वास्त देना कबूल नहीं किया था। उन्हें दस बीघा खेत था, लेकिन कुछ तो उनकी समाज-सेवा वाली आदत और कुछ सुखाड़ की प्रायः हर साल होने वाली चोट के कारण फसल हो नहीं पाती थी। अलग से एक परेशानी यह हो गई थी, गिरिजा भी कम्युनिस्ट हो गया था। यानी पिता के साथ-साथ, पुत्र भी उसी खाते में। ऐसे में माँ का समय-समय पर गर्माना भी लाजिमी था।

घनुजी ने एक दिन उनसे पूछा था, "आप लोगों ने देश की आजादी के लिए तो उतनी बड़ी जंग की और सुभाष चंद्र बोस जैसे नेता के साथ रहे, लेकिन पलामू की धरती की बदहाली दूर करने के लिए भी क्या कभी कोई पहल की ?"

महतोजी थोड़ा सा सहम-से गए थे, "ठीक कहते हो तुम ! पलामू की इस धरती के साथ सबने धोखा किया है, हमने भी। प्रकृति ने इसे वर्षा-वंचित क्षेत्र बना डाला, अफसरों ने इसे अपना सुरक्षित चरागाह बना लिया और वोट की राजनीति करने वालों ने तो इसे खेल का मैदान ही बना डाला। वे जब चाहते हैं भूख और सुखाड़ से ग्रस्त इस धरती पर कभी मंदिर-मस्जिद के झगड़े की गेंद उछाल देते हैं, तो कभी ऐसी ही दूसरी बेमतलब बात। वे कभी इस धरती की बदहाली दूर करने, पलामूवासियों की गरीबी दूर करने और विकास करने की बात नहीं करते। बात करते भी हैं तो गर्दन के ऊपर से, नीचे से नहीं ! हम लोगों ने भी क्या किया है भला ! हम लोग भी देश की आजादी के लिए लड़े, पलामू को गरीबी से मुक्ति दिलाने के लिए नहीं ! आज भी पलामू में बँधुआ

मजदूरी है। लोग हर साल सुखाड़ से जूझते और भूख से मरते हैं, पत्ते और जंगली जड़ी-बूटी खाकर पेट की आग शांत करते हैं ! लेकिन हम हैं कि इसके लिए कोई आंदोलन या कोई हंगामा खड़ा नहीं कर पा रहे हैं !" बात पूरी करने से पहले वे भभककर बुझने वाले दीये की तरह चुप हो गए थे।···

घनु बाबू ने तुलना की, सामने मरणासन्न पड़े महतोजी के जर्जर और स्थिर चेहरे पर वही बोध फैला हुआ था। बंद आँखें, गल चुका शरीर और चेहरे पर इतिहास के पदचिह्नों जैसी ढेर सारी आड़ी-तिरछी, आँकी-बाँकी लकीरें। इस पराजय-बोध में डूबा उनका गिजमिजाया चेहरा रौंदे हुए इतिहास की तरह लग रहा था।

मुनिया की पुकार ने अंततः महतोजी में हकरत पैदा की। उन्होंने कराह के साथ आहिस्ता-आहिस्ता आँखें खोली थीं।

पुरस्कार का सच

मुनिया की डबडबायी आँखें चमक उठीं। उसने घनु बाबू और डॉ. मिश्र की ओर देखा, जिसका मुखर आग्रह-भाव यह था कि वे लोग बतियाएँ उनसे। चारों के चेहरे सक्रिय थे। समुद्र की उठती और फैलती-गिरती लहरों जैसी भाव-रेखाएँ आ-जा रही थीं। चारों एक-एक कदम आगे बढ़े। महतो जी आँखों को काफी श्रमपूर्वक खोले हुए थे, यह उनकी पलकों के उठने-गिरने से आसपास पड़ने वाले बल से गोचर हो रहा था। आहिस्ता-आहिस्ता पीछे से गिरिजा भी आ खड़ा हुआ। वे छह जने ही नहीं, पूरा समय महतो जी को ठिठका, अचरज एवं विषाद में डूबा देख रहा था। सबके चेहरे के भाव यह जता रहे थे कि महतो जी का यह हश्र होना, हमारे समकालीन इतिहास-खंड की कदाचित सबसे बड़ी विडंबना है !

मुनिया की आँखों से टप-टप दो बूँदें टपक पड़ीं, जिस पर महतो जी की अर्द्धमूर्च्छित मुख-मुद्रा ने भी गहराई से गौर किया। मुनिया ने तुरंत विपरीत भाव बटोरकर मुसकान लिये अपने मुँह को उनके तकिए

से थोड़ा ऊपर कान तक किया, "ऐ बाऊज्जी ! घनु भइया आईल हथुन ! घनु भइयाऽ !" उसने यह वाक्य थोड़े-थोड़े अंतराल पर दो-तीन बार दुहराया।

मुनिया ने जब फिर एक अंतराल के बाद घनु बाबू के होने की बात दुहरायी, तो महतो जी ने इस वाक्य के पूरा होने से पहले ही अपनी नजर मुनिया के चेहरे पर से हटाकर घनु बाबू की ओर कर ली। वे आहिस्ता-आहिस्ता मुँह खोलने लगे, आवाज एकदम सारंगी के मद्धिम और करुण स्वर की तरह थी, "कहाँ रहऽ हँऽ घनु ? केतना जमाना के बाद आईल हँऽ बेटाऽ !" इतने शब्दों के निकलने के बाद जैसे उनका शरीर छूँछा हो गया हो ! वे भरपाई करने की तरह तेज-तेज साँस खीचने लगे। टुटही साइकिल-सी उनकी देह हर साँस पर पायडिल के जोर से जैसे आघात से खड़खड़ा उठती। सबको यह लगा कि वे नहीं बोलें, तभी ज्यादा अच्छा ! कम-से-कम इस कमजोर शरीर को आराम तो रहेगा ! दूसरे ही पल लोगों को यह ख्याल भी बिजली-सा कौंधा कि वे बोल रहे हैं, तो कम से कम उनकी अर्द्धमूर्च्छा तो निरस्त हो रही है ! उस पर भी उनके बोल ! सबके कानों में यह सारंगी जैसी आवाज अमृत-सी चू रही थी।

कुछ ऊर्जा इकट्ठा हो गई, तो उन्होंने सूखे पत्ते जैसे खड़खड़ाते अपने शरीर को थोड़ा नियंत्रण में लिया, फिर आगे भी बोल को जगाने लगे, "ठीक कईलऽ बेटाऽ कि मरे के बेरा में तुहुँ आऽ गइलऽ ! ई बाया (आत्मा) तोहरो लाऽ खूब छिछिहअइबे करतक (भटकती ही) ! अब चला-चली के बेरा में पटका गईल हीवऽ बेटा ! गिरिजा तऽ आझे (आज ही) जेल से आईल हऽ वऽ ! हम्मर एगो पुरान इयार (यार) के बेटा जज होके आईल हवऽ ! ऊहे बेचारा येकरा चिन्हलक अऊर सुनल्क कि हम बीमार हीऽ, तऽ ऊ ओकिल (वकील) के बोलवा के येकरा बेल दे देलक अऊर ऑडर में लिखले बाऽ कि जबन पोजिशन में ई लइका अइसन कइले हलक कि कोई दोसरो अमदी इहे करतक !" सचमुच बोलने से उनके स्वर का लिजलिजापन थोड़ा कम हुआ और वे अपेक्षाकृत कुछ ज्यादा जीवंत महसूस होने लगे। वे थोड़ी देर पहले बहुत पस्त लग रहे थे। उनके इतना कुछ बोलने के बाद यह स्थिति अब स्पष्ट रूप से उलट गई थी।

घनु बाबू ने बहुत मुलायमियत के साथ थोड़ा जोर देकर पूछा, "तऽ...तबीयत कइसन हऽ वऽ चाचा ?"

"तबीयत अब काऽ पूछले हँऽ बेटा ? अब काऽ ई खटिया छूटे वाला हऽवऽ ?" उनका स्वर टूटने लगा। उन्होंने ऊपर छप्पर की ओर ललाट सिकोड़कर इशारा किया, "इहे बन्हन (छप्पर) के नीचे अब अंत होतवऽ ! ई बार के भूख और अकाल में टूट गलिवऽ ऐ बेटा ! शरीर हमार पहिले से थाकल हलवऽ अऊर गिरिजा मडर (हत्या) करके जेल चल गलव तउ अईसन में घर के हालत हिल गलवऽ ! खेत में सभ मिलाके पाँचों सेर गोंदली (धान का नाम) नाऽ होइल हलवऽ ! येने मुनिया के घरो-बार उजड़ गलवऽ ऐ बेटा ! ई तऽ गिरिजवा छूट के आईल हवऽ तब जाके कुछो इंतजाम होवे लगलवऽ नऽ तऽ इहाँ दाना-दाना के दिग्गत (दिक्कत) हो गईल हलवऽ !"

कुछ ही देर की बातचीत के बाद महतो जी को काफी थका देख घनु बाबू ने सलाह दी, "अब आप आराम करिए ! हम लोग कल डालटनगंज लौटेंगे। गिरिजा से भी कुछ बतियाना है।"

महतो जी ने बात स्वीकार कर धीरे-धीरे आँखों को बंद किया। पलकें पहले सटकर एकाध बार खुलीं, फिर ठीक से बंद हो गईं। वे सभी बाहर आ गए।

घनु जी ने गिरिजा के साथ खटिया पर बैठते हुए पूछा, "डॉक्टर साहब ने मुझे सारी बात बता दी है, तुमने जिन परिस्थितियों में हत्या की थी, वह कभी अपराध नहीं माना जाएगा। वह एक कार्रवाई थी। स्वाभाविक, वाजिब और प्रशंसनीय। इसके लिए तुम धिक्कार के नहीं, प्रशंसा के पात्र हो। तुम्हारा मैं अभिनंदन करता हूँ।"

डॉ. मिश्र बोले, "मैं प्राध्यापक हूँ ! लगता है घनु बाबू मेरा परिचय आपसे नहीं कराएँगे। सो, अपना परिचय मैं खुद ही दे दूँ !"

तुरंत झेंपते हुए घनु बाबू बोल पड़े, "ओह सॉरी ! मैंने समझा कि गिरिजा आपको पहचान ही रहा होगा..."

इसी बीच गिरिजा ने हाथ उठाकर बोलने का उपक्रम शुरू किया। वे दोनों चुप हो उसे देखने लगे। जोर से साँस लेकर वह कुछ यों गर्दनादि हिलाने लगा जिससे यह लगा कि प्लास्टिक का कोई पेड़ पंखे के हवा

में झुरझुरा कर हिल रहा हो, "...हम तऽ सर को पहचनबे करते हैं ! हमारा शरीर जरूर खतम हुआ है, मेमोरी नहीं खतम हुआ है। सर ने हम लोगों को कई-कई बार भाषण देकर कांग्रेस का महत्त्व भी समझाया था और ई भीं बताया था कि कैसे यहाँ कम्युनिस्ट पार्टी असामाजिक तत्त्वों का एक जमावड़ा भर है ! हम लोगों ने एक बार सर को जवाब देकर उनकी बात का विरोध भी किया था। उस समय तो हम लोगों ने सर को लुलुआ (ठिसिया) दिया था लेकिन बाद में सर की बात प्रकारांतर से सही निकली, आज हमी खुद लुलुआ गए हैं। वे लोग जो पार्टी के नाम पर दुकानदारी करते रहे आज छा गए हैं। पैसे खूब इकट्ठे कर लिये, घर-मकान चकचका लिये और आज तमाम पार्टियों में घुस-घुसकर फूल-फल रहे हैं। आज उनकी दुकानदारी भी चमक रही है और वे भी चमक रहे हैं। इस अकाल और सूखे में कितने ही ऐसे पुराने नेता नकली मानवता छलकाते गाँव-गाँव घूमते और मालामाल होते रहे। इस अकाल ने कइयों को लाखों रुपए की कमाई करा दी है। देखो घनु, मुझे देखो ! क्या मिला मुझे ? ईमानदारी का कौन-सा पुरस्कार मिला मुझे ? कामरेड रहने और गाँव-गाँव घूमकर धूल फाँकते फिरने का मुझे क्या लाभ मिला ? यही गरीबी नऽ ! यही बीमारी और यही फाँकाकशी ही नऽ ?"

डॉ. मिश्र ने अपनी चुप्पी तोड़ी, "क्या आपने गाँव-गाँव घूमने और कामरेड होने के पीछे कोई स्वार्थ पाला था ? क्या आपने यह सब लाभ या पुरस्कार पाने की प्लानिंग के साथ किया था ?" उनका स्वर कठोर था।

"नहीं ! कभी नहीं। हमने निस्वार्थ भाव से यह सब किया था। हमने कभी कोई खोंट मन में नहीं आने दिया कि..." वाक्य अधूरा छोड़ गिरिजा ने अपने दोनों कान खुद पकड़कर तौबा करने वाली मुद्रा में सिर को हिलाया।

"तो फिर आपको कोई पुरस्कार या कोई लाभ भला कैसे मिलेगा ? आपको तो कोई पुरस्कार या लाभ मिलना भी नहीं चाहिए। भई, आपको यह सब मिलेगा ही क्यों ? आप न बेईमान हैं, न पैरवी वाले हैं, न किसी नेता-वेता के चमचा हैं...कोई भी तो योग्यता नहीं है आपमें। पुरस्कार आज जिसे भी मिल रहा है, उसे शंका से देखना चाहिए। आज पुरस्कार समाज

में सम्मान की भावना नहीं, आशंका की लहर पैदा कर देता है। समझने वाले खूब समझ लेते हैं कि किसी को यदि कोई बड़ा पुरस्कार मिला है, तो उसमें कौन-कौन-सी 'बड़ी' योग्यताएँ होंगी ! पुरस्कार या लाभ उन्हें ही आज मिलेगा जो उसी की योजना बनाकर उसी के लिए, उसी के अनुरूप हाथ-पाँव हिला-डुला सकें। आपको कोई पुरस्कार नहीं मिला, यही आपका पुरस्कार है। समाज आपको देखता रहा है। समाज आपको आज भी देख रहा है और समझ रहा है। आपकी कद्र भी समाज में है। वे तमाम लोग जो पुरस्कार का क ख ग भी नहीं समझते, उनके मन में आपके लिए जो प्यार है, अपनापन है, वही आपका पुरस्कार है।''

घनु बाबू ने टिप्पणी की, ''नहीं, ऐसा नहीं है एकदम। लेकिन कमोवेश स्थिति इससे अलग भी नहीं है। आज के राजनीति करनेवालों ने स्थिति को बिगाड़ा है।''

डॉ. मिश्र बिगड़ गए, ''क्या बात करते हैं जनाब ! राजनीति करने वाले आज के हों या कल के ! सब के सब दूरदर्शी बनिया थे, उन्होंने प्लानिंग करके बिजनेस की तरह पॉलिटिक्स किया। दूर का फायदा देखकर श्रमपूर्वक दिमाग की पूँजी इनवेस्ट की। गाँधी जी ने लँगोट-चप्पल धारण करने से पहले शर्ट-पैंट-टाई का स्वाद लेकर बैरिस्टरी तक का मजा चख लिया था। नेहरू का कपड़ा पेरिस से धुलकर आता था। पटेल, तिलक, अंबेदकर, मौलाना आजाद···इनमें से कौन था साधारण गरीब बाप का भूखा-नंगा बच्चा ! सभी बड़े थे, पैसेवाले परिवारों के बुद्धिमान 'होनहार बिरवे' उन्होंने बुद्धिमानी की और प्लानिंग के साथ संघर्ष किया और बाद में तय लक्ष्य को प्राप्त किया, 'राष्ट्रपिता' या 'राजा' बने ! सोचिए, यह कैसी विराट बुद्धिमानी थी उनकी कि आज भी उनमें से कइयों की आल-औलाद तक राजनीति की उनकी ही बोई फसल को उसी मजे के साथ काट रही है। एक-एक परिवार ऐसा भी इस प्रजातंत्र में खुशनसीब निकला कि उसने देश को दो-तीन प्रधानमंत्री तक मुहैया किए ! आप क्या सोचते हैं, प्रजातंत्र में ऐसा सौभाग्य बगैर किसी दूरदर्शी योजना के संभव है ? इसलिए भाई गिरिजा, उदास नहीं होना है। तुमने अपने कैरियर को, परिवार को, घर-बार को एक झटके में एक तरफ धकेलकर, गरीबो-जरूरतमंदों के लिए जितना कुछ भी किया है, वह कार्य

कोई सौदे के तहत नहीं किया था। तुमने यह सब इसलिए नहीं किया कि तुम 'राष्ट्रपिता' वाली स्टाइल में 'पलामूपिता' हो जाओ और पलामू की जनता तुम्हें देखते ही फूल-माला लेकर तुम्हारे पीछे दौड़ पड़े। शुद्ध मानवता के तहत तुमने अपने नागरिक होने या मनुष्य होने का दायित्व निभाया है। इसमें तुम्हें कोई हताशा नहीं होनी चाहिए। तुमको तो महासंतोष होना चाहिए कि तुमने यह सारा कुछ बगैर किसी लोभ के किया !''

अरुण और सुन्नर, डॉ. मिश्र के समूचे भाषण के दौरान खूब उत्साहित दीखे। गिरिजा का निराशा में डूबा मुड़ा-तुड़ा चेहरा उत्फुल्ल हो उठा। जैसे मौत के अँधेरे में डूबते किसी 'जीवित' आदमी को मौके पर बचा लिया गया हो और जीवन के प्रकाश में ला खड़ा किया गया हो। गिरिजा का मुखमंडल अवसाद से मुक्त हो नई आभा में डूब-सा गया।

घनु बाबू बोले, ''डॉ. साहब, आपकी कई बातें तो मुझे बहुत नागवार लगीं, लेकिन आपने पुरस्कार के बारे में जो टिप्पणी की यह वाकई मेरे लिए भी आँखें खोलने वाली है !''

योद्धा की तरह

डॉ. मिश्र बोले, ''मेरी ये बातें मेरी बातें नहीं हैं, बल्कि एक ढँकी हुई सच्चाई है, जो खुद इतिहास को भी नागवार गुजर रही होंगी। लेकिन क्या कर पाएगा बूढ़ा इतिहास ! हकीकत सिर्फ और सिर्फ यही है। इस बात को किसे इनकार होगा कि गांधी जी जब मोहनदास करमचंद गांधी थे, तब उन्हें गोरा नहीं होने के कारण ट्रेन के फर्स्ट क्लास में यात्रा नहीं करने दी गई होगी, बस इतने पर ही उनका राष्ट्रप्रेम जाग उठा। बैरिस्टर थे, तो फर्स्ट क्लास ही में न यात्रा कर रहे होंगे ! हमारी आपकी तरह सेकेंड क्लास आदमी तो वे थे नहीं कि सेकेंड क्लास में यात्रा करते ! तो वे कहीं से आम जनता के दर्द को जानने वाले स्तर के व्यक्ति थे क्या ? आप ही खुद सोचकर बोलिए...''

घनु बाबू चुप रहे। सुन्नर और अरुण भी सिर्फ मटर-मटर ताकते रहे।

घनु बाबू को यह चर्चा असंगत लग रही थी। उन्होंने बात को मोड़ा, "गिरिजा, तुम एक बात बताओ !"

"पूछिए !"

"पूछिए नहीं, बोलो कि पूछो !"

"हाँ, हाँ, ठीक है वही !" वह झेंप सा गया।

"गाँव में रिलीफ की रोटी बँट रही है, खाने के दूसरे सामान भी बाँटे जा रहे हैं, तुम लोगों ने इसे लेने में संकोच क्यों बना रखा है ? घर में जब फाँकाकशी हो गई, तो फिर यह सामंती संकोच क्यों कफन की तरह ओढ़कर लेट गए हो तुम लोग ?" धीमे-धीमे किंतु आवेग भरे स्वर में घनु बाबू का बोलने का यह अंदाज लगभग डाँटने वाला था, "...यह ठीक है कि तुम लोग इस गाँव में मानिंद लोग हो, खपड़े और मिट्टी के तुम्हारे इस बड़े आँगन वाले मकान में दो कमरे ईंट के भी कभी बन गए थे, लेकिन इसका मतलब यह तो नहीं कि भूख और सूखे के इस हमले में तुम लोग अपने बड़े होने के घमंड के दड़बे में दुबके-दुबके मर-खप जाओ !" घनु बाबू बोलते-बोलते हाँफ गए।

गिरिजा चुप था। उसकी ठुड्डी पर की दाढ़ियाँ पहले की तरह तेजस्वी नहीं रह गई थीं, बल्कि अब कांतिहीन हो गई थीं। सफेदी का जन्म इसमें भी हो चुका था। फिलहाल उसका चेहरा पसीने से भर गया। दाढ़ियाँ भी भिंगोयी हुई घास की तरह हो उठी थीं। वह नीचे जमीन की ओर ताक रहा था। उसकी आँखें डबडबा गईं और गला भर आया, "...मैं...मैं...तो कभी ऐसी-वैसी कुंठा में रहा ही नहीं...तुम ही जानते हो यार ! लेकिन क्या करें घर-परिवार के लोगों की भी विवशताएँ हैं। उन्होंने पहले कभी ऐसी परिस्थिति देखी ही नहीं थी। बाबूजी जब लड़ाई में थे, तब घर में तो कोई ऐसी-वैसी समस्या थी ही नहीं, बाद में मैं जब पार्टी-पालिटिक्स में गया, तब भी घुमा-फिराकर घर का काम निकल ही जाता था। बाबूजी भी खूर-खार कर-कराकर खेत से खाने भर को अनाज उपजा ही लेते थे। लेकिन इस अकाल में चारों ओर से हमला एक साथ हुआ। खेत, पानी के बिना आग जैसी बरसती धूप में झुलस गए, उधर मुनिया की ससुराल

पर विपत्ति का अलग बज्जर (बज्र) गिरा, वह बेचारी बेसहारा होकर यहाँ आ गई, मेरा घर अलग डाँवाडोल हो उठा, मेरी गिरफ्तारी से···बाबूजी इस चौतरफे हमले में खड़े नहीं रह सके। वे चारों खाने चित्त गिरे हुए हैं। वे अब कैसे फिर उठ खड़े होंगे, मैं कुछ समझ नहीं पा रहा हूँ। मैंने घर के कुछ सामानों को ले जाकर गारू में बेचा, तब जाकर कुछ काम लायक रुपए हुए, तो बाबूजी की दवाई ले आया हूँ। दवा का असर हुआ है। रात में तो उनकी बोली-चाली सब बंद हो गई थी। आज सुबह स्थिति पलटी। अभी तो जैसे-जैसे तुम लोगों के साथ वे बोले-बतियाए इससे मुझे काफी संतोष हो रहा है। लगता है बाबूजी को अब कुछ नहीं होगा। वे ठीक हो जाएँगे। वे जरूर उठकर खड़े हो जाएँगे।"

डॉ. मिश्र बोले, "हाँ जी ! उन्हें कुछ नहीं होगा। वे एकदम ठीक-ठाक हो जाएँगे। वे हमारे समय की बची-खुची नैतिकता हैं, हमारी आस्था और हमारा विश्वास हैं वे ! उन्हें कैसे कुछ होगा ! हमारा यह समाज अभी आस्था-शून्य नहीं होगा, नैतिकता का संपूर्ण लोप अभी नहीं होगा !"

घनु बाबू बोले, "गिरिजा, तुम्हें एक बात पता है कि नहीं ?"

"क्या ?"

"मास्टर साहब भी मृत्यु-शय्या पर पड़े हुए हैं। मैडम लड़ रही हैं उनके लिए मँडराती मृत्यु के चौतरफे खतरे से अकेले। हम लोग आज कई दिनों से इन्हीं जंगलों में भटक रहे हैं। उनकी खबर पाने के लिए मन बेचैन है। अब पता करना ही होगा कि उनके स्वास्थ्य में सुधार हो रहा है या नहीं !"

डॉ. मिश्र ने घनु बाबू के कंधे पर हाथ रखते हुए पूछा, "तो हम लोगों को अब गिरिजा जी से विदा भी लेनी चाहिए नऽ ?"

"हाँ, हाँ ! अब तो सबसे भेंट हो ही गई। लेकिन मैं चाहता हूँ कि महतोजी समेत मुनिया और गिरिजा को भी हम लोग डालटनगंज लिये हुए चलें। वहीं महतोजी का ठीक से इलाज भी करवाया जाएगा और ठीक-ठीक ढंग से सबको रखा भी जाएगा। यहाँ एक तो इन लोगों के साथ अभाव की भी विवशता है, दूसरे ठीक-ठाक ढंग से यहाँ इलाज भी संभव नहीं है।" डॉ. मिश्र की तरफ संजीदगी से देखते हुए मशविरा वाले

अंदाज में घनु बाबू ने कहा।

गिरिजा ने स्वयमेव बात का उत्तर देते हुए कहा, "लेकिन, आप हमें तो ले चलना चाहते हैं, क्योंकि हम यहाँ बेहतर स्थिति में नहीं हैं या बाबूजी का ठीक से इलाज नहीं हो पा रहा है, परंतु यहाँ के दूसरे तमाम गरीब ग्रामीणों का भी तो वही हाल है, क्या आप उन्हें भी ले चल सकेंगे ? मैं तो सबको छोड़कर जाने के लिए व्यक्तिगत रूप से तैयार नहीं हूँ। आप लोग बाबूजी से बात कर लीजिए।"

गिरिजा की बात से सभी के चेहरे स्याह हो गए। घनुजी ने तुरंत तेज कदमों से चलकर महतोजी वाले कमरे में प्रवेश किया। वे सोये नहीं थे, छप्पर की ओर गौर से ताकते हुए जैसे कुछ सोच-विचार रहे थे। उनका चेहरा यद्यपि बीमारी के अवसाद से मुक्त नहीं था, लेकिन तब भी थोड़ी देर पूर्व की देखी हुई शिथिलता काफी हद तक उड़ चुकी थी। घनुजी खँखरते हुए कहा, "एक बात कहनी है..."

जवाब में पूछने की स्वीकृति देने वाले अंदाज में महतोजी ने अपनी नजर घनु बाबू के चेहरे पर टिका दी। घनु बाबू ने पूछा, "हम लोग चाहते हैं कि आप सभी को डालटनगंज ले चला जाए, जहाँ आप लोग ठीक-ठाक ढंग से रह भी सकेंगे और वहाँ आपका प्रॉपर इलाज भी संभव हो सकेगा।"

"नहीं ! हमारे साथ के लोगों में कितनों के बाल-बच्चे और अन्य इस भूख में यहाँ मर चुके हैं। इस गाँव से अभी रोज एक-न-एक लाश निकल रही है। भूख और बीमारी रोज किसी-न-किसी की जिंदगी को निगलती जा रही है। मैं इस स्थिति से अकेले भागने को कायरता मानूँगा। ये लोग हमारे सिपाही रहे हैं, हम लोग इनके साथ जिस हद तक जुड़े रहे हैं, उस स्थिति में या तो हमें इनकी मदद करनी चाहिए थी तथा इनकी ओर से लड़ना चाहिए था या फिर इनके साथ इन्हीं की तरह अब हमें भी मर जाना चाहिए। यह मौत हमें ज्यादा सुकून देगी, लेकिन यहाँ से अकेले हम अपने बचे-खुचे परिवार को लेकर डालटनगंज आपके साथ चलेंगे तो वहाँ की जिंदगी हमें मौत से ज्यादा मनहूस तथा काँटेदार महसूस होगी..." महतोजी का स्वर बीमार आदमी की आवाज नहीं रह गया था। वे बहुत संजीदगी से, बिना काँपे या

थरथराए ही पूरी बात बोल गए।

घनु बाबू उन्हें प्रणाम करके कमरे से बाहर आ गए। डॉ. मिश्र ने दो कदम आगे बढ़कर पूछा, "महतोजी तो राजी हैं न ?"

"ना?"

"क्यों, क्या बोले ? क्या उन्हें यह लग रहा है कि वे काफी अशक्त हैं और इस दशा में डालटनगंज ले जा पाना हमारे लिए कठिन होगा ?"

"नाऽ सर ! वे खुद को बीमार अभी भी नहीं समझ रहे हैं। वे कल जैसे योद्धा थे, वैसे ही आज भी योद्धा की तरह सोच और बोल रहे हैं।"

"योद्धा की तरह ? क्या मतलब ?"

"वे कह रहे हैं कि यहाँ के तमाम ग्रामीण लोग उनके हैं और वे उन्हें भूख तथा बीमारी से मरता हुआ छोड़कर अपनी जिंदगी सुनिश्चित करने के लिए नहीं भागना चाहते। उन्होंने साफ कहा था कि यहाँ से भागकर प्राप्त की गई जिंदगी उन्हें स्वीकार नहीं है और यहाँ रहकर तमाम ग्रामीणों की तरह ही भूख और बीमारी से लड़कर मरने में उन्हें ज्यादा सुकून मिलेगा।" घनु बाबू का स्वर थरथराने लगा था।

डॉ. मिश्र समेत सुन्नर और अरुण भी भरभरा उठे। सबकी आँखें डबडबा गईं। गिरिजा ने तभी सुबकते हुए कहा, "बाबूजी ने कभी बैठकर अपने या घर के लिए कुछ न सोचा है, न किया है। वे कैसे आज सबको मरता छोड़ अपनी जिंदगी के लिए ऐसी साजिश कर सकते हैं !"

डॉ. मिश्र बोले, "भूल हो गई हमीं लोगों को सोचने-समझने में। हम लोगों ने यह जानते हुए कि वे व्यक्ति होकर भी व्यक्तिमात्र नहीं हैं, उन्हें व्यक्तिमात्र मान लिया था। यह बात वाकई अनैतिक है कि वे अपनी संघर्षभूमि पर अपने संगी-साथियों को भूख और बीमारी से लड़ता छोड़ भाग जाएँ या पलायन करें !"

घनु बाबू ने आहिस्ता से सुन्नर को बाहर चलने का संकेत किया। आगे-आगे वे बाहर जाने वाले दरवाजे की ओर चल पड़े। सुन्नर और अरुण भी उनके पीछे-पीछे चल पड़े। सुन्नर ने गाड़ी स्टार्ट कर दी। घनु बाबू सुन्नर और अरुण, सबकी निगाहें दरवाजे की ओर डॉ. मिश्र के आने के इंतजार में लगी हुई थी। कुछ देर हो गई, तो घनु बाबू ने अरुण को

जाकर देखने को कहा। तभी दरवाजे से पहले डॉ. मिश्र निकले और तब गिरिजा। दोनों कुछ बतिया रहे थे। डॉ. मिश्र रह-रहकर पीछे मुड़-मुड़कर गिरिजा की बात में हाँ-ना कर रहे थे। तभी घनुजी ने तेज स्वर में कहा, "तो, अब चला जाए न ?"

"हाँ, हाँ !" डॉ. मिश्र जोर से बोले। उन्होंने गिरिजा से हाथ जोड़कर विदा ली और गाड़ी की ओर तेज कदमों से बढ़ने लगे।

आत्मालोचन

अँधेरा लटकने लगा था। जहाँ-जहाँ पेड़ लगातार मिलते, वहाँ-वहाँ गाड़ी की रोशनी का प्रभाव अधिक दीख जाता और जहाँ साफ आकाश चमकता मिलता, वहाँ यह असंगत लग जाता। सभी चुप थे। घनु बाबू की चुप्पी खास थी। कम से कम डॉ. मिश्र को यह अधिक अवसादग्रस्त लग रही थी। बगल में बाईं ओर बैठे वे दाईं तरफ मुड़कर रह-रहकर आहिस्ता से उन्हें देख ले रहे थे। घनु बाबू ने डॉ. मिश्र का यह निरीक्षण महसूस तो किया, लेकिन अपनी चुप्पी की झिल्ली वे झटककर तोड़ नहीं पाए। सामने से तय होती सड़क पर छरछराकर आगे छलकती रोशनी पर फिसलती उनकी निगाहें जैसे कहीं और अटकी हुई थीं।

डॉ. मिश्र फिर मुड़े और इस बार स्पष्टतः उन्हें निरखते हुए बोले, "लगता है कि आप महतो जी के इनकार से बहुत ज्यादा अवसादग्रस्त हो गए हैं।" स्वर में पराजय के चिह्न पसीज रहे थे।

"नाऽ..."

"फिर बात क्या है ?..."

"कुछ भी नहीं।"

"नहीं ! कुछ-न-कुछ सोच तो जरूर रहे हैं..."

"हाँ..."

"तो, क्याऽ बात क्या है ?"

"सोच रहा हूँ कि बहुत विचित्र संयोग है कि एक साथ उधर मास्टर साहब मृत्यु शय्या पर गिरे हुए हैं और इधर महतो जी भी उतान पड़े हुए हैं।"

"हूँऽ..."

"तो, बात तो सचमुच बहुत अवसाद उत्पन्न करने वाली ही है।"

"इसमें अवसाद क्यों दीख रहा है आपको ?"

"आप तो विचित्र बात कर रहे हैं सर !" घनु बाबू का स्वर चिनगारी की तरह छिटका।

"आप ही ने तो कुछ देर पहले कहा था कि महतो जी हमारे समय की बची-खुची नैतिकता हैं, हमारी आस्था और विश्वास हैं।" स्वर में बालसुलभ ठुनक थी, वे भावार्द्र हो वाक्य पूरा नहीं कर सके।

"हाँ, कहा तो है ही, तब ?"

"तब क्या ! मैं देख रहा हूँ कि मास्टर साहब और महतो जी दोनों बच नहीं सकेंगे। हमारे समय की आस्था, विश्वास और नैतिकता भी तो उनके ही साथ..."

"नहीं ! नहीं ! नहीं ! मास्टर साहब हों या महतो जी हों, वे निश्चय ही हमारे समय की बची-खुची नैतिकता हैं, विश्वास हैं और आस्था भी हैं, लेकिन उन्होंने अपने मूल्यों के बीच दोनों हाथों से चारों ओर छिड़क दिए हैं। जैसे भाषा, जैसे शब्द, जैसे तमाम मूल्य हर पुरानी पीढ़ी अपनी उत्तराधिकारी पीढ़ी को सौंप कर अपने प्रस्थान को वरण कर लेती है, वैसे ही ये मूल्य भी छिड़के जा चुके हैं। आप या हम अतिरिक्त चिंतित न हों, तो यही अच्छा है। प्रकृति हमसे या आपसे ज्यादा समझदार है और सलीके भी खूब जानती है वह। वह स्वयं समय आते ही अंगारे थामने वाली तलहत्थियाँ गढ़ लेती हैं...राजा हरिश्चंद्र से पहले भी सत्य का वही अस्तित्व था, उनके बाद भी वह उसी तरह आज कायम है...प्रकृति स्वयं गढ़ती रहती है ऐसे-ऐसे हरिश्चंद्र, जो समय के आते ही सत्य के या मूल्यों के ऐसे अंगारे थामने को आग्रह के साथ सामने स्वयं बिछ जाते हैं। मास्टर साहब के मूल्य कभी मिटेंगे भला ! वे तो पनप रहे हैं गिरिजा में, हममें आपमें, इसमें-उसमें..."

घनु बाबू को लगा कि गाड़ी के भीतर का अँधेरा छँट गया है और चाँदनी जैसी शीतलता से भर गई है।

गाड़ी के रुकते ही अँधेरे में डूबे डाक बँगले के दरवाजे पर खड़बड़ाहट की आवाज हुई। दरवाजा शैतान के मुँह की तरह जल उठा। वह जॉन था। हाथ में ढिबरी लिये। ढिबरी की लंबी लौ धुएँ की लकीर ऊपर की ओर फेंकती काँप रही थी। लकीर ऊपर तक हिल रही थी। वे सभी उतरे और पाँव से अंदाजा ले-लेकर सीढ़ियों को धाँगते हुए बरामदे पर खड़े हो गए। जॉन ने ढिबरी टिढुआए हुए गोल टेबल पर रख दिया। अरुण और सुन्नर कुर्सियों को टटोलते हुए बैठ गए। ऊँचे टेबल पर रखी ढिबरी कुर्सियों के ऊपरी छोर को ही दिखा पा रही थी।

डॉ. मिश्र ने प्यार भरे अंदाज में टोका, "अरे, तुम लोग इहँई काहे थसक गए ? चलो भीतर कपड़ा-वपड़ा बदलकर कुछ खा-पी लो,...सभी थके हुए हैं, बाद में असकत (आलस) हो जाएगी..."

घनु बाबू ने भी जोड़ा, "हाँ...हाँ ! भाई, कुछ खा-पीकर इकट्ठे सोया ही जाए अब !"

अरुण उठ खड़ा हुआ, "क्या खाना-पीना होगा सर ! देह तो लग रहा है कि पापड़ की तरह कुरकुरा गई है। गर्दन ऐंठन से भर गई है। शरीर के सारे जोड़ बथ(दर्द करना) रहे हैं। लगता है, इन पर दर्द का घोल लपेटा हुआ है !"

सुन्नर ने उठकर जम्हाई ली, "हाँ ! आज तो लगता है, मारक नींद आएगी !" चारों भीतर गए।

कुछ ही देर में जॉन ने आकर पूछा, "खाना लगाऊँ नऽ ?"

"हाँ ! हाँ !" डॉ. मिश्र ने तुरंत साझा स्वीकृति दे डाली, "अब सीधे कुछ खा-पीकर बिस्तर पर लेट जाना है।"

डाइनिंग टेबल तो नहीं, लेकिन यह बड़ा-सा टेबल कुछ ऐसे ही काम का था। इसकी ऊँचाई पर गौर करते हुए घनु बाबू ने टिप्पणी की, "लगता है कि अफसर लोगों का यह गेम टेबल है।"

"हाँ, कैरम वगैरह खेलते होंगे ! काम-धाम तो करना होता ही नहीं उन्हें, काम करें जूनियर और वे शेखी बघारकर इसी तरह टाइम पास करते होंगे।" वे चारों कुर्सियों पर खाने की मुद्रा में बैठ गए। थकान के साथ-साथ भूख भी उनके चेहरे पर चुहचुहा रही थी।

जॉन ने दो बार थालियाँ लगा दी। डॉ. मिश्र बोले, "रोटी तो तुमने

बढ़िया बना ली है, जॉन !" स्वर में प्रशंसा के भाव थे।

दीवार से सटकर चौकन्ना खड़ा जॉन विनम्रता से झेंप गया। घनु बाबू बोले, "सब्जी भी ठीक है !" वे चारों गति से खा रहे थे।

उमस से भरी हुई सुबह थी यह। गर्म लू सूरज की पहली ही किरणों से आग ले-लेकर दौड़ रही थी। घनु बाबू पहले जग गए और आकर बरामदे में कुर्सी पर बैठ गए। उनकी आँखें जैसे सरसों तेल की कड़वाहट से भरी हुई थीं। आँखें मनों बोझ से दबी हुई-सी अधमुँदी। पाँव के निचले हिस्सों पर धूप पहुँच रही थी। उन्हें इससे दाह की अनुभूति हुई। जैसे त्वचा कटने-परपराने लगी हों ! पहले तो वे दुविधा में पड़े कि कहीं कोई चीटा वगैरह तो नहीं काट रहा है, लेकिन जब आँखें मींचकर नीचे हाथ से चुभन को झाड़ते हुए गौर किया तो थोड़ा विस्मित हुए बगैर नहीं रह सके। ऐसा भी होता है कहीं ! सुबह-सुबह ही धूप ! वह भी ऐसी कि जैसे चमड़ी पर ब्लेड चला रही हो ! वे बुदबुदाए, 'सूरज देवता भी नाराज हैं पलामू पर ! ऐसे ही नहीं है सूखा-अकाल की यह मार ! कितनी अभिशप्त है यह धरती !'

उन्होंने घड़ी देखी और थोड़ा चौंक गए, "बाप रे ! नौ ! स्वर को तेजकर हँकाने लगे, "अरे, ओ जॉन ! जॉऽऽन !"

"काऽ सरकार ?" वह भागा हुआ आया। उसके हाथ में गीला आटा लगा हुआ था। लगता है कि यह आटा सान (गूँथ) रहा है, घनु बाबू ने मन ही मन अंदाजा किया और बोले, "अरे तुम क्या कर रहे हो ?"

"रोटी पकावेला जाइत हीऽ !" वह अपने इस कार्य के प्रति किसी असहमतिजन्य बात की आशंका में सहमा हुआ था।

"रोटी पकाने जा रहे हो और यह नहीं देख रहे हो कि नौ बज गए लेकिन अभी तक वे तीनों सोए हुए हैं। पहले जगा तो लो, उन लोगों को !" घनु बाबू की आवाज में हलकी-सी झुँझलाहट की झनक थी।

"अच्छा !" वह गति के साथ पीछे मुड़ा।

"अरे यह भी सुनो !" घनु बाबू ने तेज आवाज में हाँक लगाई।

"काऽ ?"

"उन लोगों को जगाकर पहले चाय चढ़ा दो। चीनी हलकी रखना और चाय की पत्ती थोड़ी ज्यादा रखना !"

"हूँऽ !" वह इस बार कुछ कम गति के साथ गया।

घनु बाबू ने खड़ा होकर मन बनाया कि बरामदे से उतरें और आहाते के भीतर ही उधर थोड़ा-सा टहलें, जहाँ ऊँची चारदीवारी के पास छाया भी है और हलकी-हलकी घास भी। जॉन, लगता है, पानी वगैरह उधर हमेशा रहता है, उन्होंने घास को जीवित देख सोचा।

उतरे। धूप में तेज-तेज कदम बढ़ाते आगे बढ़े। सचमुच सुकून मिला। उन्होंने छाया के पास से ऊपर पहाड़ियों की ओर देखा, धूप की लकीर बाल को छूती आँखों के ऊपर से गुजर रही थी, इसलिए पलकें खुली रह गईं। पहाड़ियाँ नौ बजे ही सुबह लहक रही थीं। लू ऊपर तक धूल के गर्दो-गुबार को ऊँचा उठाकर उड़ाती, तो लगता, गोया आँवे से बगैर लपटों के ही ठोस ताप निकल रहा हो !

घनु बाबू चुप थे ही, लेकिन उनका मस्तिष्क चुप नहीं था। मानस पटल पर महतो जी और मास्टर साहब की एक जैसी तस्वीर उभर रही थी। महतो जी के इनकार से उत्पन्न अपनी मिट्टी के प्रति उनके अदम्य प्रेम और दीवानगी का संगीत आहिस्ता-आहिस्ता फूट रहा था और साथ-साथ मन आशंकाओं की कीलों से ठुँक रहा था कि पता नहीं उधर डालटनगंज में मास्टर साहब किस हाल में होंगे !

तभी बरामदे में डॉ. मिश्र ने हाँक लगाई, "उहाँ काऽ कर रहे हैं घनु जीऽ ?" वे गंजी और लुंगी में थे, उनका मन और मिजाज तरोताजा था यह उनकी ठोस आवाज से पता चला। घनु बाबू ने उत्तर में बगैर कुछ शब्द कहे, स्वयं तेज कदमों से बरामदे तक की दूरी तय की।

डॉ. मिश्र बैठ चुके थे। उन्होंने सामने की कुर्सी की ओर इशारा किया। बैठते हुए घनु बाबू बोले, "वहाँ आहाते की छाया में खड़ा होकर पहाड़ियों को देख रहा था। नौ-साढ़े नौ बजे ही गजब की आग बरसने लगी है, सर ! पलामू के ये पूरे-के-पूरे भीतरी, पिछड़े, जंगली ग्रामीण इलाके गजब मृत्यु-उपत्यका बन चुके हैं, जहाँ सब कुछ शिथिल...जीवन के सारे अवयव ठंडे पड़ गए हैं, बस सिर्फ एक मौत है जो अपने पूरे शबाब पर है, वही नागिन की तरह नाच रही है और जीवन को निढाल बनाती चली

जा रही है...''

''हाँ, वह तो है ! तो क्या करना है, अब डालटनगंज चलना है या कहीं कुछ और देखना-सुनना है ?'' डॉ. मिश्र ने वस्तुपरक ढंग से कुछ यों पूछ डाला, गोया उनमें अभी-अभी कही गई मौत वाली विडंबना की बात फिलहाल कोई खास अवसाद नहीं उत्पन्न हो पाया हो !

घनु बाबू कुछ बोलते इससे पहले दोनों का ध्यान लोहे वाले गेट के खुलने से होने वाली चरमराहट पर केंद्रित हुआ। एक लड़का था यह। कमर में गंदा और उभरा, फैला हुआ बदरंग और रोएँदार तौलिया लपेटे और गंजी डाले हुए। भीतर आकर उसने वहीं रुककर जल्दीबाजी में गेट लगा दिया और लगभग दौड़ता हुआ करीब आया, ''एगो बात कहेलाऽ बाहिन !''

''क्या-क्या ? बोलो ! बोलो !'' डॉ. मिश्र जिज्ञासु हो उठे।

''रउरन तऽ सरकारी अफीसर नइखी नऽ ?''

''नाऽ भाई ! बोलो नऽ !''

''रउरन एकबार (अखबार) वोला नऽ हीऽ ?''

''हँऽ हँऽ ! भाई बोल तो !'' यह गहरी बेचैनी भरी उत्सुकता थी घनु बाबू की।

''धनुकधारी सिंघ खइला-खइला बिना (खाए-खाए बगैर) बेहोश हो गइल बाऽ ! ऐ बाबू, ऊ बचतई नाऽ ! चल के देखूँ रउरन !'' वह कहते-कहते, फफक पड़ा ! अरुण और सुन्नर भी आ गए थे। वे सभी उस लड़के को पीछे मुड़कर गेट की ओर जाते देख रहे थे। सभी चुप थे। सबकी निगाहें उस जाते हुए लड़के पर स्थिर थीं।

''ऐ बउवा ! रुक रेऽ !'' हाँक लगाई डॉ. मिश्र ने। स्वर की मुलायमियत में आग्रह का भाव था। वह रुका और मुड़कर आने लगा।

उसे आता देखते हुए डॉ. मिश्र ने गंभीरता से कहा, ''यार रुको, दस मिनट में हम लोग भी चलते हैं !''

सुन्नर ने पूछा, ''गाड़ी से चलना है क्या ?''

घनु बाबू चिढ़ते हुए बोले, ''नाऽ यार ! गाड़ी-वाड़ी मत करो। यह शर्मनाक बात है कि हमलोग भूख और गरीबी का जायजा गाड़ी पर बैठकर लेते चल रहे हैं। एकदम मुख्यमंत्री-प्रधानमंत्री टाइप नेताओं की तरह, जो

हवाई जहाज में मजे से उड़ते हुए बाढ़-पीड़ितों की बदहाली का मुआयना करते हैं ! बस, वैसे ही, जैसे 'नीचे का दुख, ऊपर से देखने का सुख' !...'' आवाज में चिढ़ से ज्यादा आत्मग्लानि और उससे भी अधिक गहन पीड़ा के भाव थे।

सुन्नर ने अपनी चाल को थोड़ा धीमा किया, तो उसके पीछे चल रहे डॉ. मिश्र तेज कदम बढ़ाकर घनु बाबू के साथ हो लिये। दोनों के कई कदम पीछे सुन्नर और अरुण धीमे स्वर में बतियाने लगे। सुन्नर ने कहा, ''आज तो गजब की नई बात देख रहा हूँ...''

''क्या ?'' अरुण चौंका।

''घनु बाबू ने एक विचित्र बात कही।'' सुन्नर के स्वर में चहक थी।

''बोलो भी यार ! बात क्या कही उन्होंने. ?'' अरुण की जिज्ञासा और तेज हो उठी।

''अभी वे लोग एक भूख-पीड़ित को देखने के लिए उठे हैं। वह जो आगे वाला तौलिया लपेटे लड़का चल रहा है, वही खबर लेकर आया है। मैंने गाड़ी की बात पूछी तो घनु बाबू पिनककर बोले कि गाड़ी पर चढ़कर भूख और गरीबी का मुआयना करते चलना नेताओं की तरह का ही खराब आचरण है !'' सुन्नर ने धीमे-धीमे स्वर में ऐसा उतार-चढ़ाव पैदा किया जिसका यह भाव स्पष्ट था कि जैसे उन्होंने यह गजब की बारीक भूल पकड़ ली हो !

अरुण बोला, ''असल में घनु बाबू भी तो कम्युनिस्टों के संघतिया (साथी) रह चुके हैं। जैसे कम्युनिस्टों ने हर बार अपनी नीति को ऐन खास-खास मौके पर वाजिब धारा के एकदम विपरीत रखा है और हर बार बाद में आत्मालोचन करके अपनी उन बड़ी-बड़ी कलंक जैसी ऐतिहासिक भूलों के लिए बाद में गहरा अफसोस जताया है, ठीक उसी तरह इतनी-लंबी यात्रा इसी मारुति से उन्होंने बगैर कोई झिझक के पूरी कर ली और अब आत्मालोचन कर वे इस पर अफसोस जता रहे हैं !'' स्वर में मजाक उड़ाने जैसी कुटिल भावना नहीं थी, पर भाव परिहास के ही आसपास का था।

गेट खोल पहले वह लड़का बाहर निकला। फिर घनु बाबू और डॉ.

मिश्र। उन लोगों ने पीछे अरुण और सुन्नर को भी आते देख लिया था। सो वे गेट को बंद किए बगैर ही आगे बढ़ गए। उनके पाँवों में पहिये लग गए हों, जो तेज-तेज घूम रहे थे !

गेट से बाहर निकलकर सुन्नर ने पीछे घूमकर उसे बंद किया। अरुण ने खड़े-खड़े ही स्वयं बात को आगे की ओर सरकाया, "लेकिन यह नहीं समझना चाहिए कि मैं घनु बाबू के पलामू के साथ के सेंटिमेंटल अटैचमेंट को एकदम उड़ा दे रहा हूँ। यह बिलकुल सही बात है कि घनु बाबू का हृदय पलामू के दर्द से भरा हुआ है। वे गाजियाबाद से पलामू लौटे ही हैं यहाँ की मिट्टी से बतियाने के लिए। अब यह उनकी ही नहीं, हमारे समय की विवशता है कि हमलोगों की इच्छाएँ, योजनाएँ, कल्पनाएँ या सद्भावनाएँ तो अपरिमित हैं, लेकिन हमारे साधन सर्वथा सीमित। यह गाड़ी, तुम तो खूब जानते हो, मेरे क्लाइंट ने मुझे दी है, न तो घनु बाबू को, न ही मेरे पिता डॉ. मिश्र को। शराब के एक अनाप-शनाप कमानेवाले बिजनेसमैन को किसी इंटेलेक्ट या उसकी पलामू के प्रति गहरी आस्था या किसी विद्वान की भावना-सद्भावना से भला क्या लेना-देना ? उसे तो मुझसे काम है, मैं उसके लिए, उसके खिलाफ मुकदमे के सिलसिले में कोर्ट में बोलता हूँ उसका काम करता हूँ...बस्स, उसे हमसे मतलब है। इसीलिए उसने मेरी एक बात पर गाड़ी समेत तुम्हें भेज दिया। तेल-वेल सबका खर्चा देकर। लेकिन चाहे जिस किसी भी मजबूरी में यदि कोई आँख-कान वाला आदमी दिन को रात कह रहा हो, भले वह तत्काल ऐसा बोल रहा हो, पर दिन के दिन होने के बारे में उसे कन्फ्यूजन तो कभी नहीं ही होगा ! वही हाल है घनु बाबू का। समय के सीमित होने के कारण अपने हफ्ता-दस दिनों के पलामू-प्रवास में अकाल से उत्पन्न अपने देखे-सुने हुए लोगों के संकट में वे उन्हें अपनी संवेदना जताना चाह रहे थे, ऐसे में और क्या था उपाय ? वे तो कोई गाड़ी-छकड़ा की हैसियत वाले हैं नहीं !" अरुण और सुन्नर काफी पिछड़ गए थे, शायद इस गंभीर वार्तालाप के कारण। वे तीनों काफी आगे बढ़ गए थे। उन्हें काफी आगे बढ़ा देखकर अरुण ने बात को बंद कर कदमों की गति तेज कर दी। वे दोनों लगभग दौड़कर चलने लगे।

बाघिन और बच्चे

मिट्टी की कमजोर दीवारें, किसी कुपोषण के शिकार टिढुआए हुए बच्चे की काँटेदार देह की तरह। दीवारों की मिट्टी पर जगह-जगह गोचर होते बंधन एवं फाठी जैसे निशान बता रहे थे कि यह टाटी पर मिट्टी लेवार कर उठाई गई होगी ! छप्पर के नाम पर पराश (पलाश) के पत्ते एवं दूसरे पत्तेदार डंठल आदि करीने से बाँध कर छाए हुए थे। दीवारों की जड़ के पास ऊपर की ओरियानी की ही चौड़ाई के बराबर नीचे ओटे बनाए हुए थे, जो कुएँ की मोटी सिल्ली की तरह खियाए हुए दीख रहे थे। दीवारें, ओटे और नीचे की जमीन···सब की सब धूप में सूख-टटा कर झँवा चुकी थी। दिन में उठने वाली लू ने ही शायद छप्पर के उन हिस्सों को फाँफर बना दिया है, घनु बाबू ने घर के पास पहुँचने से कुछ दूर पहले ही यह देख सोचा।

डॉ. मिश्र बोले, "घनुजी···"

"जी, सर !"

"देख रहे हैं कुछ ?"

"क्या, सर ?"

"अरे, यही कि इस पूरे गाँव में बस यही चार-पाँच घर हैं।"

"हाँ, सर !"

"सभी घर एक जैसे सूअर के बखोर की तरह !"

"हुँऽऽ !"

"भाई, बात क्या है, पलामू के ये मूल आदिवासी लोग जो चेरो, खरवार, बृजिया, असुर या बिरहोर जातियों के ज्यादातर हैं, इनका समाज एकदम बिखरा-बिखरा है, ऐसा क्यों ?"

"बिखरा हुआ नहीं है, सर !"

"तो, फिर ?"

"इन्हें बहुत हमलापूर्वक बिखेर डाला गया है। जैसे शरीर के एक हाथ को तोड़कर एक तरफ फेंक दिया जाए, दूसरे हाथ को तोड़ कर दूसरी तरफ, एक पाँव को तीसरी तरफ दूसरे पाँव को चौथी तरफ···"

"हूँऽ ! ये टूटे हुए नहीं, तोड़े और बिखेरे हुए लोग हैं !"

"हाँ, सर ! इनका यह बिखराव इतिहास के कुछ दुखद और त्रासद प्रसंगों की अशुभ झंकार से भरा हुआ है। आज भी वे इसी कारण जहाँ कहीं भी हैं एकदम बिखरे-बिखरे और लुढ़के फेंकाए हुए हैं..."

तभी कुछ ही कदम के बाद सामने वह ठिगनी झोंपड़ी आ लगी। तौलिया लपेटे आगे-आगे चल रहा लड़का नीचा दरवाजे के पास पहुँचकर पीछे मुड़ा और आ रहे चारों लोगों के जमा होने के लिए थोड़ा-सा रुका। सुन्नर और अरुण ने लंबे-लंबे डग भरकर काफी दूरी को पाट लिया था। चारों जमा हो गए, तो लड़का पहले खुद ढुका और पीछे से सबको आने के लिए बोलकर बढ़ गया। एक-एक कर पाँचों भीतर घुस आए। बरामदानुमा स्थान पर ही चादर के नीचे कुछ ढँका-सा लगा। दोपहर की धूप की जीभ आग की लपटों में तब्दील हो चुकी थी, इसका कोर पतले और छेंहर छप्पर को भी रह-रहकर छेद देता और चार में से कोई न कोई इसके स्पर्श-मात्र से कुछ यो चिहुँकता जैसे अनजाने में काँटे चुभ-चुभ जा रहे हों ! तौलिया लपेटे आगे चल रहे लड़के ने चादर खींची, तो सभी चौंक पड़े। सामने धनुकधारी सिंह दोनों पाँव को मोड़कर पेट से सटाए दाहिनी करवट गर्भस्थ शिशु-मुद्रा में बँधा-सा पड़ा था। घर में कोई और नहीं था। स्थिति को तौलते हुए प्रायः सभी मन ही मन एकमत हो गए और एक दूसरे को गहरे अफसोस, तीक्ष्ण अवसाद और मर्मांतक शोक से भरकर कुछ यों देख रहे थे, गोया वे चारों खुद को ही हत्यारा मान बैठे हों !

घनु बाबू की साँसें तेज हो गईं। साँसों का खिंचना और छूटना कुछ यों हो रहा था, जिससे बाकी सभी उनकी इस हरकत पर चौकन्ना हो गए। जैसे खूब रो चुका बच्चा स्वयं को नियंत्रित करने का परिपक्व प्रयास करता हुआ सिसकी को ही पी रहा हो ! डॉ. मिश्र घनु बाबू के बगल में पहुँचे और अभिभावक मुद्रा में सख्ती लाते हुए बोले, "घनु जी ! ऐ घनु जी !! घनु जीऽ !"

"..." वही गति तेज होती गई।

"अरे, ई काऽ कर रहे हैं आप ?" वे उनकी पीठ को सहलाने लगे जैसे चढ़ी हुई बाई को नीचे झाड़ रहे हों।

"..." तेज साँस सिसकी में तब्दील होने लगी।

"औरत हैं आप क्या ? क्यों रोने-धोने लगे ? स्थिति को समझिए। यह रुमान सार्थक नहीं है···" डॉ. मिश्र ने, छलछलाई करुणा को सतह पर फैलने से रोकने की फौरी कार्रवाई के तहत, उसके इर्द-गिर्द कठोरोक्तियों की सूखी धूल भुरभुराकर गोल घेरा बना देना चाहा।

···लेकिन, कोई लाभ नहीं ! घनु बाबू की सिसकी की गति भी बढ़ गई और आँखें झरझराकर बह चलीं। वे खूब नियंत्रणपूर्वक सिर्फ इतना कर पा रहे थे कि होठों को भींचे हुए रह गए। लेकिन पलकों को लगाम में रख पाना तथा साँस को सिसकी बनने से बचा पाना, उनके वश की बात नहीं साबित हुए।

तौलिया लपेटे साथ आया लड़का गायब था, यह बात सुन्नर ने गौर की। वह इसका आभास मिलते ही उसे ढूँढ़ने की नीयत से बाहर निकला, तो चुप-चुप करुणा में तैरते माहौल में भी घनु बाबू के अलावा बाकी उन दोनों ने यह बात स्वयमेव समझ ली कि सुन्नर बाहर क्यों निकला।

सुन्नर बाहर निकला और कुछ ही क्षण बाद तौलिया लपेटे साथ आने वाला लड़का एक स्त्री के साथ भीतर ढुक आया। पीछे-पीछे सुन्नर भी आया। आते ही स्त्री ने धनुकधारी सिंह की पड़ी हुई शिथिल देह को पहले निरीक्षण भाव से कुछ पल तक घूरा, फिर झुककर उसके टिढ़ुआए हुए एक हाथ को हाथ में लेकर नाड़ी की जाँच शुरू की। वह झुककर धनरोपनी वाली मुद्रा में हो गई थी, यह बिंब घनु बाबू को अचानक कुछ यूँ छू गया। जैसे खूब उमस और पसीने से तर-ब-तर माहौल और बदन को अचानक प्रकट कोई झोंका छू गया हो ! उन्होंने आँखें मूँदी और कामना की, "इस मुद्रा में स्त्रियाँ धान की नई-नई पौधे रोपती हैं, काश, यह स्त्री इस बार इस निश्चेष्ट पड़े शरीर में साँस रोप पाती !"

क्षण ठहरा हुआ था, जैसे कट चुकी पतंग भी खूब ऊँचाई पर शायद शून्य के संतुलन में स्थिर हो अटक गई हो ! सुन्नर का मुँह बवाया हुआ था। अरुण की आँखें अंटा की तरह गोल हो गई थीं। डॉ. मिश्र गहरे तक ध्यान फैलाए चेहरों को ध्वनि-संग्राहक यंत्र की तरह सजग किए हुए थे। स्त्री उसकी कलाई को अपने कानों पर बार-बार फेर-फेर कर सुन-गुन रही थी। तभी डॉ. मिश्र की ध्यानपूर्ण खामोशी दरक उठी, "काऽ कुछ बुझाईत हऽ वऽ चाची ?"

"...." उसने कलाई को एक से दूसरे कान पर फेरकर सटाया।

"येतना देर तक कुछुचो नाऽ कहलऽ तऽ येकर मतलब तऽ इहे बाहिन कि मामिला गबड़ाईल नखई..."

"हुँऽ ! नाड़ी एकदम नखई रुकल !" उसने होंठ चुनियाते हुए हुंकारी भरी।

धनुजी की प्रतिमा-मुद्रा भंग हुई। आँखों से बही धार सूखकर लकीर बन चुकी थी। उन्होंने पलकें बंद-खोलकर आँखों को मीचा तो गाल की लकीर चरचराकर कुछ यों महसूस हुई, जैसे करुणा की रस्सी ने उनके चेहरे को लपेटे से कस लिया हो ! उत्सुक होकर धनु बाबू भी नीचे झुके, "तऽ काऽ करेलाऽ होतऽई कि येकर साँस तुरंते लऽवऽट जाए ?"

उसने उसकी कलाई को धीरे से नीचे करके धरती पर रख छोड़ा और सीधी खड़ी होकर बोली, "ऐ बाबू, येकरा तऽ तोहन सबसे पहिले पानी के छींटा मारके होश में लावऽ। होश में आ जाए, तऽ कुछ खिआवऽ। ई कइएक दिन से कुछो दाना नखवऽ देखलेए !"

सुन्नर बिजली की गति से बाहर निकला। घनु बाबू इस बरामदेनुमा कमरे को लाँघते हुए भीतर घुसे। सभी कमरे ढनढनाये हुए थे। कहीं कुछ था ही नहीं। कहीं कोई मामूली कपड़ा-लत्ता टँगा-लटका हुआ था, तो कहीं नीचे जमीन पर एकाध खाली, ढनढनाया हुआ टीना, डिब्बा, ढक्कन और उलटी हुई बालटी आदि।

सुन्नर ने लौटकर हाथ का झोला जमीन पर रखा। घनु बाबू पानी के छींटे मार-मार कर उसकी स्थिति में काफी बदलाव ले आए थे, लेकिन उसकी मूर्च्छा अभी टूटी नहीं थी।

वह स्त्री बताने लगी की धनुकधारी सिंह वनविभाग का नाइट गार्ड है और नौ दिन बाद जब ड्यूटी से घर लौटा तो उसका घर उजड़ चुका था। उसकी औरत दोनों छोटे-छोटे बच्चे और तीनों पठरू (बकरी के बच्चे) जमीन पर जहाँ-तहाँ औंधियाए और उलटे हुए मरे पड़े थे। भूख ने उन सबकी जिंदगी को एक ही जीभ से पोंछ लिया था।

...धनुकधारी तीस-बत्तीस साल का एक जवान बूढा ! उम्र मात्र तीस-बत्तीस की लेकिन जवानी में ही बाप-माई की मौत ने उसे असमय

इतना बोझ लाद दिया था कि उसकी शक्ल थसककर बूढ़ी-सी हो चुकी थी। चेहरा जलकर अपने पूरे आकार में ही बचे रह चुके पराश (पलाश) के पत्ते की तरह। आँखों के नीचे की गाल की ऊपरी हड्डियाँ मोटी रस्सियों की गाँठ की तरह उभरी हुई । काला रंग, गाढ़ी वेदना से रंजित। होंठ भिंचे हुए और उजले फेन-गाज से हमेशा भरे रहने वाले। फोरेस्टर चुन्नीलाल मेहता ने उसे बाप की मौत के तुरंत बाद 'कृपापूर्वक' नाइट गार्ड बना लिया था।

कंधे में रस्सी से लटकता टॉर्च, पाँच सेल वाला। हाथ में लाठी, अपने ही कद की। दूसरे कंधे में झोला, सत्तू-लोटा और नमक-मिर्च सहित। एक साथ चार दिन, पाँच दिन की खुराक। काम ? बस रात-रात भर पहाड़ों पर कभी इधर से उधर तो कभी उधर से इधर। उन्हें हर शाम जंगलों की पहाड़ी ऊँचाइयों में विलीन होने से पहले समीप के डिपार्टमेंटल इंचार्ज से डाइरेक्शन लेना होता था। आज किधर किस जानवर की दिशा पर नजर रखनी है, या हाथी के किसी गायब झुंड को कितनी देर में ढूँढ़ कर रात के अँधेरे में पहाड़ी से कब तक टॉर्च से सिगनल द्वारा फाइनल रिपोर्ट करनी है ! यानी साहब की नींद भी तो खराब नहीं करनी है !

उस दिन जब वह घर से चला था, तो सबकुछ ठीक था। अंदाजा था कि दो दिन में लौट ही जाना होगा, सो उसने तीन दिनों का खर्चा-बर्चा रख छोड़ा ! रोज की बारह रुपए की कमाई ! इसमें क्या होता है ? महँगाई इतनी हमलावर बन चुकी है कि लगता है जैसे गरीबों की चाम (चमड़ा) ही ओदार (उखाड़) लेगी। फोरेस्टर बाबू भले आदमी हैं, रहम करके यह भी काम दे दिया, नहीं तो कौन किसको पूछता है ? इसके लिए भी कितनी बड़ी-बड़ी लाइनें लगी रहती हैं नेताओं की चिट्ठियों और सिफारिशों की ! उसे भी फोरेस्टर बाबू की किसी ऐसी-वैसी बात का कोई बुरा कभी नहीं लगता। वे अठारह रुपए पर साइन करवाते हैं तो वह पढ़ लेता है। सातवीं तक पढ़ा है वह। न चाहते हुए भी पेमेंट के समय आँखें सरककर अठारह रुपए की दर पर जा पहुँचती हैं। वह अंक आँखों में कील की तरह गड़ता है—चुभ ! वह तुरंत पाँव से काँटा खींचने की तरह आँखों से अठारह के अंक को छुड़ा नजरें फेर लेता है। कई बार जब घर में फाँकाकशी हो जाती, हफ्तावार पेमेंट दो-तीन दिन जब लेट होने लगता,

तो उसकी इच्छा होती की वह अकेले में फोरेस्टर साहब के पाँव पकड़कर लौट जाए और कह डाले, हुजूर एकदम निचुड़ रहा हूँ। अब तो रहम कर दो। अँगूठे का कोर फोड़कर खून चूसने वाले शक्तिशाली रक्तजीवी से ज्यादा राहत तो गले से प्राण सुटक लेने वाला फंदा होता है। आपने यह बारह रुपए की कायरता नहीं पकड़ा दी होती, तो या तो विवशता के हमले में मारा ही जाता या यह जीवन कोई नया आधार रचने का काम करता···

···लेकिन दूसरे ही पल छोटे-छोटे दो चेहरे घूम जाते। जैसे बाहर से लौटी चिड़ियों के सामने बंद आँखों वाले नन्हे-नन्हे गौरैए मुँह जोहते हैं ! वह कैसे कड़ा सवाल उठाएगा अब ! इन बच्चों का क्या होगा, अगर फोरेस्टर साहेब उसे पाँव से छटककर दूसरी ओर चल देंगे, तब क्या होगा ?···

···धनुकधारी सिंह आदिवासी है, चेरो है, वह कभी ऐसा कोई काम नहीं करेगा कि उसकी जात की सिधाई (विनम्रता) पर कोई उँगली भी उठा सके। वह कभी ऐसा कर्कश भी नहीं होगा, कि लोग समूचे चेरोवंश की शालीनता पर ही शक करने लगें। ठीक है, जो है। बस, हाय-हाय करने से क्या लाभ ? ईश्वर जो दो रोटी देगा, उसे ही पूरा परिवार तोड़-मोड़ कर बाँट लेंगे ? वह अपने को इसी तरह ठोंक-सहला कर समझा-बुझा लेता !···

···उस दिन फोरेस्टर साहब ने चढ़ा ली थी। उनकी आँखें पराश (पलाश) के टहकार रंग में डूबी हुई थीं। मुँह से जैसे पूरा-पूरा बसाता गंधाता हुआ प्याज ही फूट-पैल रहा था।

वे शाम के तीन बजे ही इस हालत में जा पहुँचे थे। डी.एफ.ओ. साहेब का काफिला अभी-अभी यहाँ से डालटनगंज लौटा था। महीने में दूसरी बार डी.एफ.ओ. साहब का आना और घंटों फोरेस्टर साहब पर बरसना···आखिर कितना दर्द बर्दाश्त करेगा कोई ? जंगल में कोई भी जानवर मारा जाता है, शिकार होता है, तो क्या वन विभाग के कर्मचारी ही दोषी हैं ? कौन रोकेगा उन्हें ? उनके हाथ में राइफल है, उनकी गाड़ी पर ऊपर लालबत्ती है, वे नेता हैं, अफसर हैं, बिजनेस मैन हैं···कल को गए कंजरवेटर तक जा पहुँचेंगे, तो क्या डी.एफ.ओ. साहब म्याऊँ भी कर सकेंगे ? यह सारे सवाल फोरेस्टर साहब ने धनुकधारी के सामने हर बार

तब-तब दुहराया, तिहराया है, जब-जब उन्हें चोट पहुँची और वे चढ़ाकर थरथराने-काँपने और ढिमलाने लगे हैं ! एक कंधे में झोला और दूसरे से टॉर्च लटकाकर वह गेस्ट हाउस के बरामदे पर चढ़ा ही था कि फारेस्टर साहब काँपते-थरथराते हुए दरवाजे को दोनों हाथों से थाहते हुए बाहर की ओर लपके।

धनुकधारी ने जाकर उन्हें सँभालते हुए कहा, "हजूर, काहे तीन-बजे एतना ले लिए हैं।" स्वर में सवाल नहीं, अंतरंग शिकायत थी।

उनके स्वर लड़खड़ाए और बोलते हुए मुँह से गाढ़ा थूक तार की तरह नीचे लटकने, मुड़ने-तुड़ने और चूने लगा, "ई···स्साला···डी.एफ.ओ. सिरीवास्तव ! कहता है कि हमारी नौकरी खा जाएगा ! बोल भाई धनुकधारी !"

"काऽ सर ?"

"तऽ हमारी दोनों बेटी का काऽ होगा ? कौन करेगा दू-दू लाख दहेज दे-देकर उनका विवाह ? एक बेटी की शादी में तऽ हम बुका गए हैं···घर का मकान-खेत सब बेच दिया तबो लाख रुपया नहीं ठेका (पहुँचा)···तब नऽ हमहुँ घूस सुरू किया। तुम पता करना हम जब नौकरी में आए तो केतना कड़ा थे। जंगल के कर्मचारी थे और दतुअन भी घर से लेकर जाते थे, खरीका भी नहीं तोड़ते थे···"

धनुकधारी ने पूछा था, "सर, हम तऽ तीन दिन के खर्चा-बर्चा घर में धर (रख) दिए हैं, अबकी केने (किधर) जाना है ?"

फोरेस्टर साहब ने दरवाजे के पास ही थसकते हुए इशारा किया। उनका इशारा बरामदे की दीवार वाली आलमारी पर रखे रजिस्टर की ओर था। उसने रजिस्टर लाकर फोरेस्टर साहब के सामने रखा और खुद खोल कर पन्ना पलटने लगा। लगातार भरे हुए पन्ने पलटते जाने के बाद वह अंतिम भरा पन्ना अचानक खुलकर फैल गया, जिसके ठीक सामने का पन्ना सादा था !

फोरेस्टर साहब ने इशारा किया, दस्तखत करने वाला कालम उसका चिरपरिचित था। अपने मकड़े वाले अक्षर में दस्तखत बना दी। वे लड़खड़ाते अंदाज में बोले, "पुस्सी बघिनिया तीन दिन पहिले बच्चा दी है ! वह बच्चा सुगुआ नदी में बालू पर रात में जनमायी थी, उसके बाद

सुबह पाँच बजे तक कैरुआ दुसाध ने उसकी खबर टॉर्च से पास की पहाड़ी से दी है। कैरुआ पाँच के बाद कोई सिगनल नहीं दे सका। सुबह कैरुआ की लाश पहाड़ी पर ही मिली और बाघिन और उसके बच्चे नदारद हैं। तुम तीन दिन नहीं आए, उसी में यह सब हो गया। स्साले, डी.एफ. ओ. ने इसीलिए आकर मेरी दुर्गति की। अब उस बाघिन और उसके बच्चे का पता लगाना है। देखो, शाम बुता (बुझ) रही है, जाओ ! निकल जाओ ! जल्दी।''

धनुकधारी सन्न रह गया था।

अपना पेट और घर-परिवार

सुगुआ नदी को अदद नदी मत समझिए। यह नाला भी नहीं है। पहाड़ की ऊँचाइयों से सुगुआ का यह उतरना काफी कलात्मक है। जैसे पहाड़ियों से कोई उजली मोटी जीवित लकीर टघर रही हो। जैसे खूब चमकदार, विशेष प्रकार की मोटी-सी रस्सी पसार दी गई हो। रात अँजोरिया (शुक्ल पक्ष) हो, तो जैसे चाँदनी पहनकर कोई तन्वंगी स्त्री ही सहमी-सिकुड़ी लेटी हुई हो। जैसे चेरो राजवंश के किसी शौर्य-प्रसंग की आभा से भरा कोई धवल लोकगीत पंक्ति-दर-पंक्ति जुड़कर बिछ गया हो। जैसे दाँगा की यह दर्जनों कतारबद्ध छोटी-छोटी पहाड़ियों के गले की चेन ही लटक रही हो !...

लेकिन, दाँगा की पहाड़ियों का यह सौष्ठव उन्हें भला कैसे दिख सकेगा, जो धनुकधारी जैसे हों। बारह रुपये रोजाना के बदले अठारह रुपये रोजाना की दर पर दस्तखत बनानी है और हाथ में एक टाँगी टॉर्च के सहारे गहन अँधेरे घने जंगल में भटकना है। पहाड़ी पर सामने बाघ को देखना है और वहीं से टॉर्च से संकेत द्वारा इसकी रिपोर्टिंग करनी है। अब यह बाघ के मन पर है कि वह पलटकर कुछ करता है या रहम करके छोड़ देता है। जंगली जानवरों के अभयारण्य में अँधेरी पहाड़ियों पर भटकने का काम करने वाले किसी दिहाड़ी कर्मचारी को क्या सिर्फ एक टाँगी और एक टॉर्च चाहिए ?

···धनुकधारी ने फोरेस्टर साहब को सहारा देकर दरवाजे से उठाया, वह थसककर गोबर की तरह पिलपिलाए पसरे थे। तलमलाते हुए वे उठे और सहारा दे रहे धनुकधारी पर ही गिरने को हुए तो वह खिसककर अलग हट गया। उनके हवा में आधार तलाशते हाथ को दीवार का अवलंब मिल गया। धनुकधारी ने फिर करीब जाकर अपने कंधे के कूल्हे को फोरेस्टर साहब की काँख में घुसाया, दाएँ हाथ से उनकी कमर को पकड़ा और अपने बाएँ हाथ से उनके बाएँ हाथ को कंधे पर रखकर थाम लिया। भीतर उन्हें सोफे पर बिठाकर धनुकधारी बाहर आ गया।

साँझ ने आँखें मूँद लीं। सब कुछ धुँधला गया। छोटी-छोटी झाड़ियाँ, लंबे-ऊँचे पेड़···सब अंधकार में रहस्य और रोमांच का अहसास कराने लगे। रह-रहकर एकाध भगजोगनी (जुगनू) जल उठती, तो यह थोड़ी-सी राहत की तरह लग जाती। लेकिन थूक से प्यास थोड़े ही मिटती है ! भगजोगनी इस अंधकार का भला क्या बिगाड़ सकेगी। धनुकधारी ने टॉर्च से रोशनी फेंकी, तो वह सामने की झाड़-झंखाड़ के ऊपर बिखर गई। उसकी कुछ-कुछ चमकती बूँदें नीचे झिलमिलायीं। झाड़-झंखाड़ पर रोशनी यों छितरा गई थी, गोया वह तेल-सी हो !···

दाँगा की पहाड़ी दर्जनों छोटी-मँझली पहाड़ियों की कतार है। ऊँचे शिखर के बाद खाई और फिर उठान। यह सिलसिला आधा किलोमीटर से भी ज्यादा लंबा है। अकाल के मारे पेड़-पौधे सब झुलस गए थे। अँधेरे में वे प्रेत की तरह लग रहे थे। कभी तो लगता कि सामने साक्षात प्रेत ही आकर खड़ा हो गया है, तो धनुकधारी अचकचाकर तुरंत टॉर्च से रोशनी का निशाना साध देता। रोशनी पड़ते ही अँधेरा फट जाता और सूखे पेड़ों के नरकंकाल दीख जाते। उसे खुद के शंकालु स्वभाव पर हँसी आ जाती। मन भी कितना पापी है—धनुकधारी अकेले में ही फिस्स करके हँस पड़ता। मन का भ्रम कैसा-कैसा रूप धरकर एकदम आँखों के सामने आ खड़ा होता है !

पहाड़ी पर चौकसी करने की यह नौकरी भी पक्की होती तो एक बात थी। रात-रात भर जंगली जानवरों के मुँह से भाग्य भरोसे फिसलते रहो, दिन-दिन भर जंगलों में धूल फाँको, कई-कई दिनों की ड्यूटी से लौटो

तो साहबों की टंडेली भी करो ! बात-बात में हटा देने की धमकी भी सहते रहो।...धनुकधारी अँधेरे को टॉर्च की रोशनी से रह-रह कर छेदता और उसमें घुसता हुआ पहाड़ी के जंगल में समाने लगा। पाँव नीचे के झाड़-झंखाड़ों, पत्थरों, खंदकों को लाँघते-धाँगते हुए बढ़ते ही जा रहे थे और मन नौकरी की विसंगतियों की नोंकदार कीलों से बार-बार बिंधता और रिसता चल रहा था।

धनुकधारी जहाँ खड़ा है, यह है पूरी पहाड़ी का सबसे ऊँचा स्थान। हवा में भी नोंकदार ठंड बघनक्खे की तरह हड्डी के भीतर तक चुभ रही है। धनुकधारी जो चादर ओढ़े है यह भी पाला हो चुकी है। नहीं लगता कि शरीर पर कोई कपड़ा वगैरह जैसी चीज भी कहीं है। धनुकधारी रह-रहकर चादर के ऊपर टॉर्च वाले हाथ से खुद के ही शरीर को टो-सहला लेता है। उसे लग रहा है कि वह खाली शरीर है और सुगुआ के ठंडे जल में डुबकी लगा रहा है ! अँधेरे में सुगुआ दीख तो नहीं रही है, लेकिन उसका संगीत ठंडी हवा के साथ पहुँच रहा है। शायद सुगुआ के कंठ-स्वर ने ही इस ठंडी हवा को बर्दाश्त होने लायक बना दिया है, धनुकधारी ने सोचते हुए टॉर्च की रोशनी को बाईं तरफ की ढलान के झाड़-झंखाड़ जैसे पेड़ों के शिखरों पर फेंका। रोशनी तो ठीक-ठीक नहीं पहुँची, लेकिन सुगुआ परावर्तित मद्धिम प्रभाष में ही चमक उठी।

ढलान के झाड़-झंखाड़ों की फुनगियों पर रोशनी के टुकड़े स्वर्ण सिक्कों की तरह खनखनाकर बिखर गए। धनुकधारी ने टॉर्च की रोशनी को घुमाना शुरू किया। टॉर्च की कम मोटी रोशनी की धार भी अँधेरे में शक्तिशाली फोकस की तरह ही दीख रही थी। एकदम सर्कस के फोकस की तरह। धनुकधारी खँखरता-खाँसता हुआ आगे बढ़ने लगा। इस खँखरने-खाँसने का सीधा मतलब आसपास के किसी भी भगोड़े जानवर को भागने का मौका देना था। हाथ में टाँगी लेकर चलते हुए वह इसी मुद्रा में था, गोया आगे अब किसी-न-किसी हमलावर जानवर से भिड़ना ही होगा उसे। नीचे के सूखे पत्ते और पाँव से रगड़ खाती हिलती-डुलती सूखी-हरी लताएँ जैसे कुछ कह रही थीं।

तभी उसका ध्यान बाईं तरफ के ढलान वाले घने पेड़ों से भरे क्षेत्र

की ओर चला गया, जहाँ रोमांचक दृश्य था। वह आहिस्ता रुक गया। बाईं तरफ सीधा मुखातिब होते हुए उसने टॉर्च की रोशनी फेंकी। वह बाघिन थी। सुगुआ से फूटे एक पतले नाले के चौड़ाई वाले घाटनुमा हिस्से पर बैठी हुई थी। पिछली दोनों टाँगों को जमीन पर मोड़कर रखे और अगली दोनों टाँगों को सीधा खड़ा करके। पीछे पूँछ जमीन पर रखी हुई-सी दीख रही थी। टॉर्च की रोशनी उसके मुँह पर पड़ी थी। रोशनी की मोटी लकीर काफी ऊँचाई से उसके मुँह पर पड़ रही थी, जिसे उसने बगैर किसी अतिरिक्त उत्सुकता से लिया। जब तक चेहरे पर रोशनी टिकी रही, धनुकधारी ने उसे पूरा मुँह खोलकर जम्हाई लेते हुए एवं गर्दन नचाते हुए देखा। टेबल फैन के मूवमेंट की तरह ही उसकी गर्दन पर मुँह आहिस्ता-आहिस्ता अर्द्धचंद्राकार व्यास में मुड़ा। रोशनी में उसके बाए हुए मुँह में खासा नुकीले दाँत चमके। जीभ उसने निचले जबड़े के बीच साँप की तरह सिकोड़ रखी थी।

धनुकधारी ने साक्षात मौत देख ली थी, वह सहम गया। सुकून सिर्फ यही था कि बाघिन को काफी ऊँचाई से आने वाली इस रोशनी ने बेचैन नहीं किया था, यह बात धनुकधारी ने ठीक से महसूस कर ली थी। लेकिन मन तो मन ही होता है, वह कब मनों शंकाओं के बोझ से नहीं दबा रहता ? फिर टॉर्च की रोशनी टघरा दी उसने।

बाघिन की अगली टाँगें जस-की-तस खड़ी थीं। वह मुँह को नाले की पतली बची हुई धार में पहुँचा कर पानी पी रही थी। धनुकधारी ने पहली बार यह अनुभव प्राप्त किया था कि बाघ की गर्दन भी खास होती है। इस बार भी रोशनी का फिसलना उसे शंकाप्रद नहीं लगा था। बात धनुकधारी को खटके बगैर नहीं रही। मामूली पत्ते के भी हिल जाने पर हमलावर हो जाने वाला जानवर क्यों बार-बार रोशनी की अचानक जनमने वाली धार पर भी नहीं चौंक रहा है ! दूसरे ही पल उसे यह बात सूझ गई कि संभवतः अभी-अभी मातृत्व के फलीभूत होने के अनुभव के कारण भी उसमें इतना ज्यादा वात्सल्य भर आया हो कि फिलहाल शंका-आशंका या ऐसी किसी भी हलकी भावना का उसके पास फटक पाना संभव न हो। धनुकधारी ने जब तसल्ली कर ली कि वहाँ सिर्फ बाघिन ही है, उसका बच्चा नहीं, तो वह चिंतित हो उठा।

उसने वहीं से ढलान के नीचे फोरेस्टर साहब के क्वार्टर वाली दिशा में टॉर्च से तीन संकेत दे दिए थे। अकेले बाघिन के मिलने पर यही संकेत तय था। वह बहुत सँभल-सँभलकर आगे बढ़ने लगा। यह दुविधा उसे बार-बार चुभ-चुभ गड़-सी रही थी कि इतनी शांत एवं वात्सल्य से भींगी हुई यह बाघिन इस दशा में हत्यारिन कैसे हो सकती है ? क्या इसी ने दो-तीन दिनों पहले कैरुआ जैसे हँसमुख व्यक्ति को मार डाला होगा ? धनुकधारी का मन बाघिन को हत्यारिन मानने को तैयार नहीं हुआ, लेकिन तब भी वह बहुत सँभल-सँभल कर पाँव बढ़ा रहा था।

लगातार हफ्ता भर तक वह भटकता रहा, तब यह बात पता चल सकी थी कि बाघिन ने एक या दो नहीं, पूरे चार बच्चे दिए थे और इनमें से कोई भी बच्चा गायब नहीं किया जा सका था। नौ दिनों बाद वह घर आया था, तो उसके दोनों फूल जैसे छोटे-छोटे बच्चे, पत्नी और नन्हें-नन्हें पठरू, सभी औंधियाए पड़े हुए थे। इस तरह भला भूख से मौत आती है ? वह एक साथ इतना ज्यादा दुखी हुआ कि यह एक क्षण का अनुभव विस्फोट की तरह फटा था। धनुकधारी वहीं अचेत हो गया।

···पड़ोस की वह स्त्री कहते-कहते अचानक यों चुप हो गई, गोया वह टेलीविजन हो, जिसका स्विच अचानक ऑफ कर दिया गया हो। सबकी नजरें धनुकधारी पर स्थिर हो उठीं। वह हलका-हलका सिर को हरकत देने लगा था। साँस की गति में लड़खड़ाहट जरूर थी, लेकिन धीरे-धीरे यह पुख्ता ही होती गई।

तभी बाहर किसी गाड़ी के आकर रुकने का शब्द हुआ। डॉ. मिश्र ने बाहर से आने वाली गली के दरवाजे की ओर सवालभरी उत्सुकता से देखा। उनके चेहरे पर एक चमक थी जिसका तात्पर्य यह था कि इस संकटपूर्ण अवसर पर कौन यह व्यक्ति है जो गाड़ी के साथ ईश्वर बनकर प्रकट हो गया है !

किसी ने कुछ न पूछा, न कोई बाहर जाने को लपक ही सका कि दूसरे ही क्षण बाहर से धड़धड़ाते हुए एक लंबे-चौड़े चाँद से सिर वाले अधेड़ व्यक्ति ने भीतर प्रवेश किया। घनु बाबू को उसका चेहरा परिचित-सा लगा, किंतु वह इस चेहरे को पहेली की तरह सहलाने लगे,

गोया वे इस तरह अपनी पुरानी स्मृतियों को गुदगुदा रहे हों ! ओह, याद आया। यह तो मदन बाबू है। पंचायत सेवक थे वे उस जमाने में। आजकल क्या हैं ? लगता है भूख से मौत वाला मामला समझकर वे सरकारी स्तर से यहाँ आ धमके हैं।

घनु बाबू उसके करीब जा खड़े हुए। वह बोल रहा था, "यह तो साँस ले ही रहा है। हुआ क्या इसको ? इसके परिवार का कौन है, आप लोगों में ?"

सभी चुप थे। डॉ. मिश्र, घनु बाबू, अरुण, सुन्नर, वह स्त्री...सभी के मुँह पर ताले झूल रहे थे।

"इसी गाँव में न आज सुबह दो बच्चों और एक औरत की अज्ञात बीमारी से मौत हुई है ? वह औरत और बच्चे किस घर के थे ?" व्यक्ति ने नाड़ी को जाँचते हुए बगैर किसी चेहरे की ओर मुखातिब हुए ही सवाल उछाल दिया था।

घनु बाबू के जबड़े भिंचने लगे। लगा कि भौंहों और ललाट पर साँप लोटने लगा। उन्हें खुद यह भी लगा कि उनकी नसों से आग की लपटें फूट पड़ी हैं ! वे स्वयं को संयत बनाए हुए ही बोल पड़े, "हाँ, हाँ ! आप घबराइए नहीं, आपको उस स्त्री और बच्चे का घर खोजने में कोई कष्ट नहीं उठाना पड़ेगा। आपके लिए खुशी की बात होगी कि आप इसी घर से उन तीन मौतों का हिसाब भी लिख-पढ़ सकेंगे। और हाँ, वे तीन जने जिस अज्ञात बीमारी से मरे हैं, उस बीमारी का नाम भूख है। वे इसी अभागे के परिवार वाले थे।" स्वर गैस चूल्हे की ठोस फ्लेम की तरह था।

उस व्यक्ति को लगा कि जैसे उससे गर्म लाल लोहा छू गया हो। वह छनछनाहट से भरा छछनकर कुछ यों ऊपर देखा, गोया वह न सिर्फ गहरी पीड़ा, बल्कि अत्यधिक तनाव से भी भर गया हो। उसने भी घनु बाबू के चेहरे पर नजर पड़ते अतिरिक्त गौर के साथ पहचानने की कोशिश की। तभी उसके चेहरे का भाव बदला, वह लगभग चहकता हुआ-सा बोला, "कौन घनु ? तुम घनु हो क्या ?"

"हाँ, और तुम मदन हो नऽ !"

"हाँ, हाँ लेकिन तुमने मुझे कब...।"

"तुम दरवाजे से इधर झाँके, तभी मैंने पहचान लिया था कि तुम

मदन हो...।"

"तो इस तरह क्यों आरी रगड़ते रहे मेरी गर्दन पर ?"

"हाँ, यही सोचकर तुम मदन होकर भी क्यों इस तरह आदमी की मौत और उसकी विपत्तियों का मजाक उड़ा रहे हो। लोग भूख से तड़प-तड़प कर मर रहे हैं। धरती रुई का फाहा बनकर जल रही है। कहीं पानी नहीं है। लोग प्यास से फड़फड़ा कर प्राण त्याग रहे हैं और तुम सरकारी लोग इस स्थिति को छुपाने में ही व्यस्त हो।

"क्या करोगे यार, यह नौकरी की मजबूरी है। ऊपर से आर्डर है कि अकाल को साबित नहीं होने देना है सिर्फ सूखे की बात पर जोर देना है। सूखा प्रदेश तो पूरे राज्य को ही बताया जा रहा है, ऐसे में केंद्र सरकार द्वारा प्राप्त सहायता की मोटी रकम राज्य भर में खर्च करने की गुंजाइश रहेगी। सरकार के प्रभावशाली नेता लोग उत्तर बिहार के हैं, वे पलामू के नाम की धनराशि सूखा वाली स्थिति में ही तो अपने क्षेत्र में खींचकर भर दम पी सकते हैं !"

"चलो, तुममें पहले वाली कम-से-कम एक चीज बची हुई है।"

"वह क्या ?"

"तुम सारा कांड-कुकांड करते हुए भी कम-से-कम बात तो कुबूल कर रहे हो !"

" लेकिन सिर्फ तुम्हारे सामने...मित्र रहे हों, सिर्फ इसी कारण...वरना नौकरी करता हूँ, गुलाम हूँ, क्या बिसात है मेरी। आज वही सरकारी नौकरी में डटा हुआ है जो या तो इस कीचड़ को अपने खान-पान में शामिल कर चुका है अथवा अपने जमीर को पीट-पीट कर मार चुका है और इससे सहमत हो गया है...दुविधाग्रस्त या खिलाफ अड़ जाने वाले लोग अब यहाँ नहीं हैं, वे या तो खुद मैदान छोड़ चुके हैं या फिर खदेड़े जा चुके हैं...।"

"हूँ...ऽ ऽ !"

"एक बात पता है ?..." वह उठकर खड़ा हो गया।

"क्या ?... " दोनों सबसे अलग जा खड़े हुए।

"कल मैं दिन भर राँची भूख से बेहोश तीन आदिवासियों का इलाज आर.एम.सी.एच. में करवा रहा था। उन्हें होश ही नहीं आ रहा था। होश

आया भी नहीं, वे मर गए। पोस्टमार्टम में बात उभरी कि उनके पेट में एक सप्ताह से भी ज्यादा समय से अन्न का कोई दाना नहीं गया था···साहब को राँची से फोन लगाया, तो मुझे आदेश हुआ कि पोस्टमार्टम रिपोर्ट को सँभाल लेना है, चाहे जितना भी पैसा लगे। अन्यथा पलामू में तो बातें ढँकी-तुपी हुई हैं, राँची में दो-दो, तीन-तीन दैनिक अखबार छपते हैं, बात उड़ेगी, तो फिर छा जाएगी। सरकार का यह दावा दूध की तरह फट जाएगा कि पलामू में अभी तक किसी की मौत भूख से नहीं हुई है और न होने दी जाएगी।" मैंने तुरंत डॉक्टर से जुगाड़ बना लिया···आखिर मेरी ऑफिसियल जिम्मेवारी थी, कैपिब्लिटी का सवाल था···।" वे दोनों सबसे अलग होकर फुसफुसा कर बतिया रहे थे।

"हाँ, बात तो कैपिब्लिटी की ही है कि कौन कितनी लाशें खा-पका पाता है। भुखमरी से मरे निरीह लोगों की लाशें खड़े निगलना और अज्ञात बीमारी से मरी लाशें उगल देना···बात तो कैपिब्लिटी की ही हुई आखिर···।" घनु बाबू के स्थिर चेहरे पर घृणा का तेज घूमता भँवर परिलक्षित था।

मदन ने घनु बाबू का हाथ गहरी आत्मीयता के साथ दोनों हाथों से पकड़ लिया, "काहे उलटबाँसी बोल रहे हो ! हम लोगों की मजबूरी को भी समझो। क्या करें, ईमानदारी का कटोरा पकड़े बाहर आ जाएँ ? वहाँ तो रहना होगा ही तो यही करना होगा···सरकार इस बात के लिए अड़ी हुई है कि किसी को भूख से नहीं मरने देना है, तो हमारा तो यही जिम्मा बनता है कि हम किसी भी ऐसी मौत को भूख से हुई मौत नहीं साबित होने दें।"

घनु बाबू ने जले-भुने स्वर को संयत करते हुए कहा, "नहीं, नहीं, कोई शिकायत की बात नहीं। चाहे जितनी भी मौतों का घालमेल करना हो, आराम से करिए। इसमें कोई चिंता या शिकायत की बात नहीं है। अपना पेट और घर-परिवार ठीक-ठाक चले, बस इसी का खयाल करना चाहिए। दूसरों के मरने जीने से हमें क्या !" शब्द गर्म बालू पर फटफटाते लावे की तरह बेचैन हो-होकर निकल रहे थे।

जिंदा और चमचमाता हुआ सबूत

सुन्नर का चेहरा उतरा हुआ था, वह काफी उदास भाव से गाड़ी चला रहा था। डॉ. मिश्र, घनु बाबू और अरुण के चेहरे भी जली रोटी की तरह बने हुए थे। यह सुबह का समय था। हवा में हलकी-हलकी खुनक थी, जिस पर रह-रहकर चमकते हलकी-सी धूप के चिह्न भी छू जा रहे थे। कोई किसी की तरफ न देख रहा था, न बोल रहा था। सभी लौटते हुए यात्रा के बीते क्षणों के पास से शायद स्वयं को समेटने में ही व्यस्त थे।

घनु बाबू ने आगे की ओर झुककर गाड़ी की चाल के साथ हिलते हुए बंद आँखों को दाहिने हाथ की उँगलियों से हलका-हलका सहलाना शुरू किया। गोया, वे आँख में पड़े किसी धूल कण को कोर के पास लाने का प्रयास कर रहे हों ! बहुत बारीकी से। उन्हें बंद आँखों में ढेर सारे दृश्य गड़ रहे थे। एकदम फतिंगे की तरह। परपराहट ने ही शायद उनके चेहरे पर वेदना की रेखाएँ जनमा दी थीं। उनके होठों से एक चोंख शब्द निकलकर टहकार मौन की मोटी परत पर कील की तरह गड़ गया, "ओऽ···फ्फ···!"

"काऽ हुआ हो, घनु जी ?" अभिभावक की-सी अपनापनभरी चौकसी वाले अंदाज में डॉ. मिश्र मुखातिब हुए।

घनु बाबू चुप ही रहे। वे उसी तरह चलती गाड़ी में हिलते हुए बंद आँखों की पलकों को उँगलियों के पोरों से टटोलते रहे। उन्हें ढेर सारे दृश्य दीख रहे थे। एक-एक दृश्य देह पर चढ़कर चीटियों की तरह चल रहे थे। जमाल से जॉन बने खानसामा का बिलबिलाता चेहरा और उसकी सखुए की दतौन जैसी ऐंठी हुई टाँगें। महेंद्रा की माँ का जमीन पर लेटा लिरुआया हुआ शरीर और उसकी गाँव के तमाम घरों के ही रंग में बाहर से रँगी झोंपड़ी। भूख से मरे लोगों की एक साथ बिखरी हुई सैकड़ों लाशें, कहीं टिढुआया हुआ बच्चा, तो कहीं ऐंठकर मरी पड़ी ठठरी देह वाली गंदे कपड़ों में लिपटी मजदूरिन जैसी औरतें, बूढ़े और तमाम आयु-वर्ग के लोग भी। धर्म-परिवर्तन कराने के लिए जादुई करिश्मा दिखाते कुछ क्रिश्चियन 'बाजीगर' और आँखें फाड़-फाड़ कर देखते गंदे, विपन्न, भोले-भाले और निश्छल ग्रामीण वनवासी। गिरिजा की सूखी झाड़-झंखाड़ जैसी डोलती हुई

काया और जगबीर महतो का गाँव छोड़ने के नाम पर ठनकता हुआ मृत्यु-शय्या पर गिरा भीष्म पितामह जैसा शरीर ! धनुकधारी का निश्चेष्ट पड़ा निष्प्राण-सा शरीर और 'भूख से मौत' को 'अज्ञात बीमारी से हुई मौत' करार दे देने की कला के माहिर मदन का अत्यंत परिपक्व चाँद सिरवाला चेहरा और…और…

…घनु बाबू ने फिर महसूस किया कि उनकी समूची देह नसें खुद-ब-खुद खिंचती-सी चली जा रही हैं। जैसे सभी नसें नुँच-चुँथ रही हों और कोई अदृश्य आसुरी शक्ति नाभि-स्थान के पास जोर-जोर से सभी नसों को रस्सियों की तरह खींचकर लपेट रही हो ! उन्होंने यह भी महसूस किया कि उनके ललाट के दोनों ओर सिर के भीतर ही भीतर विस्फोट-सा होने लगा है ! जैसे ज्वालामुखी फट रहा हो, एक के बाद दूसरा, दूसरे के बाद तीसरा… ।

अरे, यह क्या ! मेरा पूरा मगज तो आग के भहराए हुए शोलों के ढेर से भर गया ! उनका गतर-गतर भींग गया। पसीना तरतराकर कपड़ों पर सूखता-पसरता दिखने लगा। कभी यह लगता कि उनके मगज के भीतर बर्फ की सिल्ली की तरह सूरज गिरकर पिघलने लगा है और तरल आग की धार हहास बाँध कर बहने लगी हो। जैसे ठंडे पानी से उठती भाप की तरह तरल आग से लपटें उठ रही हों।

"ओ…ऽ…फ्फ !" फिर मौन चरमराकर टूटा और यह चोंख नोंक से बाहर की तरफ निकलकर स्थिर हो गया।

डॉ. मिश्र ने उन्हें झकझोरा, "बात क्या है भई ? घनु जी ! ऐ…घनु जी !!"

घनु बाबू की उँगलियाँ अब भी पलकों को सहलाना बंद नहीं कर रही थीं। डॉ. मिश्र ने इसे गौर से ताड़ा। उन्होंने उनका हाथ पकड़कर सीधा कर दिया। घनु बाबू सीधा होकर बैठ गए। उनकी आँखें थोड़ी-सी खुलीं, जैसे पलकों पर मनों वजनी बोझ लदा हुआ हो ! आँखों में लाल रंग का गहराया हुआ दिखना, डॉ. मिश्र को बेचैन कर गया। उन्होंने फिर उनके मुड़े हुए पाँवों को ठेहुने के पास पकड़कर दोनों हाथों से हिलाया, "क्या बात है ? क्या सोच-सोचकर दिमाग खराब कर रहे हैं ? बोलिए…बोलिए तो !…"

अरुण ने अगली सीट से पीछे मुड़कर आवाज लगाई, "काऽ हुआ बाबूजी ?" डॉ. मिश्र ने उसकी बात की नोटिस नहीं ली, तो दूसरे ही पल अरुण ने सीधे घनु बाबू को ही पुकार लगानी शुरू कर दी, "ऐऽ घनु भइया ! घनु भइ···आऽऽ···!!!"

सुन्नर ने गाड़ी को बाईं तरफ चौड़ी सड़क के किनारे पेड़ की छाया में खड़ा कर दिया। धूप की जीभ लपटों में तब्दील होकर लपलपाने लगी थी। घनु बाबू को हाथों से पकड़कर लगभग खींचते हुए डॉ. मिश्र ने नीचे उतारा। नीचे उतरते ही घनु बाबू की वाणी भी फूटी, "चलिए सर ! चलते रहना है···जल्दी कैसहुँ डालटनगंज पहुँचना है। मन एकदम अकबका रहा है···" आवाज आँधी में कँपकँपाती लौ की तरह थरथरा रही थी।

"काहे अचानक ई काऽ हो गया आपको ?" डॉ. मिश्र के स्वर में जिज्ञासा से ज्यादा खिन्नता के भाव थे, "आप सीरियस आदमी हैं। पलामू के हालातों को एक जमाने से नंगी आँखों से देखते, तौलते और तलाशते रहे हैं, इतने जमाने के बाद गाजियाबाद से हफ्ता भर के लिए घर आए, तब भी घर के लोगों या दोस्तों के साथ बैठकर मिलने-बतियाने को नकार कर गाँवों की डाँवाडोल दशा का कई-कई दिनों से हाल-समाचार लेते घूमते रहे। फिर अचानक ऐसे इस तरह क्यों बच्चे की तरह करने लगे आप ?"

"क्या करूँ, सर ! क्या कर सकता हूँ मैं ! पलामू को तो मैं देख रहा हूँ कि यह शोषकों और नौकरशाहों के जबड़ों के बीच जा फँसा है···प्रकृति भी इस निष्ठुरता को ही संबल दे रही है। जो पलामू लुटेरे अफसरों की सुरक्षित चरागाह है, सूदखोरों-महाजनों और सामंतों-नव धनाढ्यों के लिए खेलने वाली 'जिंदा चिड़िया' है, प्रकृति की टेढ़ी नजर भी इसी पर है। हर साल सूखा और रह-रहकर सीने पर घनचोट कर देने जैसा अकाल ! जो लोग सामंती शोषण या धर्म के जादूगरों के बहकावे और उनके द्वारा इस्तेमाल में लाये जाने से त्रस्त हैं, वही नौकरशाहों की 'खुराक' भी बनने को विवश हैं और अकाल-सूखे का शिकार बनने को भी मजबूर हैं···यह क्या है ? यह क्या है सर ? राजनीतिक पार्टियों या संगठनों के जो लोग रंग-बिरंगे झंडे पकड़े गाँवों की तरफ पहुँचते हैं, उनके नेता भी तमाम नाटक-नौटंकी करने के बाद अंततः अपनी लिप्सा की वही

समान लंबाई वाली जीभ लटका देते हैं···सभी तो इस 'विवशता' का लुत्फ लेने के लिए अंत में एक जैसा ही आसुरी किल्लोल मचाकर जबड़े फैलाते और जीभ लपलपाते हैं और···और···एक-सी तेज रफ्तार के साथ अपनी जारबंद खोल लेते हैं···" घनु बाबू बोल नहीं रहे थे, एकदम जैसे झझक रहे थे। उनका पूरा ढाँचा ढेंकी की तरह ढकच्च-ढकच्च ढकढका रहा था और मुँह से शब्द, चिमनी से ऊपर छिटकती चिनगारी की तरह निकल रहे थे। उनकी तरफ मुखातिब हाथ-भर की दूरी पर सुन्नर और अरुण खड़े उन्हें यों देख रहे थे, गोया घनु बाबू कोई नुक्कड़ नाटक का गौरतलब अभिनय पेश कर रहे हों। घनु बाबू ने भी यह गौर किया के वे तीनों ही उनकी बातों का कलात्मक अनुशीलन कर रहे थे। उन्होंने आगे कहा, "ऐसे में मेरा दुखी होना, विषादग्रस्त होना, चिंतित होना या व्यग्र हो उठना क्या मायने रखता है ? मैं अकेला चना क्या ऐसे, इतने बड़े सुनियोजित भाँड को तोड़ सकूँगा ? आप लोगों की तरह तमाशबाई बना बीभत्स का भी अध्येता बनकर गंभीर और स्थिर अनुशीलन करना ही ज्यादा वाजिब कार्रवाई है। ऐसे में गरम-गरम कुछ वाक्य भी बीच में कह-बोलकर प्रगतिशीलता का प्रमाण उछाला जा सकता है और प्रोग्रेसिव बना रहा जा सकता है···"

डॉ. मिश्र ने उछाले गए अप्रिय तथ्य को धूलकणों की तरह झाड़ते हुए मुसकराकर कहा था, "अरे, नहीं ! भाई, घनुजी इतने क्यों एग्रेसिव होकर सोच रहे हैं ! आप अतिवाद और भावुकता भरी रूमान के शिकार हो रहे हैं। आक्रोश के इस नाजायज एवं बेवक्त स्खलन से कोई लाभ नहीं होगा। सोचिए-समझिए और तब योजनावद्ध ढंग से कुछ कहिए या अभियान चलाइए। कूड़े के ढेर में कचड़े तो तमाम तरह के ही होते हैं, लेकिन आग जलाने का काम एक और सिर्फ एक तीली ही करती है। देखा है नऽ आपने कभी ऐसी आग को ? जी हाँ, ऐसी आग के लिए शोलों का जुगाड़ नहीं करना पड़ता। अकेली तीली ऊँची-ऊँची लपटें और इतनी सारी आग !" घनु बाबू के रोष को नकारने वाली डॉ. मिश्र की मुसकान की धार काफी तेज थी जिससे घनु बाबू ने खुद को घायल होता महसूस किया।

बगैर एक पल रुके घनु बाबू ने जवाबी हमला किया, "यह तो

अच्छे-खासे नीति-वाक्यों जैसी सीख है, सर ! हम लोगों ने तो कहाँ-कहाँ नहीं देखी ऐसी तीलियाँ ! क्या गिरिजा कोई मामूली तीली था ? महतो जी के बारे में क्या ख्याल है आपका ? डालटनगंज में हम लोग जिस मास्टर साहब को अभाव के तीरों से बिंधा मृत्यु-शय्या पर छोड़ आए हैं ? वे तो जीवन भर तीलियों की तरह हर रोज सुलगते ही रहे हैं...कहाँ कोई कूड़े का ढेर सुलग सका ? कूड़े के ढेरों पर तो अब रंग-रोगन और तिलक-मुकुट तक रखे जाने लगे हैं। वे समाज में प्रतिष्ठित होने लगे हैं। और तमाम तरह के अनाचारों, भ्रष्टाचारों और चरित्रहीनताओं के स्रोत होकर भी सभी सदाचारों के आश्रयदाता सिद्ध किए जाने लगे हैं।" घनु बाबू ने बगल में खड़ी मारुति की ओर संकेत किया, "हम लोगों की इस यात्रा के लिए वकील साहब यानी अरुण ने जो यह कार जुगाड़ की है यह भी किसकी है, पता है नऽ ! बोलिए, इतने-इतने बर्फ-पानी में डुबो-डुबोकर मार दी गई हुई हम जैसी तीलियाँ भला कैसे आग सुलगा पाएँगी ? असली तीलियाँ तो पहले ही जल-जलकर तुरंत-तुरंत बुझती चली गई हैं।" आवाज से अंतिम निर्णय देकर बहस को विराम देने वाली शिथिलता रिसने लगी थी। झटके के साथ घनु बाबू लपककर अपनी सीट पर जा बैठे। वे तीनों भी यथास्थान बैठ गए। सुन्नर ने पहले तो कुछ दूर तक धीमी गति ही रखी, फिर तेज कर दी।

कुछ देर के बाद डॉ. मिश्र बोले, "पता नहीं मास्टर साहब का क्या समाचार है !"

"हमें गारू में भी उनकी खबर पाने का प्रयास करना चाहिए था।" अरुण ने बगैर किसी की ओर मुखातिब हुए स्वयमेव कहा था।

सुन्नर ने तभी टोका, "कवन मास्टर साहेब ?"

जवाब में सबके चेहरे गंभीर हो गए। अरुण ने बगल से ही तुरंत सवाल के दहकते शोलों पर पानी मारा, "हैं, एक साधु-पुरुष हैं ! बीमार हैं, डालटनगंज में।"

आगे किसी ट्रक के आ जाने के कारण मारुति की गति धीमी हो गई। बगल में एक लाइन होटल दीखा। पास ही पान की एक गुमटी भी। घनु बाबू ने गुमटी पर खड़े किसी व्यक्ति पर गौर करते हुए कहा, "सुन्नर, जरा गाड़ी को रोको तो बाबू !"

गाड़ी रुकी तो लपककर पान की गुमटी के पास गए। पान की गुमटी की तरफ पीठ करके खड़ा पचास के आस-पास की आयु का यह आदमी मुट्ठी बाँधकर तर्जनी और मध्यमा उँगलियों के बीच सीधी सिगरेट खड़ी कर गहरी-गहरी कशें खींच रहा था। इसी बीच उसने अँगूठे और मध्यमा उँगलियों से चुटकी बजाकर मुट्ठी को झटका और राख झाड़ दी।

घनु बाबू करीब गए। वह उन्हें पहचानने का प्रयास करते हुए बंद मुट्ठी से गहरा कश खींचने लगा, "अरे, तूँ घनु हँऽ जीऽ ?" उसके मुँह से शब्द और धुआँ साथ-साथ निकले।

"हाँ, सर ! आपने तो हमें सचमुच पहचान लिया ! मैंने भी दूर से ही आपको देख पहचान लिया कि आप महेश्वर सर हैं !"

"ऐ जी ! तूँ कब अईलऽ ? एक जमाना बाद तूँ देखाऽत हँऽ ? हमरा तऽ बुझाईत हऽवऽ कि दस बरिस में जादेहिं हो गलऽवऽ ! खत्म हो चली सिगरेट से अंतिम कश लेकर वे आगे बोले, "तोरा लाऽ तऽ एगो दुखद समाचार हऽवऽ !"

"काऽ सर ?"

"तोहर गुरु जी तऽ चल गलथुन। मास्टर साहेब ! बहुत कष्ट में हलथुन ढेरे दिन से। आजे उनकर मिरतु (मृत्यु) होइल हऽवऽ ! बिबाद (विवाद) हो गईल हऽवऽ कि उनकर लास के अगिन में धाह कइल जाए कि काऽ कइल जाए ! कुछ कमरेड लोग कहईत हथुन कि जे नेम-टेम (नियम आदि) होवे, से ही कईल जाए और कुछ कहईत हथुन कि ऊ कमनिस्ट हलऽन तऽ ढकोसला वगैरह नाऽ होवे लाऽ चाहीं ! उनकर मेहरारू (पत्नी) तऽ एकदम पत्थल हो गईल हथुन। नऽ रोवईत हथुन, नऽ हिलईत हथुन। मरद के लास के पास बईठल उनकर माथा गोदी में रखले आँख मूँदले बईठल हथुन । अड़ोस-पड़ोस के मेहरारू सब उनकरा हिला-डोला के हँका-वोंका (पुकार) के हार गईलथुन ! ऊ तनिको हिलते-डुलते नखथुन ! जाऽ तूँ सीधे उहँई जाऽ !"

महेश्वर मास्टर के स्वर में व्यग्रता का भाव बता रहा था कि वे उसी दर्द से कातर होकर यहाँ अनमने-से खड़े हैं। उनका चेहरा पसीने से तर-ब-तर हो आया था।

घनु बाबू को जैसे साँप सूँघ गया। वे पहले मुँह बाए कुछ देर तक

तो विवरण सुनते रहे, बाद में चुप हो गए। एकदम चुप, जैसे उनकी वाणी ही गुम हो गई हो ! पीछे मुड़े और गाड़ी की तरफ लपके। गाड़ी में बैठे वे लोग कोई सामान्य खुसुर-फुसुर कर रहे थे। करीब पहुँचने से थोड़ा पहले ही घनु बाबू ने चिल्लाते हुए कहा, "मास्टर साहब नहीं रहे, सर !"

"क्या ?" डॉ. मिश्र का स्वर दुगुना तेज था। उनका मुँह खुला-का-खुला रह गया।

"हाँ, आज ही डेथ किए हैं। लाश अभी वहीं है। क्या किया जाए ? चला जाए नऽ वहीं ?" घनु बाबू ने अपनी सीट पर बैठते हुए पूछा।

"हाँ, हाँ, भाई ! पूछ क्यों रहे हैं ! सीधे, एकदम सीधे वहीं चलिए ! अकाल से जूझते पलामू पर यह तो अलग से वज्रपात हो रहा है ! मास्टर साहब हमारे इलाके की बची-खुची ईमानदारी के मूर्तिमान प्रतीक थे ! उनका होना इस बात का जिंदा और चमचमाता हुआ सबूत था कि अभी ईमानदारी और इंसानियत जीवित बची हुई हैं ! ऐसा नहीं हो सकता ! मास्टर साहब की मौत का समाचार गलत हो जाए, यही अच्छा है !" डॉ. मिश्र की छलछलायी करुणा में गर्व, अफसोस, अविश्वास-विश्वास तथा प्रार्थना के मद्धिम-तेज रंगों के कण छहलाये दीख रहे थे। एक शिथिल चुप्पी मारुति के भीतर मायूसी की कालिख पोत रही थी। क्षण ठहर गया था, लेकिन मारुति हवा से बातें कर रही थी।

अपराजेय समर

ठहरे हुए क्षण और भागती मारुति के बीच घनु बाबू का मन सूखे पत्ते की तरह उधिया रहा था। मास्टर साहब ! ओह, हम गाँवों में पलामू के दुःख बीनते रहे और इधर वे चले गए ! लेकिन हम लोग यदि उनके आसपास बाड़ लगाकर उन्हें घेरकर ही बैठे रहते तो क्या वे नहीं जाते ? क्या हम उन्हें रोक ही लेते ? वे मरणासन्न थे, यह तो हम स्वयं अपनी आँखों देख आए थे। मैडम 'राम की शक्तिपूजा' पाठ कर रही थीं। वे उनके जीवन की सलामती माँगती रह गईं। 'समर' तो सचमुच अपराजेय ही रह गया। नहीं, नहीं ! वे गए ही नहीं हैं, वे तो शरीर की यात्रा स्थगित

कर यहाँ की जमीन के ऊपर और आसमान के चारों तरफ छा गए हैं ! वे राम थे और राम 'तेजस' होकर व्याप्त हो गए हैं। उनका तेज फुनगता और पुनरावृत होता रहेगा। लेकिन···लेकिन उनकी कमान हममें से कौन सँभालने को तैयार होगा ? वह कौन होगा, जो विपरीत हवा में सीना तानकर उनकी तरह दहाड़ता, चीखता, हाँफता, धधकता तर्क बरसाता हवा को आग की तमीज सिखलाता चलेगा ? मौसम की जीभ को तीक्ष्ण बनाने और उस पर मनुष्य की मुक्ति का गीत बुनने का ऐतिहासिक दायित्व निभाने का जोखिम उठाता रहेगा ?

···आह ! मृत्यु को नकारने वाला यह आत्मतोष, 'अपराजेय समर' का यह गझिन रणनीतिक मौन उनके निर्जीव शरीर को क्या निष्प्राण सिद्ध होने दे रहा है ? कैसा चमक रहा है उनके शिथिल शरीर का यह धँसा-निचुड़ा चेहरा ! यह ठीक है कि क्रांतिकारी कभी मरता नहीं। वह उस भाषा की तरह ही अमर है, जो मृत्यु से पूर्व स्वयमेव वंशजों के कंठ को सुपुर्द हो जाती है ! वह अक्षर है···पीढ़ी-दर-पीढ़ी लुढ़कने और फूलने-फलने वाले शब्द की तरह। कैसा जन सैलाव है। स्त्रियों का, बच्चों का, बूढ़ों का, नौजवानों का यह धूसरित विस्तार ! आँधी के बाद स्थिर धूलसनी फसलों की तरह दिखते ये लोग कौन हैं ? अभी तक कहाँ थे वे ? मैडम के सामने बैठकर दुआएँ माँगने के वक्त वे क्यों नहीं आते थे ? जब तक मास्टर साहब मृत्यु-शय्या पर रहे, ये तमाम लोग कहाँ किस धंधे में व्यस्त थे ? क्या ये शोक के राजनीतिक गौरव की रचना के उपादानमात्र ही तो नहीं ? वे क्यों नहीं···क्यों नहीं उनकी जिंदगी के लिए की जा रही प्रार्थना में शरीक होने के मौके पर आ सके ? क्यों मृत्यु के बाद शोक को महाशोक सिद्ध करने के अवसर पर टूट पड़े हैं··· ।

"हटो ! हटो ! भाई जरा मुझे भीतर जाने दो ! मुझे शव के करीब पहुँचना है··· ।" घनु बाबू अपनी तरफ से लगभग चीख रहे हैं, उस शेरनी की तरह जिसका नवजात शावक मार डाला गया हो ! लेकिन, यह क्या ! उनकी गर्दन जाम हो रही है। चीख साँय-साँय-सी मरियल लड़खड़ाती आवाज बनकर बाहर निकल रही है। भीड़ अलग तरह की है। मेले की भीड़ की तरह इसमें उछाह नहीं है। लोग जहाँ-तहाँ गुच्छ में खड़े आपस में महीन-महीन बतिया-फुसफुसा रहे हैं। भीड़ स्थिर है। एकदम भरी हुई

गंगा की तरह। भीड़ के शांत जल को चीरने वाला यह है कौन ? कौन है यह जो मास्टर साहेब के शव के पास छड़पकर चार कदम में ही पहुँच जाना चाहता है ? क्या यह कोई कामरेड है ? पुराने जमाने का, मास्टर साहब का कोई पुराना साथी तो नहीं ?

गुच्छ में खड़े लोग मुड़-मुड़कर देखते और आपस में फुसफुसाते हैं—चैत-वैशाख की भरी-ठहरी तप्त दुपहरी में हौले-हौले झरझराते नीम के पेड़ की तरह, "नहीं, यह उनका दोस्त तो नहीं लगता !"

"हाँ, यह तो उनसे आधी आयु का है।"

"दोस्त नहीं हो सकता यह उनका...।"

"चेला ही होगा...।"

"दोस्त क्यों नहीं हो सकता।" तीसरा थोड़ा तीखा हस्तक्षेप, पीछे की तरफ से।

"हाँ-हाँ ! हो सकता है दोस्त भी। मास्टर साहब उम्र देखकर दोस्त नहीं तय करते थे। समान विचार, समान लक्ष्य और कंधे से कंधा मिलाकर लड़ने वाले हर शख्स को वे मित्र ही मानते थे, भले ही वह उनसे आधी आयु का ही क्यों न हो।" हस्तक्षेप के समर्थन में यह सूचना-संपन्न एवं विश्वसनीय चौथी आवाज बगल के गुच्छ में लुंगी-गंजी पहनकर खड़े एक वृद्ध की है। वह पीछे मुड़कर थोड़ी तेज आवाज में यह टिप्पणी कर रहा है।

जैसे वह श्रद्धांजलि-सभा में बोल रहा हो, "मास्टर साहब के लिए सभी दोस्त थे, कोई चेला नहीं था। पूरा पलामू उनका अपना घर था। भंडरिया में हैजा फैला हो या चँदवा में, पाँकी-मनातू में डायरिया का प्रकोप शुरू हो गया हो या डालटनगंज-चैनपुर में...मास्टर साहब समान रूप से बेचैन हो उठते थे। जैसे उन्हीं की देह बथने (दर्द करने) लग गई हो। वे वस्तुतः मन-मिजाज से कोई व्यक्ति मात्र नहीं थे—वे भूगोल थे, जीवित और जीते-जागते भूगोल ! मूर्तिमान पलामू ही थे वे—उसी की तरह ईमानदार, साजिशों के बार-बार शिकार, संवेदना की अंतर्धारा से परिपूर्ण लेकिन तमाम जरूरी सुविधाओं से वंचित 'रेन शैडो' की सर्प-लपेटों में रचाकर बँधे हुए।"

घनु बाबू चौकते हैं। कौन है भाई, यह बूढ़ा है कौन ? मास्टर साहब

को इतना सटीक जानने वाला यह आदमी कौन है ? मुड़ते हैं। गौर से देखते हैं। भीड़ आगे से खुद जाने भर का रास्ता बनाकर अचकचाती हुई उनके ठहरने पर ध्यान केंद्रित कर रही है। यह तीर की तरह भीड़ को चीरता बढ़ने वाला आदमी वहाँ अचानक क्यों रुक गया ? किसे देखकर उसके पाँवों की घिरनी रुक गई ? घनु बाबू वृद्ध को और भीड़ उन्हें निरख रही है। समान कौतूहल। एकदम एक जैसी गंभीरता।

अरे, यह तो कोई पहचाना हुआ आदमी नहीं लग रहा है ! कोई चीन्हा शख़्स नहीं है यह। यह कोई भी हो सकता है। पलामू का कोई बेटा। यानी यह टिप्पणी पलामू की तरफ से है। वे आगे बढ़ रहे हैं। फिर उसी तरह तीन बनक़र। भीड़ खुद कैंची की धार से छूते कपड़े की तरह दो फाड़ में फटती चली जा रही है।

घनु बाबू के कानों में यह किसकी आवाज पहुँच रही है ? उन्हें अब ऐसी किसी बात पर रुकना नहीं है। यह आवाज किसी की भी हो सकती है। चेहरा जाना-पहचाना नहीं हो सकता है, लेकिन अंततः यह यहाँ की मिट्टी के अंतस से उठी आवाज ही है, "अरे, यह घनु बाबू हैं—घनश्याम तिवारी ! मास्टर साहब के किसी जमाने में दाहिना हाथ थे। गाँवों में धूल फाँकते फिरने वालों से सबसे आगे रहने वाला लड़का।"

"लेकिन यह तो एक जमाने से डालटनगंज में कहीं दीखता ही नहीं था···।"

"हाँ, शादी के बाद ससुराल में जम चुका है। गाजियाबाद में। ससुर का इकलौता है—दामाद समझो या बेटा। वहीं वकालत भी करता है।"

"तो क्या ससुराल को छोड़कर यह मास्टर साहब का अधूरा अभियान थामने आया है? इसके इतने मुलायम हाथ संकल्पों के अंगारे स्थिर भाव से थाम पायेंगे ? इसकी फूल जैसी तलहत्थी झुलस नहीं जाएगी ?"

"हाँ-हाँ, देखो न ! भीड़ में भागकर घुसने में ही वह कैसा पसीने से नहा उठा है ! पूरा शरीर तरतरा गया है। देखो, कैसे कपड़ा देह पर जहाँ-तहाँ भींगकर सट-सा गया है···।"

घनु बाबू के पाँव पहले ठिठकते हैं, फिर लड़खड़ाने लगते हैं। कौन हैं, वे लोग भाई ? ये लोग कौन हैं जो इतनी गहराई से आँत काछने का

काम कर रहे हैं ? वे ठहर गए हैं। चीखते हैं, "हाँ...हाँ...! मैं नहीं हूँ वह घनु, जो एक जमाने में कभी मास्टर साहब की टोली का 'लड़का' था ! मेरी तलहत्थी अब सचमुच फूल जैसी हो चुकी है। इस पर अंगारे नहीं रह सकेंगे। तो, क्या करूँ, क्या एक बार मास्टर साहब के निर्जीव शरीर से लग-लिपटकर रो भी नहीं सकता ? क्या हमारी आत्मा में इतना ज्यादा जहर घुल चुका है ?"

...चीख से भागती मारुति का ठहरा हुआ क्षण फट गया है। जैसे उधियाते दूध पर पानी के छींटे मारे गए हों। डॉ. मिश्र चौंके, "क्या हुआ भाई घनु जी ? बात क्या है ? क्या सोच-सोचकर चीख पड़े अचानक ? बोलिए।" वे बगल से बाँह को पकड़कर उन्हें हिला-डुलाकर जैसे नींद से जगाने का प्रयास करने लगे, "...आज अचानक इतने सीरियस क्यों हो गए हैं। अब तो चंद ही मिनटों में हम लोग वहाँ पहुँच ही रहे हैं। महेश्वर मास्टर ने तो आप ही को नऽ बताया था कि अभी मास्टर साहब की डेड बॉडी गई नहीं है। दर्शन तो हो जाएँगे। अधीर क्यों होते हैं।"

आगे बैठा अरुण भी पीछे मुड़-मुड़कर कभी सिर झुकाकर घनु बाबू को तो, कभी उन्हें झकझोर कर जगाते हुए डॉ. मिश्र को देखने लगा। सुन्नर भी विचलित हो गया, यह बात मारुति की धीमी हो चुकी गति से साफ-साफ गोचर होने लगी। स्टियरिंग पर बैठा वह पीछे की तरफ बार-बार अपने ध्यान को विचलित करने लगा था।

डॉ. मिश्र बोले, "सुन्नर, तुम गाड़ी को धीमा मत करो ! जल्दी ले चलो !"

"कहाँ चलना होगा, सर ! हम लोग रेड़मा क्रास कर रहे हैं...डालटनगंज में किधर है मास्टर साहब का घर ?" सुन्नर के सवाल पर डॉ. मिश्र के बोलने से पूर्व उसकी बगल में ही बैठे अरुण ने तेज स्वर में सबको सुनाते हुए कहा, "चलो, चलो नऽ ! रास्ता हमसे पूछकर चलो...।"

डॉ. मिश्र फिर घनु बाबू की तरफ मुखातिब हो गए। वे अभी भी उसी तरह अपने ठेहुनों पर दोनों मुड़े हाथों की केहुनियों को टिकाए तलहथियों में अपना चेहरा दबोचे बैठे थे।

"भावुकता बुरी बात है। वह एक हद तक मनुष्य के जीवित होने

का सबूत भी है। लेकिन यह भी एक सीमा तक ही स्वीकार्य होनी चाहिए। छलछलाकर यह नंगे पाँवों के तलवे छुए और संवदेना के तमाम तंतुओं को ढीला करे, स्फुरण को जगा दे—यहाँ तक तो ठीक है। किसी हद तक यह अत्यावश्यक भी है। लेकिन जब यह समूची टाँग को लील जाए, कमर तक बढ़ आए, चलना-फिरना तक दूभर करने लगे तो इस पर अंकुश लगाना अनिवार्य हो जाता है। तब यह भावुकता घातक रूप में तब्दील हो जाती है। इसमें तमाम चोंख हथियार अपनी धार खाने लगते हैं, अभियान डूबने और दम तोड़ने लगते हैं। मुझे लग रहा है कि आप इसी हद तक भावुक हो उठे हैं कि··· ''डॉ. मिश्र आगे कुछ भी नहीं बोल सके, लेकिन बाद की कोई भी बात छुपी नहीं रह सकी। चुप और स्थिर घनु बाबू में हरकत हुई। मुड़े हाथों की तलहथियों की पकड़ से उनका अपना चेहरा मुक्त हुआ। गालों पर आर्द्रता के कण तो चमक ही रहे थे, उँगलियों से चाँपा पड़ने के कारण निशान भी झलक उठे थे। घनु बाबू ने अब भी नजरें नहीं उठाई। वे किसी अपराधी की तरह गहरे अपराध-बोध में डूबे लग रहे थे।

तभी उन्हें डॉ. मिश्र ने बाँह पकड़कर नीचे उतारने के लिए खींचा। उनकी तंद्रा टूटी। कार का पिछला गेट सरकाकर खोला जा चुका था। मास्टर साहब के घर के आगे दो-चार-पाँच लोग थे। सभी खाली पाँव। कुछ के कंधों पर गमछे। प्रायः सभी गंजी-लुंगी या धोती पर। दो लोग बैठे अर्थी तैयार कर रहे थे। दो हरे-हरे मोटे बाँस एक डेढ़ हाथ के अंतर पर रखकर उन पर इतने ही लंबे बाँस की छिली हुई मोटी कमाचियाँ बाँध रहे थे। यह सीढ़ी की शक्ल में दीख रही थी। बगल में एक नयी हड़िया रखी थी। बाजार से लाकर रखे सामानों में धोती की तरह चुनियाकर एक बंधन से फँसाकर कफन भी रखा हुआ था। छोटी-बड़ी कई पुड़िया में पता नहीं क्या-क्या। सब जमीन पर ही एक साथ रखा हुआ।

उन्हें उतरता देख बगैर पूछे ही एक ने दरवाजे की तरफ इशारा किया, ''उधर जाइए। अभी लाश वहीं है।'' वह अर्थी बनाने में फिर मशगूल हो गया।

भीतर मैडम पर पहले नजर गई। घनु बाबू ने स्वयं को संयत बनाए रखा। उनका मन रह-रहकर शोक की फिसलन पर तलमला

उठता, लेकिन उन्हें बार-बार यह ध्यान आता कि एक तरफ मैडम हैं जिन्होंने पहाड़ जैसा दुःख अपने ऊपर उठा रखा है और वह 'उफ्' तक न कर रही हैं···उन्हें क्या ! वे तो कभी इस दुःख के करीब जाने से भी कतराते रहे हैं। उन्हें अभी संतुलन नहीं खोना चाहिए, इसका कोई हक भी नहीं है। उनका यह दहलना, शोकाकुल होना, भर उठना—सब नकली है ! हाँ, नकली ही तो है। वे खुद को अतिक्रमित करने लगे, तो उनका विचलन स्वयं गिर गया।

मैडम यद्यपि स्थिर थीं किंतु कुछ स्त्रियाँ उन्हें घेरे बैठी थीं। सभी चुप और शोकाकुल। सबके चेहरे पर सूखे आँसुओं की रेखाएँ चस्पाँ। बस, एक अकेली मैडम थीं, जिनका चेहरा धवल किंतु हतप्रभ-सा था। तभी एक स्त्री ने आगे आकर कुछ हाथ की दूरी पर रखे ढँके शव का चेहरा उघार दिया। मास्टर साहब की आँखें बंद थीं। पोला मुँह बंद नहीं था, खुला किसी नदी के ढोंढ़े (खंदक) की तरह दीख रहा था। आँखों के नीचे और नाक-कान के विस्तार के बीच दो हड्डियाँ काफी उभरकर उठी हुई थीं। गाल धँसकर एकदम गड्ढे में तब्दील हो गए थे। नाक के दोनों छेद सुरंग की तरह लग रहे थे। चेहरे पर पलामू की उपत्यकाओं, पहाड़ी नदियों और खंदक खाई से भरे भूगोल का संपूर्ण प्रतीकात्मक बोध दर्ज दीख रहा था। ललाट पर चंदन का लंबा टीका चमक रहा था। वे अभी-अभी के नहाये हुए लग रहे थे। गले पर कुर्ते का थोड़ा-सा हिस्सा दीखा। यह मद्धिम पड़ी सफेदी वाला किंतु धुला हुआ कपड़ा था।

डॉ. मिश्र बोले, "मास्टर साहब एकदम लचर चुके थे, भाई ! शरीर में कुछ बचा ही कहाँ था ! यह मृत्यु नहीं है, उनके जर्जर शरीर की मुक्ति है। वे अमर हैं, वे कभी मरने वाले हम जैसे नश्वर लोगों में से नहीं है।" डॉ. मिश्र का वाक्य समूचे चुप, गमगीन एवं शिथिल माहौल पर ऊपर-ऊपर छूकर निकल गया। उनके पूरक के तौर पर न तो किसी तरफ से 'हाँ-हूँ' जैसा शब्द ही उछला, न कहीं से कोई एक जोड़ी आँखें ही उठकर चमकीं। जो जैसे जहाँ स्थिर था, वैसा ही रहा।

घनु बाबू ने आगे झुककर उनका चेहरा चादर के सिमटे हिस्से से पुनः पूर्ववत् ढँक दिया। मैडम ने न तो घनु बाबू को देखकर ही कोई उत्सुकता दिखाई, न उन्होंने ही लपककर उनका पाँव छुआ। वह

जड़वत बैठी थीं। खुली आँखों से गति गायब थी। वे भी काठ की तरह हो गई थीं।

डॉ. मिश्र ने पीछे मुड़कर अरुण और सुन्नर की ओर देखा। अरुण तो डबडबा चुका था, लेकिन सुन्नर भौंचक था। उन्होंने दोनों को धीरे-धीरे बाहर निकलने को संकेत किया। वे आहिस्ता-आहिस्ता बाहर चले गए।

डॉ. मिश्र बोले, "आइए, बाहर चलें !" घनु बाबू पीछे की ओर मुड़े। दोनों बाहर आ गए।

अर्थी पर नया कपड़ा चादर की तरह बिछ चुका था। दपदप उजला कपड़ा। कफन का ही यह टुकड़ा था, जिसे बाँसों में लपेटकर बाँध दिया गया था। कमर में लुंगी की धोती की तरह पहनकर खड़े साँवले व्यक्ति से डॉ. मिश्र ने करीब जाकर पूछा, "तो मंजिल-माटी कब उठ रही है ?"

"पंडिज्जी के इंतजार होवऽवईत हई ! अमिका पंडिज्जी के..." वह अपनी घने बालों वाली छाती में दाहिने हाथ की उँगलियों से खर-खर खुजलाते हुए बोला। उसके जनेऊ का रंग मैल के कारण काला हो चुका था।

"तऽ कहाँ गइलथुन कामरेड लोग ?" डॉ. मिश्र ने संयत भाव से शुद्ध उत्सुकता के साथ पूछा।

"ऊ लोग नराज होके चल गईलथिन। ओकरिन के माहटर साहेब के लाश के जरावे पर नराजी हलई। ओकरिन के कहनाम रहई कि ई भगवान-धरम ना मानऽ हलथिन तऽ इनकर लाश के हिंदू रीति से काहे जरावल जाई ! मैडम कहलथिन कि माहटर साहेब कब्बो ई नाऽ कहले हलथिन कि उनका मरला के बाद हिन्दू रीति से उनकर लाश नाऽ जरावल जाए, इहे से जे परंपरा बाहिन, ऊहे मानऽल जाई ! मैडम सबेरे से काठ बनल बईठल हलन, माहटर साहेब के लाश के पास-माथा गोदी में ले के। एने कुछ मेहरारू लोग उनकरा हिला-डोला के उनकर कठमुर्की तोड़ावे के प्रयास करईत हलन, ओने दुआरी पर कमरेड लोग आपस में लड़ईत हलन। जब एकबैक (यक-ब-यक) मैडम चीख के बोललन तब जाके कमरेड लोग छितरा गईलन। देखऽ ओकरिन के नीयत कि माहटर साहेब से कोई मोह नाऽ देखऽईलऽन अऊर भागिए गईलन। ओकरिन के अमदी से जादा बाल के खाल से मोह हऽलऽक !" वह बोलते-बोलते उत्तेजित हो उठा। उसके

कानों के आस-पास आक्रोश के निशान गोचर होने लगे। तेज साँसों से सीना फूल-पचककर डरावना हो उठा।

डॉ. मिश्र ने कोई भी टिपण्णी नहीं की और चुपचाप आगे बढ़ने लगे। घनु बाबू भी साथ चल पड़े। डॉ. मिश्र ने चलते हुए वहाँ बैठे लोगों का मुआयना किया। कुल दस-बारह लोग थे। कहाँ गए वे तमाम लोग, जिनके लिए मास्टर साहब जीवन भर दीपक की तरह तिल-तिल जले ? जनता अपने आदमी की मौत पर क्यों इसी तरह का अनुत्साह दिखाती है ? बोले, "बहुत दुःख की बात है भाई, मास्टर साहब की अंतिम यात्रा में यही पाँच-दस पड़ोसी मिले !...वे तमाम लोग कहाँ हैं जिनकी लड़ाई मास्टर साहब ने आगे बढ़कर जीवन भर लड़ी ?"

घनु बाबू का मौन भींगा हुआ था। जैसे वह बरसात में फूलकर गली हुई रोटी की तरह हो चुकी दीवार हो गया हो। वे बोले तो लगा उदी दीवार भसकने लगी हो, "जनता का आदमी तो खुद भी जनता ही होता है नऽ सर ! वह जनता है, नेता नहीं। भीड़ का उमड़ना या तो आकस्मिक होता है किसी खास ज्वलित क्षण में या नहीं तो ग्लैमर के कारण। मास्टर साहब ने लंबी बीमारी के बाद दम तोड़ा है इसलिए यह खबर भी उनके जानकारों की झिंझोड़ नहीं सकी होगी। ग्लैमर भी नहीं। उनकी शब्दहीन मौत पर-सब कुछ सामान्य है ठीक वैसे ही, जैसे किसी भी आम आदमी की मौत पर होता है। हिंदी के कथासम्राट प्रेमचंद की मौत पर भी कहाँ जन सैलाव उमड़ा था ? लोगों ने आपस में खुसुर-फुसुर करके कह-सुन लिया कि फलाँ मुंशीजी नहीं रहे ! बस, वही यहाँ भी पुनरावृत्त हुआ। ठीक है यह। बुरा क्या है ? जिये भी एक आम आदमी की तरह और मरे भी तो शहर भर को शोक के कुएं में धकेल दिया, ऐसा नहीं किया। उनके कर्म महत्त्वपूर्ण हैं, उनके संदेश अमर हैं, यही पीढ़ी-दर-पीढ़ी कंधों पर उतरेंगे...।"

वे गाड़ी में बैठ चुके थे। अरुण, सुन्नर पहले से अपनी-अपनी जगह विद्यमान थे।

गाड़ी दरवाजे पर रुकी, तो माँ पहले खड़ी थी। वह समुत्सुक भाव से दरवाजे की सीढ़ियाँ उतरने लगी। दो पायदान ही उतरी थी कि घनु बाबू

ने आकर पाँव छू लिया। वह गौर से घनु बाबू का चेहरा देख रही थी, गोया कुछ तलाश रही हो। बोली, "अरे बेटा लगले जाके मास्टर साहेब के इहाँ चले जाओ। ऊ आज सबेरे ही आँख मूँद लिये हैं। खबर आईल था कि घनु बाबू को भेजिए।"

दरवाजे पर राजू और बंटी भी आ गए थे। उन्हें आया देख बंटी खुशी से गाने लगा था, "अंकल आ गए...अंगल आ गए।" बंटी उस गंभीर क्षण से अनभिज्ञ था, जो घनु बाबू और उनकी माँ के बीच उपस्थित था।

घनु बाबू बगैर कुछ बोले माँ की बगल से होकर ऊपर की ओर बढ़ गए। सामान-उतारकर मारुति आगे बढ़ गई थी, उन्हें इसका पता तब चला कि जब वे दरवाजे के पास जाकर पीछे मुड़े। बोन्ने, "राजू, बैग उठा लो बेटा !"

वे भीतर चले गए। पीछे-पीछे माँ भी चली आई। घनु बाबू का उतरा हुआ चेहरा देख माँ ने पूछा "काऽ बात है बेटा ? तूँ उनकरा इहाँ गया था काऽ ?"

"हाँ !" घनु बाबू की आवाज में गहरे आघात का अहसास था।

माँ बगल में पलंग पर बैठ गई, "बेचारी मैडम एकदम मरद की तरह उनकर बीमारी में दौड़ती-भागती रही। कहाँ-कहाँ नहीं गई, क्या-क्या नहीं किया ! लेकिन भगवान की मरज़ी ! जेतना दिन के अरदोआय (उम्र) रहता है, आदमी रहता है, टाइम पर जाने पर तऽ सब डागदर-दवा रखले रह जाता है !" वह रुकी और खाँसकर आँचल से मुँह पोंछ आगे बोली, "बाकी एक बात है..." वह फिर रुककर खाँसने लगी। घनु बाबू ने गहरी उत्सुकता से माँ की तरफ देखा। वह आगे बोली, "बेचारी मैडम ई संसार में बेसहारा हो गई।" आवाज से दर्द की तीखी अनुभूति ध्वनित हो रही थी।

घनु बाबू के मन में अचानक इस बात के प्रति गहरी असहमति पैदा हुई। वे कसमसाए, लेकिन कुछ बोले नहीं। शायद यह बात कहने वाले यदि डॉ. मिश्र होते, तो वे अपना करारा इनकार भी दर्ज कराते और तीखे तर्क भी रखते, लेकिन माँ तो माँ थी। वह ताड़ गई। असहमति को पढ़कर वह चुप हो गई। उठी और चली गई। तभी राजू और बंटी भी

आ गए। बंटी ने घनु बाबू की पीठ पर चढ़कर उनके गले में हाथ डाल दिया तथा भूलने का उपक्रम करता हुआ बोला, "अंकल, जंगल में गए थे, क्या-क्या देखे ? बाघ-शेर को आपने कहीं देखा या नहीं ? हमारे लिए क्या लाए हैं ?" तभी घनु बाबू की माँ आ गईं। उनके हाथ में एक भरा हुआ गिलास था। बोली, "चाय आ रही है। कपड़ा-वपड़ा खोलो !"

बंटी की माँ ने आकर एक लिफाफा दिया, "अभी कुछ ही देर पहले गाजियाबाद से तार आया है। हमने पढ़ा है। आपको तुरंत बुलाया गया है !"

घनु बाबू ने लिफाफे को उलट-पुलटकर देखा। वे मैसेज पढ़कर उद्विग्न हो उठे थे। ऐसे भी कहीं मैसेज भेजना चाहिए ! 'कम सून' ! एक सेंटेंस यदि और लिख ही डालते कि माजरा क्या है, तो क्या घर-मकान बेच डालना पड़ता ? क्या हुआ, बच्चों को कुछ हुआ या मिसेज बीमार हो गई है। या ससुर साहब…?

घनु बाबू ने तुरंत टेलीफोन पर नंबर मिलाया। एक्सचेंज वाले ने पंद्रह मिनट बाद लाइन दिलाने का वादा किया। वे तरह-तरह की शंकाओं में डूबने लगे। कहीं कोई बच्चा स्कूल से लौटते वक्त अपहृत तो नहीं कर लिया गया ? मिसेज अकेली सब्जी खरीदने श्याम लगर तक पैदल ही जाती हैं। कितनी बार मना किया है। जमाना खराब है ! क्या पता कब-कहाँ से कौन अपराधी…! कहीं किसी अपराधी गिरोह ने उसे ही तो अपहृत नहीं कर लिया ? ससुर महाशय भी आते वक्त थोड़ा बीमार थे। ब्लड प्रेशर बहुत 'लो' चल रहा था। कहीं उन्हें ही तो कुछ नहीं हो गया ?

तभी टेलीफोन की घंटी बजी। घनु बाबू ने तुरंत लपककर उठा लिया, "हाँ हैलो !" उधर एक्सचेंज वाले ने कहा, "हाँ, लीजिए गाजियाबाद से बात करिए।"

"हाँ, हैलो ! मैं अनीता बोल रही हूँ।"

"बोलो, अनीता बच्चे कैसे हैं ?"

"अरे, बच्चों की तुम्हें क्या चिंता ! तुम बोलो अपना—वहीं पलामू में ही फिर से धूल फाँकने की प्लानिंग करने लगे क्या ?"

"अरे नहीं ! सुनो ! टेलीग्राम भी आया है। कोई खास समाचार तो नहीं है नऽ ?"

"नाऽ नाऽ ! ई तो साधारण समाचार है कि तुम हफ्ता भर के लिए कह कर गए थे और अभी पंद्रह दिन ही हुए हैं। इसलिए मुझे यह शंका होने लगी कि कहीं पलामू में जाकर तुम्हारी पुरानी सेंटीमेंट तो नहीं सुलग गई ! वहाँ अभी-अभी तो अकाल पड़ा है...सैकड़ों लोग भूख-प्यास से तड़प-तड़प कर मरे हैं। क्या पता पलामू पहुँचकर तुम वहाँ गाँव-गाँव घूमने लगो और तुम्हारी पुरानी भावनाएँ जाग जाएँ ! वहीं रहने और संघर्ष करने की बात भी कहीं नऽ सोच लो।" पत्नी का स्वर बेहद तीखा था, एकदम काँटेदार। घनु बाबू ने महसूस किया कि दस-बारह दिनों तक गाँवों में घूमने और त्रासद स्थितियों से रू-ब-रू होने के बाद उनके सूखे हृदय पर संवेदना की जो नई परत जमी थी, पत्नी के चंद कँटीले वाक्यों ने इसे खँखोर-बखोर डाला। वे अचानक गाल पर तड़ातड़ थप्पड़ पड़ने जैसा महसूस करते हुए आगे बोले, "नाऽ नाऽ। सुनो ! मैं परसों वहाँ पहुँच रहा हूँ। आज ही ट्रेन पकड़ूँगा। बच्चे तो ठीक-ठाक हैं नऽ। और पापाजी कैसे हैं ?"

"पापा अभी भी कोर्ट नहीं जा रहे हैं। बाकी सब ठीक है। परसों तुम्हारा वेट करेंगे हम लोग।"

घनु बाबू ने माँ से लौटने की बात बताई तो वह बोलीं, "हाँ, लौट जाओ। वहाँ बच्चे भी तो बेचैन होंगे। लेकिन इहाँ तऽ तूँ हम लोगों को टाइम देबे नहीं किए। खैर, चिट्ठी-पतरी हमेशा देना चाहिए। साल में एक बार आना भी जरूर चाहिए।"

घनु बाबू चुप ही रहे। माँ सँभल-सँभल कर बहुत सतर्कता के साथ एक-एक बात तौल-जोख कर बोल रही थी, "तऽ मास्टर साहेब के यहाँ होकर आ गए हो नऽ ? उनके यहाँ से रोज आदमी खोजने आ जा रहा था। एक हफ्ता से रोज-रोज। मरने से पहले वे तुम्हीं को बार-बार खोज रहे थे।..." माँ अचानक यों चुप हो गई गोया उनसे खुद के गले पर ही चाकू चल गया हो। वह चौकन्ना होकर घनु बाबू के चेहरे पर आने वाली प्रतिक्रिया को पढ़ने लगी।

घनु बाबू को अचानक लगा कि जैसे उनका सिर किसी दीवार से कसकर टकरा गया हो ! दिमाग सन्न ! आँखों के सामने करीब-करीब

पूरी दुनिया झनझनाती-थरथराती हुई हिल रही थी। क्यों खोज रहे थे मास्टर साहब ? मरने से पहले की यह खोज यों ही तो होगी नहीं। क्या वे अपने अभियान की साँस मुझे ही सौंप कर चैन से मरना चाह रहे थे ? या वे अपने अंतिम दौर से ऊब चुके थे और पराजय-बोध ही व्यक्त करना चाह रहे थे ? लेकिन नहीं; मास्टर साहब भला कभी पराजित हो सकते थे ? जिसने न कभी विजय की मिठास की कामना की, न कभी पराजय के प्रति भय को ही पालना उचित समझा, वह हारेगा भी तो कैसे ? तब फिर बात क्या थी ? क्या वे अपनी मौत के बाद के संभावित कर्मकांड के खिलाफ हमें अपनी इच्छा बता देना चाह रहे थे कि कोई तमाशा नहीं हो ! न भव्य अंतिम यात्रा, न ब्राह्मण भोज, न दान-दक्षिणा आदि ही। बस आहिस्ता से चार हाथ की जमीन में नीचे सुलाकर ऊपर से मिट्टी की महाचादर डाल दी जाए ! कोई ब्राह्मण या कोई धपेल को बुलाकर महाभोज नहीं दिया जाए। एक धपेल को भोजन कराने के बदले तो दर्जनों भूखों को भोजन कराया जा सकता है···।

···धपेल बाबा को घेरकर बैठे लोगों में एक वे भी हैं। दोनों पाँव छितराकर मोड़े बैठे धपेल बाबा की तोंद बाहर की ओर निकली हुई है, उलटी हुई दौरी की तरह। धोती अपनी पूरी लंबाई-चौड़ाई में भी गमछे की तरह सिकुड़ी-मुड़ी ठेहुनों तक ही लिपटी हुई है। पूरा शरीर उघार है। जनेऊ की बिसात छाती के आस-पास तोंद के ऊपरी हिस्से तक ही सीमित है। उन्हें भोजन कराने वालों में तमाम पड़ोसी ही सक्रिय है। अमीर घराने की लगने वाली एक औरत धपेल बाबा को भोजन कराने के इस पूरे प्रकरण में सबसे आगे है। वह आकर धपेल बाबा के सामने हाथ जोड़ लेती है, "बाबा, आप खूब पसंद से खाइए। जो मन हो वही खाइए। जो न मिला हो, कम हो—वह सब आदेश कीजिए, मैं तुरंत हाजिर करूँगी। मास्टर साहेब ने मेरी उजड़ी हुई गृहस्थी बचायी थी। मेरे पति जब भावनाओं की आँधी में उड़ रहे थे तब उस आँधी को मुट्ठी से पकड़कर मेरी हँसी-खुशी को उधियाने से बचा लिया था। मैं चाहती हूँ कि आज जबकि मास्टर साहब स्वर्ग पहुँच गए है, आप खाइये—अधिक-से-अधिक खाइए ताकि स्वर्ग में उन्हें कोई दिक्कत न हो। आज जो-जो चीजें जितनी-जितनी मात्रा में खायेंगे उसी हिसाब से उन्हें स्वर्ग में चीजें

मिलेंगी।...'' उसकी आवाज में समर्पण-भाव से ज्यादा कृतज्ञता के चमकीले कण चमक रहे थे, ''ऐ भाई, आप लोग खुसर-पुसर मत कीजिए। धपेल बाबा को मन से खिलाइए।'' एक साथ तीन-चार लोग थाली को भरने में लगे थे, वे इस कार्य में बीच-बीच में पिछड़ते दीख जाते, लेकिन धपेल बाबा खाने के अपने काम में अपनी गति पर कायम थे। वे सौ से ज्यादा पूड़ियाँ खा चुके थे और मिठाइयाँ करीब तीन दर्जन। कुछ देर बाद धपेल बाबा ने डकार ली, ''बस अब थाली में कुछ मत डालिए।'' ''और लीजिए बाबा'' महिला खुद आगे आ गई चार रसगुल्ले डालकर सीधी खड़ी हो गई। कुछ क्षणों में चारों उड़ गए। वह फिर झुकी, फिर चार। धपेल बाबा ने वे भी उड़ा लिये। फिर चार।

धपेल बाबा बोले, ''अब नाऽ नाऽ। बस ! अब नाऽ !'' लेकिन महिला कहाँ मानने वाली थी। थाली में फिर चार रसगुल्ले डालकर खड़ी हो गई। धपेल बाबा ने उसके चेहरे को स्नेह-भाव से देखा और शिशु-हठ मानने वाले अंदाज में चारों को टप-टप दबा लिया।

महिला ने फिर चार देना चाहा, तो उन्होंने दोनों हथेलियों को सटाया और उलटकर थाली को ढँक लिया। महिला थोड़ी रुकी और धपेल बाबा के चेहरे को याचक भाव से देखा। वे खूब फूले उस मेढक की तरह लग रहे थे, जो काफी देर तक पानी में तैरते रहने के बाद निकलकर हाँफता रहता है। धपेल बाबा का पेट और ज्यादा फैल गया। वे हँफर-हँफर कर साँस ले पा रहे थे। बीच-बीच में उनके द्वारा वायु-त्याग के शब्द तथा दुर्गंध उठ जाने पर सभी नाक बंद करते हुए बगले झाँकने लगते। सभी अपनी खिलखिलाहट को दबाए रहते, पानी में बैलून की तरह। ऐसा इसलिए भी क्योंकि बीच-बीच में वे बैठे-बैठे एक तरफ ज्यादा झुक जाते तथा दूसरी तरफ के नीचे से ऊपर उठे हिस्से से पेट की वायु शुद्धि का प्रयास करने लगते।

''ऐ बाबा, एक रसगुल्ला पर दस रुपया का इनाम है।'' कहकर महिला ने दो रसगुल्ले थाली में गिराए। धपेल बाबा ने मना नहीं किया तो उसने दो रसगुल्ले और गिरा दिए। धपेल बाबा ने टप-टप चारों को मुँह में डाल लिया।

महिला ने फिर दो रसगुल्ला पकड़े हाथ बढ़ाया। धपेल बाबा बोले,

"नाऽ, बचिया ! अब नाऽ !"

महिला बोली, "एक रसगुल्ला पर बीस रुपए !" और उसने थाली में चार रसगुल्ले फिर डाल दिए। वे पुनः चारों दबा गए। महिला ने फिर दो रसगुल्ला पकड़ हाथ को आगे बढ़ाया, "एक रसगुल्ला पर पचास रुपए, बाबा !"

धपेल बाबा मुँह खोले-खोले हाँफ रहे थे। उनकी आँखें चमक उठीं। उन्होंने दोनों रसगुल्ले एक ही बार में मुँह में डाला, तभी दो और थाली में गिर पड़े। महिला संयत ढंग से उत्फुल्ल हो रही थी। उन्होंने इन दोनों रसगुल्लों को भी मुँह में डाल लिया। अब वे रसगुल्लों को चबाने के क्रम में जबड़ों को कुछ ज्यादा ही खोलकर हापुस-हापुस चबा रहे थे। जबड़ों के बीच पिसा हुआ रसगुल्ला बाहर से दीख रहा था, जैसे वे सफेद कागज के टुकड़े चबा रहे हों !

महिला का हाथ फिर थाल की ओर बढ़ा। धपेल बाबा ने इनकार में सिर हिलाया। तभी वह बोली, "एक रसगुल्ला पर सौ रुपए !" और उसने इकट्ठे चार रसगुल्ले डाल दिये।

धपेल बाबा अब बुरी तरह हाँफ रहे थे, धूप में देर से खड़े डाँगर की तरह। वे पसीना से तर-बतर हो उठे थे। गोरा थुलथुल भींगा हुआ हाँफता शरीर दरियाई घोड़े की तरह लग रहा था। वे आँखों को काफी श्रमपूर्वक खोले हुए थे तथा मुँह को मगरमच्छ की तरह ! होठों के दोनों कोने से रसगुल्ले के रस जैसा लार चू रहा था और तोंद पर गिरकर फिर नीचे टघरता धोती की तरफ बढ़ता चला जा रहा था। तभी महिला का हाथ फिर बढ़ा उसमें फिर दो रसगुल्ले थे। थाली के पास उसके हाथ के पहुँचते ही धपेल बाबा ने जोरों से साँड़ की तरह इनकार में अपने सिर का हिलाया।

वह मुसकुराकर बोली, "एक रसगुल्ला पर पाँच सौ रुपए !"

धपेल बाबा का इनकार में हिलता सिर स्थिर हो गया। दो रसगुल्ले थाली में पहुँच गए। उन्होंने रसगुल्ले को इस बार कसकर निचोड़ा और एक-एक कर मुँह में डाल लिया। उनके हर इनकार को महिला की बड़ी रकम की घोषणा 'स्वीच ऑफ' करने की तरह निरस्त्र करती जा रही थी। वे लगातार फूलते और हाँफते हुए क्रमशः अशांत होते चले जा रहे थे।

रसगुल्ला मुँह में रखते हुए धपेल बाबा क्या कम डरावने लगते हैं ? डायनासोर क्या इसी तरह बड़े-बड़े जीवों को जबड़ों पर रख लेता होगा ? एकदम गारे हुए रसगुल्ले की तरह ? धपेल···नहीं, नहीं, मगरमच्छ ! नहीं, नहीं—डायनासोर ! क्या यह धपेल बाबा गार-गार कर रसगुल्ले ही जबड़ों में दबा रहे हैं या कुछ और ? घनु बाबू को करीब जाकर जबड़ों में झाँकने का साहस तो नहीं है, लेकिन वे दूर से ही आँखें मल-मलकर देखने-समझने का प्रयास कर रहे हैं। कहीं यह जीवित 'पलामू' की ही मांस तो नोंच-नोंचकर नहीं खा रहे हैं ? पलामू की खुशी, बरक्कत, उल्लास, समृद्धि, विकास, संस्कृति, नैतिकता और ईमान-धरम···एक-एक कर सबको कहीं चट न कर दे, समाप्त न कर दे यह ! वे थर्रा उठते हैं।

घनु बाबू का ध्यान वहीं लुढ़के एक खाली ठोंगे पर गया। यह रद्दी अखबार के कागज का ठोंगा है। कुछ मोटे-मोटे काले अक्षरों के शीर्षक आँखों में गड़ने लगते हैं। 'डंकल', 'गैट' जैसे तमाम शब्दों से उन्हें बार-बार 'धपेल' की आकृति, धपेल के जबड़े, धपेल के खाने-चबाने के अंदाज का बोध होने लगा है। वे भीतर तक हिल गए। जैसे गले के नीचे से लेकर नाभि तक कोई रस्सी काँप रही हो ? जैसे कनपट्टी पर दहशत के बिच्छू चिपक गए हों। जैसे उनकी साँस लोहार की भाथी बन गई हो।

···तभी बंटी ने आकर कंधे पर पीछे से मुक्का मारा, तो दुःस्वप्न जैसे सारे चित्र कँपकँपाकर स्मृतियों के हिलते जल में छप-छप मछलियों की तरह उछलकर लापता हो गए। वह बोला, "अंकल, बहुत चिंतित लग रहे हैं ? बात क्या है ? क्या सोच रहे हैं आप ?"

"कुछ नहीं बेटा !" वे सहज होने का प्रयास करने लगे। लेकिन रह-रहकर उनकी आँखों में धपेल बाबा झूल जाते···आसन पर पालथी जमाए···छोटे-छोटे चमकीले टुकड़े जबड़ों पर रखते और चबाते हुए···सवाल बिजली की तरह कौंधने लगता ! वे भला क्या चबा रहे ? उन्हें लगता कि पलामू कहीं गहरी पीड़ा से कराह और छटपटा रहा है।

माँ ने आकर कहा, "बेटा घनु, टाटा अमृतसर एक्सप्रेस आज दो घंटा लेट है। अभी-अभी पड़ोस के टी.टी.ई. बाबू बता गए हैं। वे अभी स्टेशन से ही आ रहे हैं। तुम आराम से तैयार हो लो, मैं कुछ बना दे रही हूँ अभी के लिए भी और रास्ते के लिए भी !"

घनु बाबू ने माँ को स्वीकृति देने वाले भाव के साथ चुपचाप देखा और शर्ट के बटन खोलने लगे। लेकिन, यह क्या ! मास्टर साहब के शव का कुछ ही देर पहले देखा हुआ चेहरा आँखों के सामने बार-बार उभर रहा है। उन्हें लगा कि मास्टर साहब का आज निधन हुआ है इसलिए उनकी प्रिय कविता, महाकवि निराला की 'राम की शक्तिपूजा' पढ़ी जानी चाहिए। लेकिन अभी यहाँ कहाँ मिलेगी वह कविता ? उनके चेहरे पर बल पड़ने लगे। यह महसूसते हुए कि वह कविता फिलहाल इस घर की आलमारी में नहीं ही मिलेगी, वे दीवार वाली आलमारी में रखी ढेर सारी कढ़ाई-बुनाई और ऐसे ही कुछ घरेलू विषयों की पत्रिकाओं-पुस्तकों को एक-एक कर उलटने पलटने लगे। रह-रहकर आँखें चुँधिया उठतीं, तो मास्टर साहब का चेहरा आँखों के सामने झूलने लगता। उन्हें महसूस हुआ कि मास्टर साहब सचममुच नहीं मरे हैं, उनका अभियान भी वाकई स्थगित नहीं हुआ है, वह अगली संतति की जेहन में उतर गया है जहाँ नया आकार लेगा। उनका निधन तो एक दिवस का अंत है। दिन भर का थका सूरज शाम को विश्राम पर गया है। नया सूरज फिर उगेगा, दिन का विस्तार रुकेगा नहीं। लेकिन मास्टर साहब का जीवन एक ऐसे उल्लेखनीय दिन की तरह पलामू के इतिहास पर चस्पाँ हुआ है। जिसमें मूल्य, संघर्ष, युद्ध और विजय के अमर स्रोत सुरक्षित हैं। इन्हीं स्रोतों से अगली पीढ़ियाँ ऊर्जा, प्रेरणा, आग और पानी की असंख्य अजस्र धार प्राप्त करती रहेंगी। अब कानों में मास्टर साहब की टंकार साफ-साफ पहुँच रही थी,

रवि हुआ अस्त : ज्योति के पत्र पर लिखा अमर
रह गया राम-रावण का अपराजेय समर...

●●●